HEYNE <

Zum Buch

Die junge Finnin Donata ist ein Kindermädchen, wie es sich Familie Jost immer gewünscht hat: einfühlsam und fürsorglich. Darüberhinaus hat sie noch eine andere Begabung: Wenn ein Unglück droht, scheint Donata das zu spüren. So ahnt sie auch, daß der zwielichtige Maruhn das Glück der netten Nachbarn Irene Wandrey und ihrer Tochter Sabrina zerstören will. Als Maruhn tot aufgefunden wird, fällt der Verdacht sofort auf Donata. Dr. Norden erkennt die Gefahr, und er weiß, wie er helfen kann.

Auch in den vier weiteren Romanen steht Dr. Norden seinen Patienten zur Seite.

Zur Autorin

Patricia Vandenberg ist mit ihren romantischen Geschichten eine der meistgelesenen deutschen Autorinnen geworden. In mehr als 30 Jahren schrieb sie über 750 Bände mit Dr. Daniel Norden, die eine Gesamtauflage von 120 Millionen Exemplaren erreichten.

Lieferbare Titel

»Wege zum Glück« (3-453-49005-3)

»Der Moment der Wahrheit« (3-453-49004-3)

»Eine Stimme verzaubert die Herzen« (3-453-49003-3)

Patricia Vandenberg

Dr. Norden – Das Mädchen aus Finnland

Fünf Romane in einem Band

WILHELM HEYNE VERLAG
MÜNCHEN

Umwelthinweis:
Das Buch wurde auf
chlor- und säurefreiem Papier gedruckt.

Taschenbuchausgabe 08/2005
»Das Mädchen aus Finnland«; »Das Sorgenkind in der Leitner-Klinik«; »Es ist kein Spiel, Simone«; »Eine Freundin, die keine war«; »Was es ist, das uns trennt«.

Printed in Germany 2005
Umschlagillustration: © Ariel Skellen/Corbis
Umschlaggestaltung: Nele Schütz Design, München
Gesetzt aus der Berkeley Book
Satz: KompetenzCenter, Mönchengladbach
Druck und Bindung: GGP Media GmbH, Pößneck

ISBN: 3-453-49023-1
http://www.heyne.de

Inhalt

Das Mädchen aus Finnland

Es war ein schöner Frühlingsabend. Ostern stand vor der Tür, und Dr. Daniel Norden war mal früher als sonst aus der Praxis nach Hause gekommen.

»Wollen wir vor dem Abendessen nicht noch eine Runde drehen, Feelein?« fragte er. Der Gesundheit zuliebe hatten sie sich Fahrräder angeschafft, weil es ihren drei »Großen« Freude machte, wenn sie mit den Eltern fahren konnten.

»Ich müßte noch die Kostenvoranschläge durchsehen, Daniel«, erwiderte Fee seufzend.

»Ach was, laß das doch liegen, besprich es mit Jost, der weiß doch in allem Bescheid, und seine Frau versteht auch mehr davon als du.«

Er hatte zwar zugestimmt, das alte Haus wegen seines schönen Grundstücks von den Rüdings zu kaufen, aber mit dem Drumherum wollte er nichts zu tun haben, das hatte er Fee gleich gesagt. Es wäre auch zuviel verlangt gewesen.

Sie hatten den Architekten Carlo Jost beauftragt, ein familiengerechtes Haus zu entwerfen, und da er selbst zwei Kinder hatte und auch noch mehr dazu haben wollte, war er der richtige Mann. Mit seiner Frau Eva hatte sich Fee schon angefreundet, aber sie wollte sie doch nicht mit allen Kostenvoranschlägen belasten, die für die Sonderwünsche eingeholt worden waren. Aber zu teuer sollte das neue Haus natürlich auch nicht werden, denn der Abriß des alten war schon teurer gekommen, als Fee vermutet hatte.

»Meinst du, ich kann Eva damit kommen?« fragte Fee, die an diesem schönen Abend lieber auch noch eine kleine Radtour machen wollte.

»Na klar, sie kriegen die Karten für Davids Konzert und werden einen Freudensprung machen, und eine Hand wäscht die andere, sagt man doch.«

David Delorme gab nächste Woche mal wieder ein Konzert in München. Der berühmte Pianist und Dirigent war mit den Nordens verwandt, denn er war mit Fees Stiefschwester Katja verheiratet. Sie fühlten sich zwar eher als Schwestern, aber sie hatten beide verschiedene Eltern, und Fees Vater Dr. Cornelius war in zweiter Ehe mit Katjas Mutter Anne verheiratet.

Sie hingen alle sehr aneinander und waren zu einer harmonischen Familie zusammengewachsen. Es war jedes Mal ein Fest, wenn sie sich alle trafen, aber diesmal wollte Katja mit den Kindern Marc und Bébé auf der Insel der Hoffnung bleiben, weil sie drei die französische Grippe noch nicht ganz überstanden hatten. David wohnte immer lieber in seiner Stammpension als bei den Nordens, weil er seine Ruhe brauchte und es im Hause Norden mit den fünf Kindern doch recht turbulent zuging. Aber sie würden sich natürlich treffen.

Das Ehepaar Jost war musikbegeistert. Sie wußten, daß David Delorme mit den Nordens verwandt war und hatten ganz dezent angefragt, ob sie vielleicht über sie noch Karten bekommen könnten, da das Konzert schon wieder so schnell ausverkauft war. Und Fee hatte gleich vier Karten reservieren lassen.

Die Kostenvoranschläge blieben also liegen, und die drei Kinder Danny, Felix und Anneka waren begeistert, daß sie mit den Eltern noch ein halbes Stündchen radeln würden.

Lenni brachte indessen die Zwillinge ins Bett, da gab es keine Schwierigkeiten. Lenni gehörte auch zur Familie.

Bei den Josts war es seit einiger Zeit die junge Finnin Donata, die die beiden Kinder Tim und Sarah betreute. Sie waren vier und zwei Jahre. Eva Jost hatte sich nur schwer entschließen können, ein Kindermädchen ins Haus zu nehmen, aber mit Donata hatte sie einen guten Griff getan, wenn Donata auch sehr eigenartige Fähigkeiten hatte, wie sich mit der Zeit herausstellte. Sie hatte das zweite Gesicht, obgleich Donata selbst dies so nicht sehen wollte.

Donata war als Sportstudentin mit einer Gruppe Leichtathleten nach München gekommen, und der Bus war in einen Verkehrsunfall verwickelt worden. Dabei wurde Donata als Einzige ziemlich schwer verletzt, kam in die Behnisch-Klinik und mußte dort drei Wochen ärztlich betreut werden. Ihre Gruppe war schon wieder abgereist, und sie wollte gern bleiben. Da hatten ihr die Behnischs die Stellung bei der Jost-Familie vermittelt, die in ihrer Nachbarschaft wohnte, und es war zu aller Zufriedenheit ausgegangen. Donata war zwar keine ausgebildete Kinderschwester, aber sie hatte ein ganz besonderes Gespür für Kinder. Und sie hatte tatsächlich den siebten Sinn, wie man bald feststellen konnte.

Einmal hatte sie zu Carlo Jost gesagt, er solle an diesem Tag lieber nicht zur Bank gehen, und da war die Bank tatsächlich überfallen worden. Ein anderes Mal warnte sie die Zugehfrau, an einem Wintertag mit dem Rad zu fahren. Die hörte nicht und stürzte schwer.

Auf Evas Frage, wie sie zu solchen Prognosen käme, erwiderte sie mit einem Lächeln, daß ihr so was manchmal einfach in den Sinn käme.

Man konnte ihr die Kinder unbesorgt anvertrauen, denn sie schien tatsächlich immer vorauszuahnen, wenn irgendeine Gefahr vorhanden war. Sie entpuppte sich als regelrechter Schutzengel.

Die Kinder liebten sie. Sie war fröhlich, ausgeglichen und überaus wachsam.

Sie hatte sich einen Platz im Hause Jost und in deren Herzen erobert, und niemand wollte daran denken, daß sie eines Tages wieder gehen würde.

Die Nordens radelten zur Gartenstraße, wo die Josts wohnten, um ihnen die Konzertkarten zu bringen, und da wollte man sie nicht gleich wieder weglassen. Aber sie wollten sich nicht aufhalten, denn ihren Zwillingen mußten sie auch noch gute Nacht sagen.

Eva und Carlo freuten sich mächtig auf das Konzert, und Carlo fragte gleich, ob sie anschließend noch einen Umtrunk machen könnten.

»Wird sich machen lassen, denn David hat das nach dem Konzert auch gern«, meinte Fee. »Wir verabreden uns dann noch. Aber darf ich Sie mal wegen der Kostenvoranschläge belästigen?«

»Ist doch keine Belästigung«, erwiderte Carlo, »es gehört ja mit zu meinen Aufgaben, aber ich wollte doch gern, daß Sie Vergleiche haben.«

»Mir wäre es aber lieber, wenn wir uns darüber unterhalten könnten«, sagte Fee. »Mein Mann will davon ja nichts wissen. Ein bißchen unsicher bin ich schon, und wir müssen uns ja auch ein Limit setzen.«

»Wir kriegen das schon hin. Ich hoffe, daß mit dem Bau bald begonnen werden kann.«

»Bei uns eilt es ja nicht«, sagte Daniel, der manchmal Alpträume bekam, wenn er an den Umzug und die Neueinrichtung der Praxis in dem jetzigen Wohnhaus dachte, aber im Grunde war ihm die Lösung doch recht willkommen, weil es ihm in seinen jetzigen Praxisräumen zu laut geworden war, da ständig irgendwo gebaut und gehämmert wurde.

Donata kam vom Obergeschoß, als sich die Nordens verabschiedeten. Sie war blaß.

»Ist etwas, Do?« fragte Eva.

»Ich glaube, drüben ist etwas passiert«, sagte Donata mit klangloser Stimme. »Der Mann ist nicht gut.«

»Du sollst dir nicht so viele Gedanken machen, Do«, sagte Eva sanft.

»Ich mache mir keine Gedanken, sie kommen von selbst«, erwiderte Donata.

Sie war ein apartes Mädchen mit einem reinen Gesicht,

Augen, die klar wie Bergseen waren, und man meinte auf den Grund ihrer Seele blicken zu können, die doch so rätselhaft war.

Eva und Carlo nahmen alles ernst, was sie sagte, und auch Daniel konnte nicht darüber lächeln. Fee war ohnehin empfänglich für so außergewöhnliche Eigenschaften.

Sie wußten auch, wer im Nebenhaus wohnte, denn Daniel hatte Joachim Wandrey bis zu seinem Tode fast täglich besucht und ärztlich betreut, und seine Tochter Sabrina kam noch öfter in die Praxis,wenn ihr etwas fehlte.

»Dieser Maruhn ist wirklich ein unsympathischer Mann«, sagte Eva leise zu Fee, »ich verstehe nicht, wie sich Frau Wandrey mit ihm einlassen konnte, denn eigentlich ist sie doch eine nette Frau. Sabrina scheint sehr zu leiden. Sie ist nur noch ein Strich in der Landschaft. Es ist schon arg, wenn man da so hilflos zusehen muß, aber man kann sich ja nicht einmischen.«

Von solcher Einmischung hielt Daniel Norden auch nichts, aber – ihm tat Sabrina ebenfalls leid.

Jetzt brauste dort ein Sportwagen mit aufheulendem Motor los. Fast hätte er Dannys Fahrrad gerammt.

»So ein unverschämter Lackl«, sagte Danny empört, »aber langsam ist er schon stadtbekannt mit seiner Raserei. Ihr müßt ihn doch mal anzeigen.«

»Wir haben das heute erstmals mitbekommen«, sagte Daniel, »aber wenn ich Zeuge von noch schlimmeren Vergehen wäre, würde ich ihn anzeigen. Und außerdem würde ich gern mal mit Sabrina sprechen«, sagte er leise zu Fee.

»Man kann sich doch nicht einmischen«, erwiderte sie.

Aber es wäre recht interessant gewesen, wenn sie von der Debatte zwischen Mutter und Tochter Wandrey etwas mitbekommen hätten.

»Wie lange willst du dir das noch gefallen lassen, Mama?« fragte Sabrina eisig. »Haut einfach mit deinem Wagen ab, weil er seinen zu Schrott gefahren hat, und ich möchte nicht wissen, wie viele Autos da schon auf der Strecke geblieben sind, und wie viele Frauen!«

Irene war kreidebleich geworden. »Er hört nicht auf mich«, murmelte sie.

»Du hättest aber auf mich hören sollen, bevor du dich mit diesem Kerl liiert hast. Papa würde sich im Grabe umdrehen, und glaube nur ja nicht, daß ich noch Achtung vor dir habe. Ich denke, ich werde jetzt das Gericht bemühen müssen, damit du nicht um alles gebracht wirst. Du scheinst den Verstand verloren zu haben.«

»Bitte, laß uns doch vernünftig miteinander reden, Sabrina«, flüsterte Irene bebend.

»Vernünftig?« spottete das Mädchen, »mit dir kann man doch nicht mehr vernünftig reden, du bist ihm ja hörig. Aber ich mache das nicht mehr mit. Morgen gehe ich zum Anwalt. Und jetzt fahre ich in die Oper.«

»Ich würde so gern mitkommen«, murmelte Irene.

»Ich habe nur eine Karte. Du hast doch alles aufgegeben für diesen Blender, diesen Schmarotzer, der sich hier breitmacht. Aber es ist auch mein Haus, das sage ich zum letzten Mal. Und wenn du nicht zur Vernunft kommst, lasse ich dich auch vor die Tür setzen.«

Das junge Gesicht war hart und die Stimme, die sonst so klangvoll war, auch. Sabrina studierte Musik, und sie brachte alles mit, um eine gute Geigerin zu werden. Sie mochte sinfonische Musik lieber als die Oper, aber es gehörte auch zu ihrem Studium, in die Oper zu gehen.

Ihre Mutter lief ihr nach. »Hab doch bitte ein bißchen Verständnis«, jammerte sie. »Fred hatte viel Pech, er meint alles nicht so.«

»Hör doch mit dem Lamentieren auf, Mama. Er ist ein Faß ohne Boden. Du kannst dir die Mühe sparen, ihn auch noch in Schutz zu nehmen. Und ich will dir auch nicht verheimlichen, daß er mir nachstellt, seitdem er weiß, daß ich die Haupterbin

bin. Du wirst für ihn nicht mehr von Interesse sein, wenn er dich arm gemacht hat. Lüg dir nicht selbst etwas in die Tasche. Wenn du nicht ohne Mann auskommen kannst, hättest du dir einen besseren suchen sollen.«

»Wie kannst du nur so reden! Wie kannst du denn so harte Töne mit deiner Musik vereinbaren?«

»Es hat keinen Sinn, darüber zu debattieren, ich habe keine Zeit mehr.«

Mit hängenden Armen stand Irene da und blickte ihr nach. Sie sah alt aus. Ihr Gesicht war eingefallen, die Augen dunkel umschattet.

Sabrina fuhr mit ihrem Wagen nur bis zur S-Bahn. Dort ließ sie ihn stehen und fuhr mit der Bahn weiter. Sie hatte diese gerade noch erreicht und sank atemlos auf einen Sitz. Sie schloß gleich die Augen und bemerkte erst später, daß ihr gegenüber ein junger Mann saß. Er trug einen hellen Trenchcoat, und als Sabrina zu Boden blickte, sah sie dunkle Hosen und perfekt geputzte schwarze Schuhe. Ihr Blick wanderte wieder zu seinem Gesicht, und sie sah in zwei kluge, nachdenkliche graue Augen.

Sie errötete. Er stieg mit ihr gleichzeitig aus und ging dann neben ihr her.

»Darf ich fragen, ob Sie in die Oper gehen?« sagte er verhalten.

Sie mußte unwillkürlich lächeln. »Sieht man mir das an?«

»Ich vermute es. Ich habe Sie schon einmal in einem Hochschulkonzert gesehen. Sie spielen Geige, es stimmt doch?«

»Ja, es stimmt. Sind Sie auch Musiker?«

»Nein, nur musikbegeistert, ansonsten bin ich ein nüchterner Jurist.«

»O la la«, sagte sie. Sie empfand es nicht als lästig, daß er neben ihr ging und mit ihr redete. Sie war ganz froh, nicht allein gehen zu müssen. Sie war nicht kontaktscheu, sie mochte nur keine plumpen Vertraulichkeiten, und die lagen ihm völlig fern.

»Ich darf mich vorstellen«, sagte er leise. »Mein Name ist Jochen Kuhn.«

»Ich heiße Sabrina Wandrey.«

Es fiel ihr nicht auf, daß sich seine Augenbrauen leicht zusammenschoben, als sie ihren Namen nannte. Jetzt hatten sie es eilig, auf ihre Plätze zu kommen, die weit auseinanderlagen.

»Sehen wir uns in der Pause?« fragte er hastig.

Sie zuckte die Schultern, aber sie schenkte ihm ein Lächeln. Ihr Blick folgte ihm, und als sie sich auf ihren Platz begeben hatte, entdeckte sie ihn ein paar Reihen vor ihrer. Sein helles Haar hob sich von den anderen Köpfen ab.

Die Aufführung war phantastisch. Herrliche Stimmen gaben »La Traviata« einen ganz besonderen Zauber, von dem sich auch Sabrina einfangen ließ, obgleich sie nicht so konzentriert lauschte wie sonst. Donnernder Applaus war der Dank für die Künstler.

Nach der Aufführung wartete Jochen Kuhn draußen auf sie. In der Pause hatten sie sich nur kurz gesehen, weil sich da alle drängten, aber nun hatte sie sich Zeit gelassen, und er wartete geduldig.

»Wir könnten doch wieder zusammen zurückfahren«, schlug er vor. »Abends ist es für eine junge Dame nicht ungefährlich, allein zu sein.«

Er half ihr in ihren Mantel. Sie spürte seinen warmen Atem am Nacken. Es war ein seltsames Gefühl, aber sie fühlte sich plötzlich auch eingehüllt in Wärme.

Draußen schlug ihnen ein kalter Wind entgegen. Er nahm ihren Arm. Es war glatt, da es vorher geregnet haben mußte. Das Wetter spielte wirklich verrückt zu dieser Jahreszeit.

»Es war eine sehr gute Aufführung«, stellte Jochen fest, »aber ich bin mehr für sinfonische Musik.«

»Ich auch.« Sie blickte zu ihm empor. Einen halben Kopf war er größer als sie.

»Dann haben wir schon etwas gemeinsam«, stellte er fest. »Es macht mich sehr froh, Sie kennengelernt zu haben. Ich fand Sie schon neulich bezaubernd, als Sie auf dem Podium saßen und spielten, so ganz konzentriert und doch in sich versunken.«

Ganz heiß strömte das Blut plötzlich durch ihre Adern. Das war kein Mann, der nur so daherredete, man spürte, was er fühlte.

»Ich kann aber auch ein richtiges Biest sein«, sagte sie, um nicht gleich diesem Zauber ganz zu verfallen.

»Das ist nur recht, wenn es angebracht ist. Man muß sich zu wehren verstehen. Ich hoffe nur, daß ich das ›Biest‹ nicht herausfordere. Können wir nicht noch irgendwo ein Glas Wein trinken, da wir doch mit der S-Bahn fahren?«

»Heute geht es nicht. Ich muß nach Hause. Ich muß mit meiner Mutter reden. Wir hatten Meinungsverschiedenheiten.«

Warum sagte sie ihm das, den sie doch gerade erst kennengelernt hatte?

»Man sollte so etwas schnell bereinigen, wenn es möglich ist«, sagte er ernst. »Aber wir werden uns doch nicht gleich wieder aus den Augen verlieren?«

»Jetzt werden wir erst einmal eine halbe Stunde mit der S-Bahn fahren«, erwiderte sie mit einem Lächeln, das ihn glücklich machte. Wie oft hatte er an dieses Mädchen gedacht, seit er sie im Konzert gesehen hatte, ohne etwas von ihr zu wissen, nicht einmal ihren Namen hatte er gekannt.

Sie mußten erst mal eine Viertelstunde auf die Bahn warten, die Verspätung hatte.

»Hoffentlich war da nicht wieder mal jemand lebensmüde«, sagte Sabrina gedankenvoll. »Es passiert jetzt so oft. Meine Mutter ist leider auch sehr labil.«

Er spürte, wie besorgt sie war, und fast unbewußt legte er den Arm um sie, als sie fröstelnd die Schultern zusammenzog. Es war auch sehr zugig im Untergrund. Sie ließ es sich gefallen, sie fühlte sich geborgen, und dieses Erlebnis war für sie beglückender als die Opernaufführung.

»Was haben Sie für berufliche Pläne, Sabrina?« fragte er. »Wollen Sie Solistin werden?«

»Ich möchte es schon, aber ob es dazu reicht? Zunächst möchte ich mich an einem Wettbewerb beteiligen und hoffentlich einen Preis erringen.«

»Und was werden Sie spielen?«

»Beethoven, Sonate G-Dur.«

»Das dachte ich mir fast.«

»Können Sie etwa meine Gedanken lesen?«

»Das nicht, aber so ein bißchen in Sie hineinlauschen. Ich glaube, es besteht eine Antenne zwischen uns.«

»Das könnte sein«, erwiderte sie leise. »Ich habe mich jedenfalls noch nie so gut mit einem Menschen verstanden, den ich gerade erst kennengelernt habe.«

Da kam die Bahn, und sie stiegen ein. Er ließ den Arm um ihre Schultern liegen, und sie lehnte ihren Kopf an sein Kinn. Sie waren sich nicht fremd. Er war ihr so vertraut in dieser Stunde wie kein anderer Mensch. Sie spürte eine tiefe Zuneigung, die auf Gegenseitigkeit beruhte, und gerade an diesem Abend empfand sie dies als besonders beglückend.

»Wann sehen wir uns wieder, Sabrina?« fragte Jochen, als sie am Ziel war. Er mußte noch drei Stationen weiterfahren. »Morgen? Ohne Oper oder Konzert, einfach so?«

»Wo?« fragte sie hastig.

»In Starnberg vielleicht? Oder soll ich Sie abholen?«

»Starnberg, Bahnhof, neunzehn Uhr?« sagte sie hastig, denn die Türen schlossen sich schon automatisch, aber er nickte, und sein zärtlicher Blick begleitete sie in ihren Gedanken.

Aber der Zauber wurde zerstört, als sie das Haus betrat.

Fred Maruhn stand in der Diele am Telefon. Er drehte sich um und sah sie mit zornfunkelnden Augen an.

»Was hast du mit deiner Mutter gemacht?« fuhr er sie an. »Sie ist ja völlig verändert.«

»Vielleicht kommt sie jetzt zur Besinnung«, erwiderte Sabrina eisig. »Und ich verbitte mir, daß Sie mich duzen. Das sage ich auch zum letzten Mal.«

Er wollte sie am Arm packen, aber sie schüttelte ihn mit einer Kraft ab, die man ihr nicht zutraute, wenn man sie in ihrer Zierlichkeit betrachtete.

»Rühren Sie mich nicht an!« zischte sie. »Mir graust vor Ihnen! Und ich möchte es nochmals betonen, daß dieses Haus mir gehört und meine Mutter hier nur das Wohnrecht hat. Glücklicherweise. Ich möchte Sie hier nicht mehr sehen, nie mehr.«

Sie hatte plötzlich den Mut, das zu sagen, was sie bisher nur gedacht hatte. Sie hatte Angst vor ihm gehabt, aber jetzt war diese Angst abgefallen, da er aggressiv war und nicht mehr so schleimig wie früher.

Er starrte sie an, sein Gesicht war grau, und in seinen Augen brannte Haß.

»Noch ist das letzte Wort in der Angelegenheit nicht gesprochen«, stieß er hervor. »Ich lasse mir von dieser Kanaille nicht das Haus verbieten, Irene. Hast du gehört?« schrie er. »Ich erinnere dich an deine Versprechungen.«

Aber er ging, und anscheinend hatte er vorhin ein Taxi bestellt, denn Sabrina hörte, wie ein Auto hielt und wieder wegfuhr. Es war nicht der Wagen ihrer Mutter, denn den kannte sie am Motorengeräusch.

Als alles ruhig war, ging sie hinaus und schaute in die Garage. Das Cabrio war nicht da. Sabrinas Augenbrauen schoben sich zusammen. Hatte er diesen Wagen etwa auch wieder schrottreif gefahren?

Sie ging zurück und in den Wohnraum. Zusammengesunken saß ihre Mutter in einem Sessel und schluchzte in sich hinein.

»Beruhige dich, Mama, du wirst ihm doch nicht nachheulen«, sagte Sabrina. »Wo ist dein Wagen?«

»Ich weiß es nicht«, jammerte Irene. »Er hat es mir nicht gesagt. Er ist mit dem Taxi gekommen und wollte Geld.«

»Und du hast es ihm gegeben?«

»Damit er geht. Ich wollte nicht, daß er mit dir zusammentrifft.«

»Mein Gott, wie tief bist du gesunken«, sagte Sabrina heiser. »Du wirst dir eine Wohnung suchen, wenn du immer noch mit ihm zusammenbleibst. Es tut mir leid, wenn ich so hart sein muß, aber etwas anderes wirkt ja nicht bei dir.«

»Ich will ja nicht mit ihm zusammenbleiben«, schluchzte Irene. »Aber er droht mir, du hast es doch gehört.«

»Dann zeigen wir ihn eben an.«

Irene hob abwehrend die Hände. »Nein, keine Polizei, bitte, nicht das, Sabrina.«

»Dieses Haus wird er jedenfalls nicht mehr betreten«, sagte Sabrina mit fester Stimme.

»Was soll ich denn nur tun? Gib mir doch einen Rat. Wenn ich jede Beziehung abbreche, bekomme ich doch mein Geld nicht mehr zurück.«

Sabrina lachte auf. »Du wiegst dich doch nicht etwa in dem Wahn, daß du es jemals zurückbekommst, Mama! Das Geld kannst du in den Schornstein schreiben. Du solltest verreisen und Abstand gewinnen.«

Mit trüben, verweinten Augen blickte Irene sie an. »Vielleicht tue ich das«, flüsterte sie.

Sabrina wünschte ihr eine gute Nacht und ging hinaus in ihr Zimmer. Sie machte nur die Nachttischlampe an und trat an das Fenster, das sie nun weit öffnete. Die kalte, klare Nachtluft strömte herein und machte ihren Kopf freier.

Sie sah, daß drüben Donata am Fenster stand. Sie hatten schon öfter ein paar Worte gewechselt. Sabrina mochte dieses nette, stille Mädchen, sie mochte die Kinder und das sympathische Ehepaar Jost, das sich reserviert verhielt, seit Maruhn hier im Hause ein und aus ging.

Sie konnte einfach nicht begreifen, daß ihre Mutter sich mit diesem Mann eingelassen hatte, der jünger war als sie und nichts anderes aufzuweisen hatte als playboyhafte Manieren und ein arrogantes Mundwerk.

Im Nachbarhaus war Eva Jost in die Küche gekommen, wo Donata noch am Fenster stand.

»Was hast du, Do?« fragte Eva.

»Ich weiß nicht, es macht mich traurig, wenn ich da hinüberschaue, und ich muß immer wieder hinschauen. Sabrina ist so lieb, sie war gleich so freundlich zu mir. Sie tut mir leid.«

Insgeheim überlegte Eva wieder, was wohl Donatas Ahnungen, die sie keineswegs belächelte, bedeuten könnten. Aber Donata sagte dann nur: »Es wird etwas geschehen, etwas Schlimmes.«

»Beschwer dich nicht damit, Do. Geh jetzt zu Bett. Morgen fahren wir mit den Kindern in den Zoo.«

Donata nickte. »Ich möchte so gern helfen, wenn ich es doch könnte«, murmelte sie.

~

Am nächsten Morgen hörte Sabrina in den Frühnachrichten, daß am gestrigen Abend ein zehnjähriger Junge tödlich überfahren worden sei und der schuldige Autofahrer Fahrerflucht begangen hätte.

Das würde auf Maruhn passen, dachte sie, aber sie mahnte sich, jetzt nicht zu ungerecht zu werden. Doch ihre Abneigung saß so tief, daß sie ihm alles zutraute.

Aber nicht sie allein traute es ihm zu. Die Nordens hatten die Meldung auch gehört, als sie am Frühstückstisch saßen. Es könnte sich um einen roten Wagen gehandelt haben, war auch gesagt worden.

»Der unverschämte Raser von gestern fuhr auch einen roten Wagen«, sagte Danny.

»Es gibt viele rote Wagen, mein Sohn«, sagte Daniel mahnend.

»Okay, okay, aber man denkt doch gleich an so was, Papi.

Und wir haben doch schon öfter gesehen, daß der Kerl wie ein Wilder fährt.«

»Stimmt«, fügte Felix lakonisch hinzu.

»Der arme Bub«, flüsterte Anneka, und gleich stahlen sich Tränen in ihre Augen, »und wie mag die Mami von ihm weinen.«

Dr. Norden sollte bald erfahren, zu wem der Bub gehörte, denn er wurde zu Frau Reinerts gerufen, und da hatte er schon eine bange Ahnung. Das Ehepaar Reinerts hatte nur den einen Sohn, Bernd, und der war es, der überfahren worden war.

Willi Reinerts war ein schwerkranker Mann. Er litt an Asthma und Herzkranzgefäßverengung. Er saß teilnahmslos am Bett seiner Frau, die einen Nervenzusammenbruch erlitten hatte.

»Ich bring den Kerl um, ich bring ihn um, wenn ich ihn zu fassen kriege«, murmelte Willi Reinerts.

»Denken Sie jetzt an Ihre Frau, Herr Reinerts«, sagte Dr. Norden beruhigend. »Sie braucht Sie.«

»Wozu leben wir denn noch?« murmelte der Mann. »Und was hat denn meine Hilde jetzt noch, einen kranken Mann, der ihr zur Last fällt.«

»Das dürfen Sie nicht sagen. Ich kenne Ihre Frau, so denkt sie nicht, Herr Reinerts. Es ist schrecklich, und ich kann Ihnen nachfühlen, wie Sie leiden, aber Sie dürfen nicht verzweifeln.«

»Das sagen Sie so. Der Bernd war doch unser ein und alles, so ein lieber, braver Bub, und ihn trifft nicht die geringste Schuld. Er kam vom Handball, er fuhr mit seinem Rad auf der Vorfahrtsstraße, und der Kerl rast mit Karacho aus einer Nebenstraße heraus. So muß es gewesen sein, sagte der Polizist. Aber einfach auf und davon ist er, ohne Skrupel, wo ist da die göttliche Gerechtigkeit?«

Wie gut verstand Daniel den großen Kummer in diesem hübschen Häuschen, in dem alles für den kleinen Bernd getan worden war. Er war ein besorgter Vater, er hatte gestern auch einen

Schrecken bekommen, als der Raser fast Dannys Rad gestreift hätte. Bei ihnen war es gutgegangen, aber was wäre, wenn – nein, er wollte nicht weiterdenken. Es war schrecklich genug, daß Bernd nun tot war, und wer weiß, ob seine Mutter sich von diesem Schock je erholen würde.

Auch in den Zeitungen konnte man von der Fahrerflucht lesen, und ein Foto von Bernd war zu sehen.

Sabrina legte die Zeitung vor ihre Mutter hin, die bleich und wortkarg an den Frühstückstisch kam.

»Da werden alle roten Golfs kontrolliert werden, Mama«, sagte sie, »und du weißt nicht mal, wo sich dein Wagen befindet. Das wird Ärger geben.«

»Meinst du, er war es?« fragte Irene tonlos.

»Zutrauen würde ich es ihm, aber mir geht es um dich. Immerhin bist du meine Mutter, und ich weiß, daß du keiner Fliege etwas zuleide tun könntest. Aber dieser Kerl hat dir Unglück gebracht, also auch mir. Doch jetzt muß ich zur Hochschule. Heute abend bin ich verabredet.«

Irene stellte keine Fragen, sie scheute sich davor und fürchtete wohl auch, eine abweisende Antwort zu bekommen. Als Sabrina gegangen war, starrte sie auf die Zeitung, auf das Foto des kleinen Jungen, der so fröhlich dreinschaute und nun tot war. Ein Frösteln kroch durch ihren Körper.

~

Sabrina hatte noch Zeit, weil die Proben für das nächste Hochschulkonzert erst um zehn Uhr begannen. Sie fuhr zu Dr. Norden. Sie hatte das Bedürfnis, sich bei dem erfahrenen Arzt, den sie sehr mochte, Rat zu holen.

»Hallo«, sagte Dorthe Harling herzlich, als Sabrina die Praxis betrat, »was fehlt uns denn?«

»Eigentlich nichts Genaues, ich hätte nur gern mal Dr. Norden kurz gesprochen. Geht das? Ich muß zur Probe.«

»Es ist einzurichten, wenn es nicht lange dauert.«

»Es dauert bestimmt nicht lange.«

Daniel Norden stand noch unter dem Eindruck seines Besuches bei den verzweifelten Eltern Reinerts. Frau Reinerts hatte in die Klinik gebracht werden müssen. Da paßte es in seine Stimmung, als Sabrina ihm von ihrer Vermutung erzählte.

»Ich weiß, man sollte das nicht tun, aber ich werde den Gedanken nicht los. Wenn Maruhn nichts passiert wäre, wäre er doch nicht mit dem Taxi zu meiner Mutter gekommen. Es wäre schrecklich, wenn er auch noch das Kind auf dem Gewissen hätte. Was soll ich nur tun, damit Mama endlich von ihm loskommt? Ich weiß wirklich nicht, was sie an ihm findet.«

»Da spielt wohl die Midlifecrisis eine Rolle, Sabrina, der jüngere Mann, der große Komplimente und gewaltige Versprechungen macht. Ihre Mutter ist nicht die einzige, die darauf hereinfällt. Und manchmal sind es sogar ganz unscheinbare Männer, die es verstehen, sich gerade zur rechten Zeit als verständnisvoller, hilfreicher Freund zu zeigen und nur ihren eigenen Profit im Sinn haben, aber sie müssen irgend etwas an sich haben, was den Frauen gefällt.«

»Ich finde ihn abstoßend«, sagte Sabrina.

»Es wird gut sein, daß Sie einen besseren Instinkt haben als Ihre Mutter. Ich hoffe, daß sich doch noch alles zum Guten wendet.«

»Aber was sollten wir machen, wenn wir wegen Mamas Wagen befragt werden?«

»Vielleicht können Sie der Polizei doch einen Hinweis geben. Sie brauchen ja nicht gleich einen direkten Verdacht zu äußern.«

»Ja, das werde ich tun, soviel Zeit bleibt mir noch.«

Und der Zufall wollte es, daß Sabrina an einen Polizeibeamten geriet, der mit Willi Reinerts befreundet war und dazu auch noch der Pate von Bernd.

Er horchte auf, als Sabrina erzählte, daß der Golf von ihrer Mutter, ein roter Golf, von einem Bekannten ausgeliehen und nicht zurückgebracht worden war.

Ein bißchen mißtrauisch wurde sie doch angeschaut. Und sie wurde auch gefragt, ob sie oder ihre Mutter den Wagen gestern benutzt hätten.

»Ich habe meinen eigenen, und meine Mutter hat das Haus nicht verlassen, weil sie sich nicht wohl fühlte«, erwiderte Sabrina.

Dann mußte sie auch den Namen des Bekannten angeben und seine Adresse, aber sie kannte nur seine Telefonnummer. Sollten sie ruhig zu ihrer Mutter gehen und sie befragen, es konnte sie nur noch mehr aufrütteln und ihr bewußt machen, in welches Dilemma sie sich da gebracht hatte. Sie fuhr nun zur Hochschule.

Und schon wurde nach Fred Maruhn und dem roten Golf von Irene Wandrey gesucht, aber Maruhn schien vom Erdboden verschluckt worden zu sein. Jedenfalls war er nicht unter der Adresse zu finden, die zu der Telefonnummer gehörte, und diese hatte wiederum einer Frau namens Lilly Boerden gehört, die sich aber auf einer Auslandsreise befand. Das alles sollte aber auch Irene Wandrey erfahren, und sie geriet in tiefste Depressionen. Es war das Allerschlimmste für sie, daß jeder sehen konnte, daß die Polizei bei ihr im Hause war.

Das war freilich auch Eva Jost nicht entgangen. Sie dachte dabei zuerst an Donatas Ahnungen. Und Donata sagte diesmal etwas, was Eva doch erschaudern ließ.

»Das Kind ist tot, und er wird sterben, bald.«

Eva hielt den Atem an. »Was meinst du?« fragte sie bebend.

»Ich meine den Mann, den bösen Mann.«

In solchen Momenten hatte Donata eine fast kindliche Ausdrucksweise, das war Eva schon mehrmals aufgefallen. Sonst drückte sie sich immer so gewählt aus, daß man darauf schließen konnte, daß sie eine sehr gute Erziehung genossen haben mußte. Allerdings sprach sie nie über ihre Angehörigen.

Eva hegte nun auch den Verdacht, daß jener Maruhn den

Unfall verursacht hatte, der in den Akten als fahrlässige Tötung geführt wurde. Aber auch sie konnte ihn nicht beschuldigen, da sie keine Beweise hatte.

~

Sabrina fuhr an diesem Tag nicht mehr nach Hause. Sie probte noch mit ihrem Quartett, das auch bald eine Matinee geben wollte, dann fuhr sie nach Starnberg.

Zu dieser Zeit saß Jochen Kuhn noch bei seinem Vater. Sein Elternhaus lag am Hochufer des Starnberger Sees, und man hatte von hier aus einen herrlichen Blick über den See zu den einzelnen Orten.

»Du hast heute also eine Verabredung und läßt deinen alten Vater allein«, sagte Berthold Kuhn.

»Mit einem bezaubernden Mädchen«, sagte Jochen.

»Welch ein Wunder, mein Sohn findet ein Mädchen bezaubernd«, staunte der Ältere. »Wie heißt sie denn?«

»Sabrina Wandrey.«

Schlagartig verdüsterte sich Bertholds Gesicht. »Wandrey, etwa die Tochter von Irene Wandrey?«

»Ich dachte bei dem Namen mehr an die Albrecht Wandrey KG. Aber ich habe sie noch nicht gefragt. Hast du etwas gegen Irene Wandrey?«

»Ich habe insofern etwas gegen sie, weil sie sich von einem windigen Laffen namens Maruhn übers Ohr hauen läßt. Er schuldet unserer Bank hunderttausend Mark, und der Kredit wurde ihm nur gewährt, weil Irene Wandrey für ihn bürgte. Ich fürchte, daß sie dafür geradestehen muß und ihm auch sonst Geld genug gegeben hat. Solche Schlawiner verstehen es, Frauen auszunehmen, aber auf Warnungen hören sie nicht. An das Vermögen von der Tochter kann sie nicht heran, zum Glück, muß man sagen, und hoffentlich läßt sich das Mädchen nicht auch aufs Kreuz legen.«

»Sie macht mir nicht den Eindruck. Sie ist übrigens Musikstudentin, und eine begabte dazu. Ich habe sie gestern kennengelernt.«

»Und es hat gefunkt?«

»Das kann man sagen, Paps. Sie wird dir auch gefallen, sie ist umwerfend.«

»Wenn du die Mutter kennenlernst, kannst du sie ja mal ein bißchen aushorchen, wo Maruhn jetzt steckt.«

»Das werde ich nicht, Paps. Mich interessiert nur Sabrina.«

»Ich hoffe, daß du nicht enttäuscht wirst, mein Junge.«

»Bestimmt nicht, Paps.«

Sabrina stieg aus ihrem Wagen, als Jochen kam, und sie gingen aufeinander zu und fielen sich in die Arme, als sei es gar nicht anders denkbar.

»Ich liebe dich«, sagte er voller Zärtlichkeit. »Mir ist es heute nacht bewußt geworden, ich habe immer nur an dich gedacht.«

»Und ich an dich. Ich fühlte mich plötzlich so sicher, so geborgen.«

»So soll es immer sein, Sabrina, ich wünsche nichts anderes mehr. Mich hat es erwischt, das hat sogar mein Vater festgestellt.«

»Du verstehst dich gut mit ihm?« Wie leicht das Du schon über ihre Lippen kam!

»Ja, wir verstehen uns sehr gut. Meine Mutter ist vor fünf Jahren gestorben, und da mußten wir uns aneinander emporziehen, das verbindet.«

»Es ist schön, wenn man das sagen kann. Mama und ich haben uns nach Papas Tod auseinandergelebt, und dann hat sie auch noch ihren Verstand an einen anderen Mann verspielt.«

»Das sagst du so?«

»Wie sollte ich es sonst sagen? Er ist ein Schuft, und ich verdamme ihn in Grund und Boden. Er wollte nur Geld, und Mama hat es ihm gegeben.«

»Und der Bank schuldet er hunderttausend, und dafür hat deine Mutter gebürgt.«

»Woher weißt du das?« fragte Sabrina entsetzt.

»Von meinem Vater. Er ist Bankdirektor.«

»Mein Gott, was muß er jetzt von mir denken?«

»Du hast doch damit gar nichts zu tun, und er denkt nur, daß ich mich in ein bezauberndes Mädchen verliebt habe, so sehr, daß ich es immer festhalten möchte, für ein ganzes Leben, Sabrina.«

»Aber wenn sich Mama schon um Kopf und Kragen gebracht hat?«

»So schlimm wird es denn doch nicht sein. Sie werden diesen Burschen schon zu fassen kriegen, und dann wird deine Mutter aus Erfahrung klüger geworden sein. Du darfst auf mich hören, es spricht der Jurist.«

Sie lachte leise. »Wahrscheinlich werde ich öfter deinen juristischen Rat brauchen.«

»Du bekommst ihn umsonst. Ich bin in der Kanzlei des sehr bekannten Anwalts Dr. Polgert als Sozius eingestiegen. Du wirst stets bestens beraten werden.«

»Vielleicht braucht Mama das noch nötiger.«

»Ich kann mich nicht aufdrängen, Sabrina. Laß erst einmal alles an dich herankommen. Tatsachen sprechen mehr für sich als Antipathie.«

»Aber sie meint, er würde sie bedrohen.«

»Dann muß sie ihn anzeigen.«

»Das habe ich auch gesagt.« Sie schmiegte sich an ihn. »Aber jetzt sollten wir über Erfreulicheres reden.«

»Dagegen habe ich auch nichts. Und einen Happen essen werden wir auch.«

Es war kein Happen, sondern ein exzellentes Mahl in einem besonders schönen Restaurant. Jochen war bekannt, und sie wurden bestens bedient. Und Sabrina hatte Hunger und aß mit Appetit.

Es war nicht so, als hätten sie sich erst gestern kennengelernt, so vertraut waren sie schon miteinander.

»Es ist so gut, daß ich dich getroffen habe, Jochen«, sagte sie leise, als sie sich verabschiedeten. »Es ist, als hätte dich der Himmel geschickt, damit ich mich nicht so verloren fühlen soll.«

»Und ich bin dem Herrgott dankbar, daß es dich gibt. Weißt du, ich werde lieber mit dir kommen, damit ich weiß, daß du gut zu Hause angekommen bist.«

»Und dann mit der S-Bahn zurückfahren? Nein, so weit ist es ja nicht.«

»Aber es ist gleich Mitternacht.«

»Eben, wir können uns morgen sehen, oder wann immer du willst und Zeit hast.«

Er küßte sie lange und zärtlich. »Paß auf dich auf, mein Liebstes«, sagte er innig.

»Keine Sorge, ich nehme keinen Anhalter mit.«

Er sollte es gewaltig bereuen, daß er sie nicht nach Hause begleitet hatte.

~

Die Fahrt verlief ohne Zwischenfälle. Es war zwanzig nach zwölf Uhr, als Sabrina zu Hause ankam.

Das Haus war dunkel. Sabrina meinte, ihre Mutter würde schlafen. Als sie die Haustür aufschloß, war es ihr, als höre sie im Garten ein Geräusch.

»Mama«, rief sie, als sie in der Diele stand.

Es kam keine Antwort.

Sie machte überall Licht und ging zum Schlafzimmer ihrer Mutter. Irene war nicht da, aber es herrschte eine Unordnung, wie sie Sabrina von ihrer Mutter nicht gewöhnt war.

Aber Irene war im ganzen Haus nicht zu finden, und es war auch keine Mitteilung da, wo sie sich aufhalten könnte.

Ob sie mit Maruhn fortgegangen war? Sabrina wurde es eiskalt. Und dann hörte sie von draußen einen Knall, einen Schuß, und sie erschrak fürchterlich.

Sie lief zur Tür. »Mama!« rief sie. »Bist du hier?«

Sie lief zur Gartentür und wäre fast über einen Körper gefallen. Ein Schreckensruf kam über ihre Lippen, denn im matten Schein des Mondes erkannte sie Maruhn. Neben seiner Hand lag ein Revolver.

Sabrina verharrte wie gelähmt, aber plötzlich erschien Carlo Jost, und dann kamen Eva und Donata, wohl aufgeschreckt durch den Schuß.

»O Gott«, stöhnte Eva, als sie den Mann in seinem Blut liegen sah.

»Er ist tot«, stammelte Sabrina. »Ich habe ihn hundertmal zur Hölle gewünscht, nun ist er tot. Aber Mama ist fort.«

Eva und Carlo ahnten, daß sie mit einer Tragödie konfrontiert wurden.

Donata richtete den Blick zum Himmel. »Er hat den Jungen getötet, er hat seinen Richter gefunden«, sagte sie monoton.

Eva griff nach ihrer Hand. Dann sah sie Sabrina an. »Wir sollten die Polizei verständigen, Sabrina«, sagte sie leise.

»Ja, natürlich, die Polizei. Mama wollte nichts mit der Polizei zu tun haben.«

»Sie brauchen keine Angst zu haben, Sabrina«, sagte Donata, »es wird alles gut.«

Verwirrt sah Sabrina das Mädchen an. Immer wieder schüttelte sie den Kopf, und dann kam die Polizei. Es war seltsam, aber niemand sonst schien den Schuß gehört zu haben. Und es blieb weiterhin still in der Straße.

Der Polizeiobermeister Hertel hatte das Ehepaar Jost kurz verhört, und ein anderer Polizist hatte Sabrina ins Haus geführt. Die Spurensicherung war herbeigerufen worden, und dann kam Hertel zu Sabrina.

Sie erkannte in ihm denjenigen, dem sie am Morgen von dem verschwundenen Golf erzählt hatte.

»Ist das der Mann, dieser Maruhn?« fragte er rauh.

»Das ist Maruhn«, bestätigte Sabrina.

»Und in der Garage steht der Golf«, sagte Hertel.

»Wieso?« fragte Sabrina verwirrt.

»Sicher hat er ihn zurückgebracht. Sie haben es nicht bemerkt?«

»Nein, ich bin gerade nach Hause gekommen.«

»Sie haben nicht mit ihm gesprochen?«

»Nein, ich habe den Schuß gehört und bin wieder hinausgelaufen, nachdem ich meine Mutter nicht im Hause vorfand.«

»Sie ist also nicht da. Wo ist sie?«

»Da fragen Sie mich zuviel, ich weiß es nicht. Ich war den ganzen Tag nicht zu Hause.«

Er musterte sie forschend, aber sie las in seinem Gesicht auch einen sehr nachdenklichen Ausdruck.

»Der Kommissar wird bald kommen«, sagte er. »Vielleicht kommt Ihre Mutter auch.«

Wo mag sie nur sein, dachte Sabrina, und schlimme Sorgen ergriffen von ihr Besitz.

Jochen wurde in aller Frühe von seinem Vater geweckt. »Was ist denn los?« fragte er schlaftrunken.

»Das wirst du gleich hören. Du wirst einen schönen Schreck bekommen.«

»Ist was mit Sabrina? Mein Gott, so rede schon!«

»Maruhn ist heute nacht vor dem Hause Wandrey erschossen worden. Frau Wandrey ist verschwunden, und ihre Tochter Sabrina wurde unter dringendem Tatverdacht verhaftet«, sagte Berthold Kuhn. »Kam eben im Radio.«

»Die sind ja verrückt«, stöhnte Jochen, »ich muß gleich zu ihr. So was kann man doch nicht machen, Sabrina kann niemanden umbringen.«

»Sie wird einen guten Anwalt brauchen, Jochen. Sprich mit

Dr. Polgert. Ich verstehe dich ja, aber ich weiß auch, daß man manchmal die Beherrschung verliert. Du wirst dich erst erkundigen, was genau vorgefallen ist.«

»Natürlich werde ich das. Mein Gott, hätte ich sie doch nur heimgebracht, aber sie wollte nicht, daß es zu spät für mich wird.«

So aufgeregt hatte Berthold Kuhn seinen Sohn noch nie gesehen. Aber er wußte auch nicht, wie er ihn aufmuntern könnte.

»Vielleicht stellt sich bald heraus, daß sich alles anders verhalten hat«, sagte er. »Vielleicht war es ihre Mutter, und Sabrina wollte sie decken.«

»Das wäre eine feine Mutter, wenn sie einfach verschwindet und ihre Tochter in den Schwierigkeiten sitzen läßt. Aber sie haben sich wegen Maruhn sowieso nicht mehr verstanden.«

»Man kann ja auch anbringen, was das für ein Kerl gewesen ist«, sagte Berthold. »Du kannst ruhig sagen, daß man sich wegen dieses Menschen an mich wenden kann, aber du sagst nichts von seinen Machenschaften. Verhalte dich diplomatisch, Jochen.«

»Ich liebe Sabrina, Paps«, sagte Jochen leise, »obwohl wir uns erst so kurz kennen, wir gehören zusammen.«

»Und gleich kommt die Bewährungsprobe«, stellte Berthold fest. »Wenn ihr die besteht, besteht auch kein Zweifel mehr, daß es Liebe ist.«

»Für mich gibt es nicht den geringsten Zweifel«, sagte Jochen mit fester Stimme, »und jetzt werde ich gleich fahren. Hoffentlich kommt Arne früh in die Kanzlei, bevor er zum Gericht geht.«

»Die Boulevardzeitungen werden ein gefundenes Fressen haben«, sagte Berthold nachdenklich. »Wandrey war ein bekannter Mann.«

»Sie sollen sich hüten, Lügen aufzutischen, dann kriegen sie eine Verleumdungsklage an den Hals«, stieß Jochen hervor. »Tschüs, ich fahre.«

»Ruf mich mal an, Junge, und alles Gute«, rief ihm Berthold nach.

Seit ein paar Wochen verdiente sich Jochen seine ersten Sporen in Dr. Arne Polgerts Anwaltskanzlei, und der war sehr zufrieden mit ihm, denn endlich wurde er mal richtig entlastet. Jochen war nicht so hochtrabend wie andere junge Anwälte, die nur schnell Karriere machen wollten. Er war pünktlich, zuverlässig und immer gleichbleibend beherrscht.

An diesem Morgen war es allerdings anders, und Arne Polgert war überrascht, ihn so bleich und erregt zu sehen.

»Hattest du eine Karambolage, Jochen?« fragte er, »die Straßen sind verdammt glatt. Da hat man gemeint, der Frühling sei schon eingekehrt, und dabei wird es wohl noch mal richtig Winter.«

»Ich bin ganz gut durchgekommen, aber ich bin froh, daß ich dich noch sprechen kann, Arne. Du mußt für mich einen Fall übernehmen.«

»Was hast du angestellt?« fragte Arne.

»Ich nichts, aber hast du keine Nachrichten gehört?«

»Morgens nie, sonst bekomme ich die Krätze«, erwiderte Arne, der gerade zehn Jahre älter war als Jochen, aber im Herzen noch genauso jung.

»Sabrina Wandrey wird verdächtigt, diesen obskuren Maruhn erschossen zu haben. Ich kenne sie, und ich liebe sie.«

»Hoppla, das ist ja ganz was Neues, und es beginnt gleich mit einem Mord?«

»Bestimmt ist es nicht Mord, wenn sie es gewesen sein sollte, höchstens Notwehr, aber ich glaube gar nicht, daß sie überhaupt eine Waffe hat.«

Arne Polgert runzelte die Stirn. »Ich möchte erst die genauen Fakten wissen. Ich muß mir ein Bild machen können. Natürlich übernehme ich den Fall, da du mich darum bittest, aber wie lange kennst du die junge Dame, wenn ich fragen darf?«

»Ich habe sie vorgestern in der Oper kennengelernt, gestern haben wir uns getroffen. Ich liebe sie«, sagte Jochen.

Arne lächelte flüchtig. »Wenn du es sagst, möchte ich es sogar für bare Münze nehmen.«

Und während sie sich berieten, rief Fee Norden Eva Jost an. Sie hatte die Nachrichten gehört, und sie wollte Eva fragen, ob sie etwas mitbekommen hätte.

Eva erzählte ihr, was sie wußte. »Aber unsere Donata hatte schon vorher schlimme Ahnungen, und sie sagt, daß es Sabrina nicht war, auch ihre Mutter nicht.«

»Aber wo ist Frau Wandrey?« fragte Fee.

»Das wissen wir nicht. Sie ist anscheinend verschwunden.«

»Ich glaube es auch nicht, daß es Sabrina war«, sagte Fee.

»Er war ein ganz mieses Mannsbild, und wer immer das getan hat, hat keinen wertvollen Menschen getötet.«

~

Dr. Daniel Norden mußte indessen drei Unfallopfer versorgen, die nicht mit so glatten Straßen gerechnet hatten. Es waren zwei Fußgängerinnen und ein Radfahrer, verstauchte Knöchel und Schürfwunden. Und in der Praxis wurde auch über Sabrina gesprochen.

Daniel Norden war ein toleranter Mann, und er war besonders mit den alten Damen und Herren sehr nachsichtig, aber wenn sie Tratsch verbreiten wollten, konnte er sehr kurz sein.

Das bekamen auch zwei Damen zu spüren, und sie schwiegen! Daniel war besorgt um Sabrina. Es war nicht auszuschließen, daß ihr die Nerven durchgegangen sein mochten, aber ein kaltblütiger Mord war es gewiß nicht, und er ärgerte sich, daß es gleich in solchen Tönen verbreitet wurde.

Dr. Polgert war indessen bereits im Untersuchungsgefängnis

eingetroffen. Er mußte sich beeilen, weil er um zehn Uhr auf dem Gericht sein mußte.

Sabrina wurde ins Sprechzimmer geführt. Sie sah ihn verwundert an, als er sich vorstellte.

»Jochen hat mich beauftragt, Sie zu vertreten, Fräulein Wandrey«, sagte er rauh, aber er konnte verstehen, daß sich Jochen in dieses Mädchen verliebt hatte.

»Wieso wissen Sie es schon?« fragte sie bebend.

»Es kam im Radio. Ich weiß, daß es eine unfeine Methode ist, aber Sie tragen einen bekannten Namen, und jemand muß das gleich mitbekommen haben.«

»Mir ist alles egal. Ist meine Mutter schon aufgetaucht?« fragte Sabrina schleppend. Man sah ihr an, daß sie in der Nacht kein Auge zugetan hatte.

»Ich weiß noch sehr wenig. Ich möchte Sie nur bitten, mir zu erzählen, was passiert ist, seit Sie sich von Jochen verabschiedet haben. Er macht sich große Sorgen um Sie.«

Sie blickte zu Boden und erzählte monoton und bereits zum wiederholten Male, weil sie schon lange verhört worden war, ihre Geschichte, an der es für sie nichts zu verbergen gab.

»Der Verdacht wird nicht aufrechtzuerhalten sein«, sagte Arne Polgert. »Ich werde dafür sorgen, daß Sie noch heute freigelassen werden. Es muß doch festzustellen sein, wem die Waffe gehört, mit der Maruhn erschossen wurde.«

»Ich habe jedenfalls keinen Revolver und meine Mutter auch nicht.«

»Und Maruhn?«

»Das weiß ich nicht. Ich habe mit ihm nicht oft gesprochen.«

»Und Sie sagen jetzt gar nichts mehr. Lassen Sie sich nicht verwirren. Sie hören bald von mir. Und nun hätte ich es doch beinahe vergessen, Sie von Jochen ganz lieb zu grüßen.«

»Danke«, sagte sie leise, und da kullerten die Tränen. »Aber ich habe hier gesagt, daß ich diesen Mann gehaßt habe. Vielleicht ist es besser, wenn mich Jochen aus seinem Gedächtnis streicht.«

»Das wird er bestimmt nicht, dazu kenne ich ihn schon zu gut«, erwiderte Arne.

»Es wird bestimmt viel schmutzige Wäsche gewaschen werden, ich will ihm nicht schaden.«

»Das wird ihm auch nichts ausmachen, Sabrina. Und Sie können sich auf Jochen voll verlassen, auch auf mich.«

Wie nicht anders zu erwarten war, hatten sich die Reporter auf den Fall gestürzt. Was sie alles so plötzlich über Fred Maruhn wußten und seine Verhältnisse, konnte manchen wundern, der gewünscht hatte, Irene hätte das alles früher schon in solcher Form und solchem Ausmaß und in aller Öffentlichkeit erfahren.

Und was sie plötzlich alles noch auftischen konnten! Hat Maruhn nicht nur die reiche Witwe Wandrey ausnützen wollen, sondern sich auch an ihre Tochter herangemacht?

Man konnte es lesen. Man hatte keine Hemmungen, es zu drucken. Frühere Freundinnen von Maruhn waren schon bereit, jetzt über ihn Auskunft zu geben. Und natürlich wurde auch die Frage laut, warum Irene Wandrey untergetaucht und unauffindbar wäre.

Ob Mutter und Tochter Maruhn beseitigen wollten, und so weiter, und noch mehr. Es war direkt widerwärtig zu lesen für diejenigen, die Sabrina kannten.

»Was denen so alles einfällt«, sagte Fee mittags zu ihrem Mann. »Plötzlich wissen so viele Leute über Maruhn Bescheid, wieviel Dreck er am Stecken hat, aber keiner hatte vorher den Mut, etwas gegen ihn zu unternehmen.«

Aber dann erschien auch noch in einem Mittagsblatt die Schlagzeile »Hat Maruhn auch mit dem Golf von Irene Wandrey den kleinen Bernd Reinerts getötet? Der Wagen wurde beschädigt in der Garage von Frau Wandreys Haus gefunden.«

Der Polizeiobermeister Karl Krause hatte einen freien Tag, und er suchte seinen Freund Willi Reinerts auf.

Der saß trübsinnig und stumm vor einer fast leeren Whiskyflasche.

»Du sollst nicht trinken, das schadet deiner Gesundheit noch mehr, Willi«, sagte Karl Krause.

»Ist doch alles egal. Hilde haben sie in die Nervenklinik gebracht, sie ist völlig durchgedreht, und meinen Jungen macht auch keiner mehr lebendig. Der Kerl mußte krepieren. Es mußte sein.«

Karl Krause stockte der Atem. »Du darfst nicht so reden, Willi«, sagte er heiser, »und du darfst auch zu niemandem sagen, daß ich angedeutet habe, Maruhn könnte den roten Golf gefahren haben, der Bernd überrollt hat, sonst bringst du mich auch noch in Schwierigkeiten.«

»Ich sage nichts«, lallte Willi Reinerts, »ich weiß, daß er es war. Ich habe doch gesehen, wie er den Wagen gefahren hat. Gestern abend habe ich es gesehen. Ich habe immer aufgepaßt, ob ich den Wagen nicht irgendwo sehe. Ihr tut ja nichts, diesen Verbrecher zu finden, ihr habt nichts getan. Wenn es ums Aufschreiben geht, ist die Polizei immer da, aber Mörder fangen könnt ihr nicht.«

»Die Wandrey ist doch verhaftet, Willi«, sagte Karl Krause.

»Aber wenn sie es nicht war?« kicherte der andere.

»Das wird sich ja herausstellen. Jedenfalls war sie da und stand neben der Leiche, und er war tot, und der Revolver lag neben ihm.«

»Wird seiner gewesen sein«, sagte Willi Reinerts. »Solche Kerle haben immer Revolver bei sich.«

Karl Krause war es nicht ganz geheuer, was sein Freund so redete, und ihm kamen dabei ganz eigenartige Gedanken.

»Du hast ihn also gesehen, Willi. Hast du auch gesehen, wohin er mit dem roten Golf gefahren ist?« fragte er.

»Na klar habe ich das gesehen. Zu dem Haus hat er ihn gebracht, wo er ein und aus gegangen ist, hast du es nicht in der Zeitung gelesen? Ein Verhältnis hat er mit der feinen Frau Wandrey gehabt. Weißt doch, daß ich da mal beim Wandrey beschäftigt war, bis er gestorben ist. Er hat mich behalten, aber seine Nachfolger wollten mich nicht mehr haben. Und nun ist seine Frau auch noch ein Flittchen.«

»Du hast zuviel getrunken, Willi, du sollst nicht so reden«, sagte Karl Krause, »man könnte dich ja verdächtigen.«

»Meinetwegen. Mir ist jetzt alles egal.« Sein Kopf sank vornüber auf die Tischplatte.

Karl Krause brachte ihn danach zu Bett. »Schlaf dich erst mal aus. Heute abend unterhalten wir uns ernsthaft, wenn du wieder nüchtern bist«, sagte er.

Sabrina wurde viel Sympathie entgegengebracht, was sie noch nicht ahnen konnte. Viele waren aufgebracht wegen der Zeitungsmeldungen mit ihren Vorverurteilungen.

Sie war hier aufgewachsen, zur Schule gegangen, überall beliebt gewesen, auch bei den Lehrkräften, und auch jetzt auf dem Konservatorium.

Jeder wollte ihr sagen, daß man sie in Schutz nehmen würde, sogar Blumen wurden ins Untersuchungsgefängnis geschickt.

Aber ihr kam es überraschend, daß sie so schnell dann doch freigelassen wurde.

Jochen holte sie ab.

Er nahm sie in die Arme und küßte sie. »Es war nur ein böser Spuk, mein Liebes. Du bist frei. An der Waffe wurden nur seine Fingerabdrücke und fremde gefunden, die noch untersucht werden müssen.«

»Und was ist mit meiner Mutter?« fragte sie.

»Keine Spur, Sabrina. Ich schlage vor, daß ich dich zu uns bringe nach Starnberg.«

»Das geht nicht. Ich muß bleiben. Ich kann mein Studium nicht unterbrechen, und ich muß mich auch ums Haus kümmern, und Mama wird mich dort suchen. Ich habe sie eingeschüchtert, sie ist auch vor mir davongelaufen, Jochen. Vielleicht hat sie sich umgebracht, sie ist doch so labil.«

»Du kannst nicht allein in dem Haus sein, Sabrina«, sagte er besorgt.

»Wer soll mir denn etwas anhaben, er ist doch tot«, murmelte sie.

»Er hatte sicher Feinde, er hatte Schulden.«

»Und vielleicht hat er auch den Jungen getötet. Jedenfalls hat derjenige, der ihn umbrachte, ein gutes Werk getan.«

Jochen verstand, daß sie verbittert war, er legte ganz fest seinen Arm um sie.

»Könnte denn nicht jemand bei dir wohnen, Sabrina? Hast du keine Freundin?«

»Keine, die ich dauernd um mich haben könnte. Ich bin gern allein. Ich habe meine Geige und auch das Klavier.«

»Habt ihr keine Bekannten?« fragte Jochen weiter.

»Nach und nach haben sich alle zurückgezogen. Auch Lis ist nicht mehr gekommen.«

»Wer ist das?«

»Mamas Freundin, sie hat eine Boutique in der Stadt. Mama hat noch öfter bei ihr gekauft, aber gekommen ist sie nicht mehr zu uns. Sie mochte Maruhn auch nicht.«

»Aber vielleicht hat deine Mutter bei ihr Hilfe gesucht?«

»Das glaube ich nicht. Bitte, bring mich nach Hause. Ich habe nette Nachbarn. Sie haben eine Finnin als Kindermädchen, die das zweite Gesicht hat. Sie hat mir mal gesagt, daß Maruhn Unglück über uns bringt. Jetzt glaube ich ihr.«

Er führte sie zum Auto. »Wir müssen noch über vieles sprechen, Sabrina«, sagte er leise.

»Worüber?«

»Was Licht in diese Affäre bringen könnte.«

»Das soll die Polizei tun«, sagte sie trotzig.

»Hast du nichts über Maruhns Treiben gewußt?«

»Nur, daß er Mama geschröpft hat, aber an mein Geld konnten sie nicht heran. Es liegt in der Schweiz, dafür hat Papa gesorgt.«

Eine Weile trat Schweigen ein, und als sie am Ziel waren, fragte Sabrina, ob er mit hineinkommen wolle.

»Wenn es dir recht ist?« fragte er.

»Mußt du nicht in die Kanzlei?«

»Nein, Arne hat mir freigegeben.«

»Dann mache ich einen Kaffee. Aber dann muß ich erst duschen und was anderes anziehen.«

Als sie ausstieg, kam Donata angelaufen, die im Garten Laub gerecht hatte.

»Oh, Sie sind wieder da, wie ich mich freue!« rief sie aus. »Ich habe doch gesagt, daß Sie es nicht getan haben, Sabrina.«

»Danke, Donata. Habt ihr meine Mutter gesehen?«

Donata schüttelte den Kopf. »Nein, sie wird auch nicht hierher zurückkehren.«

»Du meinst, sie wäre tot?« fragte Sabrina tonlos.

»Nein, sie ist nicht tot, aber sie ist doch ziemlich weit weg.«

Donatas Blick war nach innen gekehrt. »Für Sie wird alles gut werden, Sabrina.«

~

»Das war Donata mit dem zweiten Gesicht«, sagte Sabrina, als sie das Haus betraten. Es war so, wie sie es verlassen hatte. Wie eine Traumwandlerin schritt sie durch alle Räume, und Jochen folgte ihr.

»Ich hätte niemals zulassen dürfen, daß er das Haus betritt«, sagte sie tonlos, »aber als Mama ihn herbrachte, kannte sie ihn schon länger, und sie ließ sich nichts sagen. Sie wollten heiraten.«

»Gut, daß es nicht dazu gekommen ist«, sagte Jochen.

In Irenes Schlafzimmer war noch das Durcheinander. Jetzt schaute Sabrina in die Schränke.

»Sie scheint Sachen mitgenommen zu haben«, stellte sie fest. »Ich weiß zwar nicht, was sie alles hatte, aber es sind da ein paar leere Bügel. Aber wie ist sie weggekommen? Ihr Auto hatte doch Maruhn.«

»Sicher doch mit einem Taxi. Es müßte festzustellen sein.«

»Sie kann ihn nicht umgebracht haben. Sie wäre nicht weggelaufen, sondern ins Haus zurück. Aber wer könnte ihn getötet haben?«

»Und was machte er hier in der Nacht?« fragte Jochen.

»Er kam öfter spät. Er wohnte zwar nicht ganz hier, aber er schlief öfter hier, und es kann ja sein, daß er nicht wußte, daß Mama nicht da ist.«

Das Telefon läutete. Sabrina meldete sich. Es war Lis Schorn. »Ich komme gerade von Rom zurück, Sabrina, zum Teufel, was ist denn passiert? Was in der Zeitung steht, kann doch nicht wahr sein, da du zu Hause bist.«

»Es ist nicht wahr, bis auf das, daß Mama verschwunden ist.«

»Ist es dir recht, wenn ich zu dir komme?« fragte Lis.

»Sehr recht sogar, Lis. Danke, daß du gleich angerufen hast.«

»Ist doch selbstverständlich.«

»Das war Lis, sie ist gerade aus Rom zurück. Sie wird herkommen, dann lernst du sie gleich kennen.«

»Und du bist nicht allein«, sagte er. »Jetzt geh duschen, Liebes, ich schaue mich ein bißchen im Garten um.«

~

Er hatte sich umgeschaut, aber es war ihm nichts aufgefallen, was darauf schließen ließ, daß da vielleicht ein Einbrecher am Werk gewesen sein könnte. Aber das hätte die Polizei auch schon festgestellt.

Sabrina hatte geduscht, und sie erschien in einem schlichten, weichfließenden blauem Wollkleid.

Und schon wenig später erschien Lis Schorn, eigentlich Marlis, aber sie wurde nur Lis genannt.

Sie war groß, schlank und mit damenhafter Eleganz gekleidet, sicher eine eindrucksvolle Repräsentantin ihres Geschäftes.

Ihre Stimme war dunkel und warm, und wie sie Sabrina mütterlich in die Arme schloß, war beruhigend für Jochen.

Er wurde dann durchdringend gemustert, nachdem Sabrina die beiden bekannt gemacht hatte, aber die Musterung schien zu ihrer Zufriedenheit ausgefallen zu sein.

Sie wollte wissen, was passiert war, ganz genau wissen, und sie schimpfte auf die Schreiberlinge, denen man wirklich kein Wort glauben dürfe.

»Jedenfalls ist Maruhn jetzt tot, und niemand weint ihm nach.« Sie sagte es mit voller Überzeugungskraft.

»Mama auch nicht?« fragte Sabrina.

»Wenn ihr jetzt noch nicht die Augen aufgegangen sind, ist ihr nicht mehr zu helfen«, sagte Lis. »Die Zeitungen wird sie ja wohl lesen, wo immer sie auch ist. Und umbringen wird sie sich seinetwegen doch hoffentlich nicht.«

Aber ihr Gesicht hatte sich verfinstert, und ihre Augen schlossen sich jetzt.

»Vor zwei Wochen habe ich ihr gesagt, daß dieser Kerl keine Nachsicht verdient, als sie mir eröffnete, daß sie für hunderttausend Mark gebürgt hätte und er so redete, als hätte sie ihm das Geld geschenkt.«

»Du hast Mama getroffen? Sie hat mir davon nichts erzählt.«

»Sie wird sich geniert haben. Sie wollte mich anpumpen, aber ich sagte ihr, daß sie keine müde Mark von mir bekommt, die sie dann doch wieder diesem Burschen nachwürfe. Ich habe ihr auch gesagt, daß er eng mit dieser Lilli liiert ist, deren Wohnung er jetzt bewohnt – bewohnte, muß ich ja sagen.«

»Guter Gott, sie hat mit mir darüber nicht geredet, und sie hat versucht, ihn noch zu entschuldigen«, flüsterte Sabrina.

»Sie war ihm hörig, Liebes, und das ist eine Krankheit. Ich

bleibe jetzt bei dir und schaue alle ihre Sachen nach. Wenn etwas fehlt, was sie bei mir gekauft hat, weiß ich es gleich.«

»Sie würden hierbleiben, damit Sabrina nicht allein ist?« fragte Jochen hastig.

»Aber sicher. Sie ist mein Patenkind. Nun ja, jetzt ist sie erwachsen, aber verantwortlich fühle ich mich jetzt doch wieder.«

»Ich bin froh, wenn Sie bei Sabrina bleiben«, sagte Jochen. »Vielen Dank.«

~

Donata stand wieder einmal am Fenster, als Jochen das Haus verließ. Es war keine Neugierde, sie wurde immer von einer magischen Kraft angezogen. Und sie stand immer noch dort, als Eva die Küche betrat.

Sie wagte nicht, Donata aus ihrer Versunkenheit zu reißen, da sie vor sich hin murmelte, und dann wurde ihre Stimme deutlicher.

»Sie ist allein und braucht Hilfe.«

»Wen meinst du, Do?«

Donata reagierte nicht. »Es ist kalt in dem Haus«, fuhr sie monoton fort, »und sie ist krank. Ich muß sie suchen.«

»Du träumst, Do«, sagte Eva nun doch. »Es ist später Abend.«

Donata wandte sich um. »Warum sehe ich die Bilder so deutlich, so greifbar nahe, ohne die Menschen erkennen zu können? Aber diese Frau liegt in einem Bett, sie ist krank, sie hat Fieber, doch niemand ist bei ihr.«

»Du sollst jetzt schlafen, Do. Sabrina ist nicht allein, und sie ist auch nicht krank. Frau Schorn ist bei ihr. Ich kenne sie.«

»Es ist ja nicht Sabrina, es ist ihre Mutter«, stieß Donata hervor. »Wir müssen sie finden, bevor es zu spät ist.«

Eva schrak zusammen. Sie wußte, wie oft schon eingetroffen war, was Donatas übersinnliche Kräfte bewegte, aber wie sollte sie das einem Polizisten begreiflich machen, was Donata für Ahnungen hatte. Man würde sie auslachen.

Aber einen gab es, der sie nicht auslachen würde, Dr. Daniel Norden.

Sie legte den Arm um Donata. »Aber wie sollen wir das Haus finden, Do?« fragte sie sanft.

Donatas Blick irrte ab. »Im Sommer blühen Rosen, jetzt liegt Reif darauf«, sagte sie schleppend. »Es steht am Wald. Ich sehe es vor mir.«

Sie blieb am Fenster stehen, aber Eva ging ins Wohnzimmer zurück.

Carlo blickte auf.

»Wir müssen etwas unternehmen, Carlo«, sagte sie. Und dann erzählte sie ihm, was Donata gesagt hatte.

»Was in ihrem hübschen Köpfchen vor sich geht, ist schwer zu durchschauen, Evi«, sagte Carlo. »Wir wissen auch nicht, was dieses Mädchen durchgemacht hat. Sie spricht ja nicht darüber. Sie hat sicher auch eine rege Phantasie, und manchmal haben auch ganz nüchterne Menschen die richtige Intuition.«

»Aber Donata ist ganz normal«, sagte Eva.

»Sicher, sonst hätten wir ihr doch nicht unsere Kinder anvertraut. Aber geh mal rüber zu Sabrina, und frage sie, ob sie etwas von einem Haus mit Rosenstöcken weiß.«

»Es ist aber schon spät.«

»Dann ruf sie an, Evi. Wenn Do sowas sagt, muß man es ernst nehmen.«

»Gut, daß du so denkst«, sagte Eva erleichtert. Und sie rief Sabrina an, die zuerst verwirrt war.

»Ein Haus mit Rosenstöcken?« wiederholte sie. »Ja, meine Großeltern hatten so ein Haus. Mama hat es vermietet. Wie weit es bis dahin ist? Eine halbe Stunde mit dem Auto. Wenn Donata das gesagt hat, ja, ich fahre gleich los.«

»Nehmen Sie Donata mit, Sabrina – nein, mein Mann sagt, daß er fährt.«

Aber dann fuhr Donata doch mit, weil Eva hoffte, daß der seelische Schock für sie dann nicht so stark sein würde, wenn ihre Ahnung bestätigt wurde und sie helfen konnte. Aber wie würde es sein, wenn es doch nur ein Tagtraum war?

Nein, sie hatte bisher immer recht, dachte Eva, aber sie hatte plötzlich eine schreckliche Angst. Und deshalb rief sie bei den Nordens an.

Fee hörte sehr aufmerksam zu. »Wir sind zu Hause, und wenn Daniel gebraucht wird, kommt er, Eva«, erklärte sie. »Hoffentlich ist es keine Fehlanzeige.«

Lis lief im Haus auf und ab, als Carlo Jost mit Sabrina und Donata losgefahren war. Auch sie hatte Herzklopfen. Und dann fiel ihr ein, daß Jochen gesagt hatte, man solle ihn anrufen, ganz gleich wie spät es sei, wenn sich etwas Neues ergeben würde.

Also rief sie ihn an. Und er meldete sich auch gleich. Sie brauchte nicht viel zu sagen.

»Ich komme gleich«, sagte er.

Er stürmte an seinem Vater vorbei, der gerade aus der Küche kam.

»Sag mir doch wenigstens, was los ist«, rief Berthold. »Ich mache mir doch auch Sorgen.«

Jochen sagte es. »Dann komme ich auch mit«, erklärte der Ältere, »wenn wieder was passiert, hast du wenigstens einen Zeugen. Dich sollte man sowieso nicht ans Steuer lassen in deinem Zustand.«

Davon ahnten die freilich nichts, die zu dem rosenumrankten Haus unterwegs waren. Von den Rosen war freilich nichts zu sehen, aber die bereiften Stöcke, die sich am Haus emporrankten, wirkten geisterhaft und gespenstisch.

»Wem hat Ihre Mutter das Haus vermietet, Sabrina?« fragte Carlo Jost.

»An eine Bekannte, Frau Hella Böcker, aber sie ist vor ein

paar Monaten gestorben, jetzt wohnt wohl ihr Sohn noch dort. Er ist Gartenarchitekt.«

»Helmut Böcker«, rief Carlo aus, »den kenne ich doch, aber ich hatte keine Ahnung, wo er wohnt.«

»Er hätte uns doch benachrichtigen können«, sagte Sabrina.

»Er ist doch nicht da«, warf Donata ein. Es klang ganz selbstverständlich. »Vielleicht kommt er aber mit dem Flugzeug.«

Carlo und Sabrina wurde es richtig unheimlich, aber als hätten sie sich verabredet, sagten sie beide nichts. Sie hofften sogar, daß Donata noch mehr sagen würde, aber sie sagte nichts, und Carlo drückte dauernd auf die Glocke, aber nichts rührte sich.

Doch dann vernahmen sie ein Stöhnen, einen jammervollen Hilferuf.

Wie sollten sie ins Haus kommen? Kein Fenster war offen.

Carlo entschloß sich, das Fenster im Souterrain, das ziemlich groß war, aufzudrücken. Er nahm einen Stein und schlug die Scheibe ein, dann ließ sich das Fenster öffnen, und er konnte hineinsteigen.

»Ihr wartet, ich mache euch die Tür auf«, sagte er.

Er mußte aufpassen, daß er sich an den Scherben nicht verletzte, aber er fand dann sogar einen Lichtschalter.

Er fand auch die Haustür, und nun konnten Sabrina und Donata hereinkommen.

Und sie fanden Irene in einem kalten Zimmer in einem Bett, sie hatte hohes Fieber. Sie war völlig angekleidet, aber sie war bewußtlos.

»Mama«, flüsterte Sabrina, »sag doch etwas.«

Irene konnte nichts sagen. Carlo hob sie empor. »Sie muß schleunigst behandelt werden«, sagte er. »Wir bringen sie nach Hause.«

»Sie hat wohl noch einen Schlüssel gehabt und ist hierher geflohen«, sagte Sabrina tonlos. »Herr Böcker ist nicht hier.«

»Er wird kommen«, sagte Donata. »Ich hätte früher auf die Stimme hören sollen, es tut mir leid.«

Und da hielt ein Auto, dem Helmut Böcker entstieg. Er starrte sie sprachlos an.

»Was ist hier los?« fragte er, auch Sabrina nicht gleich erkennend.

Dann aber erkannte er Carlo, der Irene trug. »Großer Gott, das ist ja Frau Wandrey«, sagte er.

»Ich kann jetzt nichts erklären, Herr Böcker«, sagte Sabrina heiser. »Vielleicht können Sie morgen zu uns kommen?«

Er half aber schon Carlo, Irene ins Auto zu legen. »Ich denke, ich komme gleich mit«, sagte er. »Wie sollten Sie denn alle in einem Auto unterbringen?«

Sabrina fuhr mit Carlo, und Helmut Böcker nahm Donata mit. Sie hatten sich schon einmal flüchtig kennengelernt, und Helmut nutzte diese Gelegenheit gern, sie näher kennenzulernen. Er war nämlich in Schweden und Finnland gewesen. Das erzählte er ihr.

»Ich wußte, daß Sie rechtzeitig zurückkommen«, sagte sie. Er war verwundert, aber er äußerte sich nicht dazu. Er fragte, ob sie keine Sehnsucht nach ihrer Heimat hätte.

»Nein, ich möchte immer hierbleiben«, erwiderte sie.

»Sie haben keine Angehörigen mehr dort?«

»Ich habe überhaupt keine mehr, ich bin allein.«

»Ich bin auch allein, seit meine Mutter nicht mehr lebt. Vielleicht können wir uns manchmal treffen, Donata? Es würde mich freuen.«

»Sie wollen mich treffen?« staunte sie. »Sie zeigen mir Ihre Gärten?«

»Das kann ich auch tun.« Er lächelte flüchtig. »Aber wir könnten auch mal einen Ausflug in die Natur machen.«

»Wenn Frau Jost es erlaubt?«

»Aber sicher wird sie es erlauben. Sie haben doch freie Tage?«

»Ich bin immer lieber zu Hause gewesen, bei den Kindern und auch so. Es ist mein Zuhause. Sie sind alle sehr lieb zu mir und lachen nicht über mich.«

»Warum sollten sie denn lachen?« fragte er bestürzt.

»Weil ich manches, was passiert, vorher weiß.« Sie sah zu ihm herüber. »Ich weiß auch, daß Sie bald einen großen, wunderschönen Park anpflanzen werden.«

»Aber das ist doch noch gar nicht spruchreif, Donata. Ich habe mich doch gerade erst darum beworben. Hat etwa Herr Jost darüber gesprochen?«

»Nein, aber ich weiß, daß Sie den Auftrag bekommen. Sie dürfen jetzt nicht nach Amerika fliegen.«

»Aber ich habe den Flug doch schon gebucht, und ich muß hin, Donata.«

»Nein. Sie dürfen nicht mit diesem Flugzeug fliegen, bitte, hören Sie auf mich. Es wird etwas Schreckliches passieren!«

»Das sehen Sie voraus?« fragte er leise.

Sie nickte. »Ich will das gar nicht, glauben Sie mir, und ich sehe das auch nur, wenn ich dem Menschen, um den es geht, nahe bin, wenn ich ihn kenne oder er etwas unmittelbar mit Menschen zu tun hat, die ich gern habe. Ich habe auch gespürt, was mit Frau Wandrey ist. Aber sie hat Maruhn auch nicht erschossen, das war ein Mann, und der wollte es auch nicht.«

Es war schon ein bißchen verwirrend für Helmut Böcker, was sie da sagte, denn er wußte nichts von Maruhn und was passiert war.

»Was hat Frau Wandrey veranlaßt, in mein Haus zu gehen?« fragte er. »Wissen Sie das auch? Sie wußte doch, daß ich verreist bin und wir den Kaufvertrag erst nach meiner Rückkehr machen können.«

»Sie wollte sich verstecken. Sie hatte Angst, sie wollte Maruhn nicht sehen. Er hat mit ihrem Wagen einen schweren Unfall verursacht, er hat einen Jungen tödlich überfahren und Fahrerflucht begangen.«

»Haben Sie das auch vorausgeahnt?«

»Nein, sonst hätte ich es zu verhindern gewußt. Aber ich weiß, daß er es getan hat. Und nun ist er tot. Jemand hat ihn erschossen. Aber er wollte nicht schießen, er wollte Maruhn nur die Waffe wegnehmen. Jetzt weiß ich es genau.«

»Sie sind ein seltsames Mädchen«, sagte er staunend.

»Ich kann nichts dafür. Ich möchte es doch gar nicht. Es macht mich traurig, und es ist auch eine schwere Last. Und ich weiß nicht, warum ich Ihnen das alles erzähle.«

»Vielleicht, weil Sie spüren, daß ich Sie mag, Donata?«

Sie faltete die Hände. »Es wäre schön, aber ich wage nicht, es zu glauben.«

»Doch, Sie dürfen es glauben.« Er griff nach ihrer Hand. »Sie sind ein sehr tapferes Mädchen, Donata«, sagte er.

Sie waren am Ziel.

Lis kam aus dem Haus gelaufen und von drüben Eva Jost. Schreckensbleich sah sie, wie Irene von ihrem Mann und Helmut Böcker ins Haus getragen wurde.

»Wir haben sie gefunden«, rief Donata. »Sie ist krank.«

Eva eilte ins Haus und rief Dr. Norden an. Der war schon vorbereitet, aber so ganz hatten sie es doch nicht glauben wollen, daß Donata mal wieder recht behielt.

»Was soll man dazu noch sagen«, meinte Fee. »Hoffentlich wird Frau Wandrey wieder gesund.«

»Ich werde sie sofort in die Klinik bringen lassen, wenn ihr Zustand bedenklich ist«, sagte Daniel, und dann war er schon draußen.

Jetzt war Irene erst einmal in ihr Bett gebracht worden, und Lis hatte sie entkleidet und warm eingepackt. Aber auch sie sah, daß Irene in einem schrecklichen Zustand war. Tagelang mußte sie schon nichts mehr gegessen haben.

Aber warum war sie geflohen? Sie konnte Maruhn doch nicht umgebracht haben.

Daß Donata hellseherische Fähigkeiten hatte, war auch Helmut Böcker bewußt geworden. Ihn erschreckte das nicht. Seine

Vorfahren stammten aus dem Baltikum, und dort gab es mehr Menschen mit dem sogenannten zweiten Gesicht. Wenn man früher auch darüber gelästert hatte, es zeitweise auch sogar verbot, damit Geld zu verdienen, so schossen jetzt diese Hellseher wie Pilze aus dem Boden, die sicher bei weitem nicht solche Gabe in die Wiege gelegt bekommen hatten wie Donata. Aber war das eine Gabe, war es nicht eher eine Last? Allerdings war durch Donata Irene Wandrey wahrscheinlich vor dem Tod gerettet worden.

Dr. Norden machte aber ein bedenkliches Gesicht. Er hielt es für besser, Irene in die Behnisch-Klinik bringen zu lassen, obgleich Lis sagte, daß sie etwas von Krankenpflege verstünde.

Als Jochen mit seinem Vater kam, konnte Daniel ein paar Worte mit Lis allein sprechen.

»Es ist ein Nervenfieber«, erklärte er. »Es kann auch sein, daß sich ihr Geist verwirrt hat. Es ist besser, wenn sie rund um die Uhr betreut wird.«

Dagegen konnte Lis nichts einwenden. Der Krankenwagen wurde bestellt, sie wollte mitfahren, während Sabrina in der Obhut von Jochen und Berthold zurückblieb.

Berthold verstand seinen Sohn, als er Sabrina nun kennenlernte. Auch sein Herz hatte sie gleich gewonnen, und sie war glücklich, daß beide gekommen waren.

Sie bereitete Tee und erzählte, was sie erlebt hatten, und daß es Donata zu verdanken war, daß sie Irene gefunden hatten.

Donata war mit Helmut Böcker hinübergegangen zu den Josts.

Carlo hatte seiner Frau rasch erzählt, wie sie Irene vorgefunden hatten, und nun saßen sie an einem Tisch zu viert und tranken Tee mit Rum. Das belebte, und Donata wurde es nun auch wieder warm.

»Ich hätte früher auf die Stimme hören sollen, auf die Stimme da drinnen«, sagte Donata leise und deutete auf ihr Herz. »Ich wollte niemanden erschrecken. Ich hatte schon so viele Gedanken.«

»Die sich bewahrheitet haben, Do«, sagte Eva sanft. »Du weißt doch, daß du Vertrauen zu uns haben kannst. Auch wenn du dich mal irrst, ist das nicht schlimm.«

»Und wenn ich sage, daß sie vielleicht doch nicht mehr gesund wird?«

Ein Frösteln lief über Evas Rücken, und die beiden Männer tauschten einen langen Blick.

»Es wäre doch nicht deine Schuld, Do«, stellte Eva fest.

»Aber wenn wir sie vorher gefunden hätten, wäre es nicht so schlimm gekommen.«

»Ich könnte auch sagen, wenn ich vorher zurückgekommen wäre, hätte ich sie gefunden«, sagte Helmut. »Ich hatte in Frankfurt die Anschlußmaschine verpaßt.«

»Warum mag sie ausgerechnet zu diesem Haus gegangen sein?« fragte Eva. »Es ist zu Fuß doch ein weiter Weg.«

»Es ist ihr Elternhaus. Sie hatte noch die Schlüssel«, erklärte Helmut. »Wir waren erst kürzlich in Verhandlung getreten, weil sie mich fragte, ob ich das Haus kaufen würde. Ich hätte nicht gedacht, daß sie es wollte und war natürlich sofort dazu bereit. Ich fühle mich dort wohl, und wir haben es ja auch zwölf Jahre schon bewohnt. Ich konnte mir nicht vorstellen, daß Frau Wandrey Geld brauchte, aber anscheinend war es so.«

»Maruhn wollte Geld, so kann ich es mir erklären«, sagte Carlo. »Wieviel wollte sie haben, wenn man fragen darf?«

»Fünfhunderttausend, aber sie sah ein, daß dies zuviel wäre. Wir einigten uns auf vierhundertdreißigtausend. Man muß noch viel investieren.«

»Es ist auch nicht groß und nicht gerade komfortabel«, stellte Carlo fest.

»Aber es ist so behaglich«, sagte Donata leise. »Und Frau Wandrey wird gedacht haben, daß er sie dort nicht findet.«

Er, damit meinte sie Maruhn, aber von seinem Tod hatte Irene wahrscheinlich nichts erfahren.

Sie sprachen dann auch über das Fenster, das Carlo eingeschlagen hatte, und er sagte Helmut, daß er gleich morgen einen Glaser schicken würde.

»Darum brauchen Sie sich nicht zu kümmern«, meinte Helmut. »Das besorge ich selbst. Ich kenne die Handwerker im Umkreis. Es gibt immer was zu tun in dem Haus. Eigentlich wollte ich nach Amerika fliegen, aber da Donata mich gewarnt hat, werde ich bleiben, es gibt ja auch noch anderes, was wichtig für mich werden kann.«

Carlo und Eva waren doch leicht irritiert, daß er Donata so ernst nahm, und sie errötete, als drei Augenpaare sie nachdenklich musterten.

»Ich mußte es sagen, auch wenn Herr Böcker es nicht glauben will«, flüsterte sie. »Ich wäre so froh, wenn kein Unheil mehr geschehen würde.«

Als Helmut sich dann verabschiedete, begleitete ihn Carlo zur Tür.

»Sie ist ein seltsames Mädchen«, sagte Carlo, »aber sehr lieb.«

»Mehr lieb als seltsam«, sagte Helmut gedankenvoll. »Ich hoffe, Sie haben nichts dagegen, wenn ich Donata öfter mal abhole.«

Carlo war nun doch überrascht. Er hatte nichts dagegen, aber hocherfreut war er auch nicht bei dem Gedanken, daß ihnen Donata weggenommen werden könnte. Aber man konnte den Lauf des Schicksals nicht aufhalten. Diesbezüglich hatte er schon einiges von Donata gelernt.

»Sie ist gern bei uns«, sagte Carlo betont.

»Ja, das sagte sie mir. Hier sei ihr Zuhause, sie hat kein Heimweh.«

»Sie spricht auch nicht über ihre Familie. Es scheint niemand mehr zu leben.«

»Das sagte sie mir auch.«

»Dann scheint sie schon Vertrauen zu Ihnen gewonnen zu haben.«

»Das hoffe ich«, erwiderte Helmut, und dann fuhr er heimwärts, aber seine Gedanken waren bei Donata.

Lis wartete in der Klinik auf Dr. Behnischs Diagnose. Irene wurde gründlich untersucht, aber Dr. Behnisch konnte dann auch nicht viel mehr sagen als Dr. Norden.

Schwerster Erschöpfungszustand, Nervenfieber und dazu noch eine Lungenentzündung, und sie lag im Koma.

Jenny Behnisch unterhielt sich dann noch mit Lis, sagte ihr aber auch, daß sie heimfahren könne, weil sie hier doch nichts ausrichten konnte.

Lis ließ ein Taxi kommen. Sie wußte Irene jetzt zwar gut aufgehoben, aber sie war doch ziemlich deprimiert, als sie dann Sabrina in die Arme nahm.

Die Gesellschaft von Jochen und seinem Vater munterte sie auf. Sie taten alles dafür, um die Stimmung nicht zu trist werden zu lassen.

Lis sprach dann auch darüber, weshalb sie sich ganz zurückgezogen hatte.

»Irene war so chloroformiert von diesem Mann, daß sie in jeder anderen Frau eine Rivalin sah, vielleicht sogar in Sabrina. Ich habe ihr gehörig die Meinung gesagt. Ich habe kein gutes Haar an Maruhn gelassen. Er war mir unsympathisch, natürlich merkte er das auch und machte mich wohl andrerseits schlecht. Irene war so töricht, seinem Geschwafel Glauben zu schenken. Er war der Schönste, Klügste und Beste. Sie hatte keine eigene Meinung mehr.«

»Hatte sie überhaupt jemals eine eigene Meinung?« warf Sabrina ein. »Papa dominierte doch auch.«

»Aber auf andere Weise. Er war ein kluger und weitsichtiger Mann. Er wußte wohl auch, daß man ihr nicht zuviel Freiraum lassen durfte, weil sie zum Leichtsinn neigte, zumindest was das Geldausgeben betraf, und deshalb machte er wohl auch das

Testament zu deinen Gunsten, worüber sie freilich nicht erfreut war.«

»Sonst wäre wohl gar nichts mehr da«, sagte Sabrina. »Dann hätte sie ihn wohl sogar schon geheiratet.«

»Wenn er nicht verheiratet wäre. Jedenfalls war er es, und ich weiß nicht, ob diese Ehe bereits geschieden war.«

»Liebe Güte, wußte Mama das auch?« fragte Sabrina.

»Ich weiß es nicht, und wenn schon, sie war ihm hörig. Ist es erwiesen, daß er diesen schrecklichen Unfall verursacht hat?«

»Ich denke schon. Der Wagen sieht jedenfalls so aus, und vielleicht brauchte er ihn nur, um Mama die Schuld in die Schuhe zu schieben.«

Sabrina stand auf. »Ich muß noch ein bißchen an die frische Luft«, sagte sie.

Jochen war sofort an ihrer Seite, und so blieben Lis und Berthold allein zurück. Es fiel beiden nicht schwer, ein Gespräch zustande zu bringen. Berthold wollte gern wissen, wie lange sich die beiden Frauen schon kannten.

»Bereits seit der Schulzeit«, erwiderte Lis. »Die Wege führten uns auseinander. Ich war viel auf Reisen mit meinem Mann, bis er starb. Das ist nun acht Jahre her. Da habe ich die Boutique aufgemacht. Ich war früher Modezeichnerin. Es fiel mir nicht schwer, ich hatte ein bißchen Geld und viel Elan, und ich habe Freude an meinem Geschäft. Ich verfiel nicht in eine Phase der Langeweile wie Irene, und da kommt man auch nicht so leicht auf dumme Gedanken. Aber man muß es ihr lassen, daß sie eine gute Mutter war, bis dieser Maruhn auftauchte. Sie hatte ihn auf einer Reise kennengelernt. Auf einer Kreuzfahrt.«

»Wissen Sie auch, daß er schon mal im Gefängnis war?« fragte Berthold Kuhn.

Entsetzt sahen ihn Lis und Sabrina an. »Wirklich?« fragten sie wie aus einem Munde.

»Ich habe Erkundigungen über ihn eingezogen wegen seiner Bankschulden. Das hätten wir auch vorher getan, wenn Frau

Wandrey nicht für ihn gebürgt hätte, aber damals dachte niemand, daß er kriminell sein könnte, wenn sich diese Frau für ihn verbürgte. Sie verzeihen, wenn ich das so deutlich sage, Sabrina?«

»Ich habe nichts dagegen. Ich habe ihn ja selbst so eingeschätzt, deshalb habe ich zu Mama ja auch gesagt, daß sie keinen Pfennig mehr von mir bekommen würde. Aber jetzt denke ich, daß ich sie damit aus dem Haus trieb, und mache mir bittere Vorwürfe. Ich hätte es anders anfangen sollen. Ich wollte ja auch mit ihr sprechen.«

»Das sagtest du, als wir uns verabschiedeten«, bestätigte Jochen.

»Und dann überstürzte sich alles. Wenn wir doch nur wüßten, wer auf ihn geschossen hat.«

Da hatte der Polizeiobermeister Krause mittlerweile aber schon eine bange Ahnung, aber er brachte es nicht fertig, seinen Freund Reinerts anzuzeigen. Sein Verdacht gegen ihn hatte sich längst erhärtet.

Doch dann geschah es, daß Willi Reinerts die Nachricht bekam, daß seine Frau ins Krankenhaus gebracht worden war, nachdem sie versucht hatte, sich die Pulsadern aufzuschneiden. Willi Reinerts war am Ende. Er rief seinen Freund Karl an und erzählte ihm, was passiert war.

»Ich habe ihn verfolgt, diesen verdammten Kerl«, sagte er. »Ich wollte es ihm heimzahlen, was wir durchmachen müssen, aber ich habe keinen Revolver, das weißt du doch, Karl. Ich habe ihn erwischt, als er da im Garten war. Ich wollte ihn zur Rede stellen, aber da hat er mich mit dem Revolver bedroht. Ich habe mich auf ihn gestürzt und wollte ihm den entreißen, aber ich kriegte ihn nicht gleich zu fassen, und dann kam plötzlich der Schuß, und er fiel um. Da bin ich weggelaufen, ich war ja auch halbverrückt. Und nun könnt ihr mich zu meiner Hilde bringen. Ich habe meinen Verstand auch verloren. Es ist alles aus. Das Leben hat den letzten Sinn verloren. Ich habe gedacht,

Hilde würde mich noch brauchen, aber nun ist das auch vorbei.«

Karl Krause war erschüttert. »Es war doch Notwehr, Willi«, sagte er beruhigend. »Das kommt schon wieder in Ordnung.«

»Ich habe ihm den Tod gewünscht, tausendfach. Unser armer Bub, vielleicht hätte man ihm noch helfen können, wenn der Kerl nicht weitergefahren wäre.«

Man hätte ihm nicht mehr helfen können, Karl Krause wußte das, aber warum sollte er es jetzt diesem verzweifelten Mann sagen, der restlos am Ende war.

Aber dem Gesetz mußte Genüge getan werden, und so konnte man am nächsten Tag in den Zeitungen lesen, wie sich alles abgespielt hatte in jener Nacht. Sabrina war allerdings vorher schon benachrichtigt worden, und sie konnte nur heißes Mitgefühl mit diesem Mann empfinden.

»Wenn ich etwas für Herrn Reinerts und seine Frau tun kann, sagen Sie es mir bitte«, erklärte sie. »Ich werde auch dafür sorgen, daß er den besten Anwalt bekommt, und bin bereit auszusagen, was für ein übler Mensch Maruhn war. Es ist unsagbar traurig, daß eine ganze Familie durch ihn zerstört wurde, aber Herr Reinerts wird bestimmt milde Richter finden.«

»Das wird ihm auch nicht mehr helfen«, sagte Karl Krause.

In dieser niedergeschlagenen Stimmung war Sabrina nicht fähig, zu den Proben zu fahren, und man hatte dafür auch Verständnis.

Sie fuhr zur Behnisch-Klinik, nachdem sie mit Dr. Norden telefoniert hatte. Er wollte auch hinkommen.

Es war Samstag, das wurde ihr erst jetzt bewußt. Die Tage waren dahingegangen, ohne daß sie daran gedacht hatte, was für ein Tag eigentlich war.

Jochen wartete dort schon auf sie. Er sah auch nicht aus, als hätte er gut geschlafen, aber sie hatten ja auch noch sehr lange miteinander geredet, bevor Vater und Sohn Kuhn heimgefahren waren.

Jochen hatte auch noch keine Zeitung gelesen und auch keine Nachrichten gehört. So war es für ihn eine große Neuigkeit, was Willi Reinerts gestanden hatte.

»Der arme Mann«, sagte er mitfühlend.

»Werdet ihr ihn verteidigen, Jochen?« fragte sie. »Mit mir hat Dr. Polgert ja nicht viel Schwierigkeiten gehabt.«

»Und bei Reinerts wird es nicht viel zu verteidigen geben. Ihm werden mildernde Umstände zugebilligt, und außerdem hat er in Notwehr gehandelt. Gut, er wollte Maruhn zur Rede stellen, aber gegen den spricht soviel, daß man bestimmt sanft mit Reinerts umspringen wird. Was er sagt, klingt glaubwürdig, Sabrina.«

Er begleitete sie bis zur Intensivstation, dann mußte er allerdings draußen warten.

Sabrina betrachtete das bleiche, eingefallene Gesicht ihrer Mutter mit tränenverschleierten Augen.

»Meine arme, schöne Mama, was hat er nur aus dir gemacht«, flüsterte sie erschüttert. Sie kniete nieder und legte ihre Stirn auf die schmale, heiße Hand.

Plötzlich rannen ihr Tränen über die Wangen. Sie konnte sich nicht mehr beherrschen. Sie schluchzte bitterlich.

Aber dann kam ein zitternder Seufzer über Irenes Lippen. »Sabrina, mein Kind, wo ist mein Kind«, murmelte die Kranke.

»Ich bin bei dir, Mama, liebste Mami«, flüsterte sie.

»Ich muß weg, verstecken«, wie ein Hauch kamen die Worte über die blassen trockenen Lippen.

»Wir haben dich gefunden, Mama, du bist in der Behnisch-Klinik, Maruhn ist tot, er kann dir nichts mehr antun.«

Die bläulichen Lider der Kranken hoben sich. »Tot, er ist tot?« wiederholte sie. »Wer hat ihn getötet?«

Ganz gegenwärtig schien sie in diesen Sekunden zu sein.

»Es war Notwehr. Es war der Vater von dem kleinen Reinerts, den Maruhn überfahren hat.«

»Er wollte sagen, daß ich es war, wenn ich nicht zahle«, murmelte Irene. »O Gott, was habe ich nur getan, was habe ich alles für ihn getan.«

»Denk jetzt nicht daran. Du sollst gesund werden, Mama!« sagte Sabrina schluchzend.

»Ich will nicht mehr. Ich bin müde.« Ihr Gesicht fiel noch mehr ein.

Sabrina bekam es mit der Angst. Sie läutete nach dem Arzt, und Dr. Jenny Behnisch kam, eine mütterliche, verständnisvolle Frau.

»Sie bekommt jetzt eine Infusion, die nimmt die Schmerzen«, sagte sie beruhigend, aber auch sie wußte, in welchem bedrohlichen Zustand sich Irene Wandrey befand. Irene war wieder in die tiefe Bewußtlosigkeit gesunken, und Sabrina ging nun zu Jochen, der geduldig gewartet hatte.

»Komm jetzt, Liebes«, sagte er, »wir gehen ein Stück, dann holen wir Lis ab und fahren nach Starnberg.«

»Ich muß bei Mama bleiben«, erwiderte sie. »Sie hat mit mir gesprochen. Vielleicht will sie mir noch mehr sagen.«

»Frau Dr. Behnisch sagt doch, daß sie schlafen wird, lange schlafen wird, also kannst du auch nichts ausrichten. Du mußt an die frische Luft, du sollst dich ablenken, und ich werde dich hoffentlich auf andere Gedanken bringen können.«

Und das gleiche sagte auch Dr. Norden, der nun kam. »Sie können wirklich nichts tun, Sabrina«, sagte er eindringlich. »Es ist nicht gut, wenn Sie auch noch krank werden.«

Dann ging sie mit Jochen, und Dr. Norden blickte ihnen nach. Wie dicht beisammen lagen wieder einmal Glück und Leid, ging es ihm durch den Sinn.

Aber für Sabrina war dieses Glück in Gestalt von Jochen gerade zur rechten Zeit gekommen. Er gab sich die erdenklichste Mühe, sie auf andere Gedanken zu bringen, und an diesem strahlendschönen Vorfrühlingstag gelang es ihm auch, Hoffnung für die Zukunft in ihr zu wecken.

»Papa hat Karten für das Konzert von David Delorme«, erzählte er ihr. »Wir können zusammen hingehen.«

»Ich habe auch eine Karte«, erwiderte sie, »aber ich kann doch nicht gehen, ich muß immer erreichbar sein, Jochen.«

»Schau, es kann doch noch lange dauern, bis deine Mutter wieder richtig gesund wird, Sabrina, und du kannst nicht Tag und Nacht immer in der Klinik sein.«

Ihr Blick schweifte in die Ferne. »Mama wird nicht mehr gesund«, sagte sie tonlos. »Sie will nicht mehr leben, ich habe es gespürt.«

Er legte seinen Arm fest um sie und drückte seine Lippen an ihre Schläfe. »Es wird trotzdem alles für sie getan werden, Liebes.«

»Das nützt alles nichts, sie hat sich aufgegeben. Sie würde nie damit fertig, was sie sich jetzt vorzuwerfen hat. Sie ist zu sehr gedemütigt worden.«

»Du sollst jetzt nicht traurig sein, Liebes. Es kann doch sein, daß sich alles ändert.«

»Ich weiß nicht, als ich vorhin mit Mama sprach, spürte ich es zu sehr, wie weit sie sich schon von dieser Welt entfernt hat.«

»Aber dann kannst du es erst recht nicht ändern, Sabrina. Holen wir also Lis ab und fahren zu Paps. Der freut sich.«

Sie ließ sich überreden, und Lis stimmte auch zu. Und so sollte es ein stimmungsvoller Nachmittag für sie werden, an dem mehr über die Zukunft gesprochen wurde als über die traurige Gegenwart. Lis gefiel es in dem schönen Haus am Hang.

»Sollten Sie sich mal mit dem Gedanken tragen, das Haus zu verkaufen, wenn Jochen heiratet, sagen Sie es mir bitte zuerst. Ich würde es sofort nehmen«, sagte sie.

»Ich verkaufe es bestimmt nicht, aber ich könnte Ihnen den Vorschlag machen, bei mir einzuziehen, wenn Jochen heiratet«, scherzte Berthold, und damit stürzte er die sonst so überlegen wirkende Lis in eine beträchtliche Verwirrung.

»Sie sind ein Spaßvogel«, sagte sie verlegen.

»Wieso, ich könnte es mir sehr nett vorstellen, mit Ihnen die langen Winterabende am Kamin zu verbringen und die schönen Sommerabende auf der Terrasse.«

Sie war konsterniert. »Bei Ihnen weiß man nicht, was Sie ernst meinen und was Spaß ist.«

»Ich meine es ernst«, gab er lächelnd zurück. »Ich kann genauso spontan sein wie mein Sohn. Wir haben nämlich am selben Tag Geburtstag, und ich bin genau doppelt so alt wie er.«

Sie warf ihm einen schrägen Blick zu. »Sie scheinen sich tatsächlich sehr ähnlich zu sein«, stellte sie nach kurzem Überlegen fest.

»Und wir verstehen uns ausgezeichnet, das möchte ich betonen.«

»Man hört es gern.«

»Sie verstehen sich doch mit Sabrina auch sehr gut.«

»Ich bin zwar nicht ihre Mutter, aber ihre Patin. Ja, wir verstehen uns gut.«

»Und wir werden uns besser kennenlernen, Lis. Ich finde es schön, wenn man sich mit einer klugen Frau, die dazu auch noch charmant und geistreich ist, unterhalten kann. Es ist das erste Mal seit dem Tode meiner Frau, daß ich diesen Wunsch habe. Darf ich das nicht sagen?«

»Doch, Sie dürfen«, erwiderte sie mit einem tiefen Lächeln. »Mir gefällt es auch.«

So waren Jochen und Sabrina sich selbst überlassen, und sie genossen es.

»Ich weiß nicht, was ich denken und fühlen würde, wenn du jetzt nicht bei mir wärest, Jochen«, sagte Sabrina. »Ich würde mir wohl schrecklich verloren vorkommen.«

»Aber ich bin bei dir, und du brauchst nicht an Wenn und Aber zu denken, Liebes.« Er küßte sie zärtlich, und sie legte ihren Kopf an seine Brust, wo sie den Schlag seines Herzens hören konnte.

Ich werde nicht allein sein, dachte sie und war sich doch bewußt, daß sie schon Abschied nahm von ihrer Mutter.

War es bei Donata auch so, wenn sie ihre Ahnungen hatte? Aber Donata ahnte ja manches voraus, was sich überhaupt noch nicht auch nur andeutete. Das war für Sabrina doch unfaßbar.

Aber Helmut Böcker sollte es schon am nächsten Tag bestätigt bekommen, wie genau Donatas Ahnungen zutrafen. Er war voller Entsetzen, als er im Radio hörte, daß die Maschine, mit der er nach Amerika hatte fliegen wollen, über England abgestürzt war.

Ihn fror es gleich so, daß seine Hand zitterte, als er zum Telefon griff und die Nummer von Jost wählte.

Dort läutete das Telefon in dem Augenblick, als Donata sagte: »Ich habe es gewußt, o mein Gott, hoffentlich ist er nicht doch geflogen.«

Kalkweiß war ihr Gesicht, und Tränen rannen aus ihren Augen, als Carlo ihr den Hörer reichte und sagte: »Er will Sie sprechen, Do.«

»Er« sagte er nur, aber für Donata gab es nur den einen »Er«, und ihre Stimme zitterte, als sie sagte: »Sie sind also nicht geflogen.«

»Ich habe es doch versprochen«, erwiderte er.

»Aber Sie waren doch unsicher.« Helmut war sehr überrascht, denn tatsächlich hatte er gestern noch einen Anruf bekommen, daß er unbedingt kommen müsse, aber da hatte er geschwindelt und gesagt, es würde ihm gesundheitlich nicht gutgehen.

»Ich komme nachher und hole Sie ab, Donata«, sagte er.

»Ich muß erst fragen, ob ich wegdarf.«

Eva meinte lächelnd, daß sie doch keine Despoten wären. »Natürlich kannst du ausgehen, Do«, sagte sie. »Du nimmst dir ja nie einen freien Tag.«

Jetzt hatte sie aber so eine Ahnung, daß das doch öfter vorkommen würde. Aber sie gönnte es diesem lieben Geschöpf, da sie wußte, daß Helmut Böcker kein Abenteuer suchte, sondern verläßlich und anständig war.

Man sah es Donata an, daß sie ziemlich aufgeregt war, und Carlo meinte neckend zu seiner Frau, ob sie auch so gewesen wäre, als sie ihr erstes Rendezvous mit ihm gehabt hätte.

»Ich war noch viel aufgeregter, denn schließlich hattest du vorher eine andere Freundin.«

»Meinst du, Helmut Böcker hätte noch keine gehabt? Aber du hattest doch auch einen anderen Freund.«

»Das war doch kein Freund, das war ein dummer Junge, und du warst da immerhin schon ein Mann.«

»Und heilfroh, daß ich solch Juwel wie dich gefunden habe, Evi«, erwiderte er. »Bist ja mein Goldschatz und brauchst wirklich nicht zu fürchten, daß ich dir untreu werden könnte.«

Das hatte sie auch nie gefürchtet, und sie war auch nicht eifersüchtig. Sie wurde öfter darauf angesprochen, ob ihr nicht bange sei, ein so hübsches Mädchen im Hause zu haben. Sie wäre nie auf den Gedanken gekommen, daß ihr Carlo sich in Donata verlieben könnte. Allerdings war Donata auch nicht so wie manche andere.

Und nun gab es erstmals auch in Donatas Leben einen Mann, der sichtlich großes Interesse an ihr hatte und ihr wohl auch gefallen mochte, sonst würde sie nicht mit ihm ausgehen, das wußte Eva genau.

Donata war keineswegs so scheu, wie man vermuten könnte. »Ich finde es sehr nett von Ihnen, daß Sie Wort halten und mich mal abholen«, sagte sie.

»Ich muß mich doch gleich dafür bedanken, daß Sie mein Leben gerettet haben«, erwiderte er.

»Sie sind nicht geflogen, obgleich Sie es wollten«, meinte sie nachdenklich.

»Ich habe sogar geschwindelt, als ich gestern noch einen anderen Anruf bekam, daß ich unbedingt kommen soll.«

»Von einer Dame«, sagte sie.

Helmut wurde verlegen, weil es stimmte. »Sie könnte ich natürlich nie beschwindeln, weil Sie es merken würden, und außerdem wissen Sie ja alles schon vorher, Donata. Hoffentlich wissen Sie auch, daß ich Sie öfter abholen werde und daß Sie mich in Ihr Leben einbeziehen müssen.«

Heiße Glut stieg in ihren Wangen. »Was mich selbst betrifft, weiß ich nie etwas vorher«, sagte sie leise.

»Aber was mich betrifft«, meinte er lächelnd, »und da müssen Sie ja auch die reizende blonde Partnerin sehen, die seit vorgestern eine bedeutende Rolle in meinem Leben spielt.«

»Ich könnte mich daran gewöhnen«, erwiderte sie mit einem bezaubernden scheuen Lächeln.

»Das ist fein. Dann können Sie wohl auch voraussehen, wer bei den Josts Ihre Nachfolgerin werden wird?«

Es war wohl die seltsamste Art, eine Liebeserklärung zu machen und zugleich auch einen Heiratsantrag, die man sich vorstellen konnte, doch für Donata schien es keinen Zweifel zu geben, daß er es ernst meinte.

»Sie haben mich sehr lieb aufgenommen«, sagte sie, »und ich möchte wenigstens noch ein Jahr bleiben, bis Sarah aus dem Gröbsten heraus ist. Dann wird Frau Jost wohl kein Kindermädchen mehr brauchen, sondern eher eine Haushälterin!«

Er lachte leise. »Und wenn ich kein Jahr mehr warten will?« fragte er, und legte seinen Arm um sie.

Sie blickte zu ihm empor, und ein rätselhaftes Leuchten war in ihren Augen.

»Es kommt alles, wie Gott es will«, sagte sie gedankenvoll. »Es wird ein Sommer kommen, und die Rosen werden blühen. Sabrina wird heiraten, und das Leid wird vergessen sein. Und es wird wieder ein Winter kommen mit Eis und Schnee, nicht so wie dieser.«

Ihr Gesicht überschattete sich plötzlich, und sie blickte zum Himmel empor. »Aber Frau Wandrey wird den Sommer nicht mehr erleben. Sie schließt die Augen, sie wird nicht mehr erwachen.«

Der Klang ihrer Stimme ging Helmut durch und durch. Er

nahm sie in die Arme und drückte ihren Kopf an seine breite Brust. Dann streichelte er ihr das Haar.

»Du sollst nicht traurig sein, Donata«, sagte er liebevoll. »Ich möchte dich viel lachen sehen, und alles, was dich bedrückt, sollst du mir sagen, dann ist es für dich nicht so schwer.«

»Es tut so weh, wenn ich meist nur das Traurige sehe«, flüsterte sie.

»Wann hast du das zum ersten Mal erlebt? Kannst du dich daran erinnern?«

»Ganz genau. Es war der schlimmste Tag in meinem Leben. Wir waren zur Verlobung meines Bruders in Helsinki eingeladen. Wir lebten auf dem Lande. Es war Februar. Ich hatte plötzlich eine Vision. Eine dichte graue Wand kam auf unseren Wagen zu. Bei dem Gedanken bekam ich einen Schüttelfrost und dann Fieber. Ich sage es so, wie ich es damals zuerst erlebte. Bewußt wurde es mir erst viel später. Ich bat meine Eltern, nicht zu fahren, aber sie sagten, sie könnten die Gesellschaft doch nicht brüskieren. Meine Schwester wollte bei mir bleiben, aber die Eltern wollten es nicht. Sie gerieten in einen plötzlichen furchtbaren Schneesturm, und der Wagen wurde in einen Abgrund gefegt. Sie waren alle tot, Vater, Mutter, Matti und Karen. Nur ich blieb übrig, zu Hause, halbtot vor Angst. Und später wurde mir bewußt, daß ich es vorausgeahnt habe, wie vielleicht manches andere auch schon, was mir aber nicht so bewußt wurde, weil es nicht so grauenvoll war. Und ich habe mich gefragt, warum ich übrigbleiben mußte, ich allein.«

»Damit du mich glücklich machst, Donata«, sagte Helmut zärtlich. »Betrachten wir es einmal so, so schrecklich es für dich damals auch war.«

»Ich habe noch nie darüber gesprochen. Es tut immer noch weh. Du bist der Erste, dem ich es erzählt habe.«

Ihr kam das Du auch leicht über die Lippen. Es war ihr so selbstverständlich, als könne es gar nicht anders sein.

Er legte seine Hände um ihr Gesicht und hob es zu sich empor. Dann küßte er ihr die Tränen von den Wangen.

»Wir werden Freude und Schmerz fortan immer teilen, Donata«, sagte er weich. »Ich möchte dich trösten, wenn du traurig bist, ich möchte mich freuen, wenn du dich freust.«

Da hatten sich wieder einmal zwei Menschen gefunden, die durch einen besonderen Draht verbunden waren. Sicher war auch das vom Schicksal so gewollt, daß sie dies mit Sabrina und Jochen gemeinsam hatten. Aber sicher war ein Geschöpf wie Donata schwerer zu begreifen als Sabrina, die nicht so Entsetzliches in Kindertagen erleben mußte, deren Jugend nicht so überschattet gewesen war.

Und jetzt, da auch sie mit Sorgen und Kummer fertig werden mußte, stand ihr Jochen zur Seite. Sie war doch nicht allein, wie es damals Donata gewesen war, ein Kind noch, gerade vierzehn Jahre jung und dann mit den Qualen behaftet, das Unglück vorausgeahnt und nicht verhindert zu haben.

Jetzt fühlte sich auch Donata eingehüllt in Zuneigung und liebevolle Fürsorge. Sie sah es als Geschenk des Himmels, und das sagte sie auch zu Helmut.

»Du bist für mich das schönste Geschenk«, sagte er. »Weißt du, solange meine Mutter lebte, durfte ich gar nicht daran denken, mich in ein Mädchen zu verlieben. Sie war wie eine Glucke, die immer nur die Fittiche über ihr Junges, das ihr gerade noch geblieben war, breiten wollte. Sie hatte vorher schon zwei Kinder verloren, und das ist schmerzlich. Und so fühlte ich mich auch verpflichtet, ihr jede freie Minute zu widmen. Sie war ein guter Mensch, aber sie wollte mich auch nicht mit jemandem teilen.«

Donata nickte nur stumm, und sie dachte, daß wohl alles im Leben seinen Sinn hätte.

~

Sabrina war wieder in der Klinik. Sie wußte, daß es mit ihrer

Mutter zu Ende ging. Jetzt konnte sie auch nicht mehr mit ihr sprechen. Aber Irenes Gesicht wirkte jetzt gelöst und entrückt, als hätte eine sanfte Hand alles Leid weggewischt.

Wenn sie nur ihren Frieden findet, dachte Sabrina, plötzlich innerlich auch viel ruhiger geworden.

Sie sah nicht mehr Maruhns blasiertes Gesicht zwischen sich und Irene, sie dachte auch nicht an jenen schrecklichen Augenblick, als er tot zu ihren Füßen lag.

Sie dachte unwillkürlich an den armen Willi Reinerts, der noch soviel leiden mußte um seine Frau, der um seinen toten Buben trauerte, und dem es wohl lieber gewesen wäre, Maruhn hätte eine gerechte Strafe vom Gericht ausgesprochen bekommen. Aber es war müßig, darüber nachzudenken, Maruhn war tot.

Es ist besser so, als wenn noch viel schmutzige Wäsche gewaschen worden wäre, dachte Sabrina weiter. Auch wenn Mama es nicht mehr erlebt hätte, wäre es weitaus schlimmer geworden, weil sie sich dann überhaupt nicht mehr hätte wehren können.

Jochen hatte an diesem Tag noch ein paar wichtige Termine wahrnehmen müssen, und sein Chef hatte mit Willi Reinerts gesprochen, der in Anbetracht der Umstände gar nicht inhaftiert worden war. Er war ein vom Schicksal geschlagener, kranker Mann, der auch keinen Lebenswillen mehr hatte.

Jochen kam nun, und es war ihm gestattet worden, sich zu Sabrina ans Bett der Sterbenden zu setzen. Es war sein Wille, und ihr war es Trost.

»Lis ist noch bei Paps«, erzählte er. »Sie verstehen sich sehr gut.« Er wollte sie ablenken, aber diesmal fiel es ihm schwer. Es war ein Abschiednehmen, und plötzlich begann sie von früher zu erzählen, als sie noch eine intakte Familie gewesen waren.

»Papa war viel unterwegs«, begann sie, »und da hat Mama viel mit mir unternommen. Für mich war es herrlich, eine so moderne, junge Mutter zu haben, und ich fand es auch lustig, wenn sie geflirtet hat, wenn wir in einem Restaurant saßen. Ich glaube nicht, daß Papa ihr immer treu war. Manchmal riefen weibliche Wesen bei uns an, und dann gab es immer mal ein kurzes Gewitter, aber schlimm gestritten haben sie sich eigentlich nie. Sie haben sich gegenseitig manche Freiheit gelassen.«

»Möchtest du es auch so haben, Sabrina?« fragte Jochen.

»Ich? Niemals, ich will dich mit Haut und Haaren«, erwiderte sie, »und du?«

»Das freut mich. Ich bin ein bißchen komisch. Die wahre Liebe ist das wohl nicht, wenn man mit anderen flirtet.«

»Die große Liebe war es bei Mama und Papa auch nicht. Anfangs waren sie vielleicht verliebt, und sie konnten sich dann auch gut arrangieren, aber Mama hat schon manchmal gesagt, daß sie nicht wüßte, nach wem ich eigentlich geraten sei. Aber wir hatten ein gutes Verhältnis zueinander, bis dann Maruhn bei uns ein und aus ging. Das hat mich auf die Palme gebracht.«

»Bedauerlich, daß es so gekommen ist, aber in einem gewissen Alter bekommen Frauen manchmal einen Koller. Wir wissen das ja von Berufs wegen. Da waren sie zwanzig Jahre oder noch mehr treu und sogar naiv, und plötzlich drehen sie auf und dann durch.«

Sie sah ihn nachdenklich an. »Du mußt mir mehr erzählen von solchen Fällen, Jochen. Mich interessiert das sehr. Und wie bist du mit den Frauen ausgekommen?«

»Ohne große Schwierigkeiten, mein Liebes. Ich hatte nicht viel Gelegenheit, nähere Bekanntschaften zu schließen. Das Studium hat mich in Anspruch genommen. Ich wollte bald fertig werden. Wir waren eine nette Clique beim Segeln und im Tennisclub. Aber die netten Mädchen wollten heiraten, und dazu hatte ich noch keine Neigung, und die andern waren schon gar nicht mein Geschmack. Zufrieden?«

»Aber jetzt willst du heiraten?«

»Natürlich will ich das, und zwar so bald wie möglich.«

Nun war sie doch auf andere Gedanken gekommen, und das bei einem Thema, das ihm sehr zusagte.

Dr. Behnisch kam herein. Er begrüßte sie beide freundlich und fragte, ob sie nicht lieber doch heimfahren wollten.

»Wir können doch anrufen, wenn sich etwas ändert«, meinte er rücksichtsvoll.

»Aber vielleicht wacht Mama doch auf«, sagte Sabrina leise.

»Nein, Fräulein Wandrey, sie liegt im tiefen Koma.«

»Aber vielleicht spürt sie doch, daß ich bei ihr bin.«

Er wollte nicht so direkt sagen, daß sie dem Tode schon nahe war, aber Sabrina wußte es ja schon, daß keine Hoffnung mehr vorhanden war.

»Ich glaube, es ist besser, wenn du dich ausruhen kannst, Liebes«, sagte Jochen, nachdem er einen Blick mit Dr. Behnisch getauscht hatte.

Sie gab nach. Sie war erschöpft, das spürte sie, wenn sie stand. Sie taumelte auch leicht, aber Jochen hielt sie fest.

»Sie benachrichtigen mich, wenn sich Mamas Zustand ändert?« Sie sah Dr. Behnisch aus umschatteten Augen an.

Er dachte nur, daß sie nicht zu sehen brauche, wie Irene von Minute zu Minute mehr und mehr verfallen würde.

Zu Hause angekommen, bewies Jochen, daß er auch Talent zum Hausmann hatte. Er bereitete Tee zu, richtete eine appetitliche kalte Platte her und sorgte dafür, daß sich Sabrina gleich richtig ausruhen konnte.

»So ist es richtig«, sagte sie kleinlaut, »ich habe den ganzen Tag herumgesessen, und du hast gearbeitet und versorgst mich jetzt auch noch so lieb.«

»Dann siehst du auch gleich, daß ich kein Pascha bin«, erwiderte er lächelnd, »und wenn wir mal Kinder bekommen, mache ich auch alles mit.«

Er zauberte ein Lächeln auf ihr müdes Gesicht, und wenn sie auch nicht viel Appetit hatte, so aß sie dann doch ein paar von den Häppchen, die er ihr so liebevoll herrichtete.

Er legte eine Platte auf, und als ihr die Augen zufielen, schob er ihr noch ein Kissen unter den Kopf, legte ihre Beine hoch und deckte sie zu. Dann rief er bei seinem Vater an, um ihm Bescheid zu sagen, daß er bei Sabrina bleiben würde.

»Lis wollte gerade aufbrechen, aber dann kann sie ja noch bleiben«, meinte Berthold.

»Ich brauche für morgen frische Klamotten«, sagte Jochen. »Gib alles bitte mit, wenn Lis kommt.«

»Ich bringe sie auf jeden Fall. Und ich bringe deine Sachen dann mit. Braucht ihr noch was?«

»Momentan nicht. Sabrina schläft schon. Wenn sich etwas ändert, rufen sie von der Klinik an.«

»Lis hat vorhin mit Frau Dr. Behnisch telefoniert. Wir wissen Bescheid, Jochen.«

Die Nordens wußten auch Bescheid. Daniel war am frühen Abend heimgekommen und hatte Fee Bericht erstattet.

»Man weiß nicht, ob es in diesem Fall nicht doch besser ist, daß es so kommt«, sagte Fee nachdenklich. »Ich kann mir vorstellen, daß es schrecklich ist, sich später so mit dem Gewissen herumzuplagen, was man sich da eingebrockt hat. Immerhin ist sie ja eine Frau der besten Gesellschaft und sehr bekannt in ihrem Viertel.«

»Man sollte sich eben auf solche Abenteuer nicht einlassen«, meinte Daniel. »Es gibt doch genug nette Männer, auch für diese Altersklasse.«

»Sag das nicht so frivol«, meinte Fee.

»Das ist doch nicht frivol. Es ist meine ehrliche Meinung. Und eigentlich ist es ja auch nur eine Feststellung, mein Schatz. Schau doch Paps und Anne an, sind sie nicht ein harmonisches und glückliches Paar?«

»Aber Irene Wandrey war eine reiche Frau, und das zieht die Schmarotzer an.«

»Und warum? Weil sie es auch zeigen müssen, daß es was zu holen gibt. Und so tragen sie mit ihrem Schmuck und ihrem Geld auch ihre Haut zu Markte.«

»Du bist ja heute direkt poetisch, Schätzchen«, lachte Fee. Doch da ertönten schon die Stimmen der Zwillinge.

»Papi, Mami, kommen, kommen!«

Sie wollten noch ihre Gutenachtbussis haben, und ein Schlafliedchen mußte auch gesungen werden. Aber sie waren friedfertige Kinder, die beiden Kleinen. Am Tage lebhaft, am Abend müde. Sie waren gesund und unkompliziert und machten keine Schwierigkeiten. Glückliche Eltern – glückliche Kinder.

So war es auch im Hause Jost, wenn Tim und Sarah an diesem Sonntag auch dauernd fragten, wo denn ihre Do sei.

Das waren sie ja nun gar nicht gewöhnt, daß Do mal nicht bei ihnen war.

»Ihr habt doch Mami und Papi«, meinte Eva, um sie schon ein bißchen vorzubereiten, daß Donata eines Tages vielleicht doch gehen würde.

»Do gehört aber auch dazu«, sagte Tim.

»Do auch lieb«, zwitscherte Sarah gleich hinterher.

Nun, Helmut fand das ebenfalls. Donata war sehr lieb, und man sah es ihr an, wie glücklich und gelöst sie war, als sie dann im Jagdschlössl zum Abendessen einkehrten.

»Wenn ich den großen Auftrag bekomme, sind wir fein heraus, Donata«, sagte Helmut. »Da richten wir dir eine schöne Küche ein und machen es uns im Haus noch gemütlicher. Jetzt, da ich es kaufen kann, können wir auch einiges umbauen, damit es großzügiger wird. Oder möchtest du ein neues Haus haben?«

»Aber nein«, erwiderte sie verlegen. »Ich bin nicht anspruchsvoll, Helmut. Es ist einfach nur schön, daß du so mit mir sprichst.«

»Ich sage es nicht nur, ich mache Pläne, und du sollst natürlich auch welche machen.«

»Ich habe ja nur ein paar tausend Mark gespart. So lange bin ich ja noch nicht bei den Josts, daß ich viel hätte sparen können.«

»Ich staune, daß du überhaupt sparen konntest«, sagte er.

»Ich habe doch nicht viel gebraucht, und sie haben mich sehr gut bezahlt. Aber ich hatte ja gar nichts, als ich herkam.«

»Und das hast du mir noch nicht erzählt.«

»Wir waren zu den Wettkämpfen gefahren, nur eine kleine Mannschaft. Im Wintersport sind die Finnen ja gut. Ich war bei den Langläuferinnen. Ich habe mich immer mächtig angestrengt, daß ich auf Reisen mitgenommen wurde. Und diesmal hatten wir dann das Pech, das zu meinem Glück wurde, weil der Bus verunglückte. Ich war die Einzige, die sich einen Beinbruch zugezogen hatte und auch sonst ein bißchen schwerer verletzt wurde.«

»Hast du das nicht vorausgesehen?« fragte er.

»Ich hatte schon ein seltsames Gefühl, aber es hätte doch nichts genützt, wenn ich etwas gesagt hätte. Die hatten ihren Zeitplan, und der mußte eingehalten werden. Und mich mußten sie dann zurücklassen. Darüber war ich dann aber gar nicht böse.« Sie sah ihn mit leuchtenden Augen an. »Jetzt erst recht nicht, Helmut.«

»Das höre ich gern«, sagte er lächelnd. »So froh wie heute war ich schon lange nicht mehr. Das nächste Mal, wenn wir uns treffen, fahren wir zu unserem Haus, und dann kannst du sagen, was du alles geändert haben möchtest.«

»Ich will nichts, was du nicht auch willst.«

»Aber ich will, daß du deine Wünsche äußerst. Ich möchte nämlich bald damit anfangen.«

Da war nun zu der kleinen Donata auch das große Glück gekommen. Sie konnte es noch nicht fassen. Sie kam sich vor, als würden alle Festtage auf diesen einen fallen, und das Christkind wäre eigens für sie auf die Erde herabgeschwebt. Und wie war es da diesem Mann zumute, der gar nicht mehr daran geglaubt hatte, daß es solch ein Mädchen geben könnte. Drüben, in Amerika hatte eine Frau auf seinen Besuch gehofft, die aber so ganz anders war, egoistisch und anspruchsvoll, die es nicht begreifen konnte, daß er nicht nach ihrer Pfeife tanzte und nicht alles stehen und liegen ließ, um zu ihr zu eilen.

Und wäre Donata nicht in sein Leben getreten, wäre er geflogen, und dann wäre er jetzt tot.

Das war ein Gedanke, der ihm wahrhaftig nicht gefallen wollte, und so griff er spontan nach Donatas Händen und drückte sie an seine Lippen.

Sie wußte gar nicht, wie ihr geschah, und sah ihn staunend an. »Du bist dir doch hoffentlich inzwischen bewußt, daß du mir das Leben gerettet hast?« sagte er. »Was hättest du gesagt, wenn ich doch in dieser Maschine gesessen hätte?«

Da schossen ihr gleich Tränen in die Augen, und ihre Lippen bebten. »Nicht daran denken«, flüsterte sie, »es ist schlimm genug, daß wieder so viele Menschen weinen und trauern. Es ist alles so schrecklich, was Tag für Tag passiert, Helmut, aber so richtig nachfühlen kann man es wohl erst, wenn man es einmal selbst erlebt hat. Da meint man, die Welt geht unter.«

»Ich bin ja auch sehr, sehr froh, daß ich lebe, Donata. Ich habe schon drei Sterne hinter dieses Datum in meinem Kalender gesetzt, und nächstes Jahr werden wir daran denken, daß an diesem Tag unser gemeinsames Leben begann.«

Er dachte schon an nächstes Jahr, daran, daß sie dann seine Frau sein würde, und er konnte träumen, wie sie auch.

»Und den Auftrag bekommst du ganz bestimmt«, sagte sie, als sie heimwärts fuhren.

»Wenn du es sagst, glaube ich daran«, erwiderte er. Und dann bekam sie ihren ersten Kuß, tatsächlich den ersten Kuß in ihrem Leben von einem Mann. Er konnte es gar nicht glauben, aber er wußte auch, daß diese reinen Augen nicht lügen konnten.

»Ich danke dir sehr, lieber Helmut«, sagte sie scheu, als er sich von ihr verabschiedete.

»Ich danke dir«, erwiderte er, »mein wunderbares kleines Mädchen.

»Du vergißt mich nicht?«

»Wie kannst du nur fragen! Morgen habe ich die Konferenz, dann rufe ich dich gleich an, und langsam kannst du die Familie Jost darauf vorbereiten, daß du bald Frau Böcker heißen wirst.«

Zu sagen brauchte sie vorerst gar nichts, denn man konnte es auch in ihren Augen lesen, daß ihr etwas Wunderschönes widerfahren war, und Eva konnte sich nur darüber freuen, wenn sie auch ahnte, daß ein Abschied nicht weit entfernt war. Aber es war ja kein Abschied für immer, es sollte keiner sein, wenn es nach ihnen ging.

»Helmut wird morgen einen großen Auftrag bekommen«, sagte Donata, als sei dies das Selbstverständlichste von der Welt. »Das Haus wird er kaufen, und dann ...«, sie machte doch eine kleine Pause, »dann will er mich heiraten. Er hat gesagt, daß ich Sie darauf vorbereiten soll.«

»Das freut mich für dich, Do«, sagte Eva, »wenn wir dich auch sehr vermissen werden.«

»Ich könnte ja immer kommen, wenn Helmut arbeiten muß. So weit weg werde ich nicht sein. Mit dem Rad bin ich schnell hier. Ich bin ja die Strecke schon mal gefahren.«

»Du bist doch mit dem Auto gefahren, mit meinem Mann und Sabrina.«

»Aber ich bin schon mal mit dem Rad gefahren, als ich die Eier von der Halmerin geholt habe.«

Das klang richtig bayerisch, und Eva mußte lachen. »Hab ich was Falsches gesagt?« fragte Donata.

»Nein, aber du redest bayerischer als wir. Da bist du an dem Haus vorbeigekommen?«

»Ja, und es war ganz seltsam. Ich habe gemeint, Frau Wandrey dort gesehen zu haben.«

»Es kann doch sein, daß sie dort war, um nach dem Rechten zu sehen«, meinte Eva. »Es ist ihr Elternhaus.«

»Sie hat dort Schutz gesucht. Es muß hübsch aussehen, wenn die Rosen blühen«, sagte Donata zusammenhanglos.

»Es wird schon Frühling«, sagte nun auch Eva. »Die Schneeglöckerl und Krokusse blühen, und bald ist Ostern, Donata.«

»Liebe Güte, da muß ich ja wieder Eier holen, und anmalen muß ich sie auch noch.«

Sie dachte an alles. Ja, sie würde Donata bestimmt sehr vermissen.

»Ein bisserl arg schnell geht das«, brummte auch Carlo.

»Du hast auch ein schönes Tempo vorgelegt gehabt, mein Herzensmann«, sagte Eva. »Wenn es gefunkt hat, stehen die Herzen auch gleich in Flammen.«

»Es muß wohl am Wetter liegen, daß wir so romantisch werden«, brummte er. »Der Frühling kommt sehr früh.«

»Wir wollen froh sein und ihn genießen. Die kalte Dusche kriegen wir schon noch«, sagte Eva.

Als der Morgen graute, tat Irene Wandrey ihren letzten Atemzug. Jenny Behnisch war bei ihr. Irene schlummerte hinüber in die Ewigkeit ohne Schmerzen, ohne noch etwas denken zu müssen. Es war ein gnädiger Tod, wenn man auch denken mußte, daß sie noch viele gute Jahre hätte leben können, wenn sie nicht einen einschneidenden Fehler gemacht hätte, der ihr ganzes Leben veränderte.

»Der Tod löscht alles aus«, sagte Jenny Behnisch zu Schwester Martha. »Ich muß Sabrina anrufen.«

»Können wir nicht bis morgen warten?« fragte Martha.

»Wir haben es ihr versprochen.«

Es meldete sich Jochen, der Sabrinas Schlaf noch bewachte. Er wußte gleich, was der Anruf bedeutete.

»Fräulein Wandrey braucht aber nicht gleich zu kommen«, sagte Jenny Behnisch.

»Das wird sie sich wohl nicht nehmen lassen«, erwiderte Jochen.

Sabrina war schon erwacht und stand gleich auf. »Es war die Klinik«, sagte Jochen.

»Dann hat Mama es überstanden«, sagte Sabrina verhalten.

Sie weinte nicht, sie sagte nichts mehr.

Still ging sie hinaus und kleidete sich um. Sie hatte schnell kaltes Wasser über ihren Körper laufen lassen und wirkte nun frischer.

»Ich habe geschlafen, und du hast die ganze Nacht hier gesessen, obgleich du in die Kanzlei mußt«, sagte sie kleinlaut.

»Ich habe es ganz gut überstanden«, erklärte er. »Paps hat Lis hergebracht, und sie haben mir auch andere Sachen mitgebracht. Ich darf mich doch nachher hier umkleiden?«

»Das kannst du auch gleich. Das Bad steht zu deiner Verfügung. Ich mache uns inzwischen Kaffee. Soviel Zeit wird sein. Ändern kann man das jetzt doch nicht mehr.«

Es mochte ein wenig Selbstschutz dabei sein, daß sie sich so gab, aber Jochen war froh, daß sie jetzt auch über den Berg war.

Es gab noch viel zu erledigen, wenn auch die letzte Ruhestätte nicht erst ausgesucht werden mußte. Neben ihrem Mann sollte Irene diese finden. Anzeigen sollten erst verschickt werden, wenn die Beerdigung stattgefunden hatte. Sabrina hoffte, daß sich Irenes Tod nicht herumsprechen würde. Kenntnis davon hatten ja nur die Bekannten, die an dem Geschehen beteiligt gewesen waren, die Familien Jost und Norden, Helmut Böcker und Lis, die aber mit zum engsten Kreis wie auch Berthold und Jochen gehörten.

Was die finanziellen Regelungen betraf, hoffte Sabrina auf Jochens Hilfe, doch der zögerte.

»Mir ist es nicht recht, Einblick in deine Vermögensverhältnisse zu bekommen, Sabrina«, sagte er.

»So ein Unsinn, es wird uns doch alles gemeinsam gehören. Außerdem weiß Paps auch Bescheid.«

»Also könnte er die Kontrolle übernehmen«, meinte Jochen.

»Ich habe keine Beziehung zum Geld«, sagte Sabrina. »Ich habe mich nie darum gekümmert. Von Mamas Geld wird nichts mehr übrig sein, und die Bürgschaft werde ich ablösen müssen. Was dann noch bleibt, ich weiß nicht, ob ich noch etwas besitze.«

»Was mir bedeutend lieber wäre«, stellte Jochen fest. »Ich kann gut allein für uns sorgen, mein Liebes.«

»Man muß auch ein bißchen realistisch denken. Gut, das Haus gehört mir, das stand schon immer fest. Aber wir müssen auch daran denken, daß es ziemlich viel Kosten verursacht. Und wenn wir erst Kinder haben, geht es richtig los mit den Ausgaben. Ich werde auf jeden Fall mein Examen machen und hoffentlich gut bestehen, und dann kann ich eine Stellung im Orchester annehmen, da verdient man auch ganz gut.«

»Und man muß viel reisen, ist abends selten zu Hause und so weiter. Nein, mein Schatz, das kommt nicht in Frage.«

»Dann lasse ich mir etwas anderes einfallen. Ich kann auch Unterricht geben. Aber darüber können wir noch reden.«

»Du kannst auch nur für mich spielen«, meinte er, sie zärtlich in die Arme nehmend.

»Aber es könnte ja sein, daß ich Karriere mache. Willst du keine berühmte Frau haben?«

»Auf eine berühmte kann ich eher verzichten als auf gemeinsame Stunden mit meiner Frau.«

»Paps und Lis verstehen sich sehr gut«, lenkte Sabrina nun ab.

»Mich freut es. Es ist für einen Mann in den besten Jahren nicht gerade das Wahre, wenn er nur in seinem Sohn eine Bezugsperson hat.«

»Lis hat auch viele Vorzüge. Sie ist nicht nur attraktiv, sie ist auch charmant und geistreich und man kann sich mit ihr sehen lassen. Ich wünschte, Mama hätte einen Mann wie den Paps kennengelernt, wieviel anders wäre dann ihr Leben noch verlaufen. Ich hatte ja nichts gegen einen neuen Partner, es dürfte nur nicht gerade so einer sein wie Maruhn. Mir geht das noch immer nicht ein.«

»Nun sind sie beide tot, Sabrina«, sagte Jochen ernst, »du solltest dir damit nicht mehr das Herz schwermachen.«

»Es wird bestimmt noch manches breitgetreten, und jetzt denke ich doch nicht nur an mich, sondern auch an dich, Jochen.«

»Schätzchen, das braucht dich wirklich nicht zu kümmern«, sagte er zärtlich, »was meinst du, was sich alles hinter den glatten, vornehmen Fassaden abspielt, was uns da so oft auf den Tisch kommt und vor Gericht breitgetreten wird. Es gibt nicht nur kaltschnäuzige, skrupellose und geldgierige Männer. Es gibt ebensolche Frauen, und manchmal gehen ganze Familien daran kaputt, wie sich Kinder ihren Eltern gegenüber benehmen.«

Sabrina zog die Schultern zusammen. »Ich habe meine Augen vor so vielem verschlossen, Jochen, jetzt muß ich erst noch lernen, mit solchen Tatsachen fertigzuwerden.«

»Aber du hast ja mich, und ich werde dir immer mit Rat und Tat zur Seite stehen.«

»Das ist mir auch der größte Trost«, erwiderte sie. Dann legte sie ihre Arme um seinen Hals und küßte ihn zärtlich.

»Es wird ein ganzes Leben so bleiben, Sabrina«, sagte er mit ernstem Nachdruck. »Du wirst meine Frau werden, und ich werde dich unendlich lieben. Und jetzt brauchst du nur noch zu sagen, wann wir heiraten wollen.«

»Wenn die Rosen blühen«, sagte sie träumerisch. »Donata spricht immer davon.«

»Und wenn Donata gegen mich wäre, würdest du mich wohl nicht heiraten?«

Sie legte den Kopf schief und sah ihn nachdenklich an. »Ich würde wahrscheinlich in einen Zwiespalt geraten zwischen Gefühl und Verstand, aber da Donata weiß, was gut oder schlecht ist, brauche ich mir eigentlich den Kopf nicht mehr zu zerbrechen, denn sie hat mich nicht gewarnt, und das hätte sie andernfalls getan.«

»Dann können wir nur hoffen, daß sie es für sich selber auch weiß.«

»Davon bin ich überzeugt. Helmut Böcker ist doch ein Mann, dem man vertrauen kann.«

Zwei Tage später wurde Irene neben ihrem Mann beigesetzt. Am Grab versammelt waren Sabrina, Lis, Jochen und Berthold Kuhn, Carlo und Eva Jost, Donata und Helmut Böcker und Fee Norden.

Tim und Sarah waren diesen Tag zu den Großeltern nach Breitbrunn gebracht worden, die sich darüber auch freuten, denn sie hatten die Enkelkinder selten genug.

Schlicht war die Beerdigung, schlicht auch die Worte, die der Pfarrer sprach.

Später saßen sie dann zusammen im Jagdschlössl, wo ihnen das Kaminzimmer reserviert worden war. Eine kleine Gesellschaft, die die Trauer hinter sich lassen und in die Zukunft blicken wollte.

Helmut sprach mit Carlo über sein Haus, denn jetzt konnte er sich bereits als Eigentümer bezeichnen. Carlo sollte es sich genau ansehen und einen Plan machen, wie es um- und angebaut werden könnte, um es familiengerecht zu gestalten.

Donata errötete unter den Blicken, die daraufhin zwischen ihr und Helmut hin und her wanderten.

Aber Sabrina sprang ein, bevor Donata ganz und gar in Verlegenheit geriet, und sagte zu Carlo, daß auch sie einiges im Hause ändern wolle. Vor allem sollten die Räume, die Maruhn zeitweilig mitbenutzt hatte, neu gestaltet werden.

Carlo und Eva hatten insgeheim gemeint, daß sie das Haus

verkaufen würde, aber dazu konnte sich Sabrina nicht entschließen. Die Lage war gut, das Haus selbst sehr geräumig, und vor allem den Garten liebte sie, da er mit ihr selbst gewachsen war. Es war nicht mehr so einfach, in München einen schönen Bauplatz zu einem erschwinglichen Preis zu finden, und Sabrina war nicht so anspruchsvoll, daß es eine Luxusvilla mit modernstem Komfort sein mußte.

Berthold meinte beiläufig, daß sie das Starnberger Haus später einmal sowieso bekommen würden.

»Hast du etwa die Absicht auszuziehen, Paps?« fragte Jochen verwundert.

»Ich dachte eigentlich daran, wenn ich mal nicht mehr bin«, gab Berthold zur Antwort, aber damit handelte er sich lauten Protest ein, nicht nur von Jochen und Sabrina, sondern auch von Lis, die ihm dann auch unter vier Augen sagte, wie er zu solchen törichten Reden kommen würde.

»Es kann schnell mal was passieren«, meinte er, »Irene war ja auch noch nicht alt.«

»Sie haben aber hoffentlich nicht die Absicht, vor mir auszurücken, um irgendwo todkrank zusammenzubrechen«, sagte sie mit ihrer gewohnten Direktheit.

Da mußte er lachen. »Lieber wäre es mir natürlich, Sie würden mein Leben teilen und mich aufmuntern, Lis. Dann könnte ich es mir noch ganz schön vorstellen, in meinem Haus zu leben.«

Sie warf ihm einen schrägen Blick zu. »Angst vor der Einsamkeit, wenn Jochen und Sabrina heiraten?« fragte sie.

»Kann schon sein«, gab er zu.

»Nun, ich werde es mir durch den Kopf gehen lassen«, erklärte sie lächelnd. »Das Haus gefällt mir nämlich sehr, und sein Besitzer auch, und das Stadtleben bin ich schon lange überdrüssig. Aber mein Geschäft möchte ich doch noch behalten, damit das gleich klar ist.«

Man erlebte es, die Älteren gaben den Jungen an Tempo fast

nichts nach, aber es war bei allen ja nicht so, daß sie sich blindlings in ein Abenteuer stürzen wollten. Sie wollten diesen Schritt zur Gemeinsamkeit wohlüberlegt und im Bewußtsein einer starken Liebe tun.

Für Donata war der Himmel der Erde nahegerückt. Sie erlebte wohl ihr Glück am bewußtesten, da sie dieses bestimmt nicht vorausgeahnt hatte. Für sie hatte das Leben nun einen völlig neuen Sinn bekommen, und sie war dankbar, daß ihr Eva und Carlo auch Verständnis entgegenbrachten. Sie wollte ja nicht undankbar erscheinen. Sie hing auch an den Kindern, und deshalb wurde auch beschlossen, daß sie auch nach der Heirat sooft wie nur möglich kommen sollte, wenn auch nicht mehr als das Kindermädchen Do, sondern als sehr geschätzte Freundin.

Nur ehrliche Liebe konnte jeden Zweifel ausschließen, und Donata sollte diese Liebe ebenso erleben wie Sabrina.

Die Gerichtsverhandlung gegen Willi Reinerts wurde wegen seines schlechten Gesundheitszustandes ausgesetzt. Was sollte man einen zermürbten Menschen jetzt auch noch quälen, der er dem Tode auch schon nahe war. Was sollte man da auch verurteilen?

Selbst die Kinder sprachen darüber. Schließlich war Bernd Reinerts fast gleich alt mit Danny Norden gewesen, als er von dem rasenden Maruhn getötet wurde.

»Gell, Papi, du würdest auch Amok laufen, wenn mich einer totfahren würde«, sagte Danny beim Mittagessen.

Fee wurde gleich blaß. »Bitte, nicht dieses Thema«, sagte sie heiser.

»Jetzt muß es aber abgehandelt werden«, sagte Daniel. »Amok laufen würde ich nicht, aber ich würde natürlich auch alles versuchen, um solch einen Menschen zur Rechenschaft zu ziehen. Ich hoffe nur, daß wir so etwas Schreckliches nie erleben müssen, und so kann ich euch auch nur immer wieder ermahnen, sehr vorsichtig zu sein, möglichst nicht auf einer Straße zu fahren, wo es keinen Radfahrweg gibt, und auch immer darauf zu achten, daß eure Räder tiptop in Ordnung sind.«

»Aber was können wir denn dafür, wenn sie keine Radfahrwege bauen«, sagte Felix unwillig. »Die meisten Autofahrer schimpfen doch nur auf die Radler und wollen auch nicht schuld sein, wenn etwas passiert.«

»Aber du mußt auch zugeben, daß manche Kinder ganz verrückt fahren und sogar noch die Autofahrer provozieren«, warf Anneka ein, ganz stolz, weil sie das schwierige Wort ganz richtig ausgesprochen hatte.

»Anneka hat recht«, sagte Daniel. »Ich erlebe das auch oft genug, wenn ich früh unterwegs bin und die Schule bald anfängt.«

»Und du schimpfst dann nicht?« fragte Anneka.

»Ich habe eine andere Methode. Ich halte an und frage nach ihren Namen, und meistens kenne ich ja einen von den Burschen, und dann kriegen sie es doch mit der Angst. Aber daß sie sich selbst auch in große Gefahr bringen, scheinen sie nur in den seltensten Fällen zu begreifen.«

»Manche sind wahnsinnig frech und stecken den Großen gleich die Zunge raus«, sagte Anneka. »Stimmt doch, Danny?«

»Aber manchmal sind die Erwachsenen auch ungerecht«, sagte er. »Es gibt welche, die können Kinder überhaupt nicht leiden, und was mich ärgert, wenn sie bei Rot über die Straße gehen und wenn ein Kind sagt, daß das nicht richtig ist, wird man noch frech und unverschämt geheißen.«

»Die Dummen sterben eben nicht aus«, sagte Felix in seiner gemächlichen Art. Und dafür wurde er auch nicht gerügt. Dieser Meinung waren seine Eltern auch.

Solche Diskussionen fanden bei den Nordens oft statt, und dann kam man manchmal auch vom Hundertsten ins Tausendste, aber die Kinder wußten, daß sie mit ihren Eltern über alles reden konnten.

~

Die Osterferien standen vor der Tür, und alle hofften, daß das schöne Frühlingswetter auch über die Feiertage anhalten würde. Fee und Daniel freuten sich nun auf David Delormes Kommen und sein Konzert, und sie hatten beschlossen, dann mit ihm, Katja und den beiden Kindern Marc und Bébé ein paar Tage auf der Insel der Hoffnung zu verbringen. Die Zwillinge, so meinte auch Anne, könnten sie dann mit Lenni bei ihnen lassen und noch eine Woche in der Schweiz verbringen, im sonnigen Tessin.

Spontane Entschlüsse seien die besten, meinte auch Fee, und man mußte die Ferien wirklich ausnützen. Daniel fand jetzt immer mal einen guten Vertreter, und während der Ferien wurden erfahrungsgemäß weit weniger Leute krank als sonst.

Das Gerede um Irene Wandrey und Maruhn hatte nicht solche Ausmaße angenommen, wie zu fürchten gewesen war, aber es passierte sonst auch genug in der Welt, was sicher noch interessanter war.

Die Zeit war so schnellebig, und die meisten dachten lieber an ihre Freuden als über die Nöte der andern nach. Und was bedeutete es auch schon in dieser Zeit, in der Affären, Scheidungen und Skandale die Illustrierten füllten, wenn eine Frau ein Verhältnis mit einem Mann gehabt hatte, der zu den Kriminellen gehörte. Wer tot war, war schnell vergessen, die Menschen waren schnell dabei.

Sabrina konnte es nur recht sein, daß auch keine Mengen Beileidsbezeugungen kamen. Ehrliche Anteilnahme war sowieso nicht zu erwarten gewesen. Irene hatte sich ja schon lange vorher von allen Bekannten aus der Zeit, als ihr Mann noch lebte, distanziert.

Sabrina hatte ihr Studium wieder aufgenommen, während Jochen auch alle ihre finanziellen Angelegenheiten regelte. Ein bißchen peinlich war es ihm schon, eine so vermögende Frau zu bekommen, aber von solchen Bemerkungen wollte Sabrina nichts wissen.

Zwischen Berthold und Lis wurde die Beziehung auch enger, wenn auch beide darüber Stillschweigen bewahrten, aber die Jungen ahnten es ja ohnehin.

Sabrina bestand ihre Examen glänzend. Sie hätte auch gleich eine Stellung bekommen in einem bekannten Orchester, aber sie hätte dann einen Fünfjahresvertrag unterschreiben müssen, doch das wollte sie nicht. Sie dachte schon daran, doch bald Kinder haben zu wollen, denn es war gut, wenn Kinder junge Eltern hatten. Das war jedenfalls ihr Standpunkt. Und dann konnte sie einen anstrengenden Beruf nicht mit dem Familienleben vereinbaren.

Dann kam das Konzert von David Delorme, das sie mit Jochen auch besuchen wollte. Berthold hatte gern auf seine Karte verzichtet. Ihm war die Gesellschaft von Lis lieber.

Daß Carlo und Eva das Konzert ebenfalls besuchen würden, wußte Sabrina, und im Foyer trafen sie dann auch das Ehepaar Norden.

Drei Paare unterhielten sich, die sehr viel beachtet wurden. Am bekanntesten waren Daniel und Fee Norden, weil mehrere Patienten von ihm ebenfalls musikbegeistert waren, und einige wußten sogar, daß sie mit David Delorme verwandt waren.

Es waren drei schöne Frauen, drei gutaussehende Männer, die man begutachten konnte, und so mancher wurde da ein bißchen neidisch.

Daniel und Fee hatten sich schon mittags mit David zum Brunch getroffen. Fee hatte ihn vom Flughafen abgeholt und zum Hotel gebracht, und Daniel war in der Mittagspause gekommen. Die Kinder waren bei Lenni in guter Hut. Vor dem Konzert wollte man den Trubel von David fernhalten, auf der Insel hatten die Kinder dann auch ihren Spaß mit ihm, denn er konnte sehr lustig sein.

»Wir sind nach dem Konzert mit David noch beim Käfer verabredet«, sagte Fee, »kommen Sie auch mit?«

»Gern, wenn es recht ist«, sagte Eva schnell.

Fee sah Sabrina und Jochen an. »Und wie steht es mit Ihnen?«

»Ist es Mr. Delorme nicht zuviel?« fragte Sabrina.

»Er ist gern in Gesellschaft, wenn er dann nachts seine Ruhe hat«, erwiderte Daniel. »Und für Sie, Sabrina, wäre es doch interessant, den großen Maestro persönlich kennenzulernen.«

»Ich würde mich natürlich riesig freuen«, sagte sie.

»Also abgemacht, dann treffen wir uns dort, es ist reserviert, also können wir uns nicht verfehlen.« Fee hatte alles organisiert, und da sie einen Raum für sich hatten, war es gleich, ob sie drei oder sieben Personen waren.

Sabrina freute sich sehr, Jochen war skeptisch. »Schwärmst du für ihn?« fragte er eifersüchtig.

»Er ist großartig.«

»Und er ist ein sehr interessanter Mann«, sagte Jochen.

Sabrina lachte. »Keine Angst, er ist mit einer bildschönen Frau verheiratet, hat zwei Kinder und ist außerdem mit den Nordens verschwägert. Aber es ist doch toll, wenn man einen so prominenten Mann persönlich kennt. Vielleicht engagiert er mich auch mal für ein Konzert«, fügte sie schelmisch hinzu.

Und da schien David durchaus nicht abgeneigt zu sein. Er hatte tatsächlich schon von der Meisterschülerin gehört. Es war ihm gleich mitgeteilt worden, als er die Hochschule besuchte, um nach jungen Talenten Ausschau zu halten.

So schwierig David manchmal war, so liebenswürdig konnte er auch sein, wenn ihm eine Gesellschaft behagte, und nach dem großem Erfolg, mit dem er nach diesem Konzert gefeiert wurde, war er bestens gelaunt.

»Ich komme morgen in die Hochschule, und da werden Sie mir vorspielen, Sabrina«, sagte er. Er liebte es locker, er sprach alle mit dem Vornamen an. Da er gebürtiger Engländer war, gehörte das einfach dazu, wenn ihm die Menschen sympathisch waren.

Es war eine fröhliche Runde, nur Jochen war still und nachdenklich, und auf der Heimfahrt rückte er mit der Sprache heraus.

»Und wenn er dir nun eine große Karriere verspricht?« fragte er stockend.

»Du meinst doch nicht, daß ich dich dafür aufgeben würde?« fragte Sabrina bestürzt zurück.

»Es könnte ja sein, daß es dich doch lockt. Du hast studiert und darauf hingearbeitet. Und du bist noch so jung, daß es doch verlockend sein könnte.«

»Du wirst doch nicht ernsthaft denken, daß mir die Karriere wichtiger wäre als du?« staunte sie.

»Immerhin kam bei uns alles sehr schnell und gerade in einer Zeit, in der du Kummer hattest und dich einsam fühltest.«

»Und da, so meinst du wohl jetzt, warst du gerade der richtige Tröster und sonst nichts?«

»So will ich es nicht sagen, aber jetzt kommen dir vielleicht doch andere Überlegungen?«

»Ich denke gar nicht daran, plötzlich alles über den Haufen zu werfen. Ich möchte nur wissen, wie er mich beurteilt. Kannst du das nicht verstehen? Es könnte ja auch sein, daß du mal genug hast von mir, und dann muß ich mir mein Brot verdienen.«

»Jetzt ist es aber genug, für mich kommt doch so was nie in Frage.«

»Na also, dann rede nicht so dummes Zeug und fang plötzlich nicht an, an mir zu zweifeln. Ich liebe dich nämlich, Jochen Kuhn, und ich hege nicht so dumme Gedanken.«

»Ich könnte es nicht ertragen, dich zu verlieren, Sabrina.«

»Und mir geht es genauso, Jochen, also lassen wir doch diese Überlegungen. Lieber als ein Konzert mit Delorme wäre mir, wenn er zu unserer Hochzeit Orgel spielen würde. Da kann es einem so richtig feierlich werden.«

»Ich kann es nicht leiden, wenn auf Hochzeiten geweint wird. Es ist ein Freudentag, und alle sollen froh sein.«

Sie schloß kurz die Augen. »Ich glaube, daß ich an diesem Tag meine Eltern sehr vermissen werde. Mama hat früher oft davon gesprochen, wie sie sich meine Hochzeit vorstellt. Sie war sehr romantisch veranlagt.«

In ihr war kein Groll mehr auf die Vergangenheit. Sie sah ihre Mutter nur noch so, wie sie früher gewesen war. Es rührte Jochen tief, wenn sie darüber sprach. Aber er wollte keine Trauer aufkommen lassen.

»Wahrscheinlich heiraten Paps und Lis, dann haben wir wenigstens mal ein komplettes Großelternpaar«, scherzte er. »Ich werde Paps mal ein bißchen unter Druck setzen, daß er die Initiative ergreift.«

Das war schon lange nicht mehr nötig, denn was für Jochen und Sabrina noch Wunschtraum war, war für ihn und Lis längst beschlossen.

Sie waren tatsächlich die Ersten, die zum Standesamt gingen, denn für ein »gschlampertes Verhältnis« war Lis nicht zu haben. Sie hatte ihre Grundsätze, und Berthold war natürlich nur zu gern bereit, sie ganz fest an sich zu binden. Sie verstanden sich prächtig. Sie waren in ihren Herzen jung geblieben.

Es war freilich doch eine Überraschung gewesen, als sie sagten, daß das Aufgebot schon bestellt sei, aber die Einladung zur Hochzeit wurde ohne Vorbehalt von allen angenommen.

Da sollte schon richtig gefeiert werden, nach dem Motto, man solle die Feste feiern, wie sie fallen und keine Rücksicht darauf nehmen, daß in diesem Jahr noch einige ins Haus standen.

So konnte es kommen. Da hatten sich zwei junge Menschen gefunden gehabt, und sie mußten nun den Älteren den Vortritt lassen.

Aber obgleich David Delormes Beurteilung über Sabrina glänzend ausgefallen war, ihren Zeitplan ließ sie davon nicht durcheinanderbringen, auch nicht durch die Hochzeit von Berthold und Lis.

Zuerst mußte ihr Haus ganz umgestaltet und neu eingerichtet sein, bevor sie heiraten wollte, und wenn es Jochen auch noch so schwerfiel mit dem Warten, er mußte sich gedulden.

Auch in Helmut Böckers Haus wurde fleißig gearbeitet, denn Donata hatte dann doch gesagt, wie sie manches gern haben wollte. Sie konnte sich das auch leisten, denn sie hatte wieder einmal eine Eingebung gehabt, und diese hatte ihr eine Zahlenreihe ins Gedächtnis gezaubert. Und weil sie für alles Liebe, was sie erfahren hatte, so von Herzen dankbar war, spielte sie diese Zahlen gleich viermal. Eva bekam einen Schein geschenkt, wie auch Sabrina und Helmut, und einen behielt sie für sich. So erhielten sie den besten Beweis, daß Donata auch diesbezüglich den siebenten Sinn haben mußte, denn sie hatten alle einen Fünfer mit Zusatzzahl, und da sagte niemand, daß es auch ein Sechser hätte sein können. Doch jeder bekam über hunderttausend Mark. Sie wollten es Donata geben, aber da protestierte sie. Sie und Helmut hätten ja zwei Gewinne, meinte sie, und auch in diesem Glück blieb sie zufrieden.

Ja, sie konnten sich alles wunderschön einrichten. Soviel Geld hätte ja Helmut doch nicht gehabt, da er erst das Haus gekauft hatte, aber nun war dieser Gewinn ein warmer Segen.

So wurde ausgewählt, gekauft und eingerichtet, als die Handwerker endlich draußen waren. In beiden Häusern ging es lebhaft zu. Tim meinte, daß es eigentlich schöner wäre, wenn Do und Helmut neben ihnen wohnen würden, aber mit Sabrina hatten sie sich auch schon richtig angefreundet.

Die Brautkleider wurden bei Lis bestellt. Und das war die Garantie, daß es ganz sicher die schönsten sein würden, die man auftreiben konnte.

Die Zeit schien Flügel zu haben, so schnell eilten Tage, Wochen und Monate dahin. Und dann begannen die Rosen zu blühen. Es war besonders für Donata ein wunderschöner Tag, als sie zum Haus kam und die ersten Knospen entdeckte.

Mit einem Jauchzer umarmte sie Helmut. »Die Rosen blühen!« rief sie strahlend aus.

»Und du hast gezweifelt, daß sie nach diesem Winter wieder blühen würden«, sagte er.

»Ich weiß jetzt nicht mehr, was noch alles kommen wird. Ich habe keine fremden Gedanken mehr«, sagte sie sinnend.

»Ich weiß aber, daß wir in diesem Haus sehr glücklich sein werden und daß wir nun auch schleunigst das Aufgebot bestellen.«

»Ich habe gesagt, in einem Jahr, Helmut!«

»Du sagtest im Winter, aber ich bin ganz froh, wenn du nicht mehr alles so genau und noch besser weißt«, lachte er. »Aber ich habe schon mit Carlo und Eva gesprochen. Sie stehen unserem Glück nicht im Wege. Ich werde den ganzen Sommer mit dem großen Auftrag noch genug zu tun haben, und so kannst du ruhig oft zu ihnen fahren. Aber wenn ich abends müde heimkomme, möchte ich dich um mich haben, mein Liebstes.«

Und wie konnten ihre Augen strahlen, wenn er sie so lieb in die Arme nahm und küßte.

»Wenn wir uns mit dem Heiraten jetzt nicht ranhalten, sind wir die Letzten«, sagte Sabrina zu Jochen. »Dabei waren wir die Ersten, die sich gefunden hatten.«

»Und wenn es nach mir gegangen wäre, wären wir auch die Ersten beim Heiraten gewesen«, murmelte er.

»Alter Brummbär«, neckte sie ihn, »beeilen wir uns also. Wir könnten ja auch Doppelhochzeit feiern mit dem Geld, das wir dank Do gewonnen haben.«

»Liebe Güte, du wirst doch nicht alles für die Hochzeit ausgeben wollen.«

»Aber vielleicht einen Teil für ein Geschenk für meinen innigstgeliebten Jochen?« meinte sie verschmitzt.

»Untersteh dich, mir solch teures Geschenk zu machen. Ich kann nicht soviel Geld ausgeben.«

»Freilich, genausoviel, wir machen doch immer halbehalbe«, fuhr sie neckend fort.

»Nicht übermütig werden, Liebes«, sagte er.

»Aber du hast doch einen speziellen Wunsch«, sagte sie.

»Das kann ich nicht leugnen.«

Sie sah ihn erwartungsvoll an. »Nun, sag doch schon«, drängte sie.

»Daß du immer glücklich sein wirst«, erwiderte er leise. »Etwas anderes wünsche ich mir nicht.«

»Ich bin glücklich. Jetzt muß ich mir selber was überlegen. So einen kleinen Hinweis kannst du mir nicht geben?«

»Ich weiß gar nicht, was du willst. Ich habe dir meinen einzigen Wunsch gesagt.«

»Du bist zu bescheiden, mein Herzallerliebster.«

Sie wirbelte hinaus.

Er blickte ihr kopfschüttelnd nach.

»Kindskopf«, murmelte er. Dann telefonierte er mit seinem Vater. Er bat ihn, alle seine Papiere bereitzulegen.

»Ich hole sie nachher ab«, sagte er.

»Packt ihr es auch endlich?« fragte Berthold.

»Wenn Sabrina nicht noch mal was anderes einfällt.«

»Verlobungszeit ist auch eine schöne Zeit.«

»Aber wir sind ja noch nicht mal verlobt.«

»Ihr seid eben nicht romantisch genug. Ich gebe dir einen Rat, mein Sohn. Kauf einen schönen Ring, führe deine Sabrina in ein schönes Restaurant, und bei Kerzenlicht steckst du ihr den Ring an den Finger. Dann seid ihr verlobt.« Berthold lachte.

»Aber das meinst du doch nicht ernst, Paps«, sagte Jochen verblüfft.

»Und wie ernst, mein Sohn. So was gefällt jeder Frau, und ich bin sicher, daß Helmut seiner Do schon einen Ring geschenkt hat. Du bist eben doch ein nüchterner Jurist.«

»Aber einer, der verdammt eifersüchtig sein kann, Paps.«

»Um so bemühter solltest du sein, etwas mehr Romantik in eure Beziehung zu bringen.«

»Romantischer als unser Kennenlernen kann die doch gar nicht sein.«

»Findest du die S-Bahn romantisch? Und was kam dann? Du hast eine etwas seltsame Vorstellung von Romantik.«

Jochen hörte Sabrina zurückkommen und legte schnell den Hörer auf.

»Ich muß jetzt noch mal weg«, sagte er. »Such schon mal alle deine Papiere zusammen. Morgen wird das Aufgebot bestellt.«

»Ich brauche nichts zu suchen, bei mir herrscht Ordnung«, erwiderte sie.

»Okay, ich bin bald zurück, mein Schatz.«

Leicht verwirrt blickte sie ihm nach, aber dann entschloß sie sich, mal zu Dr. Norden zu fahren. Sie hatte so einiges auf dem Herzen, was sie wissen wollte, bevor sie ihr Ja vor dem Altar sagte. Und dann fiel ihr ein, daß sie sich seit dem Konzert nicht mehr gesehen hatten. So schnell war die Zeit vergangen, aber es war auch viel zu erledigen gewesen, und die Renovierung des Hauses hatte sie sogar so beansprucht, daß sie gar nicht mehr auf den Kalender geschaut hatte.

~

Dr. Norden freute sich, als Sabrina kam. Auch ihm verging die Zeit so schnell, daß er gar nicht mehr wußte, wann sie sich zuletzt gesehen hatten.

Sabrina erinnerte ihn daran. »War es schön in den Osterferien?« fragte sie.

Dr. Norden wunderte sich ein bißchen, denn er konnte sich

nicht recht vorstellen, daß sie in die Praxis gekommen war, um mit ihm ein Plauderstündchen zu halten.

»Ja, es war sehr schön, und David hat es immer wieder gesagt, wie schade es ist, daß Sie keine Karriere anstreben.«

»Ich strebe eine Karriere an«, sagte sie, »allerdings als Ehefrau und Mutter. Aber da ich mir vorgenommen hatte, erst zu heiraten, wenn ich weiß, ob ich Kinder bekommen kann, komme ich heute zu Ihnen, um das feststellen zu lassen. Jochen wird nämlich ungeduldig.«

»Sie sollten lieber zu einem Gynäkologen gehen«, sagte er.

»Nein, soweit bin ich noch nicht. Ich habe zu Ihnen Vertrauen, und Sie würden mir bestimmt auch sagen, wenn ich keine Chancen habe. Sehen Sie, über Generationen gab es immer nur ein Kind in Mamas Familie, und das gefällt mir gar nicht.«

Er wollte ihr nicht sagen, daß er für reicheren Kindersegen eine Garantie auch nicht übernehmen könne, aber sie sah ihn so flehend und erwartungsvoll an, daß er kein Wort davon über die Lippen brachte.

Es war ihm in diesem Fall aber schon ein bißchen komisch zumute, die Untersuchung vorzunehmen. Aber dann konnte er mit einer Überraschung aufwarten.

»Es steht fest, daß Sie Kinder bekommen können, liebe Sabrina«, sagte er, »und das erste wahrscheinlich in etwa acht Monaten.«

»In acht Monaten«, wiederholte sie staunend, und dann wurde sie glühend rot. »Sie meinen, es ist schon unterwegs?«

»Mit Sicherheit«, erwiderte er, »und Sie sind sehr gesund. Allerdings brauchen wir für den Mutterpaß noch eine Blutuntersuchung.«

»Können wir die gleich machen?« stammelte sie.

»Dazu kommen Sie bitte morgen früh nüchtern. So sehr pressiert es auch nicht.«

»Aber mir pressiert es«, sagte sie und fiel ihm um den Hals.

»Da bin ich wirklich auf Jochens Gesicht gespannt, wo er doch so diskret ist.«

Er war schon zurück, als sie kam. »Du warst auch weg?« fragte er, schon wieder mit einem Anflug von Eifersucht. »Ich möchte heute abend nämlich mit dir ausgehen.«

»Fein, ich bin dabei«, erwiderte sie heiter. »Wohin gehen wir?«

»Es soll eine Überraschung sein.«

»Aber nichts Italienisches, bitte schön.«

»Du wirst nicht enttäuscht sein.«

Sie zog sich besonders hübsch an. Sein Vorschlag kam ihr gerade recht an diesem Abend.

Und er führte sie in ein besonders reizvolles Restaurant. »Zur Glocke« hieß es, und es war sehr romantisch eingerichtet. Kerzen standen auf jedem Tisch, und die Speisekarte verhieß Köstlichkeiten.

»Ist ein besonderer Tag?« fragte sie schelmisch.

»Ein ganz besonderer, mein Herzensschatz.« Er nahm ihre linke Hand und betrachtete sie außen und innen. Sabrina wurde schon immer verwirrter.

Dann griff er in die Jackentasche und holte den Ring heraus, den er gekauft hatte, einen wunderschönen Ring. Er steckte ihn ihr an den Ringfinger.

Ihre Augen wurden ganz weit. »Was soll das bedeuten?« fragte sie bebend.

»Daß ich dich über alles liebe und wir jetzt verlobt sind.«

»Oh, Jochen, du bist wundervoll!« schluchzte sie auf. »Damit habe ich nicht gerechnet. Du bist so lieb und machst mich so glücklich.«

»So soll es auch sein, möglichst jeden Tag, mein Liebling«, sagte er zärtlich. »Und wann werden wir heiraten?«

»So bald wie möglich, meinetwegen morgen.«

»Das geht leider nicht, du weißt ja, was man alles plant. Jedenfalls werden wir nicht die Letzten sein, die heiraten.«

»Und bestimmt die Ersten, die Kinder kriegen«, lachte sie.

»Bist du sicher?« fragte er.

»Ganz sicher. In acht Monaten kommt das Erste.«

»In acht Monaten?« wiederholte er fassungslos. »Allmächtiger! « Er hätte beinahe die Kerze umgeworfen, so hastig stand er auf, um sie zu umarmen. »Und das sagst du mir so einfach?« ächzte er.

»Du hast mir ja auch so einfach einen kostbaren Ring an den Finger gesteckt.«

»Was ist das gegen dein Geschenk, mein Traummädchen...«

»Wenn schon, dann Traumfrau«, erwiderte sie zärtlich. »Hoffentlich weißt du nun, was mir am wichtigsten ist.«

Daß eine wundervolle, große Hochzeit gefeiert wurde, war schon vorher geplant gewesen. Die zweite von Helmut und Donata folgte schon sechs Wochen später. Ihr süßes Geheimnis hatten Jochen und Sabrina noch immer für sich behalten, wenn auch Lis geheimnisvoll mit ihrem Mann flüsterte und meinte, daß sie so eine Ahnung hätte, als wenn...

Und wie groß war die Freude, als sich die anderen mitfreuen konnten. Aber einen allzugroßen Vorsprung ließen ihnen Donata und Helmut doch nicht, und beide jungen Mütter konnten ihre Männer mit Söhnen beglücken. Oft trafen sie sich, auch mit Eva, und Tim und Sarah konnten dann die Babys bewundern.

Eine schöne, herzliche Freundschaft verband sie, und es sollte auch zur großen Freude von Berthold und Lis noch mehrere Enkel geben. Wie gern erinnerten sie sich dann an jenen Tag, als Jochen seiner Sabrina den Verlobungsring an den Finger steckte und ihr Glück gekrönt wurde durch Dr. Nordens zutreffende Diagnose!

Das Sorgenkind in der Leitner-Klinik

»Das hat wirklich Seltenheitswert«, sagte Fee Norden lächelnd zu ihrem Mann, »daß ihr drei mal gemeinsam zu einem Vortrag gehen könnt.«

»Weiß Gott«, seufzte Daniel Norden, »es war auch schwierig genug, uns unter einen Hut zu bekommen. Wir wollten uns vorher noch wenigstens eine Stunde zusammensetzen. Am Mittwochabend habe ich ja keine Praxis, aber du weißt, was dann gerade manchmal so anfällt.«

Fee konnte nur bestätigend nicken. Nicht selten hatte ihr Mann sich dann um Patienten zu kümmern, die seinen Rat und seine Hilfe suchten und dann auch bekamen. Dr. Daniel Norden ließ seine Patienten nicht im Stich.

»Für Schorsch war's am schwierigsten«, fuhr er fort, »aber er meint, im Augenblick habe er keine so komplizierten Fälle, auch wenn eine Patientin sich dafür halte, und Dr. Mittler ist ja tüchtig.«

»Und in der Behnisch-Klinik hält Jenny dann wieder die Stellung«, meinte Fee, »sie hätte auch ein bißchen mehr Ruhe verdient.«

Ja, nicht nur die drei Ärzte, Dr. Daniel Norden, Dr. Hans-Georg Leitner und Dr. Dieter Behnisch gingen völlig in ihrem Beruf auf, auch die Frauen der drei Freunde standen voll und ganz hinter ihren Männern. Claudia Leitner war, wenn Not am Mann war, in der Leitner-Frauen-Klinik die rechte Hand ihres Mannes. Auch Dr. Jenny Behnisch arbeitete an der Seite ihres Mannes. Die Behnisch-Klinik hatte einen ausgezeichneten Ruf und war ständig gut belegt, was aber bedeutete, daß der Chefarzt Dr. Dieter Behnisch und seine Frau mehr Arbeit hatten, als ihnen lieb war.

»Der Vortrag von Professor Reblin ist für uns alle wichtig«, meinte Daniel. »Er ist ein Herzspezialist von weltweitem Ruf, und wir kommen nicht umhin, uns zu informieren, wann immer es möglich ist. Die Wissenschaft schreitet voran, und wir müssen mithalten.«

»Es muß schrecklich sein für Reblin, daß er keine Nachricht von seinem Sohn hat. Wenn ich mir vorstelle, eines unserer Kinder irgendwo in der Wildnis verschol …« Fee verstummte.

Daniel legte beruhigend seine Hand auf ihren Arm. »Noch sind unsere Kinder längst nicht erwachsen. Solche Sorgen müssen wir uns nicht machen, Liebes.«

Die Nordens kannten den Herzspezialisten Professor Dr. Reblin nur flüchtig und hatten in den Nachrichten davon gehört, daß dessen einziger Sohn nach einem Flugzeugabsturz verschollen sei. Aber wie immer fühlten sie mit jedem Menschen, dem ein solches Unglück widerfuhr.

»Na, Feelein, dann will ich mal. Ich werde versuchen, daß es heute mittag nicht so spät wird. Vielleicht kann ich mich ja noch eine Stunde aufs Ohr legen. Hausbesuche habe ich nur zwei heute. Dann gelingt es mir vielleicht, pünktlich wegzukommen. Grüß mir die Kinder.«

Danny und Felix waren schon in der Schule, Anneka hatte heute später Unterricht und schlief noch, ebenso wie die Zwillinge Jan und Désirée.

»Mach' ich«, lächelte Fee, »bei den Kleinen fange ich gleich an. Es kann sich nur um Minuten handeln, bis sie sich melden.«

Dr. Daniel Norden verabschiedete sich mit einem zärtlichen Kuß von seiner Frau. Dafür war immer Zeit.

~

»Ich freue mich nicht nur auf den Vortrag von Reblin«, sagte Dr. Hans-Georg Leitner zur gleichen Zeit zu seiner Frau Claudia und knöpfte seinen weißen Kittel zu, »sondern auch darauf, mal wieder mit Daniel und Dieter zusammen zu sein und zu fachsimpeln. Wann haben wir uns eigentlich zuletzt gesehen, wir drei?«

»Das ist ewig her«, lachte Claudia und suchte eine Akte heraus, die Schorsch benötigte. »Aber wir Frauen halten die Verbindung eisern aufrecht, wenn auch nur telefonisch«, mußte sie einschränken.

»Ja, die Zeit eilt uns davon«, sagte Schorsch, aber auch er fand noch die Zeit, seiner Claudia einen schnellen Kuß zu geben, bevor er auf die Station eilte.

Sein Weg führte ihn zuerst zu einer Patientin, wie sie gottlob höchst selten in seiner Klinik waren. Selten hatte er eine Frau erlebt, der so sehr jeglicher Instinkt dafür fehlte, wie unmöglich ihr Benehmen war.

Sie hatte vor einer Woche eine Tochter zur Welt gebracht. Ihr Mann, ein vermögender Bauunternehmer, verwöhnte sie über alle Maßen, aber selbst im Wochenbett flirtete sie auf Teufel komm raus mit den Ärzten. Die Schwestern dagegen schikanierte sie, wo sie nur konnte.

Als Chefarzt mußte Dr. Leitner die Formen wahren, wenn es ihm auch noch so schwerfiel. Er hatte nur flüchtig in das leere Puppengesicht geblickt, das perfekt geschminkt war.

Er fühlte automatisch den Puls und sagte: »Morgen können Sie heimgehen, Frau Gorn.«

»Aber nein«, begehrte sie auf. »Es sind erst acht Tage.«

Die Geburt war völlig unkompliziert gewesen. Stillen wollte sie ihr Kind nicht, aber selbst die dadurch entstandenen lästigen Begleiterscheinungen hatte sie spielend überstanden.

»Mein Mann hat noch keine Säuglingsschwester gefunden«, sagte sie nörgelnd. »Ich kann mit einem so winzigen Baby nicht umgehen und fühle mich einer solchen Aufgabe auch körperlich noch gar nicht gewachsen. Legen Sie denn so wenig Wert auf gut zahlende Privatpatienten?« fragte sie dann anzüglich.

»Wir sind immer knapp mit den Betten«, erwiderte er, »und

wenn ich keine Veranlassung für einen längeren Krankenhausaufenthalt sehe, rede ich meinen Patientinnen nicht zu, länger als unbedingt nötig zu bleiben.«

»Mir brauchen Sie nicht zuzureden. Ich bleibe gern.«

»Mein Gott, hat die ein dickes Fell«, sagte Dr. Leitner draußen zu Schwester Hilde.

»Und überhaupt keine Seele. Das Kind tut mir heute schon leid. Und Herr Gorn schon längst.«

Wenn Schwester Hilde sich schon mal zu solchen Bemerkungen hinreißen ließ, mußten besondere Gründe dafür vorhanden sein. Dr. Leitner warf ihr einen schrägen Blick zu.

»Na, wenn Sie's schon genau wissen wollen, Chef«, sagte sie unwillig, »Herr Gorn ist gar nicht der Vater des Kindes.«

»Hilde! « sagte Dr. Leitner mahnend.

»Mir läuft die Galle über«, brummte sie. »So was in unserer Klinik! Der Liebhaber löst den Ehemann bei seinen Besuchen ab, und der gutmütige Trottel merkt nichts.«

»Das darf doch nicht wahr sein«, seufzte Dr. Leitner.

»Dieses Weib hat überhaupt keine Hemmungen«, schimpfte Schwester Hilde. »Komme ich ins Zimmer, um Fieber zu messen, turtelt sie mit ihrem Galan herum. Mich hat sie gefragt, wie viele Männer ich gehabt habe. Und das soll man alles hinnehmen?«

Flammende Empörung war in ihren sonst so gütigen Augen zu lesen, und Dr. Leitner kam noch mehr zu der Überzeugung, daß mit Ingrid Gorn wirklich eine ganz seltene Pflanze seine Klinik in Aufruhr brachte. Daß Schwester Hilde, die sonst so Geduldige, auch mal aufmuckte, konnte er ihr nicht verdenken.

»Dann sagen Sie mir mal Bescheid, wenn der Galan kommt«, sagte er. »Mal sehen, was die Dame Gorn sagt, wenn ich unerwartet in ihrem Zimmer erscheine.«

Aber dazu sollte es nicht kommen. Der Tag sollte noch so einige Überraschungen bringen.

Vorerst ging Dr. Leitner zu einer anderen Patientin, deren Baby nicht gar so komplikationslos zur Welt gekommen war. Danach traf er Claudia auf dem Gang. Sie sah erschrocken aus.

»Herr Gorn möchte dich sprechen«, sagte sie, »er gefällt mir gar nicht.«

»Kein Wunder«, sagte Schorsch grimmig, »der Mann tut mir in der Seele leid. Ich spreche mit ihm.«

Martin Gorn sah aus wie ein Greis. Grau war sein Gesicht, seine Augen lagen tief in den Höhlen, und sein Blick war beinahe irre zu nennen.

Dr. Leitner war erschüttert. Wie frisch und vergnügt war er noch gestern an ihm vorbeigegangen, ganz stolzer, glücklicher Vater, einen ganzen Teil älter als seine Frau, aber ein ansehnlicher Mann. Davon war heute nichts mehr zu sehen.

»Es ist schrecklich«, stammelte er. »Ich muß mit Ihnen sprechen, Herr Doktor.«

»Es ist doch nichts mit Ihrer Frau? Ich war vorhin noch bei ihr ... « Er kam nicht weiter. Martin Gorn machte eine Handbewegung, die ihn schweigen ließ.

»Ich weiß nicht, wie ich's sagen soll, aber mit jemand muß ich reden«, murmelte er mit bebender Stimme. »Ich habe da ein Tagebuch meiner Frau gefunden, und nun, und nun...« Schwer atmend sank er auf den Stuhl, den Dr. Leitner ihm gerade noch hinschieben konnte. »Ich bin wahrscheinlich gar nicht der Vater«, stieß er dann mit äußerster Kraftanstrengung hervor, um sein Gesicht dann mit den zitternden Händen zu bedecken.

»Nun mal langsam, Herr Gorn«, sagte Dr. Leitner. »Das ist eine Angelegenheit, die Sie besser mit Ihrer Frau klären sollten, aber zuerst müssen Sie sich beruhigen.«

»Ich will sie nicht mehr sehen. Sie hat mich schmählich betrogen. Sie wird mein Haus nicht mehr betreten. Sie müssen mir helfen, Herr Doktor, mir raten, was nun mit dem Kind geschehen wird. Ich hatte mich doch so gefreut. Ich habe Ingrid auf

Händen getragen. Sie hat alles bekommen, was sie nur haben wollte. Wie soll ich das begreifen?«

Ein gebrochener Mann saß da. Und wenn Schwester Hilde nicht zuvor diese Andeutungen gemacht hätte, würde Dr. Leitner begütigend auf ihn eingeredet haben. Aber er konnte es nicht. Martin Gorn tat ihm in der Seele leid, weil seine Frau nicht nur das kokette kleine Luder war, das er anfangs in ihr gesehen hatte, sondern eine skrupellose Person, für die die verächtlichsten Ausdrücke angebracht schienen.

»Sie glauben mir nicht?« stöhnte Martin Gorn. »Sie können es lesen. Ich habe es schwarz auf weiß.«

»Ich bin kein Richter, Herr Gorn. Ich bin Arzt. Wenn Ihre Vermutungen der Wahrheit entsprechen, kann ich Sie nur bedauern, aber helfen kann ich Ihnen nicht. Wollen Sie nicht doch eine Aussprache mit Ihrer Frau herbeiführen?«

»Kein Wort mehr, nicht ein Wort. Ich habe mich zum Narren gemacht für sie. Das Kind wird alles ändern, habe ich gedacht, und nun das. Sie soll hingehen, wohin sie mag, aber dieses unschuldige Würmchen soll nicht darunter zu leiden haben. Bitte, helfen Sie mir diesbezüglich.«

»Aber wie?« fragte Dr. Leitner. »Durchdenken Sie doch noch einmal alles, Herr Gorn.«

Der hatte sich wieder erhoben. Er schwankte noch leicht, und sein Gesicht war noch faltiger geworden.

»Dann tun Sie mir einen Gefallen, und geben Sie ihr diesen Umschlag. Nur das. Sie brauchen ihr nur zu sagen, daß ich es abgegeben hätte. Und entschuldigen Sie, daß ich mich so gehenließ. Mit der eigenen Schande sollte man nicht hausieren gehen.«

»So habe ich es nicht verstanden, Herr Gorn.«

Aus verschleierten Augen sah ihn der Mann an. »Ist Ihnen so was schon mal passiert?« fragte er tonlos.

Diese Frage konnte Dr. Leitner verneinen. Es war ihm schon manches passiert, aber das wahrhaftig noch nicht. Jedenfalls hatte es in der Leitner-Klinik noch keinen ähnlichen Fall gegeben, solange die Patientin sich noch unter diesem Dach befand.

Er betrachtete den prallen Umschlag in seiner Hand, in der er wie ein Bleigewicht lag, und das, was er enthielt, mochte jetzt als drückende Last auf Martin Gorns Schultern ruhen. Er ging zum Ausgang, als würde er jeden Augenblick unter dieser Last zusammenbrechen.

Schwester Hilde sah ihn gehen und Dr. Leitner mit dem Umschlag in der Hand dastehen.

»Guter Gott«, murmelte sie, »hat er seine Frau mit dem Hausfreund ertappt?«

»Ist der Hausfreund da?« fragte Dr. Leitner.

»Vorhin gerade gekommen. Hemmungslos wie sie auch.« Sie blickte wieder zum Ausgang. »In diesem Zustand wird Herr Gorn sich doch nicht ans Steuer setzen? Ich werde mal nach ihm sehen.«

Das war ihr wichtiger als der Grund für seinen Zustand. Und Dr. Leitner beschloß, Zimmer 15 aufzusuchen.

Er klopfte kurz an und trat schnell ein. Ingrid Gorn hatte die Arme um den Hals eines noch sehr jungen Mannes geschlungen, der mit puterrotem Kopf emporfuhr. Sie kicherte und sagte unverfroren: »Aber Tony, Dr. Leitner hat doch Verständnis für brüderliche Liebe.«

Dr. Leitner war wütend, und man sah es ihm an. »Das soll ich Ihnen von Ihrem Mann geben, Frau Gorn«, sagte er eisig.

»Von meinem Mann?« fragte sie leichthin. »Wie aufmerksam.«

Dr. Leitner verschwand ebensoschnell, wie er gekommen war. Er war nicht neugierig darauf, was sich jetzt dort, in diesem Zimmer, abspielen würde.

Es war auch gut, daß er nicht mitbekam, was sich jetzt in Zimmer 15 abspielte, sonst wäre sein Stimmungsbarometer noch mehr gesunken.

Ingrid Gorn war nun doch fassungslos, nachdem sie den Umschlag geöffnet hatte.

»Er hat mein Tagebuch gefunden, Tony«, jammerte sie. »Dieser Schnüffler.«

»Und du bist ein dummes Stück«, erklärte ihr junger Freund aufgebracht. »So viel Blödheit kann es doch gar nicht geben.«

Das war zuviel für sie. So sprach er mit ihr, und plötzlich sah sie nun auch alles verloren. Das sorglose Leben, den Mann, der sich so leicht täuschen ließ, sie begann, hysterisch zu schreien.

»Halt die Luft an«, sagte der schicke Tony, »sieh lieber zu, wie du uns aus der Klemme bringst.« Aber sie schrie immer lauter, und als nun Schwester Hilde und gleich nach ihr Dr. Mittler angelaufen kamen, räumte Tony eilends das Feld.

Dr. Mittler war ahnungslos. Für ihn war Ingrid Gorn nichts als eine eitle, aber ebenso dummdreiste Patientin, die glücklicherweise bald entlassen werden sollte. Dieser hysterische Ausbruch kam völlig überraschend, denn bisher hatten sie nur erlebt, daß sie die Schwestern herumkommandierte und ständig irgendwelche Wünsche hatte.

»Frau Gorn«, sagte Dr. Mittler energisch, »was fehlt Ihnen?«

»Mein Mann …« Sie verstummte schlagartig und kniff die Augen zusammen. Obwohl nicht gerade mit Geistesgaben gesegnet, schien ihr doch der Gedanke zu kommen, daß sie sich zusammennehmen müsse, um noch zu retten, was zu retten sein könnte. »Ich will nach Hause«, stieß sie hervor.

»Jetzt?« fragte Dr. Mittler konsterniert.

»Sofort. Es ist etwas mit meinem Mann.«

»Der Chef ist nicht mehr im Hause«, sagte Schwester Hilde, während Dr. Mittler die Patientin forschend anblickte.

Dr. Leitner war also nicht im Hause. Das konnte ihr nur willkommen sein. Sein Auftritt war so merkwürdig gewesen, daß ihr doch der Gedanke kam, er wisse mehr. Aber darauf kam es ihr jetzt nicht an. So viel begriff sie doch, daß sie sich in eine sehr heikle Situation gebracht hatte und sofort etwas unternehmen mußte, um ihren Mann zu versöhnen.

»Dr. Leitner hat gesagt, daß ich nach Hause gehen kann«,

sagte sie heiser. »Ich muß mich um meinen Mann kümmern. Er ist jetzt wichtiger als das Kind. Das holen wir später ab.«

»Dr. Leitner muß auf jeden Fall seine Zustimmung geben«, sagte Dr. Mittler kühl. »Wenn Sie sich bitte ein paar Minuten gedulden wollen, Frau Gorn.«

Schwester Hilde wurde anderweitig verlangt. Dr. Mittler ging ins Büro, um von dort aus zu telefonieren.

Er wußte, daß Dr. Leitner und seine Frau Claudia nach Hause gefahren waren. Heute war der Tag, an dem Professor Reblin seinen Vortrag halten sollte, und er wußte, wie sehr sich Dr. Leitner darauf gefreut hatte. Er gönnte seinem Chef einen freien Nachmittag von Herzen, wußte er doch nur zu gut, wie selten er den machen konnte.

»Tut mir leid, Chef«, sagte er, »daß ich stören muß, kaum, daß Sie zu Hause sind. Frau Gorn will die Klinik verlassen. Sie packt Hals über Kopf ihre Sachen.«

Schorsch Leitner stöhnte. »Aber das Kind bleibt in der Klinik! Da hat der Vater ein Wort mitzureden.«

»Klar, Chef! Viel Vergnügen heute abend.«

Eine Stunde später rief der Anwalt von Martin Gorn in der Klinik an und bat sehr höflich und sachlich darum, daß die kleine Eva noch in der Leitner-Klinik verbleiben dürfe.

Eva wußte nichts von der Tragik, die ihr Säuglingsdasein überschattete. Ihr ging nichts ab. Sie war ein rundes, rosiges, kerngesundes Baby, das nun von Schwester Irma ganz besonders liebevoll umhegt wurde.

Schwester Irma war Anfang dreißig und eine tüchtige, zuverlässige Kinderschwester mit einem warmen, mütterlichen Herzen, und sie begriff einfach nicht, daß eine Mutter ihr Kind im Stich lassen konnte. Für sie war Ingrid Gorn schon in dem Augenblick erledigt gewesen, als sie sich geweigert hatte, ihr Kind zu stillen. In manchen Fällen erachtete es der Arzt als notwendig, wenn auf diese natürliche Ernährung verzichtet wurde, aber dann wollten die jungen Mütter ihr Kind wenigstens ab und zu bei sich haben. Auch das hatte Ingrid abgelehnt.

Schwester Irma hatte es nicht geäußert, aber sie war voller Verachtung für die »Puppe« in Zimmer 15 gewesen.

»Was wird nun aus dem Kind?« fragte Schwester Hilde Dr. Mittler.

»Das werden wir schon noch erfahren. Wundern würde es mich nicht, wenn sie ihren Mann herumkriegt.«

»Das gelingt ihr nicht«, sagte Schwester Hilde. »Er hat sicher lange gebraucht, bis es bei ihm geklingelt hat, aber umzustimmen ist er nicht mehr. Da müßte ich mich sehr täuschen.«

Sie täuschte sich nicht. Als Martin Gorn von einer langen Unterredung mit seinem Anwalt heimkehrte, fand er Ingrid in seinem Haus vor. Sie spielte erst die Empörte, dann die Demütige, doch beides blieb ohne Wirkung auf ihn. Er hatte seinen Schock zwar nicht überwunden, aber seine Fassung wiedergewonnen.

»Verschwinde«, sagte er eisig, »und zwar sofort.«

»Aber es ist doch dein Kind, Martin«, sagte sie schmeichelnd. »Du hast das alles mißverstanden.«

»Ich bin nicht geistig so minderbemittelt wie du«, erklärte er. »Ich habe zwar nicht studiert, aber eine ganze Masse gelernt.«

»Auch das Herumschnüffeln?« fragte sie, nun schon wieder hysterisch.

»Du irrst dich. Ich habe nicht geschnüffelt. Ich wollte dir eine ganz besondere Überraschung bereiten und dir zum Empfang das französische Bett hinstellen, das dir auf der Ausstellung so gut gefallen hat. Ich habe nicht geahnt, daß ich unter deiner Matratze dein intimes Tagebuch finden würde.«

»Du hättest es ja nicht zu lesen brauchen«, sagte sie schnippisch. »Was willst du denn? Genügt es dir nicht, daß du eine Frau hast, mit der du dich zeigen kannst? Du bist wirklich ein Narr, mir das Tagebuch zu bringen, Martin. Es existiert nicht mehr. Wo sind jetzt deine Beweise? Ich werde sagen, daß du krankhaft eifersüchtig bist und an Hirngespinsten leidest.«

»Und jetzt kommst du dir wahnsinnig schlau vor«, sagte er verächtlich. »Ich habe das Tagebuch Seite für Seite von meinem Anwalt ablichten lassen. Und die Scheidung habe ich bereits in die Wege geleitet. Ich habe keine Lust, deinem Liebhaber auch noch ein angenehmes Leben zu verschaffen.«

»Martin«, schluchzte sie auf, »was soll aus unserem Kind werden?«

»Das ist mein Kind, verstehst du? Ich könnte natürlich auch sagen, daß mir alles egal ist, aber das Kind soll nicht vor die Hunde gehen.«

»Ich habe es zur Welt gebracht«, schrie sie ihn an.

»Um mich noch mehr in die Hand zu bekommen. Um noch mehr aus mir herauszulocken. Mir kannst du jetzt nichts mehr vormachen. Meinetwegen pack deine Klamotten ein, aber dann verschwinde. Und das ist mein letztes Wort. Von jetzt an verkehren wir nur noch über den Anwalt.«

Er ging, und sie begriff noch immer nicht, daß er bis ins Innerste getroffen war und daß sie jedes Gefühl in diesem Mann getötet hatte.

Sie legte sich auf die Couch, überlegte eine Weile und griff dann zum Telefon. Sie wählte eine Nummer, die sie genau im Kopf hatte, aber Tony meldete sich nicht. Sie überlegte einige Minuten, dann wählte sie die Nummer der Entbindungsstation der Leitner-Klinik. Schwester Hilde meldete sich.

»Wir holen Eva morgen ab«, sagte Ingrid herablassend. »Richten Sie das Dr. Leitner aus.«

Schwester Hilde schüttelte nur den Kopf. Wie würde es Martin Gorn nur gelingen, mit dieser exaltierten Frau fertigzuwerden?

~

»Na, Schorsch, war's schwer, dich loszueisen?« fragte Daniel Norden seinen Freund, der sich zu ihm ins Auto schwang.

»Es ging, es ging! Obwohl ich im Augenblick eine Patientin habe – ich kann dir sagen!«

Daniel schüttelte den Kopf, als er die Geschichte von Ingrid Gorn hörte. »Dinge erleben wir manchmal, es ist nicht zu glauben. Hoffentlich ist bei Dieter alles in Ordnung und ihm wird nicht noch in letzter Minute ein Strich durch die Rechnung gemacht.«

Aber auch Dr. Dieter Behnisch wartete bereits, denn sie hatten beschlossen, mit nur einem Wagen zu fahren.

»Hallo«, sagte er gutgelaunt, denn auch ihn freute die Aussicht auf ein paar freie Stunden mit Daniel und Schorsch, »dann kann's ja losgehen. Reblin zu hören sollte man sich keinesfalls entgehen lassen.«

Daniel nickte nur und fuhr zügig durch den lebhaften Feierabendverkehr.

Sie kamen mit ein paar Minuten Verspätung in den Kongreßsaal. Ein sehr distinguiert aussehender Herr sprach gerade einleitende Worte, während Dr. Norden die Einladungen nebst Platzkarten vorwies. Alles hatte seine Richtigkeit. Durch den halbdunklen Saal pirschten sie sich nach vorn.

»Tolle Plätze«, raunte Daniel Norden Schorsch und Dieter zu. »Reverenz an Professor Reblin.«

Nun erschien der auch schon, ein hochgewachsener Mann mit schlohweißen Haaren. Klatschen und Trampeln empfingen ihn, als würde er im Hörsaal vor seinen Studenten erscheinen.

Er begann seine Ausführungen mit ruhiger, fast schleppender Stimme, so, als müsse er jedes Wort überlegen. Dieter, Hans-Georg und Daniel tauschten einen langen, verständnislosen Blick.

»Was ist mit ihm los?« fragte Daniel dann, und dann sah er auch schon, wie die schmalen Hände sich am Rednerpult krampften.

»Wie Sie wissen, meine verehrten Zuhörer, steht der Tod durch Herzkrankheiten noch immer … « Und dann erstarb die

Stimme. Der hochgewachsene Mann schwankte. Ein vielstimmiger Aufschrei ertönte, als er zusammenbrach. Dann waren fast alle wie gelähmt. Daniel Norden sprang zuerst auf. Er riß Schorsch und Dieter mit, sie gingen schnell nach vorn zum Podium.

Daniel und Dieter Behnisch knieten bei Professor Reblin nieder, der mit starren Augen am Boden lag.

»Mir kann niemand mehr helfen«, kam es abgehackt über die bläulichen Lippen. »Helft Irina!«

»Krankenwagen, wir tun, was wir können«, stieß Daniel hervor. Schorsch setzte sich schon in Bewegung.

Und während draußen eine fremde Stimme verkündete, daß Professor Reblin von einem Unwohlsein befallen worden sei, begann der Kampf um das Leben dieses hochverdienten Mannes. Ein aussichtloser Kampf, wie Dr. Norden und Dr. Behnisch dann erfuhren.

Professor Reblin war in Daniel Nordens Armen gestorben. Auch die sofortige Herzmassage hatte daran nichts mehr geändert. Er hatte darüber sprechen wollen, wie man den Infarkt besiegen könne, und der Tod hatte sich wieder einmal als Sieger erwiesen.

»Würdest du seine Frau benachrichtigen?« fragte Georg Leitner, der zu ihnen zurückgekommen war. »Ich werde die Formalitäten erfüllen.«

»Es ist schrecklich«, sagte Daniel Norden zu Dieter Behnisch. »Ein ganzer Saal voller Ärzte, und er muß sterben.«

Dr. Behnisch konnte nur nicken, er war kalkweiß. »Erfülle du seinen letzten Wunsch, und informiere seine Frau. Die Papiere hast du ja. Schorsch und ich bleiben noch und kümmern uns um alles weitere. Wir nehmen dann ein Taxi.«

So fuhr Dr. Norden dann zutiefst deprimiert hinaus aus der Stadt zu dem im Süden gelegenen Vorort.

Ein schönes Landhaus war Professor Reblins Heim. Zwischen all den modernen Bungalows wirkte es doppelt romantisch und sah einladend und gemütlich aus. Schmiedeeiserne Laternen zierten den Eingang. Sie waren erleuchtet wie auch alle Fenster im Untergeschoß, in dem eine Frau auf die Rückkehr ihres Mannes wartete.

War es schon deprimierend, eine solche Trauerbotschaft zu bringen, so war Dr. Norden erst einmal fassungslos, als ihm die Tür von einem blutjungen, bildschönen weiblichen Wesen geöffnet wurde, das man für ein Schulmädchen hätte halten können, wäre sie nicht hochschwanger gewesen.

Samtbraune Augen sahen Dr. Norden fragend und ängstlich zugleich an.

Er stellte sich vor und fragte:

»Könnte ich bitte Frau Reblin sprechen?«

»Das bin ich«, erwiderte sie leise.

Daniel Norden hatte augenblicklich sein Mienenspiel nicht in der Gewalt. Professor Reblin war Mitte Sechzig, diese Frau höchstens Anfang Zwanzig. Von vielerlei Empfindungen bewegt, brachte er kein Wort hervor, denn zu allem bewegte ihn, wie sie die Hiobsbotschaft aufnehmen würde. Sicher war sie bereits im neunten Monat.

»Was ist?« fragte sie bebend. »Ist etwas mit meinem Mann?«

»Möchten Sie sich nicht setzen, gnädige Frau?« fragte Dr. Norden stockend.

Ganz bleich war sie geworden. Riesengroß schienen ihre Augen in dem zarten Gesicht, und in ihnen flackerte die Angst.

»Es ist doch nichts Schlimmes?« flüsterte sie und schien es doch schon zu ahnen.

»Professor Reblin ist bei dem Vortrag zusammengebrochen«, sagte Daniel vorsichtig.

Ihre Arme hoben sich, suchten nach einem Halt, fanden diesen bei Dr. Norden, der sie stützte und hielt.

»Er darf nicht sterben, nein, er darf nicht sterben«, schluchzte sie auf, und Daniel dachte in diesem Augenblick, was immer auch zwei so ungleiche Partner zusammengeführt haben mochte, für Irina Reblin brachte der Tod ihres Mannes unendlichen Schmerz.

»Sagen Sie, daß er lebt, bitte, bitte, sagen Sie es«, flehte sie wie ein Kind. Und er konnte nur verneinend den Kopf bewegen.

Er wußte, was dieser Schock für sie bedeuten konnte, als sie in seinen Armen bewußtlos wurde.

Nun erschien eine ältere Frau in einem blauen Flauschmorgenrock. Sie starrte Dr. Norden an, stöhnte auf, als sie die Ohnmächtige in seinen Armen sah, und fragte flüsternd: »Was ist mit dem Herrn Professor?«

»Es geht ihm nicht gut«, erwiderte Daniel, um nicht noch eine zweite Ohnmächtige betreuen zu müssen. »Ich denke, es ist besser, wenn ich Frau Reblin in die Klinik bringe. In welcher ist sie angemeldet?«

»In keiner«, murmelte die alte Frau. »Ich bin Lissy, die Haushälterin. Kann ich helfen?«

»Wenn Sie mir bitte die Tür öffnen würden?«

Sie zeigte sich gefaßt und geistesgegenwärtig, und als Daniel Irina Reblin in seinen Wagen gebettet hatte, fragte sie: »Er ist tot, nicht wahr?«

»Ja, er ist einem Herzinfarkt erlegen.«

»Das arme Kind. In welche Klinik bringen Sie sie?«

»Leitner-Klinik.

»Das ist gut. Ich ziehe mich an und komme mit dem Taxi hin. Tun Sie alles. Sie ist so zart.«

Ihre Besonnenheit war beruhigend. Dr. Norden spürte, daß sie vor allem um die junge Frau besorgt war.

»Wenn Sie bitte anrufen würden?« sagte er noch schnell und nannte ihr die Nummer. Dann fuhr er los.

Es war nicht viel Verkehr auf den Straßen. Er kannte die Strecke, für die er höchstens zehn Minuten brauchen würde. Als er vor der Klinik hielt, standen Dr. Mittler und Schwester Hilde schon bereit.

Irina Reblin schlug die Augen auf, als man sie aus dem Wagen heben wollte. Alles Leid der Welt lag in ihrem Blick, als sie Dr. Norden ansah.

»Wo bin ich?« fragte sie tonlos.

»In der Leitner-Klinik. Es ist besser so, gnädige Frau.«

»Es ist besser so«, wiederholte sie mechanisch. »Dem Kind darf nichts geschehen.«

Sie weigerte sich, auf die Trage gebettet zu werden. Sie ging, gestützt von den Ärzten, langsam durch die Halle, wie eine Traumwandlerin.

Stumm ließ sie die Untersuchungen über sich ergehen. Stumm blieb sie auch, als sie in ein Krankenzimmer gebracht wurde, das Zimmer 15, das Ingrid Gorn heute Hals über Kopf verlassen hatte.

Dr. Norden hatte gewartet und setzte sich neben sie. »Es ist alles in Ordnung«, sagte er gepreßt. »Mit dem Kind«, fügte er stockend hinzu. Noch nie im Leben hatte er so krampfhaft nach Worten suchen müssen.

»Warum?« fragte Irina, und er wußte, daß sich dies auf den Tod ihres Mannes bezog. Und auf das Warum gab es keine Antwort. Erbarmungslos hatte der Tod ein Leben weggenommen von dieser Welt und damit ein zweites in grenzenlose Trauer versetzt.

»Ich muß es erst begreifen lernen«, flüsterte Irina. »Es ist undenkbar, daß Florian nicht mehr bei mir sein soll. Er ist ein wunderbarer Mensch.«

Sie sprach noch in der Gegenwart, und Dr. Norden begriff, daß Professor Reblin zumindest in den Gedanken seiner jungen Frau weiterleben würde.

Dann kam Lissy. Sie hatte ein graues Kleid und einen grauen Mantel an, und die große, hagere Gestalt wirkte jetzt irgendwie hoheitsvoll.

Sie nahm die Hände der jungen Frau und sagte leise: »Jetzt müssen wir an das Kindchen denken.« Und zu Dr. Norden gewendet, sagte sie: »Ich bleibe hier. Ich war Krankenschwester. Danke für Ihre Hilfe, Herr Doktor.«

Sie war sparsam mit ihren Worten und Gesten, aber Dr. Norden wußte, daß sie mit jeder Faser ihres Seins bei Irina Reblin war.

Sie waren beisammen, Irina und Lissy, aber trösten konnten sie sich gegenseitig nicht. Sie hatten in dieser Nacht beide so viel verloren, daß es Trost nicht geben konnte.

Lissy, die Jahrzehnte das Leben des Professor geteilt hatte, verschloß ihren Schmerz angesichts der Verzweiflung, die sich in Irinas jungem Gesicht widerspiegelte.

»Es waren doch so viele Ärzte da. Warum konnte ihm keiner helfen?« flüsterte sie.

Weil seine Lebensuhr abgelaufen war, hätte Lissy erwidern müssen. Sie wußte besser als Irina, wie lange der Professor schon gegen sein Leiden angekämpft hatte. So vielen Menschen hatte er geholfen, sich selbst konnte er nicht helfen. Er hatte es gewußt. Er hatte alles getan, um sein Leben zu verlängern, vor allem Irina zuliebe, und er hatte wohl nicht damit gerechnet, daß es so jäh erlöschen würde.

»Er hat doch so vielen anderen geholfen« sagte Irina traurig.

Nie wieder würde sie in seine gütigen, verstehenden Augen blicken können. Niemals würde er das Kind in den Armen halten können, auf das er sich so gefreut hatte.

Ich komme bald wieder, Ira-Kind, waren seine letzten Worte gewesen, die er an sie gerichtet hatte. Seine tiefe, warme Stimme klang in ihren Ohren fort, und nun rollten große Tränen über ihre Wangen.

~

Daniels Gesicht wirkte wie gemeißelt, als er daheim von Fee empfangen wurde. Sie stellte keine Fragen. Jenny Behnisch hatte sie angerufen und kurz informiert, und bald darauf hatte sie auch noch mit Schorsch Leitner gesprochen, der ihr alles genau geschildert hatte.

So also hatte dieser »Herrenabend« der Freunde enden müssen, hatte sie traurig gedacht.

»Hallo, Feelein!« Daniel vermochte sich kaum ein Lächeln abzuringen, so mitgenommen war er.

»Schorsch will noch mal anrufen«, sagte Fee leise, »er meinte, er müsse dir noch etwas sagen.« Da klingelte auch schon das Telefon. Auch Schorsch Leitners Stimme klang müde. »Ich hörte von Claudia, daß du Professor Reblins...«, er stockte, »... Witwe zu uns in die Klinik gebracht hast. – Ich habe noch nicht nach ihr gesehen, gehe aber gleich hinüber. Was für ein Tag, Daniel!«

»Es war schlimm, Schorsch, dieses Mädchen –«, er verbesserte sich, »diese junge Frau hat mir unendlich leid getan. Sie hat etwas sehr Wertvolles ihres Lebens verloren, aus welchen Gründen auch immer dieses ungleiche Paar geheiratet hat.«

»Ich habe noch mit Professor Mehnert sprechen können«, sagte Schorsch, »er brauchte eine Weile, bis er sich von diesem Schock erholt hatte. Er war lange mit Reblin befreundet, und es hat ihn wahnsinnig getroffen. Er hat gesagt, daß es sein dritter Infarkt gewesen sei.«

»Müßte das seine Frau nicht gewußt haben?« fragte Daniel.

»Sie konnte es nicht wissen, wenn er es ihr nicht gesagt hat. Sie waren erst seit sieben Monaten verheiratet. Aber nun setz dich, Daniel.«

»Warum?«

»Weil ich dir etwas sagen werde, was dich aus der Fassung bringen wird.«

»So schnell kann mich heute nichts mehr aus der Fassung bringen.«

»Reblin kann gar nicht der Vater des Kindes sein, das sie erwartet. Mehnert meint, daß er sie nur geheiratet hat, um ihr zu helfen. Nicht, daß er was gegen die junge Frau gesagt hätte, im Gegenteil. Er gab auch zu, daß Reblin mit zärtlicher Liebe an ihr hing, aber der Vater des Kindes kann er keinesfalls sein, da er durch einen Unfall vor fünf Jahren impotent ist. Ich sage dir das alles unter dem Siegel der Verschwiegenheit.«

»Darauf brauchst du mich nicht aufmerksam zu machen«, sagte Daniel geistesabwesend.

»Mehnert will nicht, daß es irgendwie publik wird. Er hat es Reblin in die Hand versprochen, daß keinerlei Zweifel daran laut werden können, daß es sein Kind ist. Er will diese junge Frau geschützt wissen.«

»Sie hat Schutz gebraucht und diesen Schutz verloren. Jetzt kann ich ihren Schmerz erst recht verstehen. Es ist erschütternd, wie sie leidet. Ist auf Mehnert Verlaß? Ihr müßt alles von ihr fernhalten.«

»Das darfst du glauben. Der Mann hätte beinahe selbst einen Herzinfarkt bekommen. Erst als ich ihm sagte, daß du selbst Frau Reblin die Nachricht bringst, war er halbwegs beruhigt. Er kennt dich wohl. Aber wer nicht in unserem Fach?«

»Der Dr. Leitner von der Leitner-Klinik steht mir aber in nichts nach«, meinte Daniel, und er konnte schon wieder lächeln. »Halte mich auf dem laufenden, Schorsch. Und wenn ich dir helfen kann bei Frau Reblin, oder Fee, sag Bescheid, wir sind da.«

»Weiß ich, Daniel, weiß ich. Aber ich glaube, jetzt brauchen wir bald ein Mütze Schlaf. Grüß Fee.«

»Danke, Schorsch, und du Claudia.«

Damit legte er auf. Fee hatte ihm ein Bier eingeschenkt, das er durstig trank.

»Wenn ich dich nicht hätte, Fee, wie würde ich das alles durchstehen?« fragte er und setzte sich neben sie.

~

Hans-Georg Leitner lag lange wach, den Arm um Claudia gelegt, die auch sehr spät erst Schlaf gefunden hatte. Wie Filme rollten die vielen Schicksale in rascher Folge vor seinen Augen ab. Da eine junge Frau, die ein Kind erwartete von einem Mann, von dem niemand etwas wußte. Die Liebe und Geborgenheit bei einem anderen Mann gefunden und wieder verloren hatte. Dort Ingrid Gorn, eine selbstsüchtige Frau, die nichts anderes im Sinn hatte, als ihren Mann zu betrügen. Wenn nur nicht dieses verflixte Gefühl der Hilflosigkeit wäre!

Wenn Martin Gorn seine Frau nun doch wieder aufgenommen hatte? Das arme Kind, dachte Schorsch, und dann überkam ihn doch der Schlaf wie ein gewaltiger, dunkler Schatten.

Martin Gorn dachte solches nicht. Bis spät in die Nacht hinein hatte er in seinem Büro gesessen. Bilanz gemacht, geschäftlich und auch privat. Das Geschäftliche war in Ordnung. Er hatte nie über seine Verhältnisse gewirtschaftet, er hatte bei allem Luxus, den er Ingrid gestattet hatte, nicht den Boden unter den Füßen verloren.

Dann hatte er wieder an das Kind gedacht. Warum eigentlich, wenn es wahrscheinlich nicht sein eigenes war? Aber es war auf seinen Namen in das Geburtsregister eingetragen worden. Er hatte sich zu dem kleinen Geschöpf bekannt!

Zum Teufel, er hatte Ingrid blindlings vertraut, und das Kind konnte nichts dafür, daß sie ihn mit diesem halbseidenen Burschen betrogen hatte.

Alles hätte er ihr verziehen, aber nicht, daß es in Frage gestellt wurde, daß er der Vater des Kindes war.

Es ist in Ordnung so, dachte er, nun wird reiner Tisch gemacht. Jetzt bin ich nicht mehr stolz auf meine hübsche junge Frau. Es wunderte ihn, daß er sich das Leben ohne sie recht gut vorstellen konnte. Es war so, als wäre er eines Dekorationsstückes, für das er sich einmal begeistert hatte, überdrüssig geworden, weil es einfach nicht mehr in den Rahmen paßte, nicht mehr in sein Haus, in dem dieses Kind aufwachsen würde.

Er würde jemanden brauchen, der die Kleine betreute. Eine zuverlässige Person. Vielleicht konnte ihm dabei Dr. Leitner helfen. Der Arzt wußte nun sowieso alles.

Martin Gorn klappte seine Akten zu.

Es war drei Uhr morgens, als er sein Haus betrat. Es war dunkel. Nichts rührte sich. Er war der festen Überzeugung, daß Ingrid gegangen war.

Dann kam er in sein Schlafzimmer und sah sie in seinem Bett liegen. Er glaubte, an Halluzinationen zu leiden. Hingegossen lag sie da, in Spitzen gehüllt, und blinzelte ihn unter halbgeschlossenen Lidern an.

Er fühlte nichts. Er war eiskalt. »Meinst du, ich hätte Spaß gemacht?« fuhr er sie an. »Geh. Ich sage es zum letztenmal.«

»Laß uns doch miteinander reden, Martin«, sagte sie mit samtweicher Stimme. »Bitte, sei doch nicht so hart. Ich habe eben eine blühende Phantasie, und wenn man viel allein ist, bekommt man manchmal verrückte Einfälle.«

»Wann warst du schon mal allein? Hast du nicht immer das Haus voller Gäste gehabt, die du fürstlich bewirten konntest mit meinem sauer verdienten Geld? Du kannst dir deine Märchen sparen. Ich glaube dir kein Wort mehr. Geh doch zu deinem Tony. Oder will er dich nicht mehr, da nun der dämliche alte Gorn nicht mehr zahlt?«

Er hatte den Nagel auf den Kopf getroffen. Einen gesunden Menschenverstand hatte er immer besessen, nur Ingrid hatte diesen für einige Zeit getrübt. Jetzt nicht mehr.

Ingrid wollte das noch immer nicht begreifen. Sie sprang aus dem Bett und warf sich an seinen Hals. Aber bevor sie etwas sagen konnte, schob er sie von sich.

»Du widerst mich an«, sagte er. Und dann machte er wieder kehrt. Er stand auf der Straße vor seinem Haus. Nein, das war nicht sein Haus. Ingrids Schatten würde immer darin bleiben und ihn daran erinnern, wie tief er in seinem Stolz verletzt worden war.

Mit langen Schritten ging er durch die nächtlichen Straßen. Wie lange, wußte er nicht, und dann stand er plötzlich vor der Leitner-Klinik.

Soviel war in ihm zerstört worden, aber das Kind sollte man

ihm nicht auch noch nehmen. Nein, er erhob seinen Anspruch auf dieses Kind. Ingrid sollte sich auf den Kopf stellen.

Er hatte sich immer Kinder gewünscht. Er wollte Eva behalten.

Er setzte sich auf eine Bank und starrte auf den Eingang. Es war sehr kalt, aber er spürte die Kälte nicht, so müde war er. Ihm fielen die Augen zu. Irgendwann wurde er wachgerüttelt. Verstört blickte er in ein Gesicht, das ihm irgendwie bekannt vorkam, aber augenblicklich konnte er sich an nichts erinnern, auch nicht daran, daß er auf einer Bank vor der Leitner-Klinik eingeschlafen war.

»Herr Gorn, was machen Sie hier?« fragte eine Stimme, in der Staunen und Erschrecken lag.

Er fuhr sich über die Augen. Das Gesicht war blaß, in den Augen war ein fast entsetzter Ausdruck.

»Ich bin Schwester Irma.«

»Schwester Irma«, wiederholte er schleppend.

»Es ist jetzt acht Uhr«, sagte sie. »Und es ist kalt. Fehlt Ihnen etwas?«

»Ich will mein Kind abholen«, murmelte er.

Er ist krank, dachte sie. Er phantasiert. Sie packte ihn energisch am Arm.

»Kommen Sie erst mal herein«, sagte sie.

Sie hatte vergessen, daß sie müde war nach einem anstrengenden Nachtdienst und längst zu Hause sein sollte.

»Ich habe mich auf die Bank gesetzt und muß eingeschlafen sein«, sagte Martin Gorn geistesabwesend. »Ich konnte nicht zu Haus bleiben. Sie war da.«

Er sprach mehr zu sich selbst, und Schwester Irma ließ ihn reden. Sie wußte ohnehin nicht, was sie in einer solchen Situation sagen sollte.

Sie geleitete ihn ins Schwesternzimmer. Jetzt begannen seine Zähne zu klappern.

»Ich mache Ihnen einen Tee«, sagte sie. »Einen Schuß Rum hinein, und dann wird es Ihnen schon warm werden.«

»Ich bin rumgelaufen«, sagte Martin Gorn monoton. »Es geht einem so viel durch den Kopf. Aber Sie wissen ja nicht, was passiert ist.«

Sie wußte nur, daß Ingrid Gorn die Klinik verlassen hatte und daß alle das Kind bedauerten. Sie an erster Stelle.

Der Tee war schnell zubereitet. Sie gab einen tüchtigen Schuß Rum hinein. Martin Gorns Hände waren so steif, daß er die Tasse kaum anfassen konnte.

Schwester Irma überlegte, wie lange er wohl draußen in der Kälte gewesen war.

»Trinken Sie. Ich bin gleich wieder da«, sagte sie.

Er nickte mechanisch. Er wußte ja nicht, daß ihr Dienst eigentlich schon beendet war.

Dr. Leitner kam, begrüßte Martin Gorn, ohne seine Betroffenheit zu zeigen, die durch Schwester Irmas Bericht hervorgerufen worden war. Gorn hatte sich halb erhoben, aber dann sackte er plötzlich zusammen.

»Das habe ich befürchtet«, sagte Schwester Irma mit zitternder Stimme.

»Ein Mann in der Frauenklinik! Das ist doch mal was anderes«, meinte Dr. Leitner sarkastisch. Er ließ ihn in sein Privatzimmer bringen und untersuchte ihn.

»Total erschöpft«, sagte er zu Schwester Irma, die ihnen gefolgt war, »keine Ohnmacht. Lassen wir ihn schlafen. Wenn es ihm dann nicht bessergeht, lassen wir ihn in die Behnisch-Klinik bringen.«

»Er ist draußen auf der Bank eingeschlafen«, sagte Schwester Irma.

»Jetzt soll er erst mal liegenbleiben und ausschlafen, und dann wird sich eher feststellen lassen, ob er sich bei der Kälte etwas geholt hat. Er hat eine kräftige Konstitution. Ich denke, er ist von dem Typ, der mit allem fertig wird.«

»Er kann einem leid tun. Er ist so ein netter Mann«, sagte Schwester Irma. »Hoffentlich bekommt er das Kind wirklich zugesprochen. Nicht immer sind die Mütter der beste Elternteil.«

»Nein, wahrhaftig nicht immer. Ein überzeugendes Beispiel lernten Sie jetzt kennen.«

~

Irina Reblin nahm alle Kraft zusammen, nachdem sie erwacht war. Lissy war in dem Lehnstuhl eingeschlafen, und der Anblick der alten Frau rührte Irina. Sie wollte jetzt tapfer sein, damit Lissy sich nicht zu große Sorgen um sie machen mußte.

Sie legte ihre Hände auf den gewölbten Leib und spürte, wie das Kind sich bewegte.

Es wird mir erhalten bleiben, ging es ihr durch den Sinn. Aber Florian wird es nicht mehr sehen können.

Sie unterdrückte die aufsteigenden Tränen. Ich werde es in deinem Sinne erziehen, du mein allerbester Freund, dachte sie. Ich werde ihm viel von dir erzählen.

Wieviel hatte sie ihm zu verdanken! Er hatte ihr nicht nur Schutz und Geborgenheit gegeben, sondern auch Kraft, mit dem unendlichen Schmerz fertig zu werden, der in ihr wühlte.

Sie schrak zusammen, als sich die Tür auftat und Dr. Leitner hereinkam, und so, als wäre dies ein Wecker, schreckte auch Lissy empor.

»Ich bin eingeschlafen«, sagte sie entschuldigend.

»Du mußt schlafen, meine Liebe«, sagte Irina. »Ich werde nicht dulden, daß du den ganzen Tag und auch die Nacht bei mir sitzt. Ich werde auch aufstehen. Sie haben doch nichts dagegen einzuwenden, Herr Dr. Leitner?«

»Bewegung kann nicht schaden«, sagte Dr. Leitner aufmunternd, »aber wir wollen doch hübsch vorsichtig sein.«

»Sie werden mir nicht verbieten, meinem Mann das letzte Geleit zu geben«, sagte Irina ruhig.

»Sie werden es sich nicht verbieten lassen«, bemerkte er. »Ich werde Sie begleiten, gnädige Frau.«

»Es gilt, Florians letzte Bestimmungen zu befolgen«, sagte Irina leise. »Er wollte kein großes Begräbnis. Man soll an seinem Grab nicht nur einer unumgänglichen Pflicht Genüge tun.«

»Aber es gibt Menschen, die tief um ihn trauern«, sagte Dr. Leitner ernst. »Sie werden es diesen Menschen nicht verbieten können, sich vor einem großen Mann zu verneigen, in aller Ehrfurcht und mit dem größten Respekt.«

Sie schlug die Augen zu ihm auf, Augen, in denen sich alles widerspiegelte, was sie empfand.

»Er wollte mich zu Ihnen bringen. Ich sträubte mich, aber jetzt weiß ich, daß er immer nur die richtigen Entscheidungen traf. Ich werde mein Kind in der Leitner-Klinik zur Welt bringen, doch damit hat es noch Zeit. Ich habe jetzt dafür zu sorgen, daß der Mensch, der mir am nächsten stand«, sie unterbrach sich und streckte ihre Hand nach Lissy aus, »der uns beiden alles bedeutete«, fuhr sie leise fort, »die letzte Ruhestätte bekommt, die er sich wünschte. Ein Waldgrab, unter Tannen, mit einem schlichten Holzkreuz. Das lasse ich mir nicht von Menschen aus der Hand nehmen, die nichts von seiner Größe und seiner Bescheidenheit begriffen, solange er lebte.«

Claudia hatte Tränen in den Augen, als sie in das Zimmer ihres Mannes trat.

»Was ist denn, Liebes?« fragte Dr. Leitner sofort.

»Soll es mich etwa unberührt lassen, wenn dieses Kind so viel Haltung zeigt?« fragte sie.

»Welches Kind? Von wem sprichst du?« fragte er erschrocken.

»Von wem schon? Von Irina Reblin. Sie ist doch noch ein halbes Kind, so jung! Ich habe noch nie so viel Schmerz in den Augen eines Menschen gesehen.«

»Mein Liebes«, Dr. Leitner legte den Arm um seine Frau, »ich verstehe dich ja. Ich weiß auch, daß du mir insgeheim Vorwürfe machst, daß ich sie nach Hause ließ. Aber nichts und niemand hätte sie zurückhalten können.«

»Und wenn sie es nicht durchsteht? Sie ist so zart.«

»Sie wird es durchstehen. Entweder werde ich bei der Beerdigung dabeisein oder Daniel oder Fee. Wir werden auf sie aufpassen.«

Sie wurden durch das Läuten des Telefons unterbrochen. Claudia nahm den Hörer ans Ohr.

Ihre Augenbrauen hoben sich leicht. Sie sah ihren Mann an.

»Frau Gorn möchte ihr Kind abholen«, sagte sie, die Hand auf die Muschel legend.

»Die kommt mir gerade recht«, sagte Dr. Leitner.

Wenn man kurz zuvor mit einer Irina Reblin gesprochen hatte, mußte man noch mehr ernüchtert sein von diesem Gegenüber. Nicht das gekonnte Make-up konnte darüber hinwegtäuschen, wie billig Ingrid Gorn wirkte. Und ihr verführerisches Lächeln machte sie noch abstoßender.

»Ich mußte gestern nach Hause, Herr Dr. Leitner. Mein Mann fühlte sich nicht wohl.«

»Er fühlt sich jetzt auch noch nicht wohl, Frau Gorn«, sagte Dr. Leitner gelassen.

»Was soll das bedeuten?« fragte sie mit klirrender Stimme.

»Daß er einige Nachtstunden auf einer Gartenbank in unserem Park verbracht hat und glücklicherweise von einer Schwester entdeckt wurde, bevor ihm die Kälte noch mehr schaden konnte.« Dr. Leitner konnte sehr sarkastisch sein, wenn die Situation es verlangte. Aber Ingrid Gorn war gut vorbereitet hierhergekommen und wohl scheinbar auf alles gefaßt.

»Ich habe mir sagen lassen, daß manche Väter von der Geburt ihres ersten Kindes mehr mitgenommen werden als die Mütter«, erwiderte sie. »Mein Mann gehört dazu. Aber er wird schnell gesund werden, wenn das Kind daheim ist. Sie haben gesagt, daß ich entlassen werden kann, Herr Doktor.«

»Sie haben sich selbst entlassen, und was das Kind anbetrifft, liegt eine einstweilige Verfügung vor, daß Herrn Gorn das Sorgerecht zusteht. Das Kind bleibt in der Klinik, bis er es selbst mitnehmen kann.«

»Seltsame Methoden«, stieß Ingrid Gorn empört hervor. »Das wird Sie teuer zu stehen kommen, Herr Dr. Leitner. Ich habe dieses Kind zur Welt gebracht. Ich habe neun Monate gelitten.«

»Und kein einziges Mal verlangt, das Kind zu sehen, während Sie hier lagen«, erwiderte Dr. Leitner scharf.

»Ich fühlte mich zu schwach«, begehrte sie auf.

»Mir können Sie nichts vormachen«, erwiderte er lässig. »Außerdem weiß ich genau, welche Sorgen Ihren Mann bedrücken. Wir wollen nicht unnütze Zeit vergeuden, Frau Gorn. Das Kind bleibt in der Klinik.«

»Dann möchte ich meinen Mann sprechen«, sagte sie zornig.

»Ich glaube nicht, daß er Sie zu sehen wünscht«, erwiderte Dr. Leitner kühl.

»Martin ist überarbeitet. Sie dürfen nicht für bare Münze nehmen, was er sagt. Außerdem ist er krankhaft eifersüchtig. Ich werde Ihnen alles erklären.«

»Ihre Privatangelegenheiten interessieren mich nicht. Ich habe die Anweisung, das Kind Herrn Gorn zu übergeben. Daran halte ich mich.«

»Das ist doch eine abgekartete Sache«, sagte Ingrid erbost.

»Ich weiß nicht, wovon Sie sprechen«, konterte Dr. Leitner. »Ich habe zu tun.«

»Sie haben mich gehen lassen«, schrie sie ihn an.

»So? Ich war nicht im Hause, als Sie verschwanden. In unserer Klinik finden die Entlassungen vormittags mit Genehmigung des Chefarztes statt.« Er ließ sie stehen. Es war das erste Mal, daß er so handelte, seit er die Klinik leitete. Aber in jeder Beziehung gab es wohl ein erstes Mal. Dr. Leitner hoffte nur, daß ein zweites darauf niemals folgen würde. Aber auch er konnte sich die Patientinnen nicht aussuchen. Schwarze Schafe gab es überall. Doch so viel Unverfrorenheit, wie Ingrid Gorn sie an den Tag legte, war ihm wahrhaftig noch nie begegnet.

Ingrid begann zu begreifen, daß sie ohne ihren Mann im Rücken nichts sein würde, genauso wie damals, bevor sie seine Frau wurde. Wer hatte denn schon Notiz von ihr genommen? Gewiß war sie nicht bereit, dies einzugestehen, aber insgeheim machte sie sich doch Gedanken, was sie aufs Spiel gesetzt hatte. Und wofür?

Tony war auch an diesem Tag nicht für sie zu sprechen. Mit sich steigerndem Zorn versuchte sie, ihn telefonisch zu erreichen. Vergeblich! Sie ließ alle Vorsicht fallen und fuhr zu seiner Wohnung, die sie ihm finanziert hatte. Auch dort traf sie ihn nicht an. Und die größte Erniedrigung für sie war, als die Hausmeisterin höhnisch bemerkte, daß Herr Gerlach schon gestern abend mit einer jungen Dame weggefahren sei.

Ingrid bekam wahrhaftig in Fülle heimgezahlt, was sie ihrem Mann zugefügt hatte, und nun sah sie schon kaum noch eine Chance, ihn zu versöhnen.

So sehr sie ihr Hirn auch strapazierte, kam ihr doch keine Idee, was sie nun tun könnte, um alles doch noch zum Guten für sich zu wenden.

Da hatte sie nun die Strapazen auf sich genommen, ein Kind zur Welt zu bringen, um Martin demütig dankbar werden zu lassen.

Und dann mußte er auf die verrückte Idee kommen, ihr das französische Bett zu kaufen, anstelle eines Brillantringes oder eines Kolliers, was ihr angemessener erschienen wäre für ihre Leistung.

Schick hatte sie es gefunden, ein Tagebuch zu führen, seit sie dies in einem Film gesehen hatte. Aber nie hätte sie daran gedacht, daß Martin ihr darauf kommen würde.

»Dieser Trottel«, sagte sie wütend, als sie wieder in ihrem schicken Sportcoupé saß, und dann kam ihr doch jäh die Erkenntnis, daß sie die Verliererin war. Vielleicht war es doch besser, wenn sie alles, was Wert hatte, in Sicherheit brachte. Wenn er das Kind unbedingt haben wollte, würde er sie vielleicht doch wieder bei sich aufnehmen. Aber sicher ist sicher, sagte sie sich, fuhr heim und begann zu packen.

Wenige Minuten, nachdem Ingrid Gorn die Klinik verlassen hatte, erschien Schwester Irma auf der Station. Sie trug keine Schwesternkleidung. Ihr Haar fiel locker auf ihre Schultern, was sie viel weicher und fraulicher machte. Richtig hübsch sah sie aus, aber sie machte einen erschrockenen Eindruck. »Ich habe sie wegfahren sehen«, sagte sie erregt zu Schwester Hilde.

»Wen?« fragte diese verwirrt.

»Frau Gorn. Hat sie Eva mitgenommen?«

Schwester Hilde schüttelte befremdet den Kopf. »Was ist denn mit dir los, Irma? Du tust gerade so, als wäre das dein Kind.«

»Ich wollte, es wäre meins, dann würde es nicht hin und her gezerrt werden«, stieß Irma hervor. »Das ist einfach gemein.«

»Herr Gorn hat schon dafür gesorgt, daß alles seine Ordnung hat. Du brauchst dich nicht so zu echauffieren«, sagte Schwester Hilde. »Du hast doch deinen freien Tag. Geh lieber mal an die frische Luft.«

»Ich möchte sehen, wie es Eva geht«, sagte Schwester Irma.

»Deiner Eva geht es blendend«, meinte Schwester Hilde neckend. »Wir lassen sie schon nicht verhungern.«

»Aber sie ist an mich gewöhnt. Ein Baby braucht eine Bezugsperson von Anfang an. Ihre Mutter hat sie noch nie in den Arm genommen.«

»Du liebe Güte«, sagte Schwester Hilde hinter ihr her, als Irma schnellen Schrittes auf die Säuglingsstation zusteuerte. »Ich wußte gar nicht, daß sie so viel Gemüt hat.«

»Wer?« fragte Claudia Leitner. »Seit wann sprechen Sie mit sich selbst, Hilde?«

»Ich will ja nichts gesagt haben, aber Irma wird wunderlich«, meinte Schwester Hilde. »Mit der kleinen Gorn ist sie geradezu närrisch. So was habe ich noch nicht erlebt.«

»Wir haben ja auch noch nie eine solche Mutter hier erlebt, die ihr Kind nicht einmal angeschaut hat und dafür lieber in den Spiegel«, meinte Claudia. »Da hat sich bei Irma halt der Mutterinstinkt geregt. Sie ist ein gutes Mädchen, sie hätte liebend gern selbst Kinder, aber sie hat halt nicht den Mann dafür gefunden. Lassen Sie ihr doch das kurze Glück, Hilde!«

»Meinetwegen kann sie es ja haben, aber ich fürchte, es wird schrecklich für sie werden, wenn sie Eva dann doch hergeben muß.«

Diese Bemerkung hörte Martin Gorn. Er hatte sich ausgeschlafen und war wieder ganz in Form. Ein Pflegefall war er gewiß nicht, und für Dr. Leitner war kein Grund gegeben gewesen, ihn in eine Klinik zu überweisen, als er erklärte, daß er sich um seine Tochter kümmern wollte. Claudia Leitner und Hilde ahnten nicht, daß er einen Teil ihrer Unterhaltung mitgehört hatte, so leise war er dahergekommen.

»Herr Gorn«, rief Schwester Hilde überrascht aus.

Er machte eine höfliche Verbeugung. »Kann ich mein Kind sehen?« fragte er.

»Aber gewiß«, erwiderte Claudia Leitner rasch.

Martin Gorn folgte ihr. Von wem hatten die beiden Schwestern doch gesprochen, ging es ihm dabei durch den Sinn, Schwester Irma! Das war doch die, die ihn heute morgen aus dem Park geholt hatte.

Eva ist meine Tochter. Sie trägt meinen Namen, sagte er sich immer wieder eigensinnig. Und niemand sollte ihn davon abbringen.

Claudia drückte auf die Glocke des Babyraumes. »Bringen Sie bitte Eva, Schwester Hanna«, rief sie in die Sprechanlage.

Nicht Schwester Hanna brachte das Kind, sondern Irma.

In aller Eile hatte sie sich einen weißen Kittel übergezogen. Das zärtliche Lächeln, das dem kleinen Wesen auf ihrem Arm galt, machte ihr Gesicht beinahe schön. Alles Herbe war daraus gewichen.

Martin Gorn ließ seinen Blick zwischen ihr und dem Kind hin und her schweifen.

»Eva gehört mir«, sagte er.

»Wir haben die Kleinen immer nur für kurze Zeit«, sagte Claudia Leitner sanft. »Dann heißt es Abschied nehmen. Manch eines mag man halt besonders gern.«

»Sie können es im Arm halten. Ich kann es nur durch die Glasscheibe sehen.«

»Wenn Sie sich nicht erkältet hätten, könnten Sie es auch in den Arm nehmen«, sagte Claudia.

Man hatte ihm gesagt, daß seine Frau hiergewesen war, doch das erwähnte er mit keinem Wort. Er wollte dann mit Dr. Leitner sprechen.

Der erlebte eine neuerliche Überraschung mit Herrn Gorn. Ob es möglich wäre, Schwester Irma für die kleine Eva zu engagieren, erkundigte er sich.

»Wir sind froh, daß wir sie haben«, sagte Dr. Leitner. »Allerdings kann ich Schwester Irma nicht zwingen, bei uns zu bleiben, wenn Sie ihr ein besseres Angebot machen.«

»Und es gefällt Ihnen sicher nicht, daß ich mit einem solchen Ansinnen komme, aber ich habe gesehen, wie liebevoll sie mit der Kleinen umgeht. Ich brauche doch einen zuverlässigen Menschen für mein Kind. Es ist so schwer, eine Pflegerin zu finden.«

»Ich kann Sie nicht hindern, Schwester Irma zu fragen.«

»Mich aber undankbar nennen, wenn es mir gelänge, sie abzuwerben. Sie haben sehr viel für mich getan, Herr Dr. Leitner.«

»Sie befinden sich in einer ganz besonders heiklen Situation, für die ich Verständnis habe, Herr Gorn.«

Schwester Irma wurde von Martin Gorns Angebot völlig überrumpelt. Sich von der Leitner-Klinik zu trennen, erschien ihr unmöglich, andererseits konnte sie dann ihren kleinen Liebling betreuen. Nach einigem Überlegen kam sie zu einem salomonischen Entscheid.

»Ich habe noch vier Wochen Urlaub gut, Herr Gorn«, sagte sie. »Die wollte ich ohnehin nehmen, und in dieser Zeit würde ich gern die Pflege der Kleinen übernehmen. Sie haben dann Zeit und Ruhe, sich nach einer ständigen Pflegerin umzusehen.«

»Aber Sie haben Urlaub auch nötig«, sagte Martin Gorn verlegen. »Verzeihen Sie, daß ich so egoistisch bin.«

»Ehrlich gesagt, bin ich kein Urlaubsmensch. Da sitze ich dann doch irgendwo allein herum und … Na ja, überlegen Sie es sich.«

Martin Gorn brauchte nicht zu überlegen. Dr. Leitner meinte, daß Schwester Irma selbst wissen müsse, was sie sich zutrauen könne. Sie wiederum meinte, daß sie doch ein ganz angenehmes Leben hätte, wenn sie sich nur um das eine Kind kümmern müsse, schränkte aber sofort ein, daß er um Himmels willen nicht denken sollte, daß ihr die Arbeit in der Klinik zuviel würde.

Vorerst sollte die kleine Eva noch in der Klinik bleiben. Martin Gorn war das auch recht, denn Ingrid hatte nun auch einen Anwalt aufgesucht, da sie in dem Kind das einzige Mittel sah, ihren Mann zu erpressen. Wenn er es schon haben wollte, sollte er dafür wenigstens zahlen.

Von diesem Hin und Her zwischen den Anwälten erfuhr man in der Leitner-Klinik nichts.

Man hatte sich ja auch um mehr zu kümmern. Der Tag der Beerdigung Professor Reblins war herangekommen. Sie sollte seinem Wunsch gemäß im engsten Kreis stattfinden. Die Gaffer, die vor allem kamen, um die junge Frau des Professors zu sehen, wurden ferngehalten.

Wie es in Irina aussah, wußten nur Lissy, Professor Mehnert, Dr. Leitner und Dr. Norden, der sich eine halbe Stunde hatte freimachen können. Das Schicksal dieser jungen Frau bewegte ihn zu sehr. So war Irina in dieser schweren Stunde von Menschen umgeben, die ehrlich Anteil nahmen an ihrem Schmerz um den Toten.

Sie hielt sich aufrecht, nur in ihren Augenwinkeln standen Tränen, als sie ihre Blumen auf den Sarg streute, langsam, Blüte für Blüte, und jeder gab sie Gedanken der Liebe und Dankbarkeit mit.

Dann jedoch wurde sie von einer Schwäche ergriffen, ihre Hände verkrampften sich in Dr. Nordens Ärmel.

Der sah Dr. Leitner an, und der nickte und nahm Irinas anderen Arm. »Ich glaube, es ist besser, wenn Sie jetzt wieder in die Klinik mitkommen«, sagte er leise.

Irina nickte stumm.

Man konnte ihr jetzt ein anderes Zimmer geben mit Blick auf den Park. Für diesen Tag ordnete Dr. Leitner Bettruhe an.

Irina äußerte keine Wünsche. Sie war eine Patientin, die keine Ansprüche stellte. Mit leeren Augen blickte sie zum Fenster hinaus, vor dem sich die kahlen Bäume im Winde wiegten.

Niemand ahnte ihre Gedanken, die sie jetzt bewegten. Nicht einmal Lissy, die kam, um ihre Sachen zu bringen, ein paar Bücher, eine Tasche mit Babykleidung.

Auf Irinas eindringlichen Wunsch sollte Lissy daheimbleiben. Das Haus sollte nicht allein sein. Vor allem aber mußte Lissy sich richtig ausschlafen, denn sie hatte in den letzten Nächten kaum ein Auge zugetan.

Auch Irina schlief viel. Dr. Leitner war darüber sehr zufrieden. Jeden Tag, den sie gewinnen konnte, würde dem Kind zugute kommen. Riskieren durfte man jetzt doch gar nichts.

Sie würde noch viel Kraft brauchen, aber niemand konnte ahnen, was das Schicksal noch für sie aufgehoben hatte.

Einige Tage vergingen im ruhigen Gleichmaß. Lissy kam täglich für einige Stunden. Sie saß dann mit ihrer Häkelarbeit am Bett, und Irina betrachtete die noch immer flinken Finger, die die bezauberndsten Babysachen fertigten.

»Ist alles in Ordnung?« fragte sie jeden Tag.

»Alles«, erwiderte Lissy jedesmal lakonisch.

Das Haus wartete blitzblank geputzt auf die junge Mutter,

aber in diesem Haus würde eben doch das Wichtigste fehlen: Florian Reblin.

Der Februar neigte sich dem Ende entgegen. Für Schwester Irma kam die Stunde, in der sie mit der kleinen Eva im Arm die Leitner-Klinik verlassen sollte.

Jeden Tag hatte Martin Gorn einen kurzen Besuch gemacht. Er konnte sich überzeugen, daß Eva prächtig gedieh. Er war überglücklich, daß Schwester Irma nicht anderen Sinnes geworden war.

»Treulose Tomate«, sagte Schwester Hilde neckend zu ihr.

»Ich wäre doch sowieso in Urlaub gefahren, und ich komme schon wieder«, sagte Irma.

Wenn es gewiß ist, dachte Schwester Hilde wieder. Aber sie sagte: »Sie tun ein gutes Werk. Herr Gorn wird es Ihnen danken.«

Martin Gorn hatte Geschenke für die Schwestern und Ärzte gebracht. Nun nahm er Schwester Irma und das Baby mit. Sie mußte es sich gefallen lassen, daß er sie und das Kind in warme Decken hüllte, obgleich es ohnehin warm im Wagen war. Aber sie schwitzte gern, weil sie so viel rührende Fürsorge schon lange nicht mehr erlebt hatte.

Dann kam sie in das wunderschöne Haus. Sie wußte nicht, daß sein Besitzer es völlig neu eingerichtet hatte in der Zwischenzeit, doch er sagte es, als ob das sehr wichtig für ihn wäre.

»Nichts soll mehr an Ingrid erinnern«, erklärte er. »Unsere Eva soll es nie erfahren, wie übel sie uns mitgespielt hat.«

»Ich weiß davon nichts«, sagte Irma verlegen.

»Dann werden Sie es erfahren. Warum sollte ich es verschweigen. Bei der Scheidung wird sowieso genug schmutzige Wäsche gewaschen werden.«

So erfuhr auch sie alles, doch zuerst wurde die kleine Eva versorgt. Dafür war sie schließlich in dieses Haus gekommen.

Ihr war es unbegreiflich, daß eine Frau dies alles aufs Spiel setzen konnte, wovon sie nicht einmal zu träumen gewagt hätte. Und dabei dachte Schwester Irma nicht in erster Linie an dieses komfortable Haus, sondern vor allem an das Kind und den so gutmütigen Mann.

Sie brauchte sich wirklich um nichts zu kümmern als um die Kleine. Martin Gorn hatte neues Hauspersonal eingestellt, und er selbst war zu der Überzeugung gelangt, daß er noch einmal ein ganz neues Leben begann.

~

Lissy rüstete sich für ihren täglichen Besuch bei Irina. Sie hatte schon ein Taxi bestellt, und als sie Motorengeräusche vernahm, meinte sie, daß es bereits käme. Rasch zog sie ihren Mantel an, raffte ihre Sachen zusammen und öffnete die Haustür.

Ein Aufschrei kam über ihre Lippen. Schritt für Schritt wich sie zurück.

»Bin ich so furchterregend, Lissy?« fragte der Mann. »Habt ihr mein Telegramm nicht bekommen?«

Telegramme waren viele gekommen während der letzten Zeit. Lissy hatte keines geöffnet. Sie hatte sowieso eine Abscheu vor Telegrammen, seit damals die Nachricht von Florians Absturz gekommen war. Aber nun stand er vor ihr, wenn auch nicht gerade gesund aussehend und mit zernarbtem Gesicht, aber lebendig. Florian Reblin, der Jüngere, Mediziner und Biologe, mit dem Drang, die Welt und die Menschen kennenzulernen, sich mit Krankheiten zu befassen, die in tropischen Ländern überhandnahmen und durch die schnellen Verbindungen per Flugzeug in die zivilisierten Länder getragen wurden.

»Nun werde nicht gleich ohnmächtig, altes Mädchen«, sagte Florian aufmunternd. »Wo ist Paps?«

Lissy blieb fast das Herz stehen. Er wußte noch nichts von seines Vaters Tod! Aber in ihrem Kopf herrschte jetzt völlige Verwirrung.

»Junge«, murmelte sie, »mein Gott, Junge, wo kommst du her?«

»Geradewegs aus der Gefangenschaft, Lissy. So ein paar Verrückte in der Wüste hatten anscheinend noch nie einen Weißen gesehen und meinten, ich käme von einem anderen Planeten. Na, und jetzt sehe ich anscheinend fast so aus, weil du so entsetzt bist, statt dich zu freuen. Mein Telegramm ist also nicht gekommen.«

»Komm herein, Florian«, sagte sie leise. »Es wird wohl unter all den anderen Telegrammen liegen, die gekommen sind. Niemand hat sie bisher angeschaut.«

»Ist Paps mal wieder eine Ehrung zuteil geworden?« fragte Florian.

»Hast du denn keine Zeitung gelesen?« fragte Lissy beklommen.

»Ein paar englische im Flugzeug, aber was ist nun eigentlich los? Du zitterst ja.«

»Vor vier Tagen haben wir deinen Vater begraben, Florian«, flüsterte sie.

Der junge Mann wurde blaß. Seine Augen schlossen sich, seine Lippen preßten sich fest aufeinander, und seine Hand griff nach der Türklinke, um einen Halt zu finden.

»Nein!« stöhnte er.

Lissy kämpfte mit den Tränen. All die Tage hatte sie tapfer überstanden, aber jetzt war sie dem Zusammenbruch nahe.

»Setz dich, Florian«, murmelte sie.

Er barg sein Gesicht in den rauhen Händen, die davon erzählten, daß ihm wirklich nichts erspart geblieben war.

»Du warst verschollen. Wir dachten, du wärest nicht mehr am Leben. Wir haben sehr gelitten. Allein Irina hat deinem Vater noch einmal Lebensmut eingeflößt.«

»Irina?« Mit weit aufgerissenen Augen starrte Florian die alte Frau an.

»Dein Vater hat sie geheiratet«, sagte Lissy leise.

»Das kann ich nicht fassen, nein, das nicht«, sagte Florian tonlos.

»Ich werde dir alles erzählen. Ich muß nur erst in der Klinik anrufen, sonst macht sich Irina Sorgen, wo ich bleibe.«

»Irina? Irina?« wiederholte er fragend. Aber Lissy ging schon zum Telefon.

~

Dr. Leitner hatte gerade die Visite beendet, als Lissy anrief. Claudia sprach mit ihr, aber Dr. Leitner hörte dann, wie Claudia sagte:

»Sprechen Sie lieber selbst mit meinem Mann, Frau Lissy.«

Einen anderen Namen von ihr kannte man nicht, aber die alte Frau hatte sich schon einen Platz in den Herzen aller erobert, die sie kennengelernt hatten. So viel Treue und rührende Fürsorge wurde in der Leitner-Klinik besonders hoch geschätzt.

Dr. Leitner sprach auch ziemlich lange mit Lissy, und als er den Hörer auflegte, schaute er Claudia sehr nachdenklich an.

»Professor Reblins Sohn ist heimgekehrt«, sagte er gedankenvoll.

Claudia runzelte die Stirn. »Gerade jetzt?« fragte sie.

»Es ist tragisch, daß sein Vater das nicht mehr erleben durfte«, sagte Dr. Leitner.

»Ich muß gestehen, daß das mißtrauische Gedanken in mir wachruft«, sagte Claudia.

»Mißtrauische?«

»Vielleicht war er gar nicht verschollen. Vielleicht hat es zwischen Vater und Sohn etwas gegeben.«

»Was denn? Wohin verirren sich deine Gedanken, Claudia?« fragte Dr. Leitner kopfschüttelnd.

»Die junge Frau mag ihm nicht gepaßt haben. Nun kommt er zurück, um ihr das Erbe streitig zu machen.«

»Also, Ideen hast du! Darauf wäre ich wirklich nicht gekommen.«

»Aber es ist doch naheliegend. Wie lange galt er als verschollen?«

»Ich weiß es nicht genau. Fast ein Jahr, glaube ich. Ich habe diesbezüglich kein gutes Gedächtnis.«

»Ich weiß es. Seit acht Monaten, und das träfe doch so ziemlich mit dem Datum der Eheschließung zusammen.«

Ziemlich phantastisch, aber doch nicht auszuschließen waren die Vermutungen, wie Georg Leitner dann nachdenklich zugeben mußte.

Er kannte den jungen Florian nicht.

»Jedenfalls soll es Frau Reblin noch nicht erfahren«, sagte Dr. Leitner.

»Na, und was kann man daraus schließen?« meinte Claudia. Sie mochte recht haben oder nicht. Es konnte ein tragischer Zufall sein, daß Florian die paar Tage nach dem Tode seines Vaters zurückkam, es konnte aber auch in seiner Absicht liegen, nun erst wieder aufzutauchen.

Irina vermißte Lissy schon, die sonst auf die Minute pünktlich kam. Sie wunderte sich, als Dr. Leitner ihr sagte, daß Lissy durch einen Besuch aufgehalten worden war.

»Ach, vielleicht Professor Mehnert«, sagte sie dann. »Er wollte sich um die Danksagungen kümmern. Für Lissy wird auch alles ein bißchen viel, aber wenn ich sage, daß sie nicht jeden Tag zu kommen braucht, kränke ich sie. Sie ist ja so lieb.«

Wer könnte dieser Irina auch widerstehen, dachte Dr. Leitner. Der erwachsene Sohn eines bekannten Mannes, der nun womöglich um ein großes Erbe fürchtet?

Und dann kam ihm eine Idee, die ihm fast den Atem raubte. Aber davon hätte er kein Wort ausgesprochen.

»Es ist gut, daß Sie Lissy haben«, sagte er.

»Wenn sie nur noch recht lange bei mir bleiben kann«, flüsterte Irina.

Er hätte zu gern erfahren, ob sie Florian Reblins Sohn noch kennengelernt hatte, aber er wagte es dann doch nicht, danach zu fragen. Alles, worüber sie sich irgendwie erregen könnte, mußte vermieden werden.

~

Lissy hatte indessen stockend erzählt, und Florian hatte ihr mit abgewandtem Gesicht gelauscht. Dann aber, bei einer Bemerkung, sprang er wie vom Blitz getroffen empor, um im nächsten Augenblick wieder auf dem Stuhl zusammenzusacken.

»Was, sie bekommt ein Baby?« schrie er auf.

»Warum nicht?« fragte Lissy. »Sie haben sich beide auf das Kind gefreut.«

»Ist das nicht Wahnsinn? Vater heiratet eine Frau, die seine Enkelin sein könnte, und du findest das natürlich, Lissy?«

»Ich liebe sie, und warum sollte es nicht möglich sein, daß auch sie deinen Vater geliebt hat? Sie hat ihn geliebt, und ich dulde nicht, daß du ein Wort der Kritik übst.«

So heftig hatte sie das gesagt, daß er schwieg. »Und wenn du meinst, daß sie auf sein Geld aus war, so irrst du dich«, fuhr Lissy fort. »Sie ist selbst nicht arm.«

Bestürzt starrte Florian seine alte Betreuerin an. »Jung, reich und schön, wie du sagst, und ausgerechnet meinen Vater hat sie geheiratet, der schon ein alter Mann war?«

»Er war eine Persönlichkeit, und sie brauchte einen Menschen, der alles zugleich für sie war, denn sie stand allein auf der Welt. Und denk ja nicht, daß ich sie verteidigen will. Ich sage dir das nur, damit du kein abfälliges Wort lautwerden läßt. Die Mäuler haben sich andere genug zerrissen, aber uns hat das nichts ausgemacht.«

»Wenn es Vaters Wille war«, flüsterte Florian. »Ich werde ihn nie mehr sehen, Lissy, nie mehr mit ihm sprechen können. Allein der Gedanke an euch hat mich Höllenqualen überstehen lassen.«

Und dann ging er schnell hinaus. Ein unterdrücktes Schluchzen hatte in seiner Stimme geklungen, und jetzt war er für Lissy wieder der kleine Junge, den sie auf den Knien geschaukelt hatte.

Und kurz darauf hörte sie einen Aufschrei. So schnell ihre alten Füße sie trugen, eilte sie in das Arbeitszimmer des Professors, aus dem der Schrei gekommen war.

Florian stand vor dem Bild Irinas. »Was soll das bedeuten?« stöhnte er auf.

»Irinas Bild«, sagte Lissy fast drohend. »Es wird hier hängenbleiben, solange ich ein Wort mitzureden habe. Hier ist sein Platz. Und in diesem Haus ist ihr Platz.«

Florian stürzte blicklos an ihr vorbei. Sie hörte, wie er die Treppe hinaufeilte und dann eine Tür schlagen. Er war in seinem Zimmer verschwunden, das unverändert auf ihn gewartet hatte.

Lissy hatte das Taxi warten lassen. »Das wird aber eine schöne Rechnung«, brummte der Fahrer.

»Sie kriegen Ihr Geld«, sagte sie gleichmütig. »Zur Leitner-Klinik.«

Wie soll ich es Irina sagen? überlegte sie. Soll ich es ihr verschweigen? Aber wenn sie es nun von jemand anderem erfährt oder gar aus der Zeitung? Und was würde es für Irina bedeuten, daß Florian zurückgekehrt war?

Irina schlief, als sie leise das Zimmer betrat. In Andacht versunken betrachtete sie das junge Gesicht. Wie ein Kind sah sie selbst noch aus, wenn sie so entspannt war.

Lissy dachte an den Tag zurück, als der Professor Irina ins Haus gebracht hatte. »Wir werden jetzt einen lieben ständigen Gast haben, Lissy«, hatte er gesagt. »Ich hoffe, daß du einverstanden bist.«

Sie war nur ein paar Minuten skeptisch gewesen und dann von ganzem Herzen einverstanden, denn Irina hatte gesagt: »Sie brauchen gar keine Notiz von mir zu nehmen, Lissy. Ich bin nur glücklich, daß ich ein Zuhause habe.«

Lissy hatte sehr viel Notiz von ihr genommen, und als sie dann Irinas Geschichte erfahren hatte, war sie es gewesen, die den Professor fragte: »Warum heiraten Sie Irina nicht?«

Lissy hatte nicht erfahren, wer der Vater von Irinas Kind war. Sie hatte es gar nicht wissen wollen, und was sie dachte, ging niemanden etwas an. Ihr altes, manchmal so müdes Herz konnte sich wieder freuen an diesem bezaubernden jungen Geschöpf, das ihr dann so viel zärtliche Liebe entgegenbrachte, wie sie sie nie erfahren hatte in ihrem Leben.

Männer konnten nicht so zärtlich, so anhänglich und liebevoll sein.

Und Lissy vergaß Florians düsteres Gesicht, als Irina nun die Augen aufschlug, nach ihrer Hand griff und flüsterte: »Meine Gute, da bist du ja. Du sollst dich doch meinetwegen nicht so abhetzen.«

»Es sind die schönsten Stunden für mich, wenn ich bei dir sein kann, Ira-Kind«, sagte Lissy. Ira hatte der Professor sie immer genannt. »Wie geht es uns denn heute?«

»Ganz gut. Es wird gar nicht mehr vierzehn Tage dauern, hat Dr. Leitner gesagt. Dann haben wir unser Baby, Lissy. Wir werden nicht mehr allein sein, wenn wir Florian auch sehr vermissen werden.«

Lissy dachte an die vielen Geschenke, die in Paketen verpackt schon vom Professor heimgebracht worden waren. Jedesmal, wenn er aus der Stadt kam, hatte er irgend etwas gefunden, und wie ein Kind hatte er sich dann gefreut.

Aber nun würde der andere, der junge Florian, im Hause sein, und niemand konnte ihn daraus vertreiben.

Auch dem Jungen hatte Lissy alle Liebe entgegengebracht, so wild und unberechenbar er auch manchesmal gewesen war. Herrgott, was hatte er alles angestellt, und doch hatte ihm nie einer böse sein können!

Sie schrak aus ihren Gedanken empor, als Irina fragte: »Was für ein Besuch war denn gekommen, Lissy?«

»Ein sehr unerwarteter«, erwiderte Lissy nach langem Zögern. »Einer, mit dem wir schon gar nicht mehr rechnen konnten.«

Sie sah, daß sich Irinas Augen weiteten. »Florian?« stöhnte sie. »Er lebt?«

»Darfst dich nicht aufregen, Ira-Kind«, sagte Lissy. »Es wird sich nichts ändern. Er hat viel durchgemacht. Jetzt muß er erst verwinden, daß sein Vater nicht mehr lebt. Nein, ändern wird sich sonst bei uns nichts.«

Und was sich dadurch alles ändert, dachte Irina, und dann wurde sie plötzlich von grauen Nebeln eingehüllt, die ihr das Bewußtsein nahmen. Mit einem schweren Seufzer sank ihr Kopf zur Seite.

Lissy griff sofort, schwer atmend und zu Tode erschrocken, nach der Klingel.

Dr. Mittler und Schwester Hilde eilten herbei. Lissy, starr vor Angst, brachte kein Wort über die Lippen. Und dann war die ganze Station plötzlich in hellem Aufruhr.

~

Fee Norden schaltete die Zwei-Uhr-Nachrichten ein. Um diese Zeit hatte sie manchmal ein Viertelstündchen für sich. Daniel war wieder aus dem Haus, die Zwillinge hielten noch ihren Mittagsschlaf. Anneka war nach einem kleinen Imbiß an ihre Hausaufgaben gegangen. Das Mittagessen wollte sie lieber mit ihren großen Brüdern einnehmen, die selten so früh von der Schule daheim waren.

Fee hatte es sich in einem Sessel gemütlich gemacht und versuchte, sich ein paar Minuten zu entspannen, doch dann horchte sie plötzlich wie elektrisiert auf.

»Wie wir soeben erfahren, traf heute der als verschollen gemeldete Sohn des kürzlich verstorbenen Herzspezialisten Professor Dr. Reblin auf heimatlichem Boden ein. Über seinen Verbleib wurde noch nichts Näheres bekannt, da er jedes Interview ablehnte. Wie gemeldet wurde ...«

Fee hörte nichts mehr. Automatisch griff sie zum Telefon, doch gleichzeitig fiel ihr ein, daß Daniel noch gar nicht in der

Praxis sein konnte. Sie rief Claudia Leitner an, die war auch sofort am Apparat.

»Stell dir vor, Claudia, ich habe gerade in den Nachrichten gehört, daß Professor Reblins Sohn wieder in Deutschland ist, und …«

»Wir wissen es schon von Lissy«, sagte Claudia. »Er ist in seinem Elternhaus.«

»Und Irina, wie trägt sie diese Nachricht? Es muß doch ein ziemlicher Schock für sie gewesen sein, daß er so kurz nach dem Tod ihres Mannes auftaucht. Wäre er ein paar Wochen eher zurückgekommen, hätte die Freude vielleicht Reblins Leben verlängert.«

»Gegen das Schicksal sind wir machtlos, Fee«, sagte Claudia. »Hoffentlich wird es für die junge Frau nicht zum Alptraum. Wer weiß, wie der Junge zu ihr steht.«

Daß der »Junge« inzwischen ein Mann von dreißig Jahren war, bedachte sie in diesem Augenblick nicht.

Bin ich denn verrückt? dachte Florian Reblin. Das kann doch nicht wahr sein. Ich leide an Halluzinationen, mein Verstand hat gelitten! Vielleicht lebe ich gar nicht mehr. Oder ich träume es nur.

Er blickte sich um, betastete die Möbel in seinem Zimmer, die er so gut kannte. Alles stand an seinem Platz. Er war zu Hause, in diesem Haus, in dem er aufgewachsen war. Er hatte mit Lissy gesprochen, aber was sie ihm erzählt hatte, wollte ihm nicht in den Sinn. Und dann das Bild. Er mußte sich überzeugen, ob das Bild tatsächlich über dem Schreibtisch seines Vaters hing, oder ob er das nur in seiner Phantasie zu sehen glaubte.

Er erhob sich taumelnd von dem Bett und ging langsam die Treppe hinunter.

»Lissy!« rief er laut, aber es kam keine Antwort. Er ging in die Küche und fand sie leer. Er war allein im Haus, in dem Totenstille herrschte.

Und dann stand er wieder im Zimmer seines Vaters, und das Bild hing dort an der Wand. Es war keine Halluzination. Er konnte es berühren, er sah dieses Gesicht, das so lebendig schien.

Ina von Thermölen, das bezauberndste Mädchen aus Lissabon.

Nein, es war einfach nicht möglich, es konnte nur eine Ähnlichkeit sein. Ina war damals mit dem jungen Lord Mansfield verlobt gewesen. Man sprach schon von der Heirat. Aber Ina …

Nicht daran denken, mahnte sich Florian. Das alles ist Irrsinn. Ich habe ja lange nicht gewußt, wer ich wirklich bin. Mein Verstand hat wirklich gelitten.

Er lief durch das Haus, durch jeden Raum, verharrte in einem entzückend eingerichteten Damenzimmer, dessen Mobiliar er noch nicht kannte, betrat dann zögernd das anschließende Schlafzimmer, das im Stil Louis XIV. eingerichtet war. Die passenden Räume für eine junge, schöne Frau, die von Lissy geliebt wurde.

Wie sie und ihre Stellung in diesem Hause von Lissy verteidigt wurde! Wie eine Löwin, der man ihr Junges nehmen wollte, hatte sie ihn angeknurrt, ihn, den sie doch aufgezogen hatte.

Ich muß es wissen, sagte er vor sich hin. Ich werde wirklich noch verrückt, wenn ich nicht die Wahrheit erfahre.

Sie bekommt ein Baby, hatte Lissy gesagt. Ein Frösteln kroch über seinen Rücken. Ein Zittern überfiel ihn, als es jetzt läutete.

Er hatte das Fürchten gelernt in den Monaten in der Wüste, in ständiger Angst, von den halbwilden Eingeborenen umgebracht zu werden, bis sie dann endlich irgendwie doch herausbekamen, daß er so etwas wie ein Medizinmann war. Ein krankes kleines Kind, dem er geholfen hatte, brachte ihm schließlich die Freiheit, eine Freiheit, die er ersehnt hatte und in der er sich nun nicht mehr zurechtfinden konnte. Sein Vater war tot. Es war ein grauenhafter Gedanke für ihn.

Es läutete wieder. Er schleppte sich zur Tür und blickte dann in Professor Mehnerts Gesicht.

»Florian«, sagte der erschüttert, und dann fiel ihm Florian in die Arme, froh, ein bekanntes Gesicht zu sehen, aus dem neben der Ergriffenheit auch Freude sprach.

»Ich habe die Nachricht gehört und dachte, daß ich zu Lissy fahren müßte. Aber sie ist wohl wieder bei Irina in der Klinik.«

Wieder dieser Name. Irina! Wie ein Dolchstoß durchfuhr es Florian.

»Ja, sie hat so etwas gesagt«, stieß er hervor. »Mein Erscheinen war ihr gar nicht so wichtig.«

»Du mußt sie verstehen. Irina in ihrem Zustand, kurz vor der Geburt. Sie haben beide viel mitgemacht. Junge, daß ich dich wiedersehen darf.« Er wurde von Rührung übermannt.

»Paps ist tot«, murmelte Florian. »Jetzt frage ich mich, warum ich doch noch lebe.«

»Das will ich aber nicht hören. Komm, reden wir miteinander. Der Tod ist unerbittlich, Florian. Er kommt, wenn wir nicht mit ihm rechnen. Wir können es noch nicht begreifen. Irina wohl am wenigsten, denn sie wußte nicht, daß dein Vater schon zwei Infarkte hinter sich hatte. Er dachte, daß er Mittel finden könnte gegen dieses Leiden. Er wollte leben. Er wollte erleben, daß du zurückkommst. Er wollte nie glauben, daß du tot bist.«

»Nun, ich lebe, wenngleich ich meine, daß mein Gehirn gelitten hat.«

»Du darfst nicht resignieren. Du wirst zurückfinden in dein altes Leben.«

»Nie, niemals in das alte Leben. – Doch, wer ist diese Irina, seit wann sind sie verheiratet?«

Diese Fragen waren Professor Mehnert unbequem. Einmal hatte er seinem nun verstorbenen Freund ein Versprechen gegeben, aber mußte er das auch seinem Sohn gegenüber halten?

»Verheiratet sind sie ... Laß mich überlegen. Ja, die Hochzeit fand im Juni statt. Ganz unauffällig. Ich war Trauzeuge. Und natürlich Lissy. Eigentlich war sie es, die deinen Vater zu diesem Schritt bewegte. Sie liebt Irina abgöttisch.«

»Da sie so schnell ein Kind kriegt, wird langes Zureden wohl nicht nötig gewesen sein«, sagte Florian sarkastisch.

»Es ist alles ganz anders, als du denkst, Florian. Ich weiß nur nicht, ob ich darüber sprechen sollte, und ob ich es darf.«

»Wie hieß sie vorher?« fragte Florian rauh.

»Irina von Thermölen, warum?«

Er unterbrach sich, denn Florian war aufgesprungen und lief zum Fenster.

»Du darfst keine Vorurteile haben, Florian. Sie ist das liebenswerteste Geschöpf, das ich kenne, und wenn ein so verknöcherter Junggeselle und Eigenbrötler wie ich das sagt, kannst du es glauben.«

»Wie hat Vater sie kennengelernt?« fragte Florian heiser.

»Das weiß ich auch nicht so genau. Er wollte anscheinend nicht darüber sprechen. Er lernte sie wohl in Lissabon kennen, als er Nachforschungen nach dir einleitete. Sie hat ihm Halt gegeben in seinem Schmerz um den verschollenen Sohn. Das solltest du anerkennen.«

»Ich bin überfordert«, stieß Florian hervor. »Es ist wohl zuviel auf mich eingestürmt. Die lange Zeit in der Einsamkeit, die Verletzungen, die Angst, daß man mich umbringen könnte, und nun die plötzliche Rückkehr, an die ich nicht mehr zu glauben wagte, in ein Haus, in dem Vater nicht mehr lebt.«

»Es war ein Schock, mein Junge. Ich möchte es gern glauben«, sagte Professor Mehnert väterlich.

»Wieso ist sie eigentlich schon in der Klinik? Wann wird sie das Kind bekommen.«

»Bald.«

»Bald?« Florian schrie es fast.

Professor Mehnert ging zu ihm und legte seine Hand auf die

Schulter des Jüngeren. »Du wirst es sowieso erfahren. Dein Vater ist nicht der Vater dieses Kindes. Sie war allein. Er wollte ihr helfen. Nicht finanziell. Sie brauchte kein Geld. Sie brauchte nur einen Menschen. Sie hat wohl eine entsetzliche Enttäuschung erlebt.«

»Mein Gott, o mein Gott, wie soll ich das jemals begreifen!« stöhnte Florian auf. »Verzeih, Ludwig, aber würdest du mich jetzt zu Vaters Grab begleiten?«

»Gern, mein Junge.«

Sie fuhren hinaus auf den Waldfriedhof. Unter hohen Tannen war das Grab nun schon hergerichtet, von vielen Blumen bedeckt. Lissy war jeden Morgen hiergewesen, um frische Blumen zu bringen. Sie erfroren in der nächtlichen Kälte gleich wieder. Eine große Schale mit gelben Chrysanthemen hatte aber doch die Kälte überdauert.

»Ich kann es nicht verstehen, daß Paps nicht mehr lebt«, sagte Florian mit bebender Stimme.

»Es dauert lange, bis man es begreift«, sagte Professor Mehnert.

»Ein Saal voller Ärzte, und keiner half ihm«, murmelte Florian bitter.

»Das hat Irina auch gesagt. Es konnte ihm nicht mehr geholfen werden.«

»Nur ein Grab wartet auf mich. Dazu hätten sie mich nicht freilassen müssen.«

»Sei nicht bitter, Florian. Dein Vater war immer dein Vorbild. Eifere ihm nach. Setze sein Werk fort. Oder locken dich neue Abenteuer?«

Florian warf den Kopf zurück. »Es waren Abenteuer, die dem Wohle der Menschen dienen sollten. Hast du mich auch für gewissenlos gehalten?«

»Auch?« fragte der Ältere. »Hat dein Vater dich nicht immer verstanden? Hat er dir nicht alle Freiheiten gelassen?«

»Er schon«, sagte Florian leise.

»War es eine Frau, die dich nicht verstand?«

Florian gab ihm keine Antwort.

»Es darf ihr nichts geschehen«, sagte Lissy flehend. »Ich würde es mir nie verzeihen. Ich wäre schuld.«

»Beruhigen Sie sich doch, Lissy«, sagte Schwester Hilde tröstend. »Dr. Leitner tut alles für Frau Reblin.«

»Und es darf dem Kind nichts geschehen. Das würde mir Irina nicht verzeihen«, fuhr Lissy in ihrer Selbstanklage fort. »Ich dachte doch nicht, daß sie sich so erschrecken würde, weil der Junge wieder da ist.«

Schwester Hilde gab Lissy ein paar Beruhigungstropfen.

»Wie ist denn der junge Herr Reblin eigentlich?« fragte sie.

»Mein Bub ist er halt. Seit seinem dritten Jahr habe ich ihn aufgezogen. Ein Wildfang war er. Aber ein ganz gescheiter. Einmal wird er wie sein Vater werden. Er hat ja so an ihm gehangen. Für ihn war es ein Schock.«

»Daß sein Vater noch einmal geheiratet hat?« fragte Schwester Hilde forschend.

»Gottchen, ja, das wird auch so ein Schock gewesen sein, aber vor allem, weil er seinen Vater nicht wiedersehen konnte. Was der arme Bub wohl durchgemacht hat! Ich habe gar nicht gefragt. Ich stand ja auch da wie versteinert, als ich ihn sah. Er hatte ein Telegramm geschickt, aber ich habe doch keins aufgemacht. Seit damals, als die Nachricht kam, daß er abgestürzt ist, habe ich diese Telegramme kaum noch in die Hand nehmen wollen. Ja, und heute, dann dachte ich, daß es Irina aus der Zeitung erfahren könnte, und das wollte ich nicht«, murmelte sie. »Warum haben Sie denn Irina gleich in den Operationssaal gebracht?« fragte sie tonlos. »Warum kommt denn niemand und sagt mir, wie es ihr geht?«

»Es dauert manchmal länger, Lissy.«

Schwester Hilde wollte ihr nicht sagen, daß sie nun das Kind mit einem Kaiserschnitt holen wollten, damit es nicht gefährdet wurde und auch für Irina die Gefahr nicht noch größer wurde.

Jetzt streichelte sie die kalten zitternden Hände der alten Frau.

»Ich muß durchhalten. Sie braucht mich doch«, sagte Lissy vor sich hin. »Wen hat sie denn sonst? Der Junge muß sich doch erst an den Gedanken gewöhnen, daß sie da ist. Verstehen Sie das? Ich kann ihm keinen Vorwurf machen, wenn er erschrocken ist, Irina als seines Vaters Frau … « Sie unterbrach sich und starrte vor sich hin. »Leicht ist das doch nicht für ihn. Er wird sich tausend Fragen stellen, warum, wieso; und lieber wäre es mir doch gewesen, sie hätte selbst mit ihm gesprochen.«

Sie schien sehr verwirrt zu sein, und das war wohl kein Wunder. Schwester Hilde blickte auch immer wieder auf die Uhr. Eine Stunde war schon vergangen, seit sie Irina in den Operationssaal gefahren hatten.

Lieber Gott, laß alles gutgehen, betete auch sie im stillen. Und da kam Dr. Mittler auch schon.

»Es ist ein Junge, ein gesunder, prächtiger Junge!« rief er aus und umarmte Lissy, der die Tränen aus den Augen stürzten.

»Und Irina?« fragte sie.

»Es ist ja alles gut, Lissy. Sie wird noch einige Zeit brauchen, bis sie wieder kräftig ist, aber Sie brauchen den Kopf nicht hängenzulassen.«

Nun erst schien Lissy zu begreifen. »Ein Junge? Wir haben einen Jungen!« schluchzte sie.

~

Florian hielt es in dem stillen Haus nicht aus, in das er vom Friedhof zurückgekehrt war. Professor Mehnert hatte ihm gesagt, daß Irina in der Leitner-Klinik lag. Oder hatte das Lissy gesagt, und es war an seinen Ohren vorbeigeklungen? Seither hatte für ihn ja auch alles einen ganz anderen Sinn bekommen.

Er grübelte und grübelte. Er sah Ina vor sich in einem zauberhaften Spitzenkleid mit ihren großen dunklen Augen, in den goldene Lichter tanzten.

Und er hatte mir ihr getanzt. Eine ganze Nacht nur mit ihr, in einen strahlenden Morgen hinein.

Am Meer hatten sie gelegen im weichen Sand, vom Rauschen der Wellen hinweggetragen in eine Märchenwelt.

»Bleib doch, Florian«, hatte Ina gesagt, seinen Namen mit französischem Timbre aussprechend. »Warum lockt dich die weite Welt, wenn unsere Welt so schön ist?«

Und er wäre geblieben, wenn er nicht anderntags gehört hätte, daß sie mit Lord Mansfield verlobt sei.

Doch nun war sie seines Vaters Frau, nein, seine Witwe. Wie, warum, das waren tausend Rätsel, die er nicht zu lösen vermochte.

Aus Ina war Ira geworden, nicht Lady Mansfield, sondern Frau Professor Reblin.

Unbegreiflich dies alles. Sein Kopf schmerzte zum Zerspringen. Die Narben, die ihm geblieben waren, brannten.

Und dann faßte er einen Entschluß, griff zum Telefon und rief den Taxistand an.

Er brauchte nicht lange zu warten.

»Wohl ein schwerer Krankheitsfall?« fragte der Fahrer. »Ich hatte heute mittag schon eine Fahrt. Schlimm. Meine Frau ist auch erst gerade aus der Klinik entlassen worden. Mußte sechs Wochen drin liegen. Ich weiß, wie das ist.«

Wenn er doch nur nicht reden würde, dachte Florian. So finde ich Ina also wieder. Warum so? Ich hätte sie doch gesucht!

Hätte er das wirklich? Hatte er nicht gegrollt, weil er sie längst als Lady Mansfield wähnte? Wenn nur sein Kopf nicht so entsetzlich schmerzen würde!

»Wir sind da«, sagte der Fahrer. »Hoffentlich geht alles gut, mein Herr.«

Florian drückte ihm achtlos einen Geldschein in die Hand. Dann stürmte er zum Eingang.

»Ihr Wechselgeld!« rief ihm die rauhe Stimme nach, die ihn so gepeinigt hatte.

»Behalten Sie's«, rief er zurück.

»Zum wem wollen Sie?« fragte ihn eine weibliche Stimme.

»Zum Chefarzt. Mein Name ist Reblin, Dr. Florian Reblin«, murmelte er. Und dann durchfuhr ihn ein stechender Schmerz. Im nächsten Augenblick war finstere Nacht um ihn.

Als er die Augen aufschlug, war dicht über ihm ein fremdes Männergesicht.

»Herr Dr. Reblin?« fragte eine Stimme, die aus dem All zu kommen schien.

»Ich komme nicht von einem anderen Stern. Ich bin ein Mensch«, sagte Florian monoton. »Ein weißer Mensch.«

»Ich auch«, sagte die andere Stimme. »Mein Name ist Leitner, Dr. Georg Leitner. Ich bin Chefarzt der Leitner-Klinik. Sie wollten mich sprechen?«

»Ich wollte Sie sprechen? Ich will Ina sehen. Ina! Verstehen Sie?«

»Ich werde Sie sicher verstehen, wenn Sie mir sagen, wer Ina ist«, sagte Dr. Leitner. »Hier haben wir keine Ina.«

»Dann Ira oder Irina. Reblin heißt sie, wie ich. Vielleicht kennen Sie eine Lissy? Ich habe entsetzliche Kopfschmerzen.«

»Dagegen können wir Abhilfe schaffen«, sagte Dr. Leitner. Es dauerte Sekunden, dann spürte Florian einen feinen Stich. Er wollte sich wehren. Es war zu spät. Er bäumte sich kurz auf und sank dann zurück.

»Schnell«, sagte Dr. Leitner, »in der Behnisch-Klinik anrufen. Der Mann ist nicht so schnell wiederhergestellt wie Martin Gorn. Der Mann ist mit den Nerven fertig.«

Claudia war schon bei ihm.

»Das ist Reblins Sohn, Claudia. Dr. Florian Reblin junior.«

»Guter Gott«, sagte Claudia und eilte davon, um alles Nötige zu veranlassen.

Irina atmete ruhig. Ein seliges Lächeln lag um ihren Mund, obgleich sie noch nicht wußte, daß sie einen Sohn hatte, aber vielleicht träumte sie davon.

Dann, zu später Stunde, kehrte das Bewußtsein in Irina zurück. Ihr Denken setzte dort ein, wo es ausgeschaltet worden war, als Lissy sagte, daß Florian zurückgekehrt sei. Mit geschlossenen Augen lag sie da.

Florian lebt, pochte es in ihrem Kopf, und auch ihr Herz begann schneller, kräftiger zu schlagen. Er lebt, und ich werde ihn wiedersehen. Doch, was werden wir uns noch zu sagen haben?

Eine durchtanzte Nacht, zärtliche Blicke, zärtliche Worte, ein Tag, der sie veränderte, und dann ein jäher Abschied. Unbegreiflich für sie, wohl gewollt von ihm.

Dann, zwei Wochen später, die Nachricht von dem Absturz, der sie in tiefe Verzweiflung trieb, ihre Wünsche und Träume von einem Wiedersehen zerstörten. Und später die Begegnung mit seinem Vater.

Es hatte sie allen Mut und alle Überwindung gekostet, zu ihm zu gehen, um ihn zu fragen, ob er etwas von Florian erfahren hatte. Und dann hatte sie in ihm den besten verstehenden Menschen gefunden, den sie jetzt brauchte, dem sie alles anvertrauen konnte, der sie tröstend in die Arme nahm, und dem sie dafür auch Trost geben konnte in dem Kummer um seinen Sohn, den er als verloren aufgeben mußte.

Nun war der Gefährte dieser schweren Tage tot, und der junge Florian war zurückgekehrt.

Ein fremder Schmerz durchzuckte Irina plötzlich. Ein seltsamer Schmerz, der die Erinnerung in ihr weckte, daß sich in ihrem Körper etwas verändert hatte. Sie hielt den Atem an, schlug die Augen auf und blickte in Lissys gütiges Gesicht.

»Lissy«, flüsterte sie mit erstickter Stimme.

»Du hast einen Sohn, Ira-Kind, einen hübschen gesunden Sohn«, sagte Lissy schnell, denn sie bemerkte die Angst in Irinas Augen.

»Einen Sohn«, wiederholte Irina, »und davon habe ich gar nichts gemerkt.«

»Du wirst es bald merken, und überhören kann man ihn nicht. Er hat eine Stimme, kaum zu glauben.«

»Ich möchte ihn sehen«, sagte Irina.

»Du solltest lieber noch schlafen.«

»Ich kann nicht schlafen, wenn ich ihn nicht in den Arm nehmen darf.«

Lissy läutete. Eine Schwester kam. Sie brachte Irina den Sohn, der friedlich schlummerte. Irina betrachtete ihn mit einem zärtlichen Lächeln, streichelte die kleinen Fäuste, das seidige Haar.

»Einen richtigen Schopf hat er schon«, sagte die Schwester, und dabei hatte Irina das Gefühl, daß ihre Finger durch das dichte schwarze Haar des Mannes glitten, dem sie ihre erste Liebe geschenkt hatte.

~

Fünfzehn Stunden hatte Florian ununterbrochen geschlafen, bis er wieder zu sich kam. Sein Erinnerungsvermögen war vorerst noch ausgeschaltet. Er wußte nicht, was geschehen war und wo er sich befand. Ein ihm völlig fremder Mann stand an seinem Bett.

Florian sah ihn fragend an. »Wie geht es Ihnen, Herr Reblin?« fragte Dr. Dieter Behnisch, und dann erst stellte er sich vor. »Behnisch-Klinik«, fügte er hinzu, als Florian den Kopf schüttelte.

»Sie waren in der Leitner-Klinik und sind dort zusammengebrochen. Und da die Leitner-Klinik eine Frauenklinik ist, sind Sie hierher gebracht worden. Sie waren sehr erschöpft und auch erregt. Sie klagten über Kopfschmerzen. Wie ist das damit?«

»Augenblicklich geht es.«

»Folgen einer nicht richtig behandelten schweren Gehirnerschütterung«, stellte Dr. Behnisch fest. »Sie halten allerhand aus, daß Sie das überstanden haben, Herr Reblin.«

»Selbsterhaltungstrieb«, murmelte Florian.

»Sie sind selbst Mediziner, also werden Sie verstehen, wenn ich Ihnen sage, daß bei Ihnen noch manches in Ordnung gebracht werden muß.«

»Das weiß ich selbst«, sagte Florian bockig. »Jedenfalls wäre ich Ihnen dankbar, wenn Sie mich für immer von diesen verdammten Kopfschmerzen befreien würden. Ich sehe schon überall weiße Mäuse.«

»Sie haben an Gedächtnisschwund gelitten?« fragte Dr. Behnisch.

»Sonst hätte ich diese Zeit kaum überstanden. Richtig schlimm wurde es erst, als die Erinnerungen kamen. – Ist mein Vater wirklich tot?«

»Ja, wir bedauern es zutiefst, ganz besonders, da uns keine Möglichkeit gegeben war, noch etwas für ihn tun zu können.«

Dann ist auch das andere wahr, dachte Florian. Paps hat Irina geheiratet. Er nannte sie Ira und Lissy ... Da gab es wieder einen Bruch in seinen Gedankengängen. Lissy war gestern in die Klinik gefahren, um Irina zu besuchen. War das gestern gewesen oder schon vorgestern? Er hatte auf Lissy gewartet. Ja, er war mit Professor Mehnert auf dem Friedhof gewesen. Lissy war nicht heimgekommen, und darauf war er selbst mit einem Taxi zur Leitner-Klinik gefahren.

»Sie sollten jetzt nicht grübeln, Herr Reblin«, sagte Dr. Behnisch. »Entspannen Sie sich.«

Der kann leicht reden, dachte Florian. Ich muß doch wissen, was mit Irina ist, wie sie dazu kam, meinen Vater zu heiraten.

Sie bekommt ein Kind, ging es ihm dann durch den Sinn, er stöhnte auf, schlief dann aber ein.

Dr. Behnisch tat der junge Mann von Herzen leid. Welche

Schicksalsverstrickungen lagen hier vor! Erst ein paar Tage war es her, daß er miterlebt hatte, wie sein Vater gestorben war, und jetzt lag dessen Sohn hier in seiner Klinik, der nicht nur den Schock überwinden mußte, daß sein Vater tot war, sondern auch, daß dieser eine blutjunge Frau geheiratet hatte.

Und diese Frau hatte ein Kind geboren. Wessen Kind?

Als Dr. Leitner am Morgen in Irinas Zimmer hineingeschaut hatte, schlief sie. Er hatte erst die Visite hinter sich gebracht, bevor er nun zu ihrem Zimmer ging.

Sie war munter. Man hatte ihr das Kind gebracht, das vor sich hin maunzte.

»Er hat Hunger«, sagte Dr. Leitner lächelnd. »Er macht sich energisch bemerkbar. Herzlichen Glückwunsch, Frau Reblin.«

»Warum bekommt er nichts zu trinken?« fragte Irina.

»Er bekommt nachher schon etwas, nur keine Sorge.«

»Ich möchte ihn aber stillen«, sagte sie leise.

»Zuerst müssen wir Sie noch untersuchen. Ein bißchen mehr zu Kräften müssen Sie schon noch kommen.«

»Es ist sehr schnell gegangen«, flüsterte Irina.

»Und gut. Ich bin sehr froh.«

Lissy war heimgefahren, und damit sie sich nicht erschrecken sollte, hatte er ihr gesagt, daß Florian in die Behnisch-Klinik gebracht worden war. Er hatte ihr auch gesagt, wie es dazu gekommen war.

Florian hatte gegessen. Das Tablett stand noch auf dem Tisch.

»Hat es geschmeckt?« erkundigte sich Dr. Behnisch.

»Liebe Güte, was meinen Sie, wovon ich mich ernährt habe? Den Geschmackssinn habe ich völlig verloren. Der Hunger ist gestillt, nach Delikatessen habe ich kein Verlangen.«

»Möchten Sie nicht von diesen Monaten erzählen?« fragte

Dr. Behnisch, der genauestens von Schorsch Leitner informiert worden war.

»Nein, noch nicht. Mir wäre es lieber, der Gedächtnisschwund käme erst jetzt.«

»Man hielt Sie gefangen?«

Florian machte eine abwehrende Handbewegung. »Ich habe es überstanden. Was würden Sie tun, wenn ein Marsmensch vom Himmel direkt vor Ihre Füße fallen würde?«

»Wahrscheinlich würde ich sehr erschrocken sein und mich fragen, was nun geschieht.«

»Sehen Sie, so ist denen das auch mit mir ergangen. Zur eigenen Sicherheit sperrt man so ein fremdes Lebewesen ein. Reden wir nicht davon. Ich möchte etwas anderes erfahren.«

»Frau Reblin hat gestern nachmittag in der Leitner-Klinik einem gesunden Sohn das Leben geschenkt«, sagte Dr. Behnisch. »Das wollten Sie doch wohl erfahren?«

Florian sank zurück. »Gestern schon«, murmelte er. »Sie müssen mir helfen, sonst drehe ich völlig durch. Mein Verstand hat gelitten.«

»Das glaube ich nicht. Sie konnten ihn nur monatelang nicht ausreichend gebrauchen.«

»Und jetzt fällt es mir schwer, die Zusammenhänge zu finden. Ich habe Ina in Lissabon kennengelernt. Irina von Thermölen. Ich weiß, daß es kein Irrtum ist. Professor Mehnert hat mir ihren Mädchennamen genannt. Er war Trauzeuge bei meinem Vater. Es geht mir nicht in den Sinn, daß mein Vater Ina begegnete.«

»Wann haben Sie das Mädchen kennengelernt?« fragte Dr. Behnisch.

Florian runzelte die Stirn. »Bevor ich diese verhängnisvolle Expedition antrat. Und ich wollte das Leben noch einmal genießen, bevor ich in den Urwald ging.«

»Wollten Sie denn ganz allein gehen?« fragte Dr. Behnisch.

»Nein, natürlich nicht. John kam mit. Er nahm mich dann

auch mit zu diesem Ball, auf dem ich Irina kennenlernte. Er war mit Lord Mansfield befreundet.«

»Was ist mit diesem John?« fragte er.

»Ihn hat es erwischt«, erwiderte Florian. »Er hat den Absturz nicht überlebt. Ich weiß nicht, wie das passieren konnte. Die Maschine war überholt, völlig intakt. John war ein ausgezeichneter Pilot. Wir verstanden uns prächtig. Er hat mir auch gesagt, daß Ina mit Mansfield verlobt ist. Wie soll ich verstehen, daß sie dann die Frau meines Vaters wurde? Mein Vater war mehr als vierzig Jahre älter als sie.«

»Eines Tages werden Sie es schon verstehen«, sagte Dr. Behnisch. »Es ist eine indiskrete Frage, aber waren Sie in Ina verliebt?«

»Und wie«, murmelte Florian. »Aber ich gehöre nicht zu denen, die einem anderen das Mädchen wegnehmen. Und ich habe nicht verstanden, daß Ina nichts von diesem Mansfield gesagt hat. Mich hat es umgeworfen, als ich es von John erfuhr.«

»Noch eine indiskrete Frage, Herr Reblin. War Ihr Freund John auch in Ina verliebt?«

»Mein Gott, wer war nicht in sie verliebt! Sie war einfach bezaubernd. Ich hätte sie geheiratet, wenn ich zurückgekommen wäre und wenn nicht dieser Mansfield gewesen wäre. Verstehen Sie, was für ein Schock es für mich war, als ich ihr Bild im Arbeitszimmer meines Vaters sah?«

»Ja, sicher, das verstehe ich. Aber hat Lissy Ihnen nicht gesagt, wie es zu dieser Heirat kam?«

»Lissy nicht. Professor Mehnert. Mein Vater ist nicht der Vater dieses Kindes.«

»Nun, dann überlegen Sie mal, wer der Vater sein könnte«, sagte Dr. Behnisch mit seltsamer Betonung. »Ein Kind braucht neun Monate, um im Mutterleib zu wachsen. Die Geburt mußte etwas beschleunigt werden, weil Irina einen Schock bekam, als Lissy ihr sagte, daß Sie zurückgekehrt sind. Soll ich Ihnen eine Beruhigungsspritze geben?«

Florian stöhnte auf.

»Sie sind ein Mann, Florian Reblin. Sie haben irrsinnige Gefahren durchstanden. Und Ihr Verstand hat durchaus nicht gelitten. Ihre Gedanken gehen anscheinend nur irrige Wege. Ich kann mir jetzt jedenfalls sehr gut vorstellen, wie diese seltsame Ehe zustande kam. Und Sie haben Zeit, alles in Ruhe zu überdenken. Sehr viel Zeit. Vielleicht hilft Ihnen Lissy ein bißchen dabei, obgleich ich nicht glaube, daß sie alles weiß.«

»O mein Gott«, flüsterte Florian.

»Hilf dir selbst, dann hilft dir Gott«, sagte Dr. Behnisch mit tiefem Ernst.

Florian blieb ein paar Stunden allein, bis Lissy dann doch erschien.

»Du machst ja schöne Geschichten«, sagte sie. »Aber wenn ich dir lästig bin, verschwinde ich wieder.«

»Rede nicht solchen Unsinn. Setz dich.«

»Irina kommandiert mich nicht so herum«, sagte Lissy.

»Du kommst von ihr? Wie geht es ihr?« fragte Florian überstürzt.

»Sie ist jetzt glücklich mit dem Kind. Wenn es schiefgegangen wäre… Nein, das wäre nicht auszudenken.«

»Weißt du, daß ich Ina von Lissabon her kenne?«

»Ina? Du meinst Irina? Der Professor hat sie Ira genannt. Du Ina? – Nein, sie hat nichts davon zu mir gesagt. Aber sie wird sicher ihre Gründe dafür gehabt haben.«

»Und Paps wohl auch«, sagte Florian leise.

»Er war immer ein Gentleman«, erklärte Lissy.

»Und ich nicht.«

»Nein, du nicht«, sagte Lissy zornig, womit sie ihm verriet, daß er eigentlich keine nähere Erklärung abgeben mußte.

»Ich könnte mich rechtfertigen, Lissy«, murmelte er.

»Wie denn?«

»Einmal wußte ich nicht, daß es zu diesem Unfall kommen würde, zum anderen nichts von diesem anderen Mann.«

»Von welchem anderen Mann?«

Nun nahm sie seine Erklärung doch zur Kenntnis, aber sie schüttelte heftig den Kopf.

»Wie wenig kanntest du Irina! Da hat es bestimmt nie einen anderen Mann gegeben. Ich lasse nichts gegen sie sagen, und komm ihr nicht mit solchen Vorwürfen!«

Er nahm es ihr nicht übel, daß sie so mit ihm redete. Sie hatte nie ein Blatt vor den Mund genommen.

»Ich will ihr nicht mit Vorwürfen kommen«, sagte er leise. »Wir müssen uns doch darüber aussprechen. Verdamme mich doch nicht in Grund und Boden, Lissy.«

»Ein solches Mädchen läßt man nicht sitzen, nur um auf Abenteuer auszugehen. Oh, jetzt verstehe ich vieles, aber ich wage nicht zu sagen, ob du ihr noch soviel bedeuten kannst, wie dein Vater ihr bedeutete. Jedenfalls heißt der Vater unseres Kindes Florian Reblin.«

»Und wie heißt der Junge?«

»Michael Florian, und den Namen Michael hat dein Vater ausgesucht.«

»Hilf mir doch, Lissy. Stell dich nicht gegen mich«, sagte er flehend.

»Ich stelle mich nicht gegen dich, aber ich stehe auf Irinas Seite. Hättest du sie nicht wenigstens wegen dieses angeblich anderen Mannes fragen können?«

»Es traf mich wie ein Blitz. Ich konnte nicht mehr klar denken.«

»Wann konntest du das schon, wenn du wütend warst. Dein Dickschädel hat uns genug zu schaffen gemacht.«

»Stimmt es dich zufrieden, wenn ich mich damit um alles Glück gebracht habe? Wünschst du mir eine solche Strafe?«

»Nein«, sagte Lissy leise. »Aber was soll einer alten Frau einfallen, die nie Phantasie besaß?«

»Aber sehr viel Herz und Menschenverstand. Bau doch eine Brücke.«

~

Eine Stunde später saß Lissy wieder an Irinas Bett. »Was bedrückt dich denn?« fragte Irina.

»Du kannst durch mich hindurchsehen, wie es scheint, Ira-Kind«, murmelte Lissy. »Natürlich mache ich mir jetzt Sorgen um den Jungen.«

»Um Florian?« fragte Irina tonlos. »Was ist mit ihm?«

»Die Strapazen sind nicht in den Kleidern hängengeblieben. Er liegt in der Klinik.«

»In welcher?«

»In der Behnisch-Klinik. Ist nicht weit von hier. Es hat ihn schwer getroffen, daß er seinen Vater nicht wiedersehen konnte. Aber wir wollen jetzt nicht darüber sprechen.«

»Warst du schon bei ihm?« fragte Irina stockend.

»Ja, vorhin.«

»Hast du mit ihm über mich gesprochen?«

»Er ist noch mächtig durcheinander«, sagte Lissy ausweichend, um nicht lügen zu müssen.

»Einmal wird er es doch erfahren müssen«, flüsterte Irina. »Und du auch, Lissy.«

»Was denn?« fragte die alte Frau hastig.

»Alles. Florian wird sich fragen, warum ich seinen Vater geheiratet habe. Und …«

»Du sollst dich schonen«, fiel Lissy ihr ins Wort. »Florian hat eine kräftige Konstitution. Die besten Ärzte bemühen sich dort, um ihn auch seelisch wieder aufzurichten. Er phantasiert dauernd von einer Ina«, fügte sie dann beiläufig hinzu, und dabei hoffte sie, daß dies nicht zu plump gewesen sein mochte.

»Hat er Fieber?« fragte Irina tonlos.

»Na ja, so ein bißchen wirr ist er. Er muß sich zurechtfinden. Die Wilden werden nicht gerade freundlich mit ihm umgesprungen sein. Aber er hat es ja nicht anders gewollt.«

»So darfst du nicht sprechen, Lissy. Ich muß dir etwas sagen, was du vielleicht auch nicht begreifen wirst, aber Florian wohl erst recht nicht, wenn er erfährt, daß ich Ina bin. Und daß er der Vater meines Kindes ist«, fuhr sie bebend fort.

»So ist das«, murmelte Lissy, den Blick auf ihre Hände senkend, damit sie ihre Erleichterung nicht verriet.

»Wir wollten es nicht sagen. Wir wußten ja nicht, daß Florian zurückkommen würde. Ich werde dir alles erzählen, meine Gute, wenn du mir jetzt nicht grollst.«

»Du Dummerchen, wie könnte ich dir grollen? Mir ist es so doch lieber, als wenn irgendein anderer der Vater wäre.«

»Es hat nie einen anderen für mich gegeben, Lissy.«

Lissy seufzte schwer und blickte Irina nachdenklich an.

»Du darfst es nicht mißverstehen. Florian war glücklich darüber. Und ich habe ihm nicht gezeigt, daß ich unglücklich bin. Wie soll ich es dir nur erklären, daß du das alles verstehst?«

»Rede nur«, sagte Lissy, »ich nehme mein bißchen Grips zusammen und werde es schon verstehen.«

»Du bist viel klüger, als du zugeben willst. Hast du etwas geahnt? Sag es mir, bitte!«

»Gedanken habe ich mir halt gemacht. Aber das, nein, das dachte ich nicht. Wie sollte ich auch?«

Und hatte sie nicht doch manchmal in diese Richtung gedacht? Irina sollte unbefangen bleiben, wenigstens ihr gegenüber. Sie wollte diese Geschichte jetzt aus ihrer Sicht hören.

»Ich habe Florian gesehen und hatte mein Herz verloren«, begann Irina. »Ich weiß selbst nicht, wie es geschah. Wir haben die ganze Nacht getanzt bis zum Morgen, und dann sind wir ans Meer gefahren und haben geträumt. Es war alles so unwirklich. Ich konnte es nicht begreifen, daß es da plötzlich einen Mann gab, dem ich mich ganz und bedenkenlos überlassen konnte. Ich sah ihn wohl anders, als er war. Ich dachte, es könnte nie mehr anders sein, dachte, daß er genauso fühlen würde wie ich, aber Florian kann man wohl nicht festhalten. Er sagte, daß er zurückkommen würde, wenn er seine Aufgabe erfüllt hätte. Er müsse das tun, was er sich vorgenommen hätte. Er könnte John auch nicht im Stich lassen. Ich weiß nicht, ob er John so vertrauen durfte, wie er es tat, aber er hörte nicht auf meine Einwände. Kleines Mädchen, sagte er, was verstehst du davon, du bist noch nicht einmal flügge. Das ist Männersache. Und dann hatte er nicht einmal ein Wort des Abschieds für mich. Ich wartete umsonst auf ihn.«

»Das war wegen des anderen Mannes«, entfuhr es Lissy.

»Wegen welchem anderen? Lissy, du weißt viel mehr, als du zugibst!«

»Da siehst du, wie einfältig ich bin, Kind. Ich weiß es erst von ihm. Vorhin hat er es mir erzählt, von Ina, in die er sich verliebt hatte.«

»Aber da wußtest du schon genau, daß ich mit ihr identisch bin.«

»Ich wollte mich gar nicht einmischen, Kindchen. Das ist seine Angelegenheit und deine. Ich war sehr aufgebracht und hart zu ihm, aber ein bißchen muß ich ihn schon in Schutz nehmen, weil er doch wegen deiner Verlobung mit dem Lord ...« Sie kam nicht weiter.

»Eine Verlobung mit einem Lord?« fiel ihr Irina ins Wort. »Das ist doch lächerlich. Lord Mansfield etwa? Dieser dumme Junge, der gerade erst achtzehn war? Ich habe seine Dolmetscherin gespielt. Er war einfach nur ein netter kleiner Dummkopf. Wie konnte Florian auf den Gedanken kommen, ich wäre mit ihm verlobt?«

»Wohl, weil es ihm dieser John gesagt hat. Und es hat ihn gekränkt, weil du kein Wort darüber verloren hast. Ich habe dir ja schon gesagt, daß er immer ein Dummkopf war. Und eifersüchtig war er dann auch. Aber mir kommt da noch etwas anderes in den Sinn. Dieser John war vielleicht eifersüchtig auf ihn.«

»Mach es nicht noch dramatischer, Lissy«, sagte Irina.

»Das muß man überlegen, Kindchen.«

»Florian hat mich nicht geliebt, sonst wäre er nicht dieses Wagnis eingegangen«, flüsterte Irina.

»Ach was, die Männer, die denken doch gar nicht soweit, wenn sie jung und dumm sind. Und er hat gemeint, er könnte die ganze Welt umkrempeln. Alle Menschen werden Brüder und so, das waren seine Parolen. Keine Kriege, keinen Hunger, keine Seuchen mehr. Er dachte, er könnte in ein paar Jahren schaffen, was andere in einem ganzen Leben nicht erreichten. Der Zahn ist ihm jedenfalls gezogen worden. Er hat tüchtig eins auf sein Haupt bekommen, im doppelten Sinn.«

»Wie sieht er aus, Lissy? Hat er sehr gelitten?«

»Worüber machst du dir nur Gedanken? Erzähl lieber weiter, wie es dann kam, daß du seinem Vater begegnet bist.«

»Nun, ich hatte gehört, daß Florian verschollen ist. Ich wollte einfach nicht glauben, daß er tot ist. John hat man auch nicht gefunden, nicht einmal das Flugzeug. Dann hörte ich, daß sein Vater nach Lissabon gekommen sei. Ich bin zu ihm gegangen und wollte mich erkundigen, ob er Näheres weiß. Es hat mich sehr viel Mühe gekostet, aber er war so lieb und verständnisvoll. Er hatte so viel Hoffnung, Florian zu finden. Wir hatten den gleichen Kummer und kamen uns sehr schnell näher. Nun, und dann geschah es eines Tages, daß ich zusammenklappte. Er erfuhr als erster, daß ich ein Baby bekommen würde. Er stellte es selbst fest. Er wußte von Anfang an, daß Florian der Vater ist. Er wollte, daß ich bei ihm bleibe. Oh, Lissy, er war ein wundervoller Mann.«

»Wer weiß das besser als ich«, flüsterte Lissy.

»Wir haben uns aneinandergeklammert in unserer Angst und unserer Hoffnung, und jetzt, da er nicht mehr bei mir ist, weiß ich nicht einmal, ob ich Florian die gleichen Gefühle entgegenbringen könnte wie früher. Ich wollte Florian das Kind schenken für all seine Liebe und Güte.«

»Ira-Kind«, schluchzte Lissy auf, »verzeih mir, aber jetzt muß ich weinen.«

Irina streichelte ihre Hände. »Es wird der Tag kommen, an dem ich mit ihm über alles sprechen kann, Lissy«, flüsterte sie. »Ich brauche noch ein bißchen Zeit.«

»Dieser John ist schuld«, murmelte Lissy. »Nein, ich will Florian nicht in Schutz nehmen, aber er hat diesen verdammten Stolz. Mädchen haben für ihn nie eine Rolle gespielt. Du darfst nicht denken, daß er so einer ist, Irina. Ein Brausekopf, ja, aber eher ein Einzelgänger, ein Weltverbesserer. Wie oft haben wir ihm gesagt, daß er die Welt und die Menschen auch nicht verändern kann, aber ihm war ja nicht beizukommen. Oh, dieser Junge, was habe ich mir für Sorgen um ihn gemacht, was habe ich gezittert und gebetet.«

»Ich auch, Lissy.« Und dann weinten beide.

Schwester Hilde brachte den kleinen Michael zu seiner Mutter, und als sie ins Zimmer trat, übersah sie geflissentlich die letzten Tränen in den Augen der beiden Frauen.

Jeder hier in der Klinik fühlte mit ihnen.

»Der Sohn will zu seiner Mami. Er hat Hunger. Ihm werden Sonderrechte eingeräumt, damit er uns nicht die ganze Station zusammenbrüllt.«

Wie sein Vater, dachte Lissy, als die Schwester der jungen Mutter das Baby in den Arm legte. Aber laut sagte sie es nicht.

Michael schmatzte schon genüßlich. Ganz weit machte er seine Augen auf und sah seine Mutter an. Und in diesem Augenblick meinte die erfahrene Schwester Hilde, daß alle Erkenntnisse, daß so junge Babys noch gar nichts wahrnehmen können, falsch seien. Ein seltsamer kleiner Laut kam über Michaels Lippen, den man als ein glucksendes Lachen hätte deuten können. Und Irina sah so schön aus, daß es Schwester Hilde ganz eigen zumute wurde.

Dieses Kind würde unendlich geliebt werden. Für sie bedeutete das auch eine Entschädigung dafür, wie die kleine Eva von ihrer Mutter behandelt worden war, denn so etwas hing Schwester Hilde mächtig nach.

Doch auch Eva konnte sich nicht über zu wenig Liebe beklagen. War sie von ihrer Mutter nie liebevoll in den Arm genommen worden, so wurde sie von Schwester Irma dafür in doppeltem Maße entschädigt.

Munter planschte sie schon in der Badewanne herum. »Das gefällt dir«, sagte Irma. »Aber zu lange dürfen wir nicht im Wasser bleiben, mein Mäuschen. Ja, wer wird denn weinen wollen? Jetzt machen wir Gymnastik und werden schön eingeölt, damit der Po nicht wund wird.«

Ganz und gar war Irma auf das Kind eingestellt und bemerkte nicht, daß Martin Gorn schon geraume Zeit zuschaute.

Alle verdrängten Muttergefühle waren in ihr geweckt worden. Dieses süße kleine Geschöpf war ihr ein und alles.

»Ja, so ist es schön. Fest strampeln mußt du können. Durchboxen wirst du dich müssen«, redete sie auf das Baby ein, »und ganz wie dein Vater sollst du werden.«

»Danke, Irma«, sagte da Martin Gorn.

Glühende Röte schoß in Irinas Wangen. »Das Kind versteht es ja noch nicht«, murmelte sie.

»Aber ich verstehe es, und unsere Eva versteht, wie gut Sie es mit ihr meinen. Bleiben Sie immer bei uns, Irma. Wie sollen wir denn sonst fertig werden? Meinen Sie, daß sich Eva noch umgewöhnen kann? Für das Kind muß es doch ein Schock sein, wenn weniger behutsame Hände es pflegen.«

»Sie wird größer werden«, sagte Irma mit bebender Stimme. »Sie wissen ja gar nicht, wie schnell Kinder heranwachsen, Herr Gorn.«

»Nein, das weiß ich nicht, aber inzwischen weiß ich, wie sehr Sie uns fehlen würden. Nicht nur der Kleinen, sondern auch mir. Ich habe einmal einen großen Fehler gemacht, Irma. Vielleicht belächeln Sie mich deswegen. Ich will jetzt auch keine großen Worte machen, denn in den nächsten Wochen habe ich noch allerhand durchzustehen. Aber bald werde ich es hinter mich gebracht haben. Nur möchte ich Sie schon jetzt fragen, ob Sie nicht bei uns bleiben wollen. Jetzt noch als Evas gute Fee und später dann auch als meine Frau.«

Irma drückte das Kind an sich.

»Sie hat jetzt Hunger«, sagte sie leise. »Würden Sie Eva bitte halten, damit ich das Fläschchen holen kann?«

Sie legte ihm die Kleine in den Arm. Ihre Hände berührten sich dabei. Irma lächelte.

»Ich weiß nicht, was ich sagen soll«, flüsterte sie.

»Sie haben Zeit, darüber nachzudenken«, sagte Martin Gorn.

Zeit? Zu überlegen brauchte sie nicht. Sie wußte doch ohnehin, was es bedeutete, auf dieses kleine Wesen verzichten zu müssen. Jeden Kalendertag, der verstrich, sah sie mit Schrecken schwinden. Und auch den Mann hatte sie mit jedem Tag lieber gewonnen. Früher hatte sie sich manchmal einen Mann gewünscht und war enttäuscht gewesen, wenn sie gar nicht beachtet wurde.

Aber nicht einen Augenblick hatte sie daran gedacht, daß ausgerechnet Martin Gorn ihr einen Antrag machen würde.

Es war nur um sein Kind gegangen, als sie sein Angebot annahm, weil sie Eva so innig liebte.

»Das Glück fällt nicht vom Himmel«, hatte ihre Mutter einmal zu ihr gesagt. »Man darf nicht darauf warten.«

Sie hatte auf kein Glück mehr gewartet. Sie war siebenunddreißig Jahre alt geworden und zu der Erkenntnis gekommen, daß kein Mann ihr die Hand entgegenstrecken würde. Sie hatte ihre ganze Liebe, die niemand sonst begehrte, den kleinen Neugeborenen zugewandt. Und dann besonders ihrer kleinen Eva, die nicht von liebevollen, mütterlichen Armen umfangen wurde.

Und nun hatte Martin Gorn sie gefragt, ob sie immer bei ihnen bleiben wolle. In diesem wunderschönen Haus.

Nein, das Haus war es nicht. Es war vor allem das Kind, und

erst in zweiter Linie der Mann, dem sie Eva jetzt wieder aus dem Arm nahm, um den Hunger des Babys zu stillen.

»Sie gedeiht prächtig«, sagte Martin Gorn. »Vielleicht ist es gar nicht mein Kind, Irma, aber ich gebe es nicht mehr her. Ich verteidige es, weil ich es liebe. Ich denke dabei auch nicht mehr an seine Mutter. Es war nur ein hilfloses kleines Wesen, aber jetzt gehört es doch zu uns. Fällt Ihnen die Entscheidung schwer?«

»Nein«, erwiderte Irma, »ich liebe Eva.«

»Und wird auch noch ein bißchen Liebe für mich übrigbleiben? Ein Lächeln, wenn ich heimkomme, ein gedeckter Tisch, so manches, was ich doch vermißt habe?«

Das Lächeln lag jetzt schon um Irmas Mund. »Es wird Liebe für Sie da sein«, sagte sie weich. »Und mit jedem Tag wird sie ein wenig wachsen.«

»Na, also«, sagte Martin Gorn, und dann legte er den Arm um sie und das Kind und küßte sie auf die Stirn.

»Aber was wird Dr. Leitner sagen?«

»Das bringe ich in Ordnung. Du hast mir den Glauben an mich selbst zurückgegeben. Aber wie hätte ich dich ohne das Kind überhaupt finden sollen? Kannst du mir das sagen?«

»Ein beschwerlicher Umweg war das«, erwiderte Irma schlagfertig.

Und dann lachte sie so herzlich, daß sie richtig hübsch aussah. Eine Frau wird erst schön durch die Liebe, das bewies sich wieder einmal, aber sie wollte ja gar nicht schön sein. Sie war ganz einfach glücklich, und ihr Gesicht war von diesem Glück durchleuchtet.

»Genau acht Minuten hat Eva gebraucht, um die Flasche zu leeren«, stellte sie fest. »Eine beachtliche Leistung.«

»Und jetzt schläft sie«, sagte Martin, »und wir können miteinander reden, ohne daß sie zuhört.«

Dann nahm er sie in die Arme und küßte sie, und für Irma war die Welt so heil, wie sie Florian Reblin sich in jugendlicher

Begeisterung gewünscht hatte, ohne dabei zu bedenken, daß nur Gleichgesinnte und Gleichdenkende ein Leben auf so festem Fundament aufbauen konnten.

Martin Gorn wußte, daß er diesmal nicht blind in eine Falle tappte. Irma war ein guter Mensch. Sie würde der kleinen Eva eine gute Mutter sein. Er brauchte kein Dekorationsstück, er wünschte sich Wärme und Geborgenheit in seinem Heim.

Es war nun ja auch nicht leidenschaftliche, blinde Verliebtheit, sondern tiefes Verstehen.

»Ich hätte ja gewartet, wenn ich nicht Angst gehabt hätte, daß du doch wieder gehst, Irma«, sagte er. »Ich kann es mir einfach nicht vorstellen, daß du nicht mehr hier bist.«

Und waren solche Worte nicht viel wertvoller als Komplimente? Dabei fand er aber, daß sie jetzt so lieb ausschaute, daß er das fast auch noch gesagt hätte. Aber damit konnte er sich Zeit lassen. Vorerst wollten sie ihre Zukunftspläne ohnehin für sich behalten, denn noch war die Scheidung nicht vollzogen, und Ingrid würde auch die kleinste Chance nutzen, um Martin etwas anzuhängen.

Aber schon der nächste Tag sollte eine Entscheidung bringen, mit der sie nicht gerechnet hatten, und zugleich eine seltsame Verbindung zwischen den Namen Gorn und Reblin.

Zwei grundverschiedene Frauen waren Patientinnen in der Leitner-Klinik. Ingrid Gorn war gegangen, Irina Reblin war gekommen. Sie waren sich nie begegnet, sie wußten nichts voneinander, sie hatten nichts miteinander gemein.

Irina dachte sehr viel an Florian und wartete insgeheim doch darauf, daß er den ersten Schritt wagen würde.

Ingrid Gorn dagegen suchte krampfhaft nach einem Ausweg aus ihrer unangenehmen Situation, in die sie sich selbst gebracht hatte. Tony zeigte ihr die kalte Schulter. Von glühender Leidenschaft war nicht mehr die Rede. Die Ernüchterung war auch für sie rasch gekommen.

Eine schreckliche Ernüchterung, da sie sich Martins doch so

sicher gefühlt hatte. Daß dieser gutmütige Trottel so schnell und endgültig Konsequenzen ziehen würde, hatte sie nie einkalkuliert, aber Martin Gorn war eben doch nicht der Trottel, den sie in ihm gesehen hatte.

Verloren waren all diese Annehmlichkeiten, an die sie sich doch so sehr gewöhnt hatte. Verloren waren die guten Freunde, die sie so oft bewirtet hatte. Keiner ließ sich sprechen, keiner schien sie jetzt noch zu kennen. Sie konnte nicht einmal in Erfahrung bringen, was in Martins Haus vor sich ging.

Von ihrer Anziehungskraft auf Männer war auch kaum noch etwas übriggeblieben. Gewiß fand sich auch jetzt in einem Lokal oder einer Bar dieser oder jener, der einem Flirt nicht abgeneigt war, aber einen Ersatz für Martin fand sie nicht.

Martin kann mich nicht einfach abschieben, dachte sie zornerfüllt. Er hat genug Geld. Und bei diesem Gedanken packte sie das heulende Elend.

Schlauer muß ich es anfangen, überlegte sie und entschloß sich, das Lokal aufzusuchen, in dem Martin sein Mittagessen einzunehmen pflegte.

Ingrid Gorn war noch lange nicht bereit, ihre Schuld einzusehen. Dankbar hätte Martin doch sein sollen, mit seinen achtundvierzig Jahren eine junge, attraktive Frau zu haben. Allein das zählte in ihrer Berechnung.

Nun war morgen also der Sühnetermin, und der war ihre letzte Hoffnung. Aber vielleicht wäre es gut, wenn sie ihn schon vorher versöhnlich stimmen könnte.

Sie legte sich einen Plan zurecht. Raffiniert war sie, das mußte man ihr lassen, aber leider mangelte es ihr doch an Intelligenz, und niemals wäre ihr der Gedanke gekommen, daß Martins Leben indessen in völlig andere Bahnen gelenkt worden war.

Sie sah in ihm einen verzweifelten, noch immer zornigen Mann, der sich insgeheim in Sehnsucht doch nach ihr verzehrte. Das war ihre Wunschvorstellung. An der hielt sie fest.

Sie fuhr also zu diesem hübschen kleinen Lokal, in dem auch der verwöhnteste Feinschmecker das bekam, wonach ihm gelüstete. Sie konnte ja nicht wissen, daß Martin Gorn es schon so lange nicht mehr betreten hatte, seit Irma bei ihm im Haus war und daß er jetzt Hausmannskost in gemütlicher, häuslicher Umgebung vorzog.

Am Morgen hatte es genieselt, jetzt waren die Straßen spiegelglatt. Man mußte höllisch aufpassen, um nicht ins Rutschen zu kommen. Ingrid fuhr vorsichtig, was sie sonst gar nicht liebte.

Daß es höllisch glatt war, bemerkte auch Florian Reblin, der sich zu einem Spaziergang entschlossen hatte. Er hielt es in der Klinik einfach nicht mehr aus. Er mußte frische Luft schnappen, und vielleicht konnte er sich bei einem Glas Bier Mut machen für einen Besuch bei Irina.

Eigentlich trank er viel lieber Wein, aber in der glühenden Hitze Afrikas, die ihn ausgedörrt hatte, war manchmal das Verlangen nach kühlem, süffigem Bier in ihm erwacht.

Er hätte es auch in der Klinik bekommen können, aber daran dachte er gar nicht. Er wollte einmal ganz allein sein, nicht umgeben von besorgten Ärzten und Schwestern. Dr. Behnisch hatte gegen einen Spaziergang nichts einzuwenden gehabt. Krank im eigentlichen Sinne war Florian nicht, das hatten sie nun schon festgestellt. Er hatte eine bemerkenswerte Konstitution. Er war das, was man einen harten Mann nannte. Allerdings hatte Dr. Behnisch längst herausgefunden, daß seine Psyche dem widersprach. Selten war ihm so ein empfindsamer Mensch begegnet, der nach außen seine Gefühle so gut abzuschirmen verstand. Florian Reblin gehörte zu jenen, die schwer zu durchschauen waren und die man leicht verkannte, weil sie alles mit sich selbst abmachen wollten.

Nun aber rutschte Florian mehr die Straßen entlang, als er gehen konnte. Er erinnerte sich dabei an seine Bubenjahre, in denen es ihm Vergnügen bereitet hatte, in die Schule zu schlittern, und oft genug war er dabei auch nicht unbeschadet davongekommen. Wie oft hatte es da zerrissene Hosen gegeben, aufgeschlagene Knie und manchmal auch eine blutende Nase.

Lissy hatte dann die Hände über dem Kopf zusammengeschlagen, geschimpft und gewettert, und dabei hatte sie doch tausendmal mehr Angst ausgestanden, daß ihm mal ernsthaft was passieren konnte.

Und was hatte er so alles ausgefressen, was sie wieder geradegebogen hatte! War es nicht sehr ungerecht, sich jetzt wieder hinter sie zu stecken, damit sie ihm auch bei Irina die Stange hielt?

Es wird Zeit, daß ich das in Ordnung bringe, dachte er. Wenn Irina – er hatte sich entschlossen, sie jetzt auch mit diesem Namen zu nennen – ja, wenn Irina ihm die Tür wies, mußte er sich damit abfinden.

Nein, damit kann ich mich nicht abfinden, ging es ihm durch den Sinn. Durch meine Schuld, eine Starrköpfigkeit, ist alles so gekommen, aber wenn sie mich geliebt hat, und das hatte Lissy ihm doch inzwischen zu verstehen gegeben, wenn auch sehr verblümt, dann muß sie mir noch eine Chance geben.

Autos fuhren im Schrittempo an ihm vorbei. Er beachtete sie nicht. Er sah, daß eines dann an der Ecke hin und her rutschte, und dachte geistesabwesend: Wenn das nur gutgeht, aber es schien glimpflich abgegangen zu sein.

Dieser Wagen stand dann vor einem Lokal, dessen Fassade einen sehr einladenden Eindruck auf Florian machte, aber er brachte ihn nicht in Beziehung zu jenem Zwischenfall von vorhin. Seine Gedanken weilten in einer anderen Sphäre. Er betrat das Lokal, setzte sich an einen Tisch, bestellte ein Bier und zwang sich in die Gegenwart zurück, als der Ober ihn fragte, ob er nicht speisen wollte.

»Ich werde es mir überlegen«, sagte er.

Die Speisekarte war allerdings verlockend. Er hätte gar nichts gegen ein paar Delikatessen einzuwenden gehabt! So langsam bekam er jetzt doch schon auf manches Appetit, was er früher besonders gern gemocht hatte.

Er nahm keine Notiz von Ingrid Gorn, die zwei Tische entfernt saß und ungeduldig nach ihrem Mann Ausschau hielt. Sie allerdings um so mehr von ihm. So ein interessanter Mann war ihr noch nie begegnet. Sie starrte Florian fasziniert an. Augenblicklich hatte sie Martin vergessen.

Wenn es darum ging, die Aufmerksamkeit eines Mannes auf sich zu ziehen, war Ingrid stets ungemein erfinderisch gewesen. Bei Florian versagten vorerst alle Künste. Dann aber blickte er doch einmal auf und geradewegs in Ingrids Gesicht.

Sie setzte ihr verführerischstes Lächeln auf und fragte ihn, ob er Feuer hätte. Ihre Zigarette wippte zwischen den gepflegten Fingern.

»Bedaure«, erwiderte Florian leicht irritiert, »ich rauche nicht.«

Mit wiegenden Hüften kam Ingrid dann auf seinen Tisch zu. »Verzeihen Sie die Frage«, säuselte sie, »aber warten Sie zufällig auch auf Herrn Gorn?«

Florian hatte eine ganz bestimmte Vorstellung von Frauen, die seinem Geschmack entsprachen oder auch nicht, besonders hatte er eine Vorstellung von einer Dame, und dieser entsprach Ingrid nun ganz und gar nicht.

»Ich bin fremd hier«, erwiderte er kühl. »Ein Herr Gorn ist mir nicht bekannt.«

Dann widmete er sich wieder intensiv der Speisekarte, obgleich er seine Bestellung längst aufgegeben hatte. Ingrid blieb nichts übrig, als sich an ihren Tisch zurückzubegeben. Sie trank erst einmal schnell ein paar Schluck Wein, um ihren Groll hinunterzuspülen. Kein Martin war hier, und der einzige passable Mann war in keiner Weise ein Kavalier.

Von weiteren Annäherungsversuchen blieb Florian also verschont, und bei dem wirklich vorzüglichen Essen, das er zum erstenmal nach seiner Rückkehr richtig genoß, geriet er in eine beschwingte Stimmung.

Ingrid aß nichts. Sie trank. Sie wollte sich gewaltsam in Stimmung versetzen. Sie hatte beschlossen, Martin jetzt aufzusuchen, nachdem sie durch eine Frage an den Ober erfahren hatte, daß ihr Mann schon einige Wochen nicht mehr hiergewesen war.

Sie nahm es nicht zur Kenntnis, daß diese Auskunft ihr in recht herablassendem Ton erteilt wurde. Sie hatte jetzt schon ein bißchen zuviel getrunken, und das fiel in diesem erstklassigen Lokal unangenehm auf.

Und plötzlich fiel es ihr auch auf, daß sie alles doppelt sah. Sie ging schwankend zum Ausgang, gerade als Florian seine Rechnung beglich.

Sie blieb noch ein paar Sekunden im Windfang stehen, sah, daß Florian aufstand, und dann überlegte sie, wie sie seine Aufmerksamkeit doch noch auf sich ziehen könnte.

Sie trat aus der Tür, lehnte sich an die Mauer, fühlte doch schon, daß sie unsicher auf den Beinen stand. Und da waren drei Stufen. Oder waren es nur zwei, oder gar vier?

Sie stolperte vorwärts, fand keinen Halt mehr. Die Füße in den hochhackigen Schuhen rutschten einfach weg, und ihr Kopf schlug auf der dritten Stufe auf.

Florian war in diesem Augenblick aus der Tür getreten, und als er Ingrid liegen sah, kam ihm der seltsame Gedanke, daß dies gewollt sei. Seine Gedanken überstürzten sich. Er sah sie, als sie ihn um Feuer bat, dann auf sich zukommen und nach einem Herrn fragen. Der Name fiel ihm nicht gleich ein.

Immerhin war er nicht davon verschont geblieben in seinem Leben, daß manche Frauen auf die raffinierteste Weise seine Bekanntschaft zu machen suchten. So hinreißend natürlich, so bezaubernd wie Ina war keine gewesen.

Es war eigenartig, aber da er diese Frau zu seinen Füßen liegen sah, dachte er an Ina.

Dann aber eilte er die Treppe hinab, die nicht vereist war, wie er später bestätigen konnte. Er griff nach dem Handgelenk der Frau und wollte sie emporziehen.

Er erstarrte und kniete bei ihr nieder, preßte sein Ohr an ihre Brust und blickte zu den Angestellten auf, die in der Tür erschienen waren.

»Sie ist tot«, sagte Florian mit beinahe staunendem Ausdruck. »Sie ist die Treppe hinuntergefallen, und nun ist sie tot.«

»Sie war betrunken«, hörte er den Ober sagen. »Das ist Frau Gorn, wir kennen sie. Ist sie wirklich tot?«

Was Florian im Unterbewußtsein vernahm, war kein Entsetzen, sondern Neugier, kein Schrecken, sondern einfach nur eine Frage.

»Ich bin Arzt«, erwiderte er. »Sie ist tot. Rufen Sie die Polizei.«

»Die Polizei, aber warum denn?« schallte es aufgeregt an seine Ohren.

»Ich halte das für besser. Helfen kann ihr niemand mehr«, erwiderte er heiser.

»Aber es war doch ein Unglücksfall«, sagte jemand. »So ist das, man braucht nur auszurutschen, und dann bricht man sich das Genick, wenn es vom Schicksal so bestimmt ist.«

Oder man stürzt mit dem Flugzeug ab und bleibt am Leben, ging es Florian durch den Sinn. Weil es vom Schicksal so bestimmt ist. Aber dann vermeinte er plötzlich eine Stimme zu vernehmen, die da sagte: Florian. Wir werden beide sterben. Du wirst Ina auch nicht bekommen.

Ihm wurde es schwindelig. Eine Lücke schloß sich in seiner Erinnerung. Er hatte Johns Stimme vernommen.

John, den er doch als seinen Freund betrachtete, der ihm gesagt hatte, daß Ina mit Lord Mansfield verlobt sei.

Zu Florians Füßen lag eine tote Frau, die viel Unheil gestiftet hatte, von dem Florian nichts wußte. Er dachte an einen Mann, der Unheil über ihn gebracht hatte, der ihn vernichten wollte.

Aber John hatte auch sterben wollen. Warum? Hatte er gewußt, daß er Ina nie bekommen würde?

»Mein Gott«, sagte Florian laut.

»Vielleicht ist sie doch nur verletzt«, tönte eine Stimme an sein Ohr.

»Sie ist tot«, sagte er heiser.

Ja, Ingrid Gorn war tot. Auf eine Weise gestorben, die unbegreiflich scheinen mochte.

Martin Gorn erfuhr es ein paar Stunden später, und auch er konnte es nicht gleich begreifen.

»Sie ist tot«, sagte er zu Irma. »Sie fällt ein paar Stufen hinunter und bricht sich das Genick. Betrunken war sie, haben sie gesagt. Stell dir vor, sie geht mittags in ein Lokal und betrinkt sich. Und das war einmal meine Frau!«

Irma fühlte, daß dies schlimmer für ihn war als alles andere, daß er sich lieber vor Gericht mit ihr auseinandergesetzt hätte, als durch eine solche Nachricht dieser Auseinandersetzung enthoben zu werden. Eines konnte man ja nicht aus der Erinnerung streichen: Sie war Evas Mutter. Sie hatte dieses Kind geboren, dem sie und Martin Eltern sein wollten.

»Wir werden uns vorstellen müssen, daß wir das Kind adoptiert haben, Irma«, sagte Martin Gorn, nachdem Stunden vergangen waren. »Ein Kind, von dem wir gar nichts wissen.«

»Es war sehr glatt heute«, sagte sie unmotiviert. »Sie kann ausgerutscht sein.«

»Sie haben gesagt, daß sie betrunken war«, murmelte er. »Sie war dort doch bekannt. Warum ist sie gerade dort hingegangen, wo ich früher Stammgast war?«

Vielleicht wollte sie ihn treffen, ging es Irma durch den Sinn. Noch einen Versuch machen.

»Wenn ich dagewesen wäre und es wäre passiert, würden sie womöglich sagen, ich hätte sie gestoßen«, stieß er hervor.

»Mach dir doch nicht solche Gedanken, Martin«, sagte Irma leise. »Du mußt wohl für die Beerdigung sorgen.«

Was sollte sie sonst noch sagen. Ingrid war seine Frau gewesen. Er hatte sie geliebt. Sie hatte es doch noch miterlebt, wie er die ersten Tage mit Blumen und Geschenken beladen in die Klinik kam. So schnell konnte das vorbei sein. Durch einen Zufall waren ihm die Augen über den wahren Charakter seiner Frau geöffnet worden, die blind gewesen waren vor Verliebtheit.

Und wie wäre sein Leben weitergegangen, wenn dieser Zufall nicht gewesen wäre? Es wäre müßig, darüber nachzudenken. Die Entscheidung hatte das Schicksal getroffen – endgültig.

Und so war nun auch noch Florian Reblin die Geschichte der Ingrid Gorn bekanntgeworden. Erschöpft war er wieder in die Klinik zurückgekommen, betroffen von diesem tragischen Zwischenfall.

~

Fee Norden hatte ausführlich mit Claudia telefoniert und auch diese Neuigkeit von ihr erfahren. Aber erst am Abend, als die Kinder im Bett waren und sie wie üblich über ihre Tageserlebnisse sprachen, konnte sie ihm darüber berichten.

»Da sind wir wieder Zeuge von Schicksalen geworden, die man sonst nur in Romanen liest«, sagte Daniel. »Da verscherzt eine junge Frau aus purem Egoismus ihr Glück, und zwei andere leidgeprüfte Menschen finden zusammen. Martin und Irma werden ein zufriedenes Leben miteinander haben, und die kleine Eva ein schönes Elternhaus. Aus dem Sorgenkind in der Leitner-Klinik ist ein Glückskind geworden.«

»Und aus der Behnisch-Klinik hört man auch so allerhand«, lächelte Fee. »Dieter hat dem jungen Mann ins Gewissen geredet.«

»Und Professor Reblin«, Daniel dachte mit Wärme, Hochachtung und Trauer an den Mann, der in seinen Armen gestorben war, »hat gewußt, daß Irina das Kind seines Sohnes erwartete, deshalb hat er sie mit soviel väterlicher Liebe umgeben. Er hat Liebe gegeben und empfangen – über den Tod hinaus.«

»Ach, Liebster«, sagte Fee, »da fällt mir ein, Claudia fragte, ob wir jemanden als Ersatz wüßten für Schwester Irma. Sie meint, daß es immer die besten wären, die du empfiehlst.«

»Im Moment wüßte ich aber niemanden, Fee.«

»Aber ich«, lachte sie.

»Nanu, vermittelst du neuerdings auch Krankenschwestern?«

»So ungefähr! Kannst du dich noch an Babsi Heller erinnern, die uns mal um ein gemeinsames Wochenende gebracht hat, weil sie am Freitagabend Scharlach bekam?«

»Das muß ewig lange her sein.«

»Ja, zehn Jahre ist es her. Damals war sie neun, und jetzt ist sie neunzehn und hat ihre Ausbildung als Krankenschwester fast abgeschlossen. Ihre Eltern haben sich ein Reihenhaus gekauft. Zufällig haben wir uns heute beim Einkaufen getroffen. Aus dem Kind ist eine junge Dame geworden. Eine sehr nette junge Dame.«

»Ich denke, sie ist Krankenschwester geworden«, warf Daniel lächelnd ein.

»Dürfen Krankenschwestern nicht auch junge Damen sein?«

»Manche werden nur Krankenschwester, um sich einen Arzt zu angeln«, sagte Daniel leichthin.

»Sie nicht. Sie wurde Krankenschwester, weil ihr Jugendfreund an Knochenkrebs starb. Im Alter von achtzehn Jahren«, erwiderte Fee leise. »Es hat das Mädchen schwer geschlaucht. Und sie wäre bestimmt glücklich, wenn Schorsch sie nehmen würde, da sie es doch nicht weit zu ihren Eltern hat. Sie könnte bei ihnen wohnen. Sie braucht noch Nestwärme.«

»Da wäre sie ja in der Leitner-Klinik bestens aufgehoben – und Claudia wird sich bestimmt um sie kümmern.«

»Bestimmt.« Fee gähnte.

»Was meinst du, wollen wir in die Federn kriechen? Die Nacht ist kurz.«

»Gute Idee, mein Schatz, komm.« Zärtlich lag sein Arm auf ihren Schultern.

Sie waren auch ein glückliches Paar.

Als Schwester Hilde am nächsten Morgen Irinas Zimmer betrat, stand sie schon neben ihrem Bett.

»Nicht gleich zu mutig«, sagte Schwester Hilde.

»Dr. Leitner hat aber gesagt, daß ich jeden Tag länger aufbleiben darf«, erklärte Irina. »Und es bereitet mir gar keine Schwierigkeiten mehr. Sie haben genug zu tun. Manchmal habe ich das Gefühl, daß Sie nie Freizeit haben, Schwester Hilde.«

»Ach, das scheint nur so. Was soll ich schon mit den Sonntagen anfangen? Die anderen haben doch alle Familie.«

»Und Sie haben niemanden?«

»Das will ich nicht sagen. Aber hier ist halt mein Zuhause. Ich lasse mich nicht so gern verwöhnen.«

»Sie verwöhnen lieber andere«, sagte Irina. »Und hier werden Sie ja auch schwer vermißt, wenn Sie wirklich mal nicht da sind.« Irina fuhr sich noch einmal mit der Bürste durch das Haar. »Bin ich jetzt hübsch genug für meinen Sohn?« fragte sie lächelnd.

»Viel zu hübsch für den Sohn allein«, erwiderte Schwester Hilde. »Aber Sie bekommen ja auch bald Besuch. Er wartet schon seit einer halben Stunde.«

»Wie spät ist es denn schon?« fragte Irina. »Und wer ist es?«

Es war zehn Uhr, und an Florian dachte sie im Augenblick gewiß nicht. Eher an Professor Mehnert, der seinen Besuch für heute vormittag angekündigt hatte. Und Schwester Hilde verriet nichts.

»Ein wirklich sehr netter Herr«, sagte sie nur.

»Aber erst muß Michael seine Mahlzeit haben«, sagte Irina.

»Er kann es schon nicht mehr erwarten« meinte Schwester Hilde lächelnd. »Die älteren Herren müssen natürlich warten.«

Michael gehörte nicht zu denen, die man immer wieder zum Trinken ermuntern mußte. Meistens mußte er auch noch nachgefüttert werden, und sein Appetit würde gewiß nicht mehr lange mit Muttermilch gestillt werden können.

Das Fläschchen stand für ihn so auch immer bereit, denn das wollte Irina ihm auch selbst geben.

»Na, dann soll der Professor ruhig zuschauen«, sagte Irina.

»Professor bin ich noch nicht«, sagte da eine Stimme von der Tür her, »und wahrscheinlich werde ich es auch nie werden, Ina.«

Irina hielt den Atem an, und Schwester Hilde ging schnell hinaus.

Florian hielt den großen Rosenstrauß unbeholfen zwischen den Händen wie ein kleiner Junge, der zum erstenmal Blumen überreichte. Und für ihn war es auch das erstemal, daß er einer Frau Blumen brachte, wollte man von den Geburtstagssträußen für Lissy absehen.

Michael nuckelte weiter an seiner Flasche, während Irinas Gesicht in dunkle Glut getaucht war und ihre Blicke an dem Gesicht des Mannes hingen, an den sie soviel gedacht und um den sie sich immer gesorgt hatte.

»Er ist wonnig«, flüsterte Florian. »Ich weiß nicht, was ich sagen soll, Geliebte. Ich weiß es wirklich nicht. Nur, daß ich dich immer noch geliebt habe und daß der Gedanke für mich unerträglich war, dich an einen anderen verloren zu haben.«

»Verloren hast du mich nie, Florian«, sagte Irina leise. »Deinen Vater habe ich sehr geliebt, aber er wollte doch nur, daß unser Sohn – daß dein Sohn den selben Namen bekommt wie sein Vater.«

Tränen fielen aus ihren Augen auf die Wangen des Kindes herab. Michael hielt im Trinken inne und verzog sein Mündchen.

»Ist ja gut, Liebling«, flüsterte Irina, während Florian an ihrem Bett niederkniete. »Deine Mami will nicht mehr weinen. Sie will dir nur immer sagen, was für einen wundervollen Großvater du gehabt hast.«

»Du sollst nie mehr weinen, Irina«, sagte Florian leise. »Ich werde dich immer lieben und werde alles tun, um so zu werden wie Paps. Ich werde nie mehr von dir fortgehen.«

»Und nie mehr an meiner Liebe zweifeln, Florian?«

Sein Arm umschloß sie und das Kind, das nun seine Äuglein weit aufriß.

»Du weißt nicht, was es für mich bedeutet, Irina, daß ich euch festhalten kann.«

Richtig in die Arme nehmen konnte er sie erst, als Schwester Hilde Michael geholt hatte. Ganz diskret hatte sie angeklopft und noch ein paar Sekunden gewartet.

»Ist er jetzt satt?« hatte sie leise gefragt.

»Ich weiß nicht. Vielleicht will er noch was«, erwiderte Irina.

»Na, wir werden ihn mal wiegen. Überfüttern wollen wir den jungen Mann nicht«, sagte Schwester Hilde.

»Er ist einfach unersättlich«, sagte Irina dann zu Florian.

»Wie ich«, flüsterte er zärtlich. »Unersättlich, wenn es um dich geht, Irina.«

Und was brauchten sie da noch viel zu sagen? Ihre Lippen fanden sich. Sie umarmten sich, als wollten sie sich nie wieder freigeben.

~

»Grüß Claudia und Jenny von mir«, sagte Dr. Daniel Norden, als er sich von Fee verabschiedete, um zur Praxis zu fahren. Vorher würde er noch bei zwei Patientinnen vorbeifahren, die Spritzen zu bekommen hatten und zu gebrechlich waren, den Weg in die Praxis auf sich zu nehmen. Dr. Norden tat das gern, und er hatte auch immer noch Zeit, mit den einsamen alten Menschen zu reden.

»Mach' ich.« Fee hatte sich für den Nachmittag mit Dr. Jenny Behnisch verabredet und dann auch Claudia Leitner gefragt, ob sie nicht auch dabeisein könne. Und die hatte zugestimmt.

Felix und Danny verabschiedeten sich auch von ihren Eltern.

Danny ging zum Sport und Felix zur Musikstunde.

»Seid vorsichtig, ihr beiden!« rief Fee ihren Söhnen nach.

Sie warfen ihrer schönen Mutter galant einen Kuß zu und verschwanden lachend.

»Hoppla«, sagte Daniel, »das sind ja schon richtige Schlawiner!«

Fee lächelte verschmitzt. »Jetzt habe ich schon drei Kavaliere in der Familie. Ich bin eine beneidenswerte Frau!«

Ja, sie war eine glückliche Frau mit ihrem Mann, den sie über alles liebte und für den sie die Frau seines Lebens war. Ihre fünf Kinder machten dieses Glück vollkommen.

Die Zwillinge Jan und Désirée waren bei Lenni gut aufgehoben, und auch Anneka würde mit den beiden spielen, so konnte Fee sich unbesorgt auf den Weg machen. Schnell hatte sie ihre Besorgungen erledigt und fuhr zu Nicole, die ein kleines, aber exquisites französisches Lokal führte und die sich schon lange kannten. Hier traf man sich immer mal und nahm einen kleinen und immer guten Imbiß.

Sie trafen fast gleichzeitig ein, wurden von der temperamentvollen Nicole herzlich begrüßt und in eine gemütliche Nische geführt, die Nicole für besonders nette Gäste immer bereithielt.

Nachdem die drei Damen mit Getränken und Gebäck versorgt waren, verschwand Nicole, und Fee meinte: »Es ist noch gar nicht lange her, als unsere Männer gemeinsam zu einem Vortrag fuhren, der nicht hatte stattfinden können, und nun sitzen wir zusammen hier.«

»Nur gut«, sagte Claudia, »daß unser gemeinsamer Nachmittag nicht so dramatisch verlaufen wird.«

»Beruf's nicht«, sagte Fee und klopfte auf die rustikale Holztischplatte.

»Einmal müssen doch auch für uns die Aufregungen aufhören«, meinte Claudia.

»Es ist schön, daß alles so gut ausgegangen ist«, sagte Fee

versonnen. »Der junge Reblin hat wahrlich eine harte Schule durchmachen müssen, um sein Glück zu finden.«

Jenny nahm sich noch eine von den leckeren Käsestangen. »Dieter ist sehr angetan von dem jungen Mann. Er hat versucht ihm zu helfen, wo es nur ging. Es war gut, daß wir über alles so Bescheid wußten. Ein fremder Arzt wäre vielleicht ratlos gewesen in dieser schwierigen Angelegenheit.«

»Es ist ein Segen, wenn Ärzte zusammen- und nicht gegeneinander arbeiten«, sagte Claudia. »So haben wir schon vielen Menschen helfen können. Florian und Irina Reblin ein glücklich Paar – nein, gleich eine glückliche Familie, und …«

»Martin Gorn und Schwester Irma ebenfalls«, lachte Fee. »Ich traf sie neulich in der Stadt mit der Kleinen im Kinderwagen. Ich sage euch, sie ist völlig verändert.«

Claudia nickte. »Ein Mauerblümchen zur wenn auch stillen Schönheit erblüht. Und Schorsch meint, daß es durchaus nicht unmöglich wäre, daß die kleine Eva noch Geschwister bekommt, so hübsch und liebenswert ist Irma geworden. Aber es ist ja bekannt, daß Liebe die Frauen schön macht.«

»Laß das nicht die Frauen hören, die ihren Lebensinhalt in ihrem Beruf sehen«, unkte Jenny.

»Jeder muß sich seinen Lebensinhalt zurechtzimmern«, sagte Claudia, »aber mein Lebensinhalt sind Schorsch und die Kinder, und ich werde mich jetzt auch ein wenig mehr aus der Klinik zurückziehen. Das Familienleben kommt doch manchmal zu kurz, und die Kinder werden so schnell groß.«

»Ihr seid auch im Augenblick ein bißchen knapp besetzt«, sagte Fee. »Mittler ist ja ein guter Arzt, aber …«

»…. der wird uns wahrscheinlich verlassen, weil er ein Angebot aus Hamburg hat und da wohl auch Freunde. Aber wir haben bald einen neuen jungen Kollegen, der im Ausland war. Schorsch hat das wohl schon perfekt gemacht, und ein anderer Assistenzarzt kommt am Ersten. Wer auch wiederkommen wird, ist Frau Engelbrecht, die früher Schorschs Sekretärin war.

Sie will wieder voll arbeiten, nachdem ihr Sohn nun studiert. Das ist für mich die größte Entlastung.«

Das freute Fee besonders, denn sie wußte, daß nicht nur Schorsch heikel war mit seinen Mitarbeiterinnen und Mitarbeitern. Auch für Claudia war es wichtig, daß ihr Mann zuverlässige Menschen um sich hatte. Dazu war sie ihm und der Klinik zu verbunden.

Nicole kam herbeigeeilt. Sie war aufgeregt und blaß. »Frau Dr. Norden«, stammelte sie – »Frau Dr. Behnisch ...«

Fee, Jenny und Claudia erhoben sich gleichzeitig.

»Ein Gast – der nette alte Herr Weiler – ich weiß gar nicht – er ist ohnmächtig – dort – o Gott.«

Fee und Jenny waren schon bei dem alten Herrn.

»Kreislauf«, sagte Jenny. »Einen Krankenwagen. Rufen Sie bitte an, Nicole.« Sie nannte die Nummer. »Wir bringen ihn in die Behnisch-Klinik. Machen Sie sich keine Sorgen. Es ist nicht schlimm.«

»Na?« meinte Fee und sah Claudia beziehungsvoll an, während sie dem Krankenwagen nachsahen.

Die erwiderte ihren Blick, dann lachte sie. »Wie hätte es auch anders sein können? Du hast ja gleich gesagt, ich soll's nicht berufen. Was machen wir nun mit Jennys Wagen?«

»Den lasse ich der Frau Doktor bringen«, sagte Nicole, immer noch aufgeregt, »und einen riesigen Blumenstrauß dazu.«

»Schicken Sie zwei«, sagte Fee, »einen für den alten Herrn mit dem Kreislaufkollaps, mit den besten Genesungswünschen von uns.«

Nicole drückte Fee impulsiv an ihren molligen Busen. »Wenn wir Sie nicht hätten, Frau Dr. Norden, Sie und Ihren Mann – und ...«, sie machte eine weit ausholende Geste, »... Ihre Freunde – die Welt wäre um vieles ärmer!«

Fee und Claudia lachten herzlich und verabschiedeten sich.

Es ist kein Spiel, Simone

Fee Norden ging mit ihren Kindern spazieren, und auf dem Heimweg kamen sie durch die stillen Straßen, in denen noch in großen, eingewachsenen Grundstücken alte Villen standen.

Früher waren sie sicher ein Zeichen von Wohlstand gewesen, aber bis auf einige, die modernisiert worden waren, wirkten sie nun doch schon recht heruntergekommen. So nach und nach würden sie wohl alle einmal modernen Häusern Platz machen. Fee und Daniel Norden waren auch interessiert, eines dieser Grundstücke zu erwerben, wenn der Preis nicht so hoch geschraubt wäre, denn sie wollten auch ein größeres Haus bauen, weil es in ihrem doch bald zu eng werden würde, wenn die Zwillinge heranwuchsen. Sie hatten auch schon überlegt, daß sie dann die Praxis in ihr jetziges Wohnhaus verlegen könnten. Aber sie wollten Wohnung und Praxis natürlich möglichst nahe beieinander haben.

»Meinst, daß das Hexenhäusel auch bald abgerissen wird, Mami?« fragte Felix, als sie vor einem recht verwilderten Grundstück standen. Das Haus war fast nicht zu sehen, so hoch und dicht waren die Bäume.

»Ist kein Hexenhäusel«, sagte Anneka, »ist ein Spukhaus.«

»So ein Quatsch«, warf Danny ein.

»Das sagt aber Frau Merkel, und sie hat dort lange genug saubergemacht«, beharrte Anneka. »Dann ist es eben ein Geisterhaus. Jedenfalls spukt da noch so eine alte Baronin herum, die dort eines rätselhaften Todes gestorben ist. Das sagt nicht nur Frau Merkel, sondern auch Mickys Oma. Sie hat nämlich die alte Baronin noch gekannt.«

Fee wollte Annekas Phantasie nicht noch mehr anregen,

aber sie wußte auch, daß um dieses Haus wilde Gerüchte rankten.

Die letzten Besitzer waren schon lange tot. Der Mann war im Krieg gefallen, die Frau war mit ihren beiden Kindern evakuiert.

Das alles hatte Fee Norden mal von Frau Wallinger erfahren, der Großmutter von Annekas Schulfreundin Micky. Und die Baronin Wallenberg, deren Geist noch in jenem Haus herumspuken sollte, war noch um einiges älter gewesen. Sie gehörte einer Generation des vorigen Jahrhunderts an. Einstmals mußte es auch ein schönes Haus gewesen sein, nicht sehr groß, aber doch im Stil eines kleinen Palais erbaut. Fee aber reizte das Grundstück. Es war sehr groß, und jetzt bestand die Hoffnung, daß der Erbe dieses Terrain verkaufen würde. Fee hatte es von dem Immobilienmakler Meyer erfahren, der darauf hoffte, ihnen das richtige Projekt vermitteln zu können, da er ein dankbarer Patient von Dr. Norden war.

Die Kinder hatten von solchen Plänen freilich keine Ahnung, sonst hätte die Fragerei gar nicht mehr aufgehört. Aber was aus dem »Spukhaus« werden würde, interessierte sie sehr.

»Da sind Leute im Garten«, sagte Danny ganz aufgeregt. »Ob sie einziehen wollen?«

Der Gedanke gefiel Fee gar nicht, aber sie konnte sich nicht vorstellen, daß moderne junge Leute dort wohnen wollten. Vor dem Grundstück stand ein großes Auto der gehobenen Preisklasse. Und nun kam ein junges Paar aus dem knarrenden Gartentor.

»Wir müssen es doch nicht sofort verkaufen, Chris«, sagte die junge Frau so laut, daß Fee es hören konnte. Es war eine aparte, sehr elegant gekleidete junge Frau, und der dazugehörige Mann war auch noch jung und sah sehr gut aus.

»Was wollen wir denn damit, Mone«, sagte er. »Es bringt sicher einen guten Preis, und du kannst dir dann ein Haus aussuchen, das all deinen Vorstellungen entspricht.«

»Aber es ist so romantisch«, sagte sie. Mehr konnte man

nicht hören, denn sie bestiegen den Wagen und fuhren davon.

Fee hegte die Hoffnung, daß sich der Mann durchsetzen würde, und sie wollte gleich Herrn Meyer anrufen, damit er das Haus nicht aus den Augen lasse.

Christopher Rüding bekam von seiner jungen Frau auf der Fahrt zu ihrer Wohnung in Ebenhausen noch allerhand zu hören. Sie waren seit zwei Jahren verheiratet, und eigentlich erfüllte er ihr jeden Wunsch, denn unbescheiden war Simone nie. Aber was sie mit diesem alten und schon baufälligen Haus machen sollten, begriff er wirklich nicht.

»Es gibt nur einen Haufen Ärger, wenn wir das Haus abreißen und ein neues hineinbauen, Mone«, erklärte er ruhig. »Und es dauert ewig. Aber wenn wir alles verkaufen, können wir den Bungalow kaufen, der dir so gut gefallen hat. Da wissen wir gleich, was wir bekommen und könnten in ein paar Wochen einziehen.«

»Ich möchte erst die alten Sachen durchschauen, die da überall herumstehen, Chris«, sagte sie gedankenverloren.

»Meinst du etwa, du würdest einen Schatz finden?« lachte er. »Wenn was Wertvolles vorhanden war, haben Generationen dafür gesorgt, daß es verschwindet, Schätzchen.«

»Aber auf dem Speicher stehen alte Kisten, die bestimmt keiner angerührt hat.«

»Du bist und bleibst ein Träumerchen«, meinte er nachsichtig.

»Ich meine nur, daß man nicht einfach so weggeben kann, was man geerbt hat. Deine Großeltern haben es vierzig Jahre bewohnt, und eigentlich ist es doch immer in der Familie geblieben, wenn auch in der weiteren Verwandtschaft. Aber deine Großmutter war eine geborene von Wallenberg, und die haben es seinerzeit gebaut.«

Er seufzte. Er wußte zwar nicht, daß es »Hexen- oder Spukhaus« genannt wurde, aber er war ein realistischer Mann, der sich immer über Simones Ahnenforschung ein bißchen amüsiert hatte. Vielleicht war das zu ihrem Hobby geworden, weil sie selbst aus einer Familie stammte, die aus verschiedenen Nationalitäten zusammengewürfelt war und keine Tradition hatte, die man rückverfolgen konnte.

Simone hatte eine französische Mutter und einen deutschen Vater. Er wiederum hatte eine aus Österreich stammende Mutter gehabt, deren Familie in Südtirol ansässig gewesen war. Und alle waren sie eigene Wege gegangen, hatten keinen Kontakt zueinander gepflegt. Bei den Rüdings war es anders, obgleich auch verschiedene Namen im Generationswechsel auftauchten. Die Baronin von Wallenberg, die mit ihrem Ehemann einst dieses Haus bewohnte, war eine geborene Gräfin Fedorowa, und allein dieser Name hatte Simone schon fasziniert.

»Das Haus steht mehr als hundert Jahre und hat zwei Kriege überdauert, Chris«, sagte Simone gedankenverloren.

»Unter Denkmalschutz steht es jedenfalls nicht. Hoffentlich fällt ihnen das jetzt nicht ein. Aber dann wäre es sowieso besser, wir würden es schnell verkaufen, dann würden die Käufer all die Auflagen bekommen. Aber ich kann mir nicht vorstellen, daß jemand interessiert sein könnte, das Haus zu renovieren.«

»Ich möchte es ja auch nur gründlich inspizieren, Chris«, sagte Simone bittend.

»Dann tu es, wenn du es unbedingt willst, so schnell wird es ja nicht verkauft werden. Aber es wäre ganz lieb von dir, wenn du mich damit verschonen würdest. Ich habe nämlich was anderes zu tun. Die Konkurrenz schläft nicht.«

Er war Verkaufsleiter einer großen Maschinenfabrik und zugleich Gesellschafter des Unternehmens. Mit seinen zweiunddreißig Jahren besaß er schon mehr Autorität, als sein Vater jemals erreicht hatte.

Christopher hatte für die Firma das Ansehen wiedergewonnen, das sein Vater fast verspielt hatte. Das war ein Kapitel in der Familiengeschichte, das Christopher nicht erwähnt wissen wollte. Und da er wußte, daß die Familie überhaupt eine bewegte Vergangenheit hatte, wollte er diese lieber ruhen sehen. Andererseits sagte er sich aber auch, daß da kaum noch etwas ans Tageslicht kommen könnte, und so wollte er Simone den Spaß gönnen, der auch ein Zeitvertreib für sie war, da er in nächster Zeit sehr beansprucht und viel auswärts sein würde.

Sie bewohnten eine sehr schöne, moderne Wohnung in einem Zweifamilienhaus am Hang.

Es war eine Dreizimmerwohnung, aber da sie noch keine Kinder hatten, reichte sie ihnen vorerst. Sie hatten sich noch nicht festlegen wollen, da sie ein passendes Haus noch nicht gefunden hatten, und der Bungalow, von dem die Rede war, war ihnen zu teuer.

Da war nun diese Erbschaft gekommen, da die letzte Besitzerin, eine geborene Rüding, ohne Kinder gestorben war und auch ohne Testament.

Christopher hatte sich nicht viel um seine verzweigte Familie gekümmert, das hatte erst Simone getan, nachdem sie eine Familienchronik gefunden hatte.

Ein bißchen mochte es ihr wohl im Blut liegen, da ihr Vater ein bekannter Altertumsforscher gewesen war, an der eigenen Familie aber nicht viel Interesse hatte.

Simone hatte ein paar Semester Zeitungswissenschaften studiert, das Studium nach der Heirat aber aufgegeben, weil sie Christopher auf seinen Reisen begleiten wollte. Sie versuchte sich als Schriftstellerin und hatte mit ein paar Kurzromanen auch Erfolg. Insgeheim plante sie ein Drehbuch für einen Krimi zu schreiben, aber das verriet sie nicht einmal ihrem Mann. Sie war sehr zurückhaltend, wenn es um sie selbst ging, obwohl sie wahrlich über ein Wissen verfügte, das sich sehen lassen konnte. Aber ihr lag es nicht, sich zu produzieren.

Sie war sechsundzwanzig und eine außergewöhnlich aparte Frau. Christopher war auch unsagbar stolz auf sie, neigte aber auch zu starker Eifersucht, und wenn sie sich brennend für etwas interessierte, meinte er schon, ins Hintertreffen zu geraten.

Was das alte Haus anbetraf, war er nachsichtig und großzügig, denn er meinte, daß dabei doch nicht viel herauskommen würde und Simone der Entschluß, es möglichst schnell zu verkaufen, dadurch nur leichter fallen könnte.

Fee hatte mit Franz Meyer, dem Makler, telefoniert und sich gleich für den nächsten Vormittag, wenn die Kinder in der Schule waren, mit ihm verabredet. Er hatte noch nichts davon gehört, daß das Anwesen verkauft werden sollte, wußte aber, daß sich eine Baufirma schon lange für einige Grundstücke in dieser Straße interessierte.

»Da müssen Sie am Drücker bleiben, Herr Meyer«, sagte sie, »also bis morgen.«

»Warum soll Herr Meyer am Drücker bleiben, Mami?« fragte Anneka, »und was ist morgen?«

»Ich wollte mich nur mal erkundigen, ob das Haus verkauft wird«, redete sich Fee heraus, weil sie genau wußte, daß Anneka auch nicht so schnell locker ließ.

»Das Spukhaus?« fragte Anneka, »willst du das etwa kaufen?«

»Nein, aber das Grundstück ist sehr schön. Ich kenne Leute, die sich dafür interessieren.«

»Wer zum Beispiel«, fragte Anneka.

»Leitners und Brettschneiders zum Beispiel, und wir kennen Herrn Meyer recht gut.«

»Er ist auch sehr nett«, sagte Anneka und gab sich damit zufrieden.

Über das Grundstück sprach Fee dann erst mit Daniel, als die Kinder schon schliefen.

»Es wird teuer sein, Fee«, sagte er, »in dieser Gegend sind die Preise immens gestiegen.«

»Informieren kostet ja nichts«, meinte sie. »Hat Frau Steffen eigentlich nie darüber gesprochen, wer das Haus mal erbt?«

Adelheid Steffen, geborene Rüding, war nämlich auch eine Patientin von Daniel gewesen, aber eine, die nur notfalls nach dem Arzt rief.

»Um Himmels willen, sie wollte doch nicht ans Sterben erinnert werden«, erwiderte er. »Sie meinte, das ewige Leben zu haben, dann stürzt sie in der Badewanne und bricht sich die Knochen, und wird erst am nächsten Tag von der Putzfrau gefunden.«

»Von welcher Putzfrau? Ich dachte, Frau Merkel hat geholfen?«

»Doch nur ab und zu. Ich habe mich natürlich nicht um Frau Steffens Hilfen gekümmert, Schatz. Ich wurde ja glücklicherweise auch nicht ins Haus gerufen. Die Polizei hat alles weitere veranlaßt, weil Frau Steffen behauptet hat, man hätte sie umbringen wollen. Wenn ich abergläubisch wäre, würde ich mit diesem Haus wirklich nichts zu tun haben wollen.«

»Es geht doch nur um das Grundstück. Es sind mindestens zwölfhundert Quadratmeter, Daniel. Man könnte ein großzügiges Haus hineinbauen.«

»Das muß gut überlegt sein, Fee.«

»Ich weiß, daß wir beide vorsichtig sind, Daniel, aber für die Praxis zahlst du doch jetzt schon eine irrsinnige Miete, und die wird bestimmt wieder gesteigert.«

»Hast ja recht, Feelein, du hast immer recht, du denkst weiter als ich.«

»Du denkst immer an deine Patienten, mein Schatz, aber sie werden dich bestimmt nicht im Stich lassen, und sie würden noch lieber in ein Haus kommen, in dem nicht solch Betrieb ist.«

»Aber wir wollen uns nicht so in diese Idee verrennen, Fee, sonst sind wir doppelt enttäuscht, wenn nichts daraus wird.«

»Ich habe ein gutes Gefühl«, sagte Fee.

~

Sie traf sich am nächsten Vormittag um zehn Uhr mit Franz Meyer. Er hatte sich schon umgehört.

»Das Haus hat ein entfernter Verwandter geerbt, ein Großneffe, Christopher Rüding heißt er. Sie war eine geborene Rüding, und die geisterhafte Baronin, die immer noch herumspuken soll, war eine Urahnin der Familie Rüding.«

Fee erzählte ihm, was sie am gestrigen Nachmittag gehört hatte, und Franz Meyer, clever wie er war, sagte auch gleich, daß man der jungen Frau ja von den Gerüchten erzählen könnte.

»Irgendwie werde ich schon an sie herankommen«, meinte er. »Jedenfalls wird die Baufirma kein Glück haben, es werden zu viele Auflagen gemacht, da es ein Villenviertel bleiben soll. Billig wird es aber nicht werden, Frau Doktor.«

»Das ahne ich«, sagte sie seufzend, »aber ich rechne schon, wenn wir die Miete für die Praxis sparen können. Schön wäre es, wenn wir in der Gegend was finden würden, es muß nicht unbedingt das sein.«

»Ich bleibe am Drücker, ich habe es Ihnen versprochen.«

Der Zufall wollte es, daß Fee Frau Wallinger traf, die gar zu gern ein Schwätzchen mit ihr machte. Sie war eine sehr nette alte Dame, eine richtige Großmutter wie aus dem Bilderbuch.

»Es sind junge Leute, die da neulich in Frau Steffens Haus waren«, sagte sie, denn informiert war sie immer gleich. »Ich kann mir nicht vorstellen, daß sie da einziehen wollen, auch wenn sie es geerbt haben. Es spukt da drin, da bin ich ganz sicher, da sind nachts ganz komische Geräusche. Ich höre doch alles, weil ich nicht mehr so fest schlafe. Also, ich würde keinen Schritt in das Haus setzen. Es lohnt doch auch nicht mehr, es zu renovieren. Das modert schon.«

Fee hörte schon deshalb geduldig zu, weil sie ja ganz andere Pläne hatte, und da Frau Wallinger weit über siebzig war, konnte man ihr auch nicht übelnehmen, wenn sie schon ein bißchen phantasierte. Sie hatte für ihre Enkel viele Geschichten erfunden, das war Fee auch bekannt.

»Wenn ich mal nicht mehr bin, werden die Kinder auch ein neues Haus bauen«, fuhr sie seufzend fort. »Ich verstehe es ja auch, aber ich kann mich nicht trennen von allem, was mir lieb ist. Aber wir haben ja auch immer wieder eine Menge Geld hineingesteckt, um es gemütlich zu haben.«

»Es ist ja auch das schönste Haus in der Straße, Frau Wallinger«, sagte Fee. »Und wenn Ihre Kinder sich nicht wohl fühlen würden, hätten sie sich sicher schon was anderes gesucht.«

»Ich kann mich auch nicht über meine Kinder beklagen. Es ist selten, daß man eine solch liebe Schwiegertochter bekommt, und meine Enkel sind ja mein ein und alles«, sagte die alte Dame. »Nichts für ungut, daß ich Sie so lange aufgehalten habe, Frau Doktor, aber man fühlt sich schon wohl in so einem Viertel, wo man auch den besten Doktor hat.«

Für Fee hieß es nun zu warten.

Christopher und Simone Rüding hatten an diesem Abend nicht mehr über das Haus gesprochen. Sie waren mit einem anderen jungen Paar zum Essen verabredet gewesen, und es war von ihnen beschlossen, nicht über das Erbe zu reden. Ulrich Sander war leitender Ingenieur in Christophers Firma, und seine Frau Susanne war Fremdsprachenkorrespondentin. Die beiden Paare hatten viele gemeinsame Interessen, und es hatte sich zwischen ihnen eine echte Freundschaft entwickelt, wenn sie auch nicht allzuoft zusammentrafen, denn jeder hatte seinen eigenen Lebensbereich.

Die beiden Männer unterhielten sich über geschäftliche Dinge, weil Christopher in nächster Zeit einige wichtige Entscheidungen zu treffen hatte, Simone und Susanne unterhielten sich über einen interessanten Film, den sie zufällig beide im Fernsehen angeschaut hatten.

Beim Abschied sagte Susanne, daß Simone sie doch mal besuchen könnte, wenn Christopher auswärts sei.

»Ich habe allerhand zu tun, aber sollte ich mich langweilen, rufe ich dich an, Susanne«, sagte Simone.

Jetzt dachte sie wieder an das Haus, und da hatte sie sich wahrlich viel vorgenommen.

Christopher äußerte sich nicht mehr dazu. Sie wird schon bald genug haben, dachte er für sich und beschloß doch, sich bald mal mit einem Makler in Verbindung zu setzen. Es eilte nicht, er wollte nichts überstürzen, und wenn Simone ihren Spaß daran hatte, sollte sie ihn haben.

»Bei mir wird es wahrscheinlich spät werden«, sagte er, als er sich am nächsten Morgen mit einem Kuß von ihr verabschiedete. »Und da ich mit Geschäftsfreunden esse, werde ich auch nicht hungrig heimkommen.«

Simone hielt sich nicht lange bei ihrer Morgentoilette auf, denn was sie vorhatte, verlangte kein perfektes Aussehen. Aber selbst in Jeans und saloppem Pulli, ohne jedes Make-up, wirkte sie ungemein anziehend. Sie hatte eine Ausstrahlung, die ihre inneren Werte verriet, ihre positive Einstellung zum Leben und ihre Warmherzigkeit.

Sie setzte sich in ihren Wagen, aber dann fiel ihr ein, daß sie die Schlüssel für das Haus vergessen hatte, und sie eilte noch mal in die Wohnung.

Da hätte ich aber blöd ausgeschaut, dachte sie, als sie nun losfahren konnte. Es war ganz ruhig in der Kreuzstraße, als sie dort ankam. Nur ein paar Autos standen auf der Straße, und als Simone ausstieg, kam Frau Wallinger aus ihrem Haus. Natürlich war sie neugierig, aber es war jetzt tatsächlich ein Zufall, daß sie sich gerade anschickte, einkaufen zu gehen.

»Guten Morgen«, sagte Simone freundlich, und Frau Wallinger war überrascht, aber sie erwiderte den Gruß ebenso freundlich.

»Sie wohnen hier?« fragte Simone.

»Wallinger ist mein Name, ja, ich wohne schon sehr lange hier.«

»Wundern Sie sich dann bitte nicht, wenn ich hier ein- und ausgehe. Wir haben das Haus geerbt. Rüding ist mein Name.«

»Sie wollen hier einziehen?« fragte Frau Wallinger bestürzt.

»Nein, das haben wir nicht vor, jedenfalls nicht in dieses Haus. Es ist zu alt und ohne jeden Komfort. Es würde sich wohl auch nicht lohnen, es renovieren zu lassen.«

»So sind noch einige Häuser hier«, nickte Frau Wallinger.

»Ihr Haus ist aber sehr gut erhalten«, stellte Simone fest.

»Wir haben auch viel Geld hineingesteckt, und mein Sohn macht auch vieles selbst.«

»Dazu hätte mein Mann keine Zeit und auch kein Talent«, meinte Simone lächelnd. »Nett, daß wir uns gleich kennengelernt haben, Frau Wallinger.«

»Wenn Sie etwas brauchen, können Sie gern zu uns kommen, und falls Sie verkaufen wollen, gibt es sicher viele Interessenten. Herr Meyer ist ein bekannter und sehr seriöser Makler.«

Rosa Wallinger war es vorerst zufrieden, daß es eine so nette junge Frau war, die nicht hochnäsig an ihr vorüberging. Und sie hätte auch nichts gegen solche Nachbarn gehabt, wenn das Haus zu ihnen gepaßt hätte. Wie es drinnen aussah, wußte sie schon gar nicht mehr. Es war ewig her, daß sie Frau Steffen mal besucht hatte, die dann aber immer wunderlicher geworden war und nur Besuch von einer Bekannten bekam, der Frau Wallinger lieber aus dem Wege ging, so kalt und unfreundlich war diese. Und dann kam nur die Zugehfrau und manchmal Frau Merkel, wenn Frau Schneider verhindert war. Frau Merkel war hilfsbereit, aber sie hatte auch manchmal gesagt, daß es mit Frau Steffen immer schlimmer würde.

Es war noch nicht lange her, daß Hermine Steffen dann halbtot in ihrer Badewanne gefunden wurde, und sie hatte auch nicht mehr lange gelebt. Frau Wallinger hatte es schon recht aufregend gefunden, als die Polizei dann herumfragte, ob jemand etwas Ungewöhnliches bemerkt hätte, aber wer hatte sich denn schon um die alte Frau Steffen gekümmert, die selbst nie Kontakte gesucht hatte?

Als Simone nun im Haus die Fenster öffnete, wirbelte der Staub herum, und sie mußte ein paar Mal kräftig niesen. Und wenn das Sonnenlicht hereinfiel, sah man erst recht die Spuren des Verfalls, wenngleich ein paar alte Möbel, Teppiche und Gobelins auch heute noch ihren Wert haben mochten.

Simone wollte systematisch vorgehen, einen Raum nach dem andern inspizieren, aber sie wußte nicht, wo sie anfangen sollte. Sie entschloß sich für die Küche, weil sie sicher Appetit auf einen Kaffee bekommen würde, und zu essen hatte sie sich etwas mitgebracht, aber in der Küche war es so schmutzig, daß sie das kalte Grausen packte. Nun gut, das Haus stand schon Monate leer, aber diese Küche war bestimmt am meisten vernachlässigt worden. Durch die Fenster konnte man zwar in allen Räumen nicht mehr durchschauen, aber Simone hatte nicht die Absicht, einen großen Hausputz zu veranstalten. Sie wollte nur registrieren, was möglicherweise doch noch Wert hatte.

Im Wohnzimmer fand sie noch Silber und altes Porzellan. Es war zwar nichts mehr vollständig, aber es hatte auch mal seinen Wert gehabt. Es herrschte ein recht wildes Durcheinander: Interesse erweckte dann der Sekretär bei Simone. Es war ein wertvolles Möbel, echtes Chippendale mit Intarsien, und auch gut erhalten. Die Schubladen waren vollgestopft mit Schreibmappen und Pappkästchen, die zum Teil Schlüssel enthielten, aber in einem befanden sich auch ein paar Broschen, die Patina angesetzt hatten, aber mit Schmuck kannte sich Simone aus und stellte fest, daß es wertvolle Stücke waren, wenn sie auf den ersten Blick auch nicht so wirkten. Anscheinend lohnte es sich doch, alles aufmerksam durchzusehen, wenngleich die staubige Luft sie immer wieder zum Niesen reizte. Einen Staubsauger konnte sie nirgends finden, sonst hätte sie sich an die Arbeit gemacht. Nun, es mochte sein, daß so manches schon aus diesem Hause verschwunden war, und darüber wollte sie sich auch keine Gedanken machen.

Vielleicht hatte die Putzfrau manches mitgenommen, aber es sollte ihr vergönnt sein, meinte Simone. Der Nachlaßverwalter hatte das Haus so belassen, wie er es vorgefunden hatte, und die Bankguthaben von etwa dreißigtausend Mark waren Christopher schon überschrieben worden.

Mit dem Inhalt des Sekretärs wollte sich Simone jetzt nicht weiter beschäftigen. Sie ging in das Schlafzimmer. Ein unbehagliches Gefühl engte sie ein, als sie den düsteren Raum betrachtete, der selbst durch das Sonnenlicht nicht anheimelnder wirkte. Die fast schwarzen Möbel, die dunkle Tapete, die dunkelblauen Samtvorhänge – sie konnte sich nicht vorstellen, daß man hier schlafen konnte, ohne von schweren Träumen geplagt zu werden. Und nun fragte sie sich, ob diese Möbel hier schon seit der Zeit vorhanden waren, als die Baronin Wallenberg hier das Sagen hatte. Was mochte sie für ein Mensch gewesen sein? Simone hoffte, wenigstens ein Bild von ihr zu finden, und dieser Wunsch sollte sich erfüllen, als sie das Schrankzimmer betrat. Da gab es nur ein ganz schmales Fenster. Es roch nach Mottenkugeln, und eine Lampe war auch nicht vorhanden. Es hätte auch nichts genützt, weil der Strom abgeschaltet war, aber Simone hatte vorgesorgt und eine Taschenlampe mitgebracht, die sie immer in ihrem Wagen mit sich führte.

Kleidung aus vergangenen Zeiten, Bettwäsche, die vergilbt war, und wieder Kartons und Koffer. Aber dann, ganz hinten in einem Schrank, hinter Decken das Gemälde in einem kostbaren vergoldeten Rahmen, das Bildnis einer Frau.

Simone hätte es an einer bevorzugten Stelle aufgehängt, so faszinierend wirkte es auf sie. – Ein edles Gesicht, klassisch schön zu nennen, große dunkle, rätselhafte Augen, ein voller Mund mit einem Lächeln, als mache sie sich über alles lustig, schwarzes gelocktes Haar, von einem schmalen Brillantdiadem zurückgehalten, so daß die glatte, hohe Stirn nicht verdeckt wurde.

Simone hatte etwas gefunden, was sie nicht mehr hergeben wollte, und sie fragte sich nur, warum dieses Bildnis versteckt worden war und vor wem.

Sie trug das Bild ins Wohnzimmer. Es war schwer, sehr schwer sogar, aber sie wollte es nicht in dem dunklen Schrank lassen. Es erschien ihr verletzend, wie eine Sünde. Es war Christophers Urahnin, Baronin Olga von Wallenberg, eine geborene Gräfin Fedorowa.

Plötzlich kam ihr in den Sinn, daß die Nachbarin Wallinger hieß, und Simone fand das sehr eigenartig, aber es gab ja solche Zufälle. Sie wollte ihrer Phantasie nicht zuviel Spielraum geben. Aber plötzlich zog es sie zum Speicher hinauf, zu diesen verstaubten Kisten, die niemand beachtet zu haben schien in all den vielen Jahren. Oder sollte manch einer vergeblich versucht haben, sie zu öffnen?

Sie nahm ein nasses Tuch mit hinauf, damit ihr nicht wieder zuviel Staub in die Nase stieg, denn diese Nieserei empfand sie als höchst unangenehm.

Dann stand sie in dem Speicherabteil vor den Kisten, die mit kräftigen Schlössern versehen waren. Wie sollte sie die aufbringen? Verrostet waren sie auch. Ob da wohl welche von den Schlüsseln passen konnten, die sie in den kleinen Kartons im Sekretär gefunden hatte?

Sie ging wieder hinunter und holte den Karton.

Als sie wieder hinaufkam, erschreckte sie ein Rascheln und dann seltsam gurrende Laute, die deutlich zu vernehmen waren.

Sie war nicht ängstlich. Das müssen Tauben sein, dachte sie, vielleicht nisten sie sogar in der Nähe.

Sie wischte die Kisten ab und suchte dann nach Schlüsseln, die möglicherweise passen konnten, und endlich fand sie auch einen, aber das Schloß war so verrostet, daß der Schlüssel sich nicht drehen ließ. Sie wollte die Kiste näher zum Licht ziehen, das durch die Dachluke fiel, die anscheinend immer mal vom Regen reingewaschen worden war, aber sie ließ sich nicht bewegen, so schwer war sie.

Simone überlegte. Sie brauchte Hilfe, wollte sie sich von dem Inhalt der Kisten überzeugen. Aber sie fand es vor allem merkwürdig, daß diese unbeschädigt hier oben verstaubten und niemand sich um sie gekümmert zu haben schien.

Christopher würde sie auslachen, wenn sie ihn herholen würde, um ihr zu helfen. Er wollte von vergangenen Zeiten und ihren möglichen Geheimnissen nichts wissen, aber Simones Phantasie trieb nun Blüten, und sie wußte genau, daß sie keine Ruhe geben würde, bevor sie nicht alles durchsucht hatte, auch wenn es letztlich nur Enttäuschungen geben sollte.

Aber jetzt mußte sie erst einmal frische Luft schnappen, und so ging sie hinunter in den Garten, und dabei erinnerte sie sich an Frau Wallingers freundliches Angebot, sich an sie zu wenden, wenn sie etwas brauchen sollte.

Als sie durch den verwilderten Garten ging, sah sie zwei kleine Mädchen an der Gartenpforte stehen.

»Hallo!« rief das blonde Mädchen, und Simone, die Kinder sehr mochte, ging rasch zur Pforte.

»Hallo«, sagte sie lächelnd, »wer seid ihr denn?«

»Ich bin die Micky Wallinger, wir wohnen nebenan«, sagte die Blonde, aber Simones Augen hingen schon an dem bezaubernden Gesichtchen des dunkelhaarigen Kindes. »Und ich bin Anneka Norden«, sagte sie.

»Ihr Vater ist der Dr. Norden. Sie wohnen auch in der Nähe«, erklärte Micky.

»Und ich heiße Simone Rüding.«

»Willst du hier wohnen?« fragte Micky.

»O nein, das jetzt sicher nicht.«

»Spukt es wieder?« fragte Micky.

»Nein, davon kann keine Rede sein«, erwiderte Simone lachend.

»Aber es spukt hier ganz bestimmt, weil die Baronin keine Ruhe findet«, sagte Micky. »Wir sagen ja auch Spukschloß.«

»Ich würde gern mal reinschauen«, sagte Anneka mutig.

»Ich aber nicht«, rief Micky, »und du gehst auch nicht, Anneka.«

»Es ist auch alles sehr schmutzig« erklärte Simone. »Ich würde deine Großmama gern mal was fragen, Micky. Ich habe sie heute morgen schon kennengelernt.«

»Aber Omi geht nie und nimmer in dieses Haus. Sie ist nicht mal reingegangen, als Frau Steffen noch gelebt hat. Es spukt ganz bestimmt, du kannst es glauben.«

Simone hatte Verständnis dafür, denn sie war auch als Kind schon phantasievoll gewesen, und Kinder hatten Spukgeschichten gern. Sie konnte sich auch vorstellen, daß ein verwilderter Garten und ein altes Haus solche Vorstellungen direkt herausforderten. Sie dachte auch an das Rascheln auf dem Speicher und das Gurren der Tauben, aber waren es denn wirklich Tauben gewesen? Gesehen hatte sie keine.

Sie ging mit den Kindern zum Nachbarhaus. Anneka verabschiedete sich mit einem Knicks. »Ich komme auch jeden Tag hier vorbei, und mit meiner Mami und meinen Brüdern gehen wir hier auch öfter lang.«

»Dann sehen wir uns ja sicher öfter«, sagte Simone. »Wenn du dich nicht fürchtest, kannst du dir das Haus gern mal anschauen, Anneka.«

Frau Wallinger öffnete die Tür. »Die Dame möchte dich was fragen, Omi«, rief Micky.

»Kommen Sie doch bitte herein, Frau Rüding«, sagte Rosa Wallinger.

»Sehr gut gemeint, aber ich bin schon total verstaubt, und ich wollte Sie fragen, ob Sie jemanden wissen, der mir ein paar Kisten öffnen könnte.«

»Der Hannemann macht so was. Er macht überhaupt alles,

auch Gartenarbeit. Er verdient gern was zu seiner Rente. Soll ich ihn anrufen? Er wohnt nicht hier.«

»Das wäre sehr nett«, erwiderte Simone. »Er braucht sich nicht zu fürchten. Es spukt wirklich nicht, es ist nur alles schrecklich verstaubt.«

»Ich rufe ihn dann gleich an. Wenn er zu Hause ist, wird er bald kommen. Er ist fleißig und ehrlich.«

Simone bedankte sich und ging wieder hinüber, und schon nach einer halben Stunde erschien Hannemann, ein kräftiger, untersetzter Mann, der nicht viel redete und nur fragte, was er machen solle. Einen Werkzeugkasten hatte er mitgebracht.

Anneka konnte es gar nicht erwarten, der übrigen Familie zu erzählen, daß sie Simone kennengelernt hatte.

»Sie ist wunderhübsch«, fing sie an, »da braucht man sich wirklich nicht fürchten. Und wenn ich keine Angst habe, darf ich mir das Haus auch angucken.«

»Paß nur auf, manche Leute tun bloß freundlich«, sagte Felix warnend.

»Wollen sie doch einziehen?« fragte Daniel nebenbei, denn sein Interesse war nicht so groß wie das von Fee. Und er hatte Hunger.

»Nein, einziehen wollen sie nicht«, sagte Anneka, »es muß schrecklich schmutzig sein, aber sie ist wirklich sehr hübsch und sehr nett. Und sie heißt Simone, das gefällt mir auch.«

»Und wenn es spukt, hat sie da keine Angst?« fragte Felix.

»Sie sagt, es spukt nicht, und ich habe auch keine Angst. Micky ist ein Angsthase. Du kannst ja mitkommen, Mami«, räumte sie aber doch ein. Und das wollte sich Fee nicht zweimal sagen lassen. Sie war sehr interessiert, Simone Rüding so bald wie möglich kennenzulernen, damit ihnen niemand zuvorkommen sollte, falls das Anwesen doch verkauft wurde.

Simone bestaunte inzwischen die handwerklichen Fertigkeiten von Joseph Hannemann, und der wiederum staunte, was das für gewichtige Kisten waren, die er da geöffnet hatte. Innen waren sie mit Weißblech verschalt und randvoll gefüllt.

»Hoffentlich ist auch was Wertvolles drin, gnädige Frau«, sagte Hannemann. »Kann ich noch etwas für Sie tun?«

»Es wäre da allerhand auszuräumen«, erwiderte sie. »Haben Sie vielleicht jemanden, der einen Kleintransporter hat, oder kann man hier einen Container bekommen?«

»Wollen Sie denn alles wegwerfen?« fragte er.

»Nicht alles, aber was sollen wir mit all dem Zeug machen? Da ist ein Haufen alter Kleidung und Wäsche, dann auch Möbel, das ganze Schlafzimmer. Sie können sich auch heraussuchen, was Sie möglicherweise brauchen können.«

»Wir haben drei Kinder, die können eigentlich noch alles brauchen, wenn es nicht viel kostet.«

»Ich will dafür nichts haben, Herr Hannemann, im Gegenteil, wenn Sie helfen können, werden Sie auch entlohnt.«

»Ja, wenn das so ist, dann rücke ich mal am Wochenende mit meinen beiden Söhnen an, die können einen Laster ausleihen.«

»Fein, bis dahin habe ich aussortiert, was ich mitnehme, aber viel wird es nicht sein.«

»Und was wird mit dem Haus, wenn ich fragen darf?«

»Das werden wir vielleicht doch verkaufen. Ich muß darüber noch mit meinem Mann sprechen.«

»Für das Grundstück gibt es bestimmt viele Interessenten. Der Meyer-Franz ist ein guter Makler.«

Den hatte ihr Frau Wallinger auch schon empfohlen. Simone wollte es sich merken, aber nun brannte sie darauf, die Kisten zu untersuchen, die mit mehreren Kartons gefüllt waren.

Hannemann wurde entlohnt und bedankte sich, und er versprach, alles zu organisieren.

»Ich komme dann am Freitag vorbei und frage, wieviel Sachen es werden, damit wir es auf einmal fortbringen.«

»Ja, das ist sehr gut«, erwiderte Simone. Sie war sehr zufrieden, daß alles so klappte, und diesen Leuten war vielleicht sogar geholfen mit den Möbeln. Sie wollte nur die wertvolleren behalten, und das waren der Sekretär und die beiden Perser, die sicher schon sehr alt waren. Sie fragte sich wieder, was das für Menschen gewesen sein mochten, die hier gewohnt hatten in all den Jahren, und anscheinend alles so belassen hatten, wie es war. Wenigstens im Wohnraum, im Schlafzimmer und in einem Raum, den man früher wohl als Salon bezeichnet hatte, aber die Möbel waren arg mitgenommen.

In den anderen Räumen sah es aus, als wäre das Inventar schon zum Ausräumen bestimmt gewesen. War das auch schon so gewesen, als Adelheid Steffen noch lebte? Sie war eine geborene Rüding, aber nur eine Cousine von Christophers Vater gewesen. Soweit war Simone schon mit ihrer Ahnenforschung gekommen.

Aber jetzt wollte sie nicht länger darüber nachdenken, sondern die Kisten inspizieren, und dabei sollte sie mehr als einmal überrascht werden. In einem großen Karton befand sich ein kostbares Brautkleid mit dazugehörigem Schleier aus Brüsseler Spitze. Heute war das kaum noch erschwinglich für gewöhnlich Sterbliche, aber Simone konnte nur staunen, wie gut erhalten beides war, doch sie sollte noch mehr staunen, denn dann kamen zwei Puppen zutage, die weit mehr als hundert Jahre alt sein mochten, und ein ganzer Karton mit kostbaren Puppenkleidern. Simone wußte, was heute für solche wertvollen Sammlerstücke gezahlt wurde, und es blieb ihr unbegreiflich, daß diese Kisten hier Jahrzehnte standen, ohne daß sie angerührt worden waren. Hatte man tatsächlich den Geist der Baronin gefürchtet, die auf mysteriöse Weise gestorben sein sollte?

Für Einbrecher war das Haus gewiß nicht einladend, denn wer vermutete denn schon in dem alten Gemäuer solche Kostbarkeiten. Dabei ahnte Simone nicht mal, was die andere Kiste enthielt, und was auch noch am Boden von dieser versteckt war. Es war eine Mappe voller Entwürfe für ein Haus, für Räume,

Möbel und Gardinen. Entwürfe für dieses Haus waren es, und es mußte einmal zauberhaft ausgesehen haben.

Simone geriet immer mehr ins Träumen und Schwärmen, aber dann geriet sie ganz aus dem Häuschen, als sie sich der zweiten Kiste widmete. Da kamen erst einmal kleine Gemälde von verschiedenen Personen zum Vorschein, teils gerahmt, teils ungerahmt, ein ganzes Dutzend, darunter auch vier Kindergesichter über Spitzenkrägen. Vorsichtig nahm Simone sie heraus und legte sie auf die Decke, die darüber gelegt gewesen war. Dann aber sah sie keine Kartons, sondern Leder- und Holzkassetten, vier an der Zahl und alle verschlossen, und darunter fand dann Simone auch noch ein gewaltiges, in Leder gebundenes Buch »Die Chronik der Fedorows«. Sie atmete tief durch. Es hatte sich wahrlich gelohnt, daß sie drauf bestanden hatte, alles zu inspizieren, und nicht, wie Christopher es gesagt hatte, den alten Krempel abfahren zu lassen. Er würde staunen.

Simone hatte die Zeit vergessen, auch Hunger und Durst, aber nun sank schon langsam die Dämmerung herab, und sie beschloß, alles einzeln in ihr Auto zu verstauen und dann heimzufahren.

Sie wollte dem hilfsbereiten Herrn Hannemann nicht unrecht tun, aber auch er brauchte nicht zu wissen, welche Schätze hier verborgen waren, und vielleicht war das nicht mal alles.

Der Erbe war Christopher, und nach dem neuesten Stand der Dinge hatte er mitzubestimmen, was weggegeben und was behalten werden sollte. Eins schien jedoch festzustehen, neugierig war wohl niemand von den bisherigen Bewohnern gewesen, oder sie hatten sich tatsächlich vor dem angeblichen Spuk gefürchtet.

Simone fürchtete sich auch jetzt nicht, obgleich es immer dunkler wurde und es ihr gar nicht leichtfiel, all die Kartons und dann vor allem die zum Teil immens schweren Kassetten hinterherzutragen. Sie kam dabei ganz schön ins Keuchen und Schwitzen, und es war ihr dann auch verflixt flau im Magen, als sie sich endlich hinters Steuer setzen konnte.

Sie war froh, daß sie noch genug Eßbares in der Wohnung hatte, denn jetzt waren die Läden schon geschlossen, und in ein Restaurant wollte sie nicht gehen, so schmutzig wie sie war.

Sie wollte ihre Schätze nicht im Auto lassen, aber erst mußte sie etwas trinken und auch einen Bissen essen, bevor sie die Kraft hatte, nun alles in die Wohnung zu tragen.

Der Wohnungsinhaber von der oberen Etage wollte gerade mit seinem Hund spazierengehen. Der Terrier begrüßte Simone schwanzwedelnd, aber sie wurde mit einem sehr verwunderten Blick gemustert, denn hier kannte man sie nur als perfekt gekleidete Frau Rüding, und sie mußte jetzt unwillkürlich lächeln.

»Ich bin nicht salonfähig, Herr Mertens«, sagte sie, »aber Snuffy scheint es nicht zu stören. Er hat mich wenigstens erkannt.« Sie stand mit dem Ehepaar auf gutem Fuß, und sie wechselten immer ein paar freundliche Worte, wenn sie sich trafen.

»Ich habe Bekannten beim Umziehen geholfen«, sagte sie dann erklärend. Die Ausrede war ihr gerade noch eingefallen.

Gut, daß sie im Parterre wohnten, da brauchte sie nachher wenigstens nicht soviel zu schleppen. Sie war doch recht erschöpft, innerlich auch aufgeregt, und ein gehöriger Muskelkater würde wohl noch nachkommen.

Sie trank zwei Glas Mineralwasser und aß ein halbes trockenes Brötchen, um den ersten Hunger zu stillen. Sie war eigentlich nicht so veranlagt, nebenbei zu essen. Bei ihr mußte alles stilvoll und appetitanregend sein, wenn sie an ihr leibliches Wohl dachte. Das lag ihr im Blut, das war ihr angeboren. Es gab viele Feinschmecker in der Familie, besonders unter den französischen Verwandten.

Es war mittlerweile schon neunzehn Uhr vorbei, und sie war ganz froh, daß Christopher erst später kommen würde. So konnte sie die Sachen aus dem Auto noch in die Wohnung bringen und danach duschen.

So hatte sie es sich gedacht, aber sie hatte erst einen Teil hineingebracht, als Christopher kam. Er stieg aus seinem Wagen und starrte sie betroffen an.

»Wie siehst du denn aus?« fragte er beinahe entsetzt.

»Ich werde dir alles erklären, du wirst dich wundern«, erwiderte sie, sich zu einem munteren Ton zwingend, denn im Grunde war sie richtig müde.

»Was hast du denn da alles gekauft?« fragte er.

»Nicht gekauft, im Haus gefunden. Du wirst staunen, Chris.«

»Ich staune nur, daß meine Frau so herumlaufen kann«, sagte er unwillig.

»Was ist dir denn für eine Laus über die Leber gekrochen?« fragte Simone anzüglich.

Er brummte etwas in sich hinein und wollte ins Haus gehen. »Du könntest mir ruhig ein bißchen helfen«, sagte sie gekränkt.

»Ich bin müde«, knurrte er. »Du kannst mit dem Geraffel machen, was du willst, das habe ich dir schon mal gesagt.«

Sie kannte ihn nicht so gereizt, er schien tatsächlich Ärger gehabt zu haben.

»Du würdest es bereuen, wenn ich es weggebe«, sagte sie versöhnlich. »Ruh dich aus, ich schaffe es schon allein.«

Aber er nahm dann doch eine Kassette mit und ächzte, daß sie mächtig schwer sei.

»Dann kannst du dir denken, daß ich auch schlapp bin«, sagte Simone, »aber das alles ist ein Vermögen wert.«

»In deiner Phantasie«, konterte er.

»Erst begutachten, dann reden.« Zweimal lief sie noch hin und her, dann sagte Christopher: »Ich habe Hunger.«

»Du sagtest doch, daß du mit den Geschäftsleuten ißt.«

»Das habe ich aber nicht, ich lasse mich doch nicht verschaukeln.«

»Und ich habe nichts Warmes im Haus, außerdem muß ich jetzt duschen. Ein bißchen mußt du dich schon noch gedulden, aber du kannst dir ja inzwischen ein Schinkenbrot machen.«

Sonst machte er das auch ohne zu murren, aber er schien tatsächlich übelster Laune zu sein, und da wollte Simone einlenken.

»Ich beeile mich, Schatz«, sagte sie und eilte ins Bad.

Christopher war nach Simones Andeutungen doch neugierig geworden, wenigstens ein bißchen, wenn er es sich auch nicht eingestanden hätte. Aber er hob doch erst mal vorsichtig den Deckel einer Schachtel, der größten freilich, und seine Augen weiteten sich, als er die beiden Puppen sah.

Nach all dem Ärger, den er an diesem Tag gehabt hatte, kam jetzt doch Freude in ihm auf, da er wußte, wie sehr Simone für Puppen schwärmte, und diese waren besonders schön.

Aber ihm war es wichtiger, daß seine Frau sich um ihn kümmerte, anstatt um Puppen, und was sie da sonst noch gefunden haben mochte. Ihn beschäftigten die Veränderungen, die es in Bälde auch im geschäftlichen Bereich geben würde. Er hatte momentan wahrlich genug Sorgen.

Simone hatte sich höllisch beeilt. Ihr Haar war noch ganz naß und ringelte sich um den wohlgeformten Kopf. Unter anderen Voraussetzungen hätte Christopher ihre Natürlichkeit bewundert, aber er fühlte sich zurückgesetzt und schaute sie gar nicht an.

»Ich könnte dir ein Schinkenomelett machen, wäre dir das recht?« fragte Simone sanft.

»Wenn nichts anderes da ist«, brummte er mürrisch.

Er war immer ein bißchen schwierig, wenn er Hunger hatte. Simone wollte daraus keine Affäre machen. Sie war tolerant, und um Nichtigkeiten wurde nicht gestritten. Und sie war überzeugt, daß seine Laune sich schnell bessern würde, wenn sie alles zeigte, was sie mitgebracht hatte, wobei es ja noch das Problem gab, ob von den vielen Schlüsseln, die sie gefunden hatte, welche für die Kassetten passen würden.

Sie brachte ihm erst einmal ein kühles Bier, dann begab sie sich wieder in die Küche. Obgleich sie auch nicht mehr in Bestform war, gelangen ihr die Omeletts vorzüglich, und Salat war auch schnell zubereitet, und so hoffte sie, daß Christophers Miene sich aufhellen würde.

Das geschah langsam. Er war auch kein Streithansel, aber der vergangene Tag hatte ihm soviel Ärger bereitet, daß keine fröhliche Stimmung aufkommen wollte, auch wenn Simone noch so nachsichtig war.

»Erzähle doch, was dich bedrückt«, sagte sie aufmunternd. »Was ist denn schiefgelaufen, Chris?«

»So ziemlich alles. Es scheint so, als wären krumme Geschäfte salonfähig und man selbst unfähig, wenn man da nicht mitmachen will.«

»Du mußt schon deutlicher werden, Chris, ich weiß nicht, worum es geht.«

»Wilhelm spinnt, er will aussteigen, damit fängt es an. Man hat ihm eine Riesensumme geboten und nun ist ihm die Firma egal, und wie es scheint, wollen mich die neuen Teilhaber, wenn es dazu kommt, auch ausbooten, es sei denn, ich mache ihre kriminellen Geschäfte mit.«

»Kriminelle Geschäfte?« fragte Simone erschrocken.

»Sagen wir solche, die nicht legal abgewickelt werden, an denen man aber viel verdienen kann. Ich lasse mich darauf keinesfalls ein. Wilhelm kann aber allein keine Entscheidungen treffen, weil er meine Zustimmung braucht.«

Simone hatte zum Glück schon einen guten Überblick über die verwandtschaftlichen Verhältnisse zwischen den Familien Rüding und Karst. Christophers Vater Karl-Friedrich Rüding hatte Senta Karst geheiratet, die Miterbin der väterlichen Maschinenfabrik war, wie ihr Bruder Wilhelm Karst, der Schwester und Schwager überlebt hatte und auch ganz gezielt zu einer vermögenden Frau gekommen war, die aber das Zeitliche mittlerweile bereits gesegnet hatte. Sie hatten nur eine Tochter, die aber eine glänzende Partie gemacht hatte, als sie einen Großgrundbesitzer heiratete, der aber mit ihrer Familie nichts im

Sinn hatte. Mit Christophers Vater hatte sich Wilhelm Karst nie sonderlich gut verstanden, hatte aber gute Miene gemacht, weil sie beide Teilhaber zu je fünfzig Prozent waren und einfach miteinander auskommen mußten. Aber als nach dem Tode von Christophers Vater der Junior Mitspracherecht bekam, prallten die unterschiedlichen Meinungen noch härter aufeinander. Aber Christopher brachte die Firma in Schwung, die Produktion und vor allem den Verkauf. Er war hart im Verhandeln und stellte seine Bedingungen auch in Bezug auf Gewinnanteile, und das machte Wilhelm Karst immer eifersüchtiger und wütender.

»Ich hätte ihm nicht zugetraut, daß er so hinterhältig sein würde«, sagte Christopher, »aber er will mich in die Knie zwingen.«

»Das wird er nicht schaffen. Wieviel Geld brauchst du, um seine Anteile zu erwerben?«

»Das kann ich nicht aufbringen, Mo, es geht um Millionen. Die Bank würde mir zwar helfen, aber zwei Millionen müßte ich selbst aufbringen. Und die Banken werden seinen Anteil natürlich als Sicherheit behalten.«

»Und daran ganz schön verdienen«, sagte Simone nachdenklich. »Für das Anwesen würden wir sicher eine Million bekommen, und den lieben Onkel Wilhelm werde ich mir vorknöpfen. Wenn du Beweise hast, daß diese neuen Interessenten dubiose Geschäfte im Auge haben, solltest du die Kripo einweihen.«

»Liebes, die sind mit allen Wassern gewaschen«, sagte Christopher müde.

»Das werden wir ja sehen. Und wir werden auch sehen, welche Schätze in den verschlossenen Kassetten verborgen sind. Ich glaube nach meinen bisherigen Erfahrungen, daß wir noch allerhand erwarten können. Raff dich mal auf, Chris. Du mußt dabei sein, wenn der alte Hausrat abgeholt wird. Ich habe schon einen Helfer gefunden durch unsere nette Nachbarin Frau Wallinger. Am Samstag wird alles geholt, was nicht von Interesse ist, aber wenn die Kisten dabei sein würden, müßten wir bestraft werden.«

Sie nahm das Brautkleid und den Schleier aus dem Karton. »Schau allein das, es ist museumsreif, und ich glaube, daß es deine Urahnin Olga getragen hat, vielleicht auch deine Großmutter Christiane. Und nun das Diadem! Was meinst du, was das wert sein mag?«

»Soll das echt sein?« rief er aus, »dann würde man es doch nicht in einer Kiste auf dem Speicher aufbewahren.«

»Warum das geschah, weiß ich auch nicht, aber vielleicht können wir es noch erfahren, wenn es eine schriftliche Hinterlassenschaft darüber gibt. Vielleicht finden wir etwas in einer dieser gewichtigen Kassetten. Aber sie sind verschlossen. Und nun, was sagst du zu den Puppen und diesen himmlischen Kleidern, und alles so gut erhalten? Du mußt doch zugeben, daß es ein guter Entschluß von mir war, alles genau anzuschauen.«

»Und du fürchtest dich nicht?« fragte er.

»I wo«, lachte Simone, »da kamen mittags zwei kleine Mädchen aus der Schule, die haben mich das auch schon gefragt. Sie nennen es Spukhaus, aber ich glaube nun mal nicht daran, daß die Urahnin Olga da herumwandelt, denn sie wäre mir sicher erschienen, als ich die Kisten auspackte. Ich kann nur nicht begreifen, daß sich vor mir niemand daranwagte. Einbrecher mögen in dem alten Kasten nichts vermutet haben, aber früher muß es ein wunderschönes Haus gewesen sein. Schau dir mal die Entwürfe an, und diese Skizzen, aber es ist einhundertzwanzig Jahre her, daß es erbaut wurde.«

»Nun übertreib mal nicht, Mo.«

»Schau dir die Jahreszahl auf dem Entwurf an, Chris. Und außerdem können wir es ja genau erfahren, wenn wir die Grundbucheintragung einsehen.«

»Schatz, verschon mich heute bitte damit. Mein Schädel brummt, und morgen werde ich eine harte Auseinandersetzung mit Wilhelm haben.«

»Er kann dir doch nichts anhaben, Chris. Du bist Teilhaber und sogar aktiv tätig in der Firma, während er nur profitieren will, und wenn er jetzt verkaufen kann, dann doch nur deshalb, weil du den Betrieb hochgebracht hast. Vorher hätte doch niemand Interesse gehabt.«

»Er dreht es so, daß Vater die Firma runtergewirtschaftet hatte, aber er hat ja auch nichts dagegen unternommen. Im Gegenteil. Er hat immer nur das Geld herausgezogen.«

»Und deshalb wirst du dir nichts gefallen lassen. Irgendwo hört alle Toleranz auf, Chris. Aber vielleicht ist er nun neidisch, daß du das Anwesen geerbt hast.«

»Er hatte nie was übrig für die Rüdings, und diese Adelheid war nun mal eine geborene Rüding, aber fang jetzt bitte nicht wieder mit dem Stammbaum an, das wäre heute zuviel für mich, Mo«, sagte er seufzend. »Danke, daß du keinen Streit angefangen hast.«

»Dazu war doch kein Grund.«

»Was meinst du, warum manche Ehepaare oder auch andere Leute streiten, um Lappalien, die manchmal sogar zu Gewalttätigkeiten führen.«

»Dann gehen wir jetzt schlafen«, schlug Simone vor, und sie waren beide so müde, daß sie auch sofort einschliefen.

Doch Simone erschien in der Nacht die wunderschöne Olga, aber nicht etwa in einem Gespenstergewand, sondern in einem duftigen Flatterkleid, und sie winkte Christopher zu, der sich aber abwandte und seine Arme nach einem kleinen Kind ausstreckte, das auf ihn zugelaufen kam.

Der Traum ging Simone nicht aus dem Sinn, aber sie sprach nicht darüber zu Christopher, der beim morgendlichen Kaffee schon entspannter wirkte.

»Darf ich dich fragen, ob es dir recht ist, wenn ich die Sachen, mit denen wir doch nichts anfangen können, abholen lasse, auch die Kleidung und die Wäsche?«

Da lächelte er sogar wieder und sagte, sie solle nur alles

durchsehen, damit nicht eventuelle Schätze auch noch in Taschen verborgen wären.

»Aber wenn es mir möglich ist, werde ich am Samstag kommen, Mo, und wenn ich heute abend nicht zu müde bin, werden wir mal die Kassetten zu öffnen versuchen. Ulrich kennt da einen Kniff, der uns auch im Büro mal geholfen hat.«

»Aber erzähl nichts von den Sachen, bevor wir nicht wissen, was drinnen ist. Vielleicht können wir eine Auktion veranstalten, damit du das Geld für Wilhelms Anteile zusammenbringst.«

»Du bist und bleibst ein Optimist, mein Schatz«, sagte er, »auch wenn du ein Träumerchen bist.«

Sie schenkte ihm ein vielsagendes Lächeln. »Es kommt immer darauf an, ob man die Träume realistisch umsetzen kann, Chris. Zum Beispiel, wenn ich einen Roman schreibe und er ein Bestseller würde.«

Sie war zufrieden, daß er sie zum Abschied wieder zärtlich küßte und auch sagte, sie solle nicht böse sein, daß er am gestrigen Abend so ekelhaft gewesen sei.

»Du sollst mir auch sagen, wenn du Sorgen hast«, erwiderte sie. »Ich möchte nicht nur eine Frau für gute Tage sein.«

»Du bist die liebste, beste und allerschönste Frau. Ich liebe dich.«

Es machte sie glücklich, obgleich es solcher Worte nicht bedurfte, um ihre Gefühle füreinander auszudrücken. Aber an einem solchen Morgen freute es sie besonders, diese drei Worte von ihm zu hören.

Der Muskelkater war nicht so schlimm, wie sie gefürchtet hatte. Sie fuhr bald wieder los, aber sie wollte an diesem Tag nicht so lange bleiben.

Als sie vor dem Hause hielt und ausstieg, vernahm sie ein jammervolles Stöhnen, und da wurde es ihr doch ein bißchen unheimlich. Aber es war ein menschliches Stöhnen, und es kam aus dem Nachbargrundstück. Sie lief rasch hinüber und sah die alte Frau Wallinger zusammengekrümmt vor der Treppe des Hauses liegen. Erschrocken eilte Simone zu ihr.

»Was ist, Frau Wallinger?« fragte sie bebend.

»Ich bin gestolpert und gefallen. Es tut weh. Bitte, rufen Sie Dr. Norden. Es ist niemand hier, der mir helfen kann.«

Simone wagte auch nicht, ihr aufzuhelfen, da sie ja etwas gebrochen haben konnte. Zum Glück war die Haustür nicht zugefallen, und in der Diele stand das Telefon.

»Die Nummer steht gleich oben im Buch«, murmelte die alte Dame.

Simone fand sie auch sofort, denn »Dr. Norden« war dick unterstrichen. Und zum Glück meldete sich Dorthe auch gleich mit »Praxis Dr. Norden«

»Frau Wallinger ist gestürzt, bitte helfen Sie, ich weiß nicht, was ich tun könnte. Mein Name ist Simone Rüding.«

»Dr. Norden kommt gleich«, sagte Dorthe. »Schieben Sie inzwischen ein Kissen unter Frau Wallingers Kopf.«

Ein Kissen war schnell gefunden, und behutsam schob es Simone unter Frau Wallingers Kopf, dann nahm sie deren kalte, zitternde Hände und streichelte sie.

»Der Arzt kommt gleich«, sagte sie tröstend. »Ich würde Ihnen ja gern helfen, aber ich möchte nichts falsch machen.«

»Es hilft mir schon, daß Sie hier sind«, flüsterte Frau Wallinger. »Mir ist es heute so richtig bewußt geworden, wie einsam es hier ist. Keiner kümmert sich um den andern, jeder lebt für sich allein.«

Simone hatte ein weiches Herz, und die entsagungsvollen Worte trieben ihr Tränen in die Augen, und so sah Dr. Norden sie zum ersten Mal, und sofort war er von ihr angetan.

Mit Simones Hilfe brachten sie Frau Wallinger, die tapfer die Schmerzen unterdrückte, ins Haus. Gebrochen hatte sie zum Glück nichts, aber der rechte Fuß war verstaucht, und Blutergüsse bildeten sich schon an den Beinen und auf dem Rücken.

»Ausgerechnet heute muß das passieren, wo Kati meinem Sohn in der Kanzlei helfen muß«, ächzte Frau Wallinger. Und bei dieser Gelegenheit erfuhr Simone, daß Peter Wallinger Steuerberater war.

»Ich kann bleiben, Frau Wallinger«, erklärte Simone. »Drüben läuft mir nichts davon.«

Daniel Norden staunte über solche Hilfsbereitschaft, da er doch wußte, daß die Bekanntschaft zwischen den beiden erst kurz war. Aber ihm gefiel diese junge Frau in ihrer ganzen Art, die tröstend und aufmunternd auf die alte Dame wirkte.

»Micky kommt um zwölf aus der Schule, da ist sie gewöhnt, Essen zu bekommen«, sagte die fürsorgliche Omi.

»Micky kann mit zu uns kommen«, erklärte Daniel Norden. »Frau Rüding kann es den Kindern sagen, denn Anneka kommt ja hier vorbei. Sie haben meine Tochter ja gestern schon kennengelernt, wie sie uns erzählte, Frau Rüding. Und meine Frau kann nachher noch mal nach Frau Wallinger sehen. Sie ist auch Ärztin, wenn sie auch nicht mehr praktiziert. Ich kann meine Patienten in der Praxis nur nicht so lange warten lassen.«

»Vielen Dank, daß Sie trotzdem gleich gekommen sind«, murmelte Frau Wallinger, die nach der schmerzstillenden Injektion schläfrig wurde.

»Es freut mich, Sie so bald kennengelernt zu haben, Herr Dr. Norden«, sagte Simone, als sie ihn hinausbegleitete. »Ihre mutige kleine Tochter hat ja keine Angst, sich das Spukhaus mal anzuschauen.«

»Glauben Sie an das Gerede?« fragte er.

»Dann würde ich dort bestimmt nicht herumstöbern. Aber darin wohnen möchte ich doch nicht, es ist zu düster und unbehaglich.«

»Werden Sie verkaufen?«

»Wahrscheinlich.«

»Dann ziehen Sie bitte uns als Interessenten zuerst in Betracht wegen des Grundstücks. Wir können vielleicht noch darüber sprechen, wenn ich mehr Zeit habe. Aber eigentlich ist meine Frau dafür zuständig, denn es ist ihre Idee.«

Simone blickte ihm gedankenvoll nach. Er gefiel ihr, seine ganze Art war ihr sympathisch. Sie war Ärzten gegenüber kritisch eingestellt, weil nie geklärt worden war, warum ihre Mutter nach einer an sich unkomplizierten Operation an einer Embolie gestorben war, aber dieser Dr. Norden konnte ihr Vertrauen einflößen. Frau Wallinger lobte ihn mit müder Stimme in den höchsten Tönen, bevor sie einschlief.

Simone hatte ihr gesagt, daß sie dann hinübergehen würde, aber bald wieder zurückkäme.

Sie wollte jetzt den Inhalt des Sekretärs einpacken. Koffer und Taschen gab es genug in dem Haus, anscheinend auch von Generationen gesammelt.

Das war schnell geschehen, und sie ging wieder zurück, gerade zur rechten Zeit, um Fee Norden zu treffen, die gerade aus ihrem Wagen stieg.

Sie machten sich formlos bekannt, und Simone sagte, daß sie nur kurz mal drüben gewesen sei, da Frau Wallinger schlafen würde.

»Welch ein Glück, daß Sie ihr helfen konnten«, sagte Fee. »Hier kommt ja selten jemand vorbei, in den paar Häusern wohnen ja fast nur alte Leute, und die jüngeren fahren früh zur Arbeit. Früher war das ein Viertel für sich, eine Gemeinde, die später erst eingemeindet wurde. Soviel ich weiß, ist Ihr Haus überhaupt das älteste, rund herum war nur eine Parklandschaft.«

»Ich bin noch nicht so informiert, aber ich beschäftige mich damit«, erklärte Simone. »Dr. Norden sagte, daß Sie sich für das Grundstück interessieren.«

»Ja, diese Idee stammt von mir, da wir in der Nähe wohnen, die Praxis aber in einer sehr verkehrsreichen Gegend liegt. Wir haben fünf Kinder und brauchen ein größeres Haus, und die Praxis könnte dann in unser jetziges verlegt werden. Mein

Mann kann sich mit dem Gedanken noch nicht vertraut machen, aber er hat auch zuviel zu tun.«

»Sie wollen aber doch ein neues Haus bauen«, sagte Simone nachdenklich.

»Ja, gewiß.«

»Das habe ich auch in Betracht gezogen, aber Christopher will ein fertiges Haus kaufen, wenn dieses hier verkauft werden kann. Er meint, das gäbe zuviel Scherereien. Wollen Sie sich das zumuten?«

»Das würden wir dem Architekten und Bauunternehmer überlassen. Für uns wäre es wichtig, in der Gegend zu bleiben wegen der Praxis, und hier gibt es nicht mehr viel Möglichkeiten. In dieser Straße werden nach und nach die alten Häuser verschwinden und neue gebaut werden, wie drüben in der Lerchenstraße. Wenn die alten Besitzer sterben oder ins Altersheim gehen, wollen die Nachbesitzer moderner wohnen.«

»Was ja auch verständlich ist«, sagte Simone. »In dem Haus ist anscheinend kaum etwas erneuert worden, dabei muß es einmal bildschön gewesen sein. Ich habe Entwürfe gefunden, wie es früher hier gewesen sein muß.«

»Es war immer in der Familie?« fragte Fee.

»Nicht in der direkten Linie, aber es waren immer irgendwelche Verwandte. Ich will noch nachforschen, in welchem Verhältnis sie zueinander standen. Es ist sehr interessant, wie alles, was ich bisher im Haus gefunden habe. Es hat mich gereizt, obgleich mein Mann nicht erbaut war davon.«

»Mich würde das auch reizen«, sagte Fee. »Wir Frauen sind eben doch romantischer.«

»Und haben mehr Phantasie. Ich möchte ein Buch darüber schreiben.«

»Sie sind Schriftstellerin?« staunte Fee.

»Ich will mich als solche versuchen. Ich habe Zeitungswissenschaften studiert, und hin und wieder schreibe ich Kurzgeschichten, wenn es mir Spaß macht. Wir haben ja noch keine Kinder, und mein Mann ist beruflich sehr eingespannt.«

»Ich finde es gut, wenn eine Frau ein Hobby hat, das keine Langeweile aufkommen läßt«, sagte Fee, »und besonders gut ist es, wenn das Hobby auch noch was einbringt.«

Sie wußten es gleich, daß sie sich verstehen würden und gut unterhalten konnten. Fee schaute dann noch nach Frau Wallinger, aber sie schlief noch. Sie schien den Sturz einigermaßen gut zu überstehen. Und das war auch Simone zu verdanken.

»Wir werden uns ja hoffentlich noch sehen«, sagte Fee.

»Bestimmt. Sie können sich ja auch mal im Haus umsehen, falls es Sie interessiert. Und wenn wir verkaufen, dann an Sie, falls Sie fest entschlossen sind.«

»Das ist lieb«, sagte Fee. »Und wenn die Kinder aus der Schule kommen, sagen Sie bitte, daß Micky mit zu uns kommen soll.«

»Wird Ihnen das nicht zuviel, wenn Sie selbst fünf Kinder haben? Man kann es ja nicht glauben, so wie Sie aussehen.«

»Es waren auch nur vier geplant, aber dann waren es Zwillinge«, erwiderte Fee mit leisem Lachen, »und wo fünf sind, kommt es auf eins mehr am Tisch auch nicht an.«

»Ich würde gern alle Ihre Kinder kennenlernen«, sagte Simone.

»Das wird sich machen lassen. Wir bleiben ja in Verbindung, und ich schaue mir das Haus gern mal an.«

»Am Samstag soll manches geräumt werden. Vielleicht kommen Sie morgen mal vorbei?«

»Das werde ich. Es freut mich, daß wir uns verstehen, Frau Rüding, und ich würde gern auch mehr über diese interessante Familie hören.«

»Ich bin selbst gespannt, was ich da noch herausfinden werde.«

Fee lächelte. »Jedenfalls war das Haus für uns immer geheimnisumwittert, wenn ich auch nicht daran glaube, daß es hier spukt.«

»Und gestohlen wurde hier sicher noch nichts«, stellte Simone fest, »nächtliche Diebe kann man ausschließen. Dabei stand das Haus doch lange leer. Frau Steffen hat sich anscheinend auch nicht gefürchtet, allein hier zu leben.«

»Sie war eine sehr eigenartige Frau. Mein Mann hatte ab und zu mit ihr zu tun, aber richtig krank war sie nicht.«

»Und dann stürzt sie in der Badewanne und stirbt an den Verletzungen«, sagte Simone nachdenklich. »Es ist vieles merkwürdig.«

»Besonders, wenn man viel Phantasie hat«, meinte Fee. »Wenn Sie einen Roman darüber schreiben, möchte ich ihn gern lesen.«

Simone lachte herzlich. »Ich habe mir schon viel vorgenommen und dann doch nicht ausgeführt. Mein Mann wird eifersüchtig, wenn ich nicht genügend Zeit für ihn habe, und ihm gefällt es gar nicht, daß ich mich jetzt soviel hier im Haus aufhalte. Aber wenn ich Ihnen mal erzähle, was ich da alles gefunden habe, werden Sie staunen. Nehmen wir mal an, wir hätten Ihnen alles in Bausch und Bogen verkauft, wie es war und wir es geerbt haben, hätten Sie dann alles unbesehen wegräumen lassen?«

»Das ganz bestimmt nicht, weil es viele Menschen gibt, die für jedes Möbelstück dankbar sind, und außerdem geht es mir wie Ihnen, mich reizt das Geheimnisvolle.«

Simone freute es, daß sie Verständnis dafür hatte, und alles in allem war Fee Norden auch in ihren Augen eine bewundernswerte Frau, während Fee und Daniel Norden sich einig darin waren, daß Simone Rüding alle Sympathie verdiente.

Rosa Wallinger betrachtete sie als ihren rettenden Engel. Sie hatte ihren Schock schon fast überwunden, als die Kinder aus der Schule kamen, und Simone gebeten, Micky keinen Schrecken einzujagen.

Zuerst waren Micky und Anneka schon sehr verblüfft, daß Simone an ihrer Gartentür Ausschau hielt, aber sie brachte es

Micky ganz behutsam bei, daß sich ihre Omi verletzt hatte und jetzt noch liegen müsse, daß Dr. Norden dagewesen wäre und Micky mit Anneka zu den Nordens gehen solle. Da war für Micky der Kummer halb so groß, denn sie war gern bei den Nordens, weil sie mit den Kindern viel schöner spielen konnte als allein.

Simone setzte sich zu Frau Wallinger ans Bett. Sie hatte Tee in der Thermosflasche mitgebracht und belegte Brote, und beides wollte sie gern mit der alten Dame teilen, doch sie nahm nur eine Tasse Tee dankend an. Hunger hatte sie keinen, und dafür hatte Simone auch Verständnis, denn solcher Schrecken nahm schon den Appetit. So konnte sie die Schmerzgeplagte nur ablenken, indem sie munter erzählte, wie sie das Haus vorgefunden hätte.

»Abgesehen davon, daß das Haus schon monatelang leer stand, kann ich nur vermuten, daß über Jahrzehnte die Sachen angesammelt, aber wenige ausrangiert wurden«, erklärte sie. »Kannten Sie einige Bewohner, Frau Wallinger?«

»Ich kannte sogar die Baronin«, erwiderte die alte Dame. »Ich war zwar noch ein Kind, als sie starb, aber meine Mutter hat mir von ihr erzählt. Sie muß eine sehr schöne Frau gewesen sein und sehr gesellig. Man hat da verschiedenes gemunkelt auch über ihren Tod, aber wie das so ist, hat man sich da wohl auch manches ausgedacht.«

»Aber Sie erinnern sich noch, was man gemunkelt hat?«

»Aber ja, in meinem Leben ist nicht viel Aufregendes passiert, und da merkt man sich dann auch viel. Sie soll ja Russin gewesen sein, und der Baron war ein ganz hoher Beamter beim König. Manche sollen es nicht gern gesehen haben, daß er eine Russin geheiratet hat, aber er soll Diplomat in Rußland gewesen sein. Mein Vater war auch königlicher Beamter, und so erfuhren sie auch manches. Die Baronin spielte in der Gesellschaft eine große Rolle, die Männer sollen ihr zu Füßen gelegen haben, aber dann hieß es, daß ihr Bruder im Ersten Weltkrieg ein Spion gewesen sei.« Sie lächelte verlegen. »Es klingt schon ein bißchen arg wild, gell?«

»Ich höre gern zu«, sagte Simone. »Ich will ja möglichst viel in Erfahrung bringen. Wissen Sie auch, wie sie gestorben ist?«

»Das soll der Pöbel gewesen sein. Wissen Sie, nach dem Ersten Weltkrieg gab es so einen Bürgeraufstand. Die Leute hatten nichts zu essen, und die Reichen wurden gehaßt, vor allem die Adligen. Die Komtesse war schon im Krieg in die Schweiz geschickt worden, und die Baronin soll beim Packen gewesen sein, als der Pöbel eindrang, aber die wurden verjagt von der Polizei, doch die Baronin war tot. Manche sagten, sie hätte Gift genommen, andere, daß sie erschossen wurde, und der Baron war ja schon im Krieg umgekommen. Von daher hieß es dann schon, die Baronin würde herumspuken im Haus. Die Komtesse Christina soll in der Schweiz geheiratet haben. Sie kam nicht hierher zurück.«

»Sie heiratete den Großvater meines Mannes, der auch Diplomat war. Sie lebten bis zu ihrem Tode in der Schweiz, aber ihr Sohn kam nach München, als er sich in eine junge Dame verliebt hatte, und er hat auch hier geheiratet, aber er hat nicht hier gewohnt. Das Haus war vermietet, soviel uns bekannt ist.«

»An einen Professor Gutjahr. An die Familie kann ich mich noch gut erinnern, obgleich sie sehr zurückgezogen lebten. Das war auch damals schon so in diesem Viertel. Die Familie verschwand über Nacht vor dem Zweiten Weltkrieg. Die Frau soll Jüdin gewesen sein. Sie wissen ja sicher auch, wie das damals zuging, aber dann kamen Leute aus dem Osten, die hießen auch Rüding, wenigstens die Eltern, und die junge Frau hieß Steffen, Adelheid Steffen, die ist ja dann auch in dem Haus gestorben. Das ist alles, was ich weiß. Vielleicht würde ich mich noch an manches erinnern, wenn andere mir weiterhelfen könnten, aber es ist ja niemand mehr da. Zeitweise war ich ja auch als Krankenschwester im Lazarett, und mein Mann war als Offizier im Krieg und dann in Gefangenschaft, und als er dann zurückkam, waren wir froh, daß wir hier ein Heim hatten. Viele hatten ja alles verloren. Und dann wurde unser Bub geboren, unser Peter, und er hat eine liebe Frau gefunden. Leider ist mein Mann schon vor acht Jahren gestorben, unsere Micky war noch ganz klein.«

Sie wischte sich Tränen aus den Augen. »Die Kinder mögen es nicht, wenn ich an früher denke, aber man vergißt ja nicht, was man alles durchgemacht hat, und trotzdem kann ich sagen, daß mein Leben so dahingegangen ist, ohne daß ich umziehen mußte und aufgeben mußte, was mir lieb und teuer ist, wie es so vielen ergangen ist. Ich bin dankbar dafür, Frau Rüding, und ich habe oft denken müssen, was das Haus nebenan so alles mitgemacht hat. Es war früher ein schönes Haus, aber die Leute kamen und gingen. Mal mit ein paar Möbeln, mal bloß mit Koffern. Alles habe ich ja auch nicht mitgekriegt. Wir mußten ja auch Ausgebombte aufnehmen, und in manchen Jahren hatte man genug zu tun, nur an sich und die eigene Familie zu denken. Jetzt haben Sie mir aber lange zugehört und werden denken, daß die alte Wallinger eine schwatzhafte Person ist.«

»Ich denke, daß die liebe Frau Wallinger mir eine Menge interessanter Informationen gab. Wir wissen ja gar nicht, was sich hier alles zugetragen hat. Wir waren völlig überrascht, als wir das Haus erbten, das heißt, eigentlich ist ja nur mein Mann als letzter Rüding der Erbe, und Frau Steffen, obgleich eine geborene Rüding, war uns persönlich überhaupt nicht bekannt. Meine Schwiegereltern sind verhältnismäßig früh gestorben, so sind Sie tatsächlich eine sehr wertvolle Informantin für mich. Aber jetzt sollten Sie wieder ruhen.«

»Mir fällt bestimmt noch was ein, und ein paar Fotos von früher muß ich auch noch haben.« Sie hob lauschend den Kopf. »Jetzt kommt Kati, meine Schwiegertochter. Sie wird einen Schrecken kriegen.«

Simone hatte sich schon erhoben. Sie hörte Kati Wallinger »Mutti – Micky«, rufen und ging schnell hinaus.

Fassungslos starrte Kati, eine hübsche Frau mit honigblondem Haar und strahlend blauen Augen, sie an.

»Ich bin Simone Rüding, erschrecken Sie bitte nicht, Frau Wallinger. Ihre Schwiegermutter ist heute vormittag gestürzt, und ich konnte ihr ein bißchen helfen. Micky ist bei den Nordens.«

»O Gott, was ist mit Mutti?« rief Kati, die gleich ganz blaß geworden war. »Sie hätten doch anrufen können.«

Sie eilte ins Schlafzimmer, und Simone konnte spüren, wie herzlich das Verhältnis zwischen der alten und der jungen Frau Wallinger war. Sie selbst hatte ihre Schwiegermutter nicht kennengelernt und die eigene Mutter verhältnismäßig früh verloren, und jetzt dachte sie bekümmert, daß ihre Kinder keine liebevolle Omi haben würden.

Frau Wallinger pries ihre Hilfsbereitschaft in den höchsten Tönen, aber sie wollte sich nun verabschieden. Doch Kati bedankte sich mit warmen Worten und bat sie, doch wenigstens zum Kaffee herüberzukommen.

»Ich will heute früher heim, und Sie haben jetzt noch genug zu tun, Frau Wallinger«, sagte Simone. »Ich bin froh, daß ich helfen konnte, und ich bin schon reich entschädigt worden, weil Ihre Schwiegermutter soviel von nebenan berichten konnte.«

»Ein Lieblingsthema von Mutti«, sagte Kati lächelnd, »aber ganz ehrlich gesagt ist uns das Haus immer ein bißchen unheimlich gewesen, und diese Frau Link, die da öfter kam, war mir überhaupt nicht geheuer.«

»Frau Link, war das auch eine Zugehfrau?« fragte Simone.

»Nein, das war eine Bekannte von Frau Steffen. Eine Freundin, wie sie selber sagte, als sie mich an jenem Tag ansprach, als Frau Steffen in der Badewanne verunglückt war. Sie wollte wissen, ob ich Frau Steffen an diesem Tag schon gesehen hätte, oder ob jemand bei ihr gewesen sei. Sie würde nicht öffnen, und sie wäre ganz bestimmt von Frau Steffen erwartet worden. Sie hätten telefoniert.«

»Und dann?« fragte Simone.

»Dann hat sie die Tür öffnen lassen, und sie haben die verletzte Frau Steffen gefunden. Sie ist dann ja gestorben.«

»Und wir wurden mit einem unerwarteten Erbe überrascht«, sagte Simone gedankenverloren.

»Immerhin ist das Grundstück allerhand wert«, sagte Kati, »wenn man auch mit dem Haus nichts mehr anfangen kann. Werden Sie ein neues bauen?«

»Wir wohl nicht. Vielleicht verkaufen wir es.«

»Da werden Sie genug Interessenten bekommen. Und wir hoffentlich nette Nachbarn, die nicht unheimlich sind.«

Sie war eine moderne Frau, sicher schon Mitte dreißig, aber sie sah nicht aus, als wäre sie überängstlich oder neige zum Schwarzsehen.

»Ich habe nichts Schreckliches bemerkt«, sagte Simone.

»Aber manchmal ist es wirklich nicht mit rechten Dingen zugegangen«, sagte Kati, »ich bin wirklich kein Angsthase, aber da kamen Töne rüber, die einen bange machen konnten. Wir wollten schon mal die Polizei rufen, aber dann war Peter dafür, daß wir drüben anrufen und Frau Steffen fragen, was denn sei. Sie hat darauf gesagt, wir sollten uns nicht was einbilden, bei ihr sei alles ruhig. Was soll man da machen? Die Polizei hätte uns ja erst recht für spinnös erklärt.«

»Wissen Sie, wo diese Frau Link wohnt?« fragte Simone.

»Nein, mich wundert, daß mir überhaupt der Name genannt wurde, als ich sie an jenem Tag danach fragte. Vielleicht ist es nicht mal der richtige Name. Mir war diese Frau wirklich nicht geheuer, und wenn es nicht albern klingen würde, müßte ich sagen, daß sie den bösen Blick hat. Aber seien Sie froh, wenn Sie mit ihr nichts zu schaffen haben.«

Nun brannte Simone allerdings darauf, mehr über diese Frau Link in Erfahrung zu bringen, und sie hoffte, in Adelheid Steffens schriftlicher Hinterlassenschaft einen Hinweis zu finden.

Sie war, wie sie es Christopher versprochen hatte, früher zu

Hause und hatte ihm auch ein sehr schmackhaftes Essen zubereitet, aber er schüttelte erst einmal wieder den Kopf, als er die Taschen in der Diele sah.

»Was für Gerümpel hast du nun wieder mitgebracht?« fragte er, aber diesmal klang seine Stimme nicht aggressiv.

»Schätzchen, mach es dir bequem, ruh dich aus, es gibt gleich Essen, Filet mit Bohnen und Röstis, wie du es magst.«

»Und bitte einen Bordeaux dazu.«

Sie lachte. »Also geht es dir heute auch besser. Das Gespräch mit Wilhelm scheint nicht so dramatisch gewesen zu sein.«

»Er hat bald seinen Mund gehalten«, erklärte Christopher. »Jetzt sitzt ihm die Angst vor der Polizei im Nacken. Ich habe ihm soviel Aktien abluchsen können, daß ich jetzt die Mehrheit habe, aber ich muß dir mitteilen, daß wir momentan privat in den roten Zahlen sind.«

»Bestimmt nicht mehr lange, mein Schatz. Aber davon später. Zuerst wird gegessen. Ich bin heute auch hungrig.«

Sie war froh, daß er wieder besser gelaunt war, denn sie konnte es nicht ertragen, wenn zwischen ihnen eine Spannung herrschte, was glücklicherweise selten genug der Fall war. Und der Wein machte sie richtig fröhlich.

»Was ist nun mit den Kassetten?« fragte Simone, »hast du das Wunderwerkzeug, Chris?«

»Es ist kein Werkzeug, es ist ein Trick, mein Liebes. Ich darf dir nichts verraten, weil Kriminelle damit fein raus wären.«

»Ich bin aber nicht kriminell.«

»Du sollst zufrieden sein, wenn wir die Dinger aufkriegen, ohne daß sie sehr beschädigt werden. Du kannst ja inzwischen mit den hübschen Puppen spielen.«

»Sie sind einige tausend Mark wert«, sagte sie.

»Mindestens zwanzigtausend pro Stück, ich habe mich erkundigt.«

»Liebe Güte, posaune es bloß nicht aus, sonst kommen uns Diebe ins Haus, was im Spukhaus nie der Fall war. Ich habe heute viel erfahren von der alten Dame Wallinger. Sie hat ihr ganzes Leben in ihrem Haus verbracht.«

»Mit der Nachbarschaft würde ich wohl auch das Gruseln lernen«, sagte Christopher. »Ich bewundere wirklich deinen Mut, Mo.«

Sie erzählte, wie sie Frau Wallinger vorgefunden und daß sie dann Dr. Norden und auch seine Frau kennengelernt hatte.

»Und wenn wir verkaufen, dann bekommen sie das Grundstück, Chris, das habe ich Frau Norden versprochen.«

»Können sie es auch bezahlen?«

»Du mußt ja nicht gerade einen Wucherpreis verlangen. Vielleicht würde uns dann auch der Fluch der Urahnin Olga treffen.«

»Wir wollen das Spielchen nicht zu weit treiben, mein Liebes. Wir wollen uns an die Realitäten halten. Dr. Hallinger hat gesagt, daß das Haus mit allem Inventar in jedem Fall nur einem direkten Erben der Baronin zugefallen wäre, nicht etwa irgendeinem Rüding, von denen es sicher noch einige mehr geben wird.«

»Das hast du mir noch nicht gesagt, Chris.«

»Ich dachte nicht, daß es von Interesse für dich ist, mein Schatz. Als du hörtest, daß es sich um ein uraltes Haus handelt, ging deine Phantasie schon mit dir durch, wenn ich dich daran erinnern darf, und dann wolltest du gleich die ganze Ahnenreihe erforschen.«

»Ich bin dabei, Chris, und ich lasse auch nicht locker. Du solltest nicht so gleichgültig sein, es ist doch für jeden interessant zu wissen, von wem er abstammt, und es könnte sein, daß es sogar einen russischen Spion dabei gab.«

Sein Gesicht verfinsterte sich. »Es ist wirklich kein Spiel, Simone«, sagte er streng. »Ich bin nicht darauf erpicht, daß auch noch die Amouren der Baronin publik gemacht werden, da sie schon genug Skandale entfacht hatten.«

»Liebe Güte, was du alles weißt«, staunte sie, »und das hast du mir verheimlicht?«

»Weil ich dich kenne. Du kannst dich doch an so was berauschen, und ich möchte nichts sein als Christopher Rüding, der nicht mit leichtsinnigen Verwandten in einem Atemzug genannt werden möchte. Und ich will nicht, daß meine Frau der rätselhaften Baronin nacheifern möchte.«

»Das will ich doch nicht, Chris, aber schau doch erst einmal ihr Bild an. Diese Frau war nicht böse.«

»Da haben wir es schon. Du beurteilst sie nach einem Bild. Wo ist das Bild?«

»Ich habe es noch im Wagen. Ich habe es schon gestern im Schrank gefunden, versteckt hinter Kleidung und Koffern.«

Seine Augenbrauen schoben sich zusammen. »Du bist sehr beeinflußbar, Mo«, sagte er düster. »Es will mir nicht gefallen.«

»Es ist Vergangenheit, vielleicht sogar ein Stück Geschichte, Chris«, sagte sie, »vor allem deine Familiengeschichte.«

»Die mich überhaupt nicht interessiert, Mo«, sagte er kühl. »Worauf kann ich denn stolz sein? Auf einen Vater, der eine Frau geheiratet hat, weil sie reich war und er in die Familienfirma einsteigen konnte? Auf Großeltern, die sich überhaupt nicht um uns gekümmert haben, die uns nicht einmal wissen ließen, daß dieses Haus, das dich so fasziniert, eigentlich uns gehört? Alle möglichen Leute haben darin gewohnt, gehaust müßte ich eigentlich sagen, ohne etwas zum Erhalt zu tun, ohne eine müde Mark dafür zu zahlen. Sag jetzt bloß nicht, daß ich profitgierig sei. Ich meine, daß es schon der Anstand erfordern würde, das Haus wenigstens einigermaßen instandzuhalten, wenn man schon umsonst darin wohnen kann.«

»Ist denn dieser Dr. Hallinger zuverlässig?« fragte Simone. »Er hätte sich doch darum kümmern müssen.«

»Er hat damit überhaupt nichts zu tun. Er wurde vom Gericht bestellt als Nachlaßverwalter, bis Erben gefunden wurden, und die Erben sind wir. Die einzigen direkten Nachkommen der Baronin Wallenberg. Gütiger Gott, warum das?«

»Du solltest dankbar sein, weil es dir viel Geld bringen wird,

Geld, das du brauchst, um die Firma allein zu übernehmen, Chris «, sagte Simone ruhig. »Vielleicht bin ich jetzt der größere Realist von uns beiden.«

Er sah sie bestürzt an und fuhr sich über die Augen. »Das mag sein, mein Liebes«, sagte er tonlos, »aber mit Stolz kann ich wohl nicht auf diese Vorfahren zurückblicken, auf einen Vater, der ein Spieler war, und auf andere.«

»Vielleicht gibt es andere, die gut waren, deine Großmutter und ihr Mann zum Beispiel, die dieses Haus anderen überließen, die möglicherweise arm oder gar verfolgt waren, arme Flüchtlinge aus dem Osten, die auch zu der Familie Rüding gehörten, und denke bitte daran, daß deine Großmutter eine Baronesse Wallenberg war, die einen Bürgerlichen namens Rüding geheiratet hat, der ganz sicher ein ehrbarer Mann war.«

»Woher willst du das wissen?«

»Frau Wallinger hat mir viel erzählt, und ich denke, ich kann mir da manches zusammenreimen.«

»Hoffentlich erlebst du keine Enttäuschung.«

Sie umarmte ihn und blickte ihm fest in die Augen. »Schau dir erst einmal das Bildnis deiner Urahnin an, Chris«, sagte sie. »Ich hole es. Es ist aber ziemlich schwer. Wenn du mir helfen würdest?«

Es war ein großer Augenblick in ihrer Ehe, als sie sich anblickten und Simone sich fragte, wie er sich wohl verhalten würde.

»Ich werde es tragen, du hast dich genug abgerackert mit der Vergangenheit«, sagte er. »Ich werde unter ihr nicht zusammenbrechen.«

Eng umschlungen gingen sie zur Garage. »Und was immer geschehen mag in aller Zukunft, Chris, ich werde immer zu dir halten«, sagte Simone. »Für uns ist die Zukunft viel wichtiger als die Vergangenheit.«

Bevor sie das Bild aus dem Kofferraum nahmen, das Simone in eine Decke gehüllt hatte, küßte Christopher sie innig.

»Du bist die Stärkere, Mo«, sagte er, »du bist mein Motor. Vielleicht wäre Vater auch anders geworden, hätte er eine Frau wie dich gehabt.«

Sie trugen das Bild hinauf, und dann betrachteten sie es beide. Hier, in dem großen hellen Raum wirkte es noch ganz anders. Simone entging es nicht, daß auch Christopher angezogen wurde von dieser Faszination, die atemberaubend war.

»Wer hat sie gemalt?« fragte Christopher.

»Das weiß ich nicht. Darüber habe ich bisher auch noch nicht nachgedacht.«

»Es muß ein Künstler gewesen sein«, sagte Christopher leise.

»Schauen wir nach, wo die Signatur ist«, sagte Simone, aber auf der Vorderseite fanden sie keine. Christopher drehte das Gemälde um und stellte fest, daß es einen doppelten Rücken hatte, der mit Klammern gehalten war, wie es eigentlich nur bei Fotorahmen üblich war. Sie waren schwer zurückzudrehen, aber als der dicke Pappdeckel sich dann löste, kamen Schriftstücke zum Vorschein, Dokumente und zwei Briefe.

Christopher und Simone schauten sich an. »Jetzt wird es mir auch langsam unheimlich«, sagte er leise.

»Mir nicht. Mir ist es eher so, als wolle sie uns etwas mitteilen, nämlich denjenigen, die nicht an Spuk und Geister glauben, sondern eher den Dingen auf den Grund gehen wollen, ganz gleich, wer es ist.«

»Du denkst dir doch was bei der ganzen Sucherei, Mo.«

»Eigentlich war ich nur neugierig, aber jetzt glaube ich, daß diese Frau sehr viel Humor hatte und überhaupt menschlich dachte. Schau dir doch mal ihre Augen und ihr Lächeln an.«

»Wie deutest du es?«

»Ich würde sagen: ›Was wollt ihr eigentlich, ich habe meinen Spaß und was nach mir kommt, ist mir egal‹.« Simones Blick schweifte in die Ferne. »Aber vielleicht verrät uns das, was hinter dem Bild versteckt war, etwas ganz anderes.«

»Dann machen wir uns an die Arbeit, mein Schatz. Du hast

mich angesteckt. Ich könnte auch sagen, daß meine Urahnin mich betört hat.«

»Und ich würde es verstehen und wäre gar nicht eifersüchtig!«

»Ich bin sehr erleichtert«, sagte er und küßte sie erst einmal ausgiebig.

~

Rosa Wallinger war von ihren Lieben umgeben. Fee Norden hatte Micky heimgebracht und sich überzeugt, daß es der alten Dame bedeutend besser ging. Sie hatte gesagt bekommen, welch eine reizende, liebe Frau Simone sei, und Kati hatte sich sehr herzlich bedankt, daß ihre Schwiegermutter so gut und so schnell versorgt wurde.

Peter Wallinger war auch zu Hause, und die alte Dame konnte es so recht von Herzen genießen, wie besorgt man um sie war und versuchte, ihr jeden Wunsch zu erfüllen.

Aber sie lebte wieder in der Vergangenheit, und diesmal hörte man ihr geduldig zu, und auch die jungen Leute stellten fest, daß es doch so einiges gab, worüber man nachdenken sollte.

»Frau Rüding wird alles genau erforschen und niederschreiben«, sagte Rosa Wallinger, »aber ich habe einen großen Teil miterlebt. Wer kann das denn schon von sich sagen, daß er vier Generationen in der gleichen Umgebung erlebte? Ich nehme es euch nicht übel, wenn ihr über eure schrullige Oma lächelt, aber heute habe ich begriffen, wie selten es ist, in einem einzigen Haus von Geburt an bis zum Tode zu leben, und wenn ich mir etwas wünsche, dann das, daß ich bis zum letzten Atemzug hierbleiben darf.«

»Es ist dein Haus, Mutti«, sagte Kati, »und wir müssen dankbar sein, daß wir hier bei dir leben dürfen. Du weißt genau, daß ich ein armes Mädchen war, aber du hast mich liebevoll aufgenommen, und ich werde es dir ewig danken, und du hast diesen Peter zur Welt gebracht, den ich über alles liebe.«

»Und du, Kati, meine Micky, die ich auch über alles liebe.«

»Du wirst nächstes Jahr noch ein Enkelchen im Arm halten können, Mutti«, sagte Kati, »und diesmal wird es ein Bub, ein Wallinger, das wissen wir schon.«

»Und ich erfahre es erst jetzt?«

»Wir wollten ganz sicher sein. Wir hatten ja die Hoffnung schon fast aufgegeben, daß wir noch ein Kind haben werden nach den zwei Fehlgeburten.«

»Von denen weiß ich auch nichts«, sagte Rosa Wallinger mit zitternder Stimme.

»Weil wir dich nicht aufregen wollten, Mutti«, sagte Kati liebevoll. »Aber nun können wir uns gemeinsam freuen.«

»Hoffentlich kann ich bald wieder richtig herumlaufen, damit du dich schonen kannst, Kati«, sagte die alte Dame.

»Du läßt dich jetzt mal pflegen. Es wird höchste Zeit, und mir geht es gut.«

»Dann bin ich doppelt froh, daß ich Frau Rüding nicht habe bei euch anrufen lassen, sonst hättest du dich wohl doch aufgeregt.«

Kati küßte sie auf beide Wangen. »Ich werde es Frau Rüding nie vergessen, daß sie da war und dir geholfen hat.«

»Ich meine, das hat der liebe Herrgott so gewollt – oder der Geist der Baronin«, sagte Rosa Wallinger mit einem Schmunzeln. »Es gibt auch gute Geister!«

Christopher und Simone saßen vor vier offenen Kassetten und konnten sich vom fassungslosen Staunen nicht erholen.

In der schwersten befand sich Tafelsilber für vierundzwanzig Personen in kostbarster Ausführung und von unschätzbarem Wert. In der anderen silberne Leuchter und ein Dutzend goldene Mokkalöffel. Das Mokkaservice aus feinstem Porzellan mit goldenen Ornamenten befand sich in der dritten Kassette, und in der vierten Miniaturen aus Gold, Silber und

Elfenbein, dazu zwei Lederetuis mit Ringen und Hals- und Armketten.

»Das gibt es doch nicht, daß niemand daran dachte, sich das anzueignen«, sagte Christopher rauh. »Es sei denn, es hat eine besondere Bewandnis.«

»Aber welche?« überlegte Simone. »Daß jeder Angst hatte, die Truhe zu öffnen?«

»Dann müßte es aber einen Hinweis geben, der solche Angst einflößte«, sagte Christopher nachdenklich.

Einen Hinweis fanden sie, als sie dann die Papiere durchsahen, die sich im Sekretär befunden hatten. Angsteinflößend war der allerdings nicht. Es stand nur in einem ledergebundenen Buch geschrieben, daß die beiden Truhen dem Grafen Igor Fedorow gehörten und jeder Bewohner verpflichtet sei, sie aufzubewahren und dem Grafen unbeschädigt und verschlossen zu übergeben, wenn er oder sein Sohn kommen würde. Er würde schreckliche Rache nehmen, wenn dieses Ersuchen nicht befolgt würde.

»Du liebe Güte«, seufzte Christopher, »jetzt können wir ganz schön in der Klemme sitzen.«

»Wie haben wir es denn, du Realist«, sagte Simone belustigt. »Unterzeichnet ist das von Baronin Olga im Jahr 1918. Da war der Krieg zu Ende. Und Graf Igor, ihr Bruder, kann nicht viel jünger als sie gewesen sein. Ich werde also weiterhin Ahnenforschung betreiben, und möglicherweise auch seinen Sohn ausfindig machen, wenn der überhaupt noch lebt. Der Jüngste dürfte er jedenfalls auch nicht mehr sein. Vielleicht finde ich Hinweise in der Chronik. Jedenfalls bist du ein direkter Erbe, du hast das Haus samt Inhalt geerbt, Chris, und immerhin könnte ja dieses Buch zumindest längst verschwunden sein. Gut, die Bewohner haben sich daran gehalten, wahrscheinlich ist es von einem zum anderen überliefert worden, so merkwürdig das auch sein mag, aber es ist ja eigentlich alles merkwürdig, als sei der Geist der Baronin tatsächlich allgegenwärtig gewesen.«

»Jedenfalls gehört uns das alles nicht, und es bringt kein

Glück, wenn man sich fremdes Hab und Gut aneignet«, sagte Christopher.

»Wir haben es uns nicht angeeignet, du hast es geerbt«, sagte Simone ruhig. Dann dachte sie eine Weile nach. »Man kann es auch so verstehen, daß alle Bewohner des Hauses nach Olgas Tod dankbar dafür waren, hier wohnen zu dürfen. Ich werde sicher herausfinden, wie die Einzelnen zu dem Wohnrecht kamen. Frau Wallinger hat mir auch schon ein paar Hinweise gegeben. Es hätte auch sein können, daß das Haus samt Inventar in den Kriegen vernichtet wurde, und niemand hätte dann erfahren, was sich in den Truhen befindet.«

Simones Blick wanderte zu dem Bildnis der Baronin, als erwarte sie von ihr einen Hinweis, eine Antwort auf alle Fragen, die sie bewegten. Und dann dachte sie an die Dokumente, die an der Rückwand des Gemäldes verborgen waren, die sie auch dort belassen hatten, weil sie ja nicht alles auf einmal machen konnten. Es konnte doch nur die Baronin gewesen sein, die dieses Versteck gewählt hatte.

»Sie war eine rätselhafte Frau, Chris«, sagte Simone leise, »und sie wollte der Nachwelt Rätsel aufgeben. Vielleicht glaubte sie auch an ein Weiterleben nach dem Tode und daran, daß sie alles verfolgen könnte, was mit ihrem Hab und Gut geschehen würde.«

»Nun verlier dich bitte nicht wieder in Phantastereien«, sagte Christopher rauh.

»Du grübelst doch auch, warum das alles so gekommen ist, warum ausgerechnet du dieses Haus erbtest, von dem du doch keine Ahnung hattest, und das dein Vater anscheinend auch abgeschrieben hatte. Irgendwie scheint es doch uns bestimmt zu sein, Licht in dieses rätselhafte Dunkel zu bringen, Chris. Schicksalhaft bedingt, möchte ich sagen.«

Christopher erhob sich. »Wenn du meinst, Mo«, sagte er geistesabwesend, »mir ist es zugegebenermaßen auch so, als würde mich meine Urahnin herausfordernd ansehen.«

»Sie muß eine tolle Frau gewesen sein«, sagte Simone. »Ich kann mir sehr gut vorstellen, daß sie allen Männern den Kopf verdreht hat.«

»Das kann ich mir bei dir allerdings auch vorstellen«, sagte er.

Simone lachte hell auf.

»Ich bin heilfroh, daß es mir bei dir gelungen ist, und das reicht mir vollkommen, mein Schatz. Und nun sitzen wir hier auf diesen Schätzen, auf einem Vermögen, und du hast mir immer noch nicht genau berichtet, was Onkel Wilhelm gesagt hat.«

»Erst sehen wir die Dokumente durch, Mo. Wilhelm ist ein seniler Trottel, der überhaupt keinen Überblick mehr hat und nur noch halbwegs in Zahlen denken kann, wenn er sie vor sich sieht. Aber als ich ihm sagte, daß wir allesamt ins Gefängnis wandern könnten, wenn wir krumme Geschäfte machen, hat er fast einen Herzanfall bekommen. Ihm kann man doch jedes erzählen, was er mag, und das mache ich mir jetzt auch zunutze.«

»Aber das ist auch nicht fair, Chris«, sagte Simone warnend.

»Ich betrüge ihn ja nicht. Er bekommt sein Geld, und er kann sich ein schönes Leben machen, aber ich sehe nicht ein, daß er von allem profitieren soll, was ich mit Ulli auf die Beine stelle. Ich schlage einfach eine härtere Gangart ein.«

Sie warf ihm einen schrägen Blick zu. »Etwas von der Raffinesse deiner Urahnin mußt du ja wohl geerbt haben. Immerhin fließt auch in deinen Adern ihr Blut.« Wieder wanderte Simones Blick zu dem Gemälde, und ihr war es, als blitze es in den großen mandelförmigen Augen der schönen Olga amüsiert.

»Sie ist hinreißend«, sagte sie. »Und wir haben ihr viel zu verdanken.«

»Du meinst nicht, daß uns ihre Rache treffen wird?«

Simone war momentan konsterniert. »Wie kommst du denn darauf? Liebe Güte, jetzt wirst du doch nicht anfangen, an den Spuk zu glauben, den sie angeblich verursacht?«

»Ich frage mich nur, warum ausgerechnet wir dies alles in die Hände gespielt bekamen.«

»So sehe ich es nicht, mein Lieber. Ich habe es, gegen deinen Widerstand, allen Gefahren und Geistern trotzend, auf mich genommen, diese geheimnisvolle Hinterlassenschaft in unsere Obhut zu nehmen. Ich habe keine Angst vor ihrem Geist. Ich liebe ihre Erscheinung, und ich habe so eine Ahnung, daß sie bei allem, was sie tat, ganz bestimmte Ziele verfolgte.«

Dann holte Simone eine Flasche Sekt und stieß mit ihrem Mann auf eine erfolgreiche Zukunft an, ganz spontan, und ohne lange Vorrede.

»Ich bin stolz, daß du so eine Ahnin hast, Chris«, sagte sie. Und dann sichteten sie die Dokumente, und so erfuhr Chris, aus welch vornehmer, uralter Familie er stammte und wie bewegt deren Vergangenheit war. Er konnte jetzt verstehen, daß seine phantasievolle Frau daraus einen Roman machen wollte.

Graf Igor war verheiratet gewesen und hatte zwei Söhne gehabt. Seine Frau und der ältere Sohn waren an einer schweren Krankheit gestorben, der jüngere, Alexander, wäre jetzt auch über neunzig Jahre alt, wenn er am Leben geblieben wäre. Alle Dokumente schien Olga kurz vor ihrem Tode versteckt zu haben, vielleicht auch schon während des Ersten Weltkrieges, den sie ja nicht lange überlebt hatte. Und es befanden sich auch Horoskope unter diesen Dokumenten, die darauf schließen ließen, daß Olga sich auch diesem Hobby gewidmet hatte. Die Deutungen waren jedoch nicht vorhanden, und Simone erklärte sofort, daß sie sich diese von einem Astrologen deuten lassen würde.

»Du gehst bis ins kleinste Detail«, sagte Christopher, aber es war nicht der leiseste Vorwurf in seiner Stimme. Simone spürte, daß ihn das Rätsel um Olga auch gefangengenommen hatte.

»Wir werden die einzelnen Glieder einer langen Kette aneinanderreihen müssen«, sagte Simone gedankenvoll, »aber wir werden ganz für uns behalten, welche Schätze wir gefunden haben.«

»Du gefunden hast«, wurde sie von Christopher berichtigt. »Ich hätte ja tatsächlich einen Entrümpler bestellt.«

»Und der wäre reich geworden, denn glaube nur ja nicht, daß die etwas übersehen würden. Ich möchte nicht wissen, wieviel wertvolle Sachen solchen Leuten schon in die Hände gefallen sind. Ich werde jedenfalls auch am Samstag höllisch aufpassen, wenn die alten Möbel abgeholt werden.«

»Vielleicht könnten wir sie noch verkaufen«, warf Christopher ein.

»Jetzt bist du auch auf den Geschmack gekommen«, meinte Simone lächelnd, »aber du kannst ja dabei sein, und ich habe Herrn Hannemann sowieso gesagt, daß wir die Sachen aussortieren, die mitgenommen werden können. Außer dem Sekretär habe ich aber kein schönes Möbel gesehen.«

»Es haben ja so viele Leute darin gewohnt. Gepflegt wurden die Sachen gewiß nicht«, sagte Christopher. »Und wahrscheinlich ist doch manches restlos vergammelt oder auch mitgenommen worden. Das soll uns nicht mehr tangieren, Mo, aber irgendwie erscheint mir doch alles wie ein Traum.«

»Aber wenn wir morgen erwachen, wird nichts verschwunden sein. Ich hoffe jedenfalls, daß wir jetzt nicht mit Einbrechern konfrontiert werden. Ja, daß dies alles noch vorhanden ist, muß wirklich wie ein Wunder erscheinen, doch was mich betrifft, auf mich übte dieses Haus von Anfang an eine Anziehungskraft aus, der ich mich nicht entziehen konnte. Es hat sich gelohnt«, sagte Simone ruhig.

Sie war müde, und sie wollte jetzt nichts mehr denken. Sie hatten ja noch Zeit, sich intensiv mit all dem zu befassen. Es konnte noch manche Überraschung drin sein, aber vor dem Einschlafen dachte Simone daran, daß morgen Freitag war und Fee Norden kommen wollte, um sich das Haus anzuschauen. Ihr wollte sie wenigstens die alten Entwürfe zeigen, die verrieten, wie schön alles einmal gewesen war.

Fee Norden sagte es Daniel beim Frühstück, daß sie nachmittags mit Simone verabredet sei.

»Dann schaue ich vorher noch nach Frau Wallinger«, erklärte sie.

»Ich darf aber mitkommen, Mami«, warf Anneka ein. »Ich habe keine Angst vor Geistern.«

»Da gibt es auch keine, Schätzchen.«

»Guck mal in den Keller, Mami, vielleicht haben sie da einen Schatz vermauert.«

Sie hatte keine Ahnung, daß der Schatz auf dem Speicher gefunden worden war, aber es konnte wirklich so sein, daß man ihn eher in einem Keller vermuten würde als in einem Speicher.

»Vielleicht gibt es da einen unterirdischen Gang, wo Skelette drinliegen«, sagte Felix, der es zur Zeit mit Gruselgeschichten hatte, aber trotzdem nicht den Wunsch äußerte, Fee auch zu dem Spukhaus zu begleiten.

Dazu konnte Anneka auch ihre Freundin Micky nicht bewegen, obgleich die Omi ihr zuredete, daß es nun keinen Geist und keinen Spuk da drüben mehr geben würde.

Fee Norden konnte sich überzeugen, daß es Frau Wallinger schon bedeutend besser ging. Sie saß schon in ihrem Sessel und lief auch ab und zu schon ein paar Minuten herum. Um nicht einzurosten, wie sie sagte.

»Ich habe schon Schlimmeres mitgemacht. Man darf sich nicht aufgeben, und man muß sich auch Krankheiten nicht einreden. Ich kenne ein paar Leute, die mit solcher Einstellung wirklich krank geworden sind. Aber das wissen Sie ja auch, Frau Doktor.«

»Und wir wissen, daß Sie eine ganz Mutige sind«, sagte Fee herzlich.

»Aber Glück hatte ich halt auch, weil Frau Rüding kam. Sie ist ja ein so netter Mensch. Schauen Sie nur, was für schöne Blumen sie mir heute schon gebracht hat, und Pralinen, und auch für Micky Schokolade.«

»Aber rübergehen tu ich trotzdem nicht«, sagte Micky.

»Ich erzähle dir dann alles«, sagte Anneka. »Man braucht nicht tun, was man nicht tun will.«

Sie ging gern mit ihrer Mami, und auch für sie hatte Simone Schokolade mitgebracht und etwas zum Knabbern.

Simone hatte schon wieder zwei Stunden zusammengeräumt, und sie hatte noch etwas gefunden, was auch Anneka Spaß machen konnte. In der Kammer, an der sie bisher stets vorübergegangen war, weil sie neben der schmutzigen Küche lag, hatte sie eine Kiste mit alten Spielsachen und Bilderbüchern gefunden. Ob die von Olgas Tochter stammten, konnte sie freilich nicht sagen. Auch spätere Bewohner konnten Kinder gehabt haben, obgleich Frau Wallinger bisher darüber nichts gesagt hatte.

Annekas Kommentar entsprach ihrer Aufrichtigkeit. »Ganz schön staubig alles, da können auch Bazillen dran sein«, erklärte sie. »Aber das waren bestimmt mal schöne Sachen.«

»Die man säubern kann und jetzt sicher ihren Wert haben«, sagte Fee. »Man ahnt manchmal gar nicht, was Sammler so zahlen für altes Spielzeug, von anderen Antiquitäten abgesehen.«

Sie gingen durch das Haus, aber obgleich Fee sich auskannte bei Antiquitäten und selbst auch manches sammelte, konnte sie da außer dem Sekretär auch nichts besonders Wertvolles entdecken, wenn auch ein paar Möbel gut erhalten waren, aber Fee meinte, daß diese höchstens fünfzig bis sechzig Jahre alt sein könnten.

»Ich habe alte Entwürfe gefunden«, erklärte Simone, »aber von den Möbeln konnte ich hier nichts mehr finden.«

»Manche zogen ein und brachten was mit, und als sie auszogen, haben sie wahrscheinlich etwas anderes mitgenommen«, stellte Fee fest, denn mit Kennermiene begutachtete sie die Möbel, dann auch das Schlafzimmer, konnte aber nichts feststellen, was sie hätte begeistern können. Das konnte sie aber bei dem Stutzflügel, der im Salon stand.

Davon verstand Simone gar nichts, aber Fee setzte sich gleich auf den Hocker und schlug die Tasten an.

»Er ist zwar verstimmt«, meinte sie, »aber ein wunderschönes Instrument. Den würde ich Ihnen sofort abkaufen, Frau Rüding.«

»Von kaufen kann gar keine Rede sein«, sagte Simone. »Ich spreche mit meinem Mann, dann bekommen Sie ihn geschenkt. Vielleicht kommt Christopher bald. Ich habe ihm übrigens gesagt, daß Sie an dem Grundstück interessiert wären.«

»Und was sagt er?«

»Man könnte darüber reden. Wir bauen hier jedenfalls nicht, soviel steht schon fest. Es wäre für Chris zu weit zur Firma. Er ist so schon so viel unterwegs, da mag er nicht jeden Tag ewig hin und her fahren!«

»Wohnt ihr weit weg?« fragte Anneka.

»In Ellenhausen, ist schon ein Stückerl weiter«, erwiderte Simone.

»Und was arbeitet dein Mann?«

»Wir haben eine Maschinenfabrik, keine große, aber zu tun gibt es auch genug.«

»Aber Kinder habt ihr nicht«, sagte Anneka.

»Die bekommen wir sicher noch. Wir sind ja noch nicht lange verheiratet«, erwidert Simone lächelnd.

»Stell nicht so neugierige Fragen, Anneka«, ermahnte Fee ihre Tochter.

»Ist doch nicht neugierig, es interessiert mich, und ich muß doch Micky viel erzählen.«

»Kannst ruhig fragen, Anneka. Nun, wie gefällt dir das Haus?«

»Nicht gut, aber wenn der Maler drin wäre, würde wohl alles heller sein.«

»Das lohnt nicht mehr«, sagte Simone. »Die Mauern bröckeln schon ab, und heutzutage stellt man doch andere Ansprüche. Die Küche wollen wir lieber gleich auslassen, die ist ja unappetitlich. Da scheint die Zugehfrau am wenigsten getan zu haben. Haben Sie vielleicht mal den Namen Link gehört, Frau Norden?«

»Nein, ich weiß nur, daß Frau Merkel und Frau Schneider hier geholfen haben, aber von Frau Merkel weiß ich, daß sie sehr sauber und zuverlässig ist.«

»Frau Link soll eine Freundin von Frau Steffen gewesen sein.«

»Davon weiß ich nichts, ich habe auch Frau Steffen nur auf Entfernung gesehen. Wir haben nie zusammen gesprochen. Sie war eine eigenartige Frau, meint mein Mann. Aber die Vertriebenen aus dem Osten haben auch ein schweres Schicksal hinter sich.«

»Gehen wir mal in den Keller?« fragte Anneka.

»Da war ich auch noch nicht«, erklärte Simone, »aber wenn du willst, gehen wir mal.«

»Felix meint, da könnte ein Schatz vermauert sein oder ein unterirdischer Gang.«

»An so was glaube ich nun doch nicht, aber ich habe sonst allerhand gefunden, womit ich nicht gerechnet habe.«

»Was denn alles?« fragte Anneka.

»Einige ganz hübsche Sachen.«

»Du sollst nicht so neugierig sein, Anneka«, mahnte Fee wieder.

»Ich finde es aber toll, wenn man schöne Sachen findet.«

Sie stiegen in den Keller hinab. Er war kalt und dunkel, und es war ein richtiges Gewölbe. In einer Nische stand ein Regal, das gefüllt war mit Weinflaschen, die aber aus der Zeit vor dem Zweiten Weltkrieg stammten, als Olga schon lange nicht mehr lebte. Sonst war außer einer Schneeschaufel, einem Besen und zwei Eimern nichts vorhanden. Im ganzen Haus war kein einziges elektrisches Gerät, das wurde Simone erst jetzt bewußt. Kein Radio, kein Kühlschrank, keine Waschmaschine, und erst recht kein Fernseher. Als sie das sagte, wurden Annekas Augen riesengroß.

»So was gibt es doch gar nicht mehr«, sagte sie, »wo hat denn die Frau Steffen ihre Eßsachen aufbewahrt und ihre Wäsche gewaschen?«

Das konnte Simone beim besten Willen nicht beantworten, aber sie meinte, die alten elektrischen Leitungen, die noch über dem Putz lagen, hätten wohl sowieso keine große Belastung mehr ausgehalten.

»Ja, man lebt nicht ungefährlich in so einem alten Haus«, sagte Fee sinnend, »es müssen wohl immer arme Menschen gewesen sein.«

»Frau Steffen war eine geborene Rüding und sie kam mit ihren Eltern hierher in den Kriegsjahren. Frau Wallinger hat es mir erzählt. Wir hatten davon keine Ahnung. Mein Schwiegervater scheint ihnen das Haus überlassen zu haben, aber mein Mann wußte nichts davon. Vorher soll eine jüdische Familie hier gewohnt haben. Wenn das Haus doch erzählen könnte!«

Anneka schaute sie mit großen Augen an. »Da wird wohl viel passiert sein, wenn die Baronin herumgegeistert ist. Ich würde sie gern mal sehen.«

»Ich habe ein Gemälde von ihr gefunden, aber das habe ich schon mitgenommen. Sie war eine wunderschöne Frau.«

»Schade, daß ich das Bild nicht sehen kann«, sagte Anneka.

»Du kannst mich ja mal besuchen mit deiner Mami, wenn ich hier fertig bin mit dem Zusammenräumen.«

»Machen wir das, Mami?«

»Du weißt doch, wie selten ich Zeit habe, Anneka.«

»Ich könnte dich ja auch abholen und wieder heimbringen«, schlug Simone vor.

»Wenn Mami und Papi es erlauben, das wäre toll«, sagte Anneka.

»Wir können ja mal darüber reden«, sagte Fee nachsichtig. Sie hatte Grund genug, sich gut mit Simone zu verstehen.

Bevor sie sich verabschiedeten, sollten sie noch Christopher kennenlernen, und Anneka meinte dazu später, daß er und

Simone genauso ein schönes Paar wären wie Mami und Papi. Fee meinte allerdings auch, daß die beiden gut zusammenpaßten.

Christopher war auch sehr angetan von Fee und Anneka. »Hast du schon mal gefragt, was sie für eine Preisvorstellung für das Grundstück haben, Mo?«

»Nein, das nicht, aber Frau Norden weiß, was hier der Quadratmeter kostet. Aber sie sind so nett, daß wir doch nicht den Höchstpreis verlangen müßten.«

»So ist es eben, wenn man an nette Leute verkaufen will, mit denen man sich gut versteht«, meinte er lächelnd. »Da schneidet man meistens schlechter ab. Aber da Olga uns soviel hinterlassen hat, womit wir wahrhaftig nicht rechnen konnten, können wir ja auch entgegenkommend sein.«

»Du bist doch mein allerliebster Schatz«, sagte Simone und küßte ihn zärtlich. Dann gingen sie an die Arbeit, aber sie konnten sich doch nur für ganz wenige Sachen entscheiden, die sie behalten wollten.

Mit spitzen Fingern nahm Simone dann das Bett auseinander. Sie konnte sich nicht vorstellen, daß ein Mensch in so schweren Kissen schlafen konnte, aber sie riß die Augen ganz weit auf, als sie unter der zerschlissenen Matratze einen Umschlag fand. *»Nach meinem Tode zu öffnen«* stand darauf.

Simone und Christopher schauten sich an. »Was soll das nun wieder bedeuten?« sagte er tonlos.

»Vielleicht ein Testament?« meinte Simone. »Könnte das Haus ihr gehört haben?«

»Und wenn, sie hatte keine Nachkommen, und Olga hat bestimmt, daß nur direkte Nachkommen das Erbe antreten dürften.«

»Aber das ist lange her, Chris.«

»Und trotzdem gültig, wie Dr. Hallinger mir sagte. Ich war doch auch skeptisch.«

»Und wer sollte uns hindern, den Umschlag zu öffnen. Sie ist doch tot, und wenn sie gewollt hätte, daß es nur in bestimmte Hände kommt, hätte sie es einem Notar übergeben müssen.«

Simone setzte sich über Gewissensbisse hinweg. Sie las, was da in krakeliger Schrift geschrieben stand.

»Ich, Adelheid Steffen, geborene Rüding, habe mich immer an das gehalten, was die Baronin vorgeschrieben hat. Ich habe nichts genommen und nichts entfernt aus diesem Haus, aber es ist auch kein Rüding und kein Fedorow gekommen, der etwas verlangt hätte. Ich möchte nur niederschreiben, daß ich mich in Melitta Link wohl doch getäuscht habe, denn sie war mir keine ehrliche Freundin. Sie wollte die Geister austreiben, und dabei hat sie sie heraufbeschworen. Ich glaube nicht mehr daran, daß die Baronin alle Rüdings verflucht hat, und das will ich hiermit niederschreiben, falls mir plötzlich etwas passieren sollte. Ich möchte auch betonen, daß Melitta Link kein Recht hat, etwas zu verlangen, wenn ich tot bin. Es ist nicht wahr, daß sie Verbindung zu Olgas Geist aufnehmen kann. Ich glaube nichts mehr, und Olga hat auch nicht gewollt, daß ich Melitta alles gebe. Ich hoffe, daß dieses Schreiben in die richtigen Hände kommt. Adelheid Steffen, geborene Rüding. Und ich bin nachweisbar die einzige lebende Cousine von Karl-Friedrich Rüding, dem Sohn von Armin Rüding und seiner Ehefrau Christina, geborene Baronesse Wallenberg.«

Christopher und Simone schwiegen lange Minuten, aber dann sagte Simone, daß sie sich wohl mal um diese Melitta Link kümmern müßten.

»Warum, mein Liebes? Wir sollten froh sein, wenn wir dieser Geisterbeschwörerin nicht begegnen.«

~

Am Morgen rief Ulrich Sander an. Ihm war in der Fabrik etwas aufgefallen, was ihm zu denken gab, und er bat Christopher doch zu kommen.

»Tut mir leid, Liebes, aber ich muß hin. Ich kann Ulli nicht allein lassen.«

Simone sah ihn erschrocken an. »Worum geht es denn?« fragte sie.

»Anscheinend haben wir einen unehrlichen Angestellten, anders können wir es uns nicht erklären, aber wir werden es schon herausfinden. Fahr du schon voraus, ich komme dann nach, wenn ich mit Ulli gesprochen habe.«

»Ich muß ja da sein, wenn die Hannemanns kommen, Chris, sonst würde ich mit dir kommen. Bitte, paß auf dich auf.«

»Paß du auf dich auf«, sagte er.

Es war wenig Verkehr, und Simone war schneller am Ziel als in den Tagen zuvor. Mit den Hannemanns war sie für neun Uhr verabredet, jetzt war es erst zehn Minuten vor neun. Es war Samstagmorgen und noch ruhiger als sonst. Es standen mehr Autos vor den Häusern als sonst, aber es war kein Mensch zu sehen, und auch bei den Wallingers rührte sich nichts.

Als Simone die Haustür aufschließen wollte, stellte sie zu ihrem Erschrecken fest, daß diese schon offen war. Hatten sie gestern etwa vergessen, zuzuschließen?

Nur gut, daß nichts Wertvolles mehr im Haus ist, dachte sie, viel kann man hier ja nicht finden, was leicht mitzunehmen ist. Aber ihr Herzschlag setzte momentan aus, als ein schriller Schrei ertönte und dann eine blecherne Stimme, die so klang, als käme sie aus dem All.

»Diebe, verfluchte Diebe! Wo sind all die Sachen, die mir gehören? Ich will es wissen, sofort will ich es wissen. Ich kenne keine Gnade, wenn ich … « Die Stimme schwieg abrupt, etwas klirrte, dann bemerkte Simone eine schattenhafte Gestalt, und darauf folgte ein Knall.

Sie zitterte am ganzen Körper. Sie glaubte nicht an Geister, aber in diesem Augenblick empfand sie Furcht.

Sie lehnte an der Wand und atmete tief durch. »Wer ist da?« rief sie bebend. »Ich tue Ihnen nichts, zeigen Sie sich.«

Nichts rührte sich, und sie ging ein paar Schritte weiter. Da wurde etwas über sie geworfen. Es war eine Decke, die modrig roch, und ihr wurde es gleich übel. Ein paar kräftige Hände hielten sie fest, so daß sie sich nicht befreien konnte.

Doch da ertönte eine Stimme:

»Frau Rüding, wo sind Sie? Wir sind schon da. Ich habe doch Ihr Auto gesehen.«

Simone spürte, wie der harte Griff nachließ, und mit aller Kraft gelang es ihr, die Decke abzuwerfen. Dann sah sie einen Schatten zur Terrassentür fliehen.

»Einbrecher, Hannemann«, rief sie krächzend, »er flieht.«

Sie taumelte vorwärts. Die beiden jungen Burschen kamen hereingestürmt. »Zum Garten, dort«, rief sie, aber dann verließen sie erst mal die Kräfte, und sie sackte in sich zusammen. Es war ihr übel, alles drehte sich um sie, aber sie wollte nicht ohnmächtig werden. Sie wollte diesem Schatten nacheilen, aber der Boden schwankte unter ihren Füßen. Diese modrige Decke hatte ein Ekelgefühl in ihr erzeugt, das sie immer noch betäubte.

Dann rief jemand: »Wir haben sie.«

Wir haben sie? Es war eine Frau? Simone nahm alle Kraft zusammen. Der alte Hannemann kam herein. Er war bleich, aber rote Flecken zeichneten sich auf seinen Wangen ab.

»Es ist die Link, Frau Rüding, ich habe sie öfter hier gesehen, wenn ich bei Wallingers war.«

»Melitta Link?« wiederholte Simone tonlos, und dann wurde sie doch ohnmächtig.

Der Arzt für alle Fälle war Dr. Norden, und Josef Hannemann zögerte nicht lange und rief ihn an. Seine Söhne hatten Melitta Link überwältigt, obgleich sie sich heftig gewehrt hatte, und sie war eine sehr kräftige Frau, groß und sehnig wie ein Mann. Und ihr hartes Gesicht war furchterregend im Haß, der ihr auch aus den engen Augen sprühte.

Aber die beiden Burschen waren stark, und indessen war auch Peter Wallinger herübergekommen, der von seiner Mutter aufmerksam gemacht worden war, daß da drüben etwas nicht stimmte. Rosa Wallinger war sehr besorgt um Simone, und Kati war dann ihrem Mann auch gleich gefolgt.

Hannemann war auch dafür, die Polizei zu rufen, obgleich Melitta Link heftig protestierte. Sie hätte ja nichts getan. Jemand hätte ihr einen gewaltigen Schrecken eingejagt, als sie in dem Haus mal nach dem Rechten sehen wollte.

Aber das nützte ihr nichts. Peter Wallinger war auch Hannemanns Meinung und rief die Polizei. Dann kamen Dr. Norden und Christopher Rüding fast gleichzeitig. Christopher wurde kreideweiß, als Kati Wallinger »Dr. Norden« sagte.

»Ist etwas mit meiner Frau?« fragte er erregt.

Dr. Norden konnte noch nichts sagen, da er Simone noch nicht gesehen hatte, aber sie schlug schon wieder die Augen auf, als Christopher angstvoll ihren Namen rief.

»Mir ist so übel«, flüsterte sie. »Warum hat sie das getan?«

Christopher sah den Arzt fassungslos an, aber Hannemann erklärte nun schon überstürzt, was passiert war, aber damit wurde Christophers Verwirrung eher noch größer. Doch seine Sorge galt Simone.

Peter Wallinger machte den Vorschlag, daß man sie lieber hinüberbringen solle in sein Haus, damit Dr. Norden sie besser untersuchen könne, was in dieser staubigen Umgebung nicht angebracht sei, und das wurde von Dr. Norden auch sofort akzeptiert.

Melitta Link hüllte sich in Schweigen, als die Polizei kam und sie den Beamten erklärte, sie wäre die beste Freundin von Frau Steffen gewesen und hätte sich nur um das Haus kümmern wollen. Und als man ihr keinen Glauben schenkte, wollte sie ihren Anwalt sprechen.

Man wollte abwarten, was Simone dazu sagen konnte. Dr. Norden konnte Druckstellen am Hals feststellen, aber wahrscheinlich war der Druck durch die Decke gemildert worden, und zum Glück waren dann ja auch die Hannemanns als Retter erschienen.

So groß der Schock für Simone auch gewesen war, nun konnte sie sich doch recht deutlich erinnern, was die hohle Stimme gerufen hatte, und das wurde sogleich den Polizeibeamten mitgeteilt. Melitta Link schrumpfte zusammen, aber sie sagte kein einziges Wort.

Sie wurde mit zum Präsidium genommen. In all der Aufregung erinnerte sich Christopher nicht an das Schreiben von Adelheid Steffen, das sie unter der Matratze ihres Bettes gefunden hatten. Für ihn war das Haus zu einem Alptraum geworden, und er sagte den Hannemanns, daß sie nur alles mitnehmen sollten, was hier noch herumstand, bis auf den Sekretär, den Gobelinsessel und den Stutzflügel. Er hatte vorher noch Peter und Kati Wallinger gefragt, ob sie sich vielleicht etwas aussuchen wollten, aber die winkten ab. Sie waren doch ein bißchen abergläubisch.

Dr. Norden fragte Simone indessen, ob es ihr schon öfter übel gewesen sei.

»In den letzten Tagen schon, vor allem morgens«, erwiderte sie, »aber durch das Hin und Her habe ich auch nicht regelmäßig gegessen und auch weniger als sonst. Ich bin nicht krank, Herr Dr. Norden.«

»Das vermute ich auch nicht«, erwiderte er. »Es könnte sein, daß Sie schwanger sind, aber dazu müßten Sie erst noch gründlicher untersucht werden.«

Ihre Augen wurden ganz weit. »Sie meinen, daß ich ein Kind bekomme?« fragte sie atemlos.

»Daß Sie eines bekommen könnten, wenn meine Vermutung stimmt«, sagte er vorsichtig.

»Ein Baby«, staunte sie, »ich kann es nicht fassen, aber es wäre schön.«

»Sie sollten sich von einem Gynäkologen untersuchen lassen, Frau Rüding.«

»Sie sind doch auch kompetent. Wissen Sie, Dr. Norden, ich habe es nicht so mit den Ärzten, weil ich ein paar schlechte Erfahrungen in der Verwandtschaft gemacht habe, aber zu Ihnen hätte ich Vertrauen.«

»Das freut mich, und wenn wir uns in meiner Praxis unterhalten könnten und ich auch meine technischen Hilfsmittel zur Verfügung habe, könnten wir es auch genau feststellen. Aber Sie werden dann doch sicher in eine Klinik gehen wollen.«

»Das weiß ich noch nicht. Meine Mutter ist nach einer Routineoperation an einer Embolie gestorben, und ich habe da schlechte Erfahrungen.«

»Es tut mir leid, aber ich kann Ihnen eine sehr gute Klinik und einen ausgezeichneten Gynäkologen empfehlen. Ich bin mit Dr. Leitner befreundet und arbeite mit ihm zusammen.«

»Darüber ließe sich dann reden«, sagte sie, nun schon wieder zu einem Lächeln bereit. »Aber vorerst verlasse ich mich auf Sie, und da wir auch in geschäftliche Beziehung treten wollen«, sie blinzelte verschmitzt, »werden wir doch sowieso in Kontakt bleiben. Oder sind Sie sich mit Ihrer Frau in Bezug auf das Grundstück nicht einig?«

»Wir sind uns immer einig, aber ich weiß nicht, ob wir den Preis bezahlen können.«

»Darüber können wir doch auch reden«, sagte sie. »Jetzt bin ich aber gespannt, was Chris sagen wird.«

Er hatte momentan noch die größten Sorgen, daß Melitta Link seiner Frau einen nachhaltigen Schock zugefügt hätte, und er wollte es gar nicht glauben, daß sie nun lächelnd ihre Arme um seinen Hals legte.

»Die Polizei hat die Link mitgenommen« sagte er, »ich werde dafür sorgen, daß sie ihre Strafe bekommt.«

»Hast du von dem Brief erzählt?« fragte Simone.

Er schlug sich an die Stirn. »Den hatte ich ganz vergessen, weil ich Angst um dich hatte, Liebes.«

»Du brauchst keine Angst zu haben. Mir geht es schon viel besser. Vielleicht bekommen wir ein Baby.«

Sein Gesicht war ein einziges Fragezeichen. »Was meinst du?« fragte er fassungslos.

»Daß ich schwanger bin, das meint jedenfalls Dr. Norden. Er wird mich in der Praxis noch genauer untersuchen.«

Christopher schnappte erst einmal nach Luft, dann sagte er, daß sie doch lieber zu einem Gynäkologen gehen solle.

»Das meint Dr. Norden auch, aber zu ihm habe ich Vertrauen, Chris, und dann kann ich immer noch zu seinem Freund Dr. Leitner gehen, wenn es wirklich stimmt. Hoffentlich hat er recht.«

Christopher betrachtete sie staunend. »Du würdest dich freuen?« fragte er.

»Natürlich, du etwa nicht?«

»Ich dachte, du wolltest nicht so bald ein Kind.«

»Ich wollte keins einplanen, und schon gar nicht sollte es ein Grund zum Heiraten sein, aber es ist doch klar, daß ich mich freue, und besonders jetzt, weil ich meine, daß es das Schicksal ganz besonders gut mit uns meint.«

»Der heutige Zwischenfall ist aber kein Beweis dafür, mein Liebes.« Er nahm sie zärtlich in die Arme. »Es hätte doch bedeutend schlimmer ausgehen können, wenn die Hannemanns nicht gekommen wären.«

»Darüber will ich gar nicht nachdenken. Die Link muß ja verrückt sein. Was hat sie sich denn ausgedacht?«

»Vielleicht erfahren wir es, aber es könnte ja sein, daß sie das Haus beobachtet hat und dich sah, als du die Sachen in dein Auto trugst.«

»Da hätte sie mich doch eher angreifen können«, meinte Simone nachdenklich.

»Was weiß denn ich, was in ihrem Kopf vorging. Sie hat Olgas Geist heraufbeschworen, und wahrscheinlich hatte Adelheid Angst vor ihr. Es kann auch sein, daß diese Link sie erpressen wollte, und auch schon allerhand mitgehen ließ. Wir wissen ja nicht, was alles vorhanden war. Und sie weiß nichts von dem Brief, den Adelheid hinterlassen hat. Aber für mich zählt jetzt nur, daß dir nichts Schlimmeres geschehen ist.«

»Sie hat eine schreckliche Stimme, Chris. Sie wollte mir Angst machen. Vielleicht hat sie sich schon die ganze Nacht im Haus aufgehalten und nur auf mich gewartet. Ich wußte ja gar nicht, wie mir geschah, als sie diese modrige Decke über mich warf. Da war ich wie betäubt.« Sie unterbrach sich. »Vielleicht hat sie schon früher herumgespukt und auch Adelheid erschreckt. Und vielleicht hat sie auch früher schon mal so geredet, und Frau Wallinger hat das gehört. Es klang ja auch grauslich.«

»Denk jetzt nicht mehr daran, mein Liebes. Du darfst dich nicht mehr aufregen. Ich schaue jetzt nach, was die Hannemanns machen, und dann bringe ich dich heim.«

»Ich bin aber schon wieder okay, Chris. Wie wäre es, wenn wir die Familie Wallinger zum Essen einladen würden, wenn die Hannemanns mit dem Transport fertig sind?«

Christopher konnte wieder einmal über seine Frau staunen. Es lag ihr nicht, sich bemitleiden zu lassen, und nur mit aller Überredungskunst schaffte er es, sie zu bewegen, sich noch auszuruhen, während er die Wallingers fragen wollte, ob sie die Einladung zum Essen annehmen würden.

Micky war sofort hellauf begeistert. Rosa Wallinger meinte zögernd, daß sie noch ein bißchen behindert sei, aber es schon schaffen könnte. Kati wollte erst wissen, ob es Simone auch nicht zuviel werden würde, und sie wollte erst selbst mit Simone sprechen. Aber die war schon wieder obenauf. Und so fuhren sie alle zum Jagdschlößl, das in diesem Wohnviertel fast jeder kannte, und auch die Wallingers hatten dort schon öfter mal zur vollsten Zufriedenheit gegessen.

Die Hannemanns waren zwar noch nicht fertig mit dem Ausräumen, aber die konnte man getrost sich selbst überlassen. Später wollten sie den Stutzflügel auch gleich noch zu den Nordens bringen.

Und bei dem Mittagessen wurde auch viel von den Nordens gesprochen.

Peter Wallinger fragte beiläufig, was sie nun mit dem Haus und dem Grundstück geplant hätten.

»Wir denken an Verkauf«, erklärte Christopher.

»Wollen Sie nicht selber bauen? Sie würden viel Steuern sparen«, meinte der versierte Steuerberater. »Vor allem, wenn Sie eine Einliegerwohnung einplanen.«

»Ich denke lieber daran, ein fertiges Haus zu kaufen und dieses zu verkaufen, wie auch unsere Eigentumswohnung. Ich weiß, was bei einem Hausbau alles schiefgehen kann, wenn man nicht ständig hinterher ist, und ich kann mich nicht darum kümmern, weil ich mit Arbeit eingedeckt bin. Und Simone ist viel zu gutmütig und großzügig.«

»Ich kann auch anders sein, aber ich muß gestehen, daß ich ein Haus auch lieber fertig sehe.«

»Vor allem deshalb, weil sie schon eines im Visier hat«, sagte Christopher lächelnd. »Und sie soll es auch haben.«

»Ganz bestimmt?« fragte Simone aufgeregt und mit blitzenden Augen.

»Am Montag machen wir den Vertrag.«

»Bevor hier alles verkauft ist?«

»Ein bißchen kreditwürdig bin ich schon«, erwiderte er nachsichtig.

»Darf ich etwas sagen«, ließ Rosa Wallinger schüchtern vernehmen. »Ich weiß, daß die Nordens sehr an dem Grundstück interessiert wären, wenn Sie daran vielleicht denken würden, Herr Rüding?«

»Es ist mir schon bekannt, und selbstverständlich würden sie bevorzugt werden.« Momentan hatten sie aber vergessen, daß Micky am Tisch saß, und sie hörte interessiert zu.

»Meinst du, daß dann die Nordens unsere Nachbarn würden, Omi?« fragte sie, sich lieber an die alte Dame haltend, von der sie das meiste Verständnis erwartete.

»Ich will da nicht vorgreifen, Micky, und posaune es nicht gleich aus«, sagte die alte Dame. »Ich wollte Herrn Rüding nur darauf hinweisen, daß die Nordens Interesse haben.«

»Aber es wäre ganz toll«, sagte Micky, »dann könnten Anneka und ich jeden Tag zusammen spielen, und unheimlich wäre es uns dann auch nicht mehr.«

»Jetzt müßten ihnen die Ohren klingen«, sagte Kati lächelnd. »Aber Ihnen sind die Nordens doch sympathisch.«

»Sehr sogar«, erwiderte Simone rasch. »Wir werden uns sicher einig werden, wenn die Baubehörden da nicht ewig Schwierigkeiten machen.«

Es war ein ereignisreicher Tag geworden, für Melitta Link aber ein ganz düsterer. Man befaßte sich von Amts wegen mit ihr und ihrer Vergangenheit, und darüber sollten Christopher und Simone am Montag allerhand erfahren.

~

»Ach du lieber Himmel«, stöhnte Daniel Norden, als die Brüder Hannemann am Nachmittag den Stutzflügel brachten, aber auch Fee war überrascht.

»Eigentlich hatte ich es ja nur so gesagt«, meinte sie verlegen.

Daniel warf ihr einen schrägen Blick zu. »Ich kenne dich«, murmelte er, »du hast ihn gekauft.«

»Das sag mal Simone Rüding, sie wollte ihn uns schenken.«

»Das kommt gar nicht in Frage«, sagte Daniel, »sie sollen uns lieber einen akzeptablen Preis machen.«

Da hielt schon Christophers Wagen vor dem Haus. Simone kam leichtfüßig näher.

»Jetzt waren sie schon vor uns da«, sagte sie, »ich hoffe, Sie haben daran wirklich Freude, Frau Norden.«

»Ganz bestimmt, wir müssen nur noch den richtigen Platz finden.«

»Bei mir im Zimmer, dann habe ich endlich ein Klavier für mich allein«, sagte Felix sofort.

»Dann klimpert er mir den ganzen Tag die Ohren voll«, murrte Danny.

»Du spielst doch auch gern«, sagte Fee.

»Das schon, aber Felix komponiert, und das nervt.«

»Sehen Sie, so ist das mit Kindern, wenn sie sich sonst auch noch so gut verstehen«, sagte Fee lächelnd zu Simone.

»Ich werde wohl auch noch eigene Erfahrungen machen«, erklärte Simone gedankenvoll. »Haben Sie übrigens überlegt, welche Preisvorstellungen Sie für das Grundstück haben? Wir könnten uns darüber unterhalten.«

»Welche haben Sie?« fragte Fee diplomatisch.

»Mein Mann geht erst am Montag zum Notar und erkundigt sich, wie groß es überhaupt ist. Wir wollen Sie bestimmt nicht übervorteilen. Es eilt uns auch nicht. Sie können in Ruhe überlegen.«

»Das ist sehr entgegenkommend, aber es muß alles seine Ordnung haben. Es kann ja durchaus sein, daß wir überboten werden, denn es gibt viele Leute, die mehr Geld haben als wir.«

»Und ganz andere Ziele und Vorstellungen«, sagte Simone. »Zum Beispiel Baugesellschaften. Wir wissen auch, wie da ein ganzer Stadtteil verschandelt werden kann. Aber Chris meint, es werden da wohl auch allerhand Auflagen gemacht werden.«

»Wir werden uns erkundigen«, sagte Fee.

»Wir wollen ja nicht, daß Sie mit einem Grundstück dasitzen, auf dem Sie nicht so bauen könnten, wie Sie wollen.«

»Lieb, daß Sie so weit denken«, sagte Fee. »Wir brauchen schon genügend Räume.«

»Darf ich mal die Zwillinge sehen?« fragte Simone.

»Gern, aber sie werden wieder wie die Dreckspatzen aussehen. Sie sind nämlich im Garten.«

Sie waren Dreckspatzen, aber süß schauten sie trotzdem aus. »Wie heißen sie?« fragte Simone.

»Christian und Désirée.«

»Jan und Dési«, warf Anneka ein. »Oder was uns gerade einfällt, wenn sie rumkasperln.«

Simone wurde erst aus der Distanz betrachtet, aber dann kam Désirée langsam näher, mit einem Blick von unten herauf, der schon wieder zum Lachen reizte.

»Heiß' denn du?« fragte sie.

»Simone.«

»Si-mo-ne«, wiederholte Désirée gedehnt. »Haste hört, Jan?«

»Tag«, sagte Jan kurz und bündig.

»Sie sind goldig«, sagte Simone leise. »Aber es ist doch eine gewaltige Aufgabe, fünf Kinder zu haben.«

»Sie sind ja glücklicherweise nacheinander gekommen und nicht auf einmal«, erwiderte Fee lächelnd. »Aber ich gebe ehrlich zu, daß Zwillinge an der Zahl genug sind, und daß ich die Mütter ehrlich bewundere, die mit Vierlingen und Fünflingen zurechtkommen.«

Christopher hatte sich noch eine Weile mit Daniel unterhalten, und der sagte später zu Fee, daß sie sich schon arrangieren würden.

»Ich gewöhne mich schon langsam an den Gedanken, daß wir doch zu einem Haus nach unseren ganz individuellen Vorstellungen kommen, Fee. Ich denke, daß wir das Alex klarmachen können.«

Alex Stadler war der Architekt, der den Entwurf machen sollte. Sie würde das schon in die Hand nehmen, meinte Fee.

»Und wieviel soll das Grundstück kosten?« fragte sie zögernd. »Er weiß doch sicher schon, daß hier der Quadratmeter sieben- bis achthundert Mark kostet.«

»Mehr als sechshundert würde er nicht verlangen, hat er gesagt, denn das Haus sei ja eine abrißreife Ruine.«

»Aber wenn sie ihm achthundert bieten würden, könnte ich es ihnen nicht verübeln, wenn sie zugreifen.«

»Momentan ist die nähere Umgebung noch nicht attraktiv, Fee, aber ich habe eigentlich schon mit mehr gerechnet und daran sollte es dann auch nicht scheitern. Die Insel wirft doch schon ganz hübschen Gewinn ab, und Paps wäre bestimmt einverstanden, wenn wir darauf zurückgreifen.«

»Das Haus wird aber auch noch allerhand kosten, Daniel.«

»Und wenn wir noch länger warten und nur planen, wird es immer teurer. Bedenken wir also auch, was wir sparen, wenn wir für die Praxis keine Miete mehr zahlen müssen.«

Sie küßte ihn auf die Wange. »Ich kann mir unser Haus schon vorstellen, mein Schatz. Hier hat es mir zwar auch immer gefallen, aber es wurde von anderen erdacht und gebaut.«

»Und die Praxis richtest du wohl auch schon in Gedanken ein?« meinte er lächelnd.

»Da denke ich schon weiter. Wir könnten die Therapie ausdehnen auf Massagen, Akupunktur, Elektrodiagnostik, oder wir nehmen einen Zahnarzt ins Haus.«

»Eine gute Idee, aber erst einen finden, der auf unserer Linie liegt.«

»Das kann alles in Ruhe überlegt werden. Es wird ja noch eine Zeit dauern, bis wir mal soweit sind.«

»Wenn ich an den Papierkrieg denke, würde ich kapitulieren, wenn ich dich nicht hätte.«

»Man muß sich die richtigen Leute aussuchen, und das darfst du ruhig mir überlassen«, sagte Fee lächelnd.

Christopher und Simone wollten den Sonntag ganz geruhsam und zu ihrer Entspannung verbringen und alles unbeachtet lassen, was in den letzten Tagen so aufregend gewesen war. Sie dachten jetzt beide an das Kind, das sie haben würden, und Christopher war ganz besorgt um Simone, daß sie sich auch bei dem Ausflug, den sie bei herrlichem Wetter unternahmen, nicht überanstrengte. Immer wieder fragte er sie, ob es ihr nicht zuviel würde. Aber sie genoß die herrliche Natur, die schon den

Frühling ahnen ließ, und die Sonne schien so warm vom Himmel herab, wie manchmal im Sommer nicht.

Aber am Abend mußten sie dann doch daran denken, was ihnen am nächsten Tag bevorstand und was die Woche noch bringen würde.

Simone schlief in dieser Nacht unruhig. Wirre Träume jagten ihr Angst ein, aber sie wollte darüber nichts zu Christopher sagen, als er sie am Morgen fragte, warum sie im Schlaf so gestöhnt hätte.

»Vielleicht ist mir die Link wieder erschienen«, sagte sie leichthin.

»Wir müssen heute vormittag aufs Präsidium, Liebes«, sagte er stockend, als sie ihn fragte, warum er noch nicht zur Fabrik fahre. »Ich wurde schon am Samstag informiert, aber ich wollte dir das Wochenende nicht verderben.«

»Das werden wir auch noch hinter uns bringen«, erwiderte Simone ruhig. »Wir werden den Brief mitnehmen, der sagt ja auch einiges über die Link aus.«

»Ob sie doch etwas über den Inhalt der Kisten wußte?« überlegte er.

»Bestimmt nicht, denn sie hätte keine Ruhe gegeben, alles durchzuschnüffeln. Sie wird es wohl nur darauf angelegt haben, Adelheid Steffen zu beerben, und hat sie deshalb auch mit der Geisterbeschwörung unter Druck gesetzt, doch gar so wirkungsvoll scheint die nicht gewesen zu sein. Manche Menschen sind aber doch wohl sehr leicht zu beeinflussen, man liest und hört es ja immer wieder. Besonders die Älteren, die allein leben, die fallen so leicht auf schöne Worte herein. Und ich glaube, daß Adelheid Angst vor Olgas Geist hatte, und erst recht, wenn er heraufbeschworen wurde. Die Link hat wohl das Gegenteil von dem erreicht, was sie erreichen wollte. Sie hat Adelheid mißtrauisch gemacht.«

»Ich bin gespannt, wie sie sich herausreden wird«, sagte Christopher.

»Sie hat ein grausames Spiel mit ihrer angeblich besten Freundin getrieben.«

»Das war kein Spiel, Simone, das war ein ganz gezielter Plan, der daraufhin führen sollte, daß Adelheid ein Testament zu ihren Gunsten macht.«

»Was sie gar nicht konnte, weil sie nicht Eigentümerin des Anwesens war, sondern nur Nutznießerin.«

Aber Melitta Link hatte das anders gesehen. Sie behauptete sogar, daß Adelheid Steffen es ihr ganz anders glaubhaft gemacht hätte und daß sie ihr immer wieder Geld gegeben hätte, um das Haus in Ordnung zu halten, allerdings für das Versprechen, daß sie es einmal erben würde.

Sie schilderte alles eiskalt. Ihren ersten Schock hatte sie überwunden, sich anscheinend auch Rat bei ihrem Anwalt geholt. Sie erklärte bei der Gegenüberstellung mit Christopher und Simone, daß sie Simone für einen Einbrecher gehalten und sie deshalb angegriffen hätte, und sie sei weggelaufen, weil sie zu Tode erschrocken war, als die Hannemanns nach Frau Rüding riefen.

»Es war ja so, daß sich sonst niemand um das Haus kümmerte. Ich bin von Zeit zu Zeit hingegangen, um nach dem Rechten zu sehen, und habe natürlich darauf gehofft, daß Frau Steffens Testament gefunden würde.«

»Sie hatte nichts zu vererben«, sagte Christopher ruhig.

»Ach was, Sie haben das Testament unterschlagen«, fauchte Melitta Link.

Der Kriminalinspektor mischte sich ein. »Wir sind informiert, Frau Link. Das Nachlaßgericht hat sich auf Ihren Antrag hin, da Sie ja nicht mit Frau Steffen verwandt waren, bemüht, direkte Nachkommen des Hausbesitzers, der ja inzwischen verstorben war, zu finden, und so wurde Herr Christopher Rüding als einziger rechtmäßiger Nachkomme festgestellt, und da Frau Steffen das Haus nicht gehört, hätte sie es Ihnen auch nicht vererben können.«

Melitta Link kniff die Augen zusammen. »Dann war ich ganz falsch informiert«, redete sie sich heraus.

Christopher maß sie mit einem verächtlichen Blick. »Wir haben unter der Matratze von Frau Steffens Bett einen Brief gefunden, der einiges über Frau Link aussagt«, erklärte er. »Bitte, nehmen Sie ihn zur Kenntnis, und dann gibt Frau Link wohl auch eine Erklärung, warum sie mit verstellter Stimme meine Frau ängstigen wollte mit ihren Drohungen, bevor sie sie dann mit der Decke überfiel und würgte.«

»Das ist doch alles nicht wahr!« kreischte die Link. »Dafür gibt es keine Beweise. Ich habe überhaupt nichts gesagt. Ich dachte außerdem, ein Dieb wäre im Haus.«

»Ich werde Ihnen jetzt den Brief vorlesen«, sagte der Inspektor. Und als er den Worten auch gleich die Tat folgen ließ, schrumpfte Melitta Link zusammen.

Als Christopher und Simone heimwärts fuhren, sagte er spöttisch: »Wie heißt es doch, mein Schatz: Die Geister, die ich rief, die werd' ich nimmer los, – ich denke, sie wird von diesen Geistern jetzt auch verfolgt werden.«

»Eine unsympathische Person, ich verstehe nicht, wie man ihr überhaupt vertrauen kann.«

»Die Menschen sind verschieden, Mo, und wir kannten Adelheid Steffen nicht.«

»Aber sie muß doch von deiner Existenz gewußt haben, warum hatte sie nicht mal Kontakt aufgenommen?«

»Vielleicht hatte sie ebenso gedacht und gemeint, ich hätte einen Kontakt herstellen können, oder sie war besorgt, daß ich sie aus dem Haus setzen könnte, und deshalb hat sie sich lieber verkrochen.«

»Eigentlich ist es traurig, wenn Menschen sich selbst verunsichern und sich so stark von andern beeinflussen lassen«, sagte Simone nachdenklich. »Schau, es waren doch nette Nachbarn da, mit denen man reden kann, die einen gesunden Menschenverstand haben und auch hilfsbereit sind.«

»So denkst du, und so denke auch ich, seit ich dich kenne, aber früher dachte ich auch anders. Was gingen mich da andere Leute an. Ich war von Haus aus nicht zur Toleranz erzogen, sondern dazu, auf mein eigenes Ich bedacht zu sein, und weil mein Vater nicht gerade das Vorbild für einen zielstrebigen Sohn war, suchte ich einen sehr direkten Weg zum Erfolg und schlug eine ganz andere Gangart ein als Vater.«

»Und er scheute sich vielleicht auch deshalb, über das Haus und über Adelheid Steffen mit dir zu sprechen, weil er meinte, auf Unverständnis bei dir zu stoßen.«

»Ich glaube eher, daß er Angst hatte, es könnte Nachteiliges über die Vorfahren und vor allem über Olgas Verwandte bekannt werden, da ihr Bruder anscheinend doch eine recht zwielichtige Persönlichkeit war. Aber wenn ich es recht bedenke, muß Olga ein starkes Gottvertrauen gehabt haben, daß sie solche Werte im Hause beließ und nirgendwo ein Verzeichnis hinterlegte von all diesen Sachen.«

»Wir wissen zwar, daß Melitta Link schon mal als Teufelsaustreiberin verdächtigt worden war und sich durch Kartenlegen und Seancen ein hübsches Vermögen verdient hat, daß sie tatsächlich einige Leute beerbte, aber woran Olga nun wirklich gestorben ist, wissen wir immer noch nicht. Es sei ein mysteriöser Tod gewesen, wurde gemunkelt, aber auch Frau Wallinger weiß nichts Genaues. Ich werde aber noch mal mit ihr sprechen, wer eventuell etwas darüber wissen könnte.«

Aber durch einen Zufall sollte sie an diesem Tag doch mehr darüber erfahren, als sie die Schriftstücke aus dem Sekretär ganz genau durchsah. Da fand sie in der alten Briefmappe ein zerknittertes, vergilbtes, mehrmals eingerissenes Papier, und ein eisiger Schauer rann durch ihren Körper, als sie feststellen mußte, daß es der pathologische Befund über die Todesursache bei der Obduktion von Olgas Leiche war.

Diese wies zwei Schußverletzungen auf, die jedoch nicht tödlich waren, aber auch Zeichen von schweren Mißhandlungen waren festgestellt worden. Gestorben sei sie dann an Herzversagen.

Das Schreiben war an Professor Gutjahr gerichtet, dessen Name Simone auch bekannt war, weil er mit seiner Familie das Haus ziemlich lange bewohnt hatte und aus politischen Gründen dann emigriert war.

Heiße Tränen stiegen in Simones Augen, als sie Olgas Bildnis lange betrachtete. Sie war nicht nur eine schöne und kluge Frau gewesen, sondern auch eine mutige, und Simone konnte sich vorstellen, daß man einer solchen Frau auch gar zu gerne Affären andichtete.

Vielleicht hatte sie gar keine Zeit mehr, wichtige Bestimmungen zu treffen, dachte sie, oder sie meinte, daß letztlich alles doch so käme, wie es vorbestimmt sei, wenn man bedachte, daß sie sich mit Horoskopen beschäftigt hatte.

Da war Simone gleich wieder ganz gegenwärtig. Sie hatte sich ja vorgenommen, die Horoskope, die sie gefunden hatte, deuten zu lassen, und ihr fiel ein, daß Susanne Sander mal bei einem sehr guten Astrologen gewesen war.

Sie rief Susanne an und fragte sie nach dem Namen und der Telefonnummer dieses Mannes.

Susanne war zuerst sehr überrascht, sagte ihr dann aber, daß er Janko Cosmo heiße, und sie bot sich an, einen Termin mit ihm zu vereinbaren, da sie ihn ja schon kennen würde.

»Richtest du dich eigentlich danach, was in deinem Horoskop steht, Susi?« fragte Simone.

»Danach kann man sich nicht einfach richten, es kommt alles, wie es vorgezeichnet ist«, kam die Antwort. Simone lag ein Widerspruch auf der Zunge, aber der kam dann doch nicht über ihre Lippen, und dann bewegten sie sehr widersprüchliche Empfindungen, aber Susi rief schon eine halbe Stunde später zurück, um ihr zu sagen, daß Cosmo ihr ausnahmsweise schon für den morgigen Nachmittag einen Termin einräume.

Am Abend überlegte Simone, ob sie das Christopher sagen

solle, aber als er sie fragte, ob sie schon einen Termin bei dem Gynäkologen verabredet hätte, wollte sie nicht zugeben, daß ihr die Horoskope momentan noch wichtiger waren, und sie wollte sich ja auch zuerst gründlich von Dr. Norden untersuchen lassen. Mit ihm machte sie dann aber gleich am nächsten Morgen einen Termin aus, und sie konnte schon um elf Uhr zu ihm fahren. So konnte sie dann anschließend noch in die Stadt fahren, um wichtige Besorgungen zu machen, und um drei Uhr war sie dann bei Cosmo vorgemerkt.

Sie betrachtete die Horoskope mit all den merkwürdigen Zeichen, bevor sie sie sorgsam in ihrer Brieftasche verstaute. Ein bißchen beklemmend war es schon für sie, sich das mögliche Schicksal von einer bereits längst Verstorbenen erklären zu lassen, und sie dachte auch, daß sie es hinnehmen müßte, wenn dieser Cosmo ihr das Blaue vom Himmel offenbaren würde.

Nun mußte sie aber zuerst zu Dr. Norden, und da war in ihr eine ihr unbegreifliche Unruhe, daß seine erste Diagnose nicht zutreffen könnte.

Ihr war es ganz seltsam zumute, denn sie wollte nicht enttäuscht werden. Sie wünschte sich das Kind, wenn sie es sich auch nicht gleich hatte eingestehen wollen.

Sie hatte schon vor der Heirat mit Christopher über Kinder gesprochen, und beide hatten die gleiche Meinung vertreten. Bekommen wir welche, ist es gut, bekommen wir keine, ist es auch gut, es kommt schon, wie es kommen soll.

Doch jetzt wußte sie genau, daß es ihr nicht egal sein würde, denn innerlich war sie bereit, Mutter zu werden. Dazu hatte freilich auch die Begegnung mit Fee Norden beigetragen, mit dieser so besonders bezaubernden und liebenswerten Frau, die fünf Kinder geboren hatte und ihnen eine so vorbildliche Mutter war, und wenn Simone an die Zwillinge dachte, geriet sie richtig ins Träumen. Aber die Größeren waren auch liebenswert – die ideale Familie waren sie insgesamt.

Daniel Norden spürte, daß Simone unruhig war. »Haben Sie Sorgen?« fragte er.

»Momentan nur die eine, daß Sie sagen könnten, Sie hätten sich doch getäuscht«, gab sie offen zu. »Abgesehen davon, kann ich Ihnen allerhand erzählen, was Sie und Ihre Frau vielleicht auch interessiert.«

»Dann erzählen Sie, ich bin sehr gespannt«, erwiderte er. Er wußte, daß sie sich dabei entspannen würde, aber während er ihr zuhörte, widmete er vordringlich alle Aufmerksamkeit der Untersuchung. Er hörte die Geschichte von Frau Link, und Simone erzählte auch von ihren wertvollen Funden. Es war nur gut, daß er die Untersuchung als sehr zufriedenstellend beenden konnte, wenn er das auch nicht gleich sagte, denn er war ungemein gefesselt von dem, was er da erfuhr.

»Das klingt alles wie ein Märchen, aber es ist wahr«, sagte Simone. »Ich überlege auch unentwegt, wie das alles möglich ist, daß ein Haus zwei Kriege überdauert, von den verschiedensten Menschen bewohnt wird, daß da Kisten auf dem Speicher vorhanden sind, die niemand beachtet, und daß auch sonst nach so vielen Jahren noch so viel gefunden wird, was anscheinend immer an gleicher Stelle lag, zu der so viele Zugang hatten.«

Daniel Norden lächelte hintergründig. »Nun, was Papiere anbetrifft, die würden bei mir auch ewig liegenbleiben, wenn in der Praxis nicht Dorthe wäre und zu Hause Fee. Und was sich bei uns auf dem Speicher befindet, werden wir auch erst feststellen, wenn wir umziehen. Unsere gute Lenni sagt immer, was man zehn Jahre nicht vermißt, könnte man ruhig wegwerfen, aber jetzt haben wir mal wieder einen gegenteiligen Beweis. Allerdings wird man bei uns keine Schätze finden.«

»Sie ahnen nicht, wie überrascht ich war. Chris wollte ja alles unbesehen wegfahren lassen. Jetzt ist er natürlich auch anderen Sinnes«, schloß sie lachend.

»Und Sie verkaufen ganz bestimmt?«

»Ganz bestimmt«, erwiderte sie. »Erkundigen Sie sich, was da für ein Haus genehmigt werden würde, und dann setzen wir uns an einen Tisch. Sie sollen ja nicht kaufen, wenn sich nicht verwirklichen läßt, was Sie planen. Aber jetzt müssen Sie mir endlich sagen, ob ich mich freuen kann.«

»Worüber würden Sie sich denn freuen?«

»Mir ist es egal, ob es ein Bub oder ein Mädchen wird, nur gesund soll es sein.«

»Was es werden wird, kann man auch mit Ultraschall noch nicht feststellen, aber es steht fest, daß Sie eine werdende Mutter sind, und in den nächsten Tagen können Sie sich Ihren Mutterpaß abholen. Aber dann würde ich Ihnen doch empfehlen, sich schon bald mit einer Klinik und dem Gynäkologen vertraut zu machen.«

Es fehlte nicht viel, daß Simone ihm vor Freude um den Hals gefallen wäre, aber dann sagte sie, daß sie sich selbstverständlich nur an seinen Freund Dr. Leitner halten würde.

»Wenn mir dann etwas nicht paßt, kann ich gleich nach Ihnen rufen«, sagte sie fröhlich.

»Es freut mich, daß Sie Vertrauen zu mir haben, aber das werden Sie ganz bestimmt auch zu Dr. Leitner haben. Aber mich freut es natürlich auch, wenn ich immer informiert werde.«

Sie reichte ihm mit einem besonders reizenden Lächeln die Hand. »Die Ahnin Olga hat in mehrfacher Hinsicht viel Gutes für uns getan«, sagte sie gedankenvoll. »Und wäre sie nicht gewesen, hätten wir auch Sie und Ihre Familie nicht kennengelernt. Solche Familie möchte ich auch einmal haben.«

Er sah ihr lächelnd in die Augen. »Es müssen ja nicht unbedingt fünf Kinder sein«, sagte er. »Eine so gute Seele wie unsere Lenni findet nicht jeder, und für Fee allein wäre es auch zuviel geworden.«

»Und außerdem ist mein Mann nicht Arzt, sondern Geschäftsmann«, sagte Simone. »Er wäre nicht immer gleich zur

Stelle, wenn den Kindern etwas fehlt. Ich bin sowieso gespannt, wie er sich als Vater machen wird.«

Aber sie wird sicher eine liebevolle Mutter, dachte Daniel, als sich Simone verabschiedete. Und er konnte seiner Fee wieder viel erzählen.

~

Janko Cosmo wohnte komfortabel. Sein Beruf mußte ihm schon allerhand einbringen. Aber Simone war dann doch beeindruckt von seiner Schlichtheit und persönlichen Wirkung. Er war ein älterer Herr mit vollem weißen Haar und durchdringenden grauen Augen, durchaus keine finstere Gestalt mit magischer Anziehung. Und Simone erkannte rasch, daß er ein ernsthafter Wissenschaftler war, weit entfernt von Scharlatanerie.

Er sah sie forschend an, als sie sagte, daß sie in erster Linie nicht käme, um sich ein Horoskop erstellen zu lassen, sondern vor allem darum, sich zwei Horoskope deuten zu lassen, die ihr in die Hände gefallen wären.

Er betrachtete sie sehr skeptisch, aber als sie ihm die vergilbten Blätter gab, weiteten sich seine Augen.

»Die russische Art«, sagte er.

»Das erkennen Sie, Herr Cosmo?« staunte Simone.

»Selbstverständlich, und es ist für mich sehr interessant. Aber es handelt sich um Horoskope für Menschen, die schon lange nicht mehr leben, gnädige Frau.«

»Das weiß ich, aber dennoch würde ich sie gern und möglichst präzise gedeutet wissen, weil ich von diesen Menschen wenig weiß.«

»Ich werde mich längere Zeit damit befassen müssen«, sagte er, »aber es ist für mich so hochinteressant, daß ich dafür kein Honorar nehmen werde. Sie werden also nicht übervorteilt.«

»So habe ich es mir nicht gedacht, aber wenn Sie auch mir ein Horoskop erstellen, das ich bezahlen kann, werde ich nicht so beschämt sein.«

Ein feines Lächeln umspielte seine Lippen. »Sie könnten wenig Angenehmes über die Verstorbenen erfahren und dann sagen, Sie hätten es besser ruhen lassen.«

»Nein, das werde ich nicht sagen. Es ist eine verworrene und eine verwirrende Geschichte.«

»Dazu genügt schon ein Blick«, nickte er. »Darf ich Sie bitten, morgen wiederzukommen? Ich brauche Zeit für die Deutung. Und wenn Sie mir jetzt noch Ihr Geburtsdatum, die möglichst genaue Zeit und den Ort notieren, bekommen Sie Ihr Horoskop auch.«

»Und das von meinem Mann?«

Cosmo lächelte. »Bitte, die gleichen Fakten, sonst geht es nicht.«

So mußte sich Simone noch bis zum nächsten Tag gedulden, aber da sie sich freuen konnte, Chris zu berichten, daß das Baby bereits im Wachsen begriffen war und den zweiten Monat bald überstanden haben würde, war das doch an diesem Abend noch wichtiger.

»Es wird also höchste Zeit, daß der Hauskauf perfekt wird«, sagte er. »Aber der Notar hat alles schon in die Wege geleitet.«

»Ohne mich?« fragte sie.

»Es hat doch am Montag nicht geklappt, weil wir so lange auf dem Präsidium waren, und da habe ich mir erlaubt, ihn das allein machen zu lassen«, sagte Christopher mit einem Augenzwinkern.

»Lieber Schatz«, sagte sie zärtlich.

Er legte den Arm um sie. »Jetzt brauche ich mich ja nicht mehr zu wundern, daß du von Tag zu Tag schöner wirst, du werdende Mutter«, sagte er weich.

»Freust du dich?«

»Ich weiß es noch nicht so genau. Ich möchte, daß du alles gut überstehst, mein Liebes, du wirst mir immer wichtiger sein als das Kind.«

»Und du wirst auch nicht zu kurz kommen«, erwiderte sie. »Aber nun rede mal vom Geschäft.«

»Das ist doch gar nicht mehr so relevant. Wir kriegen das schon hin, wenn Wilhelm sich nicht mehr einmischt, und er scheint froh zu sein, daß sich alles so regelt. Ich habe ihn übrigens gefragt, ob er etwas von dem Haus gewußt hätte.«

»Und was hat er gesagt?«

»Daß Vater gesagt hätte, es würde darin spuken, und deshalb würde er es vermieten. Er wolle damit nichts zu tun haben.«

Simone blickte zu Olgas Bildnis. »Ich glaube, sie ist zufrieden«, sagte sie. »Sie wird ihren Frieden endlich finden.«

Christopher war es beklommen zumute, wie sie es sagte.

Olga schien auch jetzt ihre Wirkung noch nicht zu verlieren. Sie war so faszinierend, daß sie gegenwärtig schien.

»Du bist ihr wirklich ähnlich, Chris«, stellte Simone fest, »deshalb ist sie mir auch so vertraut.«

»Nun mach aber mal 'nen Punkt, Mo«, sagte er rauh. »Ich bin doch wirklich keine Schönheit.«

»Aber du hast denselben Charme und auf mich genauso eine faszinierende Wirkung.«

Er küßte sie lange und zärtlich. »Das lasse ich mir allerdings gern gefallen«, raunte er ihr ins Ohr.

~

Frau Wallinger ging es besser, und sie war zu Dr. Norden in die Praxis gekommen. Frau Rüding sei schon zwei Tage nicht dagewesen und sie mache sich Sorgen, sagte sie. Ob er wisse, wie es ihr gehe.

»Sie hat viel zu tun, aber sonst geht es ihr gut«, erwiderte er. »Sie wird sich bestimmt bald bei Ihnen melden, Frau Wallinger.«

»Werden Sie das Grundstück kaufen, Herr Doktor? Da war neulich nämlich wieder einer von so einer Bauunternehmung und hat überall herumgefragt.«

»Nur keine Sorge, ohne Herrn Rüdings Zustimmung läuft da gar nichts.«

»Aber ich habe gehört, daß drei Häuser schon verkauft sind und Pläne für die ganze Straße gemacht wurden.«

»Pläne machen kann man immer, auf die Ausführung kommt es an.«

»Man macht sich ja so seine Gedanken, wenn man älter wird. Es wäre natürlich schön, wenn ich meine letzten Jahre noch in Ruhe verbringen könnte.«

»Wenn wir bauen, wird es aber doch recht turbulent zugehen, Frau Wallinger, erst mit dem Bau, dann mit den Kindern.«

»Das stört mich nicht, wenn ich weiß, wer nebenan wohnt. Für Micky war es doch nie schön, daß gar keine Kinder in der Nähe waren, nur alte Leute. Es wäre so schön, Sie als Nachbarn zu haben.«

»Es wird schon klappen, Frau Wallinger. Wir hoffen es auch, aber behalten Sie es für sich.«

»Darauf können Sie sich verlassen.«

Simone wollte sich auf Cosmo verlassen, denn nach dem, was sie von ihm erfuhr, vertraute sie seiner Wissenschaft, wenn man diese auch immer noch abwertend als Grenzwissenschaft bezeichnete.

Sie hielt den Atem an, als er ihr Olgas Horoskop deutete. Er schilderte sie so genau, als würde er sie kennen, wenn das auch unmöglich war. Er sagte, daß sie aus uraltem Adel stamme, daß es in ihrer Familie viele Abenteurer gegeben hätte, sie dann den bayerischen Baron geheiratet hätte, um von dieser Familie wegzukommen. Sie hätte eine Ehe geführt, wie sie zu jener Zeit in diesen adligen Kreisen üblich gewesen sei, und sie hätte mit ihrem außergewöhnlichen Charme wohl auch manche Feindschaft herausgefordert. Aber sie wäre eine Persönlichkeit gewesen, die keine Furcht kannte, die die Freiheit liebte und die von mehreren Männern sehr geliebt wurde. Ihr Ende sei tragisch gewesen, da es so gewesen sein müsse, daß ein Mann, der ihr einmal sehr nahe stand, den sie dann aber zurückgewiesen hätte, zu ihrem Tod beigetragen hätte.

»Sie hat ihren Tod vorausgesehen, denn sie hat dieses Horoskop sich selbst erstellt«, sagte Cosmo. »Ich denke aber, daß ich alles richtig gedeutet habe.«

»Und das andere Horoskop?« fragte Simone.

»Es ist sehr negativ. Es betrifft den Bruder, der ein Hasardeur war. Da steht immer nur Hilfe von der Schwester als positiv verzeichnet. Er hatte viele Feinde. Trennung von seiner Frau, die Kinder sind früh gestorben, er selbst kam im Krieg um.«

»War er ein Spion?« fragte Simone stockend.

»Man könnte ihn als Wanderer zwischen zwei Welten bezeichnen. Er war anders als seine Schwester. Sie hielt alles zusammen, er vergeudete, was er in die Hände bekam.«

Simone blickte zum Fenster hinaus. »Dann ist es wohl doch so, wie ich es dachte, wie ich alles zusammenfügte«, sagte sie gedankenverloren.

»Sie haben sehr viel Phantasie«, sagte Cosmo. »Sie werden diese in Geld umsetzen. Sie werden ein Buch schreiben, das Ihnen viel Erfolg und Geld bringt, und Sie werden auch andere Bücher schreiben, für Ihre Kinder. Sie werden drei Kinder haben, zwei Söhne und eine Tochter.«

»Und mein Mann, steht auch davon etwas in meinem Horoskop?« fragte sie atemlos.

»Aber gewiß, es hat so klare Linien. Er ist die erste und einzige Liebe in Ihrem Leben, und Sie werden ein langes und glückliches Leben führen. Ich freue mich, Ihnen das sagen zu können, gerade Ihnen, weil ich noch nie für einen so gradlinigen Menschen ein Horoskop erstellt habe, was besonders selten ist bei so phantasievollen und erfolgreichen Menschen. Es ist mir deshalb auch eine ganz besondere Freude, Ihnen begegnet zu sein, weil es für jeden Astrologen ein Geschenk ist, wenn er so ein gutes, so positives Horoskop erstellen kann.«

»Sie brauchen mir nicht zu sagen, ob ich zuerst einen Sohn

bekomme«, sagte Simone, »ich möchte nur wissen, ob alles glattgeht. Ich habe ja keine Sorge um mich, sondern nur um Chris, um meinen Mann. Er wird bestimmt mehr leiden als ich.«

»Aber es wird alles gutgehen, Frau Rüding. Sie sind unter einem ganz besonders glücklichen Stern geboren, der Sie prädestiniert, auch anderen Menschen Glück zu bringen.«

»Es ist schön zu hören«, sagte Simone, »aber eigentlich bin ich eine ganz normale Frau.«

Ein Glückskind, dachte er, als sie ging, aber das hatte er nicht gesagt. Sie würde ihren Weg gehen, das wußte er. Er war keiner, der etwas übertrieb oder andern nur Positives sagen wollte. Aber bei Simone war alles positiv. Sie war in keiner Weise berechnend. Und sie war an diesem Tag ganz weich und romantisch gestimmt.

Sie setzte sich vor Olgas Bild. »Du hast viel durchgemacht«, sagte sie leise, »aber dein Andenken wird mir heilig sein. Dein Bild wird einen Ehrenplatz in unserm neuen Heim bekommen, zu dem du uns auch verhilfst, und ich werde unseren Kindern von dir erzählen. Was andere gedacht und gesagt haben über dich, ist mir egal, ich habe dich lieb, Olga.«

Und es war ihr, als würde Olga ihr zulächeln. Eine Weile konnte Simone noch träumen, aber dann kam Chris. Er nahm sie in die Arme und küßte sie.

»Morgen unterschreiben wir den Kaufvertrag, Mo, mein Liebstes, und nächsten Monat können wir einziehen, wie gefällt dir das?«

»Es ist himmlisch, Chris, ich freue mich, ich bin so glücklich.«

Am darauffolgenden Freitag trafen sie mit Daniel und Fee Norden beim Notar zusammen, und da wurde der Kaufvertrag für das Grundstück unterzeichnet, und der Notar meinte zu Dr. Norden, daß er da wohl einen ganz besonders guten Preis ausgehandelt hätte.

Fee wußte, wem sie das zu verdanken hatten, und sie umarmte Simone.

»Chris wollte es auch gleich so, weil wir jetzt bald unser Baby bekommen und weil ich es von Dr. Norden erfahren habe. Wir haben Sie sehr gern, Fee, und wir wissen, wieviel Sie für andere tun. So wird es uns auch vom Herrgott ein bißchen angerechnet werden, wenn wir auch was Gutes tun. Wir freuen uns, daß jetzt auch Ihr Traum erfüllt wird, Fee.«

»Und wir werden uns doch öfter sehen?«

»Ganz bestimmt. Jetzt kommen sie erst einmal zu unserer Einweihungsfeier, und dann wird eine Taufe ins Haus stehen, und vielleicht wird mein Buch wirklich ein Erfolg, aber wir werden schon noch öfter Grund zum Feiern haben.«

Und so sollte es auch kommen. Es wurde ein großes Fest gefeiert, als ihr Haus eingeweiht wurde, denn inzwischen war auch alles in der Firma geklärt, und Ulrich Sander war Christophers neuer Teilhaber. Er hatte gleich eine großartige Erfindung mit in die Firma gebracht, und sie waren zwei Freunde, die sich verstanden.

Auch bei den Nordens ging alles glatt mit der Planung des Hauses, und als es genehmigt war, wurde auch das gefeiert.

Drei Monate später kam Simone und Christophers Sohn zur Welt, der auf die Namen Simon Christoph getauft wurde. Und wie Dr. Norden bei der Geburt zugegen war, war auch die ganze Familie bei der Taufe zugegen. Und dazu natürlich auch die ganze Familie Wallinger.

Und alle standen sie wieder vor dem Bild der Baronin, die mit ihrem rätselhaften Lächeln auf sie herabblickte, als wollte sie sagen: Da habe ich doch auch allerhand dazu beigetragen, daß ihr hier alle versammelt seid.

Und der Tisch war gedeckt mit silbernen Leuchtern und dem herrlichen Tafelsilber aus der Familie der Fedorows, die ein so unglückliches Ende genommen hatte.

Das Glück der Rüdings wurde dadurch nicht getrübt, und

selbst die kleine Michaela Wallinger glaubte nicht mehr an Geister und Spuk, wenn sie das Bild der schönen Olga betrachtete.

Eine Freundin, die keine war

Fee Norden konnte sich eine Verschnaufpause gönnen, als Ruhe im Haus eingekehrt war. Es war an diesem Morgen besonders turbulent zugegangen. Danny hatte mal wieder sein Deutschheft nicht gefunden, in dem Fee noch die letzte Schulaufgabe unterschreiben sollte. Fee hatte so eine leise Ahnung, daß die nicht gerade gut ausgefallen war und er ihr das Heft auf den letzten Drücker bringen würde. So war es auch, aber er brauchte kein schlechtes Gewissen zu haben, denn er hatte eine Drei bekommen.

»Ist doch in Ordnung«, sagte sie.

»Ist nicht in Ordnung«, widersprach er. »Es stinkt mir, es stinkt mir ganz gewaltig, Frau Neunmalklug meint, ein Exempel statuieren zu müssen, indem sie überstrenge Noten verteilt. Sie kann einem alles verleiden.«

»Darüber können wir ein andermal reden, wenn mehr Zeit ist, Danny. Du mußt dich sputen.«

Felix und Anneka waren schon aus dem Haus, und Daniel kam jetzt die Treppe herunter. Er hatte noch mal nach den Zwillingen geschaut, die quengelig waren, was bei ihnen sehr selten vorkam und meist nur dann, wenn ihnen etwas fehlte.

»Tschüs, Papi«, rief Danny, und schon flitzte er davon.

»Ist mit ihm auch was?« fragte Daniel.

»Nichts Besonderes. Er ärgert sich mal wieder über seine Deutschlehrerin. Ich werde mich doch mal mit ihr unterhalten müssen. Ist etwas mit den Zwillingen?«

»Fieber haben sie nicht, aber ganz okay sind sie auch nicht. Paß ein bißchen auf, ob sich was anbahnt.«

»Das mache ich doch sowieso. Gestern waren sie ganz mobil.

Vielleicht haben sie ein bißchen zu lange draußen getobt und sind einfach nur müde.«

Sie begleitete Daniel zum Wagen. »Ist etwa wieder eine Grippewelle im Anzug?« fragte sie.

»Diesmal häufen sich Mandelentzündungen. Weiß der Himmel, warum alles gleich epidemisch um sich greift. Die Menschheit ist doch anfälliger geworden. Aber wir haben ja wenigstens bei uns alles im Griff.« Er gab ihr einen Kuß, setzte sich in seinen Wagen und fuhr davon.

Da kam der Postbote angeradelt, der Peppi, wie er von allen genannt wurde, einer von den Älteren, und er war besonders zuverlässig. Er war verwitwet und ein stiller Verehrer von Lenni. Er hielt auch nach ihr Ausschau, während er Fee die Briefe aushändigte.

Für Fee war das ein Grund, Lenni ein bißchen zu necken. »Der Peppi war schwer enttäuscht, weil ich gerade draußen war«, sagte sie.

»Das wird gut gewesen sein«, seufzte Lenni. »Er ist ja ein guter Kerl, und ich mag ihn nicht verletzen, aber ein bißchen geht er mir schon auf die Nerven, weil er mich immer wieder einladen will, seit ich ihn zufällig im Park getroffen habe, als ich mit den Kindern spazierenging.«

»Sie sollen aber nicht denken, daß es uns nicht recht wäre, Lenni. Sie können in Ihrer Freizeit machen, was Sie wollen.«

»Ich will mich aber nicht mit ihm treffen oder mit einem andern Mann. Das ist doch für mich längst vorbei. Ich habe alles, was mich glücklich macht, und das ist viel mehr wert, als wenn so ein Mann um mich herumscharwenzelt. Ich bringe Ihnen noch einen frischen Kaffee. Lesen Sie in Ruhe Ihre Post und die Zeitung, um die Kleinen kümmere ich mich schon, wenn sie rufen.«

Fee hatte es ganz gern, wenn sie noch eine Stunde für sich hatte, und so widmete sie sich der Post.

»Na, das ist aber eine Überraschung«, sagte Fee vor sich hin, als sie den dritten Brief betrachtete.

»Hoffentlich eine angenehme«, sagte Lenni, die gerade den Kaffee brachte.

»Das hoffe ich auch. Wir haben lange nichts von Sabine Seidel gehört. In Kiel wohnt sie jetzt«, fuhr Fee sinnend fort. »Aber was soll ich nachdenken, Lenni, ich brauche ja den Brief bloß zu lesen.«

Liebe Frau Norden,

ich wage es, Ihnen zu schreiben, obwohl ich mich schämen müßte für mein langes Schweigen. Aber die Zeit im Auslandseinsatz war recht hart, und es war zeitweise auch keine Gelegenheit, eine Nachricht zu geben. Doch davon will ich jetzt nicht erzählen. Vielleicht ergibt sich in absehbarer Zeit eine Gelegenheit zu einem Wiedersehen, falls Sie mir mein langes Schweigen nicht nachtragen.

Das wäre ja wohl kindisch, dachte Fee und las weiter.

Jetzt wage ich sogar, mit einer Bitte an Sie heranzutreten. Ich möchte aus ganz persönlichen Gründen meine Stellung wechseln. Zur Zeit bin ich hier als Assistenzärztin für Pädiatrie tätig, würde aber sehr gern nach Süddeutschland wechseln, jedenfalls möglichst weit weg von hier, weil ich mit einer sehr privaten Enttäuschung hier nicht fertig werden kann. Ich weiß, wieviel menschliches Verständnis Sie haben, und wenn ich persönlich mit Ihnen sprechen kann, werde ich mich Ihnen gern anvertrauen, aber momentan sitzt der Schock noch zu tief. Ich füge Ihnen Ablichtungen von meinen Zeugnissen bei, und wenn Sie etwas hören sollten, wäre ich Ihnen für eine kurze Nachricht sehr dankbar. Sie und Ihr Mann sind die einzigen Menschen, denen ich jetzt noch vertrauen kann, und ich hoffe von Herzen, daß in Ihrer Familie alles in bester Ordnung ist, wie früher. Mit dankbaren Grüßen

Ihre Sabine Seidel.

Fee Nordens Gedanken wanderten Jahre zurück, als die junge Medizinstudentin Sabine Seidel in der Nachbarschaft wohnte, bei der alten Frau Springer, die überglücklich gewesen war, eine so liebe, hilfsbereite Untermietern zu bekommen. Sie war eine einsame, menschenscheue alte Dame gewesen, die oft enttäuscht worden war, eine Patientin von Daniel Norden, der ihr dann auch diese Untermieterin vermittelte, nachdem er sich bei Professor Dankwart umgehört hatte, ob er eine besonders zuverlässige Studentin empfehlen könne. Er hatte gleich eine gewußt, nämlich Sabine Seidel, die er als seinen besonderen Schützling bezeichnete, und er hatte nicht zuviel versprochen. Sabine, deren Eltern sich früh getrennt hatten und die nie die Wärme eines harmonischen Elternhauses kennenlernte, sorgte rührend für die alte Dame, die noch erlebte, daß Sabine ein glänzendes Examen gemacht hatte. Alles, was sie besessen hatte, hatte Frau Springer Sabine hinterlassen, es war ein kleines Vermögen, nicht mehr als eine Starthilfe für Sabine, aber die Mietwohnung mußte sie räumen. Sabine hatte jedoch inzwischen schon eine Entscheidung für die Zukunft getroffen. Sie hatte sich für den Einsatz in Südamerika entschieden, wie manche junge Ärzte, die nach dem Studium keine Aussicht auf eine baldige feste Anstellung sahen. Das kleine Vermögen von Frau Springer hätte sie sicher angelegt, hatte Sabine noch zu den Nordens gesagt, und sie wolle nach ihrer Rückkehr eine eigene Praxis gründen. Die Nordens hatten es ihr zugetraut, daß sie das schaffen würde. Sie war willensstark und mutig. Doch dieser Brief drückte Resignation aus, wenn auch gleichzeitig ein Auflehnen, nicht klein beizugeben.

So zögerte Fee nicht lange, nachdem sie selbst einen Entschluß gefaßt hatte. Sie kleidete sich rasch an und schaute noch mal nach den Zwillingen. Die schliefen, und es machten sich keine Anzeichen für eine Erkrankung bemerkbar. Wahrscheinlich waren sie tatsächlich nur müde.

»Mir ist etwas eingefallen, Lenni, was ich gleich erledigen möchte«, sagte Fee. »Die Kleinen schlafen. Ich bringe dann Hähnchenkeulen mit, dann haben Sie nicht so viel Arbeit, Lenni.«

»Es gibt aber eine Grießnockerlsuppe auf jeden Fall. Wir haben noch die gute Brühe da. Das macht auch keine Arbeit.«

Lenni konnte so schnell nichts aus der Ruhe bringen. Nur, wenn mit den Kindern etwas war, konnte sie sich aufregen. Aber das ließ sie die andern auch nicht spüren. Sie wäre auch nicht auf den Gedanken gekommen, Fee zu fragen, wohin sie denn plötzlich fahren wolle, und erst recht nicht auf den, in der Post herumzuschnüffeln, obgleich sie ahnte, daß es mit diesem einen Brief zusammenhing.

Fee fuhr zur Leitner-Klinik. Sie wollte, sofern es möglich war, gleich persönlich mit Dr. Hans-Georg Leitner sprechen, mit dem sie befreundet waren, und sie nannten ihn Schorsch.

Es war keine große Frauenklinik, aber sie hatte einen sehr guten Namen, und Dr. Leitner war ein sehr guter Gynäkologe. Er war nicht der Strahlemann-Typ wie Daniel Norden, aber das hatte auch den Vorteil, daß die Patientinnen ihn nicht so anhimmelten und doch großes Vertrauen zu ihm hatten.

Zufällig kam er aus seinem Zimmer, als Fee kam, aber sie deutete das als gutes Omen.

»Fee, welche Überraschung!« rief er aus. »Was treibt dich her?«

»Hast du fünf Minuten Zeit, Schorsch?«

Er blickte auf die Uhr. »Könnte gerade hinkommen. Eine Geburt ist eingeleitet.«

»Ich fasse mich kurz. Ich wollte nur fragen, ob du dich bereits für einen Arzt entschieden hast?«

»Ist sehr schwierig, man stellt gleich zu hohe Forderungen.«

»Wie wäre es mit einer Kinderärztin, die aber auch sonst Erfahrung hat?«

Er sah sie erstaunt an. »Du wüßtest jemand?«

»Du kannst dich vielleicht auch an Sabine Seidel erinnern, die bei Frau Springer gewohnt hat. Ich habe einen Brief von ihr bekommen, und sie hat mir Ablichtungen von ihren Zeugnissen geschickt. Die kannst du anschauen. Sie will sich aus persönlichen Gründen verändern, Enttäuschungen bewältigen. Sie war in Südamerika tätig und hat wohl allerhand mitgemacht.«

»Kann man sie mal persönlich sprechen?«

»Sie wird sicher kommen, wenn eine Aussicht besteht, eine Stellung zu bekommen.«

»Kommt auch darauf an, ob sie mit diesen Voraussetzungen, die hier geboten sind, einverstanden wäre.«

»Schau dir die Zeugnisse an und ruf mich dann an. Ich habe nur gedacht, ich frage dich gleich persönlich.«

»Du bist ja die beste Referenz, und wer könnte dir widerstehen«, sagte er. »Ich wäre ja froh, wenn wir noch Verstärkung hätten.«

»Dann kann sie kommen?«

»Wenn es ihr bald möglich wäre? Auf die lange Bank kann ich nichts mehr schieben, sonst wird es für Dornach einfach zuviel, nachdem Dr. Mittler nicht mehr hier ist.«

»Sie ist ein liebenswerter Mensch, Schorsch, und dazu eine Ärztin, wie wir sie uns vorstellen. Ich glaube nicht, daß sie sich geändert hat. Ihr Brief läßt darauf schließen, daß sie in einer seelischen Krise steckt.«

»Ich hätte aber gern fröhliche Gesichter um mich«, sagte er.

»Sie wird dir schon gefallen.«

»Dunkel kann ich mich noch erinnern, war sie nicht sehr hübsch?«

»Hübsch eigentlich nicht, aber apart. Aber du magst ja auch mehr die stillen Schönheiten.«

Er lächelte flüchtig. »Ich darf mich dazu gar nicht äußern. Claudia hat mal wieder ein eifersüchtiges Stadium. Komischerweise immer zur Faschingszeit.«

Fee lachte leise auf. »Vielleicht versteht sie die sehr wörtlich und leidet Hunger. Da sind Frauen manchmal auch unausstehlich.«

»Du weißt immer die richtige Erklärung. Bist du eigentlich nie eifersüchtig?«

»Mittlerweile bin ich darüber hinweg, aber früher habe ich manchmal auch gelitten. Das ist nun mal so, und es ist ein

Schmarrn, wenn so ein paar Besserwisser sagen, wahre Liebe kenne keine Eifersucht.«

Dann aber mußte sich Schorsch beeilen, denn er wurde zum Kreißsaal gerufen. »Sag ihr Bescheid, daß sie kommen soll«, rief er Fee noch zu, und sie konnte zufrieden die Leitner-Klinik verlassen.

Sie machte ihre Besorgungen und fuhr dann heim. Die Zwillinge waren schon wieder mopsfidel, und Lenni wußte auch eine Erklärung für ihr Schlafbedürfnis.

Verlegen erzählte sie es Fee, daß die beiden Racker eine ganz besondere Limo verlangt hätten, nachdem sie munter waren, und es hatte sich herausgestellt, daß sie sich den Rest aus der Portweinflasche genehmigt hatten, die sie im Schränkchen in der Küche gefunden hätten.

»Und wahrscheinlich ist es meine Schuld«, sagte Lenni. »Ich dachte, es wäre nichts mehr drin und wollte sie gestern wegbringen zum Container, aber dann merkte ich, daß wohl doch noch ein Gläschen drin sein mußte, da hab' ich die Flasche in den Schrank gestellt.«

»Ich werde die beiden mal ins Gebet nehmen«, sagte Fee.

»Sie haben doch gedacht, es wäre Limo, weil es so süß schmeckte!«

»Saft, hab' ich gesagt«, rief Désirée von der Wohnzimmertür her, und energisch klang ihr Stimmchen. Der zweite Dreikäsehoch erschien dann auch.

»Hat besser schmeckt als Limo«, sagte er. Schuldbewußtsein war ihnen nicht anzumerken.

»Habe ich euch nicht hundertmal gesagt, ihr sollt nie etwas aus einer Flasche trinken, wenn wir es nicht erlaubt haben?« sagte Fee mit strengem Ton, und gleich schaute Jan weinerlich drein, während es Désirée mit einem schelmischen Blick schräg von unter herauf probierte, gute Stimmung zu erzeugen. Sie hatte es bald herausgehabt, wie sie es anfangen mußte, um die Erwachsenen zu betören. Sie war eine richtige kleine Evastochter.

»Ihr könnt sehr krank werden«, sagte Fee energisch, denn diesmal wollte sie sich nicht erweichen lassen. Sie wußte, daß die beiden es schon verstanden.

»Hat aber gut schmeckt«, sagte Jan, »war ganz klein bißchen nur, Mami.«

»Es tut mir wirklich sehr leid«, sagte Lenni beklommen. »Anscheinend werde ich auch vergeßlich. Ich weiß selber nicht, warum ich die Flasche in den Schrank gestellt habe.«

»Wahrscheinlich deshalb, weil noch geschlossene Flaschen darin stehen, Lenni«, sagte Fee nachsichtig, »und es ist ja nichts weiter passiert, davon werden sie nicht gleich zu Alkoholikern werden«, fügte sie lächelnd hinzu.

»Bist böse, Mami?« schmeichelte Désirée, nachdem sie ein paar Minuten geschmollt hatte, was aber weder bei ihrer Mami noch bei Lenni Wirkung gezeigt hatte.

»Ich werde sehr böse, wenn so was noch mal passiert«, sagte Fee.

»Sind ganz brav«, erklärte Jan.

Lange würde das doch nicht vorhalten. Sie waren jetzt in einem Alter, in dem sie alles erforschen wollten, was immer möglich war, und da blieb auch das Telefon nicht verschont.

»Was macht ihr denn jetzt schon wieder«, rief Fee, als sie zu streiten anfingen.

»Papi rufen«, schrie Désirée.

»Papi arbeitet«, sagte Jan.

»Und du machst das Telefon kaputt«, sagte Fee zu der Kleinen.

»Nicht putt, tutet«, kam die Antwort.

Fee seufzte. Sie nahm ihr den Hörer weg und legte ihn auf.

»Lenni, Lenni«, rief Désirée, und als Lenni gleich in der Küchentür erschien, stürmte sie auf sie los und klammerte sich an sie.

»Mami schimpft, liebe Lenni.«

»Mami wird schon Grund haben, wenn sie schimpft, und

dann ist Lenni auch nicht lieb«, sagte sie mit Selbstüberwindung.

»Ihr werdet jetzt ganz schön spielen«, sagte Fee und bugsierte die beiden mit sanfter Gewalt in das Kinderzimmer. »Jetzt muß nämlich ich telefonieren.«

Sabines Telefonnummer war auch auf dem Briefkopf vermerkt, und Fee hatte sich entschlossen, gar nicht erst zu schreiben, sondern gleich anzurufen. Sie wartete bis zum Abend, da es ja ein Ferngespräch war und Fee meinte, daß die Telefongebühren hoch genug wären.

Die Verbindung war hergestellt, aber es meldete sich eine Stimme, die ganz fremd klang.

»Norden, ich möchte Frau Dr. Seidel sprechen«, sagte sie.

»Sie ist momentan nicht da. Ich bin ihre Freundin Maja Preiß, kann ich etwas ausrichten?«

Die Stimme gefiel Fee nicht, aber sie war in bezug auf Stimmen sowieso empfindlich, aber es konnte auch sein, daß sie durch die Entfernung und den Hall verzerrt wurde.

»Sie möchte mich bitte anrufen, wenn möglich noch heute«, sagte Fee. »Es ist dringend.«

»Darf ich fragen, worum es sich handelt?« fragte die andere.

»Frau Seidel weiß schon, worum es geht. Besten Dank.«

Maja Preiß starrte vor sich hin. Was mochte das zu bedeuten haben? Sabine bekam ganz selten Anrufe, und den Namen Norden hatte Maja noch nicht gehört. Sabine war auch überhaupt nicht mehr mitteilsam. Allerdings hatte Maja allen Grund, ein schlechtes Gewissen zu haben, wenngleich ihr das nicht viel ausmachte.

Da wurde schon die Tür aufgeschlossen. Die beiden jungen Frauen teilten sich eine Vierzimmerwohnung, jede hatte zwei Räume zur Verfügung, und die Küche, wie auch das Bad teilten sie.

Maja Preiß war Röntgenassistentin. Sie und Sabine kannten sich von der Schulzeit her. Maja betonte immer wieder und zu jedem, daß sie Sabines beste Freundin sei.

Daß Sabine in letzter Zeit sehr auf Distanz gegangen war, konnte auch Maja nicht übersehen, aber sie hatte ihre eigene Art, sich über alles hinwegzusetzen, was ihr nicht behagte.

»Da war eben ein Anruf für dich«, sagte sie, »von einer Frau Norden. Wer ist denn das?«

Sabine hatte ihre freudige Überraschung nicht unterdrücken können, aber Majas Neugierde störte sie gewaltig.

»Was hat sie gesagt?« fragte sie, ohne auf Majas Frage einzugehen, was die andere freilich noch neugieriger machte.

»Du wüßtest Bescheid, du sollst zurückrufen. Redest du eigentlich nicht mehr mit mir?« fragte Maja dann gereizt.

»Ich habe anderes im Kopf.«

»Weil Klaus nicht schreibt?« fragte Maja lauernd. »Oder liegt dir mehr an Hubert?«

»Wie kommst du denn darauf?« fragte Sabine kühl.

»Es fällt doch auf, wie er dir nachläuft.«

Sabine maß sie mit einem langen Blick. »Mir ist das noch nicht aufgefallen, und außerdem sind wir Kollegen, sonst nichts. Er ist fest gebunden, also bräuchtest du dir bei ihm keine Chance auszurechnen.«

Sie konnte sich diesen Hieb nicht verkneifen, obgleich sie sich hundertmal gesagt hatte, daß sie es nicht zum Streit kommen lassen wolle, bevor sie auch die räumliche Trennung vollzog. Daß sie sich so in Maja getäuscht hatte, war ihr unter die Haut gegangen, weil sie es einfach nicht hatte glauben wollen, daß Maja intrigant sein konnte. Sie hatte an sich gezweifelt, an ihrer Menschenkenntnis, dann auch an der Fähigkeit, die Patienten richtig einschätzen zu können, da sie in ihrer derzeitigen Position nicht nur mit Kindern zu tun hatte.

Sie hatte Maja nichts davon gesagt, daß sie gekündigt hatte

im Krankenhaus und überhaupt weg wollte von Kiel. Aber wenn es klappen sollte, mußte sie Maja sagen, daß sie die Wohnung kündigen würde. Sie hatte diese gemietet und auch den Hauptanteil bezahlt. Sie hatte Maja nur als Untermietern hereingenommen, als diese von Hannover nach Kiel gekommen war, nachdem sie auf Vermittlung durch Sabine eine Stellung bekommen hatte. Ja, sie hatte viele Vorteile durch Sabine gehabt, und sie hatte es ihr schlecht gedankt. Aber es hatte lange gedauert, bis Sabine dies gemerkt hatte.

»Ich würde wirklich gern wissen, was du plötzlich gegen mich hast«, fing Maja wieder an.

»So plötzlich kommt das doch gar nicht, und du solltest eigentlich wissen, warum ich in dir keine echte Freundin mehr sehen kann, Maja.«

»Dann sag es doch endlich«, stieß Maja hervor.

»Ich möchte nur ein Beispiel sagen und will darüber keine Diskussion. Warum erzählst du, daß dir diese Wohnung gehört und daß ich mir das Auto nur leisten kann, weil ich so wenig Miete zu zahlen brauche?«

»Wer hat das gesagt?« fragte Maja schrill.

»Ich nehme nicht an, daß du es darauf ankommen lassen willst, Gerd Schröter und Schwester Inge gegenübergestellt zu werden. Aber du kannst die Wohnung ganz mieten, ich werde sie nämlich kündigen.«

Momentan verschlug es Maja die Stimme. »Aber das ist doch ein Mißverständnis, Sabine, die beiden haben das bestimmt falsch verstanden.«

»Dann klären wir es doch auf. Ich habe sie heute Abend eingeladen. Meine Stellung habe ich schon gekündigt. Ich gehe weg von hier.«

Jetzt wußte Maja gar nichts mehr zu sagen. Sie war blaß geworden. »Wohin willst du denn gehen? Klaus wird doch jetzt bald zurückkommen?«

»Dann weißt du mehr als ich, aber dieses Thema brauchen

wir auch nicht zu erörtern. Wenn er glaubt, was du ihm über mich erzählst, kann er bleiben, wo der Pfeffer wächst.«

»Das brauche ich mir nun wirklich nicht gefallen zu lassen«, sagte Maja. Sie fauchte es buchstäblich. »Was kann ich dafür, daß er nichts von sich hören läßt, du brauchst mich nicht zum Sündenbock zu stempeln. Ich habe keine Lust, mir das noch länger anzuhören. Ich bin heute abend verabredet.«

Sie will Gerd und Inge aus dem Weg gehen, dachte Sabine, deshalb hat sie es eilig, sonst würde sie sicher noch große Reden schwingen um sich zu rechtfertigen. Sie war jetzt mißtrauisch geworden, und wenn manches auch von ihr übertrieben gesehen wurde, es kam daher, weil Maja tatsächlich Unwahrheiten verbreitet hatte, um sich selber im besten Licht zu präsentieren, und eine echte Freundin war dazu nicht fähig.

Zuerst war sie maßlos traurig gewesen und hatte es nicht über sich gebracht, Maja darauf anzusprechen, jetzt spürte sie plötzlich, daß es sie kalt ließ, wie Maja reagierte. Auch dieses Kapitel war für sie abgeschlossen, und das Kapitel Klaus Soerensen ebenso.

Es war ihr auch bewußt geworden, daß Maja es immer darauf angelegt hatte, ihr jeden Mann, der sich für sie interessierte, abspenstig zu machen. Das schien für Maja nahezu ein Zwang zu sein, obgleich die Männer auf sie viel eher flogen. Gerd Schröter, der Oberarzt von der Internen, hatte sie auch darauf aufmerksam gemacht.

Maja sei eine Eintagsfliege für jene Männer, nach denen sie die Fühler ausstreckte, hatte er gesagt. Man sei auf ihr lästiges Getue allergisch und überlasse sie gern jenen, die von sich aus auf sie flögen. Vergleiche, die Sabine zum Nachdenken angeregt hatten. Sie hatte Maja so nicht gesehen. Die langjährige Freundschaft hatte sie zwar nicht blind, aber doch nachsichtig gemacht für Majas Schwächen.

Als sie hörte, daß Maja die Wohnung verließ, griff sie gleich zum Telefon und wählte Dr. Nordens Privatnummer.

»Anneka Norden«, sagte die helle Kinderstimme.

»Hier spricht Sabine Seidel, kann ich bitte die Mami sprechen, Anneka?«

»Einen Augenblick, bitte!«

Jetzt sind sie schon groß, die Norden-Kinder, ging es Sabine durch den Sinn. Daß da auch noch Zwillinge gekommen waren, wußte sie ja gar nicht. Aber an Danny, Felix und Anneka konnte sie sich noch gut erinnern.

Doch nun vernahm sie Fee Nordens Stimme. »Freut mich, Sie zu hören, Sabine«, sagte Fee. »Ihr Brief ist heute morgen gekommen, und ich habe mich gleich informiert, weil ich wußte, daß die Leitner-Klinik Verstärkung braucht. Es könnte klappen, wenn es Ihnen zusagt, Sabine. Wenn Sie bald kommen könnten, wäre es um so besser.«

»Ich könnte übermorgen kommen, weil ich meinen Urlaub noch nehmen kann. Es wäre ja wunderbar. Wie soll ich Ihnen nur danken?«

»Ich habe mich gefreut, von Ihnen zu hören, und freue mich noch mehr auf das Wiedersehen. Es gibt bestimmt viel zu erzählen.«

»Das ganz sicher«, erwiderte Sabine. »Darf ich mich gleich bei Ihnen melden?«

»Kommen Sie mit dem Auto?«

»Nein, ich werde fliegen, denn ich muß ja noch mal zurück, um den Haushalt aufzulösen, und wenn ich Dr. Leitner nicht gefalle, lohnt sich die Strapaze mit der Autofahrerei erst recht nicht.«

»Er kann sich noch an Sie erinnern, Sabine. Ich denke, es gibt keine Probleme.«

»Ein Silberstreifen am Horizont«, freute sich Sabine. »Ich kann es noch nicht ganz glauben.«

Und ihr stand die Freude auf dem Gesicht geschrieben, als Gerd Schröter und Inge Bach kamen, Arzt und Krankenschwester, schon seit langem befreundet, aber zum Glück auf verschiedenen Stationen beschäftigt, sonst hätten sie sich Schwierigkeiten eingehandelt. Man war sehr streng und sehr auf Moral bedacht im Krankenhaus.

»Maja hat wohl das Feld geräumt, weil wir angekündigt wurden«, sagte Gerd spöttisch.

»Ich habe es ihr gesagt«, erklärte Sabine, »auch das, was sie herumerzählt hat.«

»Das ist gut, es wurde Zeit«, warf Inge ein, »aber daß du gekündigt hast, Sabine, gefällt mir gar nicht. Du hättest sie vor die Tür setzen sollen, und wir hätten schon dafür gesorgt, daß die Wahrheit ans Licht gebracht würde.«

»Es gibt mehrere Gründe, daß ich weg will von hier. Ich möchte wieder als Kinderärztin arbeiten, nicht als Mädchen für alles.«

»Du bist einfach zu gutmütig«, sagte Gerd Schröter. »Du läßt dir alles gefallen, und das wird immer ausgenutzt.«

»Ich mußte Abstand gewinnen von den letzten Jahren, und jetzt hat sich manches geändert. Ich werde eventuell nach München gehen.«

»Du gibst hier alles auf?« sagte Gerd bestürzt.

»Es ist nicht viel, was ich aufgebe. Ihr seid gute Freunde, und Hubert ist ein zuverlässiger Kollege, aber sonst ist mir alles gründlich verleidet.«

»Dann gibst du auch die Wohnung auf?«

»Ja, und das habe ich Maja auch schon angekündigt. Da wurde sie blaß.«

»Wird sie die Wohnung ganz behalten?« fragte Inge.

»Das kann sie nicht. Sie wäre ihr zu teuer. Sie hat hier ja nur ein Drittel der Miete gezahlt. Sie wird sich was anderes suchen müssen.«

»Wir haben es oft gesagt, daß du zu gutmütig bist, Sabine«, sagte Gerd, »aber wie soll man es verstehen, daß Maja die Tatsachen so verdreht hat.«

»Ich denke, sie hat ein krankhaftes Geltungsbedürfnis«,

stellte Inge fest. »Sabine ist ihr haushoch überlegen, aber das will sie nicht akzeptieren. Und da kein Mann an ihr kleben bleibt, würde es ihr nicht gefallen, wenn Sabine eine feste Bindung eingehen würde.«

»Ihr habt sie jedenfalls besser durchschaut als ich«, sagte Sabine nachdenklich.

»Wir sind objektive Beobachter«, stellte Gerd fest. »Du bist lange mit ihr befreundet, und vielleicht war sie früher anders. Aber es ist ja oft so, daß man die negativen Eigenschaften gar nicht zur Kenntnis nimmt, wenn man viel mit einem Menschen zusammen ist und es nicht zu gravierenden Differenzen kommt.«

»Und außerdem spielt die Gewohnheit eine Rolle«, sagte Inge.

»Aber Maja soll kein abendfüllendes Thema sein«, warf Sabine ein. »Ich hole erst mal was zum Futtern. Was wollt ihr trinken?«

»Was hast du da?« fragte Gerd.

»Wein, Sekt, Wasser, Saft.«

»Sagen wir mal Wein«, schlug Gerd vor. »Inge trinkt Saft, sie kann dann fahren.«

»Siehst du, so ist der Mann«, lachte Inge, »aber ein Gläschen Wein wird mir doch gestattet sein.«

Sie waren dann gelöster, und eine angeregte Unterhaltung ließ die Zeit vergehen. Es war Mitternacht, als sie sich trennten, aber Maja war nicht erschienen.

Sabine hörte sie dann gegen zwei Uhr kommen, es war ja nicht zu überhören, denn sie polterte so herum, daß Sabine annahm, daß sie zu viel getrunken hätte. Aber da Maja kein Auto besaß, konnte sie auch nicht fahren.

Es kam Sabine selbst seltsam vor, aber sie fragte sich zum erstenmal, warum Maja kein Auto besaß, denn sie verdiente gut, und den Führerschein hatte sie auch. Aber Geld hatte sie eigentlich nie, und wenn Sabine zusammengezählt hätte, was sich Maja im Laufe der Zeit von ihr geborgt hatte, käme ein ganz hübsches Sümmchen zusammen. Es waren kleine Beträge, aber auch die summierten sich.

Maja verfolgte sie bis in die Träume, aber als sie am Morgen erwachte, war ihr erster Gedanke, daß es ja nun bald vorbei sei. Sie dachte schon an München.

Sie buchte dann auch gleich den Flug für die erste Maschine von Hamburg, und sie mußte sehr früh aufstehen am nächsten Morgen, um rechtzeitig in Fuhlsbüttel zu sein.

Maja sah sie den ganzen Tag nicht. Sie kam erst gegen zehn Uhr nach Hause. Sie kam in die Küche.

»Bist du wieder ansprechbar?« fragte sie.

»Wir werden schon noch einiges zu bereden haben«, erwiderte Sabine ruhig. »Ich fahre morgen sehr früh weg und weiß nicht, wann ich zurückkomme, und wenn ich dann komme, löse ich die Wohnung auf. Ich habe mit der Hausverwaltung bereits gesprochen. Ein Problem mit der Weitervermietung gäbe es nicht, aber du kannst die Wohnung auch behalten, dann kannst du ja auch mit Recht sagen, daß sie dir gehört.«

Maja schlug keinen aggressiven Ton an. »Das ist wohl deine Rache«, sagte sie heiser. »Du weißt genau, daß die Wohnung für mich allein zu teuer ist.«

»Dann mußt du dir eine andere suchen, oder jemanden, der die Hälfte zahlt. Aber du wirst kaum jemand finden, der zwei Drittel bezahlt.«

»Immer feste, gib es mir«, sagte sie nun doch.

»Ich sage es dir wenigstens ins Gesicht, was ich jetzt denke. Ich gestehe auch ein, daß ich bedaure, daß es so gekommen ist, aber meine Schuld ist es nicht, Maja.«

»Halt mir jetzt keine Vorträge, Frau Doktor. Ich bin nun mal nicht so, daß ich zu dir aufblicke, weil ich nur Röntgenassistentin bin.«

»Liebe Güte, fang doch jetzt nicht so an, als ob das einen Unterschied gemacht hätte. Ich habe nur gedacht, daß wir Freundinnen sind, im guten Sinne. Du kannst doch nicht leugnen, daß du dich unfair benommen hast, und du mußt es schon akzeptieren, daß ich das nicht einfach schlucke. So ist es besser, wenn die Trennung vollzogen wird, denn das Vertrauen ist dahin.«

Sie drehte sich um. »Dann haben wir uns nichts mehr zu sagen.«

»Dazu wird bald keine Gelegenheit mehr sein.«

»Und wohin soll ich dir die Post nachschicken?«

»Das brauchst du nicht, das besorgt die Post.« Und da sah sie, daß Maja zusammenzuckte. Sollte sie bezüglich der Post auch ein schlechtes Gewissen haben? Hatte Klaus vielleicht doch geschrieben, und sie hatte die Post unterschlagen? Das Mißtrauen war da und ließ sich nicht verbannen, aber sie wollte auch über Klaus nicht reden.

Sabine schlief unruhig, aber sie war auch ziemlich aufgeregt. Um drei Uhr mußte sie schon aufstehen. Die Koffer waren gepackt. Das Wichtigste hatte sie schon mitgenommen, auch die Wertsachen. Sie verspürte ein eigentümliches Gefühl der Erleichterung, als sie alles im Wagen verstaut hatte und sich ans Steuer setzte. Still war es in den Straßen, und schnell war sie aus der Stadt und dann schneller in Hamburg, als sie gedacht hatte.

Sie konnte ihren Wagen in der Tiefgarage unterstellen und brachte dann ihr Gepäck zum Schalter. Sie war eine der Ersten und hatte noch Zeit, einen Kaffee zu trinken.

Ein paar Tische weiter saß eine ältere Dame und eine junge Frau, und unwillkürlich mußte Sabine immer wieder zu ihnen hinsehen, weil die junge Frau so liebevoll auf die ältere einsprach. Und dann hörte sie auch, wie sie sagte: »Du brauchst keine Angst zu haben, Mutti, so oft stürzen die Flugzeuge nun wirklich nicht ab.«

»Ich denke doch nur, wie Lissy sich aufregen würde, wenn etwas passiert. Sie darf sich doch jetzt nicht aufregen.«

»Du dich aber auch nicht, Mutti. Bevor du es dich versiehst, landest du in München, und dann holt Hans dich ab. Ich wäre doch mitgekommen, aber ich kann die Kinder nicht allein bei Heidi lassen.«

»Das sehe ich ja ein, aber lieber wäre es mir gewesen, ich hätte mit der Bahn fahren können.«

»Das dauert zu lange. Nun sei mal vernünftig. Du bist doch sonst kein Angsthase.«

Sabine traf die beiden dann vor der Schleuse, und ganz spontan sagte sie, daß sie auch nach München fliege, und daß sie zufällig gehört hätte, daß die Dame besorgt sei.

Zwei schöne blauen Augen blickten sie an. »Sie würden sich ein bißchen um meine Mutter kümmern? Das wäre sehr nett, mein Name ist Keßler.«

»Ich heiße auch so«, sagte die Ältere, »ich bin eigentlich die Schwiegermutter.«

»Sabine Seidel, ich bin Ärztin«, stellte sich Sabine vor. »Sie können also ganz unbesorgt sein, meine Damen«, fügte sie lächelnd hinzu.

»Das ist sehr lieb«, sagte Melanie Keßler, »mir ist gleich wohler. Meine Schwägerin erwartet nämlich Zwillinge und mußte deshalb schon vor dem Termin in die Klinik, und sie hat schon einen dreijährigen Sohn.«

Der letzte Aufruf kam, und sie mußten sich verabschieden.

»Du rufst gleich an, Mutti, wenn du angekommen bist«, sagte Melanie Keßler.

»Ja, ja, sag Günter nicht, daß ich so aufgeregt bin.«

Noch ein Blick zurück, ein Winken, dann faßte Sabine Frau Keßlers Arm und schob sie vor sich her. Für sie selber war es beruhigend, daß sie sich um jemand kümmern konnte. Unwillkürlich aber mußte sie an Klaus denken, der immer darüber gespottet hatte. »Paß auf, daß du nicht mal eine richtige Glucke wirst, die schützend ihre Flügel über die Hilflosen breiten muß und dabei am Leben vorbeigeht.«

Hatte sie ihn denn wirklich geliebt? Und hätte er sich so oft über sie lustig machen können, wenn er sie geliebt hätte?

Frau Keßlers flehender Blick lenkte sie ab, als sie zum Bus gingen, der sie zum Flugzeug bringen sollte.

»Sind Sie schon öfter geflogen?« fragte sie stockend.

»Schon sehr oft und weite Strecken«, erwiderte Sabine.

»Und es ist nie etwas passiert?«

»Zum Glück nicht.«

»Aber in letzter Zeit passiert dauernd etwas, da bekommt man es doch mit der Angst.«

»Vergessen Sie jetzt die Angst, Frau Keßler. Wenn wir in der Maschine sind, erzählen Sie mir von Ihren Enkeln. Ich bin nämlich Kinderärztin.«

»Und Sie sind bestimmt eine sehr gute Ärztin«, sagte Frau Keßler.

»Ich möchte gern eine gute Ärztin sein.«

Jedenfalls erwies sie sich als sehr gute Seelentrösterin, denn Frau Keßler merkte dann gar nicht, daß die Maschine schon hoch in die Lüfte stieg, und bald begannen die Stewardessen auch schon, das Frühstück zu servieren.

»Ich könnte nichts essen«, sagte Frau Keßler, »aber meinen Sie, daß ich das meinem Enkel mitnehmen könnte? Sieht ja nicht übel aus.«

»Dann essen Sie aber ein paar Häppchen von mir mit«, sagte Sabine, »alles schaffe ich auch nicht.«

»Sie sind aber jung, und Sie sind nicht aufgeregt.«

»Ein bißchen aufgeregt bin ich auch. Nicht wegen dem Fliegen, sondern weil ich mich um eine neue Stelle bewerbe.«

»In München? Meine Tochter ist in einer ganz guten Frauenklinik. Da ist auch schon der Patrick zur Welt gekommen. Leitner-Klinik heißt sie.«

Das war wieder ein Zufall, wie er netter nicht sein konnte. Aber Sabine verriet nicht, daß sie sich dort bewerben wollte. Zuerst wollte sie sicher sein, daß Dr. Leitner sie auch nehmen würde, bevor sie darüber sprach. Aber sie sagte, daß sie gehört hätte, daß die Klinik einen sehr guten Ruf hätte.

»Da geht es noch menschlich zu«, sagte Frau Keßler. »Lissy ist ja so zufrieden, und sie ist auch gar nicht ängstlich, obgleich ja Zwillinge mehr zu schaffen machen. Ich kann gar nicht verstehen, wie manche Frauen mit Fünflingen fertig werden. Finden Sie es gut, wenn man sich so behandeln läßt, daß es gleich so viele Kinder werden?«

»Man kann es nicht voraussagen, und ich verstehe es schon, daß Frauen alles versuchen, ein Kind zu bekommen, wenn sie eins haben wollen.«

»Und andere geben ihre Kinder weg oder bringen sie gar um«, sagte Frau Keßler leise. »Da wird es mir jedesmal übel.«

Aber vom Fliegen wurde es ihr nicht übel, und dann ging ihr der Flug sogar zu schnell zu Ende.

»Es war so gut, mit Ihnen sprechen zu können«, sagte sie dankbar. »Vielleicht sehen wir uns mal wieder. Sie können mich doch in Hamburg besuchen.«

»Ich wohne nicht in Hamburg, und ich werde mit Sicherheit bald in München oder Umgebung wohnen, Frau Keßler.«

»Ich gebe Ihnen die Adresse von den Kindern. Sie könnten doch mal anrufen. Mein Schwiegersohn ist Architekt. Er hat gute Verbindungen und könnte Ihnen auch eine Wohnung besorgen, wenn Sie eine brauchen. Der Name ist Zumstein. Ich schreibe es Ihnen noch auf.«

Man merkte, wie gern sie sich erkenntlich zeigen wollte, und Sabine war auch so realistisch eingestellt, daß sie in bezug auf eine Wohnung ein solches Angebot auch vielleicht annehmen könnte.

Und wenn sie die Stellung bekam, war es ja fast sicher, daß sie auch die junge Frau Zumstein kennenlernen würde.

Hans Zumstein lernte sie dann kennen, als sie gelandet waren. Er hielt schon nach seiner Schwiegermutter Ausschau, und er schien zu ihr einen genauso lieben Kontakt zu haben wie Melanie Keßler.

»Das ist Frau Dr. Seidel, Hans«, stellte Hilde Keßler vor. »Sie hat mir die Angst vor dem Fliegen genommen.«

Er machte eine kleine Verbeugung vor Sabine, und in seinen Augen blitzte es, als er sagte: »Dafür dankt die ganze Familie. Darf ich Sie dafür in die Stadt befördern, Frau Doktor?«

»Das würde ich gern annehmen«, erwiderte Sabine, und darüber freute sich auch Frau Keßler.

»Was ist Ihr Ziel?« fragte Hans Zumstein.

Sabine überlegte rasch.

»Nähe Westpark«, erwiderte sie. »Pension Sonne.« Die war ihr gerade noch in Erinnerung.

»Dann weiß ich Bescheid«, sagte Hans Zumstein. »Wir wohnen auch in der Gegend, also ist es gar kein Umweg. Bleiben Sie länger in München?«

»Wahrscheinlich für lange Zeit«, erwiderte Sabine und hoffte, daß er nicht noch mehr Fragen stellen würde. Aber er sagte nur, daß sie sich dann ja öfter mal treffen könnten, weil seine Frau als Hamburgerin sich ein bißchen schwer tue mit den Kontakten.

»Ich habe in München studiert und möchte deshalb gern zurück«, sagte Sabine. »Ich habe mich hier immer am wohlsten gefühlt.«

»Siehst du, Mutti, also würdest du dich doch auch einleben können«, sagte Hans Zumstein.

»In Hamburg habe ich aber meine eigene Wohnung«, erklärte Hilde Keßler. »Jung und alt unter einem Dach tut auf die Dauer nicht gut. Fahren wir jetzt gleich in die Klinik, Hans?«

»Nein, so früh nicht. Patrick wird auch schon sehnsüchtig auf seine Omi warten. Ich rufe Dr. Leitner an und frage, wie es steht. Es macht Lis nur nervös, wenn wir sie betütteln. Sie wird bestens versorgt.«

Für Sabine war das schon die richtige Einstimmung für ihre

Vorstellung, aber sie wollte nicht gerade dann hereinplatzen, wenn Dr. Leitner mit einer Zwillingsgeburt beschäftigt war. Sie hoffte jetzt nur, daß sie in der Pension Sonne auch ein Zimmer bekommen würde.

Sie waren schneller dort, als sie angenommen hatte. Man merkte, daß Hans Zumstein sich in der Stadt auskannte und den schnellsten Weg fuhr.

Es war ein herzlicher Abschied von Frau Keßler, die nochmals um ein Wiedersehen bat, und da schloß Hans Zumstein sich an. Und auch er sagte, daß sie sich bei ihm melden solle, falls sie eine Wohnung suchen solle. Er könne ihr jetzt sogar eine sehr hübsche Dreizimmerwohnung im Hause einer sympathischen alten Dame anbieten, die noch jemanden auf persönliche Empfehlung nehmen wolle.

»Darauf komme ich gern zurück«, sagte Sabine.

Duplizität der Ereignisse? Konnte das sein? Auch damals war sie auf Empfehlung von Dr. Norden zu Frau Springer gekommen. Auch sie hatte nur jemanden nehmen wollen, der einen vertrauenswürdigen Fürsprecher hatte.

Sollte ich jetzt doch Glück haben nach all den Enttäuschungen, ging es Sabine durch den Sinn, und sie war erst recht optimistisch, als es dann auch mit dem Zimmer in der Pension Sonne klappte. Es war sogar ein sehr hübsches Zimmer.

Sie brauchte nicht auf den Preis zu schauen. Sie hatte Frau Springers Erbe gut angelegt und auch von ihrem Verdienst viel sparen können. Sie war für sich ziemlich anspruchslos und hatte sich auch von Maja nicht dazu verführen lassen, viel Geld für Kleidung auszugeben. Diesbezüglich war Maja ihr sogar ein warnendes Beispiel gewesen, denn sie lebte über ihre Verhältnisse, obgleich sie nicht viel Miete hatte zahlen müssen. Aber ihr Wahlspruch war stets, man sei nur einmal jung, und man müsse das Leben genießen.

Das konnte man auch auf andere Weise, war Sabines Meinung. Sie liebte die Natur, sie hatte nichts für Discos übrig, und

Parties besuchte sie nur selten. Aber sie ging gern mal in einen guten Film, ins Theater oder in ein Konzert.

Sabine hatte viel Elend gesehen, als sie in Südamerika tätig gewesen war, und so betrachtete sie das Leben auch unter ganz anderen Gesichtspunkten, als ein Geschenk, wenn man nicht arm war, nicht hungern und frieren mußte.

Jetzt stand sie an einem Wendepunkt. Es war noch nicht lange her, daß sie von einem Leben mit Klaus Soerensen geträumt hatte. Es hatte keinen anderen Mann für sie gegeben. Sie kannten sich schon seit der Schulzeit. Er war zwei Jahre älter als sie, und er studierte auch Medizin. Schon früh hatten sie Pläne gemacht, eine gemeinsame Praxis zu gründen oder gar eine Klinik. Beide hatten sie ihre Ziele hochgesteckt. Beide hatten sie dann auch den Entschluß gefaßt, in Entwicklungsländern ihre Erfahrungen zu sammeln, wo sie nicht nur auf einem Gebiet lernen konnten, sondern den Patienten als Ganzheit analysieren mußten, wenn man sich nur schwer mit ihm verständigen konnte.

Klaus war dann allerdings nach Nordamerika gegangen, eine Zeit sogar in Alaska tätig gewesen. Aber der Kontakt war nie abgerissen, und als sie dann nach Kiel gegangen war, hatte er auch einen langen Urlaub an der Ostsee verbracht. Da hatte aber schon Maja bei ihr gewohnt, und sie waren auch oft zu dritt zusammen gewesen.

Seltsam, daß ihr dies jetzt alles durch den Sinn ging, während sie überlegte, wann sie Fee Norden anrufen könnte, und als sie mit einem Blick auf die Uhr feststellte, daß es schon fast halb zwölf war, griff sie nach dem Telefon.

»Da sind Sie ja, Sabine«, sagte Fee. »Gut gelandet?«

»Ja, es ging alles glatt, und ich war in netter Gesellschaft. Eine werdende Großmutter, deren Tochter ausgerechnet in der Leitner-Klinik Zwillinge erwartet. Ich habe aber nichts von meinem Vorhaben gesagt. Ich möchte jetzt allerdings auch nicht ausgerechnet zu so einem Zeitpunkt in die Klinik platzen, wenn da Zwillinge zur Welt kommen.«

»Wenn Sie Frau Zumstein meinen, soweit ist es noch nicht, und ich denke, daß Schorsch Leitner sogar dankbar wäre, wenn Sie dann schon mal einspringen könnten.«

»Sie meinen, ich sollte gleich jetzt hinfahren?«

»Es ist eine günstige Zeit, aber rufen Sie vorher kurz an. Sie sind wirklich im Druck, weil sie restlos belegt sind.«

»Dann werde ich es wagen. Ein bißchen Herzklopfen habe ich schon.«

»Ach was, und sagen Sie mir bald Bescheid, wann Sie dann mal zu uns kommen können, Sabine.«

Es ging Sabine alles fast zu glatt, denn auch Dr. Leitner ließ ihr durch Schwester Hilde sagen, daß er sie bald erwarte. So bestellte sie sich dann gleich ein Taxi, warf noch einen kurzen Blick in den Spiegel, ob sie auch nicht zu müde aussähe nach der kurzen Nacht, und dann war das Taxi auch schon da. Es war nicht weit zur Leitner-Klinik, nur ein paar Minuten waren sie unterwegs, und dann hielten sie schon vor dem hellen, freundlichen Bau.

Da sah Sabine dann auch auf dem Parkplatz jenen Mercedes stehen, der Hans Zumstein gehörte, und sie hoffte, daß sie nicht gleich ihm oder Frau Keßler in die Hände laufen würde, aber auch das ging glatt, und Dr. Leitners Sekretärin, Frau Engelbrecht, führte sie nach einem langen forschenden Blick ins Chefzimmer.

»Dr. Leitner kommt gleich«, sagte sie freundlich.

Er kam schon nach drei Minuten. Er begrüßte sie lächelnd. »Wir sind uns ja früher schon mal begegnet«, sagte er, »und als Fee Norden mir sagte, daß Sie nach München wechseln wollen, meinte ich, daß wir unsere Vorstellungen persönlich machen sollten. Es freut mich, daß Sie so bald kommen konnten, denn hier drängt es sich zu einer Entscheidung, sonst stehen wir Kopf.«

»Wenn Sie es mit mir probieren wollen, ich stehe zur Verfügung.«

»Sie könnten gleich bleiben?«

»Vorderhand schon, ich müßte dann nur noch mal nach Kiel, um meine Wohnung aufzulösen. Aber Sie ist noch bis zum nächsten Ersten gemietet.«

»Halten wir uns dann nicht lange bei der Vorrede auf und gehen gleich zum Praktischen über?« meinte er mit leichtem Zögern. »Wir erwarten nämlich heute noch eine Zwillingsgeburt.«

»Ja, ich weiß, ich bin mit Frau Keßler von Hamburg geflogen, und Herr Zumstein hat uns vom Flughafen abgeholt. Ein putziger Zufall, aber ich habe nicht gesagt, daß ich mich in der Leitner-Klinik um eine Stellung bewerbe.«

Schorsch Leitner lächelte belustigt, und dieses Lächeln machte sein ernstes Gesicht sehr anziehend. Er war der Typ Arzt, den Sabine sich als Chef immer gewünscht und nie bekommen hatte, bis jetzt, und sie wußte, daß es ein guter Sprung in einen neuen Lebensabschnitt sein würde.

Dr. Leitner machte sie mit Dr. Dornach bekannt, und der schien maßlos überrascht zu sein, daß ihm da so plötzlich eine neue Kollegin präsentiert wurde. Aber Frank Dornach war nicht allein deshalb überrascht. Er hatte den Namen Sabine Seidel schon einmal gehört. Nicht von Dr. Leitner, auch nicht hier in München, und er wußte auch, wer ihm diesen Namen genannt hatte, aber das wollte er jetzt nicht sagen.

»Frau Seidel hat sich bereit erklärt, gleich bei uns einzuspringen, Frank«, sagte er. »Wenn ich gerufen werde, übernehmen Sie es bitte, sie mit unseren Räumlichkeiten vertraut zu machen, vor allem natürlich mit der Säuglingsstation. Schwester Hilde wird Frau Seidel einkleiden, und dann werde ich sie mit den Patientinnen bekannt machen, die schon länger hier sind. Ich werde mich bald um Frau Zumstein kümmern müssen. Ist Herr Zumstein noch anwesend?«

»Er ist gerade abgefahren. Er will am Nachmittag mit seiner Schwiegermutter kommen, ruft aber vorher an.«

Dr. Leitner warf Sabine einen Blick zu, den sie richtig deutete, der Frank Dornach aber iritierte.

»Mit meiner Frau mache ich Sie dann später bekannt, Frau Seidel«, sagte Dr. Leitner, und da wurde auch schon nach ihm gerufen.

»Dornach, übernehmen Sie Frau Seidel«, sagte er mit einem Lächeln.

Der betrachtete Sabine mit einem nachdenklichen Blick. »Wo fangen wir an, bei den Säuglingen oder bei den Patienten?« fragte er.

»Lieber bei den Säuglingen.« Auch sie musterte ihn, aber nicht mit dem gleichen Interesse, wie er sie ansah. Er war einen halben Kopf größer als sie, hatte kastanienbraunes dichtes Haar und graublaue Augen, die einen warmen Glanz hatten. Er war das, was man einen gutaussehenden Mann nannte. Sein Gesicht drückte Klugheit, aber auch Empfindsamkeit aus, vor allem sein Mund verstärkte diesen Eindruck, und sein Lächeln hatte einen unterkühlten Charme, aber Sabine ahnte, daß er nicht leicht zu durchschauen war.

»Sie waren in Südamerika?« fragte er beiläufig, als sie zur Säuglingsstation gingen.

»Woher wissen Sie das?« fragte sie überrascht.

»Mir kommt Ihr Name bekannt vor. Ein Kollege, den ich in Rochester traf, erwähnte Sie.«

»Und der Kollege heißt zufällig Klaus Soerensen?« fragte sie spöttisch.

»Ganz recht.«

»Dann lassen wir dieses Thema. Ich bin jetzt hier in München an der Leitner-Klinik, und ich hoffe auf gute Zusammenarbeit, Herr Kollege. Und falls Sie mit Dr. Soerensen in Verbindung stehen, wäre ich Ihnen dankbar, nicht zu erwähnen, daß ich hier bin.«

»Ich stehe nicht mit ihm in Verbindung«, erklärte er ruhig.

Sabine ging in der Säuglingsstation von Bett zu Bett. Ein weicher Ausdruck verklärte ihr Gesicht.

»Sie sehen alle wohl aus«, sagte sie. »Zwölf Kinder sind für eine Privatklinik viel.«

»Manchmal haben wir bis sechzehn, und mehr können wir nicht unterbringen, aber selten sind es weniger als zwölf. Heute werden zwei dazukommen.«

»Zwillinge«, sagte Sabine sinnend, und sie dachte an Frau Keßler, die sich bestimmt sehr um ihre Tochter sorgte.

»Zwillinge gibt es öfter mal«, fuhr Frank Dornach fort, »jedenfalls öfter als in früheren Zeiten.«

»Drillinge und noch mehr auch. Wenn es die Mütter gut durchstehen, mag es ja in Ordnung sein, aber leider ist das nicht immer der Fall.«

»Sie machen sich darüber Gedanken? Sind Sie dafür, Mehrlingsgeburten zu unterbinden?«

»Das will ich nicht sagen, aber ich habe eigene Ansichten über bestimmte Hormonbehandlungen.«

»Dann sind Sie am richtigen Platz, denn auch Dr. Leitner sieht das sehr diffizil und scheut sich auch nicht, davon abzuraten, wenn er Probleme sieht. Aber leider ist die Natur manchmal ungerecht und benachteiligt jene Frauen, die Kinder wünschen und unglücklich sind, wenn sie keine bekommen.«

»Vielleicht denke ich falsch«, sagte Sabine nachdenklich. »Vielleicht sind diese Frauen glücklich, lieber vier oder fünf Kinder auf einmal zu bekommen als gar keines, und in manchen Fällen mögen ja auch die Voraussetzungen dafür vorhanden sein. Ja, sicher«, fuhr sie sinnend fort, »denn ich kann mir nicht vorstellen, daß arme Frauen um jeden Preis ein Kind haben wollen. Aber warum rede ich darüber?«

»Es ist doch gut, wenn man sich Gedanken macht über die Probleme, die andere haben, und nicht nur an sich selbst denkt. Möchten Sie denn keine eigenen Kinder haben?«

»Ich habe mir noch keine Gedanken gemacht. Ich bitte, die Führung fortzusetzen, Herr Kollege.«

Sie gingen zu den Patientinnen, von denen Sabine eingehend gemustert wurde, zum Teil kritisch, zum Teil wohlwollend.

Sie sagte, daß sie Kinderärztin sei und für die Mütter nur in dieser Eigenschaft als Beraterin zuständig sei.

»Allerdings verstehe ich auch so viel von der allgemeinen Medizin, daß ich helfen kann, wenn sonst niemand Zeit hat«, fügte sie mit einem verbindlichen Lächeln hinzu.

Dann erfuhr sie, daß die Babies auf Wunsch ihrer Mütter auch zu ihnen ins Zimmer gebracht würden, daß aber nur wenige dafür zu haben waren, wenn auch aus den unterschiedlichsten Gründen. Einige wollten einfach in diesen Tagen ihre Ruhe haben, andere hatten Sorge, daß die Babies unruhig würden, wenn Besuch kam oder gar mit einem Virus angesteckt werden konnten.

Sabine wußte Bescheid. Für manche Frauen war es die natürlichste Sache der Welt, Mutter geworden zu sein, für andere noch ein Buch mit sieben Siegeln, in das sie sich erst hineinlesen mußten. Die Praxis war ganz anders als die Theorie, wenn es das erste Kind war.

Daß die Klinik bestens geführt war, konnte Sabine gleich feststellen. Sie wurde mit den Schwestern bekannt gemacht, und alle waren freundlich und gesprächsbereit.

Sabine fühlte sich gleich wohl, wenn auch Dr. Dornachs Andeutung über Klaus sie anfangs verunsichert hatte. Natürlich war es schon wieder ein Zufall, daß er Klaus kannte, aber es lernten sich viele junge Ärzte kennen, wenn sie im Ausland an derselben Klinik waren. Sie nahm sich vor, Frank Dornach bei Gelegenheit einmal zu fragen, wie lange er in Rochester gewesen war. Irgendwie reizte es sie doch, vielleicht auch seine Meinung über Klaus zu hören.

Warum soll ich leugnen, daß wir uns lange kennen, dachte sie. Ich habe mir nichts vorzuwerfen und brauche keine Hemmungen zu haben, es einzugestehen, daß es aus ist. Aber warum war es so plötzlich aus, ohne jede Erklärung?

Sie wollte dem Verdacht nicht Raum geben, daß Maja auch da ihre Finger im Spiel hatte, aber dieser Verdacht hätte sich ihr bestätigt, wenn sie jetzt Maja hätte beobachten können, denn die saß an ihrem Schreibtisch und adressierte soeben ein Briefkuvert an Dr. Klaus Soerensen in Rochester.

Lisa Zumstein wanderte in ihrem Krankenzimmer auf und ab. So fühlte sie sich besser als im Bett. Sie war zu der Überzeugung gekommen, daß es gar keine richtigen Wehen gewesen waren, weswegen sie so rasch in die Klinik gebracht worden war, und sie liebte es gar nicht, daß so viel Aufhebens um sie gemacht wurde.

Dr. Leitner und Dr. Dornach schauten abwechselnd nach ihr, und Schwester Hilde war immer auf dem Sprung.

Sabine hatte die Patientin, an der sie durch die Bekanntschaft mit ihrer Mutter ein ganz persönliches Interesse hatte, noch nicht zu Gesicht bekommen, aber als ein Notfall, es handelte sich um eine Fehlgeburt, eingeliefert wurde, sagte Dr. Dornach zu ihr, daß sie sich bitte auch um Frau Zumstein kümmern sollte.

Sie hatte gerade Fee Norden angerufen und ihr gesagt, daß sie schon voll im Einsatz wäre und alles bestens laufe. Fee hatte sich natürlich gefreut, wußte sie doch, daß es auch für Schorsch ein Gewinn sein würde.

Und bald leuchtete auch die Lampe über Lisa Zumsteins Tür auf, begleitet von einem Summton.

Die Schwestern waren alle beschäftigt, denn die Mittagsruhe war vorbei. Sabine eilte zu dem Zimmer und sah Lisa Zumstein auf der Bettkante sitzen. Sie bot einen rührenden Anblick, weil sie ein bißchen verstört war.

»Ich kenne Sie nicht«, sagte sie stockend, und Sabine spürte, daß ihr das Atmen schwer fiel.

»Eine neue Ärztin, Sabine Seidel«, stellte sie sich vor. »Aber ich habe schon viel von Ihnen gehört. Ich lernte Ihre Mutter, Frau Keßler, auf dem Flug nach München kennen.«

Lisas samtbraune Augen leuchteten auf, obgleich sie anscheinend Wehen hatte.

»Hans hat es mir erzählt«, sagte sie. »Ich glaube, es geht doch los.«

»Ich hole den Rollstuhl«, sagte Sabine, »regen Sie sich nicht auf.«

»Ich kann laufen«, sagte Lisa tapfer.

»Das wollen wir lieber nicht riskieren«, meinte Sabine. »Ich sage Dr. Leitner Bescheid. Es kam nur gerade ein Notfall.«

»Ich freue mich, daß Sie hier sind.« Es klang schon ein bißchen mühsam, und nun läutete Sabine Sturm. Schwester Ingrid kam angelaufen.

»Einen Rollstuhl, und sagen Sie Dr. Leitner Bescheid«, rief ihr Sabine zu.

»Es ist anders als bei Patrick«, murmelte Lisa, »aber diesmal sind es ja auch zwei. Hoffentlich ist wenigstens ein Mädchen dabei. Hans wünscht sich doch eine Tochter.«

Sabines Herz flog ihr sofort zu, weil sie gar nicht an sich selbst zu denken schien.

»Die Hauptsache ist doch, daß sie gesund sind, Frau Zumstein«, sagte Sabine. »Ob Junge oder Mädchen ist dann doch ganz gleich.«

»Es ist alles in Ordnung, hat Dr. Leitner gesagt. Er ist ein guter Arzt. Zu einem Arzt muß man Vertrauen haben. Ich habe großes Vertrauen zu ihm.«

Schwester Ingrid kam mit dem Rollstuhl. »Der Chef kommt gleich in den Kreißsaal«, sagte sie hastig.

Dann wurde Lisa in den Rollstuhl gesetzt. »Das hätte nicht sein müssen«, flüsterte sie. Aber ihr standen schon die Schweißtropfen auf der Stirn.

Sabine und Schwester Ingrid hatten sie schon auf das Bett

gelegt, und Sabine hielt beruhigend Lisas Hände, die nun schon ein bißchen zitterten.

»Hans wollte kommen«, sagte sie abgehackt, »aber Mutti wird sich aufregen.«

»Sie war nur vor dem Flug ein bißchen ängstlich, Frau Zumstein, sie ist jetzt hier und kann bei Ihnen sein, da regt sie sich nicht mehr auf. Sie ist eine sehr vernünftige Frau und eine sehr liebe Mutter.«

Lisa nickte. »Wir würden sie ja auch gern für immer bei uns haben, aber sie will ja ihre Wohnung nicht aufgeben.«

»Und das ist doch ein vernünftiger Entschluß.«

»Aber Hamburg ist so weit!«

»Mit dem Flugzeug in einer Stunde zu erreichen, wie München von Hamburg aus auch. Und ich glaube, daß Ihre Mutter jetzt die Angst vor dem Fliegen auch überwunden hat.«

Es beruhigte Sabine sichtlich, daß sie durch dieses Gespräch so abgelenkt wurde. Die Wehen kamen in Intervallen, das beobachtete Sabine auch ganz genau, und dann kam Dr. Leitner.

»Es war ein Notfall, entschuldigen Sie, Frau Zumstein«, sagte er.

»Ein Notfall ist doch wichtiger. Frau Dr. Seidel hat sich genauso lieb um mich gekümmert wie um meine Mutter auf dem Flug.«

Dr. Leitner warf Sabine einen Seitenblick zu, und sie errötete.

»Hans hat es mir gleich erzählt, aber es ist natürlich eine Überraschung, daß Frau Dr. Seidel dann auch hier gelandet ist.«

»Für uns eine Freude und eine große Hilfe«, sagte Dr. Leitner. »Aber jetzt strecken Sie sich aus und entspannen sich. Wir wollen doch mal feststellen, wie lange es nun noch dauern kann.«

»Ich will nur wissen, wie es meinen Babies geht, sie sind jetzt so ruhig.« Wieder ließ eine Wehe sie aufstöhnen.

»Bleiben Sie hier, Frau Seidel«, sagte Dr. Leitner, »und Sie, Schwester Ingrid, sagen am Empfang Bescheid, daß Herr Zumstein unterrichtet wird, daß seine Frau nicht im Zimmer ist. Er soll keinen Schrecken bekommen.«

Als er sich aufrichtete, fragte Sabine leise: »Alles in Ordnung?« Er nickte, aber sie merkte an seinem Gesichtsausdruck, daß er doch mit Komplikationen rechnete. Sie formte mit ihren Lippen »OP«, und er zuckte leicht die Schultern.

So oft war Sabine noch nicht bei Geburten dabeigewesen, daß sie die Erfahrung hatte wie der routinierte Frauenarzt, aber sie spürte, daß die Wehen unregelmäßig kamen.

Aber plötzlich stieß Lisa einen kleinen Schrei aus. Sie klammerte sich an Sabines Hand, wollte sich aufrichten und sank wieder zurück.

»Na also«, sagte Dr. Leitner, »nicht nachgeben, pressen. Tief durchatmen und noch einmal«, und dann stieß Lisa einen noch lauteren Schrei aus, und schon hielt Dr. Leitner ein kleines Menschlein in seinen Händen. Zum Glück waren Schwester Hilde und Schwester Ingrid kurz zuvor gekommen, denn alle hatten sie jetzt wahrlich alle Hände voll zu tun.

Sabine nabelte das Baby ab und gab es an Schwester Hilde weiter, denn das zweite ließ sich jetzt noch ein bißchen Zeit, nämlich genau fünf Minuten, wie ja vermerkt werden mußte.

»Erst ein Mädchen, dann ein Bub«, sagte Schwester Hilde.

»Ein Mädchen«, murmelte Lisa, dann schwanden ihr für ein paar Minuten die Sinne, aber Dr. Leitner mußte noch auf die Nachgeburt warten, während die Babies nun schon versorgt wurden.

Sabine konnte ihre erste richtige Bewährungsprobe ablegen. Sehr gewissenhaft untersuchte sie die Kinder und erklärte, daß sie vorsichtshalber doch noch in den Inkubator gelegt werden sollten. Sie waren zwar gut entwickelt, aber doch Leichtgewichte. Das Mädchen wog knapp fünf Pfund, der Junge viereinhalb, aber dafür, daß sie doch knapp drei Wochen zu früh kamen, waren sie recht ordentlich beisammen. Natürlich war Sabine darauf bedacht, daß es da wirklich an nichts fehlen sollte.

Sie fühlte sich sehr erleichtert, daß soweit alles gutgegangen war und sie der lieben Frau Keßler ohne Angst in die Augen blicken konnte. Sie hatte da schon eine ganz besondere Beziehung zu dieser Familie gefunden, die so innig verbunden war wie selten eine.

Lisa war wieder ganz da, als sie gewaschen und umgekleidet worden war, aber inzwischen waren ihr Mann und ihre Mutter mit dem kleinen Patrick gekommen. Es wurde Dr. Leitner mitgeteilt, und er warf Sabine einen aufmunternden Seitenblick zu.

»Wie wäre es, wenn Sie es übernehmen würden, die Familie zu informieren, Frau Seidel«, sagte er lächelnd.

»Ja, bitte«, flüsterte Lisa. »Das wird doch eine doppelte Überraschung.«

Ein bißchen komisch war es Sabine doch zumute, und es sollte eine gelungene Überraschung werden. Ganz weit wurden Frau Keßlers Augen, als Sabine in den Warteraum kam, und Hans Zumstein sagte: »Ei der Daus, wer kommt denn da!«

Der kleine Patrick, ein bildhübsches Kerlchen mit einem dunklen Lockenkopf, betrachtete Sabine aber erst recht mißtrauisch.

»Wer is'n die Dame?« fragte er.

»Ich heiße Sabine Seidel«, erwiderte sie.

»Es ist eine Frau Doktor, Patrick«, erklärte Hilde Keßler.

»Und ich bringe eine gute Nachricht. Du hast ein Schwesterchen und ein Brüderchen bekommen, Patrick.«

Bei Hilde Keßler rollten gleich die Tränen, und Hans Zumstein sagte:

»Ich muß gleich zu Lis.«

»Gleich zwei auf einmal«, sagte Patrick.

»Wir haben dich doch darauf vorbereitet«, erklärte die glückliche Omi sanft.

»Hab' es aber nicht geglaubt«, erwiderte er. »Papi macht oft Spaß.«

Er schien nicht begeistert zu sein, aber er war ja selbst noch so klein.

»Du bist aber bloß für mich da, Omi«, erklärte er kategorisch.

Hilde Keßler sah Sabine wieder mal hilfeheischend an. »Wie freue ich mich, daß Sie hier sind«, sagte sie leise. »Warum haben Sie es nicht verraten?«

»Weil ich nicht sicher sein konnte, ob Dr. Leitner mich nehmen würde. Es war ein sehr schneller Entschluß, aber hier wurde ein Arzt dringend gebraucht, und so lernte ich auch gleich Frau Zumstein kennen.«

»Hatte es meine Lissy schwer?« fragte Frau Keßler.

»Wir haben uns eigentlich ganz gut unterhalten, bis es soweit war. Sie hat sich großartig verhalten. Du hast eine sehr mutige Mami, Patrick, und deine kleinen Geschwister sind sehr niedlich.«

»Will sie erst mal sehen«, sagte er. »Und Mami auch.«

Indessen hielt Hans Zumstein schon seine Lis in den Armen und küßte sie immer wieder.

»Mein Alles, mein Schatz«, sagte er zärtlich. »Du bist einmalig.«

Sie lachte glucksend. »Die Zwillinge sind es aber nicht, Hans. Deine Tochter hatte die Nase vorn und ist zweihundert Gramm schwerer als ihr Bruder. Ich bin froh, daß du nun eine Tochter hast.«

»Ich wäre genauso glücklich, wenn es zwei Buben wären. Für mich zählt nur, daß du alles gut überstanden hast und die Kleinen gesund sind.«

»Frau Seidel ist sehr zufrieden mit ihnen. Sie brauchen nur heute im Brutkasten zu bleiben, damit sie gleich genug Sauerstoff bekommen. Aber es ging alles viel besser, als ich dachte. Frau Seidel hat mich auch so lieb abgelenkt, und wir haben miteinander geredet, da ist die Zeit schnell vergangen.«

Er betrachtete sie zärtlich und küßte sie wieder. »Jetzt muß ich aber Mutti und Patrick holen. Sie werden schon ungeduldig sein.«

Aber sie waren auch von Sabine unterhalten worden und hatten nicht auf die Uhr geschaut.

»Wir sehen uns noch, Frau Doktor«, sagte Hans schmunzelnd. »Ich denke, es gibt mehrfachen Grund zum Feiern, und wir sollten darauf schon eine Flasche Champagner leeren. Ich hole sie gleich herein.«

»Ich bin erst ein paar Stunden hier«, sagte Sabine, »da sollte ich den Chef nicht gleich enttäuschen.«

»Ach was, Dr. Leitner hält doch mit. Wir feiern ja keine Orgie, aber er ist doch auch zu beglückwünschen, daß er eine tüchtige Ärztin bekommen hat.«

Und dem widersprach Dr. Leitner nicht. Alle stießen sie auf das Wohl der Kinder und ihrer glücklichen Eltern und Omi an. Auch Dr. Dornach und die Schwestern Hilde und Ingrid tranken ein Gläschen mit ihnen.

»Das schadet nicht, das belebt«, sagte Hans Zumstein, der über das ganze Gesicht strahlte.

»Möchte auch Limo«, sagte Patrick.

Er bekam richtige Limo und konnte dann auch mit seiner Mami anstoßen. Und dann konnte er seine kleinen Geschwister im Inkubator betrachten.

»Die sind aber mickrig«, stellte er fest. »Und nicht mal anfassen darf man sie.«

»Du warst auch nicht viel größer«, sagte Hilde Keßler, »und was bist du für ein kräftiger Bub geworden.«

»Kann mich aber nicht erinnern, daß ich so klein war«, meinte Patrick.

Dr. Leitner wollte dann noch mit Sabine sprechen, als die Aufregung vorbei war, denn viel Zeit hatten sie dafür ja noch nicht gehabt. Er bedankte sich auch bei ihr, daß sie sich sofort so engagiert hatte.

»Fee hat uns ja schon manchen Gefallen getan, aber das ist

bisher der größte, und es freut mich ungemein, daß wir uns einig sind, Kollegin. Ich hoffe, daß Sie sich auch mit Dornach gut verstehen werden. Er hat seine Eigenheiten, aber er ist ein ausgezeichneter, sehr fähiger Arzt und hat wohl auch, wie Sie, einige Enttäuschungen erlebt. Und was unsere Schwestern anbetrifft, ich kann mir nicht vorstellen, daß sie auch nur mit einer Schwierigkeiten haben werden.«

Dann kam Claudia Leitner, die einmal Krankenschwester in der Leitner-Klinik gewesen war und sich das Herz des sehr zurückhaltenden Arztes erobert hatte. Sie sprang jetzt auch noch ein, wenn es nötig war, aber sie war auch in erster Linie Mutter für ihre beiden Kinder.

Zu Schorsch Leitners Überraschung zeigte Claudia keine Anzeichen von Skepsis, als sie Sabine die Hand reichte, sondern begrüßte sie sogar mit liebenswürdigen Worten.

Da atmete Schorsch insgeheim auf. Wer Claudias Schicksal kannte, hatte Verständnis dafür, daß sie ein äußerst verletzlicher Mensch war. Und nur ein Mann wie Dr. Leitner, mit einem Einfühlungsvermögen ohnegleichen und tiefem Verständnis für die seelischen Nöte sensibler Frauen, hatte ihr die Hoffnung und die Kraft für ein glückliches Leben geben können. Aber deshalb war ihr Mann auch der Mittelpunkt ihres Lebens, um den sich alles drehte. Er kam immer zuerst.

Claudia hatte wenig Zeit. »Wir werden sicher Gelegenheit zu einem persönlichen Gespräch haben«, sagte sie, als sie sich verabschiedete, und das war mehr, als Schorsch Leitner erwartet hatte, während Sabine seine Frau einfach nur sehr nett und sympathisch fand und nicht ahnte, wie reserviert Claudia manchmal sein konnte.

Sie traf dann noch einmal Hans Zumstein, der nach seinen Zwillingen sehen wollte, bevor er heimfuhr. Die Omi und Patrick hatte er schon vorher heimgebracht, und nun bedankte er sich noch einmal bei Sabine.

»Werden Sie hierbleiben?« fragte er.

»Ja, es ist entschieden, und ich komme gern auf Ihr freundliches Angebot zurück, falls Sie mir eine Wohnung vermitteln können.«

»Ich werde gleich morgen mit Frau Felbing sprechen«, sagte er. »Ich sehe keine Probleme, und mich freut es doppelt, wenn Sie dann in unserer Nähe wohnen.«

Es war eigentlich fast zu schön, wie sich alles ergab. Sabine kam sich vor wie ein reich beschenktes Kind, und erst jetzt wurde ihr bewußt, wie oberflächlich das Zusammenleben mit Maja gewesen war. So leicht und beschwingt ging sie über den Gang, als läge nicht etwa ein anstrengender, sondern ein nur freudevoller Tag hinter ihr. Und mit einem nachdenklich staunenden Blick schaute ihr Frank Dornach nach.

~

Fee Norden konnte ihrem Mann eine Erfolgsmeldung mitteilen, als er heimkam.

»Alles in Butter«, sagte sie, »Sabine Seidel hat die Stellung, und Frau Zumstein hat ihre Zwillinge. Ein Pärchen.«

»Da wird ja eitel Sonnenschein herrschen. Hast du schon mit Sabine gesprochen?«

»Sie hat mich angerufen. Es ging ziemlich turbulent zu in der Klinik, und da hat sie gleich den richtigen Eindruck bekommen und Schorsch auch von ihr. Er hat mich auch angerufen und sich bedankt, und für ihn ist es beruhigend, daß Claudia Sabine voll akzeptiert, ohne jede Einwendung.«

»Sie weiß ja auch, daß Schorsch treu wie Gold ist und nur Augen für sie hat.«

»Ein Frauenarzt muß aber tagtäglich auch Augen für andere Frauen haben, wenn auch nur in beruflicher Hinsicht.«

»Da wird man doch immun« lachte Daniel, »und verführerisch wirken schwangere Frauen ja nicht gerade.«

»Es kommen ja nicht nur schwangere Frauen zu ihm«, sagte Fee.

»Schätzchen, zu mir kommen auch Frauen aller Altersklassen, und manche sind recht appetitlich. Aber deshalb wird man doch nicht gleich schwach.«

»Nicht gleich, aber vielleicht, wenn sie öfter kommen.«

»Liebe Güte, jetzt fangen wir nicht mit diesem lächerlichen Thema an, das haben wir doch früher oft genug diskutiert.«

Ab und zu wurde Fee schon mal rückfällig, aber wer sollte das nicht verstehen, da Daniel nicht nur in ihren Augen ein Traummann war.

Aber das Thema war beendet, die drei Großen kamen aus dem Hobbyraum. Sie hatten Daniel ausnahmsweise mal nicht kommen hören, und nun wurde er stürmisch begrüßt. Dann schaute er erst nach den Zwillingen, und dann wurde gegessen.

Lenni hatte wieder mal meisterlich gekocht, und an Appetit mangelte es keinem.

Die Kinder erzählten von der Schule, aber keiner hatte etwas zu klagen, auch Danny meckerte nicht, und so fragte Daniel, ob er mit seiner Deutschlehrerin jetzt besser auskäme.

»Sie ist doch krank«, sagte Danny. »Vielleicht war sie schon länger nicht gesund. Jetzt tut es mir leid, wenn wir sie geärgert haben.«

»Weißt du, was ihr fehlt, Fee?« fragte Daniel.

»Keine Ahnung. Ich kann doch nicht hingehen und mich erkundigen. Ich habe es auch erst gestern erfahren.«

»Sie hat schon ein paar Tage gefehlt, und heute hat Frau Biller gesagt, daß Frau Klug nicht mehr kommt und daß sie krank ist.«

»Und Frau Biller ist nett?« fragte Fee.

»Es geht, aber man kann es sich ja nicht aussuchen.«

»Lehrer müssen aber manchmal auch viel ertragen«, warf Anneka ein. »Man muß das immer von zwei Seiten sehen. Ich kann es jedenfalls nicht leiden, wenn Kinder richtig gemein sind und was aushecken, was dann kein Spaß mehr ist.«

»In Amerika hat so ein Amokläufer Schulkinder einfach über

den Haufen geschossen«, meldete sich nun Felix zu Wort. »Und die Kinder konnten doch gar nichts dafür, die haben nur Pause gehabt. Hoffentlich passiert bei uns nicht auch so was.«

»Unser kleiner Schwarzseher hat mal wieder Zeitung gelesen und nur das, was er eigentlich nicht lesen bräuchte«, sagt Daniel.

»Man kann davor auch nicht die Augen verschließen, sagt Herr Kellermann, das ist unser Mathelehrer, falls du es vergessen haben solltest, Papi. Jetzt ist bald Elternsprechstunde, geht ihr da hin?«

»Müssen wir?« fragte Fee, da sie wußte, daß Daniel bestimmt keine Zeit haben würde.

»Die Lehrer sagen, daß es wohl zu erwarten ist, daß sich die Eltern für die Leistungen ihrer Kinder interessieren«, erklärte Felix.

»Ist bei dir etwas zu fürchten?« fragte Fee.

Felix grinste. »Dann würde ich bestimmt nicht sagen, daß du hingehen solltest«, sagte er.

»Ich werde immer gelobt«, sagte Anneka stolz, »und ich schreibe nur gute Noten.«

»Warte nur, bis du mal aufs Gymnasium kommst«, brummte Danny. »Da weht ein anderer Wind.«

»Nicht für die Schule, für das Leben lernt ihr«, sagte Fee.

»Das ist auch so ein Spruch«, und nach dieser Äußerung sagte Danny nichts mehr.

Aber Fee meinte, sie würden auch das begreifen. Sie waren tolerant, sie gehörten nicht zu den Eltern, die ihre Kinder überforderten. Sie sollten Kinder sein, solange wie nur möglich, und sie sollten auch nicht mit der Schule hadern. Im Grunde hatten sie ja keine Sorgen. Für Danny zählten nur die Noten Eins und Zwei, und wenn es mal eine schlechtere gab, war er am meisten auf sich selbst wütend.

Er wollte Arzt werden, das stand für ihn fest, und dazu mußte er ein sehr gutes Abitur machen, aber Daniel meinte mit gesunder Skepsis, daß bis dahin alles schon anders sein könnte. Jetzt waren die Universitäten überlaufen, aber dann würden die geburtenschwachen Jahrgänge kommen, und vielleicht hatte da so mancher Einserschüler eher den Wunsch, einen Posten in der Industrie anzustreben, als sich noch als Arzt abzurackern, wenn für diese die Bedingungen immer schlechter wurden.

»Wir machen uns noch keine Gedanken, was in zehn Jahren sein wird«, sagte er. »Freut euch, daß ihr noch Kinder sein könnt.«

»So was könntet ihr doch in der Elternsprechstunde auch mal laut sagen«, meinte Felix. »Es gibt nämlich Eltern, die richtig verbiestert sind.«

Dr. Leitner hatte sich noch erkundigt, wo Sabine wohne, als er ihr befahl, endlich zur Ruhe zu gehen. Es war fast zehn Uhr geworden, und da war ihr erst bewußt geworden, daß sie schon achtzehn Stunden auf den Beinen war. Aber sie hatte es nicht gemerkt, solange sie in Aktion war.

Dr. Leitner fragte, ob sie in der Pension auch Ruhe hätte, und das konnte sie bestätigen. Dann sagte sie ihm, daß Herr Zumstein ihr eine Wohnung besorgen würde.

»Wozu doch solche Bekanntschaften gut sind«, meinte Dr. Leitner lächelnd. »Aber da werden Sie bestimmt nicht übervorteilt.«

»Es war alles so positiv an diesem Tag«, sagte sie. »Sie können nicht ahnen, wie froh ich bin.«

»Man sieht es Ihnen an, obgleich Sie jetzt ein bißchen müde dreinschauen, und gegessen haben Sie wahrscheinlich auch nicht richtig. Für die Kosten kommen wir auf, natürlich auch für die Übernachtungen, und für die Wohnung bekommen Sie einen Zuschuß, damit das klar ist.«

»Ich wollte mich eigentlich nur im ideellen Sinne verbessern«, erklärte sie. »Ich mußte von da oben weg, da hat nichts mehr gestimmt, aber Frau Norden hat es Ihnen ja sicher angedeutet.«

»Wenn Sie sich aussprechen wollen, ich werde für Sie Zeit haben, Frau Seidel«, sagte er herzlich. »Ich wünsche Ihnen, daß Sie sich wohl fühlen bei uns und alles hinter sich lassen, was Sie bedrückt.«

»Der Anfang ist gemacht«, erwiderte sie, und mit einem festen Händedruck gingen sie für diesen Tag auseinander.

Da hatte sie aber doch vergessen, daß sie ihren Wagen nicht zur Verfügung hatte, und vergeblich hielt sie Ausschau nach einem Taxi. Der Stand war nicht weit entfernt, aber es war kein Taxi zu sehen.

Da kam ein Wagen vom Parkplatz und hielt dicht neben ihr. »Kann ich Sie irgendwo hinbringen, Kollegin?« fragte Frank Dornachs dunkle Stimme.

»Ich halte vergeblich Ausschau nach einem Taxi«, erwiderte sie, »und ich kenne mich hier noch nicht so gut aus. Es wäre nett, wenn Sie mich bis zu einem Taxistand mitnehmen würden.«

Er stieg aus und half ihr höflich in den Wagen. Er hatte noch etwas von althergebrachter Ritterlichkeit an sich, wie sie für sich feststellte.

»Darf ich fragen, wo Sie wohnen?« fragte er.

»In der Pension Sonne.«

»Kenne ich, da habe ich auch gewohnt, als ich herkam. Aber es wird ein bißchen teuer.«

»Ich werde bald eine Wohnung bekommen. Herr Zumstein will mir eine vermitteln.«

»Das ist nett, freut mich für Sie. Ich habe ziemlich lange gesucht, bis ich eine gefunden habe, aber ich konnte inzwischen in der Klinik übernachten.«

»Und wie lange sind Sie nun schon hier?«

»Sieben Monate, und ich werde auch bleiben.«

»Darf ich auch fragen, wie lange Sie in Rochester waren?«

»Natürlich dürfen Sie. Da war ich nur vier Monate, und nur um Erfahrungen zu sammeln, bevor ich mich ganz für Gynäkologie entschied. Nur Chirurgie gefiel mir doch nicht. Soerensen wird wohl für längere Zeit bleiben?« Es klang fragend, und Sabine wurde wieder unsicher.

»Tatsächlich?« fragte sie möglichst gleichgültig.

»Oder nicht?« fragte er zurück.

»Ich weiß es nicht. Ich habe schon längere Zeit nichts mehr von ihm gehört.«

»Man steht da drüben sehr unter Streß, wenn man sich eine Position erobern will. Es ist eine Ärztefabrik nach meiner Meinung. Ich bin dafür nicht geschaffen, aber man kann es mit großem Einsatz und Ehrgeiz weit bringen.«

»Ehrgeizig war er ja schon immer«, sagte Sabine. »Wir sind Jugendfreunde, daher kenne ich Klaus recht gut.«

Ihm lagen noch einige Fragen auf der Zunge, aber er hielt sich doch zurück. Und dann waren sie auch schon bei der Pension Sonne angelangt. Er stieg wieder aus und half ihr aus dem Wagen.

Da kam eine sehr schick gekleidete Dame aus der Pension, schätzungsweise Mitte Dreißig. Sie blieb gleich stehen und rief: »Oh, Dr. Dornach, beehren Sie uns auch mal wieder? Das ist aber nett.«

Sabine wurde mit einem neugierigen und nicht gerade freundlichen Blick gemustert. Sie hatte diese Frau noch nicht gesehen, erfuhr aber sogleich, daß sie die Mitbesitzerin dieser Pension war.

»Ich habe meine Kollegin, Frau Dr. Seidel, hergebracht«, erklärte Frank zurückhaltend. »Sie wohnt zur Zeit bei Ihnen.«

Hella Gareis bemühte sich um einen verbindlichen Ton, aber Sabine spürte sehr deutlich, daß da kein Wohlwollen vorhanden war, und erkannte auch gleich, daß diese Frau es wohl auf Frank Dornach abgesehen hatte.

»Wollen Sie nicht einen Drink bei uns nehmen, lieber Dr.

Dornach?« fragte sie mit einem verführerischen Augenaufschlag. »Sie sind natürlich auch eingeladen, Frau Dr. Seidel«

»Besten Dank, aber ich bin sehr müde«, erwiderte Sabine. »Ich bin seit achtzehn Stunden auf den Beinen.«

»Und ich muß noch mal in die Klinik«, redete sich Frank heraus.

Da war Sabine doch überrascht, und ein hintergründiges Blitzen war in ihren Augen, als sie sich von ihm verabschiedete.

»Bis morgen, Kollegin«, sagte er leicht verlegen, und sie ging schnell ins Haus.

Sie hörte gerade, wie die Empfangsdame zu einer anderen Frau sagte: »Jetzt wirft sie sich wieder an ihn heran«, aber sie verstummte rasch, als sie Sabine bemerkte, die jetzt noch mehr amüsiert war. Sie bekam ihren Schlüssel und wurde gefragt, ob sie noch Wünsche hätte, und da dachte Sabine wieder daran, daß sie eigentlich Hunger hatte.

»Kann ich einen kleinen Imbiß haben?« fragte sie. »Vielleicht ein Schinkenbrot?«

»Gern, Hanni wird Ihnen eine kalte Platte bringen, Frau Doktor. Was es sonst auch so zum Frühstück gibt. Etwas anderes haben wir nicht zu bieten.«

»Es genügt mir. Ich bin nur nicht zum Essen gekommen.«

»Sie sind in derselben Klinik tätig wie Dr. Dornach?«

»Ja, so ist es. Ich habe heute angefangen.«

»Er war ein angenehmer Gast in unserem Haus. Ich hoffe, Sie fühlen sich auch wohl.«

»Ich bin sehr zufrieden«, erwiderte Sabine, und dann suchte sie ihr Zimmer auf. Sie hatte jetzt das Bedürfnis zu duschen und etwas anderes anzuziehen. Sie hatte gerade den Bademantel angezogen und ein Frotteetuch um ihr nasses Haar geschlungen, als Hanni mit dem Servierwagen erschien.

Sie war ein nettes junges Mädchen und strahlte, als ihr Sabine ein Zweimarkstück in die Hand drückte.

»Sie brauchen den Wagen dann nur vor die Tür zu schieben, bevor Sie schlafen gehen«, sagte sie. »Getränke sind im Kühlschrank.«

Sabine trocknete erst noch die Haare, dann machte sie es sich auf dem Sofa bequem, nachdem sie noch eine Flasche Wasser und Orangensaft aus dem Kühlschrank geholt hatte.

Die kalte Platte war lecker hergerichtet und so reichlich, daß es für zwei gereicht hätte, und beim Essen schwand die ärgste Müdigkeit. Sabine schaltete den Fernsehapparat ein, um sich noch ein bißchen abzulenken, denn es war doch allerhand auf sie eingestürmt.

Die Nachrichten brachten nichts Erfreuliches. Erdbeben und wieder eine Flugzeugkatastrophe. Da mußte sie natürlich auch gleich wieder an Frau Keßlers Ängste denken, aber sie stand ja auf dem Standpunkt, daß man seinem Schicksal nicht davonlaufen konnte.

Sie überlegte jetzt, wie ihr überhaupt der Gedanke kommen konnte, Fee Norden zu bitten, sich für sie nach einer Stelle umzuhören, da sie doch nie jemanden um Hilfe gebeten hatte. Aber es mußte eine Eingebung gewesen sein, die sich zu ihrem Glück erwiesen hatte.

Sie dachte auch daran, daß sie damals nicht gezögert hatte, mit Maja in eine Wohnung zu ziehen. Das war eine falsche Eingebung gewesen, aber das hatte sich erst jetzt herausgestellt. Nein, ganz so war es auch nicht gewesen, sie hatte sich einfach nur geweigert zur Kenntnis zu nehmen, was ihr an Maja nicht gefiel.

Und wie war es mit Klaus? An ihm hatte sie doch nie gezweifelt. Sie hatten sich sehr gut verstanden, sie hatten auch an ein gemeinsames Leben gedacht.

War er in Rochester geblieben, um sich so aus der Affäre zu ziehen und es der Trennungszeit zu überlassen, anstatt offene Worte zu reden?

Sie überlegte, wann sie ihm den letzten Brief geschrieben hatte, in dem sie ihn bat, ihr doch mitzuteilen, was eigentlich mit ihm los war.

Vier Wochen war das schon her, und es war keine Antwort gekommen.

Keine Antwort ist auch eine Antwort, hatte sie gedacht, aber sollte vielleicht auch Maja so gedacht haben?

Maja hatte immer dazwischengefunkt, wenn ein Mann ernsthaftes Interesse für Sabine gezeigt hatte. Entweder hatte sie ihn in Grund und Boden verteufelt, oder sie hatte mit ihm geflirtet und dann gesagt, daß sie nur ausprobieren wollte, wie ernst es ihm eigentlich mit Sabine gewesen sei.

Darüber hatte Sabine nur lachen können, jetzt sah sie es aber auch in einem anderen Licht. Es war schon eine eigenartige Sache mit Maja. Sie hatte ja auch nicht glauben wollen, was Gerd Schröter und Inge für Bemerkungen über Maja gemacht hatten.

Zufällig lief im Fernsehen ein Film, bei dem es sich um einen Mann drehte, der in zwei Frauen verliebt war. Während die eine deprimiert war, versuchte die andere ihn mit allen Mitteln zu umgarnen. Es war aber eher eine Komödie, denn zuletzt heiratete er eine andere, die ihm lange die kalte Schulter gezeigt hatte.

Hat Maja nicht auch versucht, Klaus zu umgarnen, fragte sich Sabine, aber warum zerbrach sie sich eigentlich immer noch den Kopf? Sie hatte doch im Geiste den Schlußstrich gezogen. Jetzt fielen ihr aber schon die Augen zu. Sie schob den Servierwagen noch vor die Tür, und dann fiel sie ins Bett und schlief im Handumdrehen ein.

Sie hatte vergessen, ihren Wecker zu stellen, aber um halb sieben Uhr war sie schon wieder munter, und bald vernahm sie auch Geräusche, die aus der Küche kommen mußten. Als sie das Fenster weit öffnete, stieg ihr auch schon Kaffeeduft in die Nase. Zehn Minuten nach sieben Uhr betrat sie den Frühstücksraum, und Hanni war auch gleich zur Stelle.

Sabine wollte nur Müsli und einen Früchtejoghurt essen, aber sie trank erst einen Orangensaft und dann drei Tassen Kaffee. Dann fühlte sie sich wieder fit.

Die nette Hanni bekam wieder ein Trinkgeld, und anscheinend erlebte sie das nicht oft, denn sie bedankte sich gleich dreimal.

Sabine ließ wieder ein Taxi kommen. Während sie an der Tür wartete, erschien Hella Gareis in der Halle. Sie sah nicht gerade taufrisch aus, und als sie Sabine bemerkte, drehte sie sich gleich wieder um und ging ins Büro.

Sabine hatte es zufällig bemerkt, und sie mußte unwillkürlich lachen. Sie kannte diese Art Frauen und ahnte, daß Hella Gareis bei Frank Dornach gar nichts erreicht hatte.

Obgleich sie ihn erst so kurze Zeit kannte, konnte sie ihn schon ziemlich genau einschätzen. Er war nicht der Typ, der sich mit solchen Frauen einließ.

Er kam auch gerade in seinem Wagen angefahren, als sie aus dem Taxi stieg, und ging dann neben ihr her.

»Ich hätte Sie doch fragen können, ob ich Sie abholen darf«, sagte er stockend. »Es wäre kaum ein Umweg für mich gewesen, und Sie hätten das Taxi gespart.«

»Es bringt mich nicht um«, erwiderte sie lächelnd, »und Frau Gareis soll doch nicht auf abwegige Gedanken kommen.«

»Sie denken doch nicht etwa, daß diese Frau mich interessiert. Sie ist ziemlich lästig, aber hat die Gabe, zu überhören, was ihr mißfällt.«

Sabine dachte, daß sie ihn ganz richtig eingeschätzt hätte, und sie sagte, daß sie sich darüber gewiß keine Gedanken mache.

»Sie hat sich reichlich taktlos benommen«, stellte er fest.

»Ich sehe das nicht so eng, und ich bin allerhand gewohnt«, erwiderte Sabine. »Es gibt ja Frauen, die fast ausschließlich nur nett zu Männern sind«, fügte sie ironisch hinzu.

Er lachte leise. »Da mögen Sie recht haben.«

Der Arbeitstag begann. Sabines erster Weg führte natürlich zur Säuglingsstation und dort zu den Zumstein-Zwillingen, die sich schon von den Strapazen der Geburt erholt hatten. Sabine untersuchte sie noch einmal ganz genau und freute sich, daß die Babies schon so lebhaft herumfuchtelten. Sie wurden in ein richtiges Bettchen gelegt nach der ersten Fütterung. Dann kamen die anderen Säuglinge an die Reihe, durchweg kräftige Kinder waren es, sieben Buben und fünf Mädchen.

»Scheint ein guter Jahrgang zu sein«, meinte Schwester Hilde, »so wenig Schwierigkeiten mit dem Nachwuchs hatten wir noch nie. Mit den Müttern allerdings oft mehr.«

»Es geht Frau Zumstein doch hoffentlich gut«, sagte Sabine erschrocken.

»Sie schläft noch. Sie muß viel nachholen. Die letzten Wochen waren doch sehr beschwerlich, aber sie ist eine ganz besonders liebe Patientin.«

Sabine ging zu ihr, als sie ihre Pflichten erledigt hatte. Lisa war gerade aufgewacht, aber sie war doch recht matt.

»Ich habe einen Schlaf wie schon lange nicht mehr«, seufzte sie, »aber ich möchte meine Kleinen sehen.«

»Zuerst werden Sie sich aber stärken müssen, Frau Zumstein«, sagte Sabine. »Das Frühstück kommt gleich.«

»Es ist doch schon neun Uhr. Kriege ich Sonderbehandlung?«

»Wir werden Sie doch nicht verhungern lassen«, meinte Sabine lächelnd. »Und der Schlaf war für Sie wichtiger.«

»Hier ist man gut aufgehoben. Sie werden es bestimmt nicht bereuen, diese Stellung angenommen zu haben.«

»Davon bin ich jetzt schon überzeugt.«

Schwester Hilde kam mit dem Frühstück, und Lisa schaffte es, sich aufzusetzen. »Ich komme mir ziemlich leer vor«, scherzte sie, und Sabine freute sich, daß sie sich so rasch erholte.

»Ich komme nachher mit den Zwillingen wieder«, sagte sie. »Aber lassen Sie sich Zeit mit dem Frühstück.«

Dr. Leitner begann indessen schon mit der Visite, und Sabine kam gerade noch zur rechten Zeit, um sich dieser anzuschließen. Sie erstattete ihm rasch Bericht über das Befinden der Kleinen und das von Lisa.

»Gestern abend war ihr Kreislauf im Keller«, erklärte er, »aber sie hatte dann ja zum Glück eine ruhige Nacht.«

»Ich könnte nachts hierbleiben«, sagte Sabine. »Es würde mir nichts ausmachen.«

»Wir werden darüber noch reden. Sie sollen nicht gleich überbeansprucht werden.«

»So sehe ich es nicht.«

Nun wurde die Runde gemacht. Es schien an diesem Tag etwas in der Luft zu liegen, denn fast jede hatte ein Wehwehchen. Frau Heinze hatte Migräne, Frau Zeller tat der Rücken weh, Frau Stettner hatte einen Milchstau. So ging das weiter, bis sie dann wieder zu Frau Zumstein kamen. Sie war mit dem Frühstück fertig und hatte keine Klagen.

»Was war eigentlich gestern abend mit mir los, Herr Doktor?« fragte sie. »Da war ich plötzlich so schlapp.«

»Nun ja, es war ja auch ein hartes Stück Arbeit, Zwillinge zur Welt zu bringen. Da ist es kein Wunder, wenn man sich schlapp fühlt und der Kreislauf ein bißchen in Unordnung gerät.«

»Sie sagen es aber nicht meinem Mann, sonst regt er sich auf.«

Dr. Leitner kannte das schon, daß sie immer mehr besorgt um ihren Mann war, als um sich selbst. Und es machte sie so besonders liebenswert.

»Jetzt sind Sie doch schon wieder fit, und Ihr Mann hat allen Grund, sich zu freuen«, erwiderte er lächelnd.

Den hatte er wahrhaftig, denn als er kam, waren die Zwillinge schon bei Lisa im Zimmer. Sie schliefen einander zugewandt, die Fäustchen an die Wangen gepreßt.

»Sie sehen ja schon ganz manierlich aus«, stellte Hans fest.

»Sie sehen sich sehr ähnlich«, sagte Lisa.

Sie waren glückliche Eltern, daran konnte es keinen Zweifel geben. Hans hatte seine Hand unter Lisas Kopf geschoben und seine Lippen an ihre Stirn gelegt.

»Und wie sollen sie nun endgültig heißen?« fragte er.

»Hannes und Laura, sage ich.«

»Muß das sein?« fragte Hans.

»Ich hatte auch an Melanie gedacht, aber Mutti will das nicht.«

»Dann nehmen wir Melanie aber wenigstens als zweiten Namen«, sagte er. »Und für Hannes, was meinst du?«

»Ich sage Hannes, und du sagst den zweiten Namen.«

»Manuel?«

»Hans David würde mir auch gefallen«, überlegte Lisa. »Hannes Manuel klingt nicht so gut.«

»Können wir nicht den Hannes weglassen, Schätzchen? Wie wäre es mit Christoph?«

Lisa seufzte. »Gefällt mir ja auch, aber ich habe mir nun mal einen Hannes eingebildet.«

»Du hast doch schon einen Hannes«, meinte er nachsichtig.

Dann entschieden sie sich für Christoph Johannes, weil Lisa meinte, daß man den zweiten Namen nicht mit dem Buchstaben beginnen lassen sollte, mit dem der erste schloß.

Aber dann wollte sie wissen, wie es zu Hause lief. »Bestens. Mutti hat schon alles im Griff. Patrick genießt es, Hahn im Korb zu sein. Der kleine Bursche ist ja schon so selbständig. Die Omi ist ganz stolz.«

»Ich bin froh, daß ihr euch so gut versteht. Leider ist das ja nicht immer so mit den Schwiegermüttern.«

»Ich habe halt eine besonders liebe«, sagte Hans. Wieder küßte er seine Frau zärtlich. »Sie hat ja auch eine ganz besonders liebe Tochter in die Welt gesetzt.«

»Und meine Kinder haben einen ganz besonders lieben Vater«, sagte Lisa lächelnd. »Alles in allem können wir rundherum zufrieden sein.« Und das waren sie auch.

Dann kamen sie aber auch auf Sabine Seidel zu sprechen. »Kannst du ihr eine Wohnung besorgen, Hans?« fragte Lisa.

»Ich brauche doch nur mit Frau Felbing zu sprechen, Liebes. Das werde ich nachher auch gleich tun, aber vorerst wart ihr doch wichtiger.« Er sah auf die Zwillinge herab, die sich jetzt rührten und putzige Töne von sich gaben.

Da war natürlich auch Lisa gleich abgelenkt. »Sie werden Hunger haben«, meinte sie. »Ich werde läuten. Stillen kann ich sie ja leider noch nicht.«

Auf ihr Läuten kam Sabine, und es fand eine Begrüßung statt, die man schon fast freundschaftlich nennen konnte.

»Ist viel zu tun?« fragte Lisa.

»Es geht. Ich bin mehr Betrieb, oder sagen wir besser mehr Hetze gewohnt. Hier kann man sich Zeit nehmen für die Patientinnen und auch für die Babies.«

»Unsere scheinen Hunger zu haben«, meinte Hans.

»Es ist auch ihre Zeit. Ich werde sie jetzt mitnehmen. Heute müssen wir noch ganz genau kontrollieren, wieviel sie trinken und wie es Ihnen bekommt.«

»Dann überlassen wir Ihnen unsere Kleinen zu treuen Händen, Frau Doktor«, sagte Hans lächelnd.

»Ich werde sehr bemüht sein, es nicht mit ihnen zu verderben«, erwiderte Sabine heiter. »Es ist mir nämlich eine ganz besondere Freude, die Enkel meiner lieben Reisegefährtin betreuen zu dürfen, die zudem noch so nette Eltern haben.«

Hans half ihr, das Bettchen zur Station zu bringen. Es wäre nicht nötig gewesen, aber er wollte ihr zeigen, daß sie auch bei ihnen schon einen besonderen Platz einnahm.

»Ich hoffe, daß Sie bald die Wohnung in der Nähe bekommen«, sagte er, »aber ich möchte Ihnen nicht verheimlichen, daß Frau Felbing schon weit über siebzig ist und manchmal schlechte Tage hat.«

»Dann wäre es doch gut, wenn jemand da ist, der ihr helfen kann«, meinte Sabine. »Natürlich kann ich nicht immer gleich zur Stelle sein, aber wenn es etwas Schlimmes sein sollte, kann ich dafür sorgen, daß sie sofort richtig behandelt wird. Ich habe schon mal bei einer alten Dame gewohnt, als ich hier studierte. Wir sind sehr gut miteinander ausgekommen. Hat Frau Felbing keine Angehörigen?«

»Doch, die hat sie, aber sie wohnen weit entfernt, und es bestehen auch keine engen Kontakte. Der Sohn einer verstorbenen Freundin kümmert sich hin und wieder um sie, aber mir ist der nicht sonderlich sympathisch. Aus Nächstenliebe kommt er wahrscheinlich nicht.«

Als er sich von Sabine verabschiedete, sagte er: »Ich komme gegen abend wieder. Ich habe heute noch einige Termine. Sie schauen doch ab und zu nach meiner Frau?«

»Aber ganz bestimmt, Herr Zumstein. Sie bekommt ja nachher auch ihre Zwillinge wieder ans Bett gestellt.«

Er ging und Dr. Dornach kam. »Alles in Ordnung mit den Zwillingen?« fragte er.

»Das werde ich jetzt gleich feststellen. Aber große Sorgen werden sie uns sicher nicht machen. Ich hoffe, daß sie auf die Säuglingsnahrung gut ansprechen, denn ich glaube nicht, daß Frau Zumstein selbst ausreichend stillen kann.«

»Es wäre auch eine Strapaze«, sagte Dr. Dornach. »Sie halten wohl nichts davon, daß wir Muttermilch anfordern?«

»Nein, in dem Fall nicht. Ich möchte alles unter Kontrolle behalten, und ich habe die Erfahrung gemacht, daß Milch von fremden Müttern manchen Babies nicht so bekommt wie die erprobte Babynahrung.«

»Sie wissen es bestimmt besser als ich«, erwiderte er. Sie warf ihm einen schrägen Blick zu. »Halten Sie mich für anmaßend?«

»Ganz im Gegenteil.«

Schwester Hilde rief nach ihm. Es gab ein paar Patientinnen, die immer nach ihm verlangten und es sehr übelnahmen, wenn er nicht kam.

»Sie sind ein gefragter Mann«, sagte Sabine ironisch.

»Ich bin nur Arzt«, erwiderte er, und es klang direkt aggressiv.

Und ein netter Arzt, dachte Sabine, denn sie hatte einen durchaus guten Eindruck von ihm gewonnen.

Sabine befaßte sich lange mit den Zwillingen, und sie war sehr froh, daß eigentlich alles normal verlief, wenn sie auch weniger als andere Säuglinge tranken. Sorgen brauchte man sich deshalb nicht zu machen. Es waren gesunde Kinder, gut entwickelt, naturgemäß zierlicher als Einzelkinder, aber sie waren auch ganz besonders niedlich.

Das stellte auch Schwester Hilde fest, als sie dann auf die Säuglingsstation kam.

»Sie haben allerdings auch hübsche Eltern«, meinte sie. »Frau Zumstein ist eine bezaubernde Frau, und er ein sehr gut aussehender Mann.«

»Sie sind beide sehr sympathisch«, äußerte sich Sabine.

Hilde seufzte. »Wenn alle Ehepaare so wären, hätten wir es auch leichter. Grad war wieder der Möller da, deshalb mußte ich Dr. Dornach zu Frau Möller rufen. So ein Muffel wie den habe ich hier noch nicht kennengelernt. Die arme Frau ist wieder völlig am Ende. Sie kann doch auch nichts dafür, daß sie wieder ein Mädchen bekommen hat, bereits das vierte. Und jedes Jahr muß sie ein Kind bringen, weil er sich einen Sohn einbildet. Dem wäre ich schon längst davongelaufen.«

»Kann ich etwas für Frau Möller tun?« fragte Sabine bestürzt.

»Dr. Dornach wird sie schon beruhigen. Man sollte sich nur mal diesen Möller vorknöpfen können, aber der Chef meint, daß er dadurch noch aggressiver werden könnte. Dabei sind das alles so niedliche kleine Mädchen. Nur Frau Möller ist überfordert. Alle fünfzehn Monate ein Kind, ist schon happig.«

Ob da Dornach der richtige Tröster und Ratgeber sein kann, ging es Sabine durch den Sinn. Und als sie ihn später traf, sah sie ihm an, daß er bekümmert war.

»Schwester Hilde hat mir von Frau Möller erzählt«, sagte sie. »Geht es ihr nicht besser, nachdem Sie bei ihr waren?«

Er zuckte die Schultern. »Sie kann einem nur leid tun. Wie soll man da noch trösten können. Der Mann hat überhaupt kein Gefühl. Er ist Landwirt, Großgrundbesitzer, und er erreicht dank seines Geldes alles, was er sich vornimmt. Er will einen Sohn haben, und da sich dieser wieder nicht eingestellt hat, ist es das erste Mal, daß er nicht erreicht, was er will. Jetzt ist Frau Möller fertig mit den Nerven. Sie würde sich liebend gern von ihm trennen, aber man ist katholisch, und außerdem will er das auch nicht. Es würde ihn zuviel kosten. So was gibt es eben auch, Kollegin. Da steht man machtlos vis-à-vis.«

»Vielleicht spricht man sich von Frau zu Frau leichter aus. Ich werde es mal versuchen«, sagte Sabine.

»Wenn Sie was erreichen, lade ich Sie zu einem tollen Essen ein«, erwiderte Frank Dornach. Das hatte er sowieso vorgehabt, er hatte nur nicht gewußt, wie er es anbringen sollte. Nun war es gesagt, und sie lächelte hintergründig.

Am Nachmittag ergab sich für Sabine die Gelegenheit, mit Frau Möller zu sprechen. Schwester Hilde kam mit Frau Möllers Baby auf die Station zurück. Sie war ganz verstört.

»Frau Möller hat mich gleich wieder weggeschickt«, sagte sie erregt. »Wir sollen mit dem Kind machen, was wir wollen, hat sie gesagt. Jedenfalls hätte sie jetzt die Nase voll. Sie war ja immer komisch, wenn ihr Mann da war, aber heute ist es besonders schlimm. Ich habe gar nichts mehr sagen können. Das arme Würmchen kann doch nichts dafür, daß es ein Mädchen ist.«

»Und Frau Möller kann auch nichts dafür, daß sie keinen Sohn bekommen hat. Ich weiß schon, worum es geht. Ich werde jetzt zu ihr gehen, oder haben Sie Dr. Leitner schon Bescheid gesagt?«

»Nein, er ist gerade bei der Familie. Er hat ja sonst überhaupt kein Privatleben mehr gehabt. Es ist gut, daß Sie da sind. Aber bei Frau Möller werden Sie auch nichts erreichen.«

»Versuchen kann man es ja«, sagte Sabine, und dann ging sie zu der geplagten Patientin.

Gertraud Möller sah zum Gotterbarmen aus. Ihr ganzes Gesicht war vom Weinen geschwollen, die Augen blickten nur durch einen Schlitz. Sie hatte die Hände schon abwehrend erhoben, ließ sie aber sinken, als sie jetzt Sabine erkannte.

Sabine hatte sie bisher nur gestern bei der Visite gesehen, als Dr. Leitner sie mit den Patientinnen bekannt gemacht hatte, und jetzt konnte sie sich nicht mehr erinnern, wie Gertraud Möller normalerweise aussah.

Sabine setzte sich zu ihr. Sie stellte keine Fragen. »Sie haben sich aufgeregt, Frau Möller«, begann sie, »und wir möchten Ihnen doch helfen.«

»Mir kann niemand helfen. Sie haben ja keine Ahnung, wie mir zumute ist.«

»Doch, ich kann es Ihnen nachfühlen, aber das Baby kann doch nichts dafür.«

»Es tut mir ja auch leid«, flüsterte Frau Möller. Sie griff sich an die Stirn. »Ich drehe durch, wenn es so weitergeht. Hätte ich ihn doch bloß nicht geheiratet! Er hatte es bloß auf unser Gut abgesehen, nicht auf mich, und einen Erben wollte er haben. So ein Mann wie er braucht keine Töchter, aber grad ihm zum Fleiß kriege ich eine nach der anderen. Ich bin an allem schuld, ich tauge zu gar nichts. Das höre ich mir nun schon vier Jahre an, und niemand steht mir bei, niemand hält zu mir.«

»Ich würde Ihnen gern helfen, Frau Möller. Sie sollen nicht das Gefühl haben, von allen unverstanden zu sein.« Sie umschloß die zuckenden Hände mit warmem Griff. »Jetzt beruhigen Sie sich. Möchten Sie einen Tee trinken, oder lieber ein Gläschen Sekt zur Aufmunterung?«

»Meinen Sie, daß das helfen könnte?« fragte Gertraud Möller stockend.

»Versuchen kann man es. Ich komme gleich wieder.«

Sie wollte doch lieber Dr. Leitner fragen, ob es wirklich eine gute Idee wäre. Er kam gerade von zu Hause und wirkte ganz gelöst.

»Nun, was haben Sie auf dem Herzen, Kollegin?« fragte er.

Sie erklärte es ihm ohne lange Umschreibung, und er runzelte leicht die Stirn. »Dieser Möller, dem ist wirklich nicht beizukommen. Nun, versuchen wir es mal mit Sekt, schaden kann es nicht. Sie ist ein armes Hascherl. Wir unterhalten uns noch darüber. Schön wäre es, wenn Sie was bei ihr erreichen könnten.«

»Ich hoffe es.«

Gertraud Möller richtete sich auf, als Sabine wieder eintrat.

»Sie bringen wirklich Sekt?« fragte sie konsterniert.

»Mit Genehmigung des Chefarztes«, erwiderte Sabine aufmunternd.

»Bleiben Sie hier an der Klinik?«

»Ja, das möchte ich.«

»Eine Ärztin hat eigentlich auch noch gefehlt. Die Ärzte sind ja sehr nett, aber von Frau zu Frau spricht es sich doch leichter.«

»Genauso dachte ich es mir, und deshalb bin ich auch zu Ihnen gekommen, Frau Möller. Sie tun sich und Ihrer Gesundheit keinen Gefallen, wenn Sie sich so aufregen.«

»Robert legt es doch immer wieder darauf an, dann kann er wenigstens zu seiner Rechtfertigung sagen, daß ich hysterisch bin. Er kommt ja nur deshalb her, um seine eigenen Komplexe abzureagieren.«

»Ich kann verstehen, daß Sie dadurch tief verletzt sind, aber gibt es für Sie denn keinen Weg, da eine andere Lösung herbeizuführen? Sie dürfen nicht denken, daß ich mich in Ihr Vertrauen drängen will, aber vielleicht kann ich Ihnen raten, wie Sie sich künftig verhalten müssen, um sich nicht demütigen zu lassen.«

Gertraud Möller nahm aus ihrem Nachtkasten ein kleines Fotoalbum. »Da, sehen Sie sich meine Kinder an, sind sie nicht lieb? Almut ist fast fünf, Katrin dreieinhalb, Antonia zwei Jahre. Und nun die Kleine. Ich konnte mich immer noch nicht für einen Namen entscheiden, und er will nichts davon wissen. Er wollte einen Robert haben, jedesmal wollte er das, und immer waren es Mädchen. Da kann man sich schon vorher gar nicht freuen, wenn man ständig unter diesem Zwang lebt. Nur kein Mädchen, nur kein Mädchen habe ich immer gedacht, und deshalb wollte ich es vorher auch gar nicht wissen.«

»Kinder brauchen Liebe, Frau Möller«, sagte Sabine sanft.

»Ich will sie ihnen ja geben, aber Sie wissen nicht, wie er herumtobt und die Kinder anschreit. Aber selbst meine Mutter hat keine Ohren dafür. Er sei ein so angesehener Mann, sagt sie, und ich hätte doch ein schönes, sorgloses Leben. Ja, das meint sie tatsächlich.« Ein bitterer Zug legte sich um Gertrauds Mund. »Froh hätte ich sein können, daß er mich genommen hat, sagte meine Schwiegermutter. Sie ist letztes Jahr gestorben, sonst wäre alles noch schlimmer. Und alle wissen, daß er so oft die halbe Nacht beim Lechner im Gasthof sitzt und säuft. Trinken kann man das schon gar nicht mehr nennen, aber wenn ich was sage, bekomme ich gleich zu hören, daß er sonst die Ehe mit mir nicht ertragen würde.«

»Hatten Sie nie den Gedanken, sich von ihm zu trennen?«

»Den habe ich jeden Tag«, sagte Gertraud sarkastisch, »aber ich komme da nicht heraus. Er läßt sich nicht scheiden. Er weiß genau, daß es eine andere bei ihm auch nicht aushalten würde, er hatte doch schon ein paar Gspusis, aber die haben ihn auch bald weitergeschickt, als sie merkten, daß er ein Geizkragen ist. Und dann, wir sind doch katholisch, und letztlich wäre dann ja doch ich die Schuldige. Er würde das schon so drehen. Wo soll ich denn auch hin mit den Kindern? Gelernt habe ich nichts, und er würde sich doch drücken vor dem Zahlen.«

»Das könnte er nicht, Frau Möller, aber das wollen wir jetzt mal dahingestellt sein lassen. Sie sollten es mal so versuchen, daß Sie Ruhe bewahren, nicht in Tränen ausbrechen und mit Vorwürfen kommen, wenn diese auch durchaus begreiflich sind. Sie müssen ganz kühl bleiben, ihm die kalte Schulter zeigen und ihm sagen, daß Sie sich seinen Ton nicht mehr bieten lassen.«

»Das läßt ihn doch kalt. Reden Sie mal mit ihm. Sie werden erleben, wie charmant er sein kann, als könne er kein Wässerchen trüben.«

»Wir können es ja mal ausprobieren, wenn er kommt.«

»Wahrscheinlich wird er nicht mehr herkommen. Er hat mir eröffnet, daß er ein paar Wochen auf Großwildjagd geht. Letztes Jahr war er in Afrika, dieses Jahr geht er nach Kanada. Hat er jedenfalls gesagt. Vielleicht ist er auch mit einer Frau unterwegs. Mir wäre es nur recht, wenn ihm eine einen Sohn zur Welt bringt und ich dann doch aus diesem Käfig herauskommen könnte, ohne eine Schuldzuweisung zu bekommen.«

Sie meinte es ernst, Sabine begriff das sehr genau. Und es hatte ihr gut getan, sich das vom Herzen zu reden.

»Dr. Dornach ist ja ein sehr netter Mensch«, sagte Gertraud dann auch noch. »Aber so kann man doch nicht mit einem Mann reden, das verstehen Sie doch. Sie haben sicher noch keine Enttäuschung erlebt.«

»Doch, wenn Ihnen das ein Trost sein kann. Ich war zwar nicht verheiratet und habe keine Kinder, und so ist das nicht so schlimm, aber ich habe mich nicht nur einmal in Menschen getäuscht. Sogar in meiner sogenannten besten Freundin.«

»Na, davon brauchen Sie mir gar nichts zu erzählen, die besten Freundinnen kenne ich auch zur Genüge. Einem schöntun ins Gesicht, und hinterm Rücken lästern und Gemeinheiten aushecken. Davon kann ich auch ein Liedchen singen. Es tut mir leid, wenn Sie so was auch mitmachen mußten. Sie sind doch so lieb und anständig.«

Darauf tranken sie dann noch einen Schluck, und Gertraud Möller wirkte nun viel gelöster.

»Ich werde es schon noch lernen, mich zu wehren«, sagte sie. »Und ich werde alles gründlich überdenken. Wenn ich dann noch Fragen habe, darf ich Sie belästigen?«

»Sie belästigen mich nicht. Ich bin sehr froh, daß Sie sich gefangen haben.«

»Und Sie finden mich nicht hysterisch?

»Aber nein, Sie sind verzweifelt, und hier in der Klinik wissen bestimmt die meisten, daß Ihr Mann daran schuld ist. Charmant findet ihn sicher keiner.«

»Haben Sie ihn gesehen?«

»Nein, leider nicht, aber es kann ja sein, daß er doch noch mal herkommt. Als guter Katholik wird er doch bei der Taufe Ihrer Jüngsten dabeisein.«

»Ein guter Katholik ist er sicher nicht, dazu ist er zu scheinheilig, und was die Taufe anbetrifft... soll die denn hier stattfinden?«

»Das wäre doch eine gute Lösung. Das Kind muß einen Namen haben.«

»Wie heißen Sie mit dem Vornamen, Frau Doktor?«

»Sabine.«

»Dann soll sie Sabine heißen. Sagen Sie Schwester Hilde bitte, daß ich mich bei ihr entschuldigen möchte.«

Sabine war erleichtert, daß es ihr doch gelungen war, sie zum Reden zu bringen, so daß sie nun wieder ruhiger geworden war. Und mit einem flüchtigen Lächeln dachte sie daran, daß Dornachs Einladung zum Essen nun fällig sein konnte. Aber sie glaubte auch annehmen zu können, daß er sowieso die Absicht hatte, sie einzuladen, und nur auf einen Anlaß gewartet hatte.

Sie sagte nichts zu ihm über Frau Möller, als sie sich kurz auf dem Gang trafen. Er war auch in Eile. Gerade war eine Erstgebärende eingeliefert worden, wie Sabine dann erfuhr, und da gab es manchmal doch einigen Wirbel, weil besonders sehr junge Frauen oft gar nicht auf die einsetzenden Wehen achteten und dann erschrocken waren, wenn sie heftig einsetzten.

Schwester Hilde beschäftigte sich mit Frau Möllers Baby, das Sabine getauft werden sollte. Als Sabine ihr dies erzählte, schmunzelte Hilde.

»Sie haben schon bei vielen einen Stein im Brett«, sagte sie mit einem Blick, der Bände sprach. »Sie haben aber auch eine besondere Gabe, die herzgewinnend ist, Frau Doktor.«

»Sie alle machen es mir aber auch sehr leicht, mich wohl zu fühlen«, erwiderte Sabine. »Nun bringen Sie die Kleine zu ihrer Mutter, Schwester Hilde. Sie hat sich beruhigt, und es tut ihr leid, was sie gesagt hat.«

»Man kann es ja verstehen«, sagte Hilde. »Ein schreckliches Mannsbild ist das.«

»Haben Sie ihn nicht von einer charmanten Seite kennengelernt?«

»Charmant soll der sein? Wir sind doch sowieso Dreck für ihn. Hochnäsig ist er, aber vornehm bestimmt nicht. Zu Ihnen wäre er vielleicht charmant, aber ich glaube nicht, daß Sie ihn mögen würden, auch wenn er sich von seiner allerbesten Seite zeigen würde.«

»Womit Sie den Nagel auf den Kopf treffen«, erwiderte Sabine. Aber sie hätte diesen Robert Möller schon gern kennengelernt. Und das sollte ihr sogar noch vergönnt sein.

Dr. Leitner hatte ihn nämlich angerufen, weil mit der Krankenversicherung etwas zu klären war. Der schwerreiche Pfennigfuchser hatte nämlich die Beitragserhöhung nicht zur Kenntnis genommen und trotz Mahnung schon mehrere Monate den früheren Betrag überwiesen.

Dr. Leitner sprach darüber auch mit Sabine, als er gehört hatte, welchen beruhigenden Einfluß sie auf Frau Möller gehabt hatte.

»Andere Leute erteilen eine Einzugsermächtigung für die ständigen Kosten, aber Herr Möller hat Angst, daß er übervorteilt werden könnte. Ich bin gespannt, wie er sich nun herausreden wird.«

»Ich würde ihn gern kennenlernen«, sagte Sabine, »damit ich mir ein ganz genaues Bild machen kann.«

Dr. Leitner blinzelte über seine Brille hinweg. »Sie werden ihn sicher von seiner charmanten Seite kennenlernen«, meinte er ironisch.

»Er mich aber bestimmt nicht. Frau Möller hat mir erzählt, was sie durchgemacht hat, und ich glaube ihr.«

»Das können Sie auch, aber wie kann man einer solchen Frau denn helfen, die durch die Umstände dazu gezwungen wird, bei dem Mann zu bleiben.«

»Es gibt so manches, was ich einfach nicht verstehen kann«, sagte Sabine.

»Mir geht es nicht anders«, nickte Dr. Leitner. »Wir werden sehen, wie sich Herr Möller diesmal aufführt.«

Erstaunlicherweise schien es Robert Möller jedoch recht peinlich zu sein, daß man ihm hier in der Klinik auf etwas gekommen war, was seinem überheblichen Auftreten widersprach. Er versuchte sich zu rechtfertigen.

»Auf diese lächerliche Angelegenheit hätte man mich doch aufmerksam machen können«, erklärte er. »Es ist ungehörig, Ihnen solche Mitteilung zu machen.«

»Die Krankenversicherung rechnet mit uns ab, und da gibt es nun mal Bestimmungen, daß sie die Erstattung nur nach dem Tarif vornehmen können, wenn die Erhöhung nicht bezahlt ist.«

»Diese Lappalie«, sagte Möller wegwerfend. »Ich kann auch kündigen und die Kosten aus eigener Tasche bezahlen. Sie zweifeln daran doch hoffentlich nicht, oder hat meine Frau da etwas anderes behauptet?«

»Sie weiß davon gar nichts. Es ist ja allein Ihre Angelegenheit, Herr Möller, und Sie sollten das klären, damit Ihnen keine Nachteile entstehen«, sagte Dr. Leitner kühl.

»Ich werde das klären. Vielleicht möchten Sie einen bestimmten Betrag als Sicherheit«, sagte er anzüglich.

»Das nicht. Ich schicke Ihnen wie üblich die Rechnung, auf der vermerkt ist, was von der Versicherung beglichen wurde. Übrigens hat Ihre Frau erklärt, daß Ihre Tochter übermorgen hier getauft wird. Sie werden ja wohl zugegen sein.«

»Ich verreise morgen, und meine Frau weiß das. Die Taufe kann verschoben werden, oder sie muß auf meine Anwesenheit verzichten. Sagen Sie ihr das.«

»Sagen Sie es ihr bitte selbst.«

»Damit sie mir wieder eine Szene macht? Sie ist doch hochgradig hysterisch.«

»Da muß ich Sie korrigieren. Ihre Frau ist nicht hysterisch. Sie ist deprimiert, weil Sie ihr unberechtigte Vorwürfe machen, Herr Möller, das muß auch mal gesagt werden. Sie sollten froh sein, gesunde Kinder zu haben.«

Möllers Gesicht lief rot an, aber in letzter Sekunde beherrschte er sich doch noch.

»Ich will mich dazu nicht äußern«, sagte er nur, »aber hier scheint man ja kein Verständnis für mich aufzubringen, nur für meine Frau.«

»Sie ist unsere Patientin und eine sehr liebe dazu, das sollten Sie sich auch sagen lassen.«

Momentan schien Robert Möller die Sprache verloren zu haben. Seine Miene war finster, als er sagte:

»Ich werde jetzt zu meiner Frau gehen.«

Dr. Leitner konnte nur hoffen, daß Frau Möller halten würde, was sie sich vorgenommen hatte, nämlich ruhig und kühl zu bleiben.

Als Möller die Tür hinter sich zugemacht hatte, rief Dr. Leitner gleich die Station an, um Sabine wissen zu lassen, daß Möller im Kommen war.

Sie sollte Gelegenheit haben, diesen Mann kennenzulernen. Sie war neugierig.

Eine markante Erscheinung war Robert Möller, das war nicht zu leugnen. Groß, wuchtig, ein breites, scharfgeschnittenes Gesicht, volles dunkles Haar, aber die Augen waren schmal und stechend. So empfand es jedenfalls Sabine. Aber in diesen Augen blitzte es auf, als sie an ihn herantrat.

»Darf ich fragen, zu wem Sie wollen?« tat sie unwissend.

»Zu meiner Frau, mein Name ist Möller, und wer sind Sie?« Das klang herausfordernd.

»Dr. Seidel.«

»Ärztin? O la la, Sie sind neu, sonst würden Sie mich ja kennen.«

»Ja, ich bin neu.«

Sie hatte ihren Eindruck gewonnen. Er war bei Gott nicht der Typ Mann, der ihr gefallen konnte, aber sicher wirkte er auf eine bestimmte Art Frauen anziehend. Sein Mund und sein Kinn verrieten Brutalität, und sein Blick jagte ihr ein Frösteln über den Rücken.

»Wie benimmt sich meine Frau jetzt?« fragte er.

»Ich weiß nicht, was Sie meinen. Sie ist sehr nett – ich habe jetzt zu tun.« Mit einem leichten Nicken ihres hübschen Kopfes eilte sie weiter. Keinesfalls wollte sie auch nur die leisesten Vermutungen wecken, daß sie sich gern mit ihm unterhalten wollte. Sie hatte sich ihre Meinung schon gebildet.

Wieder traf sie Frank Dornach. Diesmal hatte er es nicht so eilig, denn bei der werdenden Mutter hatten die Wehen ausgesetzt, und um sie kümmerte sich jetzt Dr. Leitner.

Frank Dornach wirkte viel lockerer, als er mit einem Lächeln sagte: »Das Essen ist also fällig. Den Zeitpunkt bestimmen Sie, Kollegin.«

»Das haben Sie mir wohl nicht zugetraut?« fragte sie heiter.

»Ich traue Ihnen viel zu, aber daß Sie es so schnell schaffen, hätte ich wirklich nicht gedacht.«

»Jetzt ist Herr Möller gekommen. Mal sehen, wie es nun wieder ausschaut.«

Sehen konnten sie Gertraud Möller nicht, aber zu hören war ihre Stimme bis auf den Gang. Sie wußten nicht, was für Worte schon vorher da drinnen gewechselt worden waren, aber jetzt sagte Gertraud Möller klar und deutlich mit klirrender Stimme: »Ich lasse mich nicht mehr provozieren. Es steht dir ja frei, zu gehen, und meinetwegen brauchst du gar nicht wiederzukommen. Aber billig kommst du mir nicht davon, das kannst du dir hinter die Ohren schreiben.«

Und Robert Möller schien wieder einmal sprachlos zu sein, denn seine Stimme hörten sie nicht, und gleich darauf kam er aus dem Zimmer, und mit hochrotem Kopf lief er grußlos an ihnen vorbei. Daraufhin eilte Sabine sogleich zu Gertraud Möller.

Sie zeigte keine Anzeichen von Schwäche. Sie saß in ihrem Bett, und ihre Augen funkelten.

»Ich habe es geschafft, ich habe es fertiggebracht, meine Meinung zu sagen. So blöd hat er dreingeschaut wie noch nie!« Sie jubelte es förmlich heraus. »Das habe ich nur Ihnen zu verdanken. Sie haben mir so viel Mut gemacht, daß ich es wenigstens mal versuchen wollte, mich zu wehren, aber ich habe nicht gedacht, daß es so wirken würde.«

Aber sie ahnte nicht, daß ihre letzten Worte an ihn noch eine makabre Bedeutung bekommen sollten.

~

Nachmittags brachte Hans Zumstein Sabine die Nachricht, daß sie sich baldigst bei Frau Felbing vorstellen könne, und es stünde bei gegenseitigem Gefallen keine Schwierigkeit im Wege, die schön möblierte Wohnung auch sofort zu beziehen. Hans Zumstein hatte mit der alten Dame verabredet, daß Sabine auch nach dem Dienst kommen könnte.

Sie konnte gleich nach achtzehn Uhr gehen, wollte dann aber abends noch ein paar Stunden in der Klinik sein, weil es nun wohl doch noch zur Geburt bei der jungen Frau kommen sollte. Es war nicht weit bis zu Frau Felbing, die in einem sehr schönen Einfamilienhaus in einer ganz stillen Straße wohnte. Und fünf Minuten genügten, um sich einig zu sein. Sabine brauchte nur kurz von sich zu erzählen, dann meinte Frau Felbing schon, daß sie ja später Zeit für längere Gespräche hätten.

Eine sehr geschmackvoll eingerichtete Dreizimmerwohnung stand bereit, und etwas Besseres hätte sich Sabine tatsächlich nicht vorstellen können. Und das für tausend Mark Miete! Für Münchner Verhältnisse war das sehr preiswert. Dabei sagte die alte Dame noch, daß sie sehr gute Gründe hätte, so viel zu verlangen, aber darüber würde sie Sabine später einmal aufklären.

Adelheid Felbing war eine Dame im besten Sinne des Wortes, sehr gebildet, sehr diplomatisch, vielseitig interessiert, obwohl sie bereits sechsundsiebzig Jahre alt war. Abends, das sagte sie gleich, säße sie gern vor dem Fernseher, weil sie sich dann nicht so allein fühlen würde. Aber sie würde sich auch freuen, wenn Sabine ihr ab und zu Gesellschaft leisten würde. Sie hatte viel Verständnis dafür, daß Sabine bald in der Klinik zurück sein wollte.

»Ich habe es gern, wenn junge Menschen gewissenhaft sind und bereit, Verantwortung zu tragen. Meine Generation ist ja noch streng erzogen worden, aber doch mit etwas zuviel Respekt vor der Obrigkeit und den Alten. Ich meine, jung und alt sollten sich verstehen oder zumindest arrangieren.«

»Mit Ihnen kann man sich verstehen«, erwiderte Sabine. »Ich danke Ihnen, daß ich hier wohnen darf.«

»Dann kommen Sie gleich morgen?« fragte Frau Felbing.

»Mit Freuden«, erwiderte Sabine. Und beschwingten Schrittes kehrte sie zur Klinik zurück.

Dort stand die Geburt eines neuen Erdenbürgers bevor. Die Ärzte waren im Kreißsaal, Schwester Hilde atmete auf, als Sabine kam.

»Heute haben sich unsere Kleinen gegen uns verschworen«, sagte sie. Vielstimmiges Gebrüll hatte Sabine schon empfangen, und sie merkte, daß Hilde rotierte.

»Das mag am Mond liegen, aber alle können sie doch nicht so beeinflußbar sein«, meinte sie.

»Einer hat angefangen, dann ging es los«, sagte Hilde. »So was habe ich selten erlebt.«

»Wir kriegen das schon hin«, meinte Sabine beruhigend. »Sie werden sich schon wieder beruhigen.«

Und als wäre das ein Zauberwort, wurde das Weinen leiser. Sie nahm den kleinen Bernd, der das Gebrüll angefangen hatte, hoch. »Ihn drückt etwas«, sagte sie, »wahrscheinlich hat er wieder zu schnell getrunken.«

Sie legte ihn auf den Wickeltisch auf den Bauch und streichelte ihm den Rücken, da spuckte er tüchtig, und dann war Ruhe. Aber er mußte umgekleidet werden. Das besorgte sie auch selbst, weil Hilde schon die Hände zitterten.

»Wo sind die Zumstein-Zwillinge?« fragte Sabine.

»Noch bei ihrer Mutter. Ich bin noch nicht dazu gekommen, sie zu holen, und Frau Zumstein hat sich auch noch nicht gemeldet.«

»Ich werde zu ihr gehen«, sagte Sabine. »Jetzt herrscht ja Ruhe.«

»Sie müssen was ganz Besonderes an sich haben«, sagte Schwester Hilde nachdenklich, »Sie haben ja sogar Frau Möller aufgemuntert.«

»Schön wäre es, wenn mir das immer gelingen würde.«

»Übrigens, beinahe hätt' ich es vergessen, Frau Dr. Norden hat angerufen. Sie möchten sich doch bald mal bei ihr melden.«

So ist es nun, dachte Sabine, ich habe nicht mal Zeit, mich bei derjenigen zu bedanken, die mir zu dieser Stellung verholfen hat, und dabei gäbe es so viel zu erzählen.

Sie ging nun rasch zu Frau Zumstein, die schon vor sich hin dämmerte, aber noch einmal die Augen aufschlug, als Sabine an ihr Bett trat.

»Hat es bei Frau Felbing geklappt?« fragte sie.

»Morgen ziehe ich ein. Sie alle haben mir Glück gebracht«, erwiderte Sabine.

»Mutti wird es auch freuen. Sie müssen uns oft besuchen, Frau Seidel.«

»Das werde ich gern tun, wenn ich Zeit habe, momentan scheint es so, daß wenig Freizeit herausspringen wird, aber mir macht das nichts aus. Ich fühle mich unheimlich wohl.« Sie streichelte Lisas Hand. »Nun schlafen Sie gut, Frau Zumstein, die Kleinen nehme ich mit.«

»Sie waren ganz brav«, murmelte Lisa schläfrig.

»Aber Ihre Nachtruhe brauchen Sie.«

Lisa schlief schon, als sie das Bettchen hinausschob.

Auf dem Gang lief ein junger Mann aufgeregt auf und ab. Das schien der werdende Vater zu sein. Sie sollen sich ruhig auch aufregen, diese Männer, dachte Sabine, es ist besser, als wenn sie so sind wie Möller.

Sie hatte die Zwillinge gerade versorgt, als das neugeborene Baby gebracht wurde. Es war ein kräftiger Junge.

Ob Möller sich wirklich geändert hätte, wenn er einen Sohn bekommen hätte, fragte sich Sabine, kam aber zu der Überzeugung, daß es für diesen Mann einfach nur eine Prestigefrage wäre.

Sie versorgte jetzt das Neugeborene, das fast acht Pfund wog und auch ganz hübsch lang war, dreiundfünfzig Zentimeter. Ein richtiger Wonneproppen, wie der stolze Vater dann sagte, als das Baby noch mal zu seinen Eltern gebracht wurde.

»Gut, daß Sie da waren«, sagte Dr. Leitner zu Sabine, »dann kann ich wohl zum Abendessen nach Hause gehen.«

»Das können Sie«, erwiderte Sabine, aber sie hatte ans Essen wieder mal nicht gedacht. Schwester Anna sorgte dafür, daß noch etwas aus der Küche geholt wurde, und Dr. Dornach leistete ihnen beim Essen dann auch Gesellschaft.

Schwester Anna wollte sich ausruhen, weil sie schon den ganzen Tag auf den Beinen gewesen war, aber Schwester Marga beim Nachtdienst unterstützen wollte.

»Ich kann auch noch bleiben«, sagte Sabine. »Dr. Dornach soll sich mal ausruhen.«

»Sehe ich so müde aus?« fragte er.

»Das kann man sagen«, erklärte Anna. »Ich will ja Frau Dr. Seidel nicht gleich sagen, wie lange Sie oft hier gewesen sind in letzter Zeit, damit sie nicht gleich verschreckt wird, aber es hat gereicht.«

»Und ich werde ab morgen ganz in der Nähe wohnen und immer erreichbar sein«, warf Sabine ein. »Wir werden schon noch die richtige Einteilung finden.«

»Wenn Dr. Richter aus dem Urlaub zurück ist, wird es schon etwas besser werden, aber er hält sich genau an die Dienstzeiten. Er ist jung verheiratet«, sagte Anna anzüglich.

Es sollte eine ereignisreiche Nacht werden, wenn Sabine davon auch erst am nächsten Morgen Kenntnis erhielt. Sie kam gegen Mitternacht in der Pension an. Hella Gareis saß mit ein paar Leuten noch in der Halle, kam dann aber mit einem süffisanten Lächeln auf Sabine zu.

»Warum kommt denn Dr. Dornach nicht mit herein?« fragte sie leicht lallend, und Sabine merkte, daß sie schon ein bißchen zuviel getrunken hatte.

»Weil ich mit dem Taxi gekommen bin«, erwiderte sie kühl, »und morgen ist mein Aufenthalt hier beendet. Ich habe eine Wohnung bekommen.«

»Sie werden doch nicht denken, daß Sie kein willkommener Gast waren«, sagte Hella Gareis. »Es würde mir leid tun, wenn Sie sich nicht wohl gefühlt hätten. Dr. Dornach fühlte sich sehr wohl bei uns.«

»Ich war ja nur zum Schlafen hier, und jetzt wünsche ich eine gute Nacht«, sagte Sabine.

Hella Gareis schickte ihr einen giftigen Blick nach. Es war ihre Art, auch dann gehässig zu sein, wenn sie überhaupt nichts mit einer anderen attraktiven Frau zu schaffen hatte. Und es machte sie wütend, wenn eine andere selbstbewußt war und sie kurz abfertigte. Es war ihr schon öfter passiert, aber gelernt hatte sie daraus nichts.

Auch Maja Preißler war gegen Mitternacht heimgekommen. Sie war jedoch in übelster Laune, als sie in den Briefkasten schaute und nichts als ein paar Reklamen darin fand.

Sie hatte nicht geglaubt, daß Sabine sich nicht melden würde. Und sie hatte auch gehofft, Post von Klaus zu bekommen. Als sie die Wohnungstür aufschloß, läutete das Telefon. Sie dachte nicht daran, wie spät es war, erst recht nicht daran, daß in Rochester noch Tag war, als sie die Stimme von Klaus vernahm, so deutlich, als stünde er neben ihr.

»Klaus, wo bist du?« rief sie, und sie hörte, daß er in Rochester war. Ihren Brief hatte er noch nicht bekommen. Er wollte wissen, was mit Sabine los sei.

»Sie ist weg, hat die Koffer gepackt und ist verschwunden. Sie war sehr eigenartig, hat mir nicht gesagt, wohin sie fährt, aber ich habe dir ja schon geschrieben, daß hinter ihrem veränderten Benehmen bestimmt ein Mann steckt.«

»Meine Briefe muß sie doch aber bekommen haben.«

»Ich habe keine Ahnung. Sie hat mich manchmal so komisch angeredet, als stünde ich mit dir in Verbindung. Da wir uns so gut verstanden haben, wäre es schade, wenn wir den Kontakt verlieren würden, weil Sabine sich so komisch benimmt. Mir würde es sehr leid tun.«

»Ich finde Sabines Benehmen nicht komisch, es muß etwas dahinterstecken. Aber ich komme nächste Woche nach Europa, dann auch nach Kiel, und ich hoffe, daß du bis dahin weißt, wo sich Sabine aufhält.«

»Ich hoffe es, daß sie sich meldet, und ich werde ihr sagen, wie gekränkt du bist.«

»Ich bin nicht gekränkt, ich erwarte nur Fairneß.«

Maja hatte nach diesem Gespräch ihre Mißstimmung vergessen. Sie überlegte schon, wie sie es anfangen sollte, daß Klaus weiterhin im unklaren blieb. Gewissensbisse bereitete es ihr nicht, daß sie die Briefe unterschlagen hatte. Sie hatte Sabine diesen Mann nicht gegönnt. Und nun wollte sie alles daransetzen, ihn für sich zu erobern.

Sie konnte nicht ahnen, welche Gedanken Klaus bewegten. Und als ihr Brief anderntags dann doch kam, bewegten ihn noch ganz andere, da er für Maja nicht das geringste Interesse hatte, sie aber recht eindeutig schrieb, daß zwischen ihr und ihm wohl eine bessere Antenne bestünde als zu Sabine, von der sie so tief enttäuscht worden sei.

Wörtlich schrieb sie: *Lieber Klaus, es liegt mir fern, Sabine in Deinen Augen herabsetzen zu wollen, aber ich bin zu der Überzeugung gelangt, daß sie die Beziehung zu Dir abbrechen will. Als ich sie fragte, ob es zwischen Euch etwas gegeben hätte, wurde sie aggressiv und sagte, ich solle mich nicht in ihre Angelegenheiten mischen, und ich könnte mich ja um Dich kümmern. Ich habe die Absicht, in nächster Zeit in die Staaten zu kommen, und würde Dich gern treffen.*

Und dann kam noch ein Sermon von Freundschaft und guter Beziehung und daß sie viel Verständnis dafür hätte, wenn er jetzt auch von Sabine enttäuscht wäre.

Er konnte sich einfach nicht vorstellen, daß es so war, wie sie schrieb. Er kannte Sabine lange genug, um sie so einzuschätzen, daß sie ihm ehrlich mitteilen würde, wenn ihre langjährige Freundschaft aus irgendwelchen Gründen keine Bedeutung mehr für sie hätte. Er hätte es auch verstanden, wenn sie sich einem anderen Mann zugewandt hätte. Er selbst dachte jetzt ja zu allererst an sein berufliches Fortkommen und zwar hier in Amerika, wo er in einem Forschungsinstitut glänzende Möglichkeiten hatte, die ihm in der alten Heimat nicht geboten wurden. Er wußte, wie es da zuging. Und er war ohnehin im Zweifel, ob Sabine sich für ein Leben in Amerika entscheiden könnte. Ja, er gestand sich auch ein, daß ihm Zweifel gekommen waren, ob ihre Bindung tatsächlich stark genug für eine dauerhafte Ehe sein würde. Aber er wollte eine klare, anständige Auseinandersetzung darüber. Und vor allem hatte sich in ihm ein Mißtrauen gegen Maja eingenistet, die ihm viel zu flatterhaft und oberflächlich war.

Seine Reise war schon länger geplant, sein Flug war für den Freitag gebucht, und er hoffte, Sabine treffen zu können. Er konnte es sich nicht vorstellen, daß sie einfach untergetaucht war, ohne ein Lebenszeichen zu geben. Aber er konnte sich auch vorstellen, daß es zwischen ihr und Maja zu gravierenden Differenzen gekommen sein könnte.

Sabine war zu impulsiven Entscheidungen fähig. Er wußte auch, daß es ihr im Krankenhaus nicht gefallen hatte. Aber er wollte es nicht verstehen, daß sie ihm nicht geschrieben hatte, und er gab sich nicht mit der Erkenntnis zufrieden, daß es einfach aus sei zwischen ihnen.

Als er sein Appartement verließ, um noch ein paar Besorgungen zu machen, traf er seine Kollegin Cindy, mit der er sich ausnehmend gut verstand, und sie war so ein ähnlicher Typ wie Sabine.

»Na, heute ist ja endlich ein Brief von Germany gekommen«, sagte sie. »Ich habe es zufällig bemerkt.«

»Es war aber nicht der richtige Absender«, erwiderte er. »Da stimmt manches nicht, Cindy.«

Er hatte mit ihr über Sabine gesprochen, über diese langjährige Freundschaft, und auch darüber, daß er so lange nichts mehr von ihr gehört hatte. An sich war Klaus nämlich ein treuer Mensch, und wenn er sich auch noch so gut mit Cindy verstand, es wäre nie zu einer engeren Beziehung gekommen, solange er nicht genau wußte, was Sabines Schweigen zu bedeuten hatte. Cindy machte ihm auch keine so deutlichen Angebote wie Maja.

»Vielleicht hat Sabine Probleme, mit denen sie allein fertig werden will«, sagte Cindy nachdenklich. »Ich kenne das, ich hatte auch mal so eine Phase, als ich mit Bob nicht klarkam.«

Bob war früher ihr Freund gewesen, davon hatte sie Klaus auch erzählt. Er kannte ihn nicht, aber Cindy hatte eine schlimme Zeit durchgemacht, weil er drogensüchtig wurde.

»Du wirst zurückkommen?« fragte sie stockend.

»Natürlich. Ich habe den Vertrag schon unterschrieben. Diese Chance lasse ich mir nicht entgehen.«

»Und wenn die Verhältnisse zwischen dir und Sabine geklärt werden und sie zur Bedingung macht, daß du in Germany bleibst?«

»Das würde sie nie tun, auch wenn es keine Probleme zwischen uns gäbe. Ich kenne Sabine, und ich lasse mir meine gute Meinung über sie nicht kaputtmachen von einer sogenannten besten Freundin.«

»Das finde ich gut, Klaus. Deshalb mag ich dich auch.«

Er sah sie gedankenvoll an. »Ich mag dich auch sehr, Cindy, und von dir habe ich ebenso die allerbeste Meinung.«

»Danke«, erwiderte sie mit einem bezaubernden Lächeln. »Kann ich dich zum Airport bringen, wenn du fliegst?«

»Das nehme ich gern an, aber heute abend könnten wir doch eigentlich zusammen essen?«

»Sehr gern.«

Weit entfernt hatte auch Frank Dornach zu Sabine gesagt: »Könnten wir heute abend zusammen essen?«

Sie hatte sich schon bei Frau Felbing eingerichtet und überlegte, wann sie nach Kiel starten sollte, um ihre Wohnung aufzulösen. Dr. Leitner hatte sogar von selbst damit angefangen.

»Wir haben Sie gleich so eingespannt, daß Sie gar keine Zeit hatten, Ihre persönlichen Dinge zu regeln, Frau Seidel. Ich denke, Sie möchten das jetzt auch hinter sich bringen.«

»Ich habe die Wohnung zum Ersten gekündigt. Ich weiß

nicht, ob meine Untermieterin sie behalten wird, aber ich habe eigene Möbel. Sie sind nicht wertvoll, und ich werde sie insgesamt an einen Händler verkaufen. Was ich mitnehmen will, kann ich in meinem Wagen verstauen. Den hätte ich allerdings gern bald hier.«

»Dann fliegen Sie doch gleich am Wochenende. Dr. Richter ist wieder zurück, und wir können jetzt einen richtigen Plan machen.«

»Wenn ich Freitagabend fliege, kann ich Samstag-Sonntag alles erledigen«, sagte Sabine. »Dann habe ich das auch hinter mir.« Ein Seufzer begleitete ihre Worte.

»Sie wollen einen Schlußstrich ziehen?« fragte Dr. Leitner.

»So ist es. Ich hoffe, daß Sie noch lange mit mir zufrieden sind.«

»An uns soll es bestimmt nicht liegen«, erwiderte er lächelnd. Sie war noch immer nicht dazu gekommen, einen Besuch bei Fee Norden zu machen, aber sie rief dann an und sagte ihr, daß momentan alles noch sehr hektisch sei.

»Hauptsache ist, es gefällt Ihnen«, sagte Fee. »Wenn Sie alles erledigt haben, setzen wir uns in aller Ruhe zusammen. Wir wissen ja schon, wie beliebt Sie sind.«

»Ich habe Ihnen so viel zu verdanken«, sagte Sabine.

»Bedankt hat sich Schorsch bei uns schon zur Genüge«, erwiderte Fee mit leisem Lachen. »Es sollte so sein, Sabine. Da hat jemand im Himmel die Karten gemischt und richtig zugespielt. So sollte man es sehen.«

Es war für Sabine ein wundervolles Gefühl, sich so geborgen fühlen zu können in spontaner Zuneigung, und Frau Felbing tat dazu das ihre, denn sie war überglücklich, nicht mehr allein zu sein. Daß Sabine nun zwei Tage fern sein würde, trug sie noch mit Fassung, aber sie hatte auch gleich gesagt, daß Sabine hier doch keine Möbel brauchen würde, denn sie könnte alles, was in der Wohnung stand, als ihr Eigentum betrachten.

»Ich brauche sie nicht mehr, und wenn ich nicht mehr bin,

müssen sich doch nicht Fremde daran bereichern. Ich habe nichts dagegen, wenn Sie auch eigene Sachen herbringen wollen, aber wenn es Ihnen zu umständlich ist, muß es nicht sein.«

Sabine fühlte sich beschämt, aber Frau Felbing winkte gleich ab. »Wir werden uns mal ganz ausführlich unterhalten, wenn Sie zurück sind und Zeit haben. Dabei werden Sie wahrscheinlich auch den Arno Gellert kennenlernen, der sich so gern als mein einziger Verwandter bezeichnet, und Sie werden verstehen, warum ich ganz konkrete Entscheidungen treffen will.« Sie lächelte dabei ein bißchen verschmitzt, aber dieses Lächeln kannte Sabine mittlerweile schon. Es zeigte, wie wach und humorvoll die alte Dame war.

Frank Dornach hatte sich nach langem Überlegen doch dazu entschlossen, Sabine ins Jagdschlössl einzuladen und nicht zu Marcel, in das französische Restaurant. Dort verkehrte nämlich Hella Gareis, die ihn gleich nach Sabines Auszug aus der Pension angerufen hatte, um ihn einzuladen.

Er hatte es abgelehnt, und sie hatte gleich Anspielungen gemacht, daß ihn jetzt wohl die Frau Dr. Seidel mit Beschlag belegen würde.

Frank kannte Maja Preiß nicht. Sabine sprach nicht über sie, wozu denn auch, aber er hätte diese beiden Frauen miteinander verglichen, wenn er Maja gekannt hätte.

Hartnäckig waren sie beide, ohne Hemmungen, wenn sie sich etwas in den Kopf gesetzt hatten. Er hatte nie eine engere Beziehung zu Hella Gareis gehabt und sie immer auf Distanz gehalten. Aber sie hatte nicht aufgegeben, sich immer wieder in Erinnerung zu bringen.

Er war glücklich, daß Sabine seine Einladung angenommen hatte. Ja, er war wirklich glücklich, weil sie die erste Frau war, für die er sich ernsthaft interessierte.

Ihm war es, als hätte der Himmel sie ausgerechnet in die Leitner-Klinik geschickt, damit er sie kennenlernen durfte, denn ein Foto hatte er von ihr schon viel früher gesehen, nämlich auf Klaus Soerensens Schreibtisch. Er erinnerte sich noch genau, daß er Klaus gefragt hatte:

»Ist das Ihre Frau?«

Und Klaus hatte erwidert, daß es seine Freundin sei, die jetzt wieder als Ärztin in der Heimat arbeitete. Mehr hatte er aber nicht gesagt.

Dann kam Sabine in die Leitner-Klinik, und momentan hatte es Frank die Sprache verschlagen.

Das gestand er ihr auch bei dem gemeinsamen Essen ein. Es schmeckte ihnen, sie unterhielten sich angeregt, sie waren sich nicht mehr fremd. Sabine war es auch, als wären sie schon gute Freunde, nicht nur Kollegen. Sie spürte, daß von diesem Mann etwas auf sie übersprang, was sie bei Klaus nicht empfunden hatte. Aber es mochte daran liegen, daß sie Klaus schon als Jungen kannte, der noch unerfahren war wie sie auch, und sie hatten wahrlich lange gebraucht, um die Hemmschwelle zur Reife zu überwinden.

Bei Frank war das anders, da sprang mit einem Blick ein Funke über, der sie atemlos machte. Es war, als er ihr sagte, daß er schon von ihrem Foto fasziniert gewesen sei.

Ich muß es ihr sagen, alles, was ich empfinde, dachte Frank. Aber er fand doch nicht die richtigen Worte, und eigentlich mußte er das auch nicht mehr.

Sie erzählte, wie lange sie Klaus schon kannte und was sie gemeinsam erlebt hatten. Sie erzählte es ohne Emotionen, mehr als Klarstellung gedacht.

»Sie lieben ihn?« fragte Frank gepreßt.

»Ich habe es so gesehen«, erwiderte sie ruhig, »aber wenn es so wäre, würde es mich wohl schmerzen, daß ich nichts mehr von ihm höre. Ich hätte es nur besser gefunden, wenn er mir mitgeteilt hätte, was trennend zwischen uns steht nach all den

Jahren. Auch wenn er sich einer anderen Frau zugewandt hat, hätten wir Freunde bleiben können.«

»Ich halte ihn für einen sehr ehrlichen Mann«, sagte Frank. »Könnte es nicht sein, daß da ein Mißverständnis vorliegen könnte? Vielleicht ist mal Post verloren gegangen, und Sie haben dann auch nicht geschrieben. Einer hat auf ein Zeichen des andern gewartet. Ich würde lügen, wenn ich jetzt sagen würde, es wäre mir eine Freude, wenn Sie doch wieder zu ihm fänden, aber es wäre auch unfair von mir, ihn schlecht zu machen. Das könnte ich nicht, weil es nichts gegen ihn zu sagen gibt. Ich habe keine andere Frau in seiner Nähe gesehen.«

»Ich finde es nett von Ihnen, daß Sie das sagen. Ich mache mir natürlich Gedanken, aber ich bin mittlerweile auch zu der Überzeugung gekommen, daß es wohl doch mehr nur eine gute Freundschaft war. Er liebt seinen Beruf und will Karriere machen. Ich liebe meinen Beruf auch, aber ich bin zufrieden, wenn ich in der Leitner-Klinik arbeiten kann. Und Amerika würde mir nicht liegen. Ich war lange in Südamerika, jedenfalls kam es mir irrsinnig lange vor. Ich hatte immer Heimweh. Ich möchte mich mit den Patienten verständigen können, und ich gestehe auch ein, daß ich nicht immer solches Elend sehen möchte.«

»Damit hat Klaus Soerensen aber nichts zu tun. Er wird bestimmt einmal eine Bombenstellung einnehmen.«

»Ich gönne es ihm. Es war sein Ziel, aber dafür wäre ich auch nicht die richtige Partnerin.« Sie machte eine kleine Gedankenpause. »Aber wir sollten das nicht zum abendfüllenden Thema machen. Morgen abend bin ich schon in Kiel, und dann mache ich einen Strich unter einen Lebensabschnitt. Ich hatte da nämlich eine Freundin, mit der ich die Wohnung teilte. Ich dachte, sie wäre eine Freundin, aber plötzlich kam ich zu der Erkenntnis, daß uns Welten trennten, und ich wollte einfach weg, frei sein. Jetzt stelle ich fest, daß mich alles, was ich so ernst nahm, gar nicht mehr beschwert. Ich bin frei.«

»Vielleicht frei für mich, Sabine?« fragte er leise.

Sie blickte in Augen, aus denen ihr Liebe entgegenleuchtete, Wärme und Geborgenheit fühlte sie, als er draußen den Arm um sie legte. Es war ein anderes Leben, in dem andere Gefühle sie bewegten.

»Es ist schön, daß wir uns so gut verstehen, Frank«, sagte sie mit schwingender Stimme.

»Darf ich dich morgen zum Flughafen bringen?« fragte er, als er sie heimgebracht hatte.

»Kannst du denn weg?« fragte sie zurück.

»Richter ist doch da. Ich fahre ja später wieder zur Klinik. Da vermisse ich dich wenigstens nicht zu sehr.«

»Ich bin doch bald wieder zurück«, erwiderte sie mit weicher Stimme. »Und ich werde an dich denken.«

Er küßte ihre beiden Hände und dann auch ihren Mund. »Ich liebe dich, Sabine.«

»So schnell kann es gehen«, versuchte sie zu scherzen, »wer hätte das gedacht.« Aber in ihrem Innersten spürte sie auch, daß es Liebe sein mußte. Sie kannten sich doch erst so kurze Zeit und fühlten sich so sehr zueinander hingezogen, daß es atemberaubend war.

»In der Klinik dürfen wir uns aber nichts anmerken lassen«, sagte Sabine nachdenklich.

»Es wird mir zwar schwer genug fallen, aber ein paar Wochen werde ich schon durchhalten. Irgendwann wird Dr. Leitner dann schon dahinterkommen.«

»Ich möchte aber an der Klinik bleiben«, sagte Sabine.

»Ich doch auch. Aber es wird sich alles finden. Ich möchte dich nur nicht verlieren, Sabine.«

Ob ihn die bange Ahnung bewegte, daß Klaus Soerensen doch wieder in Sabines Leben treten würde, um sie zurückzugewinnen?

Als er sie am nächsten Abend zum Flughafen brachte, hielt er sie minutenlang so fest umschlungen, daß sie sein Herzklopfen spürte.

»Ich komme doch bald wieder«, sagte sie tief gerührt, denn er benahm sich gerade so, als müßten sie sich für ewig trennen. So war Klaus nie gewesen, auch wenn eine lange Trennung bevorstand.

»Vergiß mich nicht«, sagte Frank, »denk immer daran, daß ich dich liebe und wieviel du mir bedeutest.«

»Ich werde immer daran denken«, erwiderte sie zärtlich. Aber dann mußte sie gehen. Sie drehte sich noch einmal um und sah, daß er ihr gedankenverloren nachblickte. Sie winkte ihm zu, und er hob seine Hand, aber sein Blick blieb ihr unvergeßlich.

~

Es war Nacht, als sie in Kiel ankam. Die Fenster der Wohnung waren hell erleuchtet. Maja war also zu Hause, und Sabine nahm an, daß sie nicht allein war.

Es ging laut zu in der Wohnung, und als Sabine aufschloß, schlug ihr schon Zigarettenqualm und Alkoholdunst entgegen. Etwa ein Dutzend Leute machten es sich in ihrem Wohnraum bequem. Maja starrte sie aus engen Augen an, als sie eintrat.

»Warum hast du dich nicht angemeldet?« fauchte sie.

»Noch ist es meine Wohnung, warum feierst du nicht bei dir?« fragte Sabine betont ruhig.

Es waren ein paar Leute dabei, die sie kannte. »Stell dich nicht so an, Sabine«, hörte sie, aber auch: »Wieso ist das deine Wohnung?«

»Weil ich sie gemietet habe und nicht Maja«, erwiderte sie eisig, »aber zum Ersten ist sie gekündigt, und das soll wohl anscheinend ein Abschiedsfest sein. Da ich aber zwei Nächte hier verbringen werde, verzieht euch bitte in Majas Räumlichkeiten.«

»Mein Gott, bist du ekelhaft«, stieß Maja hervor.

»Und du bist anmaßend. Aber bald trennen sich unsere Wege für immer, und dann brauchst du nicht mehr zu fürchten, daß ich plötzlich erscheine. Aber jetzt ist hier Schluß.«

»Wir gehen jetzt sowieso«, sagten einige, die anscheinend doch betroffen waren.

»Maja hätte ja sagen können, daß ihr nicht die ganze Wohnung gehört«, wurde eine Stimme laut.

»Aber sie wird mir bald allein gehören«, trumpfte Maja auf. »Nämlich ab dem Ersten.«

»Hast du schon die Zusage?« fragte Sabine.

»Die bekomme ich doch von heute auf morgen.«

»Wir werden sehen.« Sabine drehte sich um und ging zu ihrem Schlafzimmer. Da kam dann auch schon ein Pärchen heraus, und es sah darin aus, als wäre es öfter benutzt worden. Sabine grauste es.

»Raus hier«, rief sie aufgebracht, »alle raus, aber schnell!«

»Sie ist nun mal so, ihr wolltet es mir ja nicht glauben«, sagte Maja dreist. »Sie gönnt einem keinen Spaß, haut einfach ab und regt sich auf, wenn man ein paar nette Leute einlädt.«

»Ich hätte abgeschlossen, wenn ich das geahnt hätte«, sagte Sabine, »aber das hätte ich denn doch nicht gedacht.«

Nach und nach verschwanden Majas Gäste, aber sie verließen alle die Wohnung, und Maja knallte hinter sich die Tür zu.

Sabine riß die Fenster auf. Dann machte sie sich daran, ihr Bett frisch zu beziehen. Sie konnte jetzt, zu so später Stunde, kein Hotel mehr aufsuchen, aber nur widerwillig legte sie sich zum Schlafen nieder, und plötzlich war sie heilfroh, daß sie diese Möbel auch loswerden würde.

Sie dachte an ihre wunderschöne Wohnung bei Frau Felbing, und sie dachte an Frank. – Wenn du das wüßtest, ging es ihr durch den Sinn, aber dann schlief sie doch ein.

Am nächsten Morgen sah alles noch genauso aus wie in der Nacht. Maja dachte nicht an Aufräumen. Anscheinend schlief sie noch.

Ein Blick in die Küche genügte Sabine, um gleich wieder umzukehren. Sie ging zum Hausmeister. Er sah sie betroffen an.

»Sie kommen doch zurück, Frau Doktor?« fragte er.

»Nur, um die Wohnung aufzulösen. Ich ziehe für immer nach München. Wüßten Sie jemand, der die Möbel abholen kann? Ich will nicht viel dafür haben, aber auch für das Holen möchte ich nichts zahlen.«

Er blickte verlegen zu Boden. »Wenn es Ihnen recht wäre, für meine Tochter könnte ich sie brauchen. Sie heiratet bald. Eine kleine Wohnung haben sie schon, aber keine Möbel. Geld haben sie auch gerade so viel, daß es zum Lebensunterhalt langt. Was möchten Sie denn haben, Frau Doktor?«

»Von Ihnen gar nichts. Sie können alles haben, nur hinaufbitten kann ich Sie jetzt nicht.«

»Frau Preiß hat wohl ganz schön Unordnung gemacht. Jeden Abend Leute da, so etwas waren wir von Ihnen nicht gewohnt. Sie kann hier nicht wohnen bleiben.«

»Das sagen Sie ihr bitte selbst. Ich dachte, mich trifft der Schlag, als ich in der Nacht kam. Ich muß morgen wieder zurück nach München, ich hole nur meine persönlichen Sachen.«

»Sie brauchen sich um nichts kümmern, Frau Doktor. Wir räumen dann schon auf. Wir hätten das nicht gedacht, daß Frau Preiß sich so benimmt. Aber die anderen Leute im Haus sind verreist, da hat sich keiner beschwert.«

»Es ist für mich auch ärgerlich, aber wenn Sie dann die Wohnung in Ordnung bringen, bin ich Ihnen dankbar. Ich lasse auch verschiedene Sachen zurück. Kleidung und Bettwäsche. Sie können sich aussuchen, was Sie noch brauchen können.«

»Das ist aber nett, Frau Doktor. Haben Sie denn schon eine Wohnung in München?«

»Ja, eine wunderschöne Wohnung und eine sehr gute Stellung in einer Privatklinik.«

»Mich freut es für Sie.« Er blickte nach oben. Er sagte nichts, aber Sabine ahnte, was er über Maja dachte, und sie fragte sich wieder, warum sie so lange blind gewesen war.

Sie besprach noch alles mit ihm, dann verließ sie das Haus, um in dem kleinen Café in der Nähe zu frühstücken.

Als sie auf die Straße trat, stieg gerade Klaus aus einem Taxi. Sabine blieb wie versteinert stehen. Sie standen sich gegenüber, Auge in Auge, vertraut und doch fremd geworden.

»Sabine, du bist doch hier?« Klaus war der erste, der die Sprache wiederfand.

»Und wieso bist du hier?« fragte sie.

»Gestern aus den Staaten gekommen, um herauszufinden, was mit dir los ist und wo du abgeblieben bist.«

»Woher weißt du, daß ich weg war?«

»Deine Freundin Maja hat mir geschrieben.«

»Meine Freundin Maja«, wiederholte Sabine spöttisch. »Eine feine Freundin. Ich kann dich nicht einmal in meine Wohnung bitten, so hat sie dort mit ihren Freunden gehaust während meiner Abwesenheit. Ich bin heute nacht zurückgekommen, aber morgen fahre ich wieder, für immer sogar.«

»Und wohin? Ich denke, wir haben uns einiges zu sagen, nachdem du keinen Brief von mir beantwortet hast.«

»Ich habe seit zwei Monaten keinen Brief von dir mehr bekommen. Aber gehen wir doch ins Café an der Ecke. Ich wollte dort frühstücken, oben graust es mir.«

Er ging neben ihr her. »Also nicht mehr die beste Freundin«, sagte er rauh.

»Mir ist spät ein Licht aufgegangen.«

»Könnte es denn sein, daß sie meine Briefe unterschlagen hat?« fragte er. »Ich habe dir wirklich geschrieben, Sabine, mindestens vier Briefe. Ich wollte nicht glauben, daß du dich wegstiehlst aus meinem Leben, ohne mir eine Erklärung zu geben. Wir könnten doch wenigstens Freunde bleiben, wenn du dich anderweitig engagiert hast.«

Sie sah ihn irritiert an. »Das gleiche dachte ich auch in bezug auf dich. Aber es wird wohl einiges zu klären geben, Klaus.«

»Ich bin froh, daß das möglich ist. Es wäre immer ein Stachel geblieben, wenn die Ungewißheit bleiben würde.«

»So gefällt es mir auch besser«, sagte sie, als sie sich dann in dem kleinen Café an einem Tisch niederließen. Ja, er war ihr noch vertraut, aber sie fühlte sich nicht zu ihm hingezogen, und es war ihr ganz bewußt, daß zwischen ihr und Frank eine ganz andere Beziehung vorhanden war, eine Bindung, die schon ihren Bestand hatte, so daß sie jetzt gar nicht unsicher werden konnte.

Und Klaus dachte, wie hat sie sich verändert. So lange ist es doch gar nicht her, daß wir uns trennten, aber das ist eine andere Sabine, die innerlich weit von mir entfernt ist.

»Maja hat dir also geschrieben«, sagte Sabine ruhig. »Und was hat sie geschrieben?«

»Du kannst den Brief lesen. Er gewinnt jetzt noch mehr an Bedeutung. Ich habe sie immer für oberflächlich gehalten, aber nicht für so intrigant. Sie hat es darauf abgesehen, uns auseinanderzubringen.«

Sabine las den Brief, und ein spöttisches Lächeln legte sich um ihren Mund. »Das hat noch gefehlt«, sagte sie.

»Aber ich bin gekommen, um herauszufinden, was wirklich los ist. Ich war nicht bereit, das so einfach hinzunehmen.«

»Und wenn ich dir sage, daß es tatsächlich einen anderen Mann in meinem Leben gibt, von dem Maja allerdings nichts weiß und der nicht der Grund ist, daß ich dir nicht geschrieben habe? Ich war gekränkt, weil ich keinen Brief von dir bekam, und wie es scheint, wurden deine Briefe tatsächlich von Maja unterschlagen. Aber ich ging weg, weil ich es plötzlich nicht mehr ertragen konnte, in einer Wohnung mit ihr zu leben, weil ich manches hörte, was sie über mich sagte. Ich wollte überhaupt all das hinter mir lassen, dich auch, Klaus, ich sage es ganz offen.« Sie verschlang die Hände ineinander. »Wenn ich dich so geliebt hätte, wie es sein müßte, hätte ich sicher nichts unversucht gelassen, Klarheit zwischen uns zu schaffen, aber so dachte ich eben: wenn er nicht will, soll er es doch bleiben lassen.«

Jetzt lächelte Klaus flüchtig. »An sich eine durchaus akzeptable Einstellung. Aber ich bin nicht so, daß ich eine lange Freundschaft verloren gebe, Sabine, auch jetzt will ich das nicht. Ich hatte dir geschrieben, daß ich gedenke, in Amerika zu bleiben, und wollte deine Meinung dazu hören. Es kam keine Antwort. Aber wie hätte die Antwort gelautet?«

»Ich könnte nicht für immer in Amerika leben, Klaus, so hätte sie gelautet. Ich bin zwar kein Patriot im engen Sinne, aber ich habe eine andere Mentalität, das habe ich in Südamerika auch schon gemerkt. Ich bin auch nicht so ehrgeizig wie du. Du brauchst eine andere Partnerin, die deine Interessen ganz teilt. Ich bin jetzt als Kinderärztin in einer Privatklinik in München angestellt und fühle mich sehr wohl. Und dort bin ich auch einem Kollegen begegnet, mit dem mich eine tiefe Zuneigung schnell verbunden hat. Du kennst ihn übrigens, falls du dich an ihn erinnern solltest. Er lernte dich in Rochester kennen.«

»Dornach, Frank Dornach? Guter Gott, ich erinnere mich noch genau, wie er damals dein Foto betrachtete.«

»Tatsächlich, daran erinnerst du dich?« staunte Sabine.

»Ich weiß sogar noch, was er sagte. Ich könnte mich glücklich schätzen, daß du in der Heimat auf mich wartest. Ich kann es nicht fassen. Was soll ich dazu sagen?«

»Daß er nicht zu mir paßt?«

Klaus schüttelte den Kopf. »Nein, das würde ich nicht sagen, Sabine. Er versteht dich sicher noch besser als ich. Er würde niemals die Karriere vor eine menschliche Beziehung stellen, die ihm viel bedeutet. Aber mir geht es doch auch darum, daß wir Freunde bleiben. Ist das denn unmöglich geworden?«

Sie sah ihn voll an. »Nein, das denke ich jetzt nicht mehr, Klaus, und ich bin sehr froh, daß wir so miteinander reden können und daß Maja das nicht auch zerstört hat.«

Er griff nach ihrer Hand. »Ich bin froh, Sabine, unendlich froh, und ich werde mir Maja vorknöpfen. Ungeschoren kommt sie nicht davon.«

»Da bin ich sogar ein bißchen schadenfroh.«

»Sie braucht ja nicht zu wissen, wie wir uns verständigt haben. Wir werden Arm in Arm in die Wohnung gehen und uns daran ergötzen, was für ein Gesicht sie macht.«

»Und dann?«

»Dann werde ich ihr sagen, was für eine schäbige Intrigantin sie ist.«

Sabine sah ihn an. »Aber ich liebe Frank, ich weiß es jetzt ganz genau, Klaus.«

»Und ich wünsche dir alles Glück der Welt, Sabine. Vielleicht wartet die richtige Frau für mich jetzt auch schon auf meine Rückkehr. Aber ich wünsche, daß wir Freunde bleiben für immer. Und bevor ich nach Amerika zurückfliege, komme ich nach München, um Frank Dornach zu sagen, daß er wirklich zu beneiden ist.«

Nach diesen Worten konnte Sabine nichts mehr erschüttern, nicht Majas entsetztes Gesicht, als sie mit Klaus kam, Arm in Arm, wie sie es gesagt hatte, nicht ihr hysterisches Geheule, als er ihren Brief vor sie hin legte und harte Worte sagte.

Er blieb, bis Sabine ihre Sachen gepackt hatte, während Maja dann fluchtartig das Haus verließ.

»Die Wohnung muß sie auch räumen«, sagte Sabine, als Klaus ihr half, alles, was sie eingepackt hatte, in ihrem Wagen zu verstauen. »Sie wird sich schwertun. Mit ihrem Geld ist sie sowieso nie ausgekommen, und anpumpen kann sie mich jetzt auch nicht mehr.«

»Recht geschieht ihr. Man soll sich vor falschen Freunden hüten, Sabine, aber den echten doch vertrauen.«

Er fuhr mit ihr nach Hamburg. Dort hatte er zu tun, aber sie fuhr gleich weiter nach München und war am Abend zurück.

Frau Felbing freute sich und lächelte richtig hintergründig. »Nun werden Sie Arno Gellert doch nicht mehr kennenlernen, liebe Sabine. Ich habe ihm nämlich gesagt, daß ich Ihnen mein Haus auf Leibrente verkauft habe, weil ich kein Geld mehr habe, und nun ist er an mir nicht mehr interessiert. Sagen Sie, bin ich nicht schlau?«

»Aber das können Sie doch nicht sagen, es ist doch nachzuprüfen«, sagte Sabine fassunglos.

»Ich habe alles schon mit dem Notar besprochen.«

»Aber ich hätte nie so viel Geld«, murmelte Sabine.

»Darüber werden wir uns dann mal in aller Ruhe unterhalten. Ich muß Ihnen auch noch sagen, daß Herr Möller tödlich verunglückt ist. Dr. Dornach hat angerufen, und er sagte, Sie sollen sich in der Klinik melden, wenn Sie angekommen sind, ganz gleich, wie spät es ist.«

»Möller ist tot?« Sabine konnte es nicht gleich begreifen, aber sie rief in der Klinik an, und dann machte sie sich nur frisch und fuhr gleich wieder los.

Sabine mußte sehr an sich halten, um Frank nicht um den Hals zu fallen, als sie in der Klinik ankam und sie ihn auch gleich in der Halle traf. Er sprach mit einer älteren Frau, die in tiefes Schwarz gekleidet war, dann aber gleich ging.

Frank hatte Sabine schon gesehen. Sein müdes Gesicht entspannte sich.

»Du bist zurück«, sagte er leise, »was bin ich froh, daß ich dich sehe.«

»Ich habe viel zu erzählen, aber stimmt es wirklich, daß Möller tot ist?«

»Ja, er ist volltrunken gegen einen Baum gerast, bevor er auf Großwildjagd gehen konnte. Eben habe ich Frau Möllers Mutter abgefertigt. Sie ist wohl die einzige, die ihn beweint, aber Frau Möller hat oft nach dir gefragt.«

»Ich gehe gleich zu ihr. Wie lange bleibst du noch in der Klinik?«

»Ich hätte schon gehen können, aber dann habe ich daran gedacht, daß du mich hier am ehesten erreichen könntest.«

»Ich bin hier, bei dir, und ich liebe dich, Frank«, sagte sie innig. »Klaus wird dir persönlich dazu Glück wünschen.«

»Du hast mit ihm gesprochen? Er ist hier?«

»Er wird nach München kommen, bevor er zurückfliegt. Ich erzähle dir alles später. Jetzt gehe ich zu Frau Möller. Und wie geht es Frau Zumstein und den Zwillingen?«

»Bestens, auch sie fragen nach dir, alle vermissen dich, und ich vermißte dich am meisten.«

»Wir werden noch viel Zeit füreinander haben, Frank.« Sie schenkte ihm ein liebes Lächeln, dann ging sie zu Frau Möller. Sie saß noch in ihrem Bett und las Zeitung.

»Frau Dr. Seidel!« sagte sie erfreut. »Sie sind wieder da. Ich habe Sie sehr vermißt.«

»Ich habe gehört, was geschehen ist«, sagte Sabine.

»Sie erwarten doch nicht, daß ich jammere, wie meine Mutter? Gott möge mir verzeihen, daß ich es so sage, aber ich habe gedacht, jetzt ist sein Segen endlich einmal bei mir, damit meine unschuldigen Kinder fröhlich heranwachsen können. Mit der Taufe haben wir natürlich gewartet, aber dürfte ich Sie bitten, bei meiner Sabine Patin zu sein? Sie würden mir eine ganz große Freude machen.«

»Das will ich gern tun«, erwiderte Sabine.

~

Am nächsten Tag wurde die kleine Sabine getauft. Sie wurde von ihrer Patin über das Taufbecken gehalten, und sie legte es ihrer Mutter, die ihr ein dankbares Lächeln schenkte, in den Arm. Für Gertraud Möller begann nun auch ein neues Leben. Sie würde nicht mehr unter der Brutalität ihres Mannes zu leiden haben.

Sabine hatte ihr versprochen, sie so oft wie möglich zu besuchen.

»Und freuen würde es mich, wenn Sie den Dr. Dornach mitbringen«, sagte Gertraud Möller mit einem vielsagenden Lächeln.

Ja, es hatte sich in kurzer Zeit allerhand getan, und Fee Norden sagte zu ihrem Mann, daß sie sehr gespannt sei, wann sie Sabine nun auch einmal zu Gesicht bekommen würde.

»Sie bleibt der Leitner-Klinik erhalten, und wir werden sie und auch Dr. Dornach noch oft sehen, mein Schatz«, sagte Daniel betont.

»Wieso bringst du sie in Zusammenhang, Daniel?«

»Man munkelt da so etwas, aber die Hauptsache für Schorsch ist es, daß sie beide bleiben, und so wird in der Leitner-Klinik ein junges Glück erblühen!«

»Jetzt hast du mich aber neugierig gemacht.«

Er gab ihr einen zärtlichen Kuß. »Das hast du mit Frau Felbing gemeinsam. Sie tut plötzlich alles für ihre Gesundheit, damit sie noch an dem jungen Glück teilhaben kann.«

»Und du meinst, es tut sich etwas?«

»Es hat sich schon etwas getan. Jedenfalls hat Dornach schon leise bei Schorsch angefragt, ob er etwas gegen eine Verbindung Dornach Seidel hätte.«

»Was sollte er dagegen haben«, meinte Fee lächelnd. »Ich hätte dazu dann auch ein bißchen beigetragen.«

Was es ist, das uns trennt

Mit düsterer Miene stand Alexander Berghold an dem Grab, in dem seine Mutter vor ein paar Tagen beigesetzt worden war. Ihn hatte schon immer ein Frösteln überfallen, wenn er auf diesen Grabstein geblickt hatte, auf dem seine Mutter schon zu Lebzeiten ihren Namen hatte hinzufügen lassen. Ihre Eltern ruhten hier schon lange.

Elisabeth Berghold-Binder und ihr Geburtsdatum standen bereits seit drei Jahren dort eingemeißelt, und nun brauchte nur noch ihr Todestag hinzugefügt zu werden.

Er hatte seine Mutter öfter gefragt, warum nicht auch sein Vater hier beerdigt worden sei, aber sie hatte ihm immer ausweichende Antworten gegeben, bis er dann älter geworden war. Da hatte sie ihm erklärt, er sei bei einem Flugzeugunglück ums Leben gekommen, und man hätte von ihm nichts gefunden. Dramatisch hatte sie ihm geschildert, was sie durchgemacht hätte, da er ja erst zwei Jahre alt gewesen wäre, und sie hätte ihm ersparen wollen, wie grauenvoll sein Vater gestorben wäre und daß nichts von ihm geblieben sei.

Nun war sie tot und begraben, und vor zwei Tagen hatte er bei der Testamentseröffnung erfahren, daß sein Vater lebte und daß er belogen worden war. Es war ein herber Schlag für ihn.

Der Anwalt seiner Mutter hatte sein Schweigen gebrochen. Seine Eltern hatten sich scheiden lassen, sagte er. In beiderseitigem Einvernehmen, hatte Dr. Keller, der Anwalt, erklärt. Aber er hatte keine Antwort gewußt, warum seine Mandantin ihrem Sohn das verschwiegen hatte. Vielleicht hatte er es auch nicht sagen wollen. Alexander mochte diesen Mann nicht. Er hatte viel Geld an Elisabeth Berghold verdient. Er hatte einen gewinnbringenden Prozeß für sie geführt, bei dem es um ein großes Erbe ging, und wenn Geld und Besitz im Spiel waren, kannte Elisabeth kein Pardon. Aber davon hatte Alexander auch nichts gewußt und es erst nach ihrem Tode erfahren, und er war überzeugt, daß Dr. Keller daran mehr verdient hatte, als in den Büchern stand.

Das allerdings war für ihn kein Grund, sich mit dem Anwalt anzulegen. Er war in allerbesten Verhältnissen aufgewachsen. Er hatte nichts zu entbehren brauchen wie andere Kinder, die ihre Väter früh verloren hatten, aber er hatte dafür eine Mutter gehabt, deren Eigenarten ihn oft erschreckten, für die er nicht die Zuneigung empfinden konnte, wie es hätte sein sollen, vor der er sogar manchmal Angst gehabt hatte.

Er war überdurchschnittlich begabt und hatte die Schulzeit wie auch das Studium ohne die kleinste Schwierigkeit absolviert, wofür er auch von seiner Mutter gelobt und mit Geschenken bedacht wurde. Zum Abitur, das er als Bester bestand, hatte er einen Sportwagen bekommen. Er war gerade achtzehn Jahre geworden. Jetzt war er fünfundzwanzig und hatte bereits seinen Doktor gemacht, nach einem rasant zu nennenden Medizinstudium. Kurz vor ihrem Tode hatte seine Mutter noch gesagt, daß sie ungeheuer stolz auf ihn sei. Mit Lob hatte sie eigentlich nie gespart, aber er fragte sich jetzt, wie sie sich wohl verhalten hätte, wenn es nichts zu loben gegeben hätte, denn sie neigte dazu, alle anderen Menschen nur negativ zu sehen. Sie hatte keine Freunde, und sie hinderte ihn auch daran, Freundschaften zu knüpfen. Immer urteilte sie gleich abfällig, wenn er mal etwas Nettes über andere erzählte, und so war er auch nie dazu gekommen, einmal eine feste Freundin zu haben, die er ihr hätte vorstellen können. Sie verleidete ihm sogar jeden Flirt.

Als er den Friedhof verließ, fragte er sich, wieso er überhaupt eine halbwegs normale Einstellung zu seinem Umfeld gefunden hatte, da sie ihn doch in einer totalen Abhängigkeit von sich erzogen hatte.

Aber jetzt kamen ihm auch noch andere Gedanken. Sein Vater lebte, und er hatte doch gewußt, daß er einen Sohn hatte. Warum hatte er sich nicht wenigstens um ihn gekümmert? Wo dieser Mann, Maximilian Berghold, jetzt lebte, wußte er auch nicht. Und der einzige Mensch, der möglicherweise überhaupt etwas mehr wissen konnte, war Dr. Daniel Norden, der seine Mutter bis zu ihrem Tode ärztlich betreut hatte, ein Arzt, der für Alexander das große Vorbild war.

Er fuhr nach Hause. Er konnte eine wunderschöne, kostbar eingerichtete Villa sein eigen nennen. Die Haushälterin Ana, eine Jugoslawin, die seit drei Jahren hier Mädchen für alles war und mit Umsicht und Fleiß auch ein gewaltiges Arbeitspensum schaffte, meinte jetzt, daß sie es besser gar nicht haben könnte, da Alexander ganz andere Töne anschlug als seine Mutter.

An der Bezahlung hatte Ana nie etwas auszusetzen gehabt, und deshalb hatte sie auch manches hingenommen, was ihr nicht gerade gefiel. Aber sie war Mitte Vierzig, früh verwitwet, kinderlos und schon zwanzig Jahre in München. Sie sprach sehr gut deutsch, aber nur, wenn sie wollte.

Alexander kam blendend mit ihr aus. Sie vergötterte ihn, las ihm jeden Wunsch von den Augen ab und bereitete seine Leibgerichte mit aller Liebe zu.

Ana sah ihn forschend an, weil seine Miene sich noch immer nicht aufgehellt hatte, aber sie hätte niemals gewagt, eine Frage zu stellen.

»Wann möchten der Herr Doktor speisen?« fragte sie, so wie es Elisabeth Berghold sie gelehrt hatte.

»Laß endlich diese Förmlichkeiten, Ana«, sagte Alexander. »Ich erledige noch ein paar Anrufe, dann können wir essen.«

»Bekommen Sie Besuch?« fragte sie erstaunt.

»Nein, wieso?«

»Weil Sie wir gesagt haben?«

»Du kannst mir Gesellschaft leisten bei Tisch. Warum sollst du allein in der Küche essen und ich allein im Eßzimmer? Ich kann auch in der Küche essen, das macht nicht so viel Umstände.«

Sie sah ihn entsetzt an. »Das würde aber der gnädigen Frau gar nicht gefallen«, murmelte sie.

»Sie ist tot und begraben«, erwiderte Alexander rauh. »Und ich werde so leben, wie ich es mir bisher nur wünschen konnte.«

Ana lächelte zufrieden, als sie in die Küche ging. Sie gönnte es ihm von Herzen, so leben zu können, wie er es sich vorstellte.

Alexander rief Dr. Norden an und bat ihn um einen Termin. »Es handelt sich um eine private Angelegenheit, bei der ich Ihren Rat erbitte. Ich bin nicht krank. Es könnte aber etwas mehr Zeit in Anspruch nehmen.«

»Dann kommen Sie doch gegen sechzehn Uhr in die Praxis, ich habe keine offizielle Sprechstunde am Mittwoch. Nur ein paar Dauerpatienten kommen da.«

Alexander bedankte sich, und dann rief er eine Telefonnummer an, die er sich gestern schon notiert hatte.

Es meldete sich das Detektivbüro Heinziger. Und auch da machte Alexander einen Termin für den Nachmittag aus. Er konnte siebzehn Uhr dreißig dort sein. Allzuviel Zeit wollte er Dr. Norden ja auch nicht wegnehmen.

Fee Norden freute sich immer, wenn sie mit ihrem Mann nach dem Essen noch ein Stündchen beisammensitzen konnte. Als er ihr an diesem Tag erzählte, daß Alexander Berghold ihn sprechen wolle, war sie erstaunt.

»Er ist doch nicht krank?« fragte sie.

»Nein, er will mich privat sprechen.«

»Da bin ich aber gespannt. Aber man könnte tatsächlich annehmen, daß er völlig aus dem Gleichgewicht gebracht wurde.«

»Wieso denn das? So innig war das Verhältnis zu seiner Mutter doch nicht.«

»Sie hatte ihn unter der Fuchtel, Daniel. Er hat es doch gar nicht fertiggebracht, sich gegen sie aufzulehnen.«

»Okay, mein Schatz, er ist kein Streithansel. Er hat sich damit abgefunden, daß sie den Ton angeben mußte, aber anscheinend sah er auch keinen Grund, auszubrechen. Wozu auch? Er hatte alles, und er ist noch jung, und wenn ihm die Richtige bereits in den Weg gelaufen wäre, hätte er sich vielleicht anders verhalten. Aber ich meine, daß es für beide so besser war, denn im Grunde hatte sie ihren Sohn abgöttisch geliebt. Sie war eine unglückliche Frau, sie hatte ein zwiespältiges Wesen und war nie mit sich und der Welt zufrieden.«

»Wahrscheinlich ging es ihr einfach zu gut. Solche Menschen kennen keine Dankbarkeit mehr. Sie werden so egoistisch, daß alle nach ihrer Pfeife tanzen müssen. Für Alexander ist es jedenfalls gut, daß Ana geblieben ist, obgleich sie wohl auch eine Menge einstecken mußte. Wird er nun eine Praxis im Auge haben?«

»Ich weiß nicht, aber vielleicht will er mit mir darüber sprechen.«

Er war selbst gespannt auf dieses Gespräch, und er sollte auch eine ähnliche Überraschung erleben wie Alexander vor zwei Tagen.

~

»Ich bin Ihnen sehr dankbar, daß Sie mir Ihre kostbare Zeit widmen«, sagte Alexander, nachdem sich die beiden Männer kollegial begrüßt hatten. »Ich weiß tatsächlich keinen Menschen, zu dem ich solches Vertrauen habe wie zu Ihnen, Dr. Norden.«

»Ich sage Alexander, also sagen Sie Daniel. Wir sind Kollegen und kennen uns schon lange. Und Sie werden manchen Kollegen das Fürchten beibringen, wenn Sie eine Praxis eröffnen.«

Alexander winkte ab. »Das will ich nicht. Ich gehe in die Forschung und habe auch schon ein Angebot. Deshalb habe ich mich ja auch auf die Nuklearmedizin spezialisiert. Und außerdem wäre ich sehr glücklich, wenn alle Ärzte so wären wie Sie und es keinen Konkurrenzneid geben würde. Ich sage gradheraus, weshalb ich Ihren Rat erhoffe. Sie kannten meine Mutter vielleicht besser als ich.«

Dr. Nordens Augenbrauen ruckten leicht empor. »Das glaube ich allerdings nicht, und ich möchte sagen, daß wohl niemand sie richtig kannte.«

»Damit mögen Sie auch recht haben. Also, die Geschichte lautet in kurzen Zügen so: Ich wuchs in dem Glauben heran, daß mein Vater bei einem Flugzeugunglück ums Leben kam, als ich zwei Jahre alt war. Mutter wich allen direkten Fragen aus und sagte immer nur, daß sie alte Erinnerungen nicht aufwühlen wolle. Nun erfuhr ich von Dr. Keller bei der Testamentseröffnung, daß mein Vater gar nicht tot ist, sondern die Ehe geschieden wurde, als ich noch nicht mal zwei Jahre alt war. Im beiderseitigen Einvernehmen ohne langen Hickhack.«

»Das überrascht mich allerdings auch. Sie sagte mir einmal, daß sie Ihren Vater sehr geliebt hätte und deshalb nie an eine andere Bindung dachte.«

»Das ist doch ein gewaltiger Widerspruch«, sagte Alexander tonlos.

»Das muß es nicht sein, wenn er die Trennung wollte, Alexander. Es ist öfter so, daß ein Teil schwer enttäuscht zurückbleibt, weil es doch nicht die richtige Liebe war.«

»Aber sie hatte doch alles, sah gut aus, war immer reich, war auch gebildet und vielseitig interessiert. Wenn er ein Hallodri war, konnte er es doch gar nicht besser haben und nebenbei fremdgehen, wenn ihm daran lag, ohne daß sie Wind davon bekommen mußte.«

Daniel freute sich, daß er dies so locker sagte und gar nicht verklemmt. Er hatte sich also auch unter der tyrannischen Liebe seiner Mutter zu einem selbstbewußten Mann entwickelt.

»Leider kenne ich die Umstände nicht und kann Ihnen auch

gar nicht helfen, Alexander. So leid es mir tut, so sehr hat Ihre Mutter auch mir nicht vertraut. Sie war eine exzentrische Frau mit einer negativen Einstellung zu den Mitmenschen.«

»Wem sagen Sie das, aber immerhin hielt sie auf Sie große Stücke. Deshalb dachte ich, daß sie Ihnen vielleicht auch manches anvertraut hätte.«

»Ich sagte Ihnen schon, was ich weiß, und sonst hatte sie immer nur von Ihnen gesprochen, wie stolz sie auf Sie war und wie unendlich glücklich sie wäre, wenn Ihr Vater dies erlebt hätte.«

»Es scheint so, daß sie nicht nur andere belogen hat, sondern auch sich selbst. Gewiß ist ja, daß sie Niederlagen nicht ertragen konnte, wie dieser lange Prozeß um die Erbschaft meines Großonkels Artur beweist.«

»Davon weiß ich auch nichts, mir sagte sie nur, daß sie ihn beerbt hätte.«

»Es ging um das Testament, das verschwunden war, und tatsächlich wurde dann die beglaubigte Abschrift im Nachlaß des bereits verstorbenen Notars gefunden, und ein Cousin von Mutter hatte das Original an sich gebracht, was ihm wohl nicht bewiesen werden konnte, aber in dem Testament war er nicht bedacht, und Mutter hatte von dem Onkel gewußt, daß sie und ihre Schwester Alleinerbinnen sein würden, aber Mutters Schwester war inzwischen verstorben. Es war mir peinlich, als mir Dr. Keller diese Geschichte erzählte, aber es schien ihm auch ein gewisses Vergnügen zu bereiten, daß er mir sagen konnte, daß mein Vater damals nicht verunglückt war, sondern daß die Ehe geschieden wurde. Ich mag Keller nicht, und das merkt er. Ich glaube, er hatte gehofft, Mutter heiraten zu können, aber diesbezüglich schien sie tatsächlich überhaupt keine Ambitionen gehabt zu haben. Jedenfalls werde ich jetzt nach meinem Vater forschen lassen, um von ihm zu erfahren, warum es zur Scheidung kam und er mich nicht einmal zu sehen wünschte.«

Ein längeres Schweigen trat ein, und dann fragte Alexander stockend: »Sie verstehen das nicht, Daniel?«

»O doch, ich würde es wohl auch wollen, aber vielleicht sind die Schatten der Vergangenheit so düster, daß sie Ihre Zukunft belastet.«

»O nein, so bin ich nicht. Ich bin durch eine harte Schule gegangen durch die Eigenarten meiner Mutter, ihre Ignoranz in bezug auf die Nöte anderer, ihre Geldgier, die für mich so beklemmend war. Zu mir war sie großzügig, aber ich frage mich jetzt auch, wie sie gewesen wäre, wenn ich ein schlechter Schüler oder einfach nur ein häßliches Kind gewesen wäre. Es ist schon traurig, wenn man das denken muß, und als ich heute auf dem Friedhof war, hatte ich das Gefühl, als würde mich dieser Ungeist verfolgen. Ich muß mich davon befreien, was immer ich auch erfahren werde, Daniel, bitte verstehen Sie das.«

»Ich verstehe Sie, Alexander«, erwiderte Dr. Norden.

»Wäre sie doch nur ehrlich gewesen, dann würde ich anders denken, aber ich hasse Zweifel und Unklarheiten. Mich quält die Frage, was mein Vater für ein Mensch war, warum er Mutter geheiratet und sie dann verlassen hat. Wenn ich nicht mit ihm sprechen kann, bleibt die Ungewißheit und die Frage, ob sie ihn mit ihrer Herrschsucht verjagt hat. Aber ich weiß ja nicht, ob sie früher auch schon so war.«

Daniel sah ihn nachdenklich an. Er konnte sich in seine Lage hineinversetzen, und er konnte ihn verstehen. Aber er konnte ihm nicht helfen, denn er wußte über Elisabeth Berghold auch nicht mehr, als das, was er gesagt hatte.

»Ich wünsche Ihnen Erfolg bei den Nachforschungen, Alexander«, sagte er freundschaftlich, »und wenn Sie mich brauchen, wenn ich kann, helfe ich gern.«

»Das ist mir schon ein Trost«, sagte Alexander. »Ich habe heute noch eine Verabredung mit einem Detektiv Heinziger. Ich hoffe, daß er etwas herausfindet.«

»Der ist in Ordnung, ich hatte auch schon mit ihm zu tun«,

erwiderte Daniel. »Sagen Sie ihm einen schönen Gruß von mir, aber das ist leider auch wirklich alles, was ich jetzt für Sie tun kann.«

»Es hat mich schon aufgemuntert, daß ich mit Ihnen sprechen konnte. Ich bitte um Grüße an Ihre Frau. Sie müssen ja ein glücklicher Mann sein, Daniel.«

»Ich kann es nicht leugnen.«

Dorthe blickte dem jungen Arzt nach. Ein Bild von einem Mann, dachte sie, wenn ich jünger wäre, könnte ich mich verlieben. Ein Glück, daß Franzi nicht da ist.

So manche Frau schaute Alexander nach, und besonders auch die jungen Mädchen, aber er nahm davon überhaupt keine Notiz. Noch beherrschte ihn der Geist seiner Mutter, die ihm mit ihrem beißenden Spott oder auch verletzender Schärfe Angst davor eingeflößt hatte, sich wirklich mal ernsthaft für ein Mädchen zu interessieren. Er hatte ja gewußt, daß sie an diesem kein gutes Haar lassen würde. Noch kurz vor ihrem Tode hatte sie gesagt, daß er erst in zehn Jahren überhaupt mal an eine Bindung denken solle, obwohl es in der heutigen Zeit sinnlos sei, eine Familie zu gründen. Und diese modernen Mädchen wollten doch nur Geld und sich alles leisten können. Sie hätte es ja nicht nötig gehabt, weil sie dazu keinen Mann brauchte, denn sie hatte selbst Geld genug.

Ob sie das seinem Vater auch ständig vorgehalten hatte? Wenn er seinen Stolz hatte, mußte ihm das auf den Geist gegangen sein, aber warum sagte sie dann zu Dr. Norden, daß sie ihn geliebt hatte und nie mehr eine andere Bindung wollte?

So viel ging ihm durch den Sinn, als er zu der Auskunftei Heinziger fuhr. Es fiel ihm nicht leicht, dem freundlich wirkenden Mann sein Anliegen zu schildern, aber der hatte schon ganz andere Fälle erlebt.

Er wollte nur die genauen Daten der Heirat und wo diese stattgefunden hatte, und diese Urkunde besaß Alexander. Maximilian Berghold und Elisabeth Binder hatten die Ehe vor achtundzwanzig Jahren in Salzburg geschlossen und auch dort gewohnt.

»Ich hoffe, daß ich Ihnen bald einen Zwischenbericht geben kann, Herr Dr. Berghold«, sagte Karl Heinziger. »Ich muß da natürlich selbst ermitteln, weil Salzburg Ausland ist.«

»Es ist mir egal, was es kostet, aber es ist eine Angelegenheit, die größte Diskretion erfordert.«

»Das ist selbstverständlich.«

Alexander füllte einen Scheck aus, dessen Höhe Heinziger sichtlich überraschte und auch freute.

»Ich werde bemüht sein, Ihnen baldmöglichst die Informationen zu besorgen, Herr Dr. Berghold«, sagte er.

»Rufen Sie mich an, wir werden uns dann persönlich unterhalten.«

So verblieben sie, und Alexander fuhr nach Hause. Ana hatte das Essen schon wieder vorbereitet. Um sein leibliches Wohl brauchte er wirklich nicht besorgt zu sein, aber das seelische machte ihm schon zu schaffen. Er begriff es einfach nicht, daß seine Mutter eine solche wichtige und entscheidende Tatsache verschweigen konnte. War das Feigheit, oder war es Schuldbewußtsein?

Alexander studierte jetzt auch noch Psychologie. Seine Wißbegierde war unersättlich. Schon als Junge hatte er alles bis ins kleinste Detail erforschen wollen, und seit er Medizin studierte, war es sein Streben, den Menschen zu erforschen, den Menschen als Ganzes.

Die Erfahrungen mit seiner Mutter hatten ihn gelehrt, daß ein Mensch mit gestörter Psyche auch organisch krank werden mußte. Sie war ja noch nicht alt gewesen, noch nicht einmal fünfzig. Sie war tablettensüchtig gewesen. Sie nahm Tabletten gegen Kopfschmerzen und sonstige Beschwerden, die anfangs gar keine Beschwerden gewesen sein mochten, sie lebte von einer Diät zur andern, bis sie magersüchtig wurde, und daran war sie auch gestorben.

Es hatte nichts genutzt, daß Dr. Norden sie warnte, es hatte sie nur zum Widerspruch gereizt, wenn Alexander etwas sagte. Auch diesbezüglich hatte sie gelogen. Sie würde keine Tabletten nehmen, sie würde auch nicht trinken. Gut, als Alkoholikerin konnte man sie nicht bezeichnen, aber sie trank ganz gern Sekt und Kognak, auch Wein. In Gesellschaft aber stets mäßig, doch Ana hatte Alexander schon manchmal leere Flaschen gezeigt.

Alexander schaltete nach dem Essen den Fernseher ein, um sich abzulenken, aber selbst der recht interessante Krimi konnte ihn nicht auf andere Gedanken bringen.

Was war seine Mutter eigentlich für ein Mensch gewesen? Er hatte in ihrem Zimmer, ihrem Sekretär oder einem der großen Schränke noch nichts angerührt. Auch Ana machte einen großen Bogen darum. Was sie zu Lebzeiten der Hausherrin nicht anrühren durfte, flößte ihr jetzt fast Angst ein. Sie war abergläubisch. Sie meinte, die Gnädige würde sie verfluchen, wenn sie etwas anrührte. Alexander konnte es ihr nicht verdenken. Er wußte, daß Menschen, die ihren Tod nahen fühlten, ihr Gewissen noch erleichtern wollten, aber nichts dergleichen war geschehen bei seiner Mutter. Sie hatte sich wohl immer für unfehlbar gehalten.

Sie war doch eigentlich ein bedauernswerter Mensch, dachte Alexander auch jetzt, und weil er das früher auch schon dachte, hatte er sich um größte Toleranz bemüht, obgleich ihm manchmal der Kragen fast geplatzt wäre.

Er verspürte plötzlich den Wunsch zu verreisen, aber zuerst wollte er doch noch das in Erfahrung bringen, was sein Denken beherrschte.

Daniel Norden hatte auch über dieses Mutter-Sohn-Verhältnis nachdenken müssen, und Fee war erst mal sprachlos, als er ihr erzählte, was er von Alexander erfahren hatte.

»So was bringt man doch normalerweise nicht fertig«, sagte sie kopfschüttelnd.

»Normalerweise wohl nicht, mein Schatz, aber was war bei

dieser Frau schon normal, obwohl man ihr geistige Unzurechnungsfähigkeit gewiß nicht bescheinigen konnte. Sie war ein Mensch voller Widersprüche, ständig mit sich selbst im Streit liegend.«

»Meinst du das wirklich? Ich glaube eher, sie lag mit Gott und der Welt im Streit. Ich kannte sie zwar nur flüchtig, aber ich hatte den Eindruck, daß um sie herum eine gläserne Glocke war. Nicht ein einziges Mal hat sie die Kinder beachtet, wenn wir uns zufällig trafen, und daß sie mich begrüßte, kam wohl auch nur daher, weil sie deine Patientin war. Zu dir war sie ja anscheinend ganz anders.«

»Du brauchst aber nicht eifersüchtig zu sein«, lachte er. »Ja, ich kann mich nicht beklagen. Vielleicht bin ich der Typ, der Gnade vor ihren Augen fand.«

»Du findest ja mehr als Gnade vor den Augen deiner Patientinnen«, neckte sie ihn.

»Du ahnst ja nicht, wie glücklich mich das macht«, erwiderte er seufzend. »Besonders wenn sie zu säuseln beginnen, aber zum Glück sind die meisten ja wirklich normal und gut zu leiden.«

»Was wird erst Alexander aushalten müssen, wenn er sich mit den anhänglichen Patientinnen befassen muß. Von dir wissen sie wenigstens, daß du verheiratet und ein kinderreicher Familienvater bist.«

»Alexander geht in die Forschung, wie ich es vermutet habe. Er ist ein Tüftler, und ich glaube, er hat durch das skurrile Verhalten seiner Mutter Berührungsängste zum anderen Geschlecht bekommen.«

»Aber er ist doch nicht verkorkst«, meinte Fee bestürzt.

»O nein, er ist nicht verklemmt, aber ich kann verstehen, daß dieses Zusammenleben Spuren hinterläßt.«

Fee blickte sinnend vor sich hin. »Es ist schlimm, wenn man der toten Mutter nur eine zwiespältige Erinnerung bewahren kann. Hoffentlich findet er mal eine Frau, die ihn versteht und die lebensfroh und optimistisch ist.«

Aber daran dachte Alexander Berghold überhaupt noch nicht. Er schaute sich noch eine aktuelle Reportage im Fernsehen an und dachte für sich, wieviel auch in der Politik falsch gemacht wurde. Fehler wurden gemacht, die man erst einsah, wenn es schon zu spät war. Aber wieder dachte er, daß seine Mutter ihre Fehler wohl nicht eingesehen hatte.

Es vergingen drei Tage, bis der erste Anruf von Heinziger kam. Alexander bat ihn, zu ihm zu kommen, und so lernte der Detektiv auch die Umgebung kennen, in der Alexander aufgewachsen war. Er konnte nur staunen.

Alexander staunte auch, als er erfuhr, daß Maximilian Berghold Dramaturg gewesen war, als die Ehe mit Elisabeth Binder geschlossen wurde, die aus einer sehr reichen und angesehenen Großgrundbesitzerfamilie stammte, die auch mehrere renommierte Hotels besaß. Das junge Ehepaar war dann nach München übersiedelt, wo dann auch Alexander zur Welt kam. Die Ehe wurde schon achtzehn Monate nach seiner Geburt geschieden. Maximilian Berghold zog nach Zürich und führte dort den Künstlernamen Moreno, den er auch beibehielt.

Als Heinziger mit seinem Bericht so weit gekommen war, fragte Alexander: »Lebt er noch?«

»Ich kann es noch nicht mit Bestimmtheit sagen. Von Zürich aus ging er nach London, so weit bin ich gekommen, und nun warte ich auf weitere Nachrichten. Ich habe einen Verbindungsmann, der für mich arbeitet, und ich hoffe, daß ich in den nächsten Tagen endgültigen Bescheid bekomme, wo sich Moreno aufhält.«

Alexander runzelte die Stirn. »Führt er den Namen auch in rechtlicher Hinsicht?« fragte er.

»Ja, es ist der Name seiner zweiten Frau. Er hat ihn bei der Heirat angenommen.«

»Wie lange ist er schon wieder verheiratet?«

»Einundzwanzig Jahre.«

Wahrscheinlich hat er sich ihretwegen von Mutter getrennt, ging es Alexander durch den Sinn. Vielleicht ist er ein Mann, der einer dauerhaften Bindung nicht gewachsen ist.

Aber dann erfuhr er von Heinziger, daß diese Ehe anscheinend Bestand hatte, und er hatte eine Tochter.

Jedenfalls hatte Heinziger das alles schnell ermittelt. Aber Alexander wollte es nun doch genau wissen. Hätte seine Mutter ihm die Wahrheit gesagt, wäre es anders gewesen, aber daß sie seinen Vater einfach totgesagt hatte, mißfiel ihm gründlich.

Wenn eine Beziehung keinen Bestand hatte, war selten nur ein Partner schuld, und da er wußte, wie eigenartig seine Mutter sein konnte, fragte sich Alexander auch, wer denn die Hauptschuld an dieser Trennung trug.

Er wollte wissen, welchen Wesens sein Vater war, und er meinte, das Recht dazu zu haben. Bei ihm ging es nicht darum, sich Vorteile zu verschaffen, es ging ihm um das menschliche Verstehen. Maximilian Berghold hatte gewußt, daß er Frau und Kind in sehr gesicherten Verhältnissen zurückließ, und Alexander dachte natürlich auch daran, daß seine Mutter in gewohnter Manier ständig betont haben könnte, daß sie reich und unabhängig sei, wenn es diesbezüglich zu irgendwelchen Differenzen kam. Ein junger Dramaturg verdiente sicher nicht allzuviel, aber er hatte sich wahrscheinlich auch nicht an die Kette legen lassen.

Ja, es interessierte ihn, diesen Mann kennenzulernen, es faszinierte ihn sogar, herauszufinden, ob sie in mancher Beziehung einander ähnlich wären.

Die Vererbungstheorie hatte ihn schon immer ganz besonders gefesselt, besonders natürlich vom medizinischen Standpunkt. Alexander betrachtete die ganze Angelegenheit ganz sachlich. Es lag nicht in seiner Absicht, Unruhe in das Leben seines Vaters zu bringen.

Er war nicht ungeduldig, aber ihm wäre es doch lieber, wenn

er bald erfahren würde, wo Maximilian Moreno lebte. Das sagte er auch Heinziger.

»Wenn alles in diesem Leben auch weiterhin klar verlaufen ist, werden Sie es bald erfahren, Herr Dr. Berghold«, sagte er, »denn abgesehen von dem Namenswechsel gibt es da anscheinend keine Unklarheiten. Und wie anzunehmen ist, lebt er auch in gesicherten Verhältnissen.«

Ihm war jedoch auch klar, daß Alexander nicht aus materiellen Erwägungen auf die Suche nach seinem Vater ging. Heinziger hatte noch nie ein so schönes Haus gesehen, in dem wirklich alles stimmte. Und das war auch die positivste Eigenschaft von Elisabeth Berghold-Binder gewesen, daß sie über einen exklusiven Geschmack verfügt hatte.

~

Drei Tage später erfuhr Alexander von Heinziger, daß Maximilian Moreno jetzt mit seiner Familie in Paris lebte und dort eine Professur für Literatur und Theater angenommen hatte. Für Alexander war das vorerst der Beweis, daß er ein gefragter Mann von fünfundfünfzig Jahren war, und sein Plan war gefaßt. Er buchte einen Flug nach Paris. In dieser quirligen Stadt selbst Auto zu fahren, traute er sich nicht zu. Er wußte, daß es dort eine perfekt funktionierende Metro gab und genügend Taxis.

Ana war keineswegs begeistert, allein in dem Haus zu bleiben. »Du hast Freunde und Verwandte, Ana«, sagte Alexander, »lade sie doch ein. Macht es euch gemütlich, jetzt ist das doch möglich.«

Daß sie ihm dafür die Hände küßte, fehlte gerade noch, aber sie weinte vor Freude, daß er solches Vertrauen in sie setzte. Undenkbar wäre es zu Lebzeiten von Elisabeth gewesen, auch nur im Entferntesten daran zu denken, jemanden nur für ein paar Stunden in dieses Haus einzuladen.

Alexander ging noch einmal zu Dr. Norden. Diesmal war Franzi auch in der Praxis, und wie es Dorthe geahnt hatte, schwärmte sie nach diesem Auftritt von Alexander von diesem tollen Mann.

Lange hatte er sich nicht aufgehalten, aber Daniel Norden war sehr angetan von Alexanders Vertrauen, ihm gleich zu erzählen, was er erreicht und was er nun vorhatte.

»Ich hoffe, daß es Ihnen dann innere Ruhe gibt, Alexander«, sagte er herzlich. »Kommen Sie gesund zurück.«

»Ich werde Ihnen Bericht erstatten«, erwiderte Alexander. »Gespannt bin ich schon.«

Gespannt waren auch Daniel und Fee Norden, was sie dann nach Alexanders Rückkehr erfahren würden.

~

Alexander startete am Freitagmorgen, begleitet von Anas Tränen und guten Wünschen.

»Ich komme ja bald wieder«, hatte er sie getröstet. Er wußte, daß sie sich um ihn sorgte und daß sie es ehrlich meinte.

Die Maschine war voll besetzt. Neben ihm saß eine üppige Blondine, die sich ständig um Tuchfühlung bemühte, und er wurde dann so sauer, daß er seine Zeitung weit ausbreitete, aber das schien sie als Erfolg zu werten, und sie begann dann mit einer Zwitscherstimme, die keineswegs zu ihren Maßen paßte, auf ihn einzureden. Die hübsche Stewardeß warf ihm einen mitleidigen Blick zu und lächelte, als er sagte: »Ist vielleicht noch irgendwo ein freier Platz, damit es die Dame bequemer hat? Sie möchten wohl gern den Fensterplatz haben, Madame?«

Das war auch mal was Neues im Alltagsleben der Stewardeß, und sie gab ihm einen kleinen Wink.

So quetschte sich Alexander an der üppigen Blondine vorbei, der die Sprache weggeblieben war, sah, wie der Nachbar zu deren Rechten süffisant grinste, und folgte der Stewardeß nach hinten.

»Sie sind ein konsequenter Mann«, sagte sie lächelnd.

»Aber kein Kavalier«, erwiderte er mit einem Seufzer. »Sie

war nicht nur aufdringlich, sie hatte auch ein penetrantes Parfüm. Ich reagiere darauf allergisch.«

»Dann sind Sie ein Notfall, ich kann Sie in die First-class setzen«, lachte die Stewardeß. »Und keine Bange, ich bin in festen Händen.«

Alexander hätte sich auch einen Ersterklasseflug leisten können, aber er wollte keine Privilegien beanspruchen. Er empfand sich als Normalbürger. Aber er haßte Aufdringlichkeit jeder Art.

Die Hälfte des Fluges war schon zurückgelegt, dennoch sagte er, daß er gern den Aufpreis zahlen wolle, denn Schwierigkeiten sollte die nette Stewardeß seinetwegen nicht haben.

Sie hatte kurz mit dem Flugkapitän gesprochen und kam dann zu Alexander zurück.

»Vorn sitzt eine alte Dame, der es nicht gutgeht, wir würden einen Arzt brauchen«, sagte sie.

»Ich bin Arzt«, erwiderte er.

Sie sah ihn überrascht an. »Eigentlich war das ein bißchen spaßig gemeint. Sind Sie tatsächlich Arzt?«

Er zeigte ihr seinen Ausweis, den er zum Paß immer bei sich trug.

»Ich bin beeindruckt«, sagte sie leise.

»Bitte nicht, ich hatte auch Glück, immer die richtigen Lehrer zu haben.«

Aber er war schon ein junger Mann, der Frauenherzen schneller schlagen ließ, auch wenn sie eigentlich schon vergeben waren. Aber Paris war nahe, und auch diese Stewardeß war vollauf beschäftigt. Während er sich dann mit der alten Dame befaßte, der es wirklich nicht gutging, aber sie war auch sehr aufgeregt, weil sie zur Hochzeit ihrer Enkelin nach Paris flog und schreckliche Angst hatte, daß das Flugzeug entführt werden könnte oder eine Bombe an Bord sei.

Alexander verstand es, sie zu beruhigen, und dann setzte die Maschine schon zur Landung auf dem Charles de Gaulle Airport an.

Da ging es allerdings lebhaft zu. Wie ein Labyrinth waren die Hallen. Alexander konnte Studien machen. Er war bisher schon zweimal in Paris gewesen, aber immer mit dem Auto, und hier, inmitten des Trubels zwischen Menschen aller Rassen, kam er sich plötzlich verloren vor. Da fielen sich die Menschen in die Arme, da wurde gelacht und geweint, gerufen und gesucht, und er war froh, als endlich seine Koffer kamen, und auf schnellstem Wege suchte er dann den Weg ins Freie und zum Taxistand. Aber auch da standen Menschenschlangen, und es war genauso, wie er es gar nicht liebte, bis er endlich auch in ein Taxi steigen konnte.

Er war auch in Sprachen ein guter Schüler gewesen und konnte sich gut verständigen, und er bewunderte den Chauffeur, mit welcher Geschwindigkeit und Raffinesse er zum Hotel fuhr, wohl auch auf ein gutes Trinkgeld hoffend, denn es war eines der besten der Stadt.

Er bekam ein großzügiges Trinkgeld, und Alexander fragte ihn, ob er ihn öfter fahren würde.

Wenn es nicht eilen würde und er rechtzeitig Bescheid bekäme, war der junge Mann gern dazu bereit. Er hieß Jules Bateau und schrieb auch seine private Telefonnummer auf seine Karte.

Es war ein guter Anfang in Paris, und auch das Appartement entsprach Alexanders Wünschen. Es war ruhig und ansprechend möbliert, bot jeglichen Komfort, und es war so kühl, wie Alexander es mochte.

Er ließ sich Kaffee bringen und ein kleines Frühstück, denn im Flugzeug hatte ihm die üppige Blondine den Appetit verdorben. Er ruhte sich eine Stunde aus, studierte dabei den Stadtplan und fand heraus, daß die Wohnung von Moreno in einem Außenbezirk nahe Versailles lag.

Alexander beschloß, erst einmal einen Bummel an der Seine entlang zu machen, um das besondere Pariser Flair zu genießen. Es war ein wunderschöner Tag, strahlendblauer Himmel, nicht zu warm, und die Touristen strömten schon in Massen zur Notre Dame.

Er fuhr mit der Metro zum Eiffelturm und beschloß, da es ein schöner Tag war, hinaufzufahren, um den Blick auf das frühlingshafte Paris zu genießen. Allzulange wollte er sich ja nicht in der Stadt aufhalten. Wenn er erfahren hatte, was er wissen wollte, lockte ihn eher die ländliche Umgebung, denn die Sehenswürdigkeiten hatte er schon als Student kennengelernt. Er nahm sich vor, am Abend den netten jungen Jules Bateau anzurufen und für die nächsten Tage zu engagieren.

Der zeigte sich hocherfreut, als Alexander ihm auch das finanzielle Angebot unterbreitete.

Er gehörte zu der kleinen Truppe der selbständigen Taxiunternehmen, da schon sein Vater zu diesen gezählt hatte, denn es war in Paris nicht einfach, dafür eine Lizenz zu bekommen, wenn man neu war.

Nachdem Alexander die erste Nacht sehr gut geschlafen hatte, stand Jules punkt zehn Uhr abholbereit.

Gefrühstückt wurde in Frankreich nicht so üppig, und Alexander war auch zufrieden mit ein paar Croissants, einem guten Kaffee und vorher einem Orangensaft. Er wußte, daß Jules, als gebürtiger Pariser, bestimmt ein paar ausgezeichnete Restaurants kannte, die mehr den Einheimischen vorbehalten waren als den Touristen. Jules war ein cleverer, aber auch intelligenter junger Mann. Er wußte sehr gut Bescheid, kannte auch die weniger bekannten Sehenswürdigkeiten und auch die Antiquitätengeschäfte, die Alexander auch sehen wollte. Aber zu angemessener Besuchszeit wollte er in dem vornehmen Wohnviertel bei Moreno vorsprechen.

Teure Gegend, hatte Jules gleich gesagt. »Da wohnen Künstler und Wissenschaftler, die es zu etwas gebracht haben. Gehören Sie dazu?«

»Ich bin Arzt«, erwiderte Alexander.

»Dafür aber noch reichlich jung«, meinte Jules.

Wie oft wird mir das noch gesagt werden, dachte Alexander, aber er nahm es Jules nicht übel. Er verstand sich sehr gut mit ihm, und Jules lobte ihn auch wegen seiner Aussprache und wartete seinerseits mit ein paar deutschen Brocken auf, die aber so ulkig klangen, daß Alexander lachen mußte.

»Wenn ich Sie länger fahren darf, werde ich sicher viel lernen«, sagte Jules. »Und Deutschland würde ich auch gern mal besuchen. Unsere Generation redet nicht mehr vom Krieg, und die Unbelehrbaren, die es hier auch gibt, denen ist nicht zu helfen.«

»Unbelehrbare gibt es bei uns auch, aber wenn Sie wollen, können Sie mich in München besuchen, Jules. München ist auch eine schöne Stadt.«

»Habe ich schon oft gehört. Zum Oktoberfest würde ich gern kommen.«

»Okay, es würde mich freuen.« Es war nicht nur so dahingesagt. Alexander freute sich, die Bekanntschaft dieses jungen Mannes gemacht zu haben.

Sie erreichten das Haus, in dem Moreno wohnte. Sein Vater! Es war schon ein seltsames Gefühl, das zu denken.

»Es wird vielleicht länger dauern, Jules«, sagte Alexander. Der nickte. »Ich höre Radio und lese Zeitung«, erwiderte er.

Es war eine ansehnliche Villa, an deren Tür Alexander nun läutete. Er mußte warten, aber dann erschien ein junges Mädchen, dessen Anblick Alexander erst einmal sprachlos machte, so apart war dieses Gesicht mit den großen nachtdunklen Augen, die ihn verwundert anblickten.

»Mein Name ist Berghold, Dr. Alexander Berghold, ich hätte gern Monsieur Moreno gesprochen«, sagte er.

Sie sah ihn staunend an, und er wurde verlegen unter diesem Blick.

»Sie sagten, Sie heißen Berghold«, sagte sie in sehr gutem akzentfreiem Deutsch. »Sind Sie mit uns verwandt? Sie wissen doch sicher, daß wir Berghold-Moreno heißen. Ich bin Manuela, meine Eltern sind leider über das Wochenende verreist.«

Sie war so arglos, so unbefangen, daß er sich plötzlich

schämte. Er wußte nicht mehr, was er sagen sollte, aber er wollte auch nicht lügen, weil er unwillkürlich denken mußte, welche Lebenslüge seiner Mutter ihn hierhergeführt hatte, und er wollte dieses bezaubernde junge Geschöpf nicht verletzen.

»Ja, vielleicht sind wir verwandt, aber das wollte ich erst von Ihrem Vater bestätigt haben«, erwiderte er stockend.

»Mich interessiert das brennend. Dad meint, daß wir möglicherweise Verwandte irgendwo haben, die auch Berghold heißen, aber ich kenne nur die Großeltern Moreno. Wie, meinen Sie, könnten wir verwandt sein?«

»Das müßte ich in einem Gespräch aufklären lassen. Ich habe diese Adresse bekommen, und deshalb bin ich hier, aber ich komme gern wieder, wenn Sie mir sagen, wann Ihre Eltern zurück sind.«

»Am Sonntagabend. Dad hält einen Vortrag in Brüssel, aber Sie brauchen nicht gleich wieder zu gehen. Ich würde mich gern mit Ihnen unterhalten.«

Und ich mich mit ihr, dachte Alexander, aber er wollte sich nicht in diesem Haus niederlassen. Er war plötzlich ein wenig aus dem Gleichgewicht geraten.

»Ich wollte mir heute noch Versailles anschauen«, sagte er, weil er nichts anderes zu sagen wußte.

»Oh, das könnte ich Ihnen gern zeigen. Ich bin Kunststudentin«, bot sie sich in bezaubernder Unbekümmertheit an. »Sie kommen aus Deutschland?«

»Ich lebe in München.«

»In München waren wir leider noch nie, sonst kenne ich viele Weltstädte. Es würde mich sehr freuen, wenn wir uns unterhalten könnten.«

»Mein Taxi wartet«, sagte er.

Ein Schatten fiel über ihr anmutiges Gesicht. »Oh, schade, aber Dad hätte Sie sicher auch nicht schnell gehen lassen. Wir freuen uns, wenn Besuch kommt.«

Seine Gedanken überstürzten sich. »Würden Sie mich nach Versailles begleiten?« fragte er. »Ich würde Sie gern einladen.«

»Wir könnten aber auch mit meinem Wagen fahren«, sagte sie.

»Ich habe aber einen sehr netten jungen Chauffeur für ein paar Tage verpflichtet, ich kann ihn nicht enttäuschen.«

»Nein, das können Sie nicht, sonst hat man gleich wieder eine schlechte Meinung von den Deutschen.«

»Aber Sie haben keine?«

»Aber nein«, erwiderte sie lachend. »Dad ist doch Deutscher, wenn er auch sagt, er sei Cosmopolit, und Maman stammt aus Südtirol. Wenn wir verwandt sind, können wir wohl allerhand herausfinden.«

Und dieses bezaubernde Geschöpf ist meine Halbschwester, dachte Alexander mit einem beklemmenden Gefühl. Einmal begegne ich einem Mädchen, das mir sofort gefallen könnte, und dann haben wir einen gemeinsamen Vater. Der Gedanke deprimierte ihn. Aber dann packte ihn eine Stimmung, gegen die er nicht mehr ankam.

»Kommen Sie mit mir?« fragte er. »Jules wird uns bestimmt sehr gut fahren, und wir können uns unterhalten.«

»Ja, das ist fein«, erwiderte sie fröhlich. »Ich wußte sowieso nicht, was ich anfangen soll. Meine Freundin Jilly ist mit ihrem Freund weggefahren, und ich wollte nicht das dritte Rad am Wagen sein.«

»Sie haben keinen Freund?« fragte er.

»Keinen richtigen, aber ich kenne Versailles sehr gut«, sagte sie schelmisch.

Jules staunte, als er mit dieser reizenden jungen Dame kam. Dann lächelte er hintergründig und dachte sich wohl sein Teil, aber wie hätte er auch ahnen können, was Alexander jetzt bewegte.

Manuela plauderte unbekümmert. Natürlich war sie auch neugierig.

»Wie sind Sie darauf gekommen, daß wir verwandt sein könnten?« fragte sie.

»Durch einen Todesfall.« Er mußte schwindeln, wenngleich ihm das jetzt gar nicht behagte. »Auf der Beerdigung sprach jemand davon, daß er einen Dramaturgen namens Berghold kannte, der dann den Namen Moreno annahm.«

»Das ist doch manchmal üblich, daß bei der Heirat übernommen wird«, erklärte Manuela unbefangen. »In England und Amerika war der Name Moreno dann auch schneller zu behalten. Ja, Dad war früher Dramaturg, jetzt ist er Professor, aber er verfaßt immer noch Drehbücher und schreibt auch Romane, und Maman ist Schauspielerin.«

Sie sah ihn von der Seite her an, und um ihre blauen Augen tanzten kleine goldene Flämmchen.

»Darf ich fragen, wo Ihre Eltern leben?« sagte sie dann stockend.

»Ich habe keine Eltern mehr. Ich lebe allein in München. Das heißt, ich habe eine sehr nette Haushälterin.«

Ihr reizvolles Gesicht hatte sich überschattet, aber dann fragte sie hastig, ob er Urlaub in Frankreich mache.

»Ja, ich möchte mich hier noch ein bißchen umschauen, denn ich war nur als Student für ein paar Tage hier. Da wird alles im Eiltempo angeschaut. Jetzt habe ich noch ein bißchen Zeit, bis ich ernsthaft ins Berufsleben einsteigen werde.«

»Welchen Beruf haben Sie?«

»Ich bin Mediziner, aber ich werde nicht praktizieren, sondern mich der Forschung widmen.«

»Oh, das ist interessant. Es gibt eine ganze Menge Krankheiten, die noch viele Rätsel aufgeben, und es wäre schön, wenn man besser helfen könnte. Ich hatte eine Schulfreundin, die an Plasmozyntose gestorben ist. Sie war ein so liebes Mädchen, und niemand konnte ihr helfen, obgleich ihre Eltern wirklich alles versucht haben.«

Es klang so traurig und verriet, wie gefühlvoll Manuela war.

Alexander wollte sie nicht traurig sehen, und er brachte sie rasch auf andere Gedanken.

»Wir wollen nicht über Krankheiten sprechen«, sagte er, »es ist ein so schöner Tag, und ich freue mich, daß Sie mich begleiten.«

Er freute sich wirklich, und so hatte er sich seinen Besuch in Paris doch nicht vorgestellt. Es erschien ihm alles in einem ganz anderen Licht.

Plötzlich war ihm der Vater nicht mehr so wichtig. Er wünschte nur noch, daß dieses Mädchen keine schlechte Meinung von ihm bekommen solle, aber bei aller Sympathie, die er für Manuela empfand, fiel es ihm auch unsagbar schwer, sie als die kleine Schwester zu betrachten. Dieser Gedanke war ihm nicht nur unbehaglich, er quälte ihn.

Sie waren in Versailles angekommen. Alexander gab Jules Geld, damit er etwas für sich unternehmen konnte, und sie verabredeten, daß sie sich um siebzehn Uhr wieder auf dem Parkplatz treffen wollten.

Alexander hatte Manuela vorher gefragt, ob sie so lange Zeit hätte. Sie erwiderte, daß sie gar nichts vorhätte.

Sie mochte ihn genauso wie er sie, und sie machte kein Hehl daraus. Und wie sehr hätte es ihn gefreut, wenn er nicht unentwegt denken mußte, daß sie denselben Vater hatten. Sie hatte ihn verzaubert mit ihrem ersten Lächeln. Sie besaß alles, was ihm an einem Mädchen gefallen konnte. Sie bewegte sich so graziös und natürlich, daß ihr viele Blicke folgten. Aber sie war nicht eine Spur kokett, und wenn sie ihn mit ihren strahlenden Augen anblickte, konnte er sie sich als Prinzessin in einem Märchenschloß vorstellen.

Das pompöse Versailler Schloß bot freilich sehr viel Sehenswertes, besonders der lichtdurchflutete Spiegelsaal in all seiner Pracht. Es herrschte ein reger Besucherandrang, und Manuela meinte, daß es wohl doch die Zeugen einer verschwenderischen Vergangenheit wären, die das Publikum am meisten anzögen.

»Man lebte in Saus und Braus, und das Volk mußte darben«, sagte sie leise.

»Das wird wohl zu jeder Zeit so sein, daß es Reiche und Arme gibt«, sagte Alexander nachdenklich, »auch in der Republik oder in einer Demokratie.«

»Es freut mich, daß wir einer Meinung sind«, sagte Manuela. »Aber es ist schon ein Fortschritt, daß die Völker wenigstens den Versuch machen, sich zu verständigen.«

Sie war intelligent und kein bißchen oberflächlich, nicht mal eitel. Und Alexander wußte, daß er sich bis über beide Ohren in sie verlieben könnte, wenn sie eben nicht Manuela Berghold-Moreno wäre. Aber vielleicht war sie von ihrer Mutter in diese Ehe eingebracht worden. Dieser Funke Hoffnung blieb und erfüllte ihn. Doch gleich kam auch wieder der Gedanke, wie Maximilian Berghold überhaupt reagieren würde. Vielleicht war er nicht einmal zu einem Gespräch bereit.

»Was denken Sie, Alexander?« fragte Manuela. Mit einer umwerfenden Selbstverständlichkeit nannte sie ihn beim Vornamen, was er selbst noch nicht gewagt hatte, aber sie war schon in Amerika und England gewesen, und da ging es nicht so formell zu wie in der deutschen Heimat, obgleich sich der Ton unter den jungen Leuten auch schon gelockert hatte.

»Ich denke, daß ich mir eine reizendere Begleiterin nicht hätte wünschen können«, erwiderte er.

Sie schenkte ihm ein hinreißendes Lächeln. »Heute morgen hatte ich ganz miese Laune, weil es so herrliches Wetter ist und niemand da war, mit dem ich hätte bummeln gehen können, aber ich habe meinen Eltern versprochen, nicht allein wegzugehen.«

»Und Sie halten immer, was Sie versprechen?«

»Ja, das ist sehr wichtig. Dad hat es mir eingeprägt. Es kann böse Folgen haben, wenn ein Vertrauen mißbraucht wird.«

»Das hat er auch gesagt?« fragte Alexander gedankenvoll.

»Ja, mein Dad ist ein sehr kluger Mann, und meine Eltern

führen eine wundervolle Ehe, und für ihn ist das ungeheuer wichtig, weil er einmal eine sehr große Enttäuschung erlebt hat.«

Ob er seiner Tochter gegenüber ganz ehrlich ist? War er auch so ehrlich zu Elisabeth gewesen? Manuela konnte freilich nicht ahnen, in welchem Zwiespalt sich Alexander befand, hin und her gerissen zwischen der spontanen Zuneigung für sie und der Tragik, daß er sein Sohn war.

Sie wanderten durch den herrlichen Park, und Manuela erzählte, wieviel sie über die Geschichte der französischen Monarchie und der Revolution wußte.

»Es ist schrecklich, wenn solche furchtbaren Emotionen frei werden und so viele Menschen auf so grausame Art hingerichtet werden«, sagte sie. »Ich verstehe auch nicht, wie Menschen von solchem Machthunger besessen sein können, daß es ihnen gleichgültig ist, wieviel Menschen in diesen unseligen Kriegen sterben müssen. Man sollte immer und in jeder Situation nach Verständigung suchen und auch einsichtig sein, wenn man sich manchmal auch im Recht fühlt.«

»Sie meinen: Alles verstehen heißt alles verzeihen?«

»Nein, so meine ich es nicht. Manches kann man vielleicht nicht verzeihen, aber man soll sich selbst nicht als unfehlbar betrachten und die Schuld immer bei anderen suchen.«

»Nehmen wir einmal an, ich würde etwas tun, was Sie nicht billigen können, wie würden Sie sich verhalten, auch wenn Sie momentan sehr geschockt sind?«

Sie konnte nicht ahnen, daß sie vielleicht bald in diese Situation kommen könnte, aber ihr Gesicht war ernst geworden.

»Nun, ich würde zumindest versuchen, mit Ihnen darüber zu sprechen, warum Sie sich so verhalten. Aber das ist ja Theorie, vielleicht sehen wir uns nie wieder.«

Sie sah ihn nicht an, aber er bemerkte, wie ihre Lippen zuckten. Er konnte nicht gegen sein Gefühl ankämpfen. Er ergriff ihre Hände. »Ich würde Ihnen so gern sagen, wie sehr ich Sie mag, Manuela«, flüsterte er, »aber es wäre nicht richtig. Ich muß erst mit Ihrem Vater sprechen.«

»Warum?« fragte sie bebend.

»Er könnte es gar nicht gern sehen, daß ein wildfremder Mann seine bezaubernde Tochter nach Versailles entführt und auch gleich Freundschaft mit ihr schließt.«

»Dad ist aber ein großzügiger Mann«, sagte sie leise. »Und Maman wird Sie auch mögen, Alexander. Es ist doch nicht so, daß ich öfter mit einem jungen Mann daherkomme. Bisher war ich nur länger mit Claude befreundet. Aber auch nur, weil wir zusammen zur Schule gingen. Es war nichts Ernstes.« Und wieder strahlten ihn ihre Augen an. »Außerdem heißen Sie Berghold und sind vielleicht verwandt mit uns.«

Das ist es ja eben, dachte er, ich wünsche, es wäre nicht so, dann wäre mir jetzt alles egal, auch Maximilian Bergholds Meinung. Aber gleich siegte bei ihm doch die Vernunft.

»Vielleicht verstehe ich mich mit Ihren Eltern so gut, daß sie gestatten, daß Sie nach München kommen, Manuela, oder sie kommen auch mit, aber ich möchte keinesfalls in ein falsches Licht geraten und Ihnen auch noch Ärger bereiten.«

Ein schelmisches Lächeln umspielte ihre Lippen. »Sie sind wohl das, was man einen echten Kavalier nennt«, meinte sie neckend.

Er legte seine Hand an ihre erglühende Wange. »Ich spiele nicht mit Gefühlen, Manuela, und sicher werden Sie bald verstehen, warum es mir so wichtig ist, mit Ihrem Vater zu sprechen.«

»Ich hoffe sehr, daß er nichts dagegen hat, daß wir uns mögen«, sagte sie leise. »Ich habe jedenfalls noch nie einen Mann so sehr gemocht, oder darf ich das nicht sagen?«

»Es freut mich unendlich«, erwiderte er weich. »Stärken wir uns jetzt, bevor es zurückgeht?«

»Haben Sie abends etwas anderes vor?« fragte sie stockend.

Er wollte ja sagen, um sich ein weiteres Beisammensein mit ihr zu ersparen, aber er brachte es nicht fertig, als er in ihre Augen blickte, die jetzt einen traurigen Schimmer hatten.

»Nein, ich habe nichts vor«, erwiderte er.

»Ich auch nicht, dann könnten wir doch einen Bummel über die Champs Elysées machen. Ich kenne ein ganz gemütliches Restaurant, in dem man sehr gut essen kann. Wir sind dort schon bekannt, wir bekommen bestimmt einen Tisch. Die Touristen gehen nicht in diese Restaurants, weil dort nur französisch gesprochen wird, und die meisten kennen sich ja mit den Gerichten gar nicht aus«, lächelte sie spitzbübisch. Sie legte ihre Hand auf seinen Arm. »Ich bin gern mit Ihnen zusammen, Alexander, oder darf man so was in Deutschland nicht sagen, wenn man sich noch nicht lange kennt?«

»Sie dürfen alles sagen«, erwiderte er.

Viel zu schnell waren die Stunden schon vergangen. Jules war überpünktlich zur Stelle, und er blinzelte verschmitzt, als Alexander ihm sagte, daß er ihn am Abend nicht brauchen würde. Einen solchen Job, für den er bezahlt wurde, wenn er auch nichts tat, hatte er noch nie gehabt, aber er meinte auch für sich, daß dieser großzügige junge Doktor auch riesiges Glück hatte, mit einer so bildschönen und charmanten jungen Dame ausgehen zu können. Dafür hatten die Franzosen immer ein offenes Herz.

Aber Alexanders Herz schlug dumpf, wenn er an Manuela dachte. So unbefangen wie sie war, hatte sie gesagt, daß er doch mit zu ihr kommen könne. Sie wolle sich nur umziehen für den Abend, aber er hatte ihr gesagt, daß ein richtiger Kavalier ihr Elternhaus nicht betreten könne, bevor er nicht die Eltern kennengelernt und von ihnen dazu eingeladen worden sei.

Wieder hatte sie schelmisch gelächelt. »Vielleicht gefällt meinen Eltern diese Einstellung sogar sehr«, erwiderte sie. »Dann hole ich Sie nachher von Ihrem Hotel ab. Ich bin ja nicht aufs Taxi angewiesen.«

Sie war unwiderstehlich, und wieder empfand er, daß er sich als glücklichster Mensch schätzen würde, wenn eben nicht dieses Damoklesschwert über ihm schweben würde.

Doch dann empfand er es auch als Glück, Manuela so kennengelernt zu haben, ohne die Hemmung, die vielleicht schwer zu überbrücken wäre, wenn sie wußte, worum es ihm ging.

~

Auch Manuela dachte über ihn nach. Für sie war er einfach vollkommen, ein Traummann! Aber in ihrer noch mädchenhaften Naivität gab sie sich tatsächlich nur Träumen hin, ohne es bewußt darauf anzulegen, ihm zu gefallen. Sie konnte sich nur nicht verstellen, nicht ihre Mimik, ihre Blicke unter Kontrolle halten.

Sie fand es einfach wunderbar, wie er sich benahm, und ihr konnte der Gedanke gar nicht kommen, daß es unüberbrückbare Widerstände zwischen ihnen geben könnte.

Wenn sie auch verwandt waren, sie sah das nicht gravierend, und wie es schien, war er auch ein gutsituierter junger Mann, der es nicht nötig hatte, sich bei Verwandten Vorteile zu verschaffen.

Das würde für ihre Eltern auch eine Überraschung werden, meinte sie stillvergnügt, und sie freute sich auf den Abend mit Alexander. Sie kleidete sich ganz besonders hübsch, diesmal nicht sportlich, sondern als vollendete junge Dame. Sie war nicht besonders eitel, aber an diesem Abend wollte sie schon im besten Licht erscheinen. Alexander wohnte in einem vornehmen Hotel, da konnte sie nicht in Jeans hereinspaziert kommen.

Sie schwebte auf Wolken, während Alexander momentan Höllenqualen litt, daß die erste Liebe seines Lebens keine Erfüllung finden konnte.

In München saßen Daniel und Fee Norden beisammen und sprachen über Alexander.

»Ob er schon etwas erreicht hat?« meinte Fee.

»Ich hoffe nur, daß er keinen Tiefschlag bekommt«, sagte Daniel. »Er nimmt sich die ganze Geschichte mehr zu Herzen, als er zeigen will.«

»Es sind doch so viele Jahre vergangen, da wird auch sein Vater Abstand gewonnen haben«, überlegte Fee.

»Wollen wir das Beste hoffen«, seufzte Daniel. »Ich mag ihn. Er hat mit seiner Mutter genug durchgemacht und nie gemurrt. Der Junge hat Charakter.«

»Der Junge ist ein Mann, mein Schatz«, lächelte Fee.

Manuela hatte einen flotten kleinen Zweisitzer. Aber in Paris um diese Zeit einen Parkplatz zu finden, war nicht einfach, und so kam sie mit einer fast viertelstündigen Verspätung im Hotel an. Alexander hatte sich schon Gedanken gemacht, daß sie es sich doch anders überlegt hätte, oder sie könnte auch mit ihrem Vater telefoniert haben und ganz arglos erzählt haben, mit wem sie den Nachmittag verbracht hatte. Meinen Vornamen wird er wohl noch wissen, dachte er. Aber dann kam sie in die Halle spaziert, so bezaubernd anzusehen, daß sich viele die Hälse fast verrenkten.

»Es tut mir leid, daß ich so spät bin«, sagte sie atemlos, »aber ich mußte erst einen Parkplatz suchen.«

»Ich habe befürchtet, Sie hätten es sich anders überlegt, Manuela«, sagte er heiser.

»Aber warum denn?« fragte sie überrascht.

»Sie könnten mit Ihrem Vater telefoniert haben, und er hätte Sie vor einem imaginären Verwandten gewarnt.«

Sie lachte hellauf. »Sie scherzen, Alexander. Dad hätte höchstens gesagt, daß ich Sie richtig unter die Lupe nehmen und auch aushorchen soll. Aber das war eben nur Spaß«, fügte sie rasch hinzu, als sich sein Gesicht verdüsterte. »Eigentlich frage ich mich nämlich nur, warum wir uns immer noch siezen, wenn wir doch verwandt sind.«

»Vielleicht sind wir doch nicht verwandt.«

»Aber zumindest heißen wir beide Berghold. Maman war einverstanden, daß Dad sich Moreno nennt, aber sie wollte nicht, daß der Name Berghold gestrichen wird. Das hat sie mir einmal erklärt, als ich sie fragte, wie es zu diesem Doppelnamen gekommen ist. Sagen wir du, Alexander?« fragte sie bittend.

Sie ist noch ein richtiges Kind, dachte er. Aber hatte er denn schon große Erfahrung mit Frauen? Die paar Flirts konnte er doch selber nicht ernstnehmen, und es war keiner gelungen, ihn wirklich zu fesseln, und wenn es auch nur für kurze Zeit gewesen wäre. Aber Manuela war die Verkörperung dessen, was sein Herz höher schlagen ließ und das Gefühl vor den Verstand stellte.

»Sagen wir du«, erwiderte er leise. Und Arm in Arm bummelten sie dann den Boulevard entlang zu diesem hübschen, gemütlichen Restaurant, von dem Manuela gesprochen hatte.

Sie unterhielt sich in fließendem Französisch mit dem Aubergiste, der verschmitzt grinste und sie dann zu einem kleinen Tisch in einer stillen Ecke führte.

»Du bist perfekt«, sagte Alexander bewundernd, als sie auch die Speisekarte erklärte. »Du wählst auch für mich.«

Schwer fiel es ihm gewiß nicht, du zu sagen, aber er hatte dabei eine dumpfe Beklemmung. Sie war fröhlich und plauderte wieder munter drauflos. Sie erzählte von Amerika und England, und sie sprach wieder mit einer kindlichen Zärtlichkeit von ihren Eltern.

»Hast du ein Foto von ihnen, Manuela?« fragte er.

»Natürlich, mehrere sogar, und ich trage sie immer bei mir. Außerdem habe ich mir schon gedacht, daß du danach fragen würdest.«

»Kannst du Gedanken lesen?«

»Ein bißchen schon. Ich merke zum Beispiel, daß du manchmal nicht zuviel sagen willst. Aber du bist doch hoffentlich nicht verheiratet?«

»Gott bewahre«, erwiderte er rasch.

Sie runzelte leicht die Stirn. »Willst du nie heiraten?« fragte sie.

»Ich habe darüber noch nie nachgedacht. Ich habe mir beruflich ein Ziel gesteckt, das ich erreichen will.«

Sie nickte ernsthaft. »Das verstehe ich. Weißt du, ich bin eben noch sehr jung und rede manchmal auch zuviel. Du nimmst mir das hoffentlich nicht übel.«

»Nein, ich finde es sehr lieb, daß du so natürlich und geradeheraus bist. Ich liebe Aufrichtigkeit.«

»Bist du auch aufrichtig, wenn ich dich frage, ob du eine feste Freundin hast?«

»Da brauche ich nichts zu verheimlichen. Ich habe keine, und ich kenne kein Mädchen, das so bezaubernd ist wie du.«

Da hatte er wieder etwas gesagt, was er besser nicht gesagt hätte, denn ihre Augen strahlten noch mehr.

»Das höre ich sehr gern«, sagte sie mit umwerfender Offenheit. »Ich kenne keinen Mann, der mir so gut gefallen hätte wie du. Und eigentlich kenne ich wirklich keinen, außer den Schulfreunden, und was mir so auf Reisen in den Weg gelaufen ist. Aber diese dummen Sprüche, die die machen, mag ich nicht.«

Lieber Gott, könnte ich das doch nur unbeschwert genießen, dachte Alexander. Könnte ich sie doch in die Arme nehmen und sagen, daß ich sie für immer festhalten möchte.

Zum Glück kam jetzt die Vorspeise, und Manuelas ansteckende Fröhlichkeit half ihm über die momentane Resignation hinweg.

Die Fotos von ihren Eltern zeigte sie ihm erst nach dem Dessert. An dem Essen insgesamt gab es nichts auszusetzen. Es war delikat gewesen. Und der gute Wein trug zur guten Stimmung bei.

Nichts denken, sich nur an ihr freuen, mahnte sich Alexander, und dann konnte er die Fotos betrachten. Er sah zuerst eine bildschöne Frau, das ältere Ebenbild von Manuela. Es war eine verblüffende Ähnlichkeit. Und der Mann? Nicht viel größer als Laura Moreno, helles Haar und helle Augen, ein markantes Gesicht, aber Alexander konnte nicht die geringste Ähnlichkeit mit sich selbst feststellen. Ihm war die Kehle wie zugeschnürt.

»Sie sind ein Traumpaar«, sagte Manuela, »es ist ein Glück, solche Eltern zu haben, Alexander. Ich bin so dankbar.«

»Das ist schön«, sagte er leise.

»Hast du auch ein Foto von deinen Eltern?« fragte sie.

»Nein. Meinen Vater habe ich gar nicht richtig gekannt, und meine Mutter ist erst vor kurzer Zeit gestorben.«

»Das tut mir leid, dann wollen wir lieber nicht darüber sprechen.«

»Danke, Manuela«, sagte er und drückte ihre Fingerspitzen leicht an seine Lippen.

Später gingen sie wieder Arm in Arm durch den nächtlichen Champs Elysées, betrachteten die hellerleuchteten Schaufenster, und Manuela gab witzige Kommentare zu den exklusiven und irrsinnig teuren Modellkleidern. Aber dann waren sie beide so müde, daß die Füße sie kaum noch trugen, und es dauerte noch eine ganze Weile, bis sie zu Manuelas Wagen fanden.

»Fürchtest du dich nicht allein in dem Haus?« fragte Alexander, als sie darauf bestand, ihn zum Hotel zurückzubringen, und er hatte feststellen können, daß sie eine ganz ausgezeichnete Fahrerin war.

»Nein, jetzt sind Gaston und Lisette da, sie waren nur tagsüber auf dem Land. Ich habe nie Angst, Alexander. Ich habe einen Schutzengel. Ich war nämlich eine Frühgeburt und bin doch recht widerstandsfähig geworden.«

»Und ein ganz besonderes Mädchen«, sagte er leise.

»Sehen wir uns morgen?« fragte sie errötend.

Er geriet wieder in einen Zwiespalt. Sein Herz sagte ja, sein Verstand sagte nein.

Das Herz siegte. »Wenn du nichts anderes vorhast?«

»Du wärest mir auch in diesem Fall wichtiger, aber ich habe nichts vor. Ich hole dich um zwölf Uhr ab, einverstanden?«

Es schien ihr alles so selbstverständlich, und in ihm konnte sich gar kein Widerstand regen. Und dann drückte sie ihm auch plötzlich noch einen Kuß auf die Wange.

»Es ist ja alles ein bißchen verrückt«, flüsterte sie, »aber ich habe dich richtig lieb, Alexander.«

»Ich dich auch«, erwiderte er heiser, aber dann durchzuckte ihn wieder ein stechender Schmerz.

»Bis morgen, Manuela«, sagte er leise, und leicht küßte er sie auf die weichen Lippen.

Ja, es ist verrückt, dachte er, als er dann in seinem Hotelzimmer war. So hatte er sich seinen Ausflug in die Vergangenheit wahrhaftig nicht vorstellen können, und ihm wäre es sehr viel lieber gewesen, er könnte an eine glückliche Zukunft denken mit einer Manuela, die nicht Berghold hieß.

Aber Manuela träumte schon von dem nächsten Tag mit Alexander, glücklich und sehnsüchtig dachte sie an ihn, an ihre erste Liebe.

~

Der Tag sollte anders verlaufen, als es sich Manuela wünschte. Ihre Eltern kamen schon mit der ersten Maschine von Brüssel zurück und waren bereits um zehn Uhr zu Hause.

Laura fühlte sich nicht wohl. Sie hatte sich sehr erkältet und bereits ziemlich hohes Fieber. Der Arzt wurde gerufen, und er diagnostizierte eine Virusgrippe, die zur Zeit sehr grassierte. Manuela war traurig. Sie liebte ihre Maman, und sie spürte auch, wie sehr ihr Dad sich aufregte.

Wie sollte sie es ihm da beibringen, daß es einen Alexander Berghold gab, mit dem sie den Tag verbringen wollte. Andererseits würden es ihre Eltern auch kaum verstehen, wenn sie unter diesen Umständen an ihr eigenes Vergnügen dachte.

Laura hatte eine Injektion bekommen und war eingeschlafen. Maximilian kam mit sorgenvollem Gesicht ins Wohnzimmer zu Manuela.

»Es war so zugig in dem Saal«, sagte er gedankenlos. »Diese Grippe soll sehr gefährlich sein.«

»Maman ist nicht labil, Dad. Reg dich nicht zu sehr auf.« Er starrte vor sich hin, und sie fuhr fort: »Du wirst zwar nicht in der Stimmung sein, aber ich muß dir etwas erzählen. Ich hätte heute nämlich eine Verabredung.«

»Mit wem?« fragte er.

Sie verschlang die Hände ineinander. »Es wird eine große Überraschung für dich sein, Dad. Gestern kam ein Dr. Alexander Berghold, der dich sprechen wollte.«

Sie bemerkte nicht, daß ihr Vater noch mehr erblaßte, und redete schnell weiter. »Er ist sehr nett, und er forscht nach, ob wir verwandt sind. Könnte das sein?«

»Ich weiß nicht«, erwiderte Maximilian tonlos. »Was hat er sonst gesagt?«

»Daß er gern mal mit dir sprechen möchte. Wir haben den Nachmittag und den Abend zusammen verbracht. Wir verstehen uns sehr gut, und wir wollten uns auch heute treffen. Er wird dir bestimmt gefallen, Dad. Er ist sehr gebildet. Er ist Arzt, und er sieht auch sehr gut aus.« Verlegen und abgehackt sagte sie es, und er sah sie erschrocken an, so erschrocken, daß sie rasch hinzufügte: »Er wird dir auch sympathisch sein.«

Ihr Herz klopfte ängstlich. Flehend blickte sie ihren Vater an, und Maximilian mußte sich ungeheuer zusammennehmen, um seine Selbstbeherrschung zu wahren.

»Wann bist du mit ihm verabredet?« fragte er mit erzwungener Ruhe, um ja nicht zu verraten, welcher Sturm jetzt in seinem Innern tobte.

»Um zwölf Uhr«, erwiderte sie zaghaft.

»Und wo?«

»Ich wollte ihn vom Hotel abholen.«

Seine Augenbrauen schoben sich zusammen. »Findest du das schicklich?«

Sie sah ihn bestürzt an. »Es ist doch nichts dabei. Er ist mit dem Flugzeug gekommen, und wenn wir verwandt sind, sollten wir doch auch gastfreundlich sein«, sagte sie trotzig.

»Wenn wir verwandt sind«, sagte er heiser, »das wird sich erst noch beweisen. Zuerst möchte ich mal mit ihm sprechen.«

»Das kannst du doch, Dad. Es war ja nicht vorauszusehen, daß Maman krank wird. Alexander hat dafür sicher Verständnis.«

»Beim Vornamen seid ihr auch schon?« Sein Ton war vorwurfsvoll.

Manuela verstand ihren Vater nicht mehr. Er war doch sonst so tolerant und nahm eigentlich alles mit Humor. Tränen drängten sich in ihre Augen.

»Diese Verabredung werde ich einhalten«, sagte er aggressiv. »Du bleibst bei Laura. Du bist so jung und gutgläubig, dir kann man viel erzählen.«

»Du bist ungerecht, Dad«, sagte sie, »aber ich lasse mir das nicht kaputtmachen.«

Er starrte sie fassungslos an. »Was meinst du damit?«

»Daß ich ihn sehr mag. Du kannst denken, was du willst, Dad.«

Er brachte kein Wort mehr über die Lippen. Er hatte nie über seine erste Ehe geredet. Manuela wußte nicht, daß er schon einmal verheiratet gewesen war. Er war sich mit Laura einig gewesen, ihr davon nichts zu erzählen, weil für ihn diese Vergangenheit bedeutungslos geworden war.

»Wir werden später darüber reden«, erklärte er mit klangloser Stimme. »In welchem Hotel wohnt er?«

Sie sagte es ihm, aber ihre Stimme klang abweisend, und Maximilian begriff, daß zum erstenmal eine Spannung zwischen ihnen bestand. Von den widersprüchlichsten Empfindungen bewegt, sagte er einlenkend, daß sie ihn auch verstehen müsse. Er wolle diesen Mann erst einmal kennenlernen.

Das schien ihm momentan wichtiger zu sein als seine kranke Frau. Darüber wunderte sich Manuela doch, aber als er das Haus verlassen hatte, rief sie im Hotel an und ließ sich mit Alexander verbinden. Er war erstaunt, ihre Stimme zu hören.

»Ich muß dir schnell etwas sagen, Alexander. Meine Eltern sind heute morgen zurückgekommen. Maman hat die Grippe. Ich habe mit Dad gesprochen, und er war ziemlich komisch. Er will dich jetzt kennenlernen und ist schon auf dem Weg zum Hotel. Ich wollte dich nur vorwarnen.«

»Ich habe keine Angst, Manuela, aber es ist lieb, daß du mich anrufst.«

»Ich werde hören, was er sagt, dann komme ich später.«

»Bitte, schaff dir keine Probleme«, sagte Alexander. »Ich möchte nicht Anlaß für ein Zerwürfnis sein.«

»Dazu wird es nicht kommen. Ich bin überzeugt, daß Dad dich auch mögen wird.«

Oh, Manuela, wenn du wüßtest, dachte er, aber so sehr es ihn schmerzte, sie nun nicht sehen zu können, so war er doch erleichtert, daß er sein Vorhaben nun auch zu Ende führen konnte. Alles wäre für ihn noch schwerer geworden, wenn er auch diesen Tag mit ihr verbracht hätte, darüber war er sich im klaren.

Er rief Jules an und sagte ihm, daß er sich für den Nachmittag bereithalten solle. Jules hatte seinem Vater da gerade verkündet, daß er überhaupt nicht verstehe, was er gegen die Deutschen hätte, denn Dr. Berghold sei der angenehmste Kunde, den er bisher überhaupt gehabt hätte.

Alexander brauchte nicht lange auf Maximilian zu warten. Er wurde telefonisch von seinem Eintreffen unterrichtet und bat ihn auf sein Appartement. Maximilian war das sehr recht, denn eine solche Begegnung sollte am besten unter vier Augen stattfinden.

Da standen sich dann zwei Männer gegenüber, die sich unter anderen Voraussetzungen sicher sofort akzeptiert hätten, aber zwischen ihnen war eine Barriere, die sich so leicht nicht überbrücken ließ.

Alexander wartete darauf, daß der Ältere das Wort ergriff, aber es fiel Maximilian sichtlich schwer.

»Versuchen wir es mit dem Du?« fragte er heiser. »Manuela hat mir erzählt, daß ihr euch gut versteht. Ich kann mich momentan in dieser diffizilen Situation noch nicht zurechtfinden, aber vielleicht ist es gut, wenn die Tatsachen nicht länger verschwiegen werden. Hat Elisabeth gesprochen?«

»Nein, sie ist vor zwei Wochen gestorben, und ich habe nach ihrem Tode erfahren, daß mein Vater lebt. Sie sagte mir, daß du gestorben wärest, als ich noch klein war.«

»Wie unsinnig«, murmelte Maximilian. »Aber sicher ist es wohl nicht, daß dein Vater noch lebt.«

Alexanders Augen weiteten sich, und seine Gedanken überstürzten sich. »Wie meinen Sie das – wie meinst du das?« fragte er konsterniert. »Aber bitte, setzen wir uns doch. Was darf ich dir anbieten?« Er hatte sich gefangen, wenngleich ihn jetzt die irrsinnigsten Gedanken bewegten.

»Fangen wir also damit an, als ich deine Mutter kennenlernte«, begann Maximilian. »Sie war eine sehr reizvolle junge Dame, und sie war reich. Ich leugne es nicht, daß mich auch dies veranlaßte, ihr den Hof zu machen. Sie entschied sich überraschend schnell für mich, obwohl ich ihrer Familie gar nicht willkommen war. Sie hatten sich für Elisabeth wohl etwas Honorigeres vorgestellt als einen jungen, noch nicht mal bekannten Dramaturgen. Aber die eigenwillige Elisabeth drängte auch auf eine schnelle Heirat, und ehe ich es richtig begriff, war ich schon verheiratet. Da du schon erwachsen bist, brauche ich es ja nicht zu leugnen, daß die Beziehung schon vorher recht stürmisch verlaufen war. Ich war auch nicht der erste Mann in Elisabeths Leben, aber das machte mir wenig aus. Heute denke ich ganz anders, besonders wenn es um meine Tochter geht. Aber bleiben wir bei der Vergangenheit.« Er hielt inne. »Könnte ich was zu trinken haben, Alexander?«

»Ja, selbstverständlich, gern. Whisky oder Brandy?«

Maximilian hob abwehrend die Hand. »O nein, vielleicht einen Gin-Tonic und ein Glas Wasser.«

Es war alles im Kühlschrank, und fast immer gleich in den Hotels. Maximilian wußte das von seinen vielen Reisen.

Auch Alexander nahm das gleiche für sich. Er sah den Älteren forschend an, und er sah momentan in ihm nur Manuelas Vater, entdeckte verwandte Züge mit ihr. In ihm war eine Spannung, die ihm fast den Atem raubte, eine Ahnung, daß er etwas ganz Ungewöhnliches erfahren würde.

»Die Hochzeit fand in Salzburg statt«, fuhr Maximilian fort.

»Ja, das habe ich bereits erfahren. Ich habe einen Detektiv beschäftigt, um nach dir zu forschen.«

»Ich verstehe nicht, daß sie dir nichts gesagt hat.« Es klang deprimiert.

»Nur, daß mein Vater tot ist.«

»Vielleicht ist er tot«, sagte Maximilian.

»Du sprichst in Rätseln«, stellte Alexander fest.

»Als du geboren wurdest, hatte ich mein erstes Engagement in der Schweiz. Endlich war ich auf dem Wege, mir einen Namen zu machen. Und Elisabeth hatte erklärt, daß sie in ihrer gewohnten Umgebung bleiben wolle, was mir nur recht sein konnte, weil sie schon damals beträchtliche Launen entwickelte. Vielleicht ging es ihr auch wirklich nicht gut, denn du warst eine Frühgeburt.«

»Ich eine Frühgeburt?« staunte Alexander. »Nach Mutters Worten war ich ein kräftiges und bildhübsches Baby.«

»Ich erfuhr, daß du eine Frühgeburt gewesen wärest. Später machte ich mir darüber auch Gedanken, aber zu dieser Zeit war ich sehr engagiert in meinem Beruf. Aber warum soll ich lange herumreden, Alexander, Elisabeth hatte vor unserer Hochzeit eine heiße Affäre mit einem anderen Mann, und die lebte wieder auf, nachdem du geboren warst, und so muß ich annehmen, daß ich gar nicht dein Vater bin, wenn sie es auch nie bestritten hat. Ich erwischte sie mit jenem anderen Mann in einer eindeutigen Situation, als ich früher als erwartet von einer Reise nach Hause kam. Ich habe sie zur Rede gestellt. Es kam zu einer fürchterlichen Auseinandersetzung, in der ich auch sagte, daß ich auf einen Vaterschaftstest bestehen würde, aber sie nannte mich einen Schmarotzer, der froh sein könne, von ihrem Geld zu profitieren, und sie sagte, ich solle mich zum Teufel scheren. Ich kann von dir nicht erwarten, daß du alles glaubst, was ich sage, aber ich habe keinen Grund, dich zu belügen. Ich bin gegangen. Gegen ihr Geld und ihre Verbindungen hätte ich sowieso nichts machen können, und ihr wärest du doch zugesprochen worden. Du warst immerhin als ehelich geboren und hattest meinen Namen, aber jetzt, da ich dich sehe, bin ich mehr denn je überzeugt, daß Alberto Patrese dein Vater ist.«

»Alberto Patrese«, wiederholte Alexander schleppend. »Ich habe den Namen nie gehört.«

Maximilian schloß kurz die Augen. »Ich weiß heute nicht mehr zu sagen, was wirklich echt an Elisabeth gewesen sein könnte. Ich will sie in deinen Augen nicht herabsetzen, aber ihr Leben bestand aus Egoismus, Herrschsucht und Geltungsbedürfnis.«

»Und du bist nicht mein Vater«, sagte Alexander leise und mit einem tiefen Aufatmen.

»Rechtlich gelte ich als dein Vater, Alexander, und ich kann mich erinnern, daß du dich als Baby sehr gefreut hast, wenn ich kam. Damals befand ich mich in einer Zwickmühle, weil ich nicht wußte, wie du aufwachsen würdest, wenn ich gehe, und die Zweifel, ob ein anderer Mann dein Vater war, konnten ja nicht ausgeräumt werden. Elisbath gab nie etwas zu, was für sie unangenehm werden konnte.«

»In materieller Hinsicht kann ich mich nicht beklagen«, sagte Alexander leise. »Ich bekam alles, was ich haben wollte, und auch vieles, was ich nicht haben wollte. Aber ich durfte mir nicht aussuchen, mit wem ich verkehren wollte. Ich durfte keine Freunde, geschweige denn ein Mädchen ins Haus bringen. Ich brachte es aber nicht fertig, eigene Wege zu gehen. Sie verstand es immer wieder, mich ans Haus zu fesseln, und irgendwie tat sie mir auch leid. Sie kränkelte schon lange. Jetzt meine ich, daß sie doch von ihrem Gewissen aufgezehrt wurde. Sie war tablettensüchtig, und sie trank auch heimlich.«

Maximilian sah Alexander offen an. »Danke für deine Offenheit. Du wolltest wissen, ob ich dein Vater bin, und nun …«

»Ich setzte es voraus«, erwiderte Alexander, »und nun möchte ich den Beweis haben, daß du nicht mein Vater sein kannst, das wäre sehr wichtig für mich, wenn es auch nicht alle Schwierigkeiten aus dem Weg räumen würde.«

»Schwierigkeiten in welcher Beziehung?«

»In bezug auf Manuela. Ich habe mich in sie verliebt, und ich habe schon Höllenqualen ausgestanden, wie sie reagieren würde, wenn sie erführe, daß wir denselben Vater haben. Das sind die Situationen, die verantwortungsbewußte Menschen beachten müßten.«

»Aber laut Geburtsurkunde bin ich dein Vater«, sagte Maximilian leise. »Ich liebe Manuela, ich liebe Laura. Sie weiß, daß ich schon mal verheiratet war, Manuela weiß es nicht. Ich wollte Fragen aus dem Wege gehen. Sie ist so wißbegierig.«

»Das weiß ich bereits, und sie ist ein bezauberndes Mädchen. Wärest du mit einem Vaterschaftstest einverstanden?«

»Sicher, aber was wäre damit erreicht, wenn Patrese nicht mehr lebt? Mein Gott, ist das eine schwierige Situation! Man würde fragen, warum uns das nach so vielen Jahren einfällt, und warum ich nicht schon früher, auch bei der Scheidung, einen solchen Test beantragt hätte.«

»Weißt du, was er von Beruf war und wo er lebte?«

»Er war Fabrikant, vielleicht sogar verheiratet. Er lebte wohl in Mailand, auch in der Schweiz und auch in München. Ich hatte das von gemeinsamen Bekannten erfahren.«

»Ich werde es herausfinden, das kann nicht so schwierig sein. Schließlich habe ich dich auch gefunden.«

Jetzt stand diese Barriere nicht mehr zwischen ihnen. Maximilian war aufgestanden und wanderte im Zimmer umher.

»Anscheinend erwidert Manuela deine Gefühle«, sagte er gepreßt. »Aber wie soll ich es ihr sagen, wie sich das alles wirklich verhalten hat, und daß der Weg zueinander für euch keineswegs frei ist.«

»Das kann man doch ändern«, sagte Alexander. »Solche Hindernisse kann man überwinden. Für mich zählt, daß es eine Zukunft für uns geben könnte. Ich danke dir jedenfalls sehr, daß wir so offen miteinander reden konnten.«

Maximilian blickte auf seine Uhr. »Meine Frau ist krank, Alexander«, sagte er. »Ich muß nach Hause.«

»Und ich werde mich schleunigst daran machen, Patrese zu finden. Bitte, erkläre Manuela alles.«

»Das werde ich wohl müssen. Und dann werden wir uns diesem Test unterziehen?«

»Wenn nur diese eine Möglichkeit bleibt, aber ich weiß, daß auch solcher Test manchmal nicht alle Klarheit verschafft.«

»Du bist gern Arzt geworden?«

»Ja, natürlich.«

»Und Elisabeth war einverstanden?«

»Ihr wäre es lieber gewesen, wenn ich Diplomat geworden wäre«, erwiderte Alexander mit einem flüchtigen Lächeln, »aber diesbezüglich hatte ich schon meinen eigenen Willen. Es ist ein dummes Gefühl, wenn man sagen muß, daß einem die eigene Mutter fremdgeblieben ist.«

»Verstehst du jetzt, warum ich mich nie um dich gekümmert habe?«

»Ich hätte es dir auch nicht verübelt, wenn du mit Sicherheit mein Vater wärest, aber daran will ich jetzt gar nicht mehr denken. Außerdem hat sich für mich alles geändert, als ich Manuela kennenlernte.«

»Aber es ist eine verzwickte Situation, Alexander. Halt mich bitte auf dem laufenden.«

»Wir werden uns bald wiedersehen. Ich hoffe, Manuela wird alles verstehen.«

»Ich weiß nicht, wie sie mich verstehen wird, sie hat einen ausgeprägten Willen.«

Mit einem festen Händedruck verabschiedeten sie sich, nicht Vater und Sohn, sondern Freunde, und das war für Alexander die größte Beruhigung.

Er führte ein paar Telefongespräche, packte seinen Koffer, und als Jules kam, ließ er sich zum Airport fahren. Jules war betrübt, obgleich er glänzend honoriert wurde.

»Ich komme wieder, Jules. Ihre Telefonnummer habe ich, und Sie haben meine, falls Sie nach München kommen.«

Mit großer Ungeduld hatte Manuela auf die Rückkehr ihres Vaters gewartet. Laura schlief noch, und das war gut so. Manuela hätte nicht gewußt, was sie ihr sagen sollte.

Als Maximilian kam, blickte ihm Manuela aufgeregt und erwartungsvoll entgegen. Er nahm sie in die Arme.

»Es ist alles anders, als du denkst, ma petite«, sagte er weich. »Ich werde es dir erklären. Ich möchte jetzt nur erst einen starken Kaffee und etwas zu essen.«

»Kann ich mich mit Alexander treffen, Dad?« fragte sie drängend.

»Er fliegt heute zurück nach München. Er läßt dich grüßen und …«

Sie ließ ihn nicht ausreden. Sie schluchzte auf und stieß anklagend hervor: »Du hast ihn vergrault, warum nur, Dad?«

»So ist es nicht, aber es ist eine lange Geschichte, und du mußt mir gut zuhören, mein Liebes.«

»Dann rede doch schon.«

»Ich habe so viel mit Alexander geredet, und mir geht so viel durch den Sinn. Da ist mir etwas eingefallen, was ich ihm noch sagen könnte. Aber bitte, sag Lisette, sie möchte Kaffee bringen.«

Manuela spürte, daß er verwirrt war und sich erst sammeln mußte, und ihr wurde auch bewußt, daß er kein abfälliges Wort über Alexander gesagt hatte. Sie beruhigte sich wieder und faßte sich in Geduld.

Lisette brachte den Kaffee. Inzwischen hatte Maximilian nach Laura gesehen, aber auch er war froh, daß sie schlief.

»Ich muß weit zurückgreifen, Manuela«, begann er dann stockend. »Mehr als fünfundzwanzig Jahre, als ich beruflich noch am Anfang stand. Da lernte ich Elisabeth Binder kennen, eine junge Frau aus sehr vermögender Familie. Wir haben geheiratet, und sie bekam einen Sohn. Sie ist Alexanders Mutter.«

Er wußte, als er es gesagt hatte, daß dies unklar ausgedrückt war, und Manuela sah ihn entsetzt an.

»Soll das heißen, daß Alexander mein Bruder ist?« stieß sie fassungslos und unter Tränen hervor.

»Bitte, laß mich ausreden, Manuela«, sagte er müde. »Es ist eine verworrene Geschichte.«

Sie sagte nichts mehr. Sie lauschte mit gefalteten Händen und zusammengepreßten Lippen. Und als Maximilian zu Ende erzählt hatte, atmete sie tief auf.

»Dann bist du doch nicht sein Vater«, flüsterte sie.

»Laut Gesetz schon, Manuela. Er ist ehelich geboren, ich stehe als sein Vater auf der Geburtsurkunde.«

»Das macht mir aber nichts aus«, sagte sie trotzig. Da mußte er sogar ein bißchen lächeln.

»Aber nehmen wir mal an, ihr wolltet heiraten ...«

»Natürlich will ich das. Ein anderer Mann kommt für mich überhaupt nicht in Frage.«

»Jetzt läßt du mich aber mal ausreden, Fräulein Ungeduld. Wenn man heiratet, muß man ein Aufgebot bestellen. Dazu muß man auch die Geburtsurkunden bringen und angeben, wer die Eltern sind, und wie es in eurem Fall ist, hättet ihr laut Urkunde denselben Vater, also wäre eine Heirat gar nicht erlaubt von Rechts wegen.«

»Du meinst also, daß man uns da Schwierigkeiten machen würde?«

»Ja, das meine ich. Das muß erst rechtlich geklärt werden, mein Kind.«

»Hat Alexander gesagt, daß er mich heiraten würde?«

»Nun, so direkt nicht, aber er hat nicht geleugnet, dich sehr zu mögen. Für ihn war es eine teuflische Situation, Manuela. Er wußte ja mehr als du, und er konnte kaum einen Zweifel hegen, daß ich sein Vater sei.«

»Was muß das für eine Frau gewesen sein«, murmelte sie. »Der arme Alexander! Dich einfach totzusagen.«

»Wer totgesagt wird, lebt lange«, meinte Maximilian mit wiedererwachendem Humor. »Aber leicht hat er es mit seiner Mutter bestimmt nicht gehabt.«

»Und wenn er den richtigen Vater nicht findet?«

»Ich kann mir nicht vorstellen, daß sie überhaupt keinen Hinweis hinterlassen hat. Da war doch auch ihre Busenfreundin Betti Mayerhöfer. Das fiel mir vorhin ein. Ich muß Alexander anrufen.«

»Kann ich das nicht tun, Dad? Ich möchte ihm auf Wiedersehen sagen ...«

»Dann tu es«, erwiderte er nachsichtig.

Aber sie legte mit einem enttäuschten Gesicht den Hörer wieder auf.

»Er ist schon abgereist, er hat für die Nachmittagsmaschine gebucht«, flüsterte sie, und wieder rannen Tränen.

»Du brauchst doch nicht zu weinen«, sagte Maximilian, »ich weiß, wo er zu erreichen ist, und er kennt jetzt unsere Adresse.

Du mußt nicht gleich so ungeduldig werden, Manuela. Gut Ding will Weile haben, heißt ein altes Sprichwort.«

»Wenn ich ihn doch so lieb habe«, schluchzte sie, und da nahm er sie tröstend in die Arme.

»Es wird schon alles gut werden, Kleines«, sagte er zärtlich. »Der Herrgott wird mit ihm schon ein Einsehen haben. Und eigentlich hätte ich nichts gegen einen solchen Sohn einzuwenden.«

»Aber ich möchte ihn nicht als Bruder haben. Und mein Herz sagt, daß er das nicht sein kann, sonst würde ich anders fühlen.«

Sie war seine Tochter, aber noch mehr Lauras, die genauso konsequent in ihren Gefühlen war. Für ihn war es ein überwältigendes Glück gewesen, sie zu finden, in einer Zeit, in der sich in ihm nach seiner Erfahrung mit Elisabeth schon eine Abneigung gegen Frauen entwickelt hatte.

Laura war ehrlich, großzügig, tolerant, das Gegenteil von Elisabeth. Und als er sich dann an ihr Bett setzte und ihre heißen Hände streichelte, dachte er an die glücklichen Jahre mit ihr. Ohne diese Frau war ihm das Leben nicht lebenswert.

»Du mußt bald gesund werden, mein Liebstes«, sagte er, »ich brauche dich so nötig.«

Da schlug sie die Augen auf und lächelte. »Ein paar Tage werde ich doch mal krank sein dürfen, Chéri«, sagte sie krächzend. »Es geht mir ja schon besser.«

»Du hast noch Fieber und mußt im Bett bleiben«, murmelte er.

»Ich habe auch nicht das Verlangen, das Bett zu verlassen. Aber du sollst dir keine Sorgen machen. Hoffentlich stecke ich euch nicht an.«

»Geteiltes Leid ist halbes Leid, mein Schatz. Jetzt schlaf wieder.«

»Ich kann doch nicht dauernd schlafen. So schlecht geht es mir auch wieder nicht. Ich habe Durst.«

»Ich werde dir gleich etwas bringen.«

»Ist alles okay, Maxi? Manuela machte mir einen verwirrten Eindruck, als wir kamen.«

»Sie hatte so bald nicht mit uns gerechnet, und außerdem sind wir es nicht gewohnt, daß dir etwas fehlt.« Er strich ihr das feuchte Haar aus der Stirn. »Es ist alles in Ordnung, mein Liebes.«

Jetzt wollte er ihr auf keinen Fall erzählen, was eben doch nicht in Ordnung war. Das würde sie auch aufregen. Ob Alexander etwas erreichen würde?

Er konnte seinen Gedanken freien Lauf lassen, während er bei Laura am Bett saß, die gleich wieder eingeschlafen war, nachdem sie Orangensaft getrunken hatte.

Er hatte noch nie so intensiv über Elisabeth nachgedacht wie jetzt. Wenn Alexander keine Frühgeburt war, wie sie es auch ihm sagte, dann mußte Patrese der Vater sein. Einen anderen Mann wollte er doch nicht in Betracht ziehen. Elisabeth hatte vor der Hochzeit nicht von einer Schwangerschaft gesprochen, aber sie hatte auf eine baldige Heirat gedrängt. Wenn alles so gewesen ist, wie er jetzt dachte, hatte sie es deshalb so eilig gehabt, um dem Kind einen Namen zu geben. Und das würde auch bedeuten, daß Patrese sie nicht hatte heiraten wollen oder können. Aber sie hatten ihr Verhältnis weiterhin aufrechterhalten.

Ihm drehte sich jetzt fast der Magen um. Armer Alexander, hatte Manuela gesagt. Ja, als Kind war er zu bedauern gewesen. Jetzt war er ein gestandener Mann, der wußte, was er wollte. Konnte man sich so positiv entwickeln, wenn man labile Eltern hatte? Und wenn sich nun doch herausstellen sollte, daß er Alexanders Vater war oder zumindest sein könnte?

Maximilian dachte an Manuela, die so erfüllt war von diesem ersten Liebestraum. Mußte es ein Traum bleiben?

Nein, ich bin nicht sein Vater, wir sehen uns kein bißchen ähnlich, aber er ist Alberto ähnlich, diesem Charmeur, auf den alle Frauen fliegen.

Er dachte auch an Elisabeth, die nach außen hin immer so kühl und unnahbar wirkte, aber sie gab sich nur so. In ihr tobte ein Vulkan. Und so konnte er überhaupt nicht begreifen, daß sie nicht wieder geheiratet hatte.

Wozu aber heiraten, er hätte Alexander fragen sollen, ob sie Männerbekanntschaften hatte, ob sie vielleicht öfter allein verreist war, oder ob sie auch weiterhin die Verbindung zu Alberto aufrechterhalten hatte. Sie hatte ihm ja ins Gesicht gesagt, daß Alberto der einzige Mann war, den sie geliebt hätte, als es zur Scheidung gekommen war.

Das Leben ging seltsame Wege, aber wer hätte auch nur ins Kalkül ziehen können, daß Alexander und Manuela sich einmal ineinander verlieben könnten?

~

Ana war völlig überrascht, als Alexander erschien, aber Gewissensbisse brauchte sie nicht zu haben, denn alles war ordentlich wie immer. Sie hatte ihre Cousine eingeladen, die genauso fleißig war, und die hatte ihr gleich beim großen Hausputz geholfen.

»Ich werde bald wieder wegfahren, Ana«, sagte Alexander, »bisher ist nur nicht alles so gelaufen, wie ich es erhofft habe. Ich hätte dir aber jetzt gerne ein paar Fragen gestellt, die nun von großem Interesse für mich sind.«

Sie sah ihn erwartungsvoll an. Er wußte, daß sie die Wahrheit sagen würde, wenn er sie fragte, und sie hätte nichts gesagt, wenn sie nicht gefragt worden wäre. Er konnte ihr vertrauen.

»Sag, hat meine Mutter öfter Post bekommen aus dem Ausland, oder Anrufe, von denen ich nichts erfuhr?«

Ana war ein bißchen verwirrt. »Ich weiß nicht, was Sie nicht erfahren haben, aber sie hat manchmal Briefe bekommen, aus Italien und aus der Schweiz, und angerufen wurde sie auch öfter.«

»War es ein Mann?«

Ana wurde verlegen. »Ich war nur einmal zufällig am Telefon, da war es ein Herr, und sie hat lange mit ihm telefoniert.«

»Hat sie auch Besuch bekommen, wenn ich nicht hier war?«

»O nein, niemals, aber wenn Sie verreist waren, ist sie auch öfter mal zwei Tage weggefahren, und dann hat sie gesagt, daß Sie es nicht wissen müßten, weil Sie sich sonst nur Sorgen machen würden. Ist das denn jetzt noch wichtig?«

»Ja, Ana, es ist plötzlich sehr wichtig geworden, weil mein Vater möglicherweise noch lebt.«

Ana wurde blaß und sah ihn mit weit aufgerissenen Augen an. »O Gott«, murmelte sie, »aber man darf so etwas doch nicht sagen, wenn es nicht stimmt, ich meine, man darf nicht sagen, daß jemand tot ist, wenn er noch lebt.«

»Meine Mutter durfte alles. Für sie galten besondere Gesetze«, sagte er bitter. »Ist in ihren Zimmern alles unverändert?«

»Alles, wir haben nur gelüftet und Staub gewischt. Ich habe nichts genommen, Herr Doktor.«

»Das weiß ich, aber Sie können alle Kleidung nehmen, Ana, sehen Sie aber bitte alle Taschen durch, ob Sie etwas darin finden. Ich werde mich jetzt um den Schreibtisch kümmern.«

»Ich soll alle Sachen nehmen, auch die Pelze und die teuren Kleider?« fragte Ana fassungslos.

»Ja, aber tragen Sie bitte nichts davon, wenn ich es sehen kann.«

»Ich kann das doch gar nicht tragen«, murmelte sie.

»Dann verschenken oder verkaufen Sie alles. Ich will nichts mehr im Haus haben, wenn meine zukünftige Frau hierherkommt.«

»Aber warum sagen Sie plötzlich Sie zu mir?«

»Vielleicht deshalb, weil hier alles anders werden wird.«

»Aber ich habe es gern, wenn Sie du sagen.«

»Ich möchte, daß Sie respektiert werden von jedem, der künftig dieses Haus betritt. Bisher wurde nicht gewürdigt, was Sie leisten.«

Ana seufzte. »Wenn Sie meinen, daß man dazu Sie sagen muß.« Da mußte er doch lachen und nahm sie kurz in den Arm. »Wahrscheinlich sage ich dann doch wieder du. Aber hier wird sich jetzt manches tun, was Diskretion erfordert.«

»Sie wissen doch, daß ich nicht schwatze. Aber nun sollten Sie erst etwas essen.«

»Das ist nicht so wichtig. Keine Umstände. Ich gehe jetzt in Mutters Zimmer und befasse mich mit dem Schreibtisch.«

Ana blickte zu Boden. »Ich weiß nicht, ob es wichtig ist, Herr Doktor, aber einmal habe ich gehört, wie sie am Telefon sagte, daß etwas in der Schweiz im Safe liegt, und das würde niemand sonst erfahren. Ich habe nicht gelauscht, ich habe es nur gehört.«

»Ja, es könnte wichtig sein, Ana. Vielleicht fällt dir noch mehr ein.«

Sie konnte wieder strahlen, weil er nicht Sie sagte, und sie meinte, sie würde genau überlegen.

Wenig später saß er am Schreibtisch. Mittlerweile war es bereits einundzwanzig Uhr, und kaum hatte er die Schublade geöffnet, läutete das Telefon. Er hörte es, überließ es aber Ana, sich zu melden.

Sie kam herein. »Da ist jemand aus Paris, den Namen habe ich nicht richtig verstanden«, sagte sie.

Alexander sprang auf und eilte zum Telefon: »Manuela«, rief er aus. Ana hörte es und zog sich mit einem zufriedenen Lächeln zurück. Sie hoffte nun auch, daß alles anders werden würde.

Alexander aber lauschte auf die geliebte Stimme. »Dad hat mir alles gesagt, Alexander. Ich wollte wissen, ob du in München gut angekommen bist.«

»Das bin ich und werde gleich alles in die Wege leiten, um Klarheit in diese ganze Geschichte zu bringen. Du verstehst mich, Manuela?«

»Ich wollte dir sagen, daß ich dich liebe, und ich werde immer auf dich warten, Alexander.«

»Du ahnst nicht, wie sehr ich dich liebe, und welche Ängste ich ausgestanden habe, daß das Schicksal gegen uns sein könnte. Wie geht es deinem Dad?«

»Er ist sehr nachdenklich.«

»Und wie geht es deiner Mutter?«

»Schon ein bißchen besser.«

»Ich hoffe so sehr, daß wir uns bald wiedersehen können, Manuela.«

»Ich habe keinen anderen Wunsch, Alexander.« Tränenerstickt war ihre Stimme. »Ich möchte so gern bei dir sein.«

Und er hätte sie so gern in die Arme genommen und so geküßt, wie er es sich gewünscht hatte.

Aber ihre Gedanken trafen sich, und er wollte so schnell wie möglich vorankommen in seinen Nachforschungen, um Manuela bald wiedersehen zu können.

Bis gegen Mitternacht durchsuchte er den Schreibtisch, ohne etwas zu finden, was ihm weiterhelfen könnte, bis er dann durch Zufall doch etwas entdeckte. Eine Seitenschublade hatte sich verklemmt, als er sie wieder zuschieben wollte, zog er sie ganz heraus. Staunend weiteten sich seine Augen, denn an die Rückfront war ein Umschlag angeklebt, in dem sich etwas Hartes befand. Flache Schlüssel, wie er vermutete, und die Vermutung stimmte. Ein Ausweis für ein Bankschließfach und zwei Schlüssel befanden sich darin. Wie konnte man an ein solches Schließfach herankommen. Er hatte keine Ahnung, denn mit so was hatte er sich nie befaßt. Er beschloß, sich auf seiner Bank zu erkundigen.

Aber dann kam ihm auch in den Sinn, wo seine Mutter ihren kostbaren Schmuck aufbewahren mochte. Auch auf einer Bank? Das war wenig wahrscheinlich, da sie sehr viel Schmuck auch täglich getragen hatte. In dem Safe im Wohnzimmer hatte er ihn nicht gefunden. Für ihn besaß er auch einen Schlüssel. Sollte sie vielleicht in ihrem Schlafzimmer noch einen Wandsafe haben?

Er ging hinüber, und ein Frösteln kroch durch seinen Körper. In diesem Zimmer war sie gestorben. Die dunkelroten Samtvorhänge waren für einen Schlafraum ungewöhnlich und seiner Ansicht nach eine Geschmacksverirrung bei ihrem sonst so exzellenten Geschmack. Aber sie hatte es so gewollt, wie auch die Möbel in Mahagoni.

Über dem Bett hing ein wunderschöner Gobelin, aber für Alexander war auch das ein Staubfänger. Er mußte auf das Bett steigen, um ihn anzuheben, denn hinter den sonstigen Bildern und Spiegeln hatte er keinen Safe gefunden.

Aber nun fand er doch einen, ziemlich hoch angebracht und so, daß er ihn gerade noch erreichen konnte. Er fragte sich, wie das seiner Mutter gelungen sein mochte, die um einiges kleiner gewesen war als er. Aber er konnte ihn nicht öffnen, weil er die Kombination nicht besaß. Doch da erinnerte er sich an die Zahl, die er auf dem Kuvert vermerkt gefunden hatte, das er in der Schublade fand. Er nahm es aus seiner Tasche, und als er bedächtig die Zahlenkombination einstellte, wurde ihm bewußt, daß es der Geburtstag seiner Mutter war.

Der Safe ließ sich öffnen. Alexander fand die Schmuckkassette darin und eine Ledermappe.

So müde er auch war, jetzt vibrierten seine Nerven. Seine Suche hatte sich gelohnt, aber er war sich auch im klaren, daß er sich damit noch lange nicht beschäftigt hätte, wenn es ihm nicht um Manuela ginge, um ihre gemeinsame Zukunft.

Endlich fand er auch einen Hinweis auf Alberto Patrese. Eine Geschäftskarte, die ihn als Conte Patrese auswies, Repräsentant einer weltberühmten Kosmetikfirma.

Zürich, Rom, Mailand, diese Städte waren aufgeführt. Gute Hinweise waren das. Er war kein Unbekannter, er mußte zu finden sein. Gleich morgen sollte Heinziger die Ermittlungen aufnehmen. Alexander hatte keine Neigung, herumzureisen, um selbst etwas herauszufinden, aber jetzt hatte er wenigstens einen Beweis, daß es für seine Mutter der einzige Mann gewesen zu sein schien, dem sie eine Erinnerung bewahrt hatte. In der Schmuckkassette fand er in einem schweren goldenen Madaillon eine Fotographie von ihm, das er nie an ihr gesehen hatte, und Alexander erschrak, denn die Ähnlichkeit mit ihm selbst war unverkennbar.

Mehr Beweise brauchte er eigentlich nicht, aber es war doch klar, daß dieser kaum anerkannt werden würde, wenn es darum ging, rechtlich beurkunden zu lassen, daß Maximilian nicht sein Vater war. Und diese Urkunde brauchte er, wenn er Manuela heiraten wollte.

Ob so was wohl schon mal jemandem vor ihm passiert war? Und was könnte er tun, wenn beide Männer nicht mehr leben würden und niemand etwas von Elisabeths Geheimnis wüßte?

Daran durfte er gar nicht denken. Als er todmüde in sein Bett sank, galt sein letzter Gedanke Manuela, und mit einem Lächeln schlief er ein.

Der Morgen kam. Ana und ihre Cousine Jelka waren schon munter. Der Frühstückstisch war gedeckt. Kaffeeduft zog durch das Haus. Ana hatte frische Brötchen geholt und alles hergerichtet, was Alexander schmeckte.

»Bleibt deine Cousine länger?« fragte Alexander.

»Ist sie lästig?« fragte Ana verlegen.

»Im Gegenteil. Mir ist es lieber, wenn du nicht allein bist im Haus. Ich fahre ja bald wieder weg. Mag sie vielleicht immer bleiben? Dann hättest du eine Entlastung.«

Ana blickte ihn anbetend an. »Sie dürfte bleiben? Oh, wie würde sie sich freuen. Sie hat doch auch niemanden.«

»Und du hättest jemanden, mit dem du dich unterhalten kannst. Du hast all die Jahre so geduldig ausgeharrt und alles ertragen, warum sollst du es nun nicht auch besser haben?«

»Mir hätte Schlimmeres passieren können, als ein paar Launen zu ertragen.«

Sie hatte ihre eigene Lebensanschauung, aber sicher hatte sie auch keine leichte Kindheit gehabt. Ihr eine Freude zu bereiten, war Alexander ein Bedürfnis.

»Haben Sie wenigstens gefunden, was Sie suchten, wenn ich fragen darf?« fuhr Ana fort.

»Einiges. Wußtest du, daß hinter dem Gobelin ein Safe ist?«

Erschrocken blickte sie ihn an. »Ich durfte den Gobelin doch gar nicht anfassen«, sagte sie stockend. »Ist er sehr staubig?«

»Auch da werden wir einiges ändern, Ana. Den Gobelin und die Vorhänge könnt ihr schon mal abnehmen. Die Möbel lasse ich abholen, wenn du die Schränke ausgeräumt hast. Aber du kannst dir Zeit lassen. Heute werde ich wohl auch den ganzen Tag abwesend sein.«

»Werden Sie nicht zu Hause essen?« fragte sie betrübt.

»Sicher nicht, abends vielleicht nur ein Brot. Ich habe so viel zu erledigen.«

Zuerst rief er Heinziger an und verabredete mit ihm einen Termin zum Mittagessen. Das fand er angenehmer, als im Büro zu sitzen, und Heinziger war hocherfreut.

Dann rief Alexander Dr. Norden an und fragte ihn, wann er ein paar Minuten für ihn Zeit hätte. Er könne gegen zehn Uhr kommen, da könnte er ihn zwischendurch hereinnehmen, wurde ihm von Dorthe gesagt.

So konnte er vorher noch zur Bank fahren. Der Bankdirektor hatte auch gleich Zeit für ihn, so war das, wenn man ein guter Kunde war.

Alexander erfuhr, daß er einen Erbschein benötigte, um an ausländische Schließfächer heranzukommen, aber er solle besser auch das Testament mitnehmen. Aber es sei allgemein üblich, daß hinterlegt würde, wer im Falle des Todes über den Inhalt verfügen könne.

Nun war er wieder ein bißchen klüger. Er hatte keine Neigung, Dr. Keller einzuweihen. Er rief ihn nur an und fragte, ob er einen Erbschein bekommen könne.

»Das ist schon eingeleitet«, sagte der Anwalt. »Sie werden ihn in den nächsten Tagen haben. Da ein Testament vorlag, dauert es nicht lange.«

Nun konnte er beruhigt zu Dr. Norden fahren, und der staunte nicht schlecht, was Alexander zu berichten wußte.

»Und Sie wollen einen Vaterschaftstest beantragen?« fragte er.

»Maximilian ist einverstanden. Ihm liegt auch daran, aber wenn Patrese sich zur Vaterschaft bekennen würde, brauchten wir den Test nicht. Aber ich könnte Manuela doch niemals heiraten, wenn wir auf dem Papier beide denselben Vater haben.«

Das war nun wirklich mal eine Geschichte, die Dr. Norden noch nie untergekommen war. Dramatik und Romantik paarten sich, und dabei hatte er auch nicht geglaubt, daß Alexander sich mal schnell verlieben könnte. Fee würde staunen, was in ein paar Tagen so alles geschehen konnte.

Jedenfalls konnte er ihm auch sagen, daß ein Vaterschaftstest nach den neuesten Erkenntnissen selten Ungewißheit zurückließ. Er hatte damit schon praktische Erfahrungen, während Alexander nur theoretische gesammelt hatte.

Daniel Norden war jedoch auch sehr gespannt, wie es nun weitergehen würde. Und er war auch gespannt, wie das Mädchen wohl sein mochte, das Alexanders Herz im Sturm gewonnen hatte.

Alexander fuhr in die Stadt. Es herrschte ein höllischer Verkehr, und er war froh, daß er noch früh dran war, denn es dauerte auch geraume Zeit, bis er einen Parkplatz gefunden hatte, da die Parkplätze um das Hotel herum, in dem er mit Heinziger verabredet war, alle belegt waren.

Er bekam einen Tisch in einer ruhigen Ecke, und er mußte an das Abendessen mit Manuela denken. Heinziger kam pünktlich, aber abgehetzt.

»Wenn Sie nicht wären, müßte ich heute wieder ohne Essen

auskommen«, seufzte er. »Sie haben ein Herz für einen geplagten Detektiv, Herr Doktor.«

»Sie sind also sehr gefragt«, lächelte Alexander. »Was beschäftigt Sie am meisten, oder besser gesagt, wer?«

»Am meisten Geschäftsleute, dann kommen aber gleich eifersüchtige Ehefrauen. Und manchmal sind das sehr unangenehme Aufgaben. Haben Sie Ihren Vater gefunden?«

»Ich habe Maximilian Berghold gefunden, aber er ist nicht mein Vater, also beginnt eine neue Suche, aber diesmal kann ich Ihnen den Hinweis geben, um wen es sich handeln könnte, und auch, wo er möglicherweise zu finden ist. Ich möchte über seine Familienverhältnisse informiert werden, denn mir liegt daran, daß kein Unheil unter Unschuldigen gestiftet wird.«

Heinziger nickte. »Das ehrt Sie. Da denken manche ganz anders.«

»Rachegefühle sind da wohl nicht angebracht, abgesehen davon, daß mir solche gar nicht liegen.«

Er gab Heinziger die Geschäftskarte von Patrese und zeigte ihm das Bild in dem Medaillon.

»Beträchtliche Ähnlichkeit vorhanden«, stellte Heinziger fest. »Gut, ich denke, daß ich morgen schon Bescheid weiß.«

»Dann können wir in aller Ruhe essen, und Sie können sich auch ein bißchen entspannen.«

Sie ließen es sich schmecken. Alexander war es ja bei allem Ungemach auch schon bedeutend wohler.

»Ich finde es gut, daß Herr Berghold so fair ist«, stellte Heinziger dann beiläufig fest.

»Er kann gar nicht anders«, meinte Alexander hintergründig, »er ist zwar nicht mein Vater, aber er wird mal mein Schwiegervater, wenn alles klar ist. Er hat nämlich in der zweiten sehr glücklichen Ehe eine ganz bezaubernde Tochter.«

»O la la«, sagte Heinziger, »das konnte man aber nicht ahnen.«

»Weiß Gott nicht, aber andernfalls würde es mich jetzt auch

gar nicht mehr interessieren, weiter nachzuforschen. Doch ich brauche den Beweis. Auf dem Papier ist Maximilian ja als mein Vater registriert, und ich bin als eheliches Kind geboren. Es ist verrückt.«

»Aber das kommt öfter vor, als man denkt. Aber jetzt ist es ja auch gesetzlich verankert, daß Kinder das Recht haben, den natürlichen Vater kennenzulernen.«

»Mir liegt nichts daran, ihn kennenzulernen. Ich will nur den Beweis haben, daß Maximilian nicht mein Vater ist.«

»Und wenn es Patrese finanziell schlechtgeht und er eine Geldquelle an Ihnen sieht? Hinter manchem beeindruckenden Namen verbirgt sich eine verkrachte Existenz!«

»Ich wäre auch bereit, ihm Geld zu geben.« Alexander seufzte. »Ich sehe keinen anderen Weg.«

»Ein Vaterschaftstest ist auch ein Beweis.«

»Das habe ich in Betracht gezogen, aber es könnte doch kein endgültiger Beweis sein.«

»Ich werde mich gleich hineinhängen, damit ich Ihnen baldmöglichst Bescheid geben kann, Herr Doktor«, sagte Heinziger. »Vielen Dank für das gute Essen, es hat mich wieder aufgebaut.«

»Aber Sie mögen doch diesen Beruf.«

»Das ist es ja eben. Ich habe nur nicht gedacht, daß man sich auch mit so viel Kleinkram befassen muß, damit die Rubel rollen.«

Alexander konnte zufrieden sein. Er brauchte sich nicht getäuscht zu sehen, und er sah einen Ausweg aus seinem Dilemma. Alles wäre so einfach gewesen, wenn seine Mutter sich nicht so hinter dieser Schweigemauer verschanzt hätte. Wenn man einen Menschen liebte, mußte man doch auch den Mut haben, sich zu ihm und dieser Liebe zu bekennen, auch wenn unüberwindliche Hindernisse im Wege standen.

Er bummelte jetzt noch eine halbe Stunde durch die Straßen, und da wurde er von dem Schaufenster eines Juweliergeschäftes magisch angezogen. Er entdeckte ein wunderschönes Collier mit einem brillantgefaßten Opal als Anhänger. Ein außergewöhnliches Schmuckstück war das und in seinen Augen wie für Manuela geschaffen.

Daß es auch seinen Preis hatte, machte ihm nicht zu schaffen, aber ihm ging es durch den Sinn, welch ein Vermögen Elisabeths Schmuck darstellen mußte. Früher hatte er sich darüber keine Gedanken gemacht. Aber wenn sie den Schmuck nicht von Patrese oder einem anderen Mann bekommen hatte, mußte sie ihn sich selbst gekauft haben, abgesehen von den Schmuckstücken, die sie von ihrer Mutter geerbt hatte. Konnte eine Frau so eitel und geltungsbedürftig sein, daß sie sich so viel wertvollen Schmuck selbst kaufte, um ihn dann in einem Wandsafe zu hinterlassen, ohne diesen verschwiegenen Platz zu nennen? Was mochte wohl in ihrem Kopf vor sich gegangen sein, und was würde er möglicherweise noch erfahren, wenn Patrese bereit sein würde, mit ihm zu sprechen, vorausgesetzt, daß er noch am Leben war.

Er kaufte das Collier für Manuela. Er wollte es ihr bringen, wenn er frei von allen Sorgen wieder nach Paris kommen würde. Aber vorsichtshalber wollte er es noch in seinen Banksafe legen. Es war in ihm ein Widerstand, diese beiden Safes in seinem Haus zu benutzen, wie ihm alles nicht geheuer vorkam, was seine Mutter eingerichtet hatte.

Hatte sie sich nicht selbst das Leben zur Hölle gemacht, indem sie sich selbst betrog um so vieles, auch um das volle Vertrauen ihres Sohnes?

Und war es nicht seltsam, daß niemand nach ihr fragte, wie es doch war, wenn man nichts vom Tode eines Menschen erfahren hatte? Aber es rief auch niemand aus ihrem früheren Bekanntenkreis an, oder hatte sie den auch nur aufgebauscht, um ein Alibi für manche Ausflüge zu haben?

Da gab es auch die Modeschöpferin, die viel Geld an ihr verdient hatte, der Coiffeur, den sie jede Woche einmal, manchmal auch öfter aufgesucht hatte. Sie mußte sich schrecklich gelangweilt haben in ihrem sorglosen Leben, in dem sich das Geld anscheinend von selbst vermehrte.

Er wußte, daß ihre Eltern riesige Ländereien besaßen, daß ihr Kapital sehr gewinnbringend angelegt war. Er hatte noch gar keinen Überblick gewonnen, wieviel Häuser und Eigentumswohnungen und wieviel Aktien und Anleihen er besaß. Er hatte sich darum noch nicht gekümmert. Er hatte nur wissen wollen, wer sein Vater war und warum sie ihm verschwiegen hatte, daß er noch lebte.

Als er heimkam, waren Ana und Jelka noch beim Ausräumen der Schränke. Ana regte sich auf, daß sie nun kein Essen für den Herrn Doktor zubereitet hatte, aber Alexander winkte ab.

»Ich habe reichlich gegessen, Ana. Später kannst du mir noch einen Schinkentoast machen. Ich habe hier jetzt auch noch zu tun, und dann muß ich auch noch dringende Anrufe erledigen.«

»Wir sind bald fertig, aber ich kann die vielen Sachen nicht annehmen, Herr Doktor«, sagte Ana. »Sie könnten sie bestimmt gut verkaufen.«

»Um Himmels willen, das fehlte mir noch! Macht damit, was ihr wollt, ich will nichts mehr sehen.«

»Aber die Pelze sind viele tausend Mark wert«, sagte Ana wieder.

»Dann verkauf sie und behalt das Geld. Das ist okay, ich gebe es dir auch schriftlich.«

»Die gnädige Frau wird einen Fluch herabschicken«, murmelte Ana. Davor hatte sie also Angst.

»Ach was, sie ist tot«, sagte er hart.

Ana blickte ihm traurig nach. Sie spürte es, wie gern er den Geist seiner Mutter aus diesem Haus verbannen wollte. Sie hätte es nicht ausgesprochen, aber sie wußte auch, wie selbstherrlich diese Frau gewesen war, aber sie mußte ihrem Sohn auch etwas angetan haben, was ihn aggressiv machte, denn sie kannte Alexander nur tolerant.

Alexander registrierte die einzelnen Schmuckstücke, die wahrscheinlich auch bei reichen Frauen überschwengliche Freude hervorgerufen hätten. Nicht ein einziges hätte er Manuela geben wollen, aber vielleicht konnte er damit Patrese befriedigen, wenn er Ansprüche stellen würde.

Aber hätte der sich nicht schon gemeldet, wenn er das wollte? Blödsinn, dachte Alexander, wahrscheinlich weiß er noch gar nicht, daß sie tot ist, und wer weiß, wie lange sie schon nichts mehr voneinander gehört hatten.

Seine Gedanken umkreisten diesen Mann, aber ihn als seinen Vater zu betrachten, vermochte er nicht.

Die lange Liste seiner Vermögenswerte konnte ihn nicht auf andere Gedanken bringen. Er wußte ohnehin, daß er sich alles leisten konnte, eine eigene Klinik könnte er einrichten, aber dieser Gedanke beschäftigte ihn gar nicht. Er hatte sich ein Ziel gesetzt und es nicht aus den Augen verloren. Er konnte alles ruhig angehen, und ihm war die Möglichkeit gegeben, vieles für die Kranken zu tun, die sonst auf die Schattenseite gedrängt wurden.

Ja, er hatte seine Pläne, aber am wichtigsten war ihm Manuela. Und er träumte von ihr auch in der Nacht. Ich möchte dir helfen, sagte sie, aber dann lag sie auf seinem Bett, und er konnte nicht zu ihr gelangen, weil eine Tür geschlossen wurde. Er erwachte schweißgebadet, und wenn es nicht so früh gewesen wäre, hätte er gleich in Paris angerufen.

Er war von einer inneren Unruhe ohnegleichen bewegt, und gegen zehn Uhr wagte er es, in Paris anzurufen.

Lisette war am Telefon. Vor Aufregung konnte Alexander nicht so schnell die französischen Vokabeln zusammenfinden, um sich Lisette verständlich zu machen, aber mühsam brachte er es dann über die Lippen, daß er Manuela sprechen wolle.

Sie kam auch gleich. Ihre Stimme klang verschnupft, und das war sie auch.

»Es ist aber nicht schlimm«, sagte sie sofort. »Was gibt es Neues, Alexander?«

»Ich hatte einen komischen Traum und habe mir Sorgen um dich gemacht«, sagte er.

»Das brauchst du nicht. Du schläfst anscheinend zu wenig. Wir können uns doch ein bißchen Zeit lassen.«

»Nein, ich will alles schnell über die Runden bringen. Ich habe so große Sehnsucht nach dir, Manuela.«

»Und ich nach dir. Aber vor uns liegt ein langes Leben, so tröstet mich Dad.«

»Ich werde heute hoffentlich schon etwas erfahren. Bitte, paß auf dich auf, Manuela.«

Ihm ging der Traum nicht aus dem Sinn, und am liebsten wäre er gleich wieder nach Paris geflogen.

Um elf Uhr rief Heinziger an. Patrese war zur Zeit in Mailand. Ein Todesfall war in der Familie, so hatte man es ihm gesagt. Es wäre ganz einfach gewesen, das zu erfahren, weil er sich als Geschäftsfreund ausgegeben hätte.

»Dann werde ich hinfahren«, sagte Alexander schnell entschlossen.

Mochte es auch pietätlos scheinen, aber in einer solchen Situation lernte man einen Menschen am besten kennen. Und wenn er auch an Patrese nicht herankam, so konnte er an Ort und Stelle doch am leichtesten erfahren, wo er in der nächsten Zeit zu erreichen sein würde.

Alexander wurde jetzt auch von einer gewissen Aufsässigkeit geleitet. Er war betrogen worden um seinen leiblichen Vater, und der andere, dessen Namen er trug, war totgeschwiegen worden im deutlichsten Sinne des Wortes.

Als er Ana verkündete, daß er nun nach Italien fahren würde, und diesmal mit dem Auto, sah sie ihn ängstlich an.

»In Italien stehlen und morden sie«, sagte sie, »und auf schöne Autos und Gepäck sind sie ganz scharf. Das liest man immer wieder. Ich will ja nicht leugnen, daß es auch in meiner Heimat solche Kerle gibt, aber ganz so schlimm ist es doch nicht. Außerdem fühle ich mich hier zu Hause.«

»Das höre ich gern, Ana, Sie sind ja auch schon lange hier und ehrlich und fleißig.«

»Ich habe mit Jelka gesprochen. Sie würde auch gern bleiben, aber sie muß eine Arbeitserlaubnis bekommen.«

»Dafür werde ich schon sorgen. Macht euch nur keine Gedanken. Und du brauchst dir keine Sorgen zu machen. Ich passe schon auf meine Sachen und auch auf mich selber auf.«

Und ein paar Sachen waren schnell eingepackt. Er wußte ja, daß man in Mailand alles bekommen konnte, was man brauchte. Und die Fahrt war auch nicht mehr so beschwerlich wie früher.

Er rief vorher aber noch in Paris an und sagte Manuela, daß er nach Mailand fahren würde. »Dort kann ich einen Mann treffen, der wahrscheinlich Aufklärung über die Zusammenhänge geben kann. Geht es deiner Mutter besser?«

Laura ging es besser, aber Manuelas Stimme klang ganz schön heiser.

»Du wirst doch nicht auch die Grippe bekommen«, sagte Alexander besorgt.

»Mach dir um mich keine Gedanken, paß du lieber auf dich auf.«

Auch sie sagte es, und unwillkürlich dachte er, daß sie sich mit Ana sicher auch gut verstehen würde.

»Ich rufe auch aus Mailand an, sobald ich etwas zu berichten habe«, sagte er.

Manuela schickte ihm einen Kuß durch den Draht, und er sagte: »Ich sehne mich nach dir.«

Aber dann startete er zu der Reise, die ihm, so hoffte er, restlose Klarheit verschaffen sollte.

Es war ein Wochentag, und es waren viele Lastwagen unterwegs, aber er kam gut voran, denn an den Grenzen gab es keinen Aufenthalt. Auf der Autobahn ging es zügig voran, und bereits um acht Uhr war er in Mailand angekommen. Im besten Hotel der Stadt bekam er auch ein sehr schönes Appartement.

Nachdem er sich erfrischt hatte, fuhr er wieder hinunter, um noch etwas zu essen, aber auch, um schon mal ein paar Erkundigungen einzuziehen und sich ein paar Zeitungen zu besorgen. Er konnte sich italienisch verständigen, da es ihm überhaupt leichtfiel, Sprachen zu lernen. Das erste, was ihm in der einen Zeitung ins Auge fiel, war eine Todesanzeige. »Carlotta Patrese« hieß die Verstorbene. Als Trauernde war die Familie vermerkt.

Er nahm sich auch das Telefonbuch vor, aber da gab es mehrere Patreses, wenn auch keinen Alberto.

Er wandte sich an den sehr höflichen Geschäftsführer, der auch perfekt deutsch sprach, und fragte ihn, ob ihm ein Todesfall Patrese bekannt sei. Er wolle kondolieren, hätte es aber nicht genau gesagt bekommen.

»Ja, die Contessa ist gestorben, ganz plötzlich«, erwiderte der Geschäftsführer, »sie waren immer gerngesehene Gäste in diesem Haus.« Er erzählte weiter, daß die ganze Familie gestern hier gespeist hätte nach der Messe. »Eine große Familie, mehr als dreißig Personen«, betonte er.

Und eine davon war Alberto, aber war er noch in Mailand? Alexander wollte nicht zu direkte Fragen stellen. Er erfuhr die genaue Adresse und gab sich damit zufrieden.

Dann ging er in den Speisesaal, und dort erntete er ein paar forschende Blicke, die ihm zu denken gaben. Ein älteres Paar und eine sehr attraktive jüngere Dame, die bei ihnen am Tisch saß, blickten immer wieder zu ihm herüber und tuschelten. Er hätte gern gewußt, was sie redeten, denn er spürte, daß er ihr Interesse erregte.

Er hielt sich nicht lange auf. Er wollte schlafen und am nächsten Tag frisch sein. Er wollte auch genau überlegen, wie er vorgehen sollte.

Das Frühstück ließ er sich am nächsten Morgen auf dem Zimmer servieren. Er hatte gut geschlafen und hatte Appetit, und er konnte sich Zeit lassen. Aber das Wetter war verlockend, und da wollte er lieber doch einen kleinen Bummel machen, bevor er zu der Adresse fuhr, die ihm der Geschäftsführer genannt hatte.

Elegante Geschäfte lockten zum Einkaufen, und er nahm sich auch vor, wenigstens ein paar Sachen zu erwerben. Er legte großen Wert darauf, gut gekleidet zu sein, und jetzt, da er Manuela kannte, war ihm das noch wichtiger.

Als er zur Wohnung von Patrese fuhr, überlegte er, daß er einfach so tun könne, als wüßte er nichts von dem Todesfall, damit er nicht gleich einen schlechten Eindruck machte.

Er hielt dann vor einem Palazzo, der so beeindruckend war, daß es ihm doch ein bißchen mulmig wurde, und er wäre tatsächlich wieder umgekehrt, um doch erst telefonisch anzufragen, ob er einen Besuch machen dürfe, wäre nicht gerade da eine junge bildschöne Dame aus der Tür getreten und hätte einen kleinen Schrei ausgestoßen, als sie ihn erblickte.

Alexander war konsterniert, machte eine leichte Verbeugung und sagte, daß er sie nicht hätte erschrecken wollen. Unwillkürlich sprach er deutsch in diesem Moment der Verwirrung, denn sie schüttelte unentwegt den Kopf.

»Die Ähnlichkeit«, murmelte sie, »diese Ähnlichkeit mit Nico, ich muß um Verzeihung bitten, Signore, aber wer sind Sie?«

»Mein Name ist Alexander Berghold«, stellte er sich vor.

»Oh, Sie müssen mit uns verwandt sein, sonst gibt es solche Ähnlichkeit nicht«, stieß sie aufgeregt hervor. »Und anscheinend wollen Sie doch sicher zu uns?«

»Ich wollte Conte Patrese fragen, ob er ein wenig Zeit für mich hätte«, gab er zu.

»Papa hat sicher Zeit«, erwiderte sie. »Meine Mutter ist gestern beerdigt worden. Jetzt ist Ruhe eingekehrt.«

Sie sagte es monoton, ohne innere Regung. Sie war mittelgroß und zierlich und bildschön, auf andere Weise als Manuela, aber reifer.

»Ich bin Marisa Patrese«, sagte sie geistesabwesend. »Sie sehen meinem Bruder Nico sehr ähnlich und auch meinem Vater. Ich muß zugeben, daß ich sehr verwirrt bin.«

Jetzt war es ihm peinlich, daß er gekommen war und Patrese nicht zu einem Gespräch an einem anderen Ort gebeten hatte. Aber Marisa schien nach dem ersten Schock nur neugierig zu sein, während Alexander dachte, daß Alberto Patrese gerade seine Frau verloren hatte und aus dieser Ehe zwei Kinder da waren, erwachsene Kinder! Wie alt mochte dieser Nico sein, oder gab es sogar noch mehr?

Marisa sah ihn fragend an. »Ich möchte Sie gern hereinbitten«, sagte sie beklommen. »Wen darf ich meinem Papa melden? Ich habe Ihren Nachnamen nicht gleich verstanden.«

»Sagen Sie ihm bitte, daß Dr. Alexander Berghold ihn gern sprechen würde, wenn Sie so freundlich sein wollen.«

Sie nickte. »Er wird genauso verblüfft sein wie ich«, murmelte sie.

Das allerdings glaubte Alexander nicht, denn über seine Existenz war Alberto Patrese ganz sicher informiert. Ja, davon war er überzeugt.

Und daß die Familie in sehr guten Verhältnissen lebte, stand für ihn auch fest. Allzu groß schien die Trauer nicht zu sein um die Hausherrin, denn laute Musik schallte durch das Haus, und es war keine klassische Musik.

»Das ist Nico«, sagte Marisa, »er liebt diese Schlager.«

Zum Glück hörte man nur die Musik, er selbst trat nicht in Erscheinung, und Marisa verschwand hinter einer der großen Flügeltüren.

Wie seltsam doch alles war, ging es Alexander durch den Sinn, wieder hat mir eine bildhübsche Tochter die Tür geöffnet, und diesmal handelt es sich um meine Halbschwester. Und nun ist Albertos Frau so kurz nach Elisabeth gestorben. Weiß er das eigentlich?

Er wußte es nicht. Er starrte seine Tochter betroffen an, als sie ihm sagte, wer ihn zu sprechen wünsche. Er war verwirrt, aber nicht etwa entsetzt.

Er war noch immer ein blendend aussehender Mann, und selbst die stark ergrauten Haare ließen ihn nicht alt erscheinen.

»Dr. Alexander Berghold sagtest du, Marisa? Wie alt ist er?«

»Ich schätze Mitte Zwanzig, aber wenn er schon Doktor ist, wird er älter sein. Er sieht Nico verblüffend ähnlich, nur in dezenterer Weise. Ich konnte ihn doch nicht fortschicken, Papa.«

»Nein, das wäre sehr unhöflich, mein Liebling. Ich werde ihn empfangen, es mag eine angenehme Abwechslung sein.«

Alexander wäre sprachlos gewesen, wenn er das gehört hätte, aber Marisa lächelte nur.

»Dir ist es schrecklich langweilig in diesem Haus«, stellte sie fest. »Dich zieht es schon wieder hinaus.«

»Wir werden reisen, Marisa, ja, wir werden eine sehr lange Reise machen. Ich war noch nie gern in Mailand.« Er drückte ihre Hand an seine Wange. »Wir werden auch nach München fahren, du wolltest doch schon immer gern mal hin. Aber nun bitte den Dr. Berghold herein, mein Kind.«

»Sind wir mit ihm verwandt?« fragte sie. »Diese Ähnlichkeit ist verblüffend. Ich bekam einen richtigen Schrecken, als er aus seinem Wagen stieg.«

»Es kann schon sein, daß wir irgendwie verwandt sind«, sagte Alberto geistesabwesend. »Ich werde hören, was er zu sagen hat. Laß dich nicht aufhalten, Marisa. Du wolltest dich doch mit Marco treffen.«

»Aber ich bin neugierig, Papa.«

»Du wirst dich noch gedulden müssen, aber laß Marco nicht warten.«

»Du legst also Wert auf ein Gespräch unter vier Augen«, stellte sie anzüglich fest.

»Du hast es erraten, du bist ein kluges Kind.«

»Und ich bin deine Tochter, Papa.«

»Daran kann kein Zweifel bestehen«, erwiderte er betont.

Sie küßte ihn auf beide Wangen. »Es gibt nichts, was ich nicht verstehen und dir nicht verzeihen würde«, flüsterte sie ihm ins Ohr.

»Das ist sehr beruhigend, mein Prinzeßchen.«

Er war stolz auf seine schöne Tochter, das verriet sein Blick und seine zärtliche Stimme.

Graziös tänzelte Marisa hinaus. »Papa erwartet Sie«, sagte sie zu Alexander. »Ich hoffe, wir werden uns noch sehen. Ich treffe mich jetzt mit meinem Verlobten.«

»Ich danke Ihnen für den freundlichen Empfang, Contessa«, sagte er.

»Sagen Sie bitte ganz einfach Marisa, sonst komme ich mir uralt vor.«

Sie schenkte ihm ein charmantes Lächeln. Sie war sehr reizvoll, aber ganz anders als Manuela, aber gegen sie als Schwester hätte Alexander nichts einzuwenden gehabt. Das dachte er, als er bei Alberto eintrat.

Es war ein großer, düsterer Raum, wohl die Bibliothek, wie die hohen Bücherregale verrieten, die aber Alexander nur verschwommen wahrnehmen konnte, da die gleißende Sonne, die durch die Fenster fiel, ihn blendete. Alberto war auch so kaum zu erkennen, aber der sah Alexander ganz genau an.

»Ich bin überrascht, daß du doch einmal kommst«, sagte Alberto. »Und warum gerade jetzt? Hast du gewartet, bis Carlotta tot war?«

Alexander war von dieser Einleitung so überrascht, daß er zuerst gar nichts sagen konnte.

»Ich habe wohl den Nagel auf den Kopf getroffen?« fragte Alberto spöttisch.

»Da irren Sie aber gewaltig«, sagte Alexander aggressiv. »Ich habe erst nach dem Tode meiner Mutter erfahren, daß mein

Vater noch lebt, aber wer eigentlich mein leiblicher Vater war, wußte ich da auch noch nicht.«

Alberto war nähergetreten. Er sah ihn maßlos überrascht an. »Elisabeth lebt nicht mehr?« fragte er tonlos und sichtlich erschüttert.

»Nein, sie ist vor ein paar Wochen gestorben.«

»Und nun Carlotta, so als wollten beide ihren Triumph haben, daß ich nun allein leben muß.«

Es klang ein bißchen theatralisch, aber es steckte mehr dahinter. »Die Sonne stört mich«, fuhr Alberto fort, »wir gehen besser in den Wintergarten.« Seine Stimme klang rauh, und seine Schritte waren schleppend, als er Alexander vorausging, nachdem er ihm einen Wink gegeben hatte, ihm zu folgen.

Der Wintergarten war wunderschön, und jetzt konnte Alexander den Älteren auch richtig sehen.

»Da wirst du mir einiges erklären müssen«, sagte Alberto. »Ich bin irritiert.«

»Sie sollten mir vielleicht auch einiges erklären«, sagte Alexander.

»Warum das steife Sie«, sagte Alberto. »Ich bin kein Patriarch und auch kein Mummelgreis, und ich bin dein leiblicher Vater, ich hätte es nie geleugnet.«

»Warum hat Mutter es mir denn nie gesagt?«

»Das mußt du nicht mich fragen, ich weiß darauf keine Antwort. Gewiß, sie hatte eigenartige Anschauungen, aber daß sie bis zum Tode schweigen würde, begreife ich überhaupt nicht.«

»Und ich habe nur eine winzige Geschäftskarte mit dem Namen Patrese gefunden, und wenn Maximilian, derjenige, der laut Geburtsschein mein Vater sein soll, den Namen Patrese nicht erwähnt hätte, würde ich wohl auch in dieser Richtung nicht nachgeforscht haben.«

»Gibt es einen zwingenden Grund, daß du nachgeforscht hast?«

»Ja, den wichtigsten, Maximilian Berghold hat nämlich aus

zweiter Ehe eine Tochter, die ich liebe und die ich heiraten will, und das kann ich nicht, solange nicht bewiesen ist, daß Maximilian nicht mein Vater ist. Ihn mußte ich allerdings auch erst suchen, da meine Mutter mir sagte, mein Vater sei bereits gestorben, als ich erst zwei Jahre war.«

»Eine merkwürdige Frau, so schön, so temperamentvoll, wie man sich eine Frau nur wünschen kann, ganz anders als Carlotta.« Er sprach mehr zu sich selbst, und sein Blick schweifte in die Ferne.

Er fuhr sich über die Augen. »Aber wir sollten uns an den Zeitablauf halten, Alexander. Ich verspreche dir, daß alles zu deiner Zufriedenheit erledigt wird, aber ich meine auch, daß wir Klarheit schaffen sollten.«

»Dann sollten Sie, also du anfangen, denn du kanntest Elisabeth früher als ich.«

»Ich kannte sie schon, als sie achtzehn war. Ich hatte sie in Rom kennengelernt, aber da lebte meine Mutter noch, und sie hätte eine Heirat mit einer Deutschen nie gebilligt. Bei uns herrschen diesbezüglich noch strenge Gesetze. Man respektiert den Willen der Eltern, nun, jetzt ist es auch anders geworden. Du hast ja die Musik gehört. Ich könnte es Nico verbieten, das Radio so laut einzustellen, aber er würde nicht auf mich hören. Ich habe mich daran gewöhnt. Nun, Elisabeth hätte sich unseren Verhältnissen auch nicht angepaßt, sie war viel zu eigenwillig, und sie war ja ein reiches Mädchen, das sich alles erlauben konnte. Sie hätte nie eine andere Meinung akzeptiert.«

»Und so ist sie geblieben. Vielleicht hat sie geschwiegen, weil sie meinte, ich würde ihr Vorhaltungen machen, denen sie letztlich doch nicht widersprechen konnte.«

»Ja, ja, das mag sein. Ich hätte sie damals geheiratet, aber sie flatterte wie ein Schmetterling in der Welt herum. Sie traf andere Männer, sie flirtete gern. Ich sah sie lange nicht, aber dann hatte sie gehört, daß ich heiraten würde, und stand plötzlich vor mir. Sie verlangte von mir, Carlotta nicht zu heiraten. Sie versuchte auf jede mögliche Art, mich davon abzubringen, und sie schaffte es, daß sie schwanger wurde. Hoffentlich schockiere ich dich nicht mit meiner Offenheit. Sie hatte etwas an sich, dem ich nicht widerstehen konnte, aber ich mußte Carlotta dennoch heiraten, sonst wäre ich enterbt und verstoßen worden.«

»Aber Mutter hatte doch genug Geld«, sagte Alexander.

»Sie hätte es auch nicht behalten, wenn sie einen Ausländer geheiratet hätte, und schließlich stürzte sie sich Hals über Kopf in diese Heirat mit Maximilian, um dem Kind einen Namen zu geben. Ich hatte allerdings gemeint, sie würde das Kind nicht zur Welt bringen. Wenn ich dich ansehe, muß ich sagen, daß das äußerst betrüblich gewesen wäre.«

Alexander hatte plötzlich das komische Gefühl, daß er auch diesen Mann mochte. Aber schließlich war er sein Vater und machte keinen Versuch, dies zu leugnen. Ganz im Gegenteil, er hatte erwartet, daß er sich früher melden würde.

»Es ist natürlich besser so, daß du erst jetzt erscheinst, da Carlotta nicht mehr lebt«, fuhr Alberto fort, als ahne er Alexanders Gedanken. »Sie wäre wohl sehr unglücklich gewesen, daß ich noch einen Sohn habe, denn schließlich war alles, was sie mir geben konnte, diese beiden Kinder, wobei ich sagen möchte, daß es mir lieber wäre, Nico wäre so wie du, aber vielleicht ändert er sich noch. Marisa hast du kennengelernt, sie ist meine Tochter in jeder Beziehung, wenn ich auch nicht daran denken will, daß sie ihrem Marco untreu wird. Ich leugne nicht, daß es eine große Anzahl Frauen in meinem Leben gab. Doch sei unbesorgt, es gibt keine weiteren Kinder.«

Er hatte eine Leichtigkeit, so schwerwiegende Dinge so selbstverständlich zu nehmen, die Alexander beachtlich fand, und dabei konnte man ihm diese Töne nicht übelnehmen.

»Nun bist aber du an der Reihe, Alexander«, meinte er drängend, »und du kannst auch ruhig Fragen stellen. Für mich ist es an der Zeit, den Tatsachen ernsthaft ins Auge zu sehen.«

»Darf ich auch fragen, ob du Mutter später noch öfter gesehen hast?«

»Ja, natürlich habe ich sie gesehen nach ihrer Scheidung. Wir haben öfter mal ein paar Tage verbracht.«

»Hast du mich auch gesehen?«

»Als du größer wurdest nicht mehr. Wir waren beide der Meinung, daß dadurch nur Unruhe in dein Leben kommen könnte. Du warst schon früh ein aufgeweckter Junge, der viele Fragen stellte.«

»Hat Mutter dir auch gesagt, daß sie Maximilian totsagte?«

»Nein, aber es war ihr sicher so bequemer. Sie hatte die ganz besondere Art, alles wegzuschieben, was ihr nicht behagte. Natürlich machte sie mir Szenen, weil ich Carlotta geheiratet hatte, und sie wollte auch, daß ich mich von ihr trenne, aber als ich sagte, daß dies nicht in Frage kommen könnte und daß wir uns nie mehr sehen würden, wenn sie weiter darauf dränge, hat sie nie mehr davon gesprochen.«

»Ich glaube jetzt, daß sie dich geliebt hat.«

»Man könnte es so vielleicht nennen, aber ich meine, daß wir in mancherlei Hinsicht sehr gut zusammenpaßten und daß da eine Anziehung bestand, die überaus stark war. Aber vor drei Jahren ließ sie mich wissen, daß sie mich nicht mehr sehen wolle. Sie gab dafür keine Erklärung, aber da ich ihren starken Willen kannte, akzeptierte ich es. Ich nahm an, daß sie mit dir gesprochen hätte, und du sie vor die Alternative gestellt hättest, Schluß zu machen.«

»Das gewiß nicht. Vor drei Jahren hatte sie eine schwere Unterleibsoperation, und von da an griff sie mehr und mehr zu Medikamenten und auch zu Alkohol. Ich will es dir nicht verschweigen. Sie wurde sehr schwierig, aber auch unserem sehr guten Hausarzt gelang es nicht, sie davon abzubringen. Sie hatte wohl auch keine Freude mehr am Leben.«

Alberto schloß die Augen. »Es tut mir leid, sehr leid«, sagte er leise, »aber ich freue mich, daß du den Weg zu mir gefunden hast. Du brauchst keine Probleme zu fürchten. Ich werde deinen Geschwistern Bescheid sagen, und ich denke, sie werden nicht ablehnend reagieren. Marisa ganz gewiß nicht. Aber jetzt möchte ich auch wissen, wie Maximilian reagiert hat.«

Das erzählte Alexander ganz genau, vor allem, wie er Manuela kennenlernte und sich sofort in sie verliebte.

»Eine hübsche Geschichte«, sagte Alberto. »Es paßt doch alles ganz gut zusammen. Du kommst finanziell gut zurecht?«

»Sehr gut, ich bin ja Alleinerbe. Da gibt es noch ein Schließfach in der Schweiz. Vielleicht gehört der Inhalt dir.«

»Guter Gott, das kommt doch gar nicht in Frage. Aber ich weiß, wann Elisabeth es gemietet hat. Ich war dabei.«

»Dürfte ich dich dann bitten, mich dort zu treffen, wenn ich den Erbschein habe? Sonst komme ich da doch nicht heran.«

»O doch, Alexander. Es gibt da eine kleine Karte und einen bestimmten Code. Ich habe beides. Ja, sie wollte, daß ich dabei bin, wenn sie den Inhalt holen wollte. Sie hat wohl nicht daran gedacht, daß sie so bald sterben würde, und vielleicht wollte sie davon gar nichts mehr wissen.«

»Heißt das, daß du auch allein an den Inhalt heran könntest?«

»Ja, das könnte ich, aber ich will es nicht. Ich habe Elisabeth zwar nie im unklaren darüber gelassen, wie ich unsere Beziehung betrachten muß, aber ich habe mich schon in gewisser Weise schuldig gefühlt, wenngleich ich auch wußte, daß du sorglos aufwachsen konntest. Finanzielle Zuwendungen von mir hatte sie abgelehnt.«

»Hast du ihr kostbaren Schmuck geschenkt?«

»Darüber brauchen wir auch nicht zu reden.«

»Ich möchte aber, daß ihn deine Tochter bekommt, ich will ihn nicht behalten, ich will nichts behalten von ihr.«

»Alexander, sie hat dich geliebt, das weiß ich.«

»Sie hat mich belogen und getäuscht, das erfüllt mich mit Bitterkeit.«

»Sie war sehr stolz, das muß du auch bedenken.«

»Man sagt nicht einfach einen Menschen tot, der auch hintergangen wurde.«

Alberto seufzte schwer. »Ich kann mir vorstellen, daß Nico und Marisa genauso denken und reden würden. Es ist sehr schade, daß Elisabeth so gehandelt hat. Aber was wissen wir, was in einem Menschen vorgeht, der nicht glücklich ist, der etwas haben will, was er nicht bekommen kann. Carlotta war ja auch so. Sie wollte mich ans Haus fesseln, sie wollte mich für sich allein haben. Ich bin nicht der Typ, der das aushält. Sicher war sie viel weicher und toleranter als Elisabeth, aber sie war so ein Seelchen, wie die Männer hierzulande ihre Frauen haben wollen, Frauen, die immer gehorchen und sich unterordnen. Ich wollte so etwas nicht.«

Seine Offenheit wirkte keineswegs schockierend auf Alexander. Alberto Parese hatte einen starken Charakter, er war ein ganzer Mann, und er stand für seine Schwächen ein, weil diese ihm nichts anhaben konnten.

»Ich danke dir sehr für deine Offenheit, Alberto«, sagte Alexander.

»Das mußte ja wohl sein, aber nun sag mir, bist du wirklich schon ein Doktor?«

»Doktor der Medizin«, erwiderte Alexander.

»Hast du eine Praxis?«

»Nein, ich will in die Forschung, und zuerst habe ich nun ergründet, welche Ähnlichkeiten es zwischen Vätern und Söhnen gibt, die sich nicht kannten, und wie sehr man sich auch zu einem Mann hingezogen fühlen kann, der nur auf dem Papier der Vater ist und dessen Namen man trägt.«

»Nun, jedenfalls wird es für uns nicht schwer sein, den Beweis zu erbringen, wer dein wirklicher Vater ist bei der Ähnlichkeit«, sagte Alberto mit einem tiefen Lächeln, und dann reichte er Alexander die Hand. »Du bist willkommen, mein Sohn.«

Da wurde die Tür aufgestoßen, und Alexanders anderes Ebenbild kam herein. Nico blieb der Mund offenstehen.

»Ich wollte es nicht glauben«, stieß er hervor, »ich dachte, Marisa will mich nur aus meinem Bau locken. Mamma mia, ist das ein Ableger von dir, Papa, etwas anderes ist doch wohl nicht denkbar.«

Er grinste frech, lausbubenhaft, und wenn man seinen Auftritt bei einem andern unverschämt bezeichnet hätte, ihm konnte man anscheinend nicht böse sein, wenn auch Alexander momentan konsterniert war. Aber Alberto lächelte.

»Äußerlich seid ihr euch ähnlich, wie sich nur Brüder sein können«, stellte er gelassen fest, »aber sonst bestehen doch gewaltige Unterschiede.«

Nico kniff die Augen leicht zusammen. »Dir wäre er wohl lieber als nächster Conte Patrese?« fragte er, aber es klang nicht feindselig. »Meinetwegen, ich bin nicht scharf drauf, wenn ich finanziell nicht schlechter abschneide.«

Er schien es als Tatsache und ganz selbstverständlich hinzunehmen. Er streckte Alexander sogar die Hand entgegen. »Nett, daß du mal gekommen bist«, sagte er.

Da war Alberto allerdings auch so sprachlos wie Alexander. »Du stellst gar keine Fragen«, meinte er kopfschüttelnd, nachdem er ein paarmal tief durchgeatmet hatte.

»Wozu? Ich habe immer vermutet, daß es irgendwo noch einen Ableger gibt. Hast du wenigstens gut für ihn gesorgt, Papa?«

»Das ist nicht nötig«, warf Alexander ein, da Alberto momentan tatsächlich keine Worte fand. »Ich will auch nichts.«

»Er ist zwei Jahre älter als du, Nico, und bereits Doktor der Medizin, und er ist vermögend.«

Nico grinste wieder breit. »Ist ja okay, ich habe nichts gegen ihn, im Gegenteil. Vielleicht kann ich ihn mal anpumpen, wenn du mich wieder mal kurzhältst.«

Mochte dieses Kennenlernen auch etwas überraschend und

ungewöhnlich verlaufen, so hatte Alexander mittlerweile doch den Eindruck gewonnen, daß er nicht unwillkommen war und man ihn lieber wieder gehen sehen wollte.

Marisa begrüßte ihn dann auf vornehmere Art als neues Familienmitglied, sehr charmant, ein wenig anzüglich ihrem Vater gegenüber, aber beim gemeinsamen Abendessen, das sich bis Mitternacht hinzog, herrschte harmonische Stimmung. Nico war zwar gut aufgelegt, aber doch etwas dezenter als beim Kennenlernen. Doch beide verübelten es ihrem Vater keineswegs, daß es Alexander gab, und Marisa fand die Liebesgeschichte mit Manuela sehr romantisch.

»Hoffentlich sind deine moralischen Schwiegereltern nicht pikiert, daß wir Zuwachs bekommen haben«, meinte Nico in seiner lässigen Art mit einem frivolen Unterton zu Marisa.

»Dann kann sich ja gleich erweisen, wie groß Marcos Liebe zu mir ist«, erklärte sie gleichmütig. »Ich will ja nicht bei seinen Eltern einheiraten.«

Sie hatten beide viel von ihrem Vater, den Charme, das selbstbewußte Auftreten, die Art, alles so zu nehmen, wie es kam.

»Wir werden hoffentlich deine zukünftige Frau auch bald kennenlernen«, sagte Marisa.

»Da die Probleme, die einer Hochzeit im Wege standen, ausgeräumt werden, wird dem nichts im Wege stehen«, erwiderte Alexander. »Ich hoffe, daß ihr bald nach München kommt und meine Gäste seid. Das Haus ist groß genug.«

»Könnte ich da auch mal länger bleiben?« fragte Nico sofort.

»Gern«, erwiderte Alexander, aber Marisa meinte, daß Nico sich dann doch ein anderes Benehmen zulegen müsse.

»Bei uns sind Sie jungen Leute auch nicht anders«, meinte Alexander, und damit hatte er bei Nico schon einen Stein im Brett. »Ich finde es sehr nett, daß ihr mich nicht anfeindet.«

Marisa blinzelte ihm schelmisch zu. »Sei froh, daß du mein Bruder bist, sonst bekäme deine Manuela Konkurrenz.«

»Und dann hättest du Marco zum Feind«, fügte Nico hinzu. »Er ist doch auch nicht übel, Schwesterchen.«

Alberto lauschte dem Geplänkel amüsiert, aber auch gerührt. Sicher wanderten seine Gedanken auch in die Vergangenheit, und es lag in seiner Natur, daß er nur Schönes und was ihm Freude gemacht hatte, in der Erinnerung behielt. Er war ein liebevoller und großzügiger Vater, und er war jetzt auch stolz auf Alexander, und er machte eine weise Bemerkung zu ihm, bevor sie sich zur Ruhe begaben.

»Zürne deiner Mutter nicht, Alexander. Denke, daß du Manuela wohl nicht kennengelernt hättest, wenn nicht alles so gekommen wäre, wie es nun kam, und unter anderen Umständen hätten wir dich hier nicht so fröhlich willkommenheißen können.«

~

Zwei Tage blieb Alexander noch in Mailand. Alberto hatte nicht gezögert, sofort alles in die Wege zu leiten, um Alexander als seinen Sohn anzuerkennen.

Nico wäre am liebsten mit dem neuen Bruder losgezogen, um ihn als Naturereignis seinen Freunden vorzustellen, aber da hatte ihn der Ältere noch bremsen können.

So war es beschlossen worden, daß sie bald nach München kommen wollten. Marco hatte Alexander natürlich auch kennengelernt, und der dachte gar nicht daran, seine Marisa freizugeben wegen der engstirnigen Gesinnung seiner Eltern, die ohnehin an Albertos Lebenseinstellung schon genug herumgenörgelt hatten.

Marco war Architekt und hatte sich schon einen Namen gemacht. Er war nicht abhängig von seinen Eltern, und er hatte sich auch schon früh auf eigene Beine gestellt. Er verstand sich so gut mit Alexander, daß Nico eifersüchtig wurde.

Ja, das war eine Tatsache, die Alberto am meisten verblüffte, denn solche Regungen hatte es bei Nico noch nie gegeben, und er schaffte es dann, daß er mit Alexander nach München fahren durfte. Der Ältere hatte nichts dagegen, zu zweit wurde die Fahrt nicht langweilig, und Nicos Anhänglichkeit freute ihn.

Ana würde natürlich staunen, aber er freute sich natürlich schon über ihr überraschtes Gesicht.

Er hatte Manuela noch angerufen und ihr gesagt, daß alles in bester Ordnung sei und viel glatter gegangen wäre, als zu ahnen war, aber er wollte ihr alles lieber selbst erzählen.

Eine Last war von ihm genommen worden, und in Nicos Gesellschaft fühlte er sich jung wie nie zuvor, seit er erwachsen war.

»Irgendwie ist es schon komisch«, sagte Nico tiefsinnig während der Fahrt. »Daß unsere Mütter so kurz nacheinander sterben mußten und jetzt nur Papa bleibt. Ich glaube, es geht ihm viel näher, als er zugeben will. Ich weiß nicht, wie ich mich in einer solchen Situation benehmen würde. Weißt du, Alexander, ich bin ihm sehr ähnlich. Er war in jungen Jahren auch so ein Hallodri. Die Nonna war wahnsinnig streng, da hat es viel Ärger gegeben, vielleicht hat er dann Mama geheiratet, weil sie eine stille Dulderin war. Sie hat ja nie widersprochen, sie hat uns auch alle Freiheiten gelassen, sie wollte Papa nur um jeden Preis halten, obwohl sie ahnte, daß er so manche Affäre hatte. Es verletzt dich hoffentlich nicht, daß deine Mutter nicht die einzige war.«

»Nein, keineswegs, einerseits verstehe ich sie jetzt, daß sie an ihm hing, andererseits ist das mit ihrem sonstigen Wesen nicht zu vereinbaren. Jedenfalls hatte Maximilian nicht verdient, so behandelt zu werden.«

»Kannst du nicht verzeihen?« fragte Nico ernst.

»Ich kann es noch immer nicht verstehen.«

»Denk doch lieber daran, was du jetzt gewonnen hast, Alexander, es sind Menschen, die dich sehr mögen, die dich lieben.«

Er verriet, daß er weit mehr Gefühl besaß, als man vermutete, aber auch darin war er seinem Vater ähnlich. Unserem Vater, dachte Alexander, und er hatte kein ungutes Gefühl mehr dabei.

»Du hast recht, Nico«, sagte Alexander.

»Es gibt Menschen, die wollen nach außen hin ganz anders erscheinen, als sie wirklich sind, ohne Fehl und Tadel«, fuhr Nico fort, »dazu gehörte sicher auch deine Mutter. Papa ist ganz anders. Er sagt, was er denkt, ihm ist es egal, was andere über ihn denken. Er hat deine Mutter bestimmt nie belogen, sie hoffte wohl nur, daß er so handeln würde, wie sie es wollte. Und wahrscheinlich wäre die Ehe schnell in die Brüche gegangen, wenn sie geheiratet hätten.«

»Ich glaube, du hast es erfaßt, besser als ich, Nico.«

»Es freut mich, daß du nicht schlecht von mir denkst, Alexander. Ich bin nicht so dumm, wie es scheint.«

»Ich habe nie gedacht, daß du dumm bist, ich kenne doch diese flapsigen Töne. Mit anderen habe ich auch so geredet, nur mit Mama war das unmöglich. Sie hatte keinen Humor, da geht man am besten den Weg des geringsten Widerstandes. Ich war ja nicht viel mit ihr beisammen, solange sie gesund war. Da war sie dauernd unterwegs, und ich habe mich in das Studium gestürzt, um schnell fertig zu werden.«

»Ich bewundere dich. Ich habe keine Ausdauer. Vielleicht sollte ich Schauspieler werden, dazu habe ich Talent, aber jetzt muß ich ja daran denken, daß ich mal Papas Nachfolge antreten muß.«

»Ach was, er ist doch in Bestform, und du solltest tun, was dir wirklich Spaß macht. Nur dann hat man auch Erfolg.«

Nico seufzte. »Vielleicht fällt mir in München ein, was mir wirklich Spaß machen könnte. Da bin ich mal weg von der alten Clique.«

Alexander dachte daran, was Alberto ihm noch zugeflüstert hatte. »Du könntest ihm ein Vorbild sein, du hast bestimmt einen guten Einfluß auf ihn.«

So, wie er Nico auf dieser Fahrt kennengelernt hatte, konnte er das beinahe glauben, aber vielleicht hatte bisher niemand ihn richtig zu nehmen gewußt. Alexander nahm Nico ernst, auch das, was er im flapsigen Ton sagte. Man mußte nur richtig hinhören, dann spürte man schon, daß er sich Gedanken machte über vieles. Er mochte ihn, und er war innerlich froh, nun einen Bruder und eine Schwester zu haben, mit denen er sich gut verstand.

»Es ist schön hier«, sagte Nico, als sie durch die Berglandschaft fuhren. »Ich möchte noch so viel sehen, Alexander. Das Leben kann so kurz sein.«

»Guter Gott, was redest du da, das klingt ja melancholisch. Ist dir nicht gut?«

»Manchmal ist es mir gar nicht gut, dann habe ich so blöde Kopfschmerzen, daß es mir richtig schlecht wird.«

»Migräne?«

»Ich weiß nicht, was das ist, ich weiß nur, daß mir ab und zu schwindelig wird, wie jetzt.«

Alexander war zutiefst erschrocken und froh, daß es bis München nicht mehr weit war.

»Möchtest du etwas trinken, Nico?« fragte er. »Ich kann runter von der Autobahn.«

»Nein, nein, es geht schon.«

»Ich kenne einen sehr guten Arzt, Nico, der wird dir helfen.«

»Du bist doch auch Arzt.«

»Aber ich habe keine Praxis. Dr. Norden wird dir gefallen.«

Ihm kam es seltsam vor, daß Nico plötzlich so matt war, und er war dann heilfroh, als sie zu Hause ankamen.

Ana dachte gleich, sie würde doppelt sehen, als er mit Nico vor der Tür stand.

»Das ist mein Bruder Nico«, sagte Alexander. »Es geht ihm nicht gut. Ich erkläre dir alles später, Ana. Wir bringen ihn erst einmal zu Bett, und dann rufe ich Dr. Norden an.«

»Und Sie möchten auch in Paris anrufen, wenn Sie zurück sind«, sagte Ana, die momentan ziemlich verwirrt war.

Hoffentlich ist da nichts passiert, dachte Alexander und geriet in Erregung. Aber erst mußte er doch Dr. Norden anrufen. Er war sehr besorgt um Nico, denn er war sehr blaß, und seine Hände waren eiskalt.

»Jedesmal wenn ich länger im Auto sitze«, murmelte er, aber als er sich ausstrecken konnte, ging es ihm schon ein bißchen besser. Alexander wartete nicht, bis Dr. Norden kam, sondern rief gleich in Paris an. Maximilian meldete sich. Seine Stimme klang heiser.

»Ist Manuela schon bei dir?« fragte er.

»Nein, wieso denn, wollte sie herkommen?« fragte Alexander verblüfft.

»Laura hat da etwas Falsches gesagt. Sie hat es nicht so gemeint, sag das bitte Manuela, wenn sie kommt. Und ruf mich bitte an, wenn sie da ist.«

»Ich bin selbst gerade erst aus Mailand zurück, ich frage Ana, ob Manuela angerufen hat.«

Sie hatte nicht angerufen, nur der Herr aus Paris, sagte Ana, und dann kam auch schon Dr. Norden.

»Ich rufe nachher gleich zurück, Maximilian. Ist Laura gegen mich?«

»Sie meinte nur, daß sich Manuela nicht gleich festlegen solle. Sie hat es wirklich nicht so gemeint, aber mit Manuela war nicht mehr vernünftig zu reden. Sie sagte nur, daß sie weiß, zu wem sie gehöre, und weg war sie.«

»Hoffentlich kommt sie gut an«, erwiderte Alexander beunruhigt.

Ana hatte Dr. Norden schon zu Nico geführt, und es war verständlich, daß der Arzt völlig verblüfft dastand und Nico anstarrte.

»Ich bin Alexanders Bruder«, murmelte Nico.

»Mehr weiß ich bisher auch noch nicht, Herr Doktor«, sagte Ana. Aber da erschien schon Alexander.

»Pardon, ich hatte noch ein wichtiges Telefongespräch«, sagte er entschuldigend. »Der Patient heißt Nico Patrese, und er leidet ab und zu unter starken Kopfschmerzen, verbunden mit Übelkeit.«

Der Name Patrese sagte Dr. Norden schon einiges, die Ähnlichkeit zwischen den Brüdern sagte noch mehr, und Alexanders Miene verriet ihm, daß seine Reise nach Mailand ein voller Erfolg war und er sich jetzt um den Jüngeren sorgte.

»Hatten Sie kürzlich einen Unfall?« fragte Dr. Norden, während er behutsam Nicos Kopf und Genick abtastete.

»Kürzlich nicht, vor sieben Monaten. Es war ein Auffahrunfall, ich war nicht schuld. Ich hatte ein Schleudertrauma.«

»Und seitdem haben Sie Kopfschmerzen? Vorher nicht?«

»Vorher hatte ich die nur, wenn ich mal zuviel getrunken habe. Und jetzt sind sie besonders stark, wenn ich lange im Auto sitze.« Er sprach abgehackt, aber gut verständlich.

»Können Sie sich aufsetzen?« fragte Dr. Norden.

»Es geht mir wirklich schon viel besser, Alexander hätte Sie nicht gleich zu rufen brauchen.«

»Es scheint mir aber angebracht zu sein«, stellte Dr. Norden fest. »Ihr Puls ist verlangsamt, der Blutdruck zu niedrig, und ich denke, daß da ein Halswirbel nicht ganz so sitzt, wie es sein sollte. Aber vielleicht können wir das korrigieren. Setzen Sie sich mal aufrecht auf den Stuhl, so aufrecht, wie es Ihnen möglich ist, und dann seien Sie bitte auch ganz locker.«

Nico war keineswegs labil, wie sich herausstellte. Und als Dr. Norden seine Hände um Nicos Kopf legte und diesen mit einem schnellen, kräftigen Ruck drehte, sagte er nur: »Mamma mia«, und dann starrte er Dr. Norden an. »Was haben Sie da gemacht, es geht mir viel besser.«

»Ich hoffe, daß es hält«, sagte Daniel mit einem flüchtigen Lächeln zu Alexander, »aber wir sollten auf jeden Fall eine Röntgenaufnahme machen, damit nichts verschleppt wird.«

»Eigentlich habe ich nie was mit Ärzten zu tun haben wollen«, sagte Nico, »aber seit ich einen Bruder habe, der Arzt ist, hat sich das geändert, und Sie sind auch sehr nett.«

»Man hört es immer wieder gern«, sagte Dr. Norden lächelnd. »Jetzt ruhen Sie sich aus, entspannen Sie sich, Ana wird Sie bestimmt gut versorgen.«

Danach hatte Dr. Norden noch eine lange, aufschlußreiche Unterhaltung mit Alexander, die für den Abend genug Gesprächsstoff mit Fee bilden würde.

Alexander brachte Daniel zur Tür, und als er diese öffnete, stieg gerade Manuela aus einem Taxi.

»Meine zukünftige Frau«, murmelte Alexander, und Daniel Norden dachte, daß dies wahrlich ein aufregender Abschluß seines Arbeitstages war.

Manuela flog buchstäblich auf Alexander zu und fiel ihm in die Arme. Diese Szene wollte sich Daniel auch nicht entgehen lassen, denn Manuela bot selbst in ihrer Aufregung einen bezaubernden Anblick.

»Ich will immer bei dir bleiben, Alexander, schick mich nicht fort«, flüsterte sie, aber immerhin laut genug, damit Daniel es auch verstehen konnte.

»Ich denke gar nicht daran, dich fortzuschicken, aber dein Dad läßt dir ausrichten, daß Laura es nicht so gemeint hätte und daß es ihr leid tut. Und wir sollen gleich anrufen.«

Er zwinkerte Daniel zu. »Und das ist Dr. Norden, mein Liebes, er kann gleich noch etwas gegen deine Erkältung verordnen, du bist ja noch ganz heiser.«

»Ich habe so viel geweint, Alexander«, schluchzte sie gleich wieder. »Du bist der einzige Mensch, der mich versteht. Maman hat schon vergessen, daß sie auch mal so verliebt war.«

»Nein, mein Liebes, das hat sie bestimmt nicht vergessen,

aber du mußt auch denken, daß sie sehr krank war und sehr besorgt um dich ist.«

»Das sind Mütter immer, wenn sie ihre Kinder lieben«, sagte Daniel. »Es freut mich, Sie so bald kennenzulernen. Und ich denke, Ana hat einen guten Tee gegen Heiserkeit.«

Er lächelte in sich hinein, als er in seinen Wagen stieg, um nun heimzufahren. Er hatte Fee viel zu erzählen, und er wußte, daß Freude in dieses Haus eingekehrt war, in dem er bisher noch kein Lachen vernommen hatte.

Da wurde zuerst telefoniert, und wenn Manuela auch erst schmollte, mit ihrem Dad sprach sie doch. Und dann mußte Alexander erzählen, was er allerdings sehr gern tat, denn gleich hellte sich ihre Miene auf, und mit einem Jubelruf umarmte sie ihn und küßte ihn immer wieder, als er sagte, daß nun ihrer Heirat bald nichts mehr im Wege stünde.

Dann lernte sie Nico kennen. Obgleich sie vorbereitet war, staunte auch sie, wie ähnlich sich die beiden sahen.

»Du hast nicht zufällig eine Schwester, die dir auch so ähnlich sieht, Manuela?« sagte Nico, der schnell seinen Humor wiedergefunden hatte und Dr. Norden als Wunderdoktor pries.

»Nein, damit kann ich nicht aufwarten«, erwiderte sie, »aber es gibt sehr viel hübschere Mädchen als mich.«

»Für mich aber nicht«, warf Alexander ein.

»Das will ich allerdings auch hoffen«, sagte sie mit einem schelmischen Lächeln. »Aber ich finde es himmlisch, wie sich alles aufgeklärt hat.«

So dachte auch Fee Norden und auch alle anderen, die nun von einem gütigen Geschick zusammengeführt worden waren.

Als sie ein paar Wochen später alle in München zusammentrafen, um Verlobung zu feiern und über die Hochzeit zu sprechen, die bald stattfinden sollte, konnte auch Laura zufrieden sein. Es gab nichts mehr, was sie noch skeptisch betrachten konnte.

Acht gutgelaunte Menschen saßen an dem großen runden

Tisch im Eßzimmer, der endlich einmal zu Ehren kam, weil er für ein paar Leute viel zu groß war.

Ana und Jelka tischten ein Festessen auf, wie es einer fürstlichen Verlobung zu Ehren gereicht hätte.

Es war schon viel verändert worden in diesem Haus, und Manuela hatte eine ganz behagliche Atmosphäre geschaffen. Maximilian und Laura hatten sich damit abgefunden, daß sie nun in erster Linie zu Alexander gehörte, und in den paar Wochen war aus dem verspielten Mädchen eine anmutige, junge Frau geworden, die genau wußte, was sie wollte, aber auch begriffen hatte, daß gemeinsames Leben auch gemeinsame Entscheidungen erforderte.

Maximilian und Alberto versicherten sich gegenseitig, daß sie nie gedacht hätten, daß sie sich einmal so gut verstehen würden, und Marisa fand alles hinreißend romantisch.

Nun, das konnte man nicht leugnen, da auch Nico sich jetzt eher romantisch zivilisiert gab und seinen Vater hoffen ließ, daß Alexander tatsächlich einen guten Einfluß auf ihn hatte.

»Nun hast du zwei Väter, Alexander«, sagte Manuela gedankenvoll, »wen hast du lieber?«

»Du darfst es nicht verraten, deinen Dad natürlich, weil er dein Vater ist, und Alberto hat außerdem noch zwei Kinder, aber schön wäre es schon, wenn wir uns immer gut verstehen würden.«

»Das liegt doch ganz bei uns, aber ich glaube, wir sind eine Familie geworden«, erwiderte sie.

Und die Nordens sollten das noch lange bestätigen können. Über die verschiedensten Grenzen hinweg blieben sie immer verbunden, und es sollte noch manches Fest im Münchner Haus gefeiert werden. Ana hatte sich auch überzeugen lassen, daß Elisabeth nicht als Geist erscheinen würde, um dieses Glück zu stören.